»Diejenigen,
die Dorothy L. Sayers
für eine bloße
Krimi-Autorin halten und
sie deswegen nicht lesen,
betrügen sich um ein
literarisches Vergnügen
ersten Ranges.«

Walther Killy

Über Dorothy L. Sayers (1893–1957)

Ich bin in Oxford geboren, im vierten Jahr vor Queen Victoria's diamantenem Jubiläum. Mein Vater war damals Headmaster der Schule des Domchors, wo es zu seinen Pflichten gehörte, kleine Teufel mit Engelsstimmen in den Grundlagen des Lateinischen zu unterrichten. Als ich viereinhalb Jahre alt war, erhielt er die Pfarre von Bluntisham-cum-Earith, in Huntingdonshire – eine einsame Landgemeinde, die einer der alten Häfen oder Brücken der Isle of Ely war und zu der bis heute die Wälle eines römischen Lagers gehören. Ich erinnere mich sehr gut an die Ankunft im Pfarrhaus, ich hatte einen langen braunen Mantel und eine mit Federn besetzte Mütze an und war vom Kindermädchen und einer unverheirateten Tante begleitet, die einen Papagei im Käfig trug. Das Kind, dessen gelehrter Vater der Sechsjährigen den ersten Lateinunterricht erteilte, hieß Dorothy L. Sayers. Das L. steht für Leigh, den Mädchennamen der Mutter und war ihr ein wichtiger Teil des Namens, der millionenfach auf Buchtiteln verbreitet werden sollte. Sie war nicht die erste berühmte Schriftstellerin, die in einem englischen Pfarrhaus heranwuchs, dessen Fortwirken in den Eigenheiten ihrer Person ebenso wahrnehmbar ist wie in ihrer Bildung, ihren Interessen und ihren Büchern.

Vielleicht ist der milde Pfarrer Venables in *The Nine Tailors* (1934) ein Abbild des Vaters, gewiß aber ist die weite Landschaft, die das Buch schildert, die Landschaft ihrer Kindheit, so wie das Frauencollege in *Gaudy Night* (1935) die Züge des Somerville College zu Oxford trägt, in das Dorothy L. Sayers 1912 eintrat. Sie war wohlgerüstet, vortrefflich im Lateinischen und Französischen, gut im Deutschen, musikalisch und mit poetischem Sinn begabt, von dem frühe, jetzt rar gewordene Gedichte zeugen; sie haben eine theologische Substanz, die lebenslang wirksam bleibt. Die Aneignung des damals noch geforderten Griechischen machte ihr keine Schwierigkeiten, das durch ein Stipendium ermöglichte Studium galt der Romanistik; sie schloß es als eine der ersten Frauen mit einem akademischen Grad ab. Damit war die Grundlage gelegt einer beständig bewahrten Neigung zur Literatur und zu den philologischen und historischen Wissenschaften, von denen nicht nur Essay-Bände wie *Unpopular Opinions* (1946) und *The Poetry of Search and the Poetry of Statement* (posthum 1963) Zeugnis geben, sondern auch ihre Untersuchungen über Dante (1954 und 1957), Seitenflügel des Riesenbauwerkes ihrer Dante-Übersetzung (1949 bis 1963). Die schönsten Zeugnisse ihres literarischen Sinnes aber finden sich als Anspielung und Zitat versteckt in ihren Erzählungen.

Eine gelehrte Frau also, deren Ruhm sich allerdings auf ganz anderen Hervorbringungen gründen sollte. Nach einem kurzen Zwischenspiel als Lehrerin an einer Mädchenschule (1915) und einer Gastrolle in der berühmten Oxforder Buchhandlung Blackwell's verließ Dorothy L. Sayers den akademischen Bereich und arbeitete für zehn Jahre in einer

Londoner Werbeagentur, deren Atmosphäre und Tätigkeiten in *Murder Must Advertise* (1933) aufgehoben sind. Es war eine Detektivgeschichte mit Lord Peter Wimsey, der mit seinem Diener Bunter zum ersten Mal in *Whose Body?* (1923) aufgetreten war. Mit ihr hatte eine der großen Detektiv-Figuren das Licht der Welt erblickt, aber nichts wäre falscher als die Reduktion der Romane auf ein solches Muster. Wimsey ist der Held in *Clouds of Witness* (1926), *Unnatural Death* (1927), *The Unpleasantness at the Bellona Club* (1928), *Strong Poison* (1930), *Five Red Herrings* (1930), *Hangman's Holiday* (1932), bis zu den drei letzten *The Nine Tailors* (1934), *Gaudy Night* (1935) und *Busman's Honeymoon* (1938). Die Aufzählung der Titel verbirgt die Vielfalt der Lebensbereiche und Handlungen, die sich zu einer Art Wimsey-Saga verflechten. Eine solche Folge von Erzählungen, verknüpft durch die Gestalt des (bei Miss Sayers keineswegs heldischen) Helden war seit Conan Doyle nichts Ungewöhnliches. Ungewöhnlich ist die meisterliche Vereinigung der besten Traditionen des angelsächsischen Romans mit den Bedingungen der Detektivgeschichte. Das Rätsel, mit dem sich Detektiv und Leser gleichermaßen konfrontiert sehen und das der Detektiv stellvertretend für den Leser löst, geht hervor aus den Umständen täglichen Lebens, die mit so viel Scharfsinn wie Menschenfreundlichkeit lebendig vorgestellt werden. Derjenige wird am meisten Freude an der Sayers-Lektüre haben, für den sich Unterhaltung und Ernst so wenig ausschließen wie Ironie und Problematik.

Das gewichtigste aller Probleme bleibt dabei das allen Menschen gemeinsame: der Tod. *Jeder Tod ist unwiderruflich, deshalb empfinden wir seine Gewalt als kränkend* – dieser Satz der Autorin steht unausgesprochen auch hinter ihren Romanen, unter deren Gestalten man manchen Freund gewinnen kann. Er steht nicht minder hinter ihren um Glaubensdinge bemühten, immer weltoffenen Werken. Die Verbindung zwischen Schöpfung und schöpferischer Tätigkeit, über die sie in *The Mind of the Maker* (1942) nachgedacht hat, liegt auch ihren religiösen Dramen zugrunde; die Folge von Hörspielen, die das Leben Jesu darstellen, *The Man Born to be King* (1941), hat keine geringere Verbreitung gefunden als ihre Erzählungen. Von ihren vorzüglichsten Werken gilt, was sie in einem Vortrag bemerkt hat: *Ein Werk der Erzählkunst besitzt poetische Wahrheit, vorausgesetzt, der Autor habe recht erkannt, welche Dinge so miteinander in Beziehung gesetzt werden können, daß sie sich zu einer überzeugenden Einheit verbinden – vorausgesetzt weiter, das Werk sei ein Akt folgerechter Phantasie.* Diese konsequente, aber durchaus menschliche Phantasie war Dorothy L. Sayers eigen. Der Tod, über den sie soviel nachgedacht hat und ohne den es ihre Bücher, auch die unterhaltendsten und lebendigsten, nicht gäbe, überraschte die berühmte Autorin, Ehrendoktor der Universität Durham, in ihrem Hause, im Alter von 64 Jahren, kurz vor Weihnachten 1957. *Ich bin ein Autor und kann mein Handwerk* hat sie mit Stolz gesagt und sagen dürfen.

W. K.

DER GLOCKEN SCHLAG

S. 302
S. 374/75 Euroclydon
S. 391 !
S. 414

Dorothy L. Sayers
Sämtliche Detektivgeschichten und Romane
in Einzelausgaben

Dorothy L. Sayers

Der Glocken Schlag

The Nine Tailors

(Das erste Buch von DLS!!)

1980 Überlingen (Buchhdlg. Benz)

Variationen über ein
altes Thema in zwei kurzen Sätzen
und zwei vollen Zyklen

Aus dem Englischen von Otto Bayer
Mit einem Nachwort von Walther Killy

ERSCHIENEN IM

RAINER WUNDERLICH VERLAG

HERMANN LEINS

TÜBINGEN

1. Auflage 1.– 6. Tsd. 1958
2. Auflage 7.–10. Tsd. 1958
3. Auflage 11.–17. Tsd. 1962
4. Auflage 18.–32. Tsd. 1970

Erste vollständige deutsche Ausgabe in neuer Übersetzung
1. Auflage 1.–5. Tsd. 1978

ISBN 3 8052 0305 5

 Satz von Bauer & Bökeler, Filmsatz KG, Denkendorf. Gedruckt und gebunden von J. Ebner, Ulm.

Inhalt

Vorwort

Hin und wieder beschweren sich Leute über das Läuten der Kirchenglocken. Es mutet seltsam an, daß eine Generation, die das Gebrüll von Verbrennungsmotoren und das Geheul der Jazzbands klaglos hinnimmt, derart empfindlich sein soll gegenüber dem einzigen lauten Geräusch, das zur Ehre Gottes erzeugt wird. England hat als einziges Land der Erde die Kunst des Wechselläutens und das wahre Läuten mit Seil und Rad zur Vollkommenheit entwickelt und wird dieses sein einmaliges Erbe nicht ohne weiteres preisgeben.

Ich bitte alle Glöckner um Nachsicht, wenn mir in meinen Ausführungen über ihre altehrwürdige Kunst Irrtümer unterlaufen sind. Die in diesem Buch verwendeten Familiennamen habe ich alle selbst in Ostanglien gehört, aber alle beschriebenen Orte und Personen sind erfunden, ebenso alle Sünden und Versäumnisse solch imaginärer Behörden wie der »Wale-Flußaufsicht« oder des »Moorentwässerungsamtes« oder der »Wasserstraßenkommission Ost«.

Mein tiefempfundener Dank gilt Mr. W. J. Redhead, der so freundlich war, für mich die edle Pfarrkirche von Fenchurch St. Paul zu entwerfen und mit Cherubim zu versehen.

Dorothy L. Sayers

Parish Church of Fenchurch St. Paul with Detail of Roof

W. J. Redhead Architect

I

Ein kurzer Satz
Kent Treble Bob Major
(Zwei Durchgänge)

704

Bei Beendigung der Durchgänge

64352

23456

die 8 in Observation.

Ruf sie in die Mitte mit einem Doppel, vor, fehl und heim.
Einmal zu wiederholen.

(Troyte)

Einen Schlüssel zu dieser Geheimschrift findet der interessierte Leser in der »Kleinen Campanologie für Uneingeweihte« auf Seite 411

Erster Durchgang

Die Glocken werden aufgeschwungen

Die Seilschlaufe, die es vor und während des Läutens einer Glocke in der Hand zu halten gilt, gibt dem Lernenden stets neue Rätsel auf; sie schlägt ihm ins Gesicht oder schlingt sich um seinen Hals (in welchem Falle er sich gar daran erhängen kann!).

Troyte: ON CHANGE-RINGING

»Jetzt haben wir den Salat!« sagte Lord Peter Wimsey.

Da lag das Auto, hilflos und albern, die Nase tief im Graben, die Hinterräder komisch schief überm Bankett, als ob es mit aller Macht im Erdboden verschwinden wollte und sich dazu eine Höhle im aufgewehten Schnee graben müßte. Wimsey spähte durch das Schneetreiben um sich und sah dann auch, wie es zu dem Unfall gekommen war. Die schmale, bucklige Brücke, blind wie ein augenloser Bettler, spannte sich im rechten Winkel über den Kanal und fiel dann steil auf die schmale Straße ab, die den Deich krönte. Er war ein wenig zu schnell über die Brücke gefahren und, geblendet von dem starken Schneesturm aus Osten, über die Straße hinausgeraten und die Deichböschung hinab in den tiefen Graben dahinter gestürzt, von wo ihn jetzt eine Dornenhecke im gleißenden Licht der Scheinwerfer stier und feindselig anstarrte.

Nach rechts und links, vorn und hinten lag das Moor unter einem Leichentuch. Es war Silvester, kurz nach vier Uhr, und der Schnee, der den ganzen Tag gefallen war, warf einen Schimmer von Grau zurück an den bleiernen Himmel.

»Pech«, meinte Wimsey. »Was glauben Sie, wo wir hier gelandet sind, Bunter?«

Der Diener zog im Schein einer elektrischen Taschenlampe die Landkarte zu Rate.

»Ich glaube, Mylord, daß wir die richtige Straße bei Leamholt verlassen haben. Wenn mich nicht alles täuscht, befinden wir uns jetzt in der Nähe von Fenchurch St. Paul.«

Noch während er sprach, trug der Wind den durch den Schnee gedämpften Schlag einer Kirchturmuhr an ihre Ohren. Sie schlug die erste Viertelstunde.

»Gott sei Dank«, sagte Wimsey. »Wo eine Kirche ist, da ist Zivilisation. Ein Fußmarsch wird uns nicht erspart bleiben. Lassen Sie die Koffer hier; wir werden jemand danach schikken. Brrr – ist das kalt! Als Kingsley vom wilden Nordost schwärmte, hat er garantiert irgendwo drinnen beim gemütlichen Feuer gesessen und sich seinen Tee mit Butterküchlein schmecken lassen. Ein heißes Butterküchlein könnte ich jetzt selbst vertragen. Wenn ich mich nächstes Mal in diese Gegend einladen lasse, warte ich den Hochsommer ab oder fahre mit der Eisenbahn. Die Kirche muß da stehen, wo der Wind herkommt – klar.«

Sie zogen ihre Mäntel fester um sich und wandten ihre Nasen gegen Wind und Schnee. Links von ihnen verlief schwarz und mürrisch der Kanal, gerade wie mit der Schnur gezogen, die träge dahinfließenden, unheildrohenden Wasser eingefaßt von steilen Uferböschungen. Rechts zog sich als unregelmäßiger schwarzer Strich die halbversenkte Hecke dahin, zwischendrin ein paar Pappeln und Weiden. Schweigend stapften sie los, die Augenlider schwer vom Schnee. Nach einer einsamen Meile tauchte am andern Kanalufer der Schattenriß einer Windmühle auf, doch keine Brücke führte hinüber, kein Licht wies den Weg.

Nach einer weiteren halben Meile stießen sie auf einen Wegweiser und eine Nebenstraße, die nach rechts abzweigte. Bunter richtete den Strahl der Taschenlampe auf den einzigen Arm des Wegweisers und las:

»Fenchurch St. Paul.«

Eine andere Richtung gab es nicht. Geradeaus marschierten Straße und Kanal Seite an Seite weiter in die winterliche Ewigkeit.

»Auf nach Fenchurch St. Paul«, sagte Wimsey und schlug, gefolgt von seinem Diener, die neue Richtung ein. Im selben Moment hörten sie wieder die Kirchturmuhr, diesmal näher; sie schlug das dritte Viertel.

Nach ein paar hundert Schritten Einsamkeit stießen sie auf die ersten Lebenszeichen in dieser froststarren Einöde: links von ihnen, etwas abgesetzt vom Weg, die Dächer eines Bauerngehöfts, rechts ein kleines, viereckiges Gebäude, wie ein Bauklötzchenhaus. Gasthaus »Zur Weizengarbe« stand auf dem Schild, das quietschend über der Tür schaukelte. Davor stand ein unansehnliches kleines Auto, und aus den Fenstern unten und oben drang Licht durch rote Vorhänge.

Wimsey ging hin und probierte die Tür. Sie war zu, aber nicht verschlossen. »Ist da jemand?« rief er laut.

Aus einem der hinteren Räume erschien eine Frau mittleren Alters. »Wir haben noch nicht auf!« rief sie barsch.

»Ich bitte um Verzeihung«, sagte Wimsey, »aber unser Auto ist zu Schaden gekommen. Könnten Sie uns den Weg –?«

»Oh, entschuldigen Sie, Sir. Ich hab gedacht, das sind schon welche von unsern Mannskerlen. Ihr Auto ist kaputt? Das ist schlimm. Treten Sie ein. Hier ist nur leider noch alles sehr unordentlich –«

»Was gibt's denn, Mrs. Tebbutt?« Die Stimme klang freundlich und gebildet, und als Wimsey der Frau in einen kleinen Salon folgte, erkannte er den Sprecher als einen ältlichen Pfarrer.

»Die Herren hatten einen Autounfall.«

»Ach!« rief der Gottesmann. »Und das an so einem fürchterlichen Tag! Kann ich Ihnen irgendwie behilflich sein?«

Wimsey erklärte ihm, daß sein Wagen im Graben liege und sicher nur mit Seil und Pferdegespann wieder auf die Straße zu bringen sei.

»Nein so was«, meinte der Pfarrer. »Da sind Sie gewiß über die Froschbrücke gekommen. Eine sehr gefährliche Stelle, vor allem bei Dunkelheit. Wir müssen da mal etwas unternehmen. Kann ich Sie ins Dorf mitnehmen?«

»Das wäre sehr liebenswürdig, Sir.«

»Aber nicht doch, nicht doch. Ich fahre nur nach Hause zum Tee. Und Sie können bestimmt auch etwas zum Aufwärmen vertragen. Sie haben es hoffentlich nicht eilig, an Ihr Reiseziel zu kommen? Wir würden uns außerordentlich freuen, Ihnen ein Nachtlager bieten zu dürfen.«

Wimsey dankte ihm herzlich, meinte aber, er wolle die Gastfreundschaft des frommen Mannes nicht ungebührlich strapazieren.

»Es wäre mir ein besonderes Vergnügen«, entgegnete der Pfarrer höflich. »Wir haben hier so wenig Abwechslung, daß ich Ihnen versichern kann, Sie würden meiner Frau und mir eine große Freude machen.«

»Wenn das so ist –«, gab Wimsey nach.

»Ausgezeichnet, ausgezeichnet!«

»Ich bin Ihnen von Herzen dankbar, denn selbst wenn wir den Wagen heute noch freibekämen – ich fürchte, die Achse ist verbogen und erfordert die Künste eines Schmieds. Aber könnten wir nicht in einer Herberge übernachten? Es wäre mir wirklich peinlich –«

»Aber machen Sie sich doch deswegen keine Gedanken. Natürlich würde unsere Mrs. Tebbutt Sie nur allzugern bei sich aufnehmen, das weiß ich, und sehr gemütlich würde sie es Ihnen machen, wirklich sehr gemütlich, aber nun liegt doch ihr lieber Mann mit dieser scheußlichen Grippe da – wir haben hier gerade eine richtige Epidemie, Gott sei's geklagt –, und da fürchte ich doch, es käme ihr jetzt nicht sehr gelegen, nicht wahr, Mrs. Tebbutt?«

»Na ja, ich wüßte wirklich nicht, Sir, wie wir das unter diesen Umständen machen sollten, Sir, und in der ›Roten Kuh‹ haben sie nur ein Zimmer –«

»O nein«, rief der Pfarrer schnell dazwischen, »nicht in der

›Roten Kuh‹; Mrs. Donnington hat doch schon Gäste. Überhaupt will ich gar kein Nein hören. Sie *müssen* mit mir ins Pfarrhaus kommen. Da haben wir reichlich Platz – viel zuviel sogar, viel zuviel. Übrigens, mein Name ist Venables – ich hätte mich schon eher vorstellen sollen. Wie Sie wohl bereits erraten haben – ich bin der Pfarrer dieser Gemeinde.«

»Sie sind überaus freundlich, Mr. Venables. Wenn wir Ihnen wirklich keine Last sind, nehmen wir die Einladung mit Freuden an. Ich heiße Wimsey – hier ist meine Karte. Und das ist mein Diener Bunter.«

Der Pfarrer kramte seine Brille hervor und setzte sie, nachdem er umständlich das Band auseinandergeklaubt hatte, ziemlich schief auf seine lange Nase, um Wimseys Karte in Augenschein zu nehmen.

»Lord Peter Wimsey – so so. Herrjeh! Der Name kommt mir bekannt vor. Hab ich ihn nicht schon einmal in Zusammenhang mit – ha! Jetzt hab ich's! *Bemerkungen über das Sammeln von Inkunabeln*. Eine sehr kundige kleine Arbeit, wenn ich das sagen darf. Ach ja! Wie zauberhaft, einmal mit einem anderen Büchersammler plaudern zu können. Meine eigene Bibliothek ist leider etwas beschränkt, aber ich besitze eine Ausgabe vom *Evangelium des Nikodemus*, die Sie gewiß interessieren wird. Nein so etwas! Wie entzückend, auf diese Weise Ihre Bekanntschaft zu machen! O mein Gott, jetzt schlägt es schon fünf. Wir müssen uns auf den Weg machen, sonst bekomme ich von meiner Frau etwas zu hören. Auf Wiedersehen, Mrs. Tebbutt. Ich hoffe, es wird Ihrem lieben Mann morgen schon wieder viel besser gehen; er sieht sogar heute schon etwas besser aus, finde ich.«

»Vielen Dank, Sir. Tom freut sich immer so, wenn Sie zu Besuch kommen. Sie haben bestimmt einen guten Einfluß auf ihn.«

»Sagen Sie ihm, er soll nur den Kopf hochhalten. So eine häßliche, bedrückende Krankheit! Aber jetzt ist er über das Schlimmste hinweg. Ich werde ihm ein Fläschchen Portwein schicken, sobald er ihn trinken darf. Tuke Holdsworth 08«, fügte er so leise hinzu, daß nur Wimsey es hören konnte. »Könnte keiner Fliege schaden. Ach ja! Nun denn. Aber jetzt müssen wir wirklich los. Ich fürchte, mein Auto ist nicht eben eine Staatskarosse, aber es hat drinnen mehr Platz, als man meinen sollte. Da haben wir schon manche Taufgesellschaft hineingequetscht, nicht wahr, Mrs. Tebbutt? Möchten Sie bitte neben mir Platz nehmen, Lord Peter? Ihr Diener und das – o je! Haben Sie gar kein Gepäck? ... Ah – ja, an der Froschbrücke. Ich schicke gleich meinen Gärtner danach. Es ist ganz gut dort aufgehoben, wo es ist; wir sind hier lauter ehrliche Menschen, nicht wahr, Mrs. Tebbutt? So ist's recht. Aber Sie müssen sich diese Decke um die Beine legen – doch, ich bestehe darauf. Nein, nein, danke. Ich bringe den Motor ganz gut selbst zum Laufen. Ich bin es so gewöhnt. Da, sehen Sie? Ein paar kräftige Drehungen, schon läuft er munter wie ein Glöckchen. Hinten alles in Ordnung, guter Mann? Schön. Hervorragend! Nochmals auf *Wieder*sehen, Mrs. Tebbutt.«

Der altertümliche Wagen setzte sich, rüttelnd bis ins Mark, auf der schmalen, geraden Straße in Bewegung. Sie kamen an einer Kate vorbei, und mit einemmal tauchte rechts von ihnen aus dem Schneegestöber eine riesenhafte graue Masse auf.

»Mein Gott!« rief Wimsey. »Ist das Ihre Kirche?«

»Jawohl«, antwortete der Pfarrer voll Stolz. »Da sind Sie beeindruckt, wie?«

»Beeindruckt!« sagte Wimsey. »Hören Sie, das ist ja schon eine junge Kathedrale! Das hätte ich nie gedacht. Wie groß ist denn Ihre Gemeinde?«

»Sie werden sich wundern, wenn ich es Ihnen sage«, meinte der Pfarrer leise lachend. »Dreihundertvierzig Seelen, keine mehr. Erstaunlich, wie? Aber das finden Sie überall hier in den Fenmooren. Ostanglien ist berühmt für die Größe und Pracht seiner Pfarrkirchen. Und dennoch schmeicheln wir uns, einmalig zu sein, selbst in diesem Teil der Welt. Ursprünglich war das Ganze einmal eine Abtei, und früher muß Fenchurch St. Paul ein recht bedeutender Ort gewesen sein. Wie hoch würden Sie unsern Turm schätzen?«

Wimsey sah zu der großen steinernen Masse empor.

»Schwer zu sagen im Dunkeln. Aber viel weniger als vierzig Meter sind's nicht.«

»Nicht schlecht geraten. Es sind genau neununddreißig Meter bis zu den vier kleinen Turmspitzen. Aber es sieht höher aus, weil das Dach des Mittelschiffs verhältnismäßig niedrig ist. Nicht viele können uns da überbieten. St. Peter Mancroft natürlich – aber das ist ja eine Stadtkirche. Und St. Michael in Coventry ist schon ohne Türmchen vierzig Meter hoch. Aber an Schönheit der Proportionen kann es Fenchurch St. Paul, glaube ich, mit allen anderen aufnehmen. Das werden Sie gleich noch besser sehen, wenn wir um die Ecke biegen. So, da wären wir. Hier hupe ich immer; es ist eine gefährliche Ecke wegen der Mauer und der Bäume. Manchmal meine ich, wir sollten die Friedhofsmauer im öffentlichen Interesse ein Stückchen zurücksetzen. Ah – jetzt bekommen Sie eine kleine Vorstellung davon! Ist das nicht wunderschön, dieses harmonische Verhältnis von Seiten- und Mittelschiff? Das werden Sie bei Tag noch besser erkennen. Hier ist das Pfarrhaus – gerade der Kirche gegenüber. Ich hupe immer hier am Tor – es könnte jemand dort herumlaufen. Die Büsche machen es hier so dunkel. Ah, gutgegangen! Sie werden bestimmt froh sein, ins Warme zu kommen und ein Täßchen Tee zu trinken – oder darf es vielleicht etwas Stärkeres sein? Ich hupe immer hier an der Tür, damit meine Frau weiß, daß ich da bin. Sie wird so unruhig, wenn ich nach Einbruch der Dunkelheit noch draußen bin. Die Deiche und Kanäle machen unsere Straßen richtig gefährlich, und ich bin ja auch nicht mehr so jung wie früher. Ich fürchte, heute bin ich schon etwas spät. Ah, da ist ja meine Frau! Agnes, meine Liebe, du mußt entschuldigen, daß ich ein wenig über die Zeit bin, aber ich habe einen Gast mitgebracht. Er hatte einen Autounfall und wird über Nacht bei uns bleiben. Die Decke! Sie gestatten? Dieser Sitz ist leider – ich würde sagen eine *res angusta*. Vorsicht bitte mit dem Kopf! Ah, noch einmal gutgegangen. Meine Liebe, das ist Lord Peter Wimsey.«

Mrs. Venables, eine rundliche, freundliche Erscheinung, umrahmt vom Licht, das durch die offene Tür fiel, nahm den Überfall mit der Gelassenheit der tüchtigen Hausfrau hin.

»Welch ein Glück, daß mein Mann Ihnen begegnet ist! Einen Unfall hatten Sie? Hoffentlich haben Sie sich nicht verletzt! Ich sage immer, diese Straßen sind die reinsten Todesfallen.«

»Vielen Dank«, sagte Wimsey. »Nein, es ist nichts Schlimmes passiert. Wir sind nur dummerweise von der Straße abgekommen. An der Froschbrücke, wie ich mir habe sagen lassen.«

»Eine häßliche Stelle – ein richtiges Glück, daß Sie nicht im Dreißigfußkanal gelandet sind. Kommen Sie herein, nehmen Sie Platz und wärmen Sie sich auf. Ihr Diener? Ach ja, natürlich, Emily! Führe den Diener dieses Herrn in die Küche, und kümmere dich um ihn.«

»Und«, rief der Pfarrer ihr nach, »sag Hinkins, er soll den Wagen nehmen und zur Froschbrücke fahren, um das Gepäck zu holen. Er wird dort Lord Peters Auto finden. Aber er soll gleich fahren, bevor das Wetter schlechter wird. Und, Emily! – sag ihm, er soll zu Wilderspin schicken und veranlassen, daß der Wagen aus dem Graben gezogen wird.«

»Das reicht auch noch morgen früh«, sagte Wimsey.

»Gewiß. Morgen früh aber gleich als erstes. Wilderspin ist unser Schmied – ein hervorragender Mann. Er wird die Sache fachmännisch in die Hand nehmen. O ja, gewiß! So, und nun treten Sie ein, bitte, treten Sie ein! Wir möchten unsern Tee trinken. Agnes, meine Liebe, hast du Emily schon erklärt, daß Lord Peter bei uns über Nacht bleiben wird?«

»Das ist bereits geregelt«, beruhigte Mrs. Venables ihn. »Ich hoffe nur, du hast dich nicht erkältet, Theodore.«

»Nein, nein, meine Liebe. Ich war gut eingepackt. O ja! Ha! Was sehe ich denn da? Butterküchlein?«

»Butterküchlein habe ich mir vorhin erst gewünscht«, sagte Wimsey.

»Dann setzen Sie sich, setzen Sie sich, und greifen Sie tüchtig zu. Sie müssen ja richtig ausgehungert sein. So eine Kälte habe ich selten erlebt. Möchten Sie vielleicht lieber einen Whisky mit Soda?«

»Nein, bitte Tee«, sagte Wimsey. »Wie hübsch das alles aussieht! Wirklich, Mrs. Venables, es ist ungeheuer gütig von Ihnen, sich unser zu erbarmen.«

»Ich bin doch nur froh, wenn ich helfen kann«, antwortete die Pfarrersfrau mit heiterem Lächeln. »Wirklich, so etwas Trostloses wie unsere Fenmoor-Straßen im Winter gibt es nicht noch einmal, glaube ich. Ein Glück, daß Ihnen der Unfall so nah beim Dorf passiert ist.«

»Das kann man wohl sagen.« Wimsey sah sich dankbar in dem behaglichen Wohnzimmer um. Die kleinen Tischchen waren mit Zierat überladen, im Kamin prasselte hinter einem züchtigen samtenen Wandschirm ein wärmendes Feuer, und auf dem polierten Tablett blinkte die silberne Teekanne. »Ich fühle mich wie Odysseus, der nach manchem Sturm und Abenteuer endlich einen Hafen gefunden hat.«

Er biß dankbar in ein großes, heißes Butterküchlein.

»Tom Tebbutt scheint es heute schon viel besser zu gehen«, bemerkte der Pfarrer. »Sehr unangenehm, daß er ausgerechnet jetzt krank daliegen muß, aber wir sollten dankbar sein, daß es nichts Schlimmeres ist. Hoffentlich wird jetzt nicht noch einer krank. Der junge Pratt macht sich ganz gut, glaube ich; heute morgen hat er zwei lange Sätze ohne einen einzigen Fehler durchgehalten, und er ist sehr eifrig bei der Sache. Übrigens, wir sollten unsern Gast vielleicht warnen –«

»Das sollten wir wirklich«, fand Mrs. Venables. »Mein Mann hat Sie zwar eingeladen, hier über Nacht zu bleiben, Lord Peter, aber er hätte erwähnen sollen, daß Sie so nah bei der Kirche wohl nicht viel Schlaf finden werden. Oder vielleicht stören Kirchenglocken Sie nicht.«

»Nicht im mindesten«, versicherte Wimsey.

»Das Wechselläuten ist nämlich die große Leidenschaft meines Mannes«, fuhr Mrs. Venables fort. »Und da heute Silvester ist –«

Der Pfarrer, der andere selten einen Satz zu Ende reden ließ, sprach ungeduldig dazwischen.

»Wir wollen nämlich heute nacht eine wahre Großtat vollbringen«, sagte er. »Oder morgen früh, besser gesagt. Wir wollen das neue Jahr mit – ach so, Sie wissen vielleicht noch gar nicht, daß wir hier eines der schönsten Geläute im ganzen Land besitzen?«

»Wahrhaftig?« meinte Wimsey. »Doch, ich glaube, ich habe schon von den Fenchurch-Glocken gehört.«

»Es mag ja ein paar größere Geläute geben«, räumte der Pfarrer ein, »aber ich wüßte nicht, wer es an Fülle und Klangschönheit mit uns aufnehmen sollte. Vor allem unsere Nummer sieben ist eine sehr edle alte Glocke, aber auch die Baßglocke, und John und Jericho sind ebenfalls bemerkenswert gut – überhaupt sind sie alle ›von reinem Klang und vollem Laut‹, wie das alte Motto heißt.«

»Also haben Sie ein komplettes Achtergeläute?«

»O ja. Wenn es Sie interessiert, zeige ich Ihnen gern ein bezauberndes kleines Büchlein, in dem mein Amtsvorgänger die Geschichte unserer Glocken festgehalten hat. Unsere Baßglocke, die Tailor Paul, ist im Jahre 1614 auf einem Acker neben der Kirche gegossen worden. Man sieht noch die Vertiefung im Boden, wo die Form gemacht wurde, und der Acker selbst heißt heute noch Glockenacker.«

»Haben Sie denn auch eine gute Glöcknermannschaft?« erkundigte Wimsey sich höflich.

»O ja, eine sehr gute. Großartige Burschen, und so eifrig dabei. Da fällt mir ein, ich wollte eben sagen, daß wir in dieser Nacht das neue Jahr mit« – hier hob der Pfarrer bedeutungsvoll die Stimme – »nicht weniger als fünfzehntausend und achthundertvierzig Wechseln Kent Treble Bob Major einzuläuten gedenken. Was sagen Sie dazu? Nicht schlecht, wie?«

»Allmächtiger!« rief Wimsey. »Fünfzehntausend –«

»– und achthundertvierzig«, vollendete der Pfarrer.

Wimsey rechnete schnell nach.

»Das gibt etliche Stunden Arbeit.«

»Neun«, belehrte ihn der Pfarrer stolz.

»Alle Achtung«, sagte Wimsey. »Das ist ja der große Rekord der College-Jugend von achtzehnhundertsoundso.«

»1868«, ergänzte der Pfarrer. »Jawohl, den wollen wir nämlich einstellen. Und was noch mehr ist, wir müssen es der College-Jugend sogar insofern gleichtun, als wir, abgesehen von der bescheidenen Hilfe, die ich geben kann, den ganzen Zyklus mit nur acht Mann läuten müssen. Wir hatten mit zwölf gerechnet, aber nun liegen leider vier von unsern besten Leuten mit dieser fürchterlichen Grippe im Bett, und von Fenchurch St. Stephen, das ja auch ein Geläute hat, wenn auch mit dem unsern nicht annähernd vergleichbar, können wir keine Hilfe bekommen, weil sie dort immer nur Grandsire Triples läuten und somit keinen haben, der einen Kent Treble Bob Major läuten kann.«

Wimsey schüttelte den Kopf und angelte sich sein viertes Butterküchlein.

»Grandsire Triples sind auch ein sehr ehrwürdiges System«, sagte er feierlich, »aber sie bringen nie dieselbe Musik –«

»Das sag ich ja auch immer«, krähte der Pfarrer. »Es wird nie dieselbe Musik, wenn der Baß hinten nachhängt – nicht einmal beim Stedman, obwohl wir hier sehr große Stücke auf Stedman halten und ihn recht anständig läuten, wie ich sagen darf. Aber interessanter und reicher und schöner ist doch jederzeit ein Kent Treble Bob Major.«

»Sehr richtig«, fand Wimsey.

»Etwas Schöneres gibt es einfach nicht.« Mr. Venables entschwebte selig in die Höhen des Glockenturms, wobei er mit seinem Küchlein in der Luft herumfuchtelte, daß ihm die Butter in die Ärmel lief. »Sogar Grandsire Major – ich kann mir nicht helfen, aber für mich fehlt da einfach etwas, wenn der Baß so monoton hinter jedem Wechsel ertönt – besonders hinter den Einzeln, und dann müssen sich die erste und zweite Glocke auch noch die ganze Zeit auf einfaches Jagen beschränken –«

Die weiteren Bemerkungen des Pfarrers zum Grandsire-System des Wechselläutens gingen leider unter, denn soeben erschien Emily an der Tür mit den unheilverkündenden Worten:

»Herr Pfarrer, kann James Thoday Sie kurz sprechen?«

»*James* Thoday?« fragte der Pfarrer. »Nun, gewiß, natürlich. Bring ihn in mein Studierzimmer, Emily, und sag ihm, daß ich gleich komme.«

Der Pfarrer blieb nicht lange fort, und als er wiederkam, machte er ein Gesicht wie sieben Tage Regenwetter. Mit einer Geste äußerster Mutlosigkeit ließ er sich in seinen Sessel fallen.

»Dies«, rief er dramatisch, »ist zuviel des Unglücks!«

»Du meine Güte, Theodore! Was ist denn um Himmels willen passiert?«

»William Thoday! Von allen Tagen im Jahr ausgerechnet heute! Der Ärmste, ich sollte wirklich nicht an mich denken, aber es ist so eine bittere Enttäuschung – so bitter!«

»Aber was ist denn nun mit Thoday?«

»Hingestreckt«, tönte der Pfarrer, »hingestreckt von dieser schrecklichen Geißel, dieser Grippe. Völlig hilflos. Im Delirium. Sie haben schon nach Dr. Baines geschickt.«

»Ts, ts, ts«, machte Mrs. Venables.

»Anscheinend«, fuhr der Pfarrer fort, »hat er sich schon heute früh nicht ganz wohl gefühlt, aber er bestand darauf – wie unklug, der Ärmste –, in irgendwelchen Geschäften nach Walbeach zu fahren. Wie töricht! Ich habe gestern schon bei mir gedacht, Will Thoday sieht ein bißchen elend aus, als er abends zu mir kam. Zum Glück ist er in der Stadt dann George Ashton begegnet, und der hat gesehen, wie es um ihn stand, und es sich nicht nehmen lassen, ihn nach Hause zu begleiten. Der arme Thoday muß sich bei dieser Eiseskälte schwer erkältet haben. Er war so entkräftet, als er zu Hause ankam, daß sie ihn gleich ins Bett gesteckt haben, und nun liegt er mit hohem Fieber da und ist die ganze Zeit todunglücklich, weil er heute abend nicht in die Kirche kommen kann. Ich habe zu seinem Bruder gesagt, er soll ihn um jeden Preis beruhigen, aber ich fürchte, das wird schwer sein. Er ist mit solcher Hingabe dabei, und die Vorstellung, daß er jetzt nicht mitmachen kann, drückt ihm schwer aufs Gemüt.«

»Ach je«, meinte Mrs. Venables. »Aber Dr. Baines wird ihm doch sicher etwas zur Beruhigung geben.«

»Das will ich aufrichtig hoffen. Natürlich, es *ist* eine Katastrophe, aber es ist auch schlimm, daß er es sich so zu Herzen nimmt. Je nun, was man nicht ändern kann, muß man ertragen. Damit ist unsere letzte Hoffnung dahin. Wir werden uns mit Treble Bob Minor zufriedengeben müssen.«

»Ist der Mann denn einer von Ihren Glöcknern?«

»Leider, leider, und nun ist keiner mehr da, der seinen Platz einnehmen könnte. Wir werden unser großes Vorhaben fallenlassen müssen. Selbst wenn ich persönlich eine Glocke nähme, könnte ich doch unmöglich neun Stunden an einem Stück läuten. Man wird ja nicht jünger, und außerdem muß ich um acht Uhr den Frühgottesdienst halten, abgesehen davon, daß mich der Neujahrsgottesdienst ohnehin bis nach Mitternacht beanspruchen wird. Ach ja! Der Mensch denkt, und Gott lenkt – es sei denn« – der Pfarrer drehte sich plötzlich um und musterte seinen Gast – »Sie haben vorhin so gefühlvoll vom Treble Bob gesprochen – sollten Sie etwa selbst ein Glöckner sein?«

»Nun«, meinte Wimsey, »früher hab ich mal ein flottes Seil gezogen. Aber ob ich jetzt um diese Tageszeit noch –«

»Treble Bob?« erkundigte der Pfarrer sich hoffnungsvoll.

»Treble Bob, gewiß, ja, aber es ist doch ziemlich lange her, seit –«

»Das kommt wieder!« rief der Pfarrer fiebernd. »Das kommt bestimmt wieder. Eine halbe Stunde mit den Handglocken –«

»Aber nun hör mal!« sagte Mrs. Venables.

»Ist das nicht wunderbar?« rief der Geistliche. »Ist das nicht Vorsehung? Daß uns gerade in diesem Augenblick ein Gast ins Haus geschickt wird, der wahrhaftig ein Glöckner ist und sich auf Kent Treble Bob Major versteht?« Er läutete nach dem Mädchen. »Hinkins soll sofort die Runde machen und die Jungs zu einer Übungsstunde mit den Handglocken zusammenrufen. Meine Liebe, ich fürchte, wir werden das Eßzimmer in Anspruch nehmen müssen, wenn es dir recht ist. Emily, sag Hinkins, daß ich hier einen Herrn habe, der den Zyklus mit uns läuten kann, und er soll sofort überall herumgehen und –«

»Einen Augenblick, Emily! Theodore, ist es eigentlich recht, von Lord Peter Wimsey, der einen Autounfall hatte und einen schweren Tag hinter sich hat, zu erwarten, daß er aufbleibt und von Mitternacht bis neun Uhr früh Glocken läutet? Ein paar kurze Durchgänge vielleicht, wenn es ihm wirklich nichts ausmacht, aber selbst das hieße seine Freundlichkeit schamlos ausnutzen.«

Der Pfarrer ließ die Mundwinkel heruntersinken wie ein gekränktes Kind, und Wimsey kam ihm rasch zu Hilfe.

»Aber nicht im mindesten, Mrs. Venables. Ich wüßte mir kein größeres Vergnügen, als den ganzen Tag und die ganze Nacht Glocken zu läuten. Ich bin überhaupt nicht müde. Ruhe brauche ich wirklich nicht. Ich möchte viel lieber läuten. Ich frage mich lediglich, ob ich den ganzen Zyklus durchhalten werde, ohne die dümmsten Fehler zu machen.«

»Natürlich werden Sie das, natürlich«, beeilte sich der Pfarrer zu versichern. »Aber wie meine Frau sagt – ich glaube, es war wirklich sehr gedankenlos von mir. Neun Stunden sind zuviel. Wir sollten uns auf fünftausend Wechsel beschränken –«

»Um keinen Preis«, sagte Wimsey. »Neun Stunden oder nichts. Ich bestehe darauf. Nur wird wahrscheinlich gar nichts daraus, wenn Sie mich erst gehört haben.«

»Pah, so ein Unsinn!« rief der Pfarrer. »Emily, sag zu Hinkins, er soll die Männer für – sagen wir halb sechs? – hierher zusammenrufen. Ich glaube, bis dahin können sie alle hier sein, außer Pratt vielleicht, der am Tuppers End wohnt, aber ich kann den achten selbst machen. Ach, ist das schön! Wirklich, ich kann es nicht fassen, welch glückliche Fügung Ihr Kommen ist. Da sieht man, wie wunderbar der Himmel selbst für unsere Freuden sorgt, so sie nur unschuldig sind. Sie nehmen es mir hoffentlich nicht übel, Lord Peter, wenn ich heute abend in meiner Predigt kurz darauf eingehe? Eine richtige Predigt wird es ja eigentlich kaum – nur ein paar passende Gedanken zum Jahreswechsel und den Möglichkeiten, die das neue Jahr eröffnet. Darf ich fragen, wo Sie sonst zu läuten pflegen?«

»Heute gar nicht mehr; aber als Junge habe ich in Duke's Denver geläutet, und wenn ich zu Weihnachten oder anderen Festen nach Hause komme, nehme ich gelegentlich noch mal ein Seil in die Hand.«

»Duke's Denver? Natürlich – St. John ad Portam Latinam – eine hübsche kleine Kirche; ich kenne sie recht gut. Aber Sie werden zugeben, daß unsere Glocken besser sind! Nun denn, jetzt müssen Sie mich entschuldigen, damit ich rasch das Eßzimmer vorbereiten kann, für unsere Übungsstunde.«

Er eilte geschäftig hinaus.

»Es ist sehr lieb von Ihnen«, sagte Mrs. Venables, »daß Sie sich für das Hobby meines Mannes opfern wollen. Er hat sich so sehr auf dieses Läuten heute nacht gefreut, und nun die vielen Enttäuschungen! Aber ich finde es schrecklich, Ihnen zuerst unsere Gastfreundschaft anzubieten und Sie dann die ganze Nacht schwer dafür arbeiten zu lassen.«

Das Vergnügen, versicherte Wimsey ihr erneut, sei ganz auf seiner Seite.

»Aber ich bestehe darauf, daß Sie vorher wenigstens ein paar Stunden Ruhe haben«, war alles, was Mrs. Venables erwidern konnte. »Wenn Sie jetzt mitkommen und Ihr Zimmer ansehen möchten? Sie werden sich auf jeden Fall waschen und ein wenig frisch machen wollen. Um halb acht essen wir zu Abend, wenn es uns gelingt, Sie bis dahin meinem Mann zu entreißen, und dann müssen Sie sich wirklich etwas hinlegen. Hier habe ich Sie untergebracht – wie ich sehe, hat ja Ihr Diener schon alles für Sie vorbereitet.«

»Nun, Bunter«, sagte Wimsey, nachdem Mrs. Venables sie alleingelassen hatte, damit er sich im unzureichenden Licht eines Öllämpchens und einer Kerze präsentabel machen konnte, »das scheint ein schönes Bett zu sein – aber es ist mir nicht vergönnt, darin zu schlafen.«

»Das habe ich bereits von dem Mädchen gehört, Mylord.«

»Wirklich schade, daß Sie mich nicht am Seil ablösen können, Bunter.«

»Ich versichere Eurer Lordschaft, daß ich es zum erstenmal in meinem Dasein bereue, mich niemals praktisch mit der Campanologie befaßt zu haben.«

»Und mich freut es immer wieder, wenn ich etwas entdekke, was Sie nicht können. Haben Sie es je versucht?«

»Nur einmal, Mylord, und bei dieser Gelegenheit hätte es um Haaresbreite ein Unglück gegeben. Dank meiner beklagenswerten manuellen Ungeschicklichkeit hätte ich mich beinahe selbst am Seil erhängt, Mylord.«

»Bitte, reden wir nicht vom Erhängen«, sagte Wimsey unglücklich. »Da wir zur Zeit nicht Detektiv spielen, mag ich auch nichts vom Geschäft hören.«

»Gewiß, Mylord. Wünschen Mylord rasiert zu werden?«

»Ja – wir wollen das neue Jahr mit sauberem Gesicht beginnen.«

»Sehr wohl, Mylord.«

Als Wimsey frisch gewaschen und rasiert ins Eßzimmer hinunterkam, war der Tisch fortgerückt, und acht Stühle standen im Kreis herum. Auf sieben von ihnen saßen Männer aller Altersstufen, vom verschrumpelten Greis mit langem Bart bis zum schüchternen Jüngling mit angeklebter Schmachtlocke; in der Mitte stand, unentwegt redend wie ein freundlicher Magier, der Pfarrer.

»Ah, da sind Sie ja! Wunderbar, ausgezeichnet! Also, Jungens, das ist Lord Peter Wimsey, den uns die Vorsehung geschickt hat, damit er uns aus der Not hilft. Wie er mir sagte, ist er etwas aus der Übung, weshalb ihr sicher gern ein Stündchen opfern werdet, damit er wieder hineinfindet. Jetzt werde ich euch alle der Reihe nach vorstellen. Lord Peter, das ist Hezekiah Lavender, der für uns seit sechzig Jahren die Baßglocke läutet und sie noch zwanzig Jahre zu läuten gedenkt – nicht wahr, Hezekiah?«

Der kleine knorrige Mann grinste mit zahnlosem Mund und streckte eine gichtige Hand aus.

»Sehr geehrt, Mylord. Jawohl, ist'n schöner Batzen Jahre, daß ich die gute alte Tailor Paul läute. Wir kennen uns gut, sie und ich, und ich werd sie so lange läuten, bis sie irgendwann die neun Tailors für mich schlägt, jawohl.«

(Glocken sind, so sei hier angemerkt, wie Schiffe stets weiblichen Geschlechts, auch wenn sie männliche Namen tragen.)

»Sie werden uns hoffentlich noch recht lange erhalten bleiben, Mr. Lavender.«

»Ezra Wilderspin«, fuhr der Pfarrer fort. »Er ist der größte und stärkste von uns und läutet die kleinste Glocke. So geht es oft im Leben, nicht? Er ist übrigens unser Schmied und hat versprochen, gleich morgen früh Ihren Wagen zu holen.«

Der Schmied lachte verlegen. Er klappte eine Riesenhand um Wimseys Finger und zog sich verwirrt zu seinem Stuhl zurück.

»Jack Godfrey«, machte der Pfarrer weiter in der Runde. »Er läutet die Nummer sieben. Wie läuft denn Batty Thomas jetzt, Jack?«

»Jetzt läuft sie gut, danke, Sir, seit wir die neuen Zapfen drin haben.«

»Jack hat die Ehre, die älteste Glocke zu läuten, die wir besitzen«, erklärte der Pfarrer. »Batty Thomas wurde 1338 von Thomas Belleyetere aus Lynn gegossen, aber ihren Namen hat sie von Abt Thomas, der sie 1380 hat neu gießen lassen – stimmt's, Jack?«

»So ist es«, pflichtete Mr. Godfrey bei.

»Mr. Donnington, Wirt zur ›Roten Kuh‹ und unser Kirchenvorstand«, fuhr der Pfarrer fort, indem er einen langen, dünnen Mann mit Silberblick nach vorn schob. »Ich hätte ihn in Anbetracht der Würde seines Amtes zuerst nennen sollen, aber seine Glocke ist nun einmal nicht so altehrwürdig wie Tailor Paul und Batty Thomas. Er läutet die Nummer sechs – Dimity –, eine ziemlich neue Glocke in ihrer jetzigen Gestalt, obschon aus altem Metall.«

»Und die wohlklingendste im ganzen Geläute«, erklärte Mr. Donnington im Brustton der Überzeugung. »Sehr erfreut, Sie kennenzulernen, Mylord.«

»Joe Hinkins, mein Gärtner. Ich glaube, Sie haben sich schon begrüßt. Er läutet die Nummer fünf. Harry Gotobed, Nummer vier; unser Totengräber, und welcher Name wäre schöner für einen Totengräber? Und Walter Pratt, unser Benjamin, der die Nummer drei läuten soll und seine Sache bestimmt recht gut machen wird. Ich bin ja so froh, daß wir dich beizeiten herbekommen haben, Walter. Tja, das wären wir alle, Mylord. Sie selbst, Lord Peter, werden den Platz des armen William Thoday an der Nummer zwei einnehmen. Sabaoth heißt sie; sie und die Nummer fünf wurden im selben Jahr wie Dimity neu gegossen – das war im Jubiläumsjahr der alten Königin. So, und nun an die Arbeit. Hier ist Ihre Handglocke, kommen Sie, setzen Sie sich neben Walter Pratt. Unser guter alter Freund Hezekiah wird die Leitung übernehmen, und Sie werden sehen, er singt seine Kommandos so laut und klar wie die Glocken, obwohl er die Fünfundsiebzig schon überschritten hat. Hab ich recht, Alter?«

»Und wie«, krächzte der alte Herr gutgelaunt. »Also, Männer, wenn ihr soweit seid, läuten wir einen kurzen Sechsundneunziger, nur damit dieser Herr wieder reinkommt, sozusagen. Sie wissen sicher noch, Mylord, daß Sie zuerst immer mit der Nummer eins die Führung wechseln und dann in die langsame Jagd gehen, bis sie wieder vorkommt und mit Ihnen tauscht.«

»Stimmt«, meinte Wimsey. »Und dann gehe ich auf Platz drei und vier.«

»Ganz recht, Mylord. Und dann immer drei Schritte vor

und einen zurück, bis Sie ganz am Schluß angelangt sind.«

»Nur zu, Chef.«

Der Alte nickte und fuhr fort: »Und du, Wally Pratt, paßt gefälligst auf, was du machst. Und daß du mir mit deiner Glocke nicht über Platz drei gehst! Das hab ich dir schon tausendmal gesagt. Also, Männer, wenn ihr fertig seid – los!«

Die Kunst des Wechsel- oder Variationsläutens ist eine englische Besonderheit und, wie alle englischen Besonderheiten, der übrigen Welt unbegreiflich. Für den musikalischen Belgier zum Beispiel ist ein wohlabgestimmtes Geläute dazu da, Melodien zu spielen. Der englische Campanologe dagegen sieht im Läuten von Melodien ein kindisches Spiel, das man getrost den Ausländern überläßt; zum rechten Gebrauch der Glocken gehört für ihn das Austüfteln mathematischer Permutationen und Kombinationen. Wenn er von der Musik seiner Glocken spricht, meint er nicht etwa Musik im Sinne der Musiker – noch weniger das, was der gewöhnliche Sterbliche unter Musik versteht. Für den gewöhnlichen Sterblichen indessen ist das Wechselläuten nur Lärm und eine Belästigung obendrein, erträglich höchstens bei großer Entfernung oder im milden Glanz sentimentaler Erinnerung. Der erfahrene Glöckner dagegen erkennt zwischen den verschiedenen Variationsmethoden tatsächlich musikalische Unterschiede; er schwört, daß es schöner klingt, wenn die hinteren Glocken etwa 7, 5, 6 oder 5, 6, 7 oder 5, 7, 6 laufen, und er kann die aufeinanderfolgenden Fünfer des Tittums-Systems oder die kaskadierenden Dreier des Queen's-Wechsels, wenn sie kommen, heraushören und genießen. In Wahrheit aber will er mit alledem nur sagen, daß die englische Methode des Läutens mit Rad und Seil erst jeder einzelnen Glocke ihren vollsten und edelsten Klang verleiht. Seine Passion – und eine solche ist es – findet ihre Befriedigung in der mathematischen Vollendung und mechanischen Vollkommenheit, und wenn seine Glocke sich in eleganten, rhythmischen Bögen von der ersten an die letzte Stelle und wieder nach vorn begibt, erfaßt ihn eine heilige Begeisterung, wie sie nur aus der fehlerfreien Durchführung eines äußerst schwierigen Rituals erwächst. Ein unkundiger Augenzeuge dieser abendlichen Läuteprobe hätte die acht entrückten Gesichter, die acht angespannten Körper, die da reglos im verzauberten Kreis auf den Vorderkanten der acht Eßzimmerstühle saßen und in hocherhobenen rechten Händen zierlich ihre Handglocken auf- und abwärts bewegten, wahrscheinlich etwas komisch gefunden; die Akteure aber nahmen alles so ernst und wichtig wie ein Cricketturnier gegen Australien.

Nachdem Mr. Hezekiah Lavender drei Durchgänge hintereinander aufgerufen hatte, fanden die Glocken fehlerlos wieder in ihre natürliche Reihenfolge zurück.

»Ausgezeichnet«, sagte der Pfarrer. »Das ging ja einwandfrei.«

»Bisher«, meinte Wimsey.

»Seine Lordschaft wird's schon machen«, fand auch Mr. Lavender. »So, Männer, noch einmal. Was probieren wir jetzt, Sir?«

»Siebenhundertvier«, antwortete der Pfarrer mit einem Blick auf die Uhr. »Mit einem Doppel in die Mitte, vor, fehl und heim, dann Wiederholung.«

»Sehr richtig, Sir. Und du, Wally Pratt, sperr die Ohren auf und hör auf die Nummer eins, und laß deine Führungsglocke nicht aus den Augen. Wenn du so in der Gegend herumglotzt, schmeißt du uns alle raus.«

Der unglückliche Pratt trocknete sich die Stirn ab, hakte die Stiefelspitzen um die Stuhlbeine und nahm seine Glocke fest in die Hand. Ob aus Nervosität oder anderen Gründen, jedenfalls kam er zu Beginn der siebten Führung in Bedrängnis und »schmiß« erfolgreich alle raus, worauf ihm sofort wieder der Schweiß aus allen Poren brach.

»Halt!« grollte Mr. Lavender in angewidertem Ton. »Wenn du jetzt schon so anfängst, Wally Pratt, können wir das Läuten heute nacht gleich aufgeben. Du wirst doch langsam wissen, was du beim Scherschritt zu tun hast, oder?«

»Ruhig Blut, ruhig Blut«, vermittelte der Pfarrer. »Laß dich nicht entmutigen, Wally. Du hast gewiß nur vergessen, auf sieben und acht die Doppelschläge einzulegen, nicht?«

»Ja, Sir.«

»Vergessen!« rief Mr. Lavender so erregt, daß sein Bart wackelte. »Jetzt nimm dir aber mal ein Beispiel an Seiner Lordschaft hier. *Er* hat nichts vergessen, und wo er so lange aus der Übung ist.«

»Na, nun ist's gut, Hezekiah«, rief der Pfarrer wieder. »Sie dürfen gegen Wally nicht so hart sein. Schließlich hat nicht jeder sechzig Jahre Erfahrung.«

Mr. Lavender brummelte noch etwas vor sich hin und begann den ganzen Durchgang wieder von vorn. Diesmal behielt Mr. Pratt die Übersicht, und der Satz wurde bis zum Ausklang durchgeläutet.

»Gut gemacht, alle«, rief der Pfarrer. »Unsere Neuerwerbung wird uns Ehre machen, meinen Sie nicht, Hezekiah?«

»Aber bei der zweiten Führung wäre ich beinahe rausgekommen«, antwortete Wimsey lachend. »Um ein Haar hätte ich vergessen, beim Scherschritt die vier Schläge auf Platz vier zu machen. Aber es ist noch mal gutgegangen.«

»Sie werden Ihre Sache schon richtig machen, Mylord«, versicherte ihm Mr. Lavender. »Aber du, Wally Pratt –«

»Ich glaube«, fiel der Pfarrer ihm schnell ins Wort, »wir sollten jetzt mal rasch in die Kirche gehen, damit Lord Peter sich mit seiner Glocke vertraut machen kann. Ihr könnt gleich alle mit rüberkommen und die Glocken schon für den Gottesdienst aufschwingen. Und Sie, Jack, sorgen dafür, daß Lord Peters Seil die richtige Länge bekommt. Jack Godfrey ist nämlich für die Glocken und die Seile zuständig«, fügte er erklärend hinzu. »und hält sie für uns tipptopp in Ordnung.«

Mr. Godfrey lächelte.

»Da müssen wir aber die Schlaufen ein gutes Stück runterlassen für Seine Lordschaft«, meinte er, indem er Wimsey mit den Augen maß. »So groß wie Will Thoday ist er nicht, da fehlt noch'n ganzes Ende.«

»Daß Sie sich nur nicht täuschen«, sagte Wimsey. »Um es mit der alten Glockeninschrift zu sagen: Ob ich auch klein, bin ich doch fein.«

»Natürlich«, sagte der Pfarrer. »Jack hat auch gar nichts anderes sagen wollen. Aber Will Thoday ist wirklich ausgesprochen groß. So, wo habe ich eigentlich meinen Hut hingelegt? Agnes, Liebe! Agnes! Ich finde meinen Hut nicht. Ah, das ist er ja, natürlich. Und mein Schal. Was täte ich nur ohne dich! So, und jetzt hole ich nur noch den Schlüssel zum Turm – ach du meine Güte! Wann hatte ich denn zuletzt den Schlüssel?«

»Macht nichts, Sir«, tröstete Mr. Godfrey. »Ich habe sämtliche Schlüssel bei mir, Sir.«

»Auch den Kirchenschlüssel?«

»Ja, Sir, und den für die Glockenstube.«

»Gut, gut – hervorragend. Lord Peter wird sicher gern einen Blick in die Glockenstube werfen wollen. Für mich, Lord Peter, ist der Anblick eines wirklich guten Geläutes – entschuldige, Liebe, was ist?«

»Ich sagte nur, vergiß das Abendessen nicht, und halte Lord Peter nicht zu lange auf.«

»Gewiß nicht, gewiß nicht, meine Liebe. Aber er möchte sicher gern die Glocken sehen. Und die Kirche selbst ist auch sehenswert, Lord Peter. Wir haben ein sehr interessantes Taufbecken aus dem zwölften Jahrhundert, und das Dach gilt als eines der schönsten seiner Art – ja doch, ja, liebe Agnes, wir gehen ja schon.«

Die Haustür öffnete sich in eine glitzernde Welt. Es schneite noch immer stark; selbst die von den Glöcknern vor einer knappen Stunde getretenen Fußstapfen waren fast wieder zu. Sie schlenderten die Zufahrt hinunter und überquerten die Straße. Vor ihnen erhob sich schwarz und riesig die Kirche. Mr. Godfrey, der ihnen allen mit einer altmodischen Laterne voranging, führte sie durchs Friedhofstor und über einen von Grabsteinen gesäumten Weg zum Südportal der Kirche, dessen schweres Schloß beim Aufsperren ächzte. Ein schwerer ekklesiastischer Duft von altem Holz, Firnis, Trokkenfäule, Gebetskissen, Gesangbüchern, Paraffinlampen, Blumen und Kerzen, die alle in der Wärme der Dauerbrandöfen friedlich vor sich hin backten, schlug ihnen aus dem Innern entgegen. Der spärliche Schein der Laterne streifte hier die Mohnkapsel einer Kirchenbank, da die Kehlung einer steinernen Säule, dort den schimmernden Messingrahmen einer Wandtafel. Die Schritte der Männer hallten unheimlich vom Gewölbe des Mittelschiffs wider.

»Alles Übergangsstil hier«, flüsterte der Pfarrer, »bis auf das spätgotische Fenster am Ende des nördlichen Seitenschiffs, das Sie jetzt natürlich nicht sehen können. Von dem ursprünglichen normannischen Fundament ist nichts mehr übrig, nur noch ein paar Trommeln unter den Säulenschäften des Altarraums, aber wenn man danach sucht, kann man die Überreste der normannischen Apsis noch unter dem frühenglischen Sanktuarium finden. Wenn es erst heller ist, werden Sie bemerken – ach ja, Jack, unter allen Umständen! Jack Godfrey hat völlig recht, Lord Peter – wir dürfen keine Zeit verlieren. Ich lasse mich immer so leicht von meiner Begeisterung fortreißen.«

Er führte seinen Gast unter den Glockenturm am Westende und von dort, immer dem schwachen Schein aus Jack Godfreys Laterne nach, eine steile, gewundene Treppe hinauf, deren steinerne Stufen von den Füßen unzähliger, längst verblichener Glöckner ausgetreten waren. Nach ungefähr einer Runde hielt die Prozession an; Schlüssel klirrten, und der Laternenschein wanderte nach rechts ab durch eine schmale Tür. Wimsey folgte ihm und fand sich in der Läutestube des Glockenturms wieder.

Sie war in keiner Weise bemerkenswert, nur vielleicht etwas höher als normal, was von der ungewöhnlichen Höhe des Turms kam. Am Tag mußte es hier schön hell sein, denn die drei Außenwände hatten je ein großes Fenster, während man durch ein paar unverglaste, aber mit Eisenstäben gegen Unfälle gesicherte Öffnungen im unteren Teil der Ostwand, etwas oberhalb der Obergadenfenster, ins Kircheninnere blicken konnte. Als Jack Godfrey seine Laterne abstellte und eine an der Wand hängende Paraffinlampe anzündete, sah Wimsey die acht Glockenseile, deren dicke Filze in ordentlichen Schlaufen an der Wand hingen, während die oberen Enden geheimnisvoll im Schatten verschwanden. Dann flammte das Licht auf, und die Wände bekamen Gestalt und Farbe. Sie waren roh verputzt und mit einem unter den Fenstern rundumlaufenden Spruch in gotischen Lettern verziert: »Sie haben nicht Sprache noch Zunge, doch ihre Stimmen werden unter ihnen vernommen, und ihr Klang schallet hinaus in alle Lande.« Darüber hingen verschiedenerlei Tafeln aus Holz, Messing, sogar aus Stein, zum Gedenken an glöcknerische Großtaten der Vergangenheit.

»Nach dieser Nacht hoffen wir eine weitere anbringen zu können«, flüsterte der Pfarrer in Wimseys Ohr.

»Hoffentlich scheitert es nur nicht an mir«, meinte Wimsey. »Wie ich sehe, gelten hier noch die alten Regeln der Glöcknergilde. Ha! ›Halt brav den Takt, laß keinen aus, sonst kommst du ohne Zweifel raus. Für jeden Schmiß ein Hummpen Bier.‹ Da steht zwar nicht, wie groß der Humpen sein soll, aber die zwei M lassen Böses ahnen. ›Wer seine Glocke überschlägt, zahlt einen Sechser, eh' er geht.‹ Das ist billig, wenn man bedenkt, was dabei alles kaputtgehen kann. Dagegen finde ich einen Sechser für jeden Fluch ein bißchen teuer, meinen Sie nicht? Wo hängt denn nun meine Glocke?«

»Hier, Mylord.« Jack Godfrey hatte bereits das Seil der zweiten Glocke von der Wand genommen und die Schlaufen unter dem Filz gelöst, so daß es voll bis unten hing.

»Wenn Sie die Glocke aufgeschwungen haben«, sagte er, »bringen wir die Schlaufen in der richtigen Höhe für Sie an. Oder soll ich sie für Sie aufschwingen?«

»Im Leben nicht«, antwortete Wimsey. »Ein armseliger Glöckner, der seine Glocke nicht selbst aufschwingen kann.« Er faßte das Seil, und indem er es sanft nach unten zog, raffte er das lose Ende in der linken Hand auf. Leise und tremulierend erhob Sabaoth hoch oben im Turm ihre Stimme, gefolgt von ihren Geschwistern, als auch die anderen Glöckner der Reihe nach an ihre Seile traten. »Tin-tin-tin«, rief Gaude in ihrem silberhellen Diskant; »Tan-tan«, antwortete Sabaoth; »Din-din-din« und »Dan-dan-dan«, machten John und Jericho, indem sie sich immer höher hinaufschwangen; »Bim-bam, bim-bam«, folgten Jubilee und Dimity; »Bom«, machte Batty Thomas; und schließlich kam Tailor Paul, majestätisch den großen Bronzemund öffnend, mit ihrem tiefen »Dong«.

Wimsey schwang seine Glocke gekonnt auf und brachte sie in Rückzugstellung; die Schlaufen wurden seiner Körpergröße endgültig angepaßt, und dann wurden auf Vorschlag des Pfarrers ein paar Proberunden geläutet, damit er sich »mit seiner Glocke vertraut machen« konnte.

»Ihr könnt eure Glocken aufgeschwungen lassen«, sagte Mr. Hezekiah Lavender gnädig, nachdem diese letzte Probe zum Abschluß gebracht war, »aber bilde du dir ja nicht ein, Wally Pratt, das wär hier so üblich. Und jetzt hört mal zu, alle miteinander, damit ihr's richtig mitkriegt. Ihr seid um Punkt Viertel vor elf hier und läutet zum Gottesdienst, wie immer, und wenn der Herr Pfarrer mit der Predigt fertig ist, kommt ihr still und wie sich's gehört wieder hier rauf und nehmt eure Plätze ein. Und während unten gesungen wird, läute ich die neun Tailors und die Halbminutenschläge für das scheidende Jahr, verstanden? Dann nehmt ihr eure Seile in die Hand und wartet, bis die Uhr schlägt, und wenn die fertig ist, sag ich: ›Los!‹, und ihr seht mir ja zu, daß ihr bereit seid und loslegen könnt. Und wenn der Herr Pfarrer unten fertig ist, hat er versprochen, daß er raufkommt und auch mal ein Seil in die Hand nimmt, falls einer mal 'ne Pause nötig hat, und das ist ja nun wirklich sehr freundlich von ihm. Und du, Alf Donnington, wirst mir ja das Übliche nicht vergessen!«

»Ich doch nicht«, antwortete Mr. Donnington. »Also, bis nachher, Jungs.«

Die Laterne verließ als erste die Läutestube, gefolgt von lautem Füßegetrappel.

»Und nun«, sagte der Pfarrer, »und nun, Lord Peter, möchten Sie sicher mitkommen und sich – gütiger Himmel!« entfuhr es ihm, als sie plötzlich auf der Wendeltreppe im Dunkeln herumtappten. »Wo in aller Welt ist denn nur Jack Godfrey? Jack! Er ist schon mit den andern hinuntergegangen. Ach ja, der arme Kerl, wahrscheinlich will er endlich nach Hause zum Abendessen. Wir dürfen nicht so selbstsüchtig sein. Dummerweise hat er den Schlüssel zur Glockenstube, und ohne den können wir unsere Forschungen nicht betreiben. Nun ja, morgen sehen Sie ohnehin viel besser. Ja, Joe, ja, wir kommen! Vorsicht auf der Treppe, Mylord – die Stufen sind sehr ausgetreten, vor allem in der Mitte. So, da sind wir, sicher und wohlbehalten. Ausgezeichnet! Und nun, bevor wir gehen, Lord Peter, möchte ich Ihnen noch so gern –«

Die Uhr im Turm schlug drei Viertel.

»Du meine Güte!« rief der Pfarrer schuldbewußt. »Und um halb sollte doch gegessen werden! Meine Frau – wir müssen bis heute nacht warten. Sie werden eine allgemeine Vorstellung von der Majestät und Größe unserer Kirche bekommen, wenn Sie dem Gottesdienst beiwohnen, obschon es viele hochinteressante Einzelheiten zu sehen gibt, die der Besucher nur zu leicht übersieht, wenn er nicht eigens darauf hingewiesen wird. Das Taufbecken zum Beispiel – Jack! Kommen Sie doch mal einen Augenblick mit der Laterne hierher – eines an unserem Taufbecken ist nämlich höchst ungewöhnlich, das möchte ich Ihnen gerne zeigen. Jack!«

Aber Jack, aus unerfindlichen Gründen stocktaub, stand schon bei der Tür und klimperte mit den Kirchenschlüsseln, und der Pfarrer schickte sich leise seufzend in seine Niederlage.

»Ich fürchte, es ist wahr«, sagte er, als sie den Weg hinuntergingen, »daß ich nur zu gern die Zeit vergesse.«

»Vielleicht«, entgegnete Wimsey höflich, »liegt es daran, daß Sie immer in und bei der Kirche sind; das bringt einen der Ewigkeit so nah.«

»Sehr wahr«, sagte der Pfarrer, »sehr wahr – obwohl doch

der Mahnmale genug sind für das Verrinnen der Zeit. Erinnern Sie mich daran, daß ich Ihnen morgen das Grab von Nathaniel Perkins zeige – das war einer der Großen dieses Ortes und ein bekannter Sportler. Einmal war er Ringrichter für den großen Tom Sayers – ein bekannter Mann in allen Ringen des Umkreises, und als er starb ... wir sind zu Hause. Ich erzähle Ihnen später weiter von Nathaniel Perkins. So, meine Liebe, wir sind wieder da! *So* spät nun auch wieder nicht. Kommen Sie, kommen Sie, Lord Peter, Sie müssen kräftig zu Abend essen, um sich für die bevorstehenden Strapazen zu stärken. Was haben wir denn hier? Ochsenschwanz? Ausgezeichnet! Das hält vor! Hoffentlich mögen Sie Ochsenschwanz, Lord Peter. Herr, segne diese ...«

Zweiter Durchgang

Die Glocken in ihren Läufen

Zu Fest und Freude singen wir mit frohem Klang, Der armen Seele läuten wir den Grabgesang.
GLÖCKNERREGEL IN SOUTHILL, BEDFORDSHIRE

Nach dem Essen machte Mrs. Venables energisch ihre Autorität geltend. Des Pfarrers ungeachtet, der hilflos ein unaufgeräumtes Bücherregal nach Christopher Woollcotts *Geschichte der Glocken von Fenchurch St. Paul* durchstöberte, schickte sie Lord Peter auf sein Zimmer.

»Ich kann mir nicht denken, wo es nur geblieben sein könnte«, sagte der Pfarrer. »Ich bin leider so schrecklich unordentlich. Aber vielleicht möchten Sie sich das hier einmal ansehen – ein kleiner Beitrag von mir selbst zur hohen Kunst des Glockenläutens. Ich weiß, meine Liebe, ich weiß – ich darf Lord Peter nicht länger aufhalten – wie rücksichtslos von mir.«

»Du brauchst auch selbst etwas Ruhe, Theodore.«

»Ja, ja, meine Liebe. Gleich, gleich. Ich will nur noch –«

Wimsey sah, daß der Pfarrer nur zum Schweigen zu bringen war, wenn er ihn schnöde stehenließ. Also zog er sich ins obere Stockwerk zurück, wo ihn Bunter in Empfang nahm, der ihn mitsamt einer Wärmflasche unters Federbett steckte und dann die Tür schloß.

Im Kamin prasselte ein Feuer. Wimsey zog die Lampe näher an sein Bett, klappte das Büchlein auf, das ihm der Pfarrer in die Hand gedrückt hatte, und studierte die Titelseite:

Eine Untersuchung
der mathematischen Theorie
des Wechselläutens
Mit Anweisungen für
die Beendigung der Durchgänge
aus allen Phasen
nach allen anerkannten Methoden
Auf einer neuen, wissenschaftlichen
Grundlage
von
Theodore Venables, M. A.
Pfarrer von Fenchurch St. Paul
vormals Scholar des Caius Coll., Cambr.
Verfasser der Schriften:
»Wechselläuten für ländliche Kirchen«,
»Fünfzig kurze Durchgänge Grandsire Triples« etc.
»Gott ist emporgefahren mit fröhlichem Klang.«
MCMII

Die Schrift war so schlaffördernd wie der geschmorte Ochsenschwanz; im Zimmer war es warm; der Tag war anstrengend gewesen; vor Lord Peters Augen begannen die Zeilen zu schwimmen. Er nickte mit dem Kopf. Eine Kohle kullerte vom Rost. Wimsey schrak hoch und las: »... Wenn die 5 dem Lauf der 7 folgt (sagt Shipway), und die 7 der 6, so sind sie recht, sofern die kleinen Glocken 2, 3 und 4 in den vorhergehenden Läufen anweisungsgemäß geläutet wurden; wenn aber die 6 und die 7 ohne die 5 beieinander sind, so ist die 5 in die Jagd zu rufen...«

Lord Peter nickte hinüber ins Reich der Träume.

Glockengeläute riß ihn aus dem Schlaf.

Im ersten Augenblick wußte er nicht, was los war – dann stieß er das Federbett zurück, setzte sich verschlafen und vorwurfsvoll auf und begegnete Bunters ruhig-gelassenem Blick.

»Großer Gott! Ich war eingeschlafen! Warum haben Sie mich nicht geweckt? Jetzt haben sie ohne mich angefangen.«

»Mrs. Venables hat angeordnet, Mylord, Sie frühestens um halb zwölf zu wecken, und der Herr Pfarrer läßt Ihnen ausrichten, Mylord, sie würden sich zum Einläuten des Gottesdienstes mit sechs Glocken begnügen.«

»Wieviel Uhr haben wir jetzt?«

»Gleich fünf Minuten vor elf, Mylord.«

Noch während er sprach, verstummte das Geläute, und Jubilee begann mit ihrem Fünfminutenläuten.

»Hol's der Kuckuck!« rief Wimsey. »So geht das doch nicht. Ich muß hin und den alten Knaben predigen hören. Meine Haarbürste! Schneit es noch?«

»Immer stärker, Mylord.«

Wimsey machte hastig Toilette und stürzte nach unten. Bunter folgte ihm gemessenen Schrittes. Sie traten zur Tür hinaus und gingen, Bunters Taschenlampe folgend, zwischen den Gebüschen hindurch zur Straße, überquerten diese und traten zugleich mit dem dröhnenden Schlußakkord der Orgel in die Kirche. Chor und Pfarrer waren schon an ihren Plätzen. Wimsey, der im gelben Licht der Kandelaber um sich blinzelte, entdeckte schließlich auf einer Stuhlreihe unterhalb des Turms seine Glöcknerkollegen. Während er möglichst unauffällig über den Kokosläufer in ihre Nähe strebte, ging Bunter, der sich alle notwendigen Informationen schon vorher besorgt zu haben schien, selbstsicher auf eine der Bänke im nördlichen Seitenschiff zu und nahm neben Emily aus dem Pfarrhaus Platz. Der alte Hezekiah Lavender begrüßte Wimsey mit einem erfreuten Glucksen und hielt ihm ein Gesangbuch unter die Nase, als er sich zum Gebet hinkniete.

»Geliebte Brüder –«

Wimsey stand eilfertig auf und sah sich um.

Auf den ersten Blick fühlte er sich förmlich erschlagen von den edlen Maßen der Kirche, in deren geräumiger Weite sich die versammelte Gemeinde – obschon ganz beachtlich für so einen kleinen Ort und mitten in einer Winternacht – nahezu verlor. Das große Mittelschiff und die dämmrigen Seitenschiffe, die erhabene Höhe des Altarraums – abgetrennt, aber nicht verdeckt durch eine kunstvoll gearbeitete Chorschranke –, die intime Schönheit des Chorgestühls mit den zierlichen Säulen, elegant gerippten Gewölben und fünf schmalen Spitzbögen an der Ostseite, das alles nahm seine Aufmerksamkeit gefangen und lenkte sie weiter auf das indirekt beleuchtete Allerheiligste. Von dort wanderte sein Blick dann wieder zurück ins Mittelschiff mit seinen kräftigen, doch schlanken Säulen, die wie Springbrunnen aus dem Boden schossen und sich nach oben gleich Blütenblättern zu eleganten Gewölberippen entfalteten, die das Dachgebälk trugen. Und dort, unter dem spitz zulaufenden Dach, verharrte sein Blick in staunendem Entzücken. Da schwebten in unvorstellbarer Höhe, mit schimmerndem Haar und vergoldeten Flügeln, die sanft das dämmrige Licht widerspiegelten, Engel über Engel, Cherubim und Seraphim in himmlischen Chören, an allen Längs- und Querbalken, die erhobenen Gesichter einander zugewandt.

»Mein Gott«, flüsterte Wimsey nicht ohne Ehrfurcht, und leise deklamierte er vor sich hin: »Er fuhr auf dem Cherub und flog daher; er schwebte auf den Fittichen des Windes.«

Mr. Hezekiah Lavender verpaßte dem neuen Kollegen einen saftigen Rippenstoß, und Wimsey sah, daß die Gemeinde sich zum Sündenbekenntnis niedergelassen hatte und nur er allein noch stand und mit offenem Mund in die Gegend gaffte. Hastig blätterte er die Seiten seines Gesangbuchs um und richtete sich darauf ein, die richtigen Antworten zu geben. Mr. Lavender, offenbar überzeugt, es entweder mit einem Schwachsinnigen oder mit einem Heiden zu tun zu haben, unterstützte ihn, indem er für ihn die Psalmen heraussuchte und ihm jeden Vers laut ins Ohr brüllte.

»... Lobet ihn mit Pauken und Reigen; lobet ihn mit Saiten und Pfeifen.«

Die schrillen Stimmen des gewandeten Chors stiegen zum Dach empor und schienen ihr Echo zu finden in den goldenen Mündern der Engel.

»Lobet ihn mit hellen Cymbeln, lobet ihn mit wohlklingenden Cymbeln!«

»Alles, was Odem hat, lobe den Herrn!«

Es ging auf Mitternacht zu. Der Pfarrer trat an die Stufen des Chorraums und hielt mit seiner sanften, gelehrten Stimme eine schlichte und bewegende kleine Ansprache, in der von Gottes Lob die Rede war, doch nicht nur mit Saiten und Pfeifen, sondern auch mit den schönen Glocken ihrer geliebten Kirche, und dann sprach er auf seine fromme Weise von der Anwesenheit des durchreisenden Fremden – »Bitte, dreht euch nicht um, starrt ihn nicht an, das wäre weder höflich noch andächtig« –, den »der Zufall, wie die Menschen es nennen«, hierhergeführt habe, damit er bei diesem gottesfürchtigen Werke helfe. Lord Peter errötete, der Pfarrer sprach seinen Segen, die Orgel ließ die Eröffnungstakte eines Chorals erschallen, und Hezekiah Lavender rief volltönend: »Los, Männer!« Die Glöckner erhoben sich unter viel gedämpftem Füßescharren von ihren Stühlen und wendelten sich die Turmtreppe hinauf. Jacken wurden ausgezogen und an Nägel gehängt, und Wimsey, der in der Läutestube auf einer Bank nahe der Tür eine riesige braune Kanne und neun Krüge entdeckte, nahm mit Vergnügen zur Kenntnis, daß der Wirt der »Roten Kuh« wahrhaftig das »Übliche« zur Labsal der Glöckner besorgt hatte.

Die acht Männer begaben sich an ihre Plätze, und Hezekiah zog seine Uhr zu Rate.

»Zeit!« rief er.

Damit spuckte er in die Hände, packte den Filz der Tailor Paul und brachte die aufgeschwungene Glocke mit sanftem Zug aus dem Gleichgewicht.

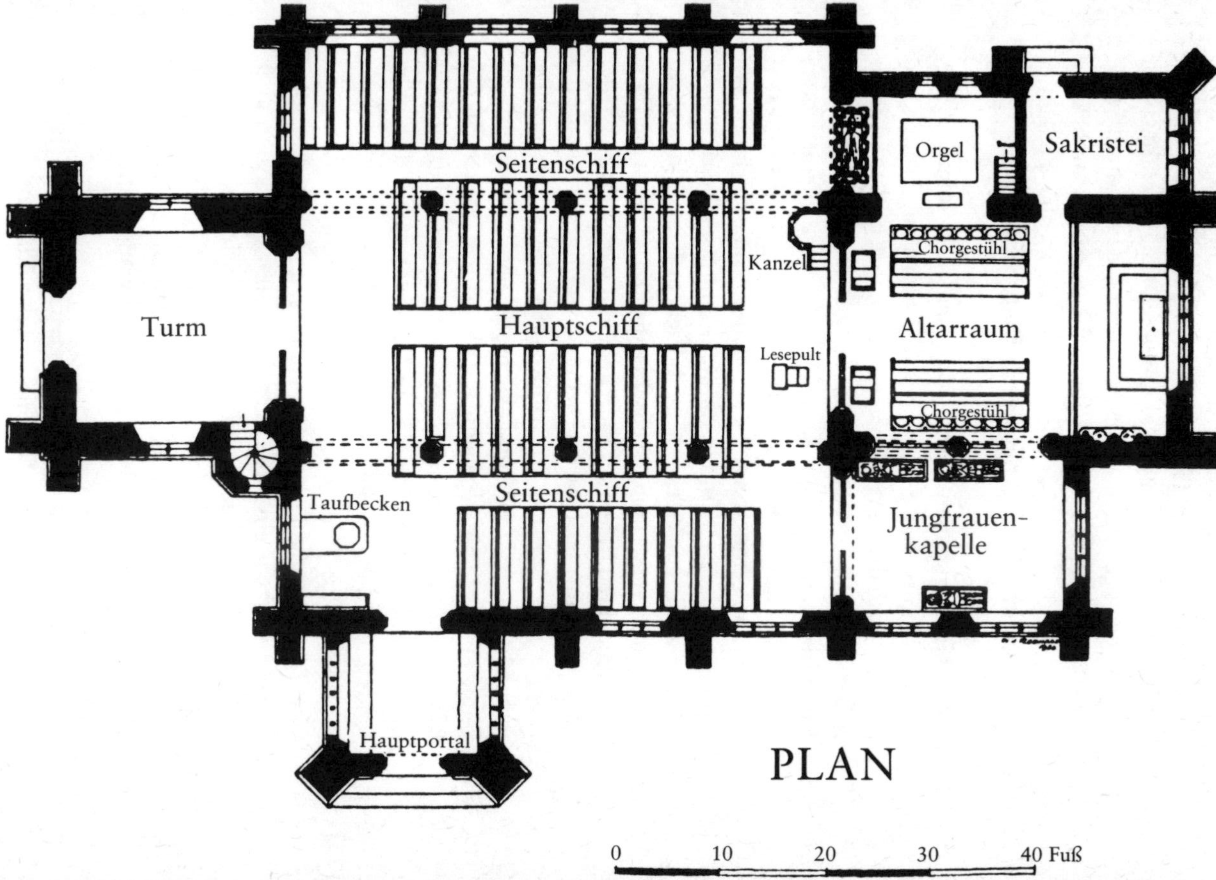

Seitenschiff
Orgel
Sakristei
Turm
Kanzel
Chorgestühl
Hauptschiff
Altarraum
Lesepult
Chorgestühl
Seitenschiff
Taufbecken
Jungfrauen-
kapelle
Hauptportal
0
10
20
30
40 Fuß

PLAN

Dong-dong-dong; Pause; dong-dong-dong; Pause; dong-dong-dong; die neun Tailors, die Zählerschläge, die das Dahinscheiden eines Mannes verkünden. Das Jahr ist tot, zwölf weitere Schläge läuten es aus, einer für jeden Monat. Stille. Und dann die dünnen, lieblichen Schläge der Turmuhr über ihnen, erst die vier Viertel und dann die zwölf Schläge der Mitternacht. Die Glöckner ergriffen ihre Seile.

»Los!«

Die Glocken gaben Laut: Gaude, Sabaoth, John, Jericho, Jubilee, Dimity, Batty Thomas und Tailor Paul lärmten und jubelten hoch droben im finstern Turm, ihre großen Münder hoben und senkten sich, eherne Zungen schmetterten, große Räder drehten sich zum Tanz der auf- und niedergehenden Seile. Tin-tan-din-dan-bim-bam-bom-dong – Tan-tin-din-dan-bam-bim-dong-bom – Tin-tan-dan-din-bim-bam-bom-dong – Tan-tin-dan-din-bam-bim-dong-bom – jede Glocke an ihrem Platz mit melodischem Klang, jagten vor und zurück, verweilten, wechselten die Plätze, fielen ans Ende ab, legten ihre Dreier und Vierer ein und schoben sich wieder nach vorn, um den Tanz von neuem anzuführen. Über die flachen, weißen Wüsten des Moorlandes, die schnurgeraden, stahlschwarzen Gräben und Deiche, die windgebeugten, ächzenden Pappeln hinweg wehte die Musik der Glocken aus den schneegedämpften Schallöchern der Glockenstube, wirbelte in lärmenden Böen südwärts und westwärts über das schlafende Land dahin – die kleine Gaude, die silberne Sabaoth, die kraftvollen John und Jericho, die freudige Jubilee, die süße Dimity und die alte Batty Thomas, dazwischen mächtig und grollend wie ein Riese die große Tailor Paul. Auf und ab gingen die Schatten der Glöckner an den Wänden, auf und ab wanderten die roten Filze an den Seilen, stiegen hoch hinauf zum Dach, senkten sich tief zum Boden hinunter, und auf und ab und auf und ab in ihren Läufen schwangen die Glocken von Fenchurch St. Paul.

Wimsey, den Blick auf die Seile gerichtet und die Ohren gespitzt nach der schrillen Stimme der führenden Sopranglocke, konnte kaum auf etwas anderes achten als auf seine Aufgabe. Halb unbewußt nahm er den alten Hezekiah wahr, der sich im gleichmäßigen Rhythmus bewegte wie eine Maschine und den altehrwürdigen Rücken nur ganz leicht bei jedem Zug beugte, um die schwere Tailor Paul wieder aus der Gleichgewichtslage zu holen, während Wally Pratt mit angstvoll verzerrtem Gesicht stumm die Lippen bewegte und zählte, um nicht aus seinem komplizierten Lauf zu kommen. Wallys Glocke arbeitete sich soeben nach vorn, der seinen entgegen, erreichte die Sechs und zog an ihr vorbei, erreichte die Sieben und zog an ihr vorbei, überholte die Fünf, machte ihre zwei Schläge vorn und wanderte wieder nach hinten, während jetzt die Sopranglocke nach vorn kam, um ihren angestammten Platz einzunehmen und ihren letzten Führungswechsel mit Sabaoth zu machen. Ein Schlag auf Platz zwei und einer vorn, und Sabaoth, entlassen aus der Monotonie des langsamen Jagens, eilte munter davon zur gewöhnlichen Jagd. Hoch über ihnen blickte der Hahn auf der Wetterfahne starren Auges hinaus über den Schnee und sah den immer weiter vor- und rückwärts schwingenden Türmchen zu, denn langsam geriet der große steinerne Halm in Bewegung, wiegte sich unter seinen goldenen Füßen wie ein windgezauster Baum.

Die Gemeinde strömte zum Kirchenportal hinaus, ihre Laternen und Taschenlampen stoben im wirbelnden Schneetreiben auseinander wie Funken eines Freudenfeuers. Der Pfarrer zog Gewand und Stola aus, stieg im Rock hinauf zur Läutestube und setzte sich auf die Bank, bereit, mit Rat und Hilfe einzuspringen. Die Uhrschläge drangen schwach durch das mächtige Stimmengewirr der Glocken. Am Ende der ersten Stunde nahm der Pfarrer dem aufgeregten Wally das Seil aus der Hand und entließ ihn zu einer kleinen Ruhe- und Erfrischungspause. Ein leises Glucksen verriet, daß Mr. Donningtons »Übliches« dahin ging, wo es am meisten Gutes tat.

Wimsey, der nach der dritten Stunde abgelöst wurde, entdeckte Mrs. Venables zwischen den Krügen sitzend, neben ihr Bunter in respektvoll aufmerksamer Haltung.

»Ich will nicht hoffen«, sagte Mrs. Venables, »daß es Sie gar zu sehr anstrengt.«

»Nicht im mindesten; nur ausgedörrt bin ich.« Diesem Übel wußte Wimsey allerdings schnell abzuhelfen, und dann erkundigte er sich, wie das Geläute sich anhöre.

»Wunderschön!« antwortete Mrs. Venables tapfer. In Wahrheit machte sie sich nichts aus der Glockenmusik und war auch recht schläftig, aber den Pfarrer hätte es sehr gekränkt, wenn sie ihm ihre teilnahmsvolle Gegenwart vorenthalten hätte.

»Es ist doch wirklich erstaunlich«, fuhr sie fort, »wie sanft und leise hier alles klingt, nicht wahr? Aber zwischen uns und der Glockenstube ist natürlich noch ein ganzes Stockwerk.« Sie gähnte herzhaft. Die Glocken läuteten weiter. Wimsey, der den Pfarrer für die nächste Viertelstunde beschäftigt wußte, bekam plötzlich Lust, sich das Geläute einmal von draußen anzuhören. Er schlich die Wendeltreppe hinunter und tastete sich zum Südportal hinaus. Als er in die Nacht trat, traf das Lärmen der Glocken seine Ohren wie Schläge. Es schneite jetzt nicht mehr so stark. Wohl wissend, daß es Unglück bringt, gegen den Uhrzeigersinn um eine Kirche zu gehen, wandte er sich nach rechts und folgte dem Pfad dicht unterhalb der Mauer, bis er sich am Westportal wiederfand. Im Schutze des mächtigen Mauerwerks zündete er sich eine frevlerische Zigarette an, dann ging er, so gestärkt, wieder nach rechts. Am Fuße des Turms endete der Pfad, und er tappte durch Gras und Grabsteine weiter das ganze Seitenschiff entlang, das auf dieser Seite bis zum äußersten östlichen Ende der Kirche verlängert war. Auf halbem Wege zwischen den beiden letzten Stützen auf der Nordseite stieß er wieder auf einen Pfad, der zu einer kleinen Tür führte; diese probierte er, doch sie war verschlossen, und er ging weiter, und als er um die Ostseite bog, schlug ihm der Wind in voller Wut entgegen. Er blieb einen Augenblick stehen, um erst einmal nach Luft zu schnappen, und ließ den Blick über das Fenmoor schweifen. Alles war dunkel, bis auf ein schwaches, unbewegliches

Licht, das irgendwo aus einem Katenfenster scheinen mochte. Die Kate mußte nach Wimseys Schätzung an der einsamen Straße stehen, über die sie das Pfarrhaus erreicht hatten, und er fragte sich, wieso dort einer um drei Uhr morgens in der Neujahrsnacht noch wach war. Aber die Nacht war eisig, und er wurde oben gebraucht. Er vollendete seine Runde, trat durchs Südportal wieder ein und stieg zur Läutestube hinauf. Der Pfarrer überließ ihm das Seil, nicht ohne ihn zu ermahnen, daß er jetzt gleich seine zwei Schläge in der hinteren Position machen müsse und den einen Rückwärtsschritt nicht vergessen dürfe, bevor er das Jagen nach vorn antrete.

Um sechs waren die Glöckner alle noch ganz gut in Form. Wally Pratt fiel die Schmachtlocke in die Augen, und er schwitzte aus allen Poren, doch er arbeitete immer noch schön im Takt. Der Schmied war frisch und munter und sah aus, als ob er bis nächste Weihnachten weiterläuten wollte. Der Wirt war grimmig entschlossen. Am wenigsten schienen die Strapazen noch dem greisen Hezekiah etwas anzuhaben; er bewegte sich auf und nieder, als ob er und das Seil eins wären, und rief die Durchgänge ohne das leiseste Zittern in seiner klaren, alten Stimme auf.

Um Viertel vor acht ging der Pfarrer, um sich für den Frühgottesdienst fertig zu machen. In der Bierkanne herrschte bedenkliche Ebbe, und Wally Pratt wirkte ein wenig abgespannt, obwohl sie doch noch anderthalb Stunden vor sich hatten. Durchs Südfenster drang zart und blau ein hauchdünner Schimmer Morgenlicht herein.

Um zehn nach neun kam der Pfarrer wieder in die Läutestube. Mit der Uhr in der Hand stand er da und strahlte übers ganze Gesicht.

Um dreizehn nach neun ging die Sopranglocke mit ihrer hellen Stimme zum letztenmal in Führung.

Tin-tan-din-dan-bim-bam-bom-dong.

Am Ende des langen Zyklus fanden die Glocken fehlerfrei in die natürliche Reihenfolge zurück, und die Glöckner hielten inne.

»Großartig, Jungens, großartig!« schrie Mr. Venables. »Ihr habt's geschafft, und besser hätt's keiner machen können.«

»Na ja«, räumte Mr. Lavender ein. »Ganz schlecht war's nicht.« Ein zahnloses Grinsen breitete sich langsam über sein Gesicht aus. »Ja, wir haben's geschafft. Wie hat es sich denn von unten angehört, Sir?«

»Wunderschön«, fand der Pfarrer. »Klar und sauber, wie ich es schöner noch nie gehört habe. Aber jetzt wollt ihr alle sicher frühstücken. Im Pfarrhaus ist alles vorbereitet. Tja, Wally, du darfst dich ja nun einen richtigen Glöckner nennen, wie? Du hast deine Sache hervorragend gemacht – hab ich nicht recht, Hezekiah?«

»Es ging schon«, brummte Mr. Lavender widerstrebend. »Aber du rackerst dich noch viel zu sehr ab, Wally. Kein Mensch verlangt von dir, daß du dabei schwitzt wie ein Pferd. Na ja, Fehler hast du keine gemacht, das ist ja auch schon was, aber die ganze Zeit seh ich dich still zählen wie ein Maikäfer. Ich hab dir nicht nur einmal, sondern schon hundertmal gesagt, behalt die Seile im Auge, dann brauchst du nicht –«

»Friedlich, friedlich!« rief der Pfarrer. »Mach dir nichts draus, Wally, du hast es wirklich gut gemacht. Wo ist denn Lord Peter? Ah – da sind Sie ja! Ihnen haben wir wirklich viel zu verdanken. Hoffentlich sind Sie jetzt nicht allzu müde?«

»Nein, nein«, sagte Wimsey und brachte sich rasch vor den handgreiflichen Glückwünschen seiner Kollegen in Sicherheit. In Wahrheit war er so erschöpft, daß er auf der Stelle hätte umsinken können. Er hatte seit Jahren keinen langen Zyklus mehr geläutet, und die Anstrengung der stundenlangen Konzentration hatte das fast unzähmbare Verlangen in ihm hervorgerufen, sich in die nächste Ecke fallen zu lassen und zu schlafen. »Ich – ah – äh – bin noch völlig auf dem Damm.«

Er taumelte im Gehen und wäre kopfüber die Treppe hinuntergestürzt, wenn ihn der starke Arm des Schmieds nicht gehalten hätte.

»Frühstück«, sagte der Pfarrer sehr besorgt, »ein gutes Frühstück, das brauchen wir jetzt alle. Heißen Kaffee. Der kann Wunder wirken. Ach du meine Güte, also ich für meinen Teil freue mich sehr darauf. Ha! – es schneit nicht mehr. So etwas Schönes, diese weiße Welt – wenn darauf nur kein Tauwetter folgt! Das hieße nämlich sehr viel Wasser für den Dreißigfußkanal. Geht's Ihnen auch wirklich gut? Na, kommen Sie, kommen Sie! Ah, da ist ja meine Frau – um mich wegen meiner Saumseligkeit zu schelten, fürchte ich. Wir kommen ja schon, Liebe – nanu, Johnson, was gibt's?«

Die Frage galt einem jungen Mann in Chauffeursuniform, der neben Mrs. Venables stand. Mrs. Venables kam seiner Antwort zuvor.

»Mein lieber Theodore – ich habe eben gesagt, daß du nicht sofort hinfahren kannst. Du mußt zuerst etwas essen –«

Mr. Venables verbat sich die Einmischung mit unerwarteter Autorität.

»Du gestattest, liebe Agnes – werde ich gebraucht, Johnson?«

»Sir Henry schickt mich, Sir. Ich soll sagen, daß die gnädige Frau heute morgen sehr schlimm dran war, und daß sie glauben, es geht mit ihr zu Ende, und sie möchte unbedingt die Sakramente empfangen, wenn Sie es irgendwie möglich –«

»Großer Gott!« rief der Pfarrer. »So schlimm steht es? Daß es zu Ende geht? Ich kann es kaum fassen. Natürlich komme ich sofort. Ich hatte ja keine Ahnung –«

»Wir alle nicht, Sir. Das ist diese schreckliche Grippe. Gestern hat bestimmt noch keiner daran gedacht –«

»Ach Gott, ach Gott! Hoffentlich ist es nicht so schlimm, wie Sie fürchten! Aber ich darf keine Zeit verlieren. Sie werden mir unterwegs alles erzählen. Ich komme gleich. Agnes, Liebe, sieh zu, daß die Männer ihr Frühstück bekommen, und erkläre ihnen, warum ich nicht bei ihnen sein kann. Lord Peter, Sie müssen mich entschuldigen. Ich leiste Ihnen später Gesellschaft. Ach du große Güte! Lady Thorpe – welch eine Geißel, diese Grippe!«

Er eilte in die Kirche zurück. Mrs. Venables, hin und her gerissen zwischen Sorge und Bestürzung, war den Tränen nah.

»Armer Theodore! Nachdem er die ganze Nacht aufgewesen ist – aber natürlich muß er hin, wir dürfen nicht an uns selbst denken. Armer Sir Henry! Wo er doch selbst ein Invalide ist! So ein kalter Morgen, und dann kein Frühstück! Johnson, sagen Sie bitte Miss Hilary, wie ich mit ihr fühle, und fragen Sie Mrs. Gates, ob ich ihr irgendwie helfen kann. Das ist nämlich die Haushälterin, Lord Peter – so eine nette Frau, und die Köchin in Urlaub, das wird einfach zuviel. Ein Unglück kommt eben selten allein. O je, aber Sie müssen völlig verhungert sein. Kommen Sie, lassen Sie sich wieder aufpäppeln. Und Sie schicken bestimmt Bescheid, Johnson, wenn Sie irgendwelche Hilfe brauchen? Ob Sir Henrys Pflegerin sich wohl zurechtfindet? In so einer einsamen Gegend bekommt man so schwer Hilfe. Theodore! Bist du auch schön warm angezogen?«

Der Pfarrer, der eben mit dem Kommunionkelch in einem Holzkästchen wieder zu ihnen kam, versicherte ihr, daß er wohlverpackt sei. Er wurde von Johnson in das wartende Auto verfrachtet, und sie fuhren in Richtung Dorf davon.

Dieser unerfreuliche Zwischenfall warf einen düsteren Schatten auf den Frühstückstisch, doch Wimsey, der den Hunger bis unter die Arme fühlte und sich vorkam wie ein leerer Mantelsack, war nur zu froh, seinen Kaffee und Speck mit Ei in Ruhe genießen zu können. Während acht Kieferpaare selbstvergessen kauten, verteilte Mrs. Venables geistesabwesend die Speisen und mußte zwischen ihren gastlichen Aufforderungen, es sich schmecken zu lassen, immer wieder Ausrufe des Mitgefühls für die Thorpes und der Sorge um das Wohlergehen ihres Gatten einstreuen.

»Und was die Thorpes nicht alles schon für Kummer erlebt haben«, meinte sie. »Diese ganze schreckliche Geschichte mit dem alten Sir Charles und dem verlorenen Halsband und diesem armen Mädchen und so weiter, obwohl es ja ein Segen war, daß der Mann gestorben ist, nachdem er auch noch einen Wärter erschlagen hatte und das alles, aber damals hat die Familie doch sehr darunter gelitten. Hezekiah, wie schmeckt's? Noch ein Scheibchen Speck? Mr. Donnington? Hinkins, reichen Sie Mr. Godfrey den gekochten Schinken. Und Sir Henry hat sich natürlich vom Krieg nie wieder richtig erholt, der arme Mann. Kriegst du da unten genug zu essen, Wally? Hoffentlich bleibt mein Mann nicht zu lange aus, so ohne Frühstück. Noch ein Schlückchen Kaffee, Lord Peter?«

Wimsey nahm dankend an und erkundigte sich, was es denn mit dem alten Sir Charles und dem Halsband auf sich habe.

»Ach ja, das können Sie natürlich nicht wissen. Wie dumm von mir! Wenn man hier so abgeschieden lebt, hält man die kleinen Dorfereignisse immer gleich für weltbedeutend. Es ist eine ziemlich lange Geschichte, und ich hätte gar nicht erst davon angefangen« – hier senkte die gute Frau die Stimme –, »wenn William Thoday hiergewesen wäre. Ich erzähle sie Ihnen nach dem Frühstück. Oder fragen Sie Hinkins. Er weiß alles darüber. Wie mag es William Thoday nur heute gehen? Hat einer was gehört?«

»Ich hab das Gefühl, es geht ihm furchtbar dreckig, Madam«, beantwortete Mr. Donnington die Frage, als sei sie an ihn gerichtet gewesen. »Ich hab nach dem Gottesdienst meine Frau getroffen, und die sagt, sie hat von Joe Mullins gehört, daß er die ganze Nacht schrecklich phantasiert hat, und sie haben ihn kaum im Bett halten können, weil er immer aufstehen und läuten kommen wollte.«

»Ach je! Welch ein Glück für Mary, daß sie gerade James im Haus haben.«

»Das kann man wohl sagen«, pflichtete Mr. Donnington ihr bei. »So ein Seemann im Haus ist schon praktisch. In ein, zwei Tagen ist allerdings sein Urlaub um, aber bis dahin sind sie ja hoffentlich über das Schlimmste weg.«

Mrs. Venables gab mitfühlende Laute von sich.

»Ja, ja«, ließ Hezekiah sich vernehmen. »Ist schon 'ne

scheußliche Sache, diese Grippe. Und so furchtbar oft holt sie gerade die Jungen und Starken und läßt die Alten übrig. Manchmal glaub ich, ein alter Esel wie ich ist ihr zu zäh.«

»Das will ich aber auch hoffen, Hezekiah«, sagte Mrs. Venables. »Ach Gott, da schlägt's schon zehn, und mein Mann ist noch immer nicht zurück. Na ja, man kann wohl nicht erwarten – halt, da kommt ja der Wagen! Wally, würdest du bitte mal die Glocke da läuten? Wir brauchen frische Eier und Speck für den Herrn Pfarrer, Emily. Und den Kaffee nimmst du auch besser mit hinaus und wärmst ihn auf.«

Emily trug die Kaffeekanne hinaus, war aber Sekunden später wieder da.

»Verzeihung, Madam, aber der Herr Pfarrer läßt sagen, Sie möchten ihn bitte alle entschuldigen, und er will das Frühstück im Studierzimmer einnehmen. Ach ja, Madam, entschuldigen Sie, aber die arme Lady Thorpe ist gestorben, und wenn Mr. Lavender fertig ist, soll er gleich in die Kirche gehen und die Totenglocke läuten.«

»Gestorben!« rief Mrs. Venables. »Nein, wie entsetzlich!«

»Ja, Madam, und Mr. Johnson sagt, es ist ganz plötzlich gewesen. Wie der Herr Pfarrer kaum aus dem Zimmer ist, da war's schon vorbei, Madam, und jetzt wissen sie nicht, wie sie es Sir Henry beibringen sollen.«

Mr. Lavender schob seinen Stuhl zurück und erhob sich auf altersschwachen Beinen.

»Mitten im Leben«, sagte er feierlich, »sind wir vom Tod umfangen. Leider nur zu wahr, zu wahr. Wenn Sie mich freundlichst entschuldigen wollen, Madam, werd ich jetzt gehen, und besten Dank auch. Guten Morgen alle miteinander. Einen feinen Zyklus haben wir geläutet, trotz alledem, und jetzt will ich mal wieder hin und die alte Tailor Paul in Bewegung setzen.«

Er schlurfte entschlossen hinaus, und fünf Minuten später hörten sie die tiefe, melancholische Stimme der Glocke. Zuerst sechs langsame Schläge für das Hinscheiden einer Frau, dann die rasch aufeinanderfolgenden Schläge, die das Alter der Verstorbenen angaben. Wimsey zählte bis siebenunddreißig. Dann brachen sie ab, und es folgte das Totengeläute, die Einzelschläge in halbminütigen Abständen. Im Eßzimmer des Pfarrers herrschte Stille, unterbrochen nur von den schüchternen Kaugeräuschen der Esser, die so unauffällig wie möglich ihr Frühstück zu beenden trachteten.

Anschließend ging man still auseinander. Mr. Wilderspin nahm Wimsey beiseite und erklärte ihm, daß er zu Mr. Ashton nach zwei Ackergäulen und einem kräftigen Seil geschickt habe und den Wagen jetzt sehr bald aus dem Graben zu bekommen hoffe. Dann wolle er sehen, was an Reparaturarbeiten nötig sei. Wenn Seine Lordschaft in einer Stunde oder so mal bei der Schmiede vorbeikommen wolle, könnten sie die Einzelheiten miteinander besprechen. Sein (Mr. Wilderspins) Sohn George verstehe eine Menge von Motorfahrzeugen, denn er habe große Erfahrung mit Traktoren und dergleichen, von seinem eigenen Motorrad ganz zu schweigen. Mrs. Venables zog sich ins Studierzimmer zurück, um dafür zu sorgen, daß es ihrem Gatten an nichts fehlte, und ihm nach Kräften Trost zu spenden ob des Unglücks, das über die Gemeinde gekommen war. Wimsey, der wußte, daß seine Anwesenheit an der Froschbrücke kaum hilfreich, eher aber der Bergungsmannschaft hinderlich sein würde, bat seine Gastgeberin, sich seinetwegen keine Umstände zu machen, und spazierte hinaus in den Garten. Hinterm Haus fand er Joe Hinkins, der des Pfarrers betagtes Auto polierte. Joe nahm eine Zigarette an, gab ein paar Bemerkungen zu dem gelungenen Zyklus zum besten und ließ sich bereitwillig in ein Gespräch über die Familie Thorpe ziehen.

»Die wohnen in dem roten Ziegelhaus auf der andern Seite vom Dorf. 'Ne reiche Familie war das mal. Ihr Land sollen sie ja gekriegt haben, damals unter dem Earl von Bedford, indem sie Geld in die Entwässerung des Fenmoors gesteckt haben. Aber das wissen Sie bestimmt schon alles, Mylord. Na ja, jedenfalls sind sie hier eine alteingesessene Familie. Sir Charles, das war ein feiner Herr, und großzügig; hat seinerzeit viel Gutes getan, und dabei kann man nicht mal sagen, daß er ein reicher Mann gewesen wäre, o nein. Es heißt, sein Vater hat eine Menge Geld in London verloren, aber wie, das weiß ich nicht. Jedenfalls hat er sein Land gut bewirtschaftet, und es war schon ein schwerer Schlag für unser Dorf, als er nach diesem Einbruch gestorben ist.«

»Was war das für ein Einbruch?«

»Na eben, das war doch die Sache mit dem Halsband, wovon die gnädige Frau gesprochen hat. Das war, als der junge Mr. Henry, was der jetzige Sir Henry ist, geheiratet hat. Das war in dem Jahr, als der Krieg anfing, jawohl – April 1914 –, daran erinnere ich mich gut. Ich war noch'n junger Bursche damals, und ihr Hochzeitsgeläute war mein erster langer Zyklus. Fünftausendvierzig Wechsel Grandsire Triples – Zehnteiler nach Holt –, die Gedenktafel können Sie drüben in der Kirche sehen, und dann hat's hinterher im Roten Haus ein großes Abendessen gegeben, und so viele feine Leute waren zur Hochzeit gekommen. Die junge Lady war eine Waise, müssen Sie wissen, und irgendwie mit der Familie verwandt, und weil Mr. Henry der Erbe war, haben sie hier geheiratet. Na ja, und da war auch eine Dame gekommen, die wohnte im Haus, die hat ein wunderschönes Smaragdhalsband gehabt – Tausende und Abertausende wert war das –, und genau in der Nacht nach der Hochzeit, wie Mr. Henry und seine junge Frau gerade in die Flitterwochen gefahren sind, da wird das Halsband gestohlen.«

»Großer Gott!« rief Wimsey. Er setzte sich aufs Trittbrett des Wagens und sah Hinkins so ermunternd an, wie er nur konnte.

»Das kann man wohl sagen«, meinte Mr. Hinkins sehr befriedigt. »Eine große Sensation war das damals hier im Dorf. Und sehen Sie, das schlimmste war ja, daß ausgerechnet einer von Sir Charles' eigenen Leuten dran beteiligt war. Der arme Sir Charles, darüber ist er nie weggekommen. Wie sie diesen Deacon geschnappt haben, und es rausgekommen ist, was er getan hat –«

»Deacon war –?«

»Deacon, das war doch der Butler. War seit sechs Jahren im Haus und hat das Hausmädchen geheiratet, Mary Russel, die heute mit Will Thoday verheiratet ist, der bei uns die Zwei läutet und im Moment so schlimm mit der Grippe daliegt.«

»Ach!« sagte Wimsey. »Dann ist Deacon also tot, wenn ich richtig verstehe?«

»Ganz recht, Mylord. Das wollte ich gerade sagen. Sehen Sie, das war nämlich so. Mrs. Wilbraham wacht mitten in der Nacht auf und sieht einen Mann an ihrem Schlafzimmerfenster stehen. Sie schreit los, und der Mann springt durchs Fenster in den Garten und verschwindet im Gesträuch. Sie schreit noch mal, sehr laut, und läutet ihre Glocke und macht ein Riesentheater, und alles kommt angerannt und will wissen, was los ist. Sir Charles kommt mit noch ein paar Herren, die im Haus wohnen, und einer von denen hat eine Schrotflinte. Und wie sie nach unten kommen, rennt da gerade Deacon in Rock und Hosen zur Hintertür hinaus, und der Hausdiener im Pyjama hinterher, und der Chauffeur, der über der Garage schläft, kommt auch rausgerannt, denn sehen Sie, Sir Charles hat natürlich als erstes die Hausglocke geläutet, mit der sie immer den Gärtner riefen. Der Gärtner kommt natürlich auch – und ich, denn ich war damals der Lehrjunge des Gärtners, und ich wäre nie von Sir Charles weggegangen, nur er hat ja dann seinen Haushalt verkleinern müssen, weil Krieg war und weil er Mrs. Wilbraham das Halsband bezahlt hat.«

»Das Halsband bezahlt?«

»Ja, Mylord. So war das nämlich. Es war nicht versichert. Und nun hätte zwar niemand Sir Charles dafür verantwortlich machen können, aber er hat es sich nun mal in den Kopf gesetzt, daß er Mrs. Wilbraham den Wert ersetzen muß, obwohl mir ja nicht einleuchten will, wie eine, die sich Dame nennt, das Geld von ihm annehmen konnte. Aber wie gesagt, wir sind also alle draußen, und da sieht einer von den Herren einen Mann über den Rasen rennen, und Mr. Stanley schießt hinter ihm her und trifft ihn sogar, wie wir hinterher festgestellt haben, aber er ist noch über die Mauer gekommen, und dahinter hat einer im Auto auf ihn gewartet, und weg war er. Und mitten in diese Aufregung hinein kommt Mrs. Wilbraham mit ihrem Mädchen und zetert, daß ihr Smaragdhalsband weg ist.«

»Und der Mann wurde nicht gefaßt?«

»Zuerst haben sie ihn nicht gekriegt, Mylord. Der Chauffeur hat den Wagen geholt und ist hinter ihm her, aber bevor er den Motor laufen hatte, waren die Kerle über alle Berge. Sie waren die Straße hinauf an der Kirche vorbeigefahren, aber ob sie dann durch Fenchurch St. Peter oder auf dem Deich entlanggefahren sind, weiß keiner, und auch dann können sie über Dykesey und Walea oder Walbeach oder über den Dreißigfußkanal nach Leamholt oder Holport gefahren sein. Daraufhin ist der Chauffeur also zur Polizei. Nun war's aber doch so, daß außer dem Dorfpolizisten in Fenchurch St. Peter der nächste Polizeiposten erst in Leamholt war, und damals hatten sie nicht mal dort ein Auto, so daß Sir Charles gesagt hat, wenn der Chauffeur mit dem Wagen hinfährt und sie holt, geht es schneller, als wenn wir anrufen und warten, bis sie kommen.«

»Aha!« sagte Mrs. Venables, die plötzlich den Kopf zur Garagentür hereinsteckte. »Sie lassen sich von Joe über den Diebstahl bei Thorpes berichten. Er weiß darüber viel besser Bescheid als ich. Frieren Sie sich auch hier nicht zu Tode?«

Wimsey erwiderte dankend, daß ihm warm genug sei und hoffentlich hätten die Strapazen den Herrn Pfarrer nicht zu sehr mitgenommen.

»Es scheint nicht so«, sagte Mrs. Venables, »aber natürlich ist er betroffen. Sie bleiben selbstverständlich zum Mittagessen? Nein, gar keine Umstände. Essen Sie Hirtentopf? Bestimmt? Der Fleischer kommt heute nämlich nicht hier vorbei, aber gekochten Schinken haben wir immer im Haus.«

Geschäftig eilte sie davon. Joe Hinkins wischte nachdenklich mit einem Fensterleder über einen Scheinwerfer. »Erzählen Sie weiter«, sagte Wimsey.

»Also, Mylord, die Polizei ist gekommen und hat natürlich alles auf den Kopf gestellt, und gefreut haben wir uns ja nicht gerade darüber, wie sie auf den Beeten herumgetrampelt sind, um nach Fußabdrücken zu suchen. Die ganzen Tulpen haben sie umgeknickt. Na ja, aber so ging's dann weiter, und dann haben sie das Auto gefunden und den Kerl, der den Schuß ins Bein gekriegt hat. War ein bekannter Juwelendieb aus London. Aber sie sagen, es muß einer aus dem Haus gewesen sein, weil sich nämlich rausgestellt hat, daß der Mann, der aus dem Fenster gesprungen ist, nicht derselbe war wie der aus London; na ja, und der langen Rede kurzer Sinn, der Mann aus dem Haus war also Deacon. Anscheinend war der Londoner scharf auf das Halsband und hat sich an Deacon herangemacht und ihn dazu gebracht, daß er das Halsband klaut und für ihn zum Fenster hinauswirft. Sie waren sich ziemlich sicher – ich glaube, sie hatten Fingerabdrücke oder so was gefunden –, und Deacon wurde verhaftet. Ich erinnere mich noch ganz genau, weil sie ihn an einem Sonntagmorgen verhaftet haben, wie er gerade aus der Kirche kam, und das war gar nicht so einfach; beinahe hätte er einen Konstabler dabei umgebracht. Der Diebstahl war am Donnerstagabend passiert, nicht? – und so lange haben sie gebraucht, um ihm auf die Schliche zu kommen.«

»Ja, ich verstehe. Woher wußte denn Deacon überhaupt, wo der Schmuck zu finden war?«

»Tja, das war so eine Sache, Mylord. Wie nachher rausgekommen ist, hat Mrs. Wilbrahams Mädchen was gegenüber Mary Russell verlauten lassen – das ist die, mit der Deacon verheiratet war, und die hat ihrem Mann davon erzählt, ohne sich was Böses dabei zu denken. Natürlich hat man sich die zwei Frauenzimmer auch vorgeknöpft. Das ganze Dorf hat sich furchtbar darüber aufgeregt, denn Mary war ein sehr anständiges und angesehenes Mädchen, und ihr Vater war sogar im Kirchenvorstand. Im ganzen Umkreis gibt es keine ehrlichere und anständigere Familie. Dieser Deacon, der war nicht von hier. Gebürtig aus Kent. Sir Charles hat ihn aus

London mitgebracht. Aber da hat ihn keiner rauspauken können, denn dieser Londoner Dieb – Cranton hieß er, aber er hatte auch noch andere Namen –, der hat ausgepackt und Deacon verpfiffen.«

»So eine Gemeinheit!«

»Ja! – aber er sagt eben, daß Deacon ihn reingelegt hat, und wenn er nicht lügt, dann hat Deacon das auch. Cranton sagt nämlich, Deacon hat ihm bloß das leere Schmuckkästchen runtergeworfen und das Halsband selbst behalten. Vor Gericht ist er noch mit Zähnen und Klauen auf Deacon losgegangen und hat versucht, ihn zu erwürgen. Aber Deacon hat natürlich geschworen, daß alles gelogen ist. Wie er sagt, hat er was gehört und ist nachsehen gegangen, was da los war, und als Mrs. Wilbraham ihn in ihrem Zimmer gesehen hat, da wollte er nur gerade hinter Cranton her. Denn daß er in ihrem Zimmer gewesen war, das konnte er nicht gut abstreiten, wegen der Fingerabdrücke und so. Aber dann hat eben gegen ihn gesprochen, daß er beim erstenmal was anderes erzählt hatte; da hat er nämlich gesagt, er ist zur Hintertür raus, weil er im Garten was gehört hatte. Mary hat das bestätigt, und es steht ja auch fest, daß die Hintertür aufgeriegelt war, als der Hausdiener hinkam. Aber der Gegenanwalt hat dann gesagt, daß Deacon vorher selbst die Hintertür entriegelt hat für den Fall, daß er zum Fenster rausspringen mußte, nämlich damit er irgendwo wieder reinkonnte. Aber was mit dem Halsband war, das haben sie nie geklärt, denn das hat sich bis heute nicht gefunden. Ob Cranton es hatte und sich nicht getraut hat, es loszuschlagen, oder ob Deacon es hatte und es versteckt hat, weiß ich nicht, und sonst weiß es auch keiner. Es ist bis jetzt nicht aufgetaucht, und auch das Geld nicht, das Cranton angeblich Deacon gegeben hat, obwohl man beiden die ganze Bude auf den Kopf gestellt hat. Und das Ende war, daß sie die beiden Frauen haben laufenlassen, weil sie sich gesagt haben, die haben eben nur unüberlegt dahergeredet, wie Frauen das so tun; aber Cranton und Deacon haben sie für etliche Jährchen eingelocht. Der alte Russell, der hat dann nicht mehr hier leben können und hat alles verkauft und ist weggezogen, und Mary hat er mitgenommen. Aber als dann Deacon tot war –«

»Wie ist das zugegangen?«

»Tja, er ist aus dem Gefängnis ausgebrochen und abgehauen, nachdem er erst noch einen Wärter umgebracht hat. Ein schlechter Mensch, dieser Deacon. Das war 1918. Aber viel genützt hat es ihm nicht, denn er ist dann in der Nähe von Maidstone in einen Steinbruch oder so was Ähnliches gestürzt, und seine Leiche haben sie zwei Jahre später gefunden, noch in der Gefängniskleidung. Und sowie der junge William Thoday davon gehört hat, der schon immer ein Auge auf Mary gehabt hatte, ist er ihr nach und hat sie geheiratet und hierher zurückgeholt. Sehen Sie, hier hat eigentlich nie einer geglaubt, daß Mary was auf dem Kerbholz hatte. Das war also vor zehn Jahren, und jetzt haben sie zwei brave Kinder und kommen prima zurecht miteinander. Dieser Cranton hat sich gleich wieder auf was Neues eingelassen, kaum daß er draußen war, aber jetzt ist er schon wieder draußen, höre ich, und Jack Priest – das ist der Gendarm von Fenchurch St. Peter –, der meint, ihn würd's nicht wundern, wenn wir bald wieder was von dem Halsband hörten, aber ich weiß nicht. Vielleicht weiß Cranton, wo es ist, vielleicht auch nicht.«

»Verstehe. Dann hat Sir Charles also Mrs. Wilbraham das Halsband ersetzt?«

»Nicht Sir Charles, Mylord. Das war Sir Henry. Der arme junge Herr ist gleich von der Hochzeitsreise zurückgekommen und hat Sir Charles schwerkrank vorgefunden. Er hatte einen Schlaganfall bekommen vor lauter Schrecken, wie sie den Deacon geholt haben, weil er sich irgendwie verantwortlich gefühlt hat für ihn, und über Siebzig war er ja auch schon. Nach dem Urteil hat dann Mr. Henry, so hieß er ja damals noch, zu seinem Vater gesagt, er will dafür sorgen, daß die Sache in Ordnung kommt, und anscheinend hat Sir Charles das verstanden; und dann ist der Krieg gekommen, und den hat Sir Charles nicht mehr überlebt. Er hat noch einen

Schlaganfall gekriegt und ist gestorben, aber Mr. Henry hat es nicht vergessen, und wie die Polizei dann gesagt hat, daß sie kaum noch Hoffnung haben, das Halsband zu finden, da hat er es bezahlt, aber das ist die Familie hart angekommen. Sir Henry ist im Krieg schwer verwundet worden und als Invalide nach Hause gekommen, aber er ist nie mehr der alte geworden, und jetzt soll es ihm auch sehr schlecht gehen, heißt es. Daß Lady Thorpe so plötzlich gestorben ist, tut ihm sicher auch nicht gerade gut. Sie war so eine liebe Dame, alle haben sie gern gehabt.«

»Sind sonst noch Angehörige da?«

»Ja, Mylord. Eine Tochter, Miss Hilary. Wird diesen Monat fünfzehn. Ist gerade für die Ferien nach Hause gekommen. Das sind vielleicht traurige Ferien für sie, das kann man wohl sagen.«

»Allerdings«, fand Lord Peter. »Tja, das war eine interessante Geschichte, die Sie mir da erzählt haben, Hinkins. Ich werde die Ohren spitzen, ob ich was Neues von den Wilbraham-Smaragden höre. Ah, da kommt mein Freund Mr. Wilderspin. Er will mir vermutlich sagen, daß mein Auto wieder auf seinen Rädern steht.«

Die Vermutung erwies sich als richtig. Der große Daimler stand vor dem Gartentor des Pfarrhauses, hilflos hinten an ein Pferdefuhrwerk angehängt. Die beiden stämmigen Gäule davor schienen, ihrer hochnäsigen Gelassenheit nach zu urteilen, keine allzu hohe Meinung von ihm zu haben. Die Herren Wilderspin senior und junior dagegen betrachteten die Angelegenheit hoffnungsvoll. Ein wenig Arbeit an der Vorderachse, dort, wo sie mit einem versteckten Meilenstein Bekanntschaft gemacht hatte, werde Wunder wirken, meinten sie. Wenn nicht, könne man immer noch nach Mr. Brownlow in Fenchurch St. Peter schicken, der dort eine Werkstatt habe, und der werde dann kommen und ihn mit seinem Lastwagen abschleppen. Mr. Brownlow sei ein großer Experte. Gewiß, er sei vielleicht zu Hause, vielleicht aber auch nicht. In Fenchurch St. Stephen sei eine Hochzeit, und Mr. Brownlow werde dort vielleicht gebraucht, um die Hochzeitsgesellschaft zur Kirche zu fahren. Dies sei ein gutes Stück außerhalb, am Diggs-Weg, aber notfalls könne man ja die Postmeisterin bitten, dort anzurufen und sich zu erkundigen. Sie sei dafür genau die richtige Adresse, denn außer in der Poststelle gebe es im ganzen Dorf kein Telefon, nur noch im Roten Haus, und dort zu stören, sei ja wohl zur Zeit etwas unpassend.

Wimsey betrachtete skeptisch die Vorderachse und fand, es sei vielleicht doch ratsam, Mr. Brownlows fachmännische Hilfe zu erbitten, und er wolle zu diesem Zweck die Postmeisterin aufsuchen, wenn Mr. Wilderspin ihn bis ins Dorf mitnehme. Also kletterte er hinter Mr. Ashtons Grauen auf den Wagen, und die kleine Prozession setzte sich in Bewegung und zog an der Kirche vorbei, bis sie nach einer knappen Viertelmeile in der Mitte des Dorfes ankam.

Die Kirche von Fenchurch St. Paul steht, wie so viele Kirchen in diesem Landesteil, völlig getrennt vom Dorf und hat nur das Pfarrhaus zum Nachbarn. Das Dorf selbst gruppiert sich um eine Straßenkreuzung, deren einer Arm in südwestlicher Richtung nach Fenchurch St. Stephen führt und in nordöstlicher Richtung auf den Dreißigfußkanal zu, um unmittelbar südlich von diesem auf die Straße nach Fenchurch St. Peter zu treffen, während der andere Arm, bei der Kirche von ebendieser Straße abzweigend, nach Nordwesten hin in einen Feldweg übergeht, auf dem man, wenn einem die Schuhe nicht zu schade sind, bei der Froschbrücke wieder auf die Straße neben dem Dreißigfußkanal kommt. Die drei Fenchurch-Gemeinden bilden somit ein Dreieck mit St. Paul im Norden, St. Peter im Süden und St. Stephen im Westen. Eine Eisenbahnstrecke der *London and North Eastern Railway* verbindet St. Peter mit St. Stephen und führt weiter nach Nordwesten, um auf dem Wege nach Leamholt am Dykesey-Viadukt den Dreißigfußkanal zu überqueren.

Von den drei Gemeinden ist St. Peter die größte und bedeutendste, denn sie nennt neben einem Bahnhof einen Fluß mit zwei Brücken ihr eigen. Andrerseits hat sie aber nur eine schmucklose und uninteressante Kirche, erbaut in der letzten und schlimmsten Periode der Spätgotik, mit schiefergedecktem Turm und einem Geläute, das nicht der Rede wert ist. Fenchurch St. Stephen hat ebenfalls einen Bahnhof – wenn auch eigentlich nur zufällig, weil es nun einmal an der direkten Strecke zwischen Fenchurch St. Peter und Leamholt liegt. Immerhin, es ist ein Bahnhof; darüber hinaus hat es eine Kirche mit einem ansehnlichen Turm aus dem 14. Jahrhundert, einem wirklich sehenswerten Lettner, einer normannischen Apsis und einem Geläute aus acht Glocken. Fenchurch St. Paul ist die kleinste Gemeinde und hat weder Fluß noch Eisenbahn; dafür ist sie die älteste; ihre Kirche ist mit Abstand die größte und schönste und ihr Geläute zweifellos das edelste. Das kommt daher, daß St. Paul ursprünglich eine Abtei war. Die Überreste der alten normannischen Kirche und ein paar Steine, die den Grundriß des alten Klosters erkennen lassen, sind noch heute südöstlich des jetzigen Altarraums zu sehen. Die Kirche selbst mitsamt dem umgebenden Pfarrland liegt auf einem kleinen Hügel, der sich etwa drei bis vier Meter über das Niveau des Dorfes erhebt – ein Höhenunterschied, der im Marschland schon erheblich ist und vor allem in alten Zeiten oft genügte, um Kirche und Abtei in den Wintermonaten vor Überschwemmungen zu bewahren. Was den Fluß betrifft, den Wale, so dürfte Fenchurch St. Peter sich von Rechts wegen nicht damit brüsten, lief doch das alte Bett ganz nah an der Kirche von Fenchurch St. Paul vorbei, bis es in der Regierungszeit Jakobs I. durch die Anlage eines kürzeren, direkten Flußbettes, des Pottersgrabens, trockengelegt wurde. Wenn man auf dem Turm von Fenchurch St. Paul steht, kann man den windungsreichen Verlauf des alten Flußbettes quer über Wiesen und Felder noch erkennen und auch den grünen, schnurgeraden Deich des Pottersgrabens sehen, der das Flußbett abkürzt wie die Sehne eines Bogens. Um die drei Fenchurch-Gemeinden herum steigt das Land nach allen Seiten leicht an und wird durch längs und quer verlaufende Gräben, die in den Wale münden, entwässert.

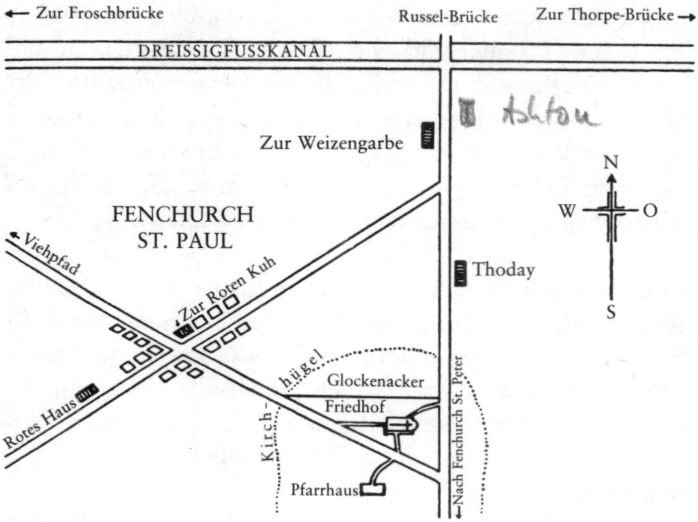

Zur Froschbrücke
Russel-Brücke
Zur Thorpe-Brücke
DREISSIGFUSSKANAL
Ashton
Zur Weizengarbe
FENCHURCH
ST. PAUL
N
W
O
S
Viehpfad
Zur Roten Kuh
Thoday
Glockenacker
Friedhof
Kirch-
hügel
Rotes Haus
Pfarrhaus
Nach Fenchurch St. Peter

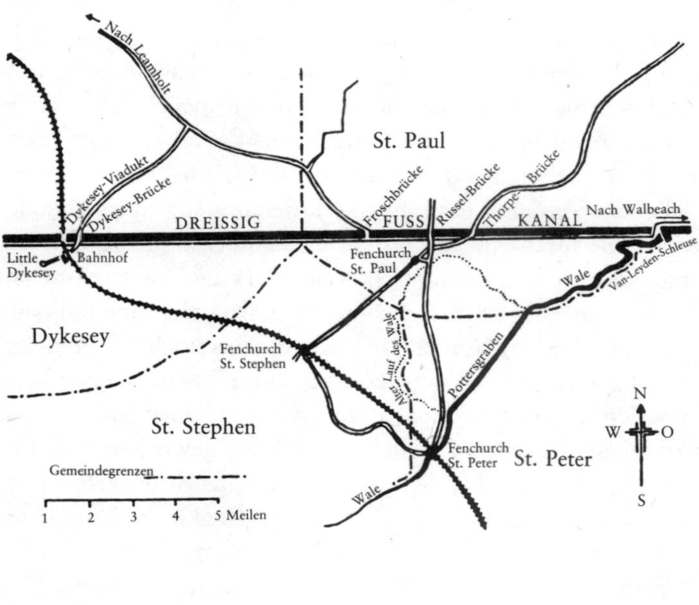

Nach Leamholt
St. Paul
Dykesey-Viadukt
Dykesey-Brücke
Froschbrücke
Russel-Brücke
Thorpe-Brücke
Nach Walbeach
DREISSIG
FUSS
KANAL
Little
Dykesey
Bahnhof
Fenchurch
St. Paul
Wale
Van-Leyden-Schleuse
Dykesey
Fenchurch
St. Stephen
Alter Lauf des Wale
Pottersgraben
St. Stephen
N
W
O
S
Fenchurch
St. Peter
St. Peter
Gemeindegrenzen
Wale
1
2
3
4
5 Meilen

Nachdem Lord Peter Wimsey beim Ausbau der Vorderachse seines Daimler zugesehen und sich überzeugt hatte, daß die Herren Brownlow und Wilderspin sie gemeinsam wahrscheinlich wieder hinbiegen konnten, ging er zum Postamt, um seine Botschaft loszuwerden, schickte von dort auch gleich ein Telegramm an seine Freunde in Walbeach, die ihn erwarteten, und sah sich dann nach einer Beschäftigung um. Das Dorf hatte nichts Interessantes zu bieten, weshalb er beschloß, sich die Kirche etwas näher anzusehen. Die Totenglocke hatte zu schlagen aufgehört, und Hezekiah war nach Hause gegangen; das Südportal war jedoch offen, und als er eintrat, entdeckte er Mrs. Venables, die frisches Wasser in die Vasen am Altar goß. Sie sah ihn, wie er vor dem Lettner stand und das feine Eichenschnitzwerk bewunderte, und kam ihn begrüßen.

»Schön, nicht wahr? Theodore ist so stolz auf seine Kirche. Und er hat ja auch, seit wir hier sind, viel getan, damit sie nach etwas aussieht. Zum Glück war unser Vorgänger ein gewissenhafter Mann und hat alle Reparaturen besorgt, wie sich's gehört, aber er hatte *so* einen schlechten Geschmack und hat Dinge zugelassen, die uns richtig schockiert haben. Nehmen Sie zum Beispiel diese hübsche Kapelle – können Sie sich vorstellen, daß er darin den *Koks* für die Öfen gelagert hat? Da haben wir natürlich sofort für Ordnung gesorgt. Theodore möchte gern einen Marienaltar darin aufstellen, aber wir fürchten, daß unsere Gemeindemitglieder das für papistisch halten könnten. Ja – ein prächtiges Fenster ist das, nicht wahr? Es ist natürlich später hinzugekommen als die andern, aber ein Glück, daß das alte Glas noch erhalten ist. Wir haben ja solche Angst gehabt, als die Zeppeline hier herüberkamen. Auf Walbeach, das ja nur zwanzig Meilen von hier liegt, haben sie nämlich eine Bombe geworfen, und das hätte genausogut hier sein können. Ist das Gitterwerk nicht herrlich? Wie Spitzen, sage ich immer. Die Grabmäler gehören der Familie Gaudy. Die hat hier noch zu Zeiten Königin Elisabeths gelebt, aber inzwischen ist sie ausgestorben. Die

Sopranglocke trägt noch die Inschrift: GAUDY, GAUDE, DOMINI IN LAUDE. Auf der Nordseite war früher eine Votivkapelle, ähnlich wie hier. Das war Abt Thomas' Kapelle, und hier ist sein Grabmal. Batty Thomas, die Glocke, ist nach ihm benannt. ›Batty‹ ist natürlich nur eine Verdrehung von ›Abbot‹. Irgendein Vandale hat im neunzehnten Jahrhundert die Chorschranke hinter den Chorstühlen herausgerissen und die Orgel hineingestellt. Ein häßliches Ding, finden Sie nicht? Wir haben vor ein paar Jahren neue Pfeifen eingebaut, und jetzt müssen die Blasebälge vergrößert werden. Der arme Potty hat was zu tun, um das Windwerk gefüllt zu halten, wenn Miss Snoot alle Register zieht. Potty Peake ist so etwas wie der Dorftrottel hier, aber so närrisch, wie der Name Potty sagt, ist er eigentlich nicht, nur zurückgeblieben. O ja, das Engeldach ist natürlich unser Prunkstück – ich persönlich finde es sogar schöner als das in March oder Needham Market, weil es noch die ganzen Originalfarben hat. Das heißt, wir haben vor zwölf Jahren da und dort etwas ausgebessert, aber hinzugefügt haben wir eigentlich nichts. Zehn Jahre haben wir gebraucht, um unsern Kirchenvorstand zu überzeugen, daß wir ruhig ein bißchen frisches Blattgold bei den Engeln auftragen könnten, ohne deswegen gleich nach Rom überzulaufen, aber jetzt sind alle stolz darauf. Eines Tages hoffen wir auch das Dach überm Altarraum zu restaurieren. Die ganzen Rippen müßten gestrichen werden, die alten Farbspuren sieht man ja noch, und die Bossel gehören vergoldet. Das Ostfenster ist für Theodore ein rotes Tuch. Dieses schreckliche Rohglas – um 1840 herum, glaube ich. Das war die schlimmste Zeit, sagt Theodore immer. Im Mittelschiff ist natürlich alles Glas weg – Cromwells Leute. Gott sei Dank haben sie wenigstens den Obergaden zum Teil ganz gelassen. Es war ihnen wohl zuviel Arbeit, da oben ranzukommen. Die Bänke sind neu; Theodore hat sie vor zehn Jahren aufstellen lassen. Er hätte lieber Stühle gehabt, aber davon wollte die Gemeinde nichts wissen, weil sie an Bänke gewöhnt war, und da hat er welche nach einem schönen alten Muster kopieren lassen, das nicht gar zu abscheulich war. Die alten waren entsetzlich – wie Badewannen, und da oben waren häßliche Galerien auf beiden Seiten; sie verdeckten völlig die Fenster der Seitenschiffe und verschandelten den Anblick der Säulen. Die haben wir zur selben Zeit abbauen lassen. Sie waren überflüssig, und es stimmt einfach, daß die Kinder ihre Gesangbücher und andere Sachen haben runterfallen lassen, den Leuten auf die Köpfe. Aber die Chorstühle hier sind was anderes. Das sind die *Original*bänke der Mönche, mit Miserikordien. Ist die Schnitzerei nicht herrlich? Ganz vorn im Altarraum ist auch noch eine Piscina, aber die ist nicht weiter aufregend.«

Wimsey gab zu, daß er sich nicht sonderlich für Piscinen erwärmen könne.

»Und das Altargitter ist natürlich alles andere als schön – eine richtige viktorianische Scheußlichkeit. Wir möchten es unbedingt durch etwas Schöneres ersetzen, sobald wir das Geld auftreiben können. Schade, daß ich den Schlüssel zum Turm nicht bei mir habe. Sie würden sicher gern hinaufgehen. Ein wunderschöner Ausblick, allerdings kommt man oberhalb der Läutestube nur noch über Leitern weiter. Mir wird immer schwindlig, besonders, wenn ich an den Glocken vorbeikomme. Ich finde Glocken ziemlich furchteinflößend. Ach, das Taufbecken! Das müssen Sie sich ansehen. Die Schnitzerei soll etwas ganz Besonderes sein. Ich weiß nicht mehr so genau, was das Besondere daran ist – wie dumm von mir! Theodore muß es Ihnen mal zeigen, aber er ist so plötzlich weggerufen worden, um eine kranke Frau ins Krankenhaus zu fahren, gleich drüben auf der anderen Seite des Dreißigfußkanals, über die Thorpe-Brücke. Er hatte kaum fertig gefrühstückt, da ist er schon abgebraust.«

(Und da heißt es immer, dachte Wimsey, die Pfarrer der anglikanischen Kirche täten nichts für ihr Geld.)

»Möchten Sie gern noch bleiben und sich umsehen? Könnten Sie dann anschließend die Tür zuschließen und den Schlüssel zurückbringen? Es ist Mr. Godfreys Schlüssel – ich *kann* mir nicht denken, wo Theodore seinen Schlüsselbund hingetan hat. Es will einem unrecht vorkommen, die Kirche zu verschließen, aber sie steht so einsam. Vom Pfarrhaus aus können wir sie nicht im Auge behalten, weil die Büsche dazwischenstehen, und manchmal treiben sich doch Landstreicher hier herum, die nicht geheuer aussehen. Erst neulich habe ich hier einen Mann vorbeikommen sehen, der sah ganz unheimlich aus, und es ist noch nicht lange her, da hat man den Opferstock aufgebrochen. Das wäre nicht so schlimm gewesen, weil nicht viel drin war, aber dann haben sie am Altar allerhand mutwillig kaputtgemacht – aus Wut, nehme ich an, und das kann man doch nun nicht zulassen, oder?«

Wimsey antwortete, nein, das gehe wirklich nicht an, und ja, er wolle sich gern noch ein wenig in der Kirche umsehen und werde an den Schlüssel denken. Nachdem die gute Frau ihn alleingelassen hatte, tat er als erstes eine angemessene Spende in den Opferstock und begutachtete ein paar Minuten lang das Taufbecken, dessen Verzierungen in der Tat merkwürdig waren und für seinen Geschmack einen Symbolismus verrieten, der weder ganz christlich noch ganz unschuldig war. Er entdeckte eine schwere alte Truhe unterm Turm, die jedoch, als er sie öffnete, nichts weiter enthielt als ein paar abgenutzte Glockenseile. Dann ging er weiter ins nördliche Seitenschiff und stellte fest, daß die Kapitelle, auf denen das Hauptgebälk des Engeldachs ruhte, passend mit Cherubköpfen verziert waren. Eine Weile blieb er nachdenklich vor dem Grabmal des Abtes Thomas und dessen Abbild in Mantel und Mitra stehen. Ein gestrenger alter Herr, dachte er; mit seinem energischen, harten Gesichtsausdruck wirkte dieser mittelalterliche Kleriker mehr wie ein Herrscher denn ein Hirte seines Volkes. Relieftafeln schmückten die Seiten des Grabmals. Sie gaben Szenen aus dem Leben der Abtei wieder; auf einer war das Gießen einer Glocke dargestellt, gewiß der »Batty Thomas«, und es war klar ersichtlich, daß der Abt besonders stolz auf seine Glocke gewesen sein mußte, denn sie tauchte noch einmal auf, als Fußstütze statt des üblichen Kissens. Ihre Verzierungen und Motti waren naturgetreu wiedergegeben. Auf der Schulter: NOLI + ESSE + INCREDULUS + SED + FIDELIS; auf dem Schlagring: *Abbat Thomas tat mich hier hinein + und hieß mich klingen laut und rein* + 1380 +; und auf der Flanke: O SANCTE THOMA, eine Inschrift, die, da sie mit der Mitra eines Abtes geschmückt war, den Betrachter im Zweifel darüber ließ, ob die Heiligkeit dem Apostel oder dem Kirchenmann zugesprochen wurde. Ganz gut, daß Abt Thomas schon lange tot war, als sein Haus von König Heinrich geplündert wurde. Thomas hätte gewiß nicht tatenlos zugesehen, und darunter hätte vielleicht die Kirche gelitten. Sein Nachfolger, ein sanftmütiger Mensch, hatte die Usurpation demütig hingenommen und seine Abtei dem Moder und Verfall, die Kirche dem puritanischen Eifer der Reformer überlassen. So zumindest bekam Wimsey es mittags beim Hirtentopf vom Pfarrer erklärt.

Nur sehr widerstrebend fanden die Venables sich bereit, ihre Gäste ziehen zu lassen; Mr. Brownlow und Mr. Wilderspin waren mit der gemeinsamen Arbeit am Auto so gut vorangekommen, daß es um zwei Uhr schon wieder fahrtüchtig war, und Wimsey hatte es eilig, vor Einbruch der Dunkelheit nach Walbeach zu kommen. So machte er sich denn nach vielem Händeschütteln und der ernstgemeinten Einladung, doch bald wiederzukommen und noch mal einen Zyklus mitzuläuten, auf den Weg. Der Pfarrer hatte ihm beim Abschied noch ein Exemplar von »Venables' mathematischer Theorie des Wechselläutens« in die Hand gedrückt, während Mrs. Venables ihm unbedingt noch einen erstaunlich starken Grog gegen die Kälte einflößen mußte. Als der Wagen sich am Dreißigfußkanal nach rechts wandte, bemerkte Wimsey, daß der Wind sich gedreht hatte. Er kam jetzt aus Süden, und wenngleich das Fenmoor noch unter einer geschlossenen weißen Decke lag, war die Luft schon recht mild.

»Das gibt Tauwetter, Bunter.«

»Sehr wohl, Mylord.«

»Haben Sie diese Gegend schon einmal bei Hochwasser gesehen?«

»Nein, Mylord.«

»Sieht ziemlich trostlos aus, besonders um die Marschen von Welney und Mepal herum, wenn sie zwischen dem alten und dem neuen Bedford River das Wasser rauslassen, und auf der andern Seite des Fenmoors zwischen Over und Earith Bridge. Meilenweit nichts als Wasser, höchstens mal da und dort ein Damm oder eine lückenhafte Reihe von Weiden. Hier ist die Entwässerung besser, glaub ich. Ah, sehen Sie mal – da drüben rechts! –, das muß die Van-Leyden-Schleuse sein, die das Hochwasser in den Dreißigfußkanal leitet – eine Denver-Schleuse im kleinen. Mal auf die Karte sehen. Ja, das ist sie. Sehen Sie, hier trifft der Kanal auf den Wale, aber er trifft ihn auf höherem Niveau, und wenn die Schleuse nicht wäre, würde das ganze Kanalwasser wieder den Wale hinauffließen und die ganze Gegend überschwemmen. Schlecht konstruiert – aber die Ingenieure des 17. Jahrhunderts mußten eins nach dem andern machen und die Dinge so nehmen, wie sie sie vorfanden. Das ist der Wale, der durch den Pottersgraben von Fenchurch St. Peter kommt. Mit dem Schleusenwärter möchte ich nicht tauschen – verflixt einsam hier, würde ich meinen.«

Sie sahen zu dem häßlichen kleinen Backsteinhaus hinüber, das sich rechts von ihnen drollig wie ein aufgestelltes Ohr zwischen den beiden Seiten der Schleuse erhob. Auf der einen Seite spannte sich ein Wehr mit einer kleinen Schleusenkammer quer über den Kanal, der dort etwa zwei Meter über dem Flußpegel in den Wale mündete. Auf der anderen Seite war der Oberlauf des Wale durch eine fünftorige Schleuse abgesperrt, die verhinderte, daß die Wassermassen aus dem höhergelegenen Kanal wieder flußaufwärts liefen.

»Sonst kein Haus weit und breit – halt, doch, eine Kate etwa zwei Meilen weiter flußaufwärts. Puh! Das würde mir genügen, um mich in meiner eigenen Schleuse zu ersäufen. Hoppla! Was wird denn hier aus der Straße? Ach so, ja; über die Brücke auf die andere Kanalseite und dann scharf rechts – immer dem Fluß nach. Wenn in diesem Teil der Welt nur nicht alles so rechtwinklig wäre! Hoppla – und drüben sind wir! Da kommt schon der Schleusenwärter angerannt, um uns in Augenschein zu nehmen. Wir sind wahrscheinlich die Sensation des Tages für ihn. Winken wir ihm mal zu – Hallo-he! Ahoi! – ich verbreite gern Freude, wo ich vorbeikomme. Wie Stevenson schon sagte, wir gehen diesen Weg nur einmal – und ich hoffe von Herzen, daß er recht hat. Nanu, was will denn der von uns?«

An der eintönigen weißen Straße kam ihnen eine einsame Gestalt entgegengestapft, blieb stehen und hob bittend beide Arme in die Höhe. Wimsey ließ den Daimler ausrollen und hielt.

»Verzeihen Sie, wenn ich Sie aufhalte, Sir«, sagte der Mann durchaus höflich. »Könnten Sie so freundlich sein und mir sagen, ob ich auf dem richtigen Weg nach Fenchurch St. Paul bin?«

»Vollkommen richtig. Gehen Sie über die Brücke, wenn Sie hinkommen, und folgen Sie dann dem Kanal in derselben Richtung weiter, in die Sie jetzt gehen, bis Sie zu einem Wegweiser kommen. Sie können ihn nicht übersehen.«

»Danke, Sir. Wie weit ist das ungefähr noch?«

»Etwa fünfeinhalb Meilen bis zum Wegweiser, dann noch eine halbe Meile bis zum Dorf.«

»Ich danke Ihnen sehr, Sir.«

»Sie haben noch einen kalten Weg vor sich, fürchte ich.«

»Ja, Sir – die schönste Gegend ist das hier nicht. Aber ich werd's schaffen, bevor es dunkel wird, das ist tröstlich.«

Er sprach ziemlich leise, und seine Stimme hatte einen leichten Londoner Tonfall; sein dicker grauer Mantel war zwar abgetragen, aber nicht schlecht geschnitten. Er hatte ein dunkles Spitzbärtchen und schien an die Fünfzig zu sein, aber er hielt beim Sprechen den Kopf gesenkt, als wollte er sich nicht zu genau ansehen lassen.

»Glimmstengel gefällig?«

»Danke bestens, Sir.«

Wimsey schüttelte ein paar Zigaretten aus seinem Etui und

reichte sie ihm. Die Handfläche, die sie in Empfang nahm, war schwielig wie von schwerer Arbeit, aber Auftreten und Aussehen des Fremden waren nicht die eines Landarbeiters.

»Sie sind nicht aus dieser Gegend?«

»Nein, Sir.«

»Auf Arbeitssuche?«

»Ja, Sir.«

»Als Hilfsarbeiter?«

»Nein, Sir. Automechaniker.«

»Ach so. Na, dann viel Glück.«

»Danke, Sir. Angenehme Reise, Sir.«

»Guten Tag.«

Wimsey fuhr etwa eine halbe Meile schweigend weiter. Dann sagte er:

»Automechaniker – mag ja stimmen, aber nicht in letzter Zeit, glaube ich. Da würde ich eher auf Steinbruch tippen. Einen alten Knastbruder erkennt man an den Augen, Bunter. Ist ja schön, wenn einer seine Vergangenheit hinter sich lassen will und so weiter, aber ich hoffe sehr, daß unser Freund dem guten Pfarrer keine Ungelegenheiten macht.«

II

Ein voller Zyklus Grandsire Triples

(Zehnteilig nach Holt)

5.040

Bei Beendigung der Durchgänge

Erste Hälfte	Zweite Hälfte
246375	257364
267453	276543
275634	264735
253746	243657
235476	234567

die 2 in Observation.

Ruf sie: 1. Hälfte

Aus der Jagd, Mitte, ein und aus bei 5,
recht, Mitte, fehl, recht, Mitte und
in die Jagd.
(4mal wiederholen)

2. Hälfte

Aus der Jagd, fehl, recht, Mitte, fehl,
recht, in und aus bei 5,
fehl und in die Jagd.
(4mal wiederholen)

Der letzte Aufruf in jeder Hälfte ist ein Einzel; beim Läuten dieses Zyklus muß Holts Single verwandt werden.

Erster Teil

Mr. Gotobed wird mit einem Doppel aufgerufen

Dies grausig Ding verkünde man mit Kreuz, Kerze und Glockenklang.

John Myrc: ANWEISUNGEN FÜR PFARRPRIESTER (15. JAHRHUNDERT)

Frühling und Ostern kamen in diesem Jahr beide spät nach Fenchurch St. Paul. Die Marschen begrüßten die Wiederkehr der Sonne auf ihre verhaltene, spröde, fast widerwillige Weise. Die Fluten wichen von den Weiden; das Getreide schob rüstig seine blaßgrünen Speere aus der schwarzen Erde; die stachligen Dornenbüsche an den Graben- und Wiesenrändern streiften ein freundlicheres Knospenkleid über; an den Weiden tanzten die gelben männlichen Kätzchen auf und nieder wie die Filze winziger Glockenseile, und die silbernen weiblichen plusterten sich auf, um am Palmsonntag von den Kindern in die Kirche getragen zu werden; wo Hecken die tristen Kanalufer säumten, suchten zitternde Hundsveilchen Schutz vor dem Wind.

Im Pfarrgarten standen die Osterglocken in voller Blüte und machten ihrem Namen alle Ehre, indem sie ihre glockenförmigen Blüten im Wind, der unablässig über Ostanglien hinwegfegt, wie wild hin und her schüttelten. »Arme Dinger!« pflegte Mrs. Venables zu rufen, wenn sie die grünen Stengel wie aufgepeitschtes Wasser im Sturm wogen und die goldenen Trompetenmünder die Erde küssen sah. »So ein furchtbarer Wind! Ich weiß nicht, wie sie das überhaupt aushalten.« Es geschah stets mit einer Mischung aus Stolz und Bedauern, wenn sie die verschiedenen gelben und weißen Sorten abschnitt und in die Kirche trug, um die Altarvasen und die beiden langen, schmalen, grüngestrichenenen Blechtröge damit zu füllen, die an Ostersonntagen beiderseits der Altarschranke standen. »Wie das Gelb leuchtet!« dachte Mrs. Venables, während sie die Blumen zu überreden versuchte, zwischen dem schimmernden Immergrün und Johanniskraut aufrecht zu stehen. »Aber eigentlich ist es schade, sie zu opfern.«

Sie kniete vor der Altarschranke auf einem langen roten Kissen nieder, das sie sich von einer Bank entliehen hatte, um ihre »Knochen« vor der Kälte des Steinbodens zu schützen. Die vier messingnen Altarvasen und ein Eimer voller Blumen sowie eine Gießkanne standen unmittelbar neben ihr. Wenn sie die Vasen schon im Pfarrhaus gefüllt und herübergetragen hätte, wäre ihr der Südwestwind dazwischengefahren und hätte alles kaputtgemacht, noch ehe sie halb über die Straße gewesen wäre. »Ungezogene Dinger!« schalt Mrs. Venables die Narzissen, die sich immer wieder auf die Seite legten oder hilflos auf den Boden des Trogs kippten. Sie setzte sich in die Hocke und begutachtete ihr Werk, als sie hinter sich Schritte hörte. Sie drehte sich um.

Ein rothaariges Mädchen von fünfzehn Jahren, ganz in Schwarz gekleidet, war in die Kirche gekommen, einen großen Strauß Pfauenaugennarzissen im Arm. Das Mädchen war groß und mager und ziemlich schlaksig, doch man sah ihr schon an, daß sie sich einmal zu einer auffallenden Schönheit entwickeln würde.

»Können Sie die brauchen, Mrs. Venables? Johnson wollte schon die Aronstäbe bringen, aber der Wind ist so fürchterlich, da hat er Angst, daß sie ihm im Schubkarren alle kaputtgehen. Ich glaube, er wird sie ins Auto laden müssen, um sie wohlbehalten herzubringen.

»Ach, wie lieb von dir, Hilary! Doch, ja – weiße Blumen kann ich immer brauchen, so viele ich nur kriegen kann. Die sind ja wunderschön, und wie sie duften! Die Guten! Ich hab mir gedacht, ich stelle hier noch etwas Grün bei unserem Abt Thomas auf, mit ein paar hohen Vasen dazwischen. Und dasselbe auf der andern Seite beim alten Gaudy. Aber«, fuhr sie mit einemmal sehr energisch fort, »dieses Jahr werde ich *kein* Grün ans Taufbecken und die Kanzel stellen. Das können sie zu Weihnachten und zum Erntefest haben, wenn sie wollen, aber zu Ostern paßt das einfach nicht und ist widersinnig, und nachdem die alte Miss Mallow jetzt tot ist, die Ärmste, muß man das ja nicht unbedingt weitermachen.«

»Ich kann Erntefeste nicht leiden. Es ist einfach eine Schande, diese schönen Schnitzereien hier hinter stachligen Getreidegarben und Kohlköpfen zu verstecken.«

»Recht hast du, aber unsere Dorfbevölkerung liebt das nun mal, wie du weißt. Das Erntefest ist *ihr* Fest, sagt Theodore immer. Es ist sicher nicht recht, daß es ihnen soviel mehr bedeutet als die kirchlichen Feste, aber es ist verständlich. Es war ja noch schlimmer, als wir hierherkamen – da warst du noch nicht geboren, da war noch gar nicht an dich zu denken. Da haben sie sogar Nägel in die Säulen geschlagen, um Kränze und Sträuße daran aufzuhängen. Das war ganz schlimm. Reine Gedankenlosigkeit natürlich. Und zu Weihnachten hatten sie so scheußliche Spruchbänder überall, an der Chorschranke und vor dieser häßlichen alten Galerie – Weiß auf rotem Flanell. Widerliche, schmuddelige alte Dinger. Ein ganzes Bündel davon haben wir in der Sakristei gefunden, als wir herkamen, voller Motten und Mäuse. Da hat mein Mann aber ein Machtwort gesprochen.«

»Und daraufhin ist sicher das halbe Dorf zur Freikirche übergelaufen.«

»O nein – nur zwei Familien, und eine davon ist wieder zurückgekommen – die Wallaces, weißt du, weil sie nämlich Krach mit ihrem Prediger bekommen haben wegen ihres Bohnenessens am Karfreitag. Muß was mit den Teewassergefäßen zu tun gehabt haben, aber ich weiß nicht mehr, was. Mrs. Wallace ist ja eine merkwürdige Frau; sie ist so leicht beleidigt, aber bisher – auf Holz klopfen« (Mrs. Venables vollführte diesen alten heidnischen Brauch unverdrossen auf dem Eichenholz des Altargitters) – »bisher habe ich im Frauenseminar ganz gut mit ihr zusammengearbeitet. Kannst du mal ein bißchen zurücktreten und mir sagen, ob die beiden Seiten gleich sind?«

»Es fehlen noch ein paar Narzissen auf der Südseite, Mrs. Venables.«

»Hier? Danke, mein Kind. Besser so? Na, ich denke, das muß es tun. Aaaah! – meine armen alten Knochen! Na ja, mit etwas gutem Willen kann man's durchgehen lassen, wie man so sagt. Aha, da kommt Hinkins mit den Schusterpalmen. Die Leute können über Schusterpalmen sagen, was sie wollen, aber sie sind das ganze Jahr über grün und geben einen guten Hintergrund. So ist's recht, Hinkins. Sechs vor dem Grabmal hier und sechs auf der andern Seite – und haben Sie die großen Gurkengläser mitgebracht? Da kann man so schön die Narzissen hineinstellen, und die Schusterpalmen decken die Gläser völlig zu, und vor die Töpfe können wir etwas Efeu hängen. Hinkins, Sie könnten mir mal die Gießkanne nachfüllen. Wie geht's denn heute deinem Vater, Hilary? Besser hoffentlich.«

»Leider nicht, Mrs. Venables. Dr. Baines macht sich große Sorgen, daß er's nicht überleben wird. Armer Paps!«

»Ach je! Das tut mir so furchtbar leid. Es muß eine schreckliche Zeit für dich sein. Ich glaube, der Schock über den plötzlichen Tod deiner lieben Mutter war zuviel für ihn.«

Das Mädchen nickte.

»Dann wollen wir hoffen und beten, daß es nicht so schlimm ist, wie Dr. Baines glaubt. Er ist ja immer so ein Pessimist. Darum hat er's wohl auch nur zum Landarzt gebracht, denn für gescheit halte ich ihn schon, sehr gescheit sogar; aber die Kranken haben nun mal lieber einen fröhlichen Doktor. Warum zieht ihr nicht noch einen zweiten hinzu?«

»Das wollen wir ja. Am Dienstag kommt ein gewisser Dr. Hordell. Dr. Baines hatte ihn schon für heute kommen lassen wollen, aber er ist über Ostern in Urlaub.«

»Ärzte sollten nicht in Urlaub fahren«, meinte Mrs. Venables lieblos. Der Pfarrer nahm über die großen Festtage nie und in der übrigen Zeit fast nie Urlaub, daher konnte sie eine solche Notwendigkeit auch für alle andern nicht einsehen.

Hilary Thorpe lachte ein wenig zaghaft.

»So ähnlich denke ich ja auch. Aber er soll absolut der beste sein, den es gibt, und die paar Tage machen hoffentlich nicht soviel aus.«

»Du liebe Güte, nein, das wollen wir nicht hoffen!« rief die Pfarrersfrau. »Ist das Johnson mit den Aronstäben? Ach nein, das ist Jack Godfrey. Er will sicher nach oben und die Glokken ölen.«

»Ja? Da möchte ich gern zusehen. Darf ich mit in die Glokkenstube, Mrs. Venables?«

»Natürlich, mein Kind. Du mußt nur vorsichtig sein. Mir sind diese hohen Leitern ja nie ganz geheuer.«

»Oh, davor habe ich keine Angst. Ich sehe die Glocken so gern.«

Hilary eilte durch die Kirche und holte Jack Godfrey oben auf der Wendeltreppe ein, als er gerade die Läutestube betrat.

»Ich möchte Ihnen zusehen, wenn Sie die Glocken ölen, Mr. Godfrey. Störe ich Sie auch nicht?«

»Aber nein, Miss Hilary. Ich freue mich, wenn Sie mitkommen. Am besten steigen Sie zuerst die Leitern hinauf, dann kann ich Sie festhalten, wenn Sie runterfallen.«

»Ich falle schon nicht«, meinte Hilary verächtlich. Sie kletterte flink die dicken alten Sprossen hinauf und trat in den Raum, der das zweite Stockwerk des Turms bildete. Abgesehen von einem Kasten, der das Schlagwerk der Turmuhr beherbergte, und den acht Glockenseilen, die durch Löcher im Boden heraufkamen und auf gleiche Weise durch die Decke verschwanden, war dieser Raum leer. Jack Godfrey folgte ihr gemessen mit Öl und Putzlappen.

»Treten Sie vorsichtig auf den Fußboden, Miss Hilary«, ermahnte er sie. »Er ist an manchen Stellen nicht mehr gut.«

Hilary nickte. Sie liebte diesen leeren, sonnigen Raum, dessen vier hohe Wände aus vier hohen Fenstern bestanden. Er war wie ein Glaspalast in luftiger Höhe. Der Schatten des wunderhübschen Maßwerks am Südfenster lag auf dem Boden wie ein schmiedeeisernes Muster auf einer Messingplatte. Wenn Hilary durch die verstaubten Scheiben hinaussah, konnte sie meilenweit über das grüne Fenmoor blicken.

»Ich möchte so gern auf den Turm, Mr. Godfrey.«

»Ist gut, Miss Hilary; ich gehe nachher mit Ihnen rauf, wenn es Zeit hat, bis ich mit den Glocken fertig bin.«

Die Falltür zur Glockenstube war abgeschlossen; eine Kette hing von ihr herunter und verschwand in einer Art Holzkasten an der Wand. Mr. Godfrey fingerte einen Schlüssel von seinem Bund heraus und schloß den Kasten auf, und zum Vorschein kam das Gegengewicht der Falltür. Er zog es nach unten, und die Falltür klappte auf.

»Warum ist das Gewicht eingeschlossen, Mr. Godfrey?«

»Tja, Miss Hilary, es ist ab und zu schon vorgekommen, daß nach dem Läuten die Glockenstube aufgeblieben ist, und der Pfarrer sagt, das ist gefährlich. Sehen Sie mal, Potty Peake könnte doch hier heraufkommen, oder so ein Lausejunge treibt sich hier herum und spielt an den Glocken. Oder er steigt auf den Turm und fällt runter und tut sich weh. Darum hat der Pfarrer gesagt, da muß ein Schloß ran, damit keiner die Falltür aufkriegt.«

»Aha.« Hilary mußte ein bißchen grinsen. »Tut sich weh« war ein sehr milder Ausdruck für die wahrscheinlichen Folgen eines Sturzes aus knapp vierzig Meter Höhe. Sie stieg vor ihm her die zweite Leiter hinauf.

Im Gegensatz zu dem hellen Raum darunter war die Glokkenstube dämmrig, fast bedrohlich finster. Die eigentlichen Fenster waren alle acht von oben bis unten abgedunkelt; nur durch die schrägen Schallöcher darüber drang spärlich und kalt ein wenig Sonnenlicht herein, das blaßgoldene Streifen und Flecken auf das schwere Gebälk des Glockenstuhls warf und phantasievolle Muster auf den Speichen und Felgen der Räder bildete. Düster brütend hingen die Glocken, die stummen, schwarz klaffenden Münder erdwärts gerichtet, an ihren angestammten Plätzen.

Mr. Godfrey betrachtete sie mit der Vertrautheit des jahrelangen Umgangs, dann nahm er eine leichte Leiter von der Wand, lehnte sie behutsam gegen einen der Querbalken und wollte hinaufsteigen.

»Lassen Sie mich zuerst hinauf, sonst sehe ich ja nicht, was Sie machen.«

Mr. Godfrey zögerte und kratzte sich am Kopf. Dieses Ansinnen erschien ihm nicht ganz geheuer. Er wollte schon Einspruch erheben.

»Mir passiert schon nichts. Ich setze mich auf den Balken. Die Höhe macht mir gar nichts aus. Und ich bin gut im Turnen.«

Sir Henrys Tochter war es gewöhnt, ihren Willen durchzusetzen, und so bekam sie ihn auch jetzt – unter der Bedingung, daß sie sich gut an den Hölzern festhalten müsse und nicht »herumalbern« dürfe. Sie versprach es, und Mr. Godfrey half ihr auf ihren Hochsitz. Dann breitete er, während er eine fröhliche Melodie zwischen den Zähnen pfiff, sein Arbeitsmaterial methodisch um sich aus und nahm seine Arbeit in Angriff, das heißt, er fettete die Zapfen und Lager ein, tat einen Tropfen Öl an die Rollenachsen, prüfte die Beweglichkeit des Gleitstocks zwischen den Blöcken und untersuchte die Seile, ob sie irgendwo an Rad und Rolle Verschleißerscheinungen zeigten.

»Ich habe die Tailor Paul noch nie von so nah gesehen. Das ist eine große Glocke, was?«

»Kann man wohl sagen«, pflichtete Jack Godfrey ihr bei und gab der Glocke einen liebevollen Klaps auf die Bronzeschulter. Ein Sonnenstrahl fiel auf den Schlagring und erhellte ein paar Buchstaben der Inschrift, deren vollen Wortlaut Hilary natürlich kannte:

NEUN + SCHLAG + VON + MIR + BEKLAGEN + EINEN + MANN
IN +CHRISTO + HAT + DER + TOD + EIN + END
IN + ADAM + SO + BEGANN
1614

»Sie hat schon was geleistet in ihrem Leben, die alte Tailor Paul – schon manchen Zyklus hat sie mitgesungen, gar nicht zu reden von all den Leuten, denen sie beim Tod und Begräbnis geläutet hat. Und wenn die Zeppeline gekommen sind, haben wir mit ihr und Gaude Alarm geläutet. Der Pfarrer hat erst neulich gesagt, daß sie bald um ein Viertel gedreht gehört, aber ich weiß nicht. Ich glaube, sie macht noch ein Weilchen. Für meine Ohren klingt sie noch ganz sauber.«

»Man muß die Sterbeglocke für jeden läuten, der in der Gemeinde stirbt, nicht wahr – egal wer es ist?«

»Ja, Freikirche oder Hochkirche, ganz egal. Das hat der alte Sir Martin Thorpe so bestimmt, Ihr Ururgroßvater, wie er das Geld für den Glockenfonds gestiftet hat. ›Jede Christenseele‹, so hat es wörtlich in seinem Testament gestanden. Wir haben doch sogar für diese Frau am Langen Viehweg läuten müssen, und die war katholisch. Der alte Hezekiah war ganz erledigt.« Mr. Godfrey mußte bei der Erinnerung lachen. »›Was, die Tailor Paul läuten, für eine Römische?‹ hat er gemeint. ›So was werden Sie doch nicht Christenseele nennen, Herr Pfarrer?‹ Aber der Pfarrer hat gesagt: ›Wissen Sie, Hezekiah, wir waren in diesem Land früher alle mal katholisch; diese Kirche ist von Katholiken gebaut worden‹, sagt er. Aber Hezekiah hat's einfach nicht begriffen. Viel Bildung hat er ja nie mitgekriegt, nicht? Also, Miss Hilary, ich denke, das reicht jetzt für die Tailor Paul. Wenn Sie mir mal die Hand geben, kann ich Ihnen runterhelfen.«

Gaude, Sabaoth, John, Jericho, Jubilee und Dimity wurden der Reihe nach besichtigt und geölt. Als aber die Reihe an Batty Thomas kam, stellte Mr. Godfrey sich mit einemmal ganz unerwartet starrsinnig.

»Zur Batty Thomas nehme ich Sie nicht mit rauf, Miss Hilary. Das ist eine Unglücksglocke. Was ich sagen will, sie hat ihre Launen, und ich möcht's nicht gerne darauf ankommen lassen.«

»Was *meinen* Sie denn damit?«

Mr. Godfrey fiel es sichtlich schwer, sich allgemeinverständlicher auszudrücken.

»Das ist meine Glocke«, sagte er; »ich läute sie schon seit fünfzehn Jahren, und versorgen tu ich sie, seit Hezekiah für die Leitern hier zu alt ist, und das sind auch schon zehn Jahre. Wir kennen uns gut, die Glocke und ich, und sie hat nichts gegen mich und ich nichts gegen sie. Aber unberechenbar ist sie. Wie der alte Abt da unten, nach dem sie heißt, denn der soll auch so unberechenbar gewesen sein, und die Glocke ist ganz nach ihm. Wie sie damals die Mönche hier rausgeschmissen haben – das ist schon etliche Jährchen her –, da soll Batty Thomas die ganze Nacht von ganz allein geläutet haben, ohne daß einer das Seil angefaßt hat. Und wie Cromwell seine Leute geschickt hat, daß sie die ganzen Bilder kaputtschlagen und so, da soll mal ein Soldat hier in die Glockenstube gekommen sein – ich weiß nicht wozu, vielleicht, um die Glokken kaputtzumachen, aber jedenfalls war er hier; und ein paar andere, die nicht gewußt haben, daß er hier war, die haben unten an den Seilen gezogen, und anscheinend waren die Glocken noch aufgeschwungen. Faule Glöckner müssen das damals gewesen sein, na ja; jedenfalls waren die Glocken noch aufgeschwungen, mit den Mündern nach oben. Und wie der Soldat sich vorbeugt und die Glocken angucken will, da kommt Batty Thomas runtergesaust und schlägt ihn tot. Das ist Geschichte, sag ich, und der Pfarrer sagt, daß Batty Thomas damals die Kirche gerettet hat, denn die Soldaten haben es mit der Angst gekriegt und sind abgehauen, weil sie gedacht haben, das ist ein Gottesurteil, obwohl ich finde, es war nur Schlamperei, die Glocken aufgeschwungen zu lassen und so. Na ja, so war's jedenfalls. Und dann war da noch der arme Kerl, der das Läuten lernen wollte – damals unter dem alten

Pfarrer war das noch –, und wie er versucht hat, Batty Thomas aufzuschwingen, hat er sich am Seil aufgehängt. Schrecklich war das, und auch da sag ich wieder, es war reine Schlamperei, denn man hätte den Jungen nie allein an die Glocken ranlassen dürfen, und Mr. Venables würde so was auch nie zulassen. Aber Sie sehen, Miss Hilary, die Batty Thomas hat schon zwei Männer erschlagen, und wenn man auch weiß, daß es beide Male nur Schlampigkeit war und normalerweise nichts passiert wäre – na ja! Aber wie gesagt, ich will es nicht darauf ankommen lassen.«

Mit diesem seinem letzten Wort zum Thema stieg Mr. Godfrey die Leiter hinauf, um die Zapfen der Batty Thomas allein zu ölen. Hilary Thorpe fügte sich, wenn auch widerstrebend, in das Unabänderliche und spazierte gelangweilt in der Glockenstube hin und her, wirbelte hier mit ihren kantigen, unmodernen Schulschuhen den Staub der Jahrhunderte auf oder versuchte dort die Namen zu lesen, die von verblichenen Dorfbewohnern an die verputzten Wände gekritzelt worden waren. Plötzlich sah sie in einer entfernten Ecke etwas Weißes im Sonnenlicht blinken. Lässig hob sie es auf. Es war ein Blatt Papier, dünn, von schlechter Qualität und eng kariert. Es erinnerte Hilary an die Briefe, die sie dann und wann von einer früheren französischen Gouvernante bekam, und bei näherer Betrachtung sah sie, daß es auch mit derselben violetten Tinte beschrieben war, die sie an »Mad'm'selle« erinnerte, aber die Schrift war englisch – sehr säuberlich, aber irgendwie doch wieder nicht die Schrift einer gebildeten Person. Das Blatt war zweifach gefaltet und an der Unterseite vom feinen Staub auf dem Boden verschmutzt, aber sonst einigermaßen sauber.

»Mr. Godfrey!«

Hilarys Stimme klang so schrill und aufgeregt, daß Mr. Godfrey gehörig erschrak. Fast wäre er von der Leiter gefallen und hätte die angeblichen Opfer der Batty Thomas um eines vermehrt.

»Ja, Miss Hilary?«

»Ich hab hier so was Komisches gefunden. Können Sie mal runterkommen und sich das ansehen?«

»Gleich, Miss Hilary.«

Er machte zuerst seine Arbeit fertig, dann stieg er hinunter. Das Sonnenlicht, das durchs Fenster hereinfiel und den bronzenen Mund der Tailor Paul küßte, umfing das Mädchen wie Danaes Goldregen. Hilary hielt das Papier so, daß genug Licht darauf fiel.

»Das hat auf dem Boden gelegen. Hören Sie sich das mal an. Es ist total bekloppt. Meinen Sie, das könnte Potty Peake geschrieben haben?«

Mr. Godfrey schüttelte den Kopf.

»Das kann ich wirklich nicht sagen, Miss Hilary. Bekloppt ist er ja, und früher ist er auch immer hier raufgekommen, bevor der Pfarrer die Falltürkette hat einschließen lassen. Aber das sieht mir nicht nach seiner Handschrift aus.«

»Also, ich finde, das kann nur ein Irrer geschrieben haben. Lesen Sie mal. Es ist so komisch.« Hilary kicherte, denn sie war in dem Alter, wo Irrsinn befangen macht.

Mr. Godfrey legte betulich sein Arbeitszeug neben sich, kratzte sich am Kopf und las, mit leicht fettigem Zeigefinger den Zeilen folgend, laut das Geschriebene vor:

> »Die Elfen tanzten Reigen, es wiegte im leichten Wind dazu sich der schlotschwarze Elefant. Wie sehr ich da erschrak! Ich hörete hohe Stimmen flüstern und versuchete schneller zu eilen. Da vernahm ich aus der wabernden Stille leise Musik. Der Odem der verlorenen Seelen aus dem Fegefeuer umfing mich. Endlich naht' von fern der Morgen in rötender Helle. Alle bösen Geister wichen von hinnen oder verblichen vor des Morgens erstem Schimmer. Bald war der Bann gelöst. Noch zürnt der Zauberer indes! Wutbebend irrt er umher und hadert mit seinem Los. Der Mond aber, böser Mächte Rache fürchtend, dreht bange sich herum. Satanas' Pfuhl brüllt wieder, und Erebus öffnet sich.«

»Na so was«, meinte Mr. Godfrey verwundert. »Das ist ja wirklich komisch. Bekloppt ist es, aber nicht von einem Bekloppten, wenn Sie mich verstehen. Das kann nicht von Potty sein. Potty ist doch kein Gelehrter. Aber das hier, dieses Ere-bus – was soll das eigentlich heißen?«

»Das ist irgend so'n altes Wort für Hölle«, sagte Hilary.

»Ach so, das heißt das, ja? An so was muß der Kerl, der das geschrieben hat, wirklich gedacht haben. Elfen und schwarze Elefanten und böse Geister und so. Na ja, ich weiß nicht. Kommt einem vor, als wenn's ein Schabernack sein sollte, nicht? Vielleicht« (in seinen Augen glomm eine Idee auf), »vielleicht hat das einer aus 'nem Buch abgeschrieben. Doch, das würd mich nicht wundern. Aus so 'nem altmodischen Buch. Aber komisch ist es schon, wie das hier raufkommt. Ich würd's mal dem Herrn Pfarrer zeigen, Miss Hilary, das tät ich. Der kennt so viele Bücher, da weiß er vielleicht auch, woher das kommt.«

»Gute Idee. Werd ich machen. Aber es ist so schrecklich geheimnisvoll, nicht? Richtig unheimlich. Können wir jetzt auf den Turm gehen, Mr. Godfrey?«

Mr. Godfrey war bereit, und so erstiegen sie zusammen die letzte lange Leiter, die hoch über die Glocken hinausragte und durch einen kastenartigen Schacht etwa von der Größe einer Hundehütte auf das verbleite Turmdach führte. Der Wind war so stark und stetig, daß man sich gegen ihn lehnen konnte wie an eine Wand. Hilary nahm ihren Hut ab und ließ ihr kurzes, dickes Haar hinter sich im Wind wehen. Sie sah aus wie einer dieser schwebenden, singenden Engel in der Kirche unter ihnen. Mr. Godfrey hatte allerdings keinen Blick für diese Ähnlichkeit; wenn er ehrlich sein sollte, fand er Miss Hilarys eckiges Gesicht und glattes Haar eigentlich gar nicht hübsch. Er beschränkte sich darauf, sie zu ermahnen, sie solle sich dicht an die eisernen Streben des Wetterhahns halten. Hilary beachtete ihn jedoch nicht, sondern trat an die Brüstung und lehnte sich zwischen den kleinen Zinnen hinaus, um nach Süden übers Moor zu schauen. Tief unter ihr lag der Friedhof, und während Hilary noch schaute, löste sich eine kleine, komisch verkürzte Gestalt vom Südportal und bewegte sich ruckweise, fast wie ein Käfer, den Weg entlang. Mrs. Venables, die zum Mittagessen nach Hause ging. Hilary sah ihr nach, wie sie am Tor mit dem Wind kämpfte, die Straße überquerte und in den Pfarrhausgarten trat. Dann drehte sie sich um und ging zur Ostseite des Turms, von wo sie über das spitzgiebelige Dach des Hauptschiffs und Altarraums hinwegsah. Ein brauner Fleck im Grün des Friedhofs fing ihren Blick, und es drehte ihr schier das Herz im Leibe um. Dort, an der Nordostecke der Kirche, lag ihre Mutter begraben. Das Grab war noch nicht zugewachsen, und nun sah es so aus, als müsse die Erde bald wieder geöffnet werden, um auch den Gatten aufzunehmen. »O Gott!« sagte Hilary verzweifelt. »Laß Papa nicht sterben – bitte – das darfst du nicht!« Jenseits der Friedhofsmauer lag eine grüne Wiese, in deren Mitte sich eine leichte Vertiefung befand. Sie kannte diese Mulde sehr gut. Vor über dreihundert Jahren war sie entstanden. Die Zeit hatte sie abgeflacht, und in weiteren dreihundert Jahren würde sie vielleicht ganz verschwunden sein, aber noch war sie da – die Narbe jener tiefen Grube, in der man seinerzeit die Tailor Paul gegossen hatte.

Dicht neben ihr sagte Jack Godfrey: »Für mich wird's jetzt Zeit, Miss Hilary.«

»Ach ja, Entschuldigung. Ich hab nicht dran gedacht. Wollen Sie morgen wieder läuten?«

»O ja, Miss Hilary. Wir versuchen uns mal an einem Stedman. Schwer zu läuten, so ein Stedman, aber eine wunderschöne Musik, wenn man's erst heraus hat. Vorsicht mit dem Kopf, Miss Hilary. Einen Zyklus von 5040 wollen wir läuten – das macht drei Stunden. Ein Glück, daß Will Thoday wieder auf den Beinen ist, denn von Tom Tebbutt oder dem jungen George Wilderspin kann man nicht gerade behaupten, daß sie beim Stedman sattelfest wären, und Wally Pratt taugt natürlich überhaupt nichts. Entschuldigen Sie mich einen Moment, Miss Hilary, ich muß mein Zeug zusammenpakken. Für meinen Geschmack ist Stedman eigentlich interessanter als alle andern Systeme, aber man muß seinen Grips ein bißchen anstrengen, damit man's richtig in den Kopf kriegt. Der alte Hezekiah ist natürlich nicht so begeistert davon, denn er will immer die Baßglocke mit drin haben. Triples machen ihm keinen großen Spaß, sagt er, und das ist ja kein Wunder. Er ist eben schon ein alter Mann, und man kann nicht von ihm erwarten, daß er auf seine alten Tage noch Stedman lernt, und außerdem würde er sowieso nicht seine Tailor Paul verlassen. Moment, Miss Hilary, ich muß das Gegengewicht noch einschließen. Aber ich brauche nur einen schönen Stedman, dann kann mir alles andere gestohlen bleiben. Wir haben hier nie Stedmans geläutet, bevor der Herr Pfarrer herkam, und er hat mächtig lange gebraucht, ihn uns beizubringen. Ich kann mich noch erinnern, was wir da für Ärger hatten. Der alte John Thoday – das war Wills Vater, aber jetzt ist er tot und begraben – hat immer gesagt: ›Jungs‹, sagt er, ›ich glaub bestimmt, aus diesem teuflischen System wird der Satan selber nicht schlau.‹ Und der Pfarrer hat ihm 'nen Sechser Strafe fürs Fluchen aufgebrummt, denn so steht's in den alten Regeln. Vorsicht, daß Sie nicht auf der Treppe ausrutschen, Miss Hilary; die Stufen sind so ausgetreten. Aber wir haben den Stedman dann trotzdem noch gelernt, und für meinen Geschmack ist das ein sehr feines System. Also dann, schönen Tag noch, Miss Hilary.«

Die 5040 Stedman Triples wurden am Ostersonntagmorgen getreulich geläutet. Hilary Thorpe hörte es im Roten Haus, wo sie neben dem großen Himmelbett saß, genau wie am Neujahrsmorgen, als sie den großen Zyklus Kent Treble Bob Major geläutet hatten. Damals war der Glockenklang voll und klar zu hören gewesen; heute erreichte er ihre Ohren nur in vereinzelten, fernen Akkorden, wenn der Wind, der ihn ostwärts davontrug, hin und wieder für eine Sekunde stillhielt oder sich ein wenig nach Süden drehte.

»Hilary!«

»Ja, Papa?«

»Ich fürchte – wenn ich diesmal dran glauben muß –, ich lasse dich ganz erbärmlich arm zurück, mein Mädchen.«

»Das ist mir doch völlig schnuppe, altes Haus. Nicht daß du dran glauben sollst. Aber wenn, ich käme schon zurecht.«

»Es wird gerade reichen, um dich nach Oxford zu schikken, denke ich. Mädchen kosten dort anscheinend nicht viel – das wird dein Onkel schon erledigen.«

»Ja – aber ich werde sowieso ein Stipendium kriegen. Und Geld will ich gar keins. Ich möchte mir meinen Lebensunterhalt lieber selbst verdienen. Miss Bowler sagt, sie hält nichts von Frauen, die nicht für sich selbst aufkommen können.« (Miss Bowler war die Englischlehrerin und das derzeitige Idol.) »Ich will Schriftstellerin werden, Paps. Miss Bowler sagt, sie würde sich nicht wundern, wenn ich's in mir hätte.«

»So? Was willst du denn schreiben? Gedichte?«

»Hm – vielleicht. Aber ich glaube, damit verdient man nicht viel. Ich werde Romane schreiben. Bestseller. So was, wonach alle Welt verrückt ist. Keinen Schund, mehr in der Art wie *Die ewige Nymphe*.«

»Um Romane zu schreiben, braucht man aber eine Menge Erfahrung, mein Kind.«

»Quatsch, Paps. Um Romane zu schreiben, braucht man überhaupt keine Erfahrung. Andere Leute schreiben sie in Oxford, und die gehen weg wie warme Semmeln. Über die Schule und wie schrecklich da alles ist.«

»Aha, und wenn du Oxford hinter dir hast, schreibst du übers College und wie schrecklich dort alles ist.«

»Genau das. So was schüttle ich doch aus dem Ärmel.«

»Na, hoffen wir's. Trotzdem fühle ich mich als Versager, wenn ich dir so wenig hinterlasse. Wenn doch nur dieses verflixte Halsband wieder aufgetaucht wäre! Ein Idiot war ich, daß ich es dieser Wilbraham bezahlt habe, aber sie hatte meinen alten Herrn praktisch der Mittäterschaft bezichtigt, und ich –«

»Paps, bitte – *bitte* hör auf mit diesem dämlichen Halsband! Da hast du natürlich gar nichts anderes machen können. Und ich will dieses widerliche Geld nicht. Überhaupt, du gehst ja noch gar nicht hopps.«

Aber der Spezialist, der am Dienstag kam, machte ein ernstes Gesicht und sagte freundlich zu Dr. Baines, nachdem er ihn beiseite genommen hatte:

»Sie haben getan, was Sie konnten. Auch wenn Sie mich früher gerufen hätten, würde es wahrscheinlich nichts geändert haben.«

Und zu Hilary sagte er ebenso freundlich:

»Wir dürfen nie die Hoffnung aufgeben, Miss Thorpe. Ich darf Ihnen zwar nicht verhehlen, daß der Zustand Ihres Vaters sehr ernst ist, aber die Natur verfügt oft über wunderbare Kräfte...«

Was in der Sprache des Arztes heißt, daß man, sofern nicht noch ein Wunder geschieht, ruhig schon den Sarg bestellen kann.

Am darauffolgenden Montagnachmittag wollte Mr. Venables gerade die Kate einer zänkischen, giftzüngigen alten Frau am äußersten Dorfrand verlassen, als von fern ein tiefer, dröhnender Ton an sein Ohr drang. Reglos, die Hand am Gartentor, blieb er stehen.

»Das ist die Tailor Paul«, sagte er bei sich.

Drei schwere Schläge, dann eine Pause.

»Mann oder Frau?«

Drei weitere Schläge, und dann noch drei.

»Ein Mann«, sagte der Pfarrer. Er blieb weiter stehen und lauschte. »Ob der arme alte Merryweather endlich doch das Zeitliche gesegnet hat? Hoffentlich ist es nicht der kleine Hensman.« Er zählte zwölf Schläge und wartete, doch die Glocke schlug weiter, und der Pfarrer atmete erleichtert auf. Der kleine Hensman war immerhin verschont geblieben. Schnell zählte er die hinfälligen Schäflein seiner Herde auf. Zwanzig Schläge, dreißig – ein erwachsener Mann. »Gebe der Himmel«, sagte der Pfarrer, »daß es nicht Sir Henry ist.

Es schien ihm doch besser zu gehen, als ich gestern bei ihm war.« Vierzig Schläge, einundvierzig, zweiundvierzig. Sicher war es der alte Merryweather – eine glückliche Erlösung für die arme Seele. Dreiundvierzig, vierundvierzig, fünfundvierzig, sechsundvierzig. Jetzt mußte sie weiter schlagen – sie durfte bei dieser unheilvollen Zahl nicht aufhören. Der alte Merryweather war vierundachtzig. Der Pfarrer strengte die Ohren an. Er mußte den nächsten Schlag überhört haben – der Wind war recht stark, und seine Ohren waren auch nicht mehr, was sie einmal gewesen waren.

Aber er mußte ganze dreißig Sekunden warten, bis Tailor Paul wieder sprach; und danach war es wieder dreißig Sekunden still.

Die zänkische alte Frau, die sich wunderte, wieso der Pfarrer so lange barhäuptig an ihrem Gartentor stehenblieb, kam angehumpelt, um zu erfahren, was los sei.

»Die Sterbeglocke«, sagte Mr. Venables. »Sie hat die neun Tailors und danach sechsundvierzig Schläge geläutet. Ich fürchte, das galt Sir Henry.«

»Ach du meine Güte!« rief die zänkische Frau. »Das ist ja schlimm, das ist ja richtig schrecklich!« Scheinheiliges Mitleid trat in ihren Blick. »Was soll denn nun aus Miss Hilary werden, wo ihre Mutter und ihr Vater so schnell hintereinander gestorben sind und sie erst fünfzehn ist und keiner da ist, der auf sie aufpaßt? Ich halte gar nichts davon, wenn so junge Mädchen sich selbst überlassen sind. Das gibt immer Scherereien, und es dürfte eigentlich nicht sein, daß ihnen die Eltern weggenommen werden.«

»Wir dürfen die Wege der Vorsehung nicht in Frage stellen«, sagte der Pfarrer.

»Vorsehung?« meinte die Alte. »Reden Sie mir nicht von Vorsehung. Von der Vorsehung hab ich genug. Erst hat sie mir meinen Mann weggenommen und dann meine Kartoffeln, aber da oben ist Einer, der wird ihr schon noch Manieren beibringen, wenn sie sich nicht vorsieht.«

Der Pfarrer war viel zu traurig, um auf diese merkwürdige theologische Belehrung einzugehen.

»Wir können nur auf Gott vertrauen, Mrs. Giddings«, sagte er und drehte die Starterkurbel mit einem scharfen Ruck herum.

Die Beisetzung Sir Henrys wurde für Freitagnachmittag angesetzt. Dieses Ereignis war für mindestens vier Personen im Dorf von trauriger Wichtigkeit. Da war zum einen Mr. Russell, der Bestattungsunternehmer, ein Vetter ebender Mary Russell, die mit William Thoday verheiratet war. Er war fest entschlossen, sich mit der polierten Eiche und den Messingbeschlägen selbst zu übertreffen, und sein Hammer und Hobel ließen in der ersten Wochenhälfte ihre mißtönende Melodie durchs ganze Dorf erschallen. Ihm oblag auch die heikle Aufgabe, die sechs Träger auszusuchen, damit sie in Größe und Schritt zueinander paßten. Mr. Hezekiah Lavender und Mr. Jack Godfrey berieten über ein angemessenes Geläute, wobei es Mr. Godfreys Aufgabe war, die dämpfenden Ledermanschetten über die Klöppel zu ziehen, während Mr. Lavender das Läuten arrangierte und dirigierte. Und Mr. Gotobed, der Totengräber, hatte sich um das Grab zu kümmern – was ihn so sehr bekümmerte, daß er es glatt ablehnte, sich am Läuten zu beteiligen, damit er seine Aufmerksamkeit ganz den Vorgängen ums Grab widmen konnte, obwohl sein Sohn Dick, der ihm beim Ausheben half, sich durchaus fähig dünkte, diesen Teil allein zu übernehmen. Zu graben gab es ohnehin nicht viel. Sehr zu Mr. Gotobeds Mißfallen hatte Sir Henry nämlich den Wunsch geäußert, im selben Grab wie seine Frau beigesetzt zu werden, so daß sich wenig Gelegenheit ergab, sich durch besonders exakte und saubere Arbeit hervorzutun. Sie brauchten nur die Erde wieder auszuwerfen – sie war nach drei verregneten Monaten noch nicht einmal fest – und alles schön ordentlich wegzuräumen und die Grabränder mit frischem Grün zu schmücken. Desungeachtet traf Mr. Gotobed, der gern mit seiner Arbeit ein wenig voraus war, alle notwenigen Vorkehrungen, um dieses Werk am Donnerstagnachmittag zu vollenden.

Der Pfarrer war eben von einer Besuchsrunde zurückgekommen und wollte sich gerade zum Tee hinsetzen, als Emily an der Wohnzimmertür erschien.

»Wenn Sie gestatten, Sir – könnte Harry Gotobed Sie einen Moment sprechen?«

»Aber ja, gewiß. Wo ist er denn?«

»An der Hintertür, Sir. Er wollte nicht reinkommen, weil seine Stiefel so schmutzig sind.«

Mr. Venables begab sich zur Hintertür; auf der Schwelle stand Mr. Gotobed und drehte verlegen seine Mütze in den Händen.

»Na, Harry, was gibt's denn für Kummer?«

»Also, Sir, es geht nämlich um das Grab. Ich hab gedacht, ich komm lieber mal zu Ihnen, weil es ja sozusagen eine Kirchenangelegenheit ist. Sehen Sie, wie Dick und ich nämlich mit dem Graben angefangen haben, da haben wir einen Korpus darin gefunden, und Dick sagt zu mir –«

»Eine Leiche? Natürlich ist da eine Leiche drin. Lady Thorpe ist schließlich dort begraben. Sie haben sie doch selbst hineingetan.«

»Ja, Sir, aber dieser Korpus, Sir, ist nicht Lady Thorpes Korpus. Es ist ein Männerkorpus, Sir, und der hat da nichts zu suchen, denk ich. Und da sag ich zu Dick –«

»Eine Männerleiche? Was soll das heißen? In einem Sarg?«

»Nein, Sir, ohne Sarg. Nur mit 'nem normalen Anzug an, und wie das Ding aussieht, liegt es schon eine ganz schöne Weile da. Und Dick sagt: ›Dad‹, sagt er, › das ist eine Sache für die Polizei. Soll ich Jack Priest holen lassen?‹ Aber ich sage: ›Nein‹, sag ich, ›das hier ist Kirchengelände, ist das, und da muß der Herr Pfarrer benachrichtigt werden. Das ist richtig und gehört sich so‹, sag ich. ›schmeiß mal irgendwas darüber‹, sag ich, ›solange ich fort bin und den Herrn Pfarrer hole, und paß auf, daß keiner von den Jungen auf den Friedhof kommt.‹ Und dann hab ich meine Jacke angezogen und bin rübergekommen, weil wir nicht so richtig wissen, was wir damit machen sollen.«

»Das ist ja eine unglaubliche Geschichte, Harry!« rief der Pfarrer hilflos. »Also wirklich – ich hätte nie – wer ist denn dieser Mann? Kennen Sie ihn?«

»Wissen Sie, Sir, ich glaube fast, den erkennt seine eigene Mutter nicht mehr. Wenn Sie vielleicht mal mit rüberkommen und einen Blick auf ihn werfen wollten?«

»Wie? Ach ja, natürlich, das sollte ich wohl. Meine Güte, nein! Wie unangenehm! Emiliy! Emily, hast du meinen Hut irgendwo gesehen? Ah, danke. Gehen wir, Harry. Ach, Emily, sag bitte meiner Frau, daß ich unerwartet fortgerufen worden bin, und sie soll mit dem Tee nicht auf mich warten. Ja ja, Harry, ich bin schon soweit.«

Dick Gotobed hatte eine Plane über das halboffene Grab gedeckt, hob diese jedoch an, als der Pfarrer nahte. Der brave Mann sah nur einmal kurz hinein und wendete schnell den Blick. Dick legte die Plane wieder zurück.

»Das ist ja schrecklich«, sagte Mr. Venables. Er hatte zu Ehren des scheußlichen Etwas unter der Plane die klerikale Kopfbedeckung abgenommen und stand betreten da, das schüttere graue Haar vom Wind gezaust. »Wir müssen auf jeden Fall die Polizei rufen – und – und –«, hier hellte seine Miene sich ein wenig auf – »und Dr. Baines, natürlich! Ja, ja – Dr. Baines ist der richtige Mann. Und, Harry, ich glaube gelesen zu haben, daß man in solchen Fällen am besten so wenig wie möglich verändert. Äh – ich möchte nur wissen, wer dieser arme Kerl sein könnte. Vom Dorf ist es keiner, das steht fest, denn wenn hier einer vermißt würde, hätten wir bestimmt schon davon gehört. Ich kann mir nicht vorstellen, wie er hierhergekommen ist.«

»Das können wir auch nicht, Sir. War anscheinend ein richtiger Fremder. Entschuldigen Sie, Sir, aber ob wir nicht auch den Untersuchungsrichter verständigen müssen?«

»Den Untersuchungsrichter? Ach je, natürlich, ja! Es wird wohl eine gerichtliche Untersuchung geben müssen. Nein, ist das eine schreckliche Geschichte! Wir hatten in diesem Dorf noch nie eine gerichtliche Untersuchung, seit meine Frau und ich in dieser Pfarrei sind, und das sind fast zwanzig Jahre. Und welch ein grausamer Schlag für Miss Thorpe, das arme Kind! Das Elterngrab – so ein häßlicher Frevel! Aber vertuschen können wir die Sache natürlich nicht. Die Untersuchung – meine Güte, wir müssen versuchen, unsere Gedanken beieinanderzuhalten. Dick, ich denke, du läufst am besten gleich mal zur Post und rufst Dr. Baines an, er soll sofort herkommen, und dann ruf in St. Peter an und laß nach Jack Priest schicken. Und Sie, Harry, bleiben am besten hier und haben ein Auge auf – auf das Grab. Ich selbst gehe zum Roten Haus und bringe Miss Thorpe die schlimme Nachricht bei, damit sie es nicht von jemand anderm allzu plötzlich und schmerzlich erfährt. Ja, doch, das sollte ich tun. Oder vielleicht wäre es besser, wenn meine Frau hinginge. Ich muß sie mal fragen. Ja, ja, ich muß sie fragen. Und du, Dick, läufst jetzt gleich los, aber daß du nur ja zu niemandem ein Wort sagst, bevor der Konstabler hier ist!«

Es besteht gewiß kein Zweifel, daß Dick Gotobed in dieser Hinsicht sein Bestes tat, doch da das postamtliche Telefon in der guten Stube der Postmeisterin wohnte, war es nicht einfach, ein vertrauliches Gespräch zu führen. Als Konstabler Priest leicht außer Atem auf seinem Fahrrad ankam, hatte sich auf und vor dem Friedhof schon ein kleiner Menschenauflauf eingefunden, darunter Hezekiah Lavender, der so schnell, wie seine alten Beine ihn tragen konnten, aus seinem Vorgarten herbeigeeilt war und sich nun sehr über Harry Gotobed entrüstete, weil er ihn nicht die Plane hochheben ließ.

»He!« rief der Konstabler, indem er sein Zweirad gekonnt mitten in eine Gruppe von Kindern lenkte, die sich vor dem Friedhofseingang drängten, und sich zum Absteigen zur Seite kippen ließ. »He, was soll das hier werden? Schert euch ja nach Hause zu Mutter, klar? Und laßt euch hier nicht noch einmal erwischen! Guten Tag, Mr. Venables. Was haben wir denn hier für Kummer, Sir?«

»Auf dem Friedhof ist eine Leiche gefunden worden«, antwortete Mr. Venables.

»Eine Leiche, so?« meinte der Konstabler. »Auf dem Friedhof? Da ist sie ja gerade richtig, wie? Was haben Sie damit gemacht? Aha, Sie haben sie liegengelassen, wo sie lag. Vollkommen richtig, Sir. Und wo war das? Ah – hier. *Ich* verstehe. Schön; sehen wir sie uns mal an. Oh – aha – das wäre sie also, ja? Sag mal, Harry, was hast du denn gemacht? Hast du sie begraben wollen?«

Der Pfarrer begann zu erklären, doch der Konstabler wehrte ihm mit erhobener Hand.

»*Einen* Augenblick, Sir. Wir müssen in dieser Angelegenheit schön der Reihe nach vorgehen. Ganz wie es sich gehört. Moment, ich muß nur mein Notizbuch hervorholen. Also dann: Datum von heute. Anruf erhalten um 17.15 Uhr. Zum Friedhof gefahren. Ankunft 17.30 Uhr. So, und wer hat nun die Leiche hier gefunden?«

»Dick und ich.«

»Name?« sagte der Konstabler.

»Hör auf, Jack. Als wenn du mich nicht kennst!«

»Egal. Hier muß alles seine Ordnung haben. Name?«

»Harry Gotobed.«

»Ausgeübter Beruf?«

»Totengräber.«

»Na schön, Harry. Dann erzähl mal.«

»Also paß auf, Jack. Wir fangen gerade an, das Grab hier aufzumachen, was Lady Thorpes Grab ist, die an Neujahr gestorben ist – in das Grab soll nämlich die Leiche ihres Mannes rein, der morgen begraben wird. Wir schaufeln die Erde raus, an jedem Ende einer, und sind erst so ungefähr 'nen Fuß tief unten, da stößt Dick auf einmal seinen Spaten tief rein und sagt zu mir: ›Dad‹, sagt er, ›da ist was drin.‹ Und ich sag: ›Na was denn‹, sag ich, ›wie meinst du denn das? Etwas drin?‹ Und damit stoß ich auch meinen Spaten kräftig rein, und da fühl ich etwas, so'n Mittelding zwischen Hart und Weich, und ich sage: ›Dick‹, sag ich, ›das ist komisch, da ist wirklich was.‹ Und dann sag ich: ›Vorsichtig, Junge‹, sag ich, ›das fühlt sich ganz komisch an‹, sag ich. Und da fangen wir nun an einem Ende an ganz vorsichtig zu schaufeln, und nach einer Weile sehen wir da etwas rausgucken, was aussehen kann wie eine Stiefelspitze. Und da sag ich: ›Dick‹, sag ich, ›das ist ein Stiefel, ist das.‹ Und er: ›Du hast recht, Dad, es ist einer.‹ Da sag ich: ›Es scheint, wir haben am falschen Ende bei ihm angefangen.‹ Und er darauf: ›Also, Dad, wenn wir schon mal so weit sind, können wir ihn uns auch mal ganz ansehen.‹ Wir schaufeln also weiter, immer ganz vorsichtig, und nach 'ner Weile sehen wir so was wie Haare. Da sag ich: ›Dick, tu den Spaten weg und nimm die Hände, wir wollen ja nichts dran kaputtmachen.‹ Und er sagt: ›Das mag ich aber nicht.‹ Darauf ich: ›Stell dich nicht so an, Kerl. Du kannst dir doch die Hände waschen, wenn wir fertig sind, oder?‹ Und so haben wir ihn ganz vorsichtig freigelegt, und wie wir ihn schließlich ganz sehen, sag ich zu Dick: ›Ich weiß ja nicht, wer das ist und wie er hier reinkommt, aber er gehört hier jedenfalls nicht her.‹ Und Dick meint: ›Soll ich Jack Priest holen?‹ Und ich: ›Nein‹, sag ich, ›das ist hier Kirchengrund, wir sagen besser dem Herrn Pfarrer Bescheid.‹ Und das haben wir dann gemacht.«

»Und ich«, mischte sich der Pfarrer ein, »habe gesagt, daß wir sofort nach Ihnen und Dr. Baines schicken sollten – ah, ich sehe, da kommt er schon.«

Dr. Baines, ein gebieterisch aussehender kleiner Mann mit schlauem Schottengesicht, nahte forschen Schrittes.

»Guten Tag, Herr Pfarrer. Was ist denn hier los? Ich war gerade unterwegs, als Ihr Anruf kam, und da – Großer Gott!«

Nachdem er mit ein paar Worten ins Bild gesetzt war, kniete er neben dem Grab nieder.

»Er ist schrecklich entstellt – sieht so aus, als ob ihm jemand regelrecht das Gesicht eingeschlagen hätte. Wie lange war er da drin?«

»Das möchten wir ja von Ihnen wissen, Doktor.«

»Moment, Sir, Moment«, unterbrach der Polizist. »Harry,

was hast du vorhin gesagt, wann du Lady Thorpe beerdigt hast?«

»Am vierten Januar war das«, sagte Mr. Gotobed nach kurzem Nachdenken.

»Und war diese Leiche hier im Grab, als du es zugeschaufelt hast?«

»Jetzt red doch bloß nicht solchen Quatsch, Jack Priest!« konterte Mr. Gotobed. »Wie kommst du denn bloß auf die Idee, daß wir ein Grab zuschaufeln würden mit so 'ner Leiche drin? So was schmeißt doch keiner aus Versehen da rein, ohne was zu merken. Wenn's ein Taschenmesser wäre oder 'n Penny, das wär was anderes, aber der Korpus eines ausgewachsenen Mannes – das ist ja 'ne ganz blöde Frage.«

»Halt, Harry, das ist keine richtige Antwort auf meine Frage. Ich kenne meine Pflichten.«

»Also gut, in dem Grab hier war keine Leiche, wie ich es am 4. Januar zugeschaufelt hab – abgesehen von der Leiche Lady Thorpes, versteht sich. Die war drin, das kann ich nicht abstreiten, und soviel ich weiß, ist sie auch jetzt noch drin. Es sei denn, daß derselbe, der diesen Korpus hier hineingetan hat, den andern mitgenommen hat, mit Sarg und allem.«

»Nun«, sagte der Arzt, »die Leiche kann also nicht länger als drei Monate hier gelegen haben, und soweit ich es beurteilen kann, hat sie auch nicht viel kürzer hier gelegen. Aber das kann ich besser sagen, wenn wir sie draußen haben.«

»Drei Monate, wie?« Mr. Hezekiah Lavender hatte sich endlich nach vorne durchgedrängt. »Das war dann ungefähr um die Zeit, wie der Fremde verschwunden ist – der bei Ezra Wilderspin gewohnt hat und Arbeit gesucht hat, als Automechaniker oder so. Der hatte auch 'nen Bart, wenn ich mich richtig erinnere.«

»Na klar, den hat er gehabt!« rief Mr. Gotobed. »Was du für ein Gedächtnis hast, Hezekiah! Der ist es, ganz sicher. Das muß man sich vorstellen! Ich hab mir immer gedacht, der Kerl führt nichts Gutes im Schilde. Aber wer kann denn nur darauf gekommen sein, so was hier zu tun?«

»Also«, sagte der Doktor, »wenn Jack Priest mit der Vernehmung fertig ist, könnt ihr ja die Leiche endlich ganz ausgraben. Wohin wollt ihr sie denn bringen? So schön ist sie ja nicht, daß man sie irgendwo herumliegen lassen kann.«

»Mr. Ashton hat 'nen Schuppen, der ist schön luftig, Sir. Wenn wir ihn fragen, stellt er seine Pflüge und den andern Kram bestimmt solange raus. Da ist auch 'n anständiges Fenster und 'ne Tür mit Vorhängeschloß drin.«

»Das wird's tun. Dick, du läufst mal zu Mr. Ashton und fragst ihn, und er soll uns auch einen Wagen und eine Trage leihen. Wie wär's, wenn wir den Untersuchungsrichter benachrichtigten, Herr Pfarrer? Das ist Mr. Compline, drüben in Leamholt. Soll ich ihn anrufen, wenn ich nach Hause komme?«

»O ja, danke, danke. Da wäre ich Ihnen sehr verbunden.«

»Gut. Können wir jetzt weitermachen, Jack?«

Der Konstabler nickte zustimmend, und die Bergungsarbeiten gingen weiter. Inzwischen hatte sich fast das ganze Dorf auf dem Friedhof versammelt, und nur unter größten Schwierigkeiten waren die Kinder davon abzuhalten, das Grab zu stürmen, denn die Erwachsenen, die sie hätten zurückhalten sollen, balgten sich ihrerseits um die besten Plätze. Der Pfarrer schickte sich gerade an, sie mit den schärfsten Worten, deren er mächtig war, zurechtzuweisen, als Mr. Lavender sich ihm näherte.

»Verzeihung, Sir, aber sollte ich für dieses – äh – diesen Toten nicht die Tailor Paul läuten?«

»Die Tailor Paul läuten? Hm, also wirklich, Hezekiah, das wüßte ich nicht zu sagen.«

»Wir müssen sie für jeden Christenmenschen läuten, der in der Gemeinde stirbt«, beharrte Mr. Lavender. »Das ist so vorgeschrieben. Und anscheinend muß er ja in dieser Gemeinde gestorben sein, denn warum sollte ihn einer sonst hier begraben?«

»Ganz recht, Hezekiah, ganz recht.«

»Aber ob er nun ein Christenmensch war, wer will das sagen?«

»Ich fürchte, da bin ich auch überfragt, Hezekiah.«

»Daß wir ein bißchen spät mit ihm dran sind«, fuhr der Alte fort, »das ist ja nun nicht unsere Schuld. Wir haben erst heute erfahren, daß er gestorben ist, da kann auch keiner verlangen, daß wir früher für ihn hätten läuten sollen. Aber ein Christenmensch – hm, tja! Das ist die große Frage.«

»Wollen wir sie im Zweifel zu seinen Gunsten entscheiden, Hezekiah. Läuten Sie auf jeden Fall die Glocke.«

Der Alte zog ein skeptisches Gesicht, und nach einer Weile sprach er den Arzt an.

»Wie alt?« wiederholte dieser und sah sich einigermaßen erstaunt um. »Also, das weiß ich nicht. Ist auch schwer zu sagen. Aber ich würde meinen, so zwischen vierzig und fünfzig. Warum wollen Sie das denn wissen? Wegen der Glocke? Ach so, ja. Na ja, einigen wir uns auf fünfzig.«

Und so verkündete Tailor Paul den Tod des geheimnisvollen Fremden mit neun Schlägen, weil er ein Mann war, fünfzig weiteren für sein Alter und noch einmal hundert halbminütigen Trauerschlägen, während Alf Donnington in der »Roten Kuh« und Tom Tebbutt in der »Weizengarbe« das Geschäft ihres Lebens machten und der Pfarrer einen Brief schrieb.

Zweiter Teil

Lord Peter wird in die Jagd gerufen

Das Jagen ist das erste, was man beim Wechselläuten unbedingt verstehen muß.

Troyte: ON CHANGE-RINGING

»Mein lieber Lord Peter (schrieb der Pfarrer),

seit Ihrem überaus erfreulichen Besuch bei uns im Januar habe ich mich des öfteren etwas beschämt gefragt, was Sie nur von uns gedacht haben mögen, da wir nicht erkannten, welch erlauchten Jünger des Sherlock Holmes wir unter unserem Dach beherbergten. Wer so weit am Ende der Welt wohnt und nur die *Times* und den *Spectator* liest, wie wir, der wird, so fürchte ich, in seinen Interessen ein wenig einseitig. Erst als meine Frau an ihre Kusine schrieb (eine Mrs. Smith, die Sie vielleicht sogar kennen, denn sie wohnt in Kensington) und dabei Ihren Aufenthalt bei uns erwähnte, wurden wir von Mrs. Smith in ihrem Antwortschreiben darüber aufgeklärt, wer unser Gast in Wirklichkeit war.

Indem ich nun hoffe, daß Sie uns unsere beklagenswerte Unwissenheit nachsehen werden, wage ich Ihnen zu schreiben und Sie um einen Rat aus dem reichen Schatz Ihrer Erfahrungen zu bitten. Heute nachmittag wurden wir durch ein ebenso rätselhaftes wie erschreckendes Ereignis jäh aus ›unsrer Tage gemächlichem Trott‹ gerissen. Als wir nämlich das

Grab der seligen Lady Thorpe öffneten, damit es ihren Gatten aufnehme – von dessen traurigem Hinscheiden Sie sicherlich aus der Tagespresse erfahren haben –, fanden wir zu unserem Entsetzen den Leichnam eines völlig fremden Mannes, der allem Anschein nach auf gewaltsame und verbrecherische Weise ums Leben gekommen ist. Sein Gesicht wurde fürchterlich entstellt und – was uns noch erschreckender erscheinen will – dem Bedauernswerten wurden auch noch die Hände an den Gelenken abgeschnitten! Unsere örtliche Polizei hat natürlich die Sache in der Hand, aber nun ist die Angelegenheit für mich von besonderem und schmerzlichem Interesse (da auf eine Art unsere Pfarrkirche davon berührt ist), und ich weiß nicht recht, wie ich persönlich mich nun verhalten soll. Meine Frau mit ihrem bekannten Sinn fürs Praktische rät mir, Sie um Rat und Hilfe zu bitten, und Polizeidirektor Blundell aus Leamholt, mit dem ich eben erst gesprochen habe, hat sich freundlicherweise bereit erklärt, Ihnen alles Notwendige für die Ermittlungen zur Verfügung zu stellen, sollten Sie sich der Sache persönlich annehmen wollen. Kaum wage ich es, einen so vielbeschäftigten Mann wie Sie zu bitten, hierherzukommen und die Ermittlungen an Ort und Stelle zu führen, aber sollten Sie dies in Erwägung ziehen, brauchte ich nicht erst zu erwähnen, wie herzlich Sie uns im Pfarrhaus willkommen wären.

Verzeihen Sie mir, wenn dieser Brief ein wenig umschweifig und wirr ist; ich schreibe in einiger Bestürzung. Hinzufügen darf ich noch, daß unsere Glöckner Sie in dankbarer Erinnerung haben und gern an Ihre Hilfe bei unserem großen Zyklus zurückdenken, und es ist sicher ihr Wunsch, daß ich Sie von ihnen grüße.

Mit den freundlichsten Grüßen, auch von meiner Frau

Ihr sehr ergebener

THEODORE VENABLES

P.S. – Meine Frau erinnert mich daran, Ihnen mitzuteilen, daß die gerichtliche Voruntersuchung am Samstag um 14.00 Uhr stattfindet.«

Dieser Brief, am Freitagmorgen aufgegeben, erreichte Lord Peter am Samstag mit der ersten Post. Er schickte ein Telegramm, daß er unverzüglich nach Fenchurch St. Paul aufbrechen werde, sagte freudig eine Reihe gesellschaftlicher Verpflichtungen ab und saß pünktlich um zwei Uhr im Gemeindesaal, in dem sich außer ihm die Einwohnerschaft des Ortes in einer Zahl eingefunden hatte, wie sie wohl seit der Plünderung der Abtei nie mehr unter einem Dach versammelt gewesen war.

Der Untersuchungsrichter, ein rotgesichtiger Provinzjurist, der mit allen Anwesenden auf vertrautem Fuß zu stehen schien, gab sich den Anschein eines ungeheuer beschäftigten Mannes, dessen Zeit Sekunde für Sekunde kostbar ist.

»Also los, meine Herren... *Bitte* keine Privatgespräche da drüben... alle Geschworenen hierher... Sparkes, gib die Bibeln an die Geschworenen aus... bitte wählen Sie einen Sprecher... ah! – Sie haben schon Mr. Donnington gewählt... sehr gut... komm mal her, Alf... nimm die Bibel in die rechte Hand... gewissenhaft zu untersuchen... Seine Majestät der König... unbekannter Mann ... Leiche... Anblick... Wissen und Gewissen... so wahr mir Gott helfe... küß die Bibel... setz dich... Tisch da drüben... jetzt die übrigen... Bibel in die rechte Hand... die *rechte* Hand, Mr. Pratt... kannst du deine rechte Hand nicht von der linken unterscheiden, Wally?... kein Gelächter bitte, wir haben keine Zeit zu vergeuden... denselben Eid wie euer Sprecher... von allen gemeinsam und jedem einzelnen einzuhalten... mir Gott helfe... küßt die Bibel... dort auf die Bank neben Alf Donnington... So, meine Herrschaften, Sie wissen, wozu wir hier sind... festzustellen, wie dieser Mann ums Leben... Zeugen für seine Identität... aha, keine Zeugen für die Identität, höre ich... Ja, Herr Polizeidirektor?... Ah, verstehe... warum haben Sie das nicht gleich gesagt? Also gut... hierher, bitte... Wie bitte, Sir?... Lord Peter... würden Sie das noch einmal sagen... Whimsy?... aha, ohne h... nur so... aber mit e... Wimsey... so so... Beruf?... Wie?... Also, wir schreiben am besten ›Gentleman‹... Nun, Mylord, Sie sagen, Sie können zur Identifizierung des Toten beitragen?«

»Nicht direkt, ich glaube aber...«

»*Einen* Moment, bitte... nehmen Sie die Bibel in die rechte Hand... Zeugnis... Untersuchung... Wahrheit, die ganze Wahrheit und nichts als die Wahrheit... küssen Sie die Bibel... jawohl... Name, Adresse, Beruf haben wir schon... Wenn Sie nicht dafür sorgen können, daß das Kind still ist, Mrs. Leach, müssen Sie mit ihm hinaus... Ja?«

»Man hat mich den Toten sehen lassen, und danach halte ich es für möglich, daß ich diesen Mann am 1. Januar dieses Jahres gesehen habe. Ich weiß nicht, wer er ist, aber wenn es derselbe Mann ist, hat er etwa eine halbe Meile hinter der Brücke an der Schleuse meinen Wagen angehalten und mich nach dem Weg nach Fenchurch St. Paul gefragt. Ich habe ihn seitdem nicht noch einmal und hatte ihn meines Wissens auch vorher noch nie gesehen.«

»Warum glauben Sie, daß es derselbe Mann sein könnte?«

»Weil er dunkelhaarig und bärtig ist, und weil der Mann, den ich gesehen habe, anscheinend auch einen dunkelblauen Anzug trug, ähnlich dem, den der Verstorbene anhatte. Ich sage ›anscheinend‹, weil er einen Mantel anhatte und ich nur die Hosenbeine sehen konnte. Er schien mir um die Fünfzig zu sein, sprach leise mit Londoner Akzent und drückte sich recht gewandt aus. Mir gegenüber gab er sich als Automechaniker auf Arbeitssuche aus, aber nach meinem Dafürhalten...«

»Augenblick. Sie sagen, Sie erkennen den Bart und den Anzug. Können Sie beschwören...?«

»Ich kann nicht beschwören, daß ich ihn zweifelsfrei wiedererkannt habe. Ich sage nur, daß der Mann, dem ich begegnet bin, in diesen beiden Punkten Ähnlichkeit mit dem Verstorbenen hatte.«

»Sein Gesicht können Sie nicht identifizieren?«

»Nein; es ist zu sehr entstellt.«

»Schön. Danke. Noch Zeugen für die Identität?«

Der Schmied erhob sich linkisch.

»Hierher an den Tisch, bitte. Die Bibel... Wahrheit... Wahrheit... Wahrheit... Name: Ezra Wilderspin. Also, Ezra, was hast du uns zu erzählen?«

»Nun, Sir, ich müßte lügen, wenn ich sagen wollte, ich hab den Toten wiedererkannt. Aber fest steht, daß er einem ähnlich sieht, der an Neujahr gekommen ist, genau wie Seine Lordschaft sagt, und bei mir nach Arbeit gefragt hat. Ein Automechaniker auf Arbeitssuche, so hat er sich vorgestellt. Na, und ich hab zu ihm gesagt, ich kann einen brauchen, der was von Motoren versteht, und da hab ich ihn eben dabehalten und es mit ihm probiert. Hat seine Arbeit auch ganz gut gemacht, soweit ich das beurteilen kann; drei Tage lang, und gewohnt hat er auch bei uns, und dann ist er plötzlich mitten in der Nacht weg, und wir haben nichts mehr von ihm gesehen.«

»Welche Nacht war das?«

»Nach dem Tag, an dem wir Lady Thorpe beerdigt haben...«

An dieser Stelle fiel ein ganzer Chor ein:

»Am 4. Januar, Ezra! Am 4. Januar war's!«

»Stimmt. Samstag, den 4. Januar, ganz richtig.«

»Wie hieß dieser Mann?«

»Stephen Driver hat er sich genannt. Viel hat er nicht gesagt; nur daß er 'ne Weile auf der Walz war und Arbeit gesucht hat. In der Armee will er vorher gewesen sein, und dann immer nur unregelmäßig beschäftigt.«

»Hat er Referenzen angegeben?«

»Also, ja, Sir, das hat er, fällt mir jetzt ein. Eine Werkstatt in London hat er mir angegeben, wo er gearbeitet hätte, aber die wär pleite gegangen. Ich könnte aber trotzdem an den Chef schreiben, und der würde dann schon ein Wort für ihn einlegen.«

»Hast du den Namen und die Adresse noch?«

»Ja, Sir. Ich glaub wenigstens, daß meine Frau sie in die Teekanne getan hat.«

»Hast du hingeschrieben?«

»Nein, Sir. Ich hab's vorgehabt, aber ich bin das Schreiben nicht gewöhnt, und da hab ich mir gesagt, warte bis Sonntag, da hast du mehr Zeit. Na ja, aber dann war er ja inzwischen weg, und ich hab nicht mehr darüber nachgedacht. Er hat nichts zurückgelassen, bis auf eine alte Zahnbürste. Sogar ein Hemd haben wir ihm leihen müssen, als er kam.«

»Dann sieh mal zu, daß du die Adresse findest.«

»Ganz recht, Sir. Liz!« (mit Stentorgebrüll) »Lauf mal nach Hause und such den Zettel, den der Driver mir dagelassen hat.«

Stimme aus dem Hintergrund: »Den hab ich bei mir, Ezra«, gefolgt von allgemeiner Unruhe, als die stämmige Frau des Dorfschmieds sich nach vorn drängte.

»Danke, Liz«, sagte der Untersuchungsrichter. »Mr. Tasker, 103 Little James Street, London WC. Hier, Herr Polizeidirektor, das nehmen Sie am besten an sich. So, Ezra, hast du uns noch was von diesem Driver zu erzählen?«

Mr. Wilderspin erforschte mit dickem Zeigefinger seinen Stoppelbart.

»Nicht daß ich wüßte, Sir.«

»Na hör mal, Ezra! Weißt du denn nicht mehr – die vielen komischen Fragen, die er gestellt hat?«

»Ach ja«, sagte der Schmied, »da hat meine Frau ganz recht. Das war schon komisch mit diesen Fragen, das stimmt. Er hat gesagt, daß er noch nie in diesem Dorf gewesen ist, aber ein Freund von ihm soll schon mal hiergewesen sein und hat ihm gesagt, er soll nach einem Mr. Thomas fragen. ›Mr. Thomas?‹ sag ich. ›Bei uns hier gibt's keinen Mr. Thomas, und soviel ich weiß, hat es auch noch nie einen gegeben.‹ – ›Das ist aber komisch‹, meint er, ›aber vielleicht hat der Mann noch einen anderen Namen. Das kann nämlich auch ein Spitzname sein‹, sagt er, ›denn er klingt so, als wenn der Mann nicht ganz richtig im Kopf wäre. Mein Freund hat so was gesagt.‹ – ›Na‹, sag ich, ›Sie meinen doch sicher nicht Potty Peake? Der heißt nämlich eigentlich Orris mit Vornamen.‹ – ›Nein‹, sagt er, ›Thomas heißt er schon. Batty Thomas. Und dann hat mein Freund mir noch einen Namen gesagt, von einem andern Mann‹, sagt er. ›Paul Tailor soll er heißen und ein Nachbar von Batty Thomas sein.‹ – ›Also‹, sag ich, ›da hat Ihr Freund Sie aber auf den Arm genommen. Das sind keine Männer, so heißen zwei von unsern Glocken‹, sag ich. ›Glocken?‹ sagt er. ›Ja‹, sag ich. ›Das sind zwei Kirchenglocken. Batty Thomas und Tailor Paul heißen sie.‹ Und dann hat er weitergebohrt und mich alles mögliche von den Glokken gefragt. ›Also‹, sag ich, ›wenn Sie was über Batty Thomas und Tailor Paul wissen wollen, müssen Sie zum Pfarrer gehen‹, sag ich. ›Der weiß alles über sie.‹ Ich weiß nicht, ob er dann wirklich mal zum Pfarrer gegangen ist, aber eines Tages ist er wiedergekommen – Freitag war das – und hat gesagt, er war in der Kirche und hat auf dem Grabmal vom Abt Thomas eine geschnitzte Glocke gesehen und ob ich ihm sagen kann, was die Schrift darauf heißt. Ich hab ihm wieder gesagt, da soll er den Pfarrer fragen, und er: ›Steht auf allen Glocken was drauf?‹ – ›Meist ja‹, sag ich, und danach haben wir nicht mehr darüber gesprochen.«

Da nun niemand mit Mr. Wilderspins Enthüllungen etwas anzufangen wußte, wurde der Pfarrer aufgerufen, der sagte, er könne sich erinnern, diesen Stephen Driver einmal gesehen zu haben, als er in die Schmiede gekommen sei, um das Pfarrblatt zu verteilen, aber weder da noch zu einem anderen Zeitpunkt habe Driver ihn nach den Glocken gefragt. Der Pfarrer schilderte dann noch den Leichenfund und wie er die Polizei eingeschaltet habe, dann durfte er wieder abtreten und dem Totengräber Platz machen.

Mr. Gotobed war sehr gesprächig und wiederholte mit weitschweifigen Ausschmückungen und Zitaten dessen, was er zu Dick und Dick zu ihm gesagt habe, im wesentlichen den Bericht, den er der Polizei gegeben hatte. Dann erklärte er, daß Lady Thorpes Grab am 3. Januar ausgehoben und am 4. Januar wieder gefüllt worden sei, gleich nach der Beerdigung.

»Wo bewahrst du dein Werkzeug auf, Harry?«

»Im Kohlenkeller, Sir.«

»Wo ist der?«

»Also, Sir, der ist unter der Kirche – wo früher die Krypta war, sagt der Herr Pfarrer. Macht 'ne ganz schöne Arbeit, den Koks da die Treppe rauf und durch den Altarraum zu schleppen und hinterher auszufegen. Da rieselt nämlich immer was aus dem Behälter raus, da kann man machen, was man will.«

»Ist die Tür immer verschlossen?«

»Jawohl, Sir, immer. Das ist die kleine Tür unter der Orgel, Sir. Man kommt da nicht rein, wenn man nicht den Schlüssel hat und den Schlüssel vom Westportal dazu. Das heißt, entweder den zum Westportal oder zu einem von den anderen Eingängen, wenn Sie verstehen. Ich hab den Schlüssel zum Westportal, weil das am praktischsten ist für mich, wo ich wohne, aber einer von den andern würd's natürlich auch tun.«

»Wo bewahrst du die Schlüssel auf?«

»Die hängen bei mir in der Küche, Sir.«

»Hat noch jemand einen Schlüssel zum Kohlenkeller?«

»Ja, Sir, der Herr Pfarrer hat alle Schlüssel.«

»Sonst niemand?«

»Nicht daß ich wüßte, Sir. Mr. Godfrey hat auch alle Schlüssel, bis auf den für die Krypta.«

»Aha. Wenn die Schlüssel bei dir in der Küche hängen, kommt die ganze Familie heran, vermute ich?«

»Nun, ja, Sir, so gesehen schon, aber ich hoffe, daß Sie mir oder meiner Frau hier nichts anhängen wollen, Sir, oder Dick, oder womöglich sogar den Kindern. Ich bin in diesem Dorf schon zwanzig Jahre Kirchendiener und Totengräber, gleich nach Hezekiah, und uns hat noch nie einer verdächtigt, daß wir Fremden eins über den Kopf hauen und sie dann begraben. Da fällt mir ein, dieser Driver ist mal einen Morgen zu mir gekommen und hat was ausgerichtet, und was weiß ich, was er gemacht hat? Ich meine, wenn er den Schlüssel genommen hätte, wär mir das schon aufgefallen, aber mal abgesehen davon...«

»Hör auf, Harry. Red keinen Unsinn. Du willst uns doch nicht weismachen, daß der arme Kerl das Grab geschaufelt und sich selbst darin begraben hat, oder? Verschwende hier nicht unsere Zeit.«

(Gelächter und Rufe wie: »Das ist gut, Harry!«)

»Ruhe, wenn ich bitten darf! Also, keiner verdächtigt dich. Aber hast du denn irgendwann mal den Schlüssel vermißt?«

»Nein, Sir« (mürrisch).

»Oder war irgendwann mal das Werkzeug durcheinander?«

»Nein, Sir.«

»Hast du es saubergemacht, nachdem du das Grab für Lady Thorpe geschaufelt hattest?«

»Natürlich hab ich es saubergemacht. Ich halte mein Werkzeug immer sauber.«

»Wann hast du es das nächstemal benutzt?«

Da mußte Mr. Gotobed erst einmal überlegen. Dicks Stimme meldete sich zu seiner Unterstützung: »Masseys Baby!«

(»Bitte den Zeugen nicht beeinflussen!«)

»Stimmt«, bestätigte Mr. Gotobed. »Bei Masseys Baby war das, da können Sie im Kirchenregister nachsehen. Und das muß ungefähr eine Woche danach gewesen sein – ja, so um die Zeit!«

»Du hast also das Werkzeug sauber und am richtigen Platz vorgefunden, als du das Grab für Mrs. Masseys Baby gegraben hast?«

»Mir ist nichts aufgefallen.«

»Auch nicht später?«

»Nein, Sir.«

»Danke, das genügt. Konstabler Priest.«

Der Konstabler leistete schnell den Eid und erzählte dem Gericht, wie er an den Schauplatz gerufen worden sei, mit Polizeidirektor Blundell gesprochen, bei der Bergung der Leiche assistiert und bei der Durchsuchung der Kleider des Toten geholfen habe. Dann machte er Platz für den Polizeidirektor, der seine Aussage bestätigte und die bei dem Toten gefundenen Habseligkeiten aufzählte. Es waren: Ein Anzug aus marineblauem Köper von minderer Qualität, sehr in Mitleidenschaft gezogen durch das lange Liegen in der Erde, aber offenbar erst vor kurzer Zeit in einem bekannten billigen Konfektionshaus gekauft; Unterhemd und Unterhose, beide ziemlich abgetragen, mit dem Firmenzeichen (sehr verwunderlich!) eines französischen Herstellers; ein Khakihemd wie bei der britischen Armee; ein paar Arbeitsschuhe, fast neu; eine billige getupfte Krawatte. In den Taschen hatte man gefunden: ein weißes Baumwolltaschentuch; ein Päckchen billige Zigaretten; Kleingeld im Wert von fünfundzwanzig Shilling und acht Pence; einen Taschenkamm; ein Zehncentimestück; und ein Stückchen steifen Draht, an einem Ende zu einem Haken gebogen. Ein Mantel war nicht bei dem Toten gewesen.

Die französische Münze und Unterwäsche und das Stück Draht waren die einzigen Gegenstände, von denen man sich vielleicht eine Lösung des Rätsels erhoffen konnte. Ezra Wilderspin wurde erneut aufgerufen, konnte sich aber nicht erinnern, daß Driver je etwas von Frankreich erwähnt hätte, nur daß er im Krieg gewesen sei; und der Polizeidirektor schüttelte auf die Frage, ob der gebogene Draht so etwas wie ein Dietrich sein könne, nur den Kopf und sagte, für *ihn* sehe er nicht danach aus.

Der nächste Zeuge war Dr. Baines, und seine Aussage sorgte für die einzige wirkliche Sensation des Tages. Er sagte:

»Ich habe den Körper des Toten untersucht und eine Autopsie gemacht. Nach meinem Dafürhalten handelt es sich um einen Mann von fünfundvierzig bis fünfzig Jahren. Er war allem Anschein nach wohlgenährt und gesund. Unter Berücksichtigung der Bodenart, die zu einer Retardierung des Fäulnisprozesses neigt, sowie der Lage des Leichnams, nämlich einen guten halben Meter unter Friedhofshöhe und damit etwa einen Meter unter der Erde des Grabhügels, würde ich aus dem Stadium der Verwesung schließen, daß der Leichnam zwischen drei und vier Monaten in diesem Grab gelegen hat. Bei einem unter der Erde befindlichen Körper geht die Verwesung langsamer vonstatten als wenn er der Luft ausgesetzt ist, beziehungsweise bei einem bekleideten Körper langsamer als bei einem nackten. Im vorliegenden Falle waren zum Beispiel alle inneren Organe und weichen Gewebeteile noch unterscheidbar und recht gut erhalten. Ich habe eine sorgfältige Untersuchung vorgenommen und konnte an keinem Körperteil außer Kopf, Armen, Hand- und Fußgelenken irgendwelche Zeichen äußerer Gewaltanwendung erkennen. Das Gesicht wurde offenbar mit einem stumpfen Gegenstand mit großer Wucht eingeschlagen, so daß die gesamte Vorderpartie des Schädelkomplexes zersplittert ist. Die genaue Zahl der geführten Schläge konnte ich nicht ermitteln, aber sie müssen zahlreich und wuchtig gewesen sein. Bei der Öffnung der Bauchhöhle –«

»Augenblick, Doktor. Wenn ich recht verstehe, können wir davon ausgehen, daß der Mann infolge eines oder mehrerer dieser Schläge gestorben ist?«

»Nein. Ich glaube nicht, daß die Schläge die Todesursache waren.«

An dieser Stelle erhob sich aufgeregtes Getuschel in dem kleinen Gemeindesaal, und man sah Lord Peter mit befriedigtem Lächeln die Fingerspitzen aneinanderreiben.

»Was bringt Sie zu dieser Annahme, Dr. Baines?«

»Soweit ich es überhaupt beurteilen kann, sind alle diese Schläge erst nach dem Tod geführt worden. Auch die Hände wurden nach dem Tod abgeschnitten, und zwar offenbar mit einem kurzen, schweren Messer – einem großen Taschenmesser vielleicht.«

Noch mehr Aufregung, und Lord Peter sagte hörbar: »Ausgezeichnet!«

Dr. Baines führte eine Reihe technischer Gründe für sein Urteil an, die hauptsächlich etwas mit dem Fehlen äußerlicher Blutungen und dem allgemeinen Erscheinungsbild der Haut zu tun hatten; er fügte jedoch mit geziemender Bescheidenheit hinzu, daß er auf diesem Gebiet kein Fachmann sei und nur seine persönliche Meinung zum besten geben könne.

»Aber warum sollte jemand einem Toten solch schwere Verletzungen beibringen?«

»Ich weiß es nicht. Bei der Öffnung der Bauchhöhle fand ich Magen, Darm, Leber und Milz bereits stark verwest vor, Nieren, Bauchspeicheldrüse und Speiseröhre jedoch noch recht gut erhalten.« (Hier erging sich der Doktor in einigen medizinischen Details.) »Ich konnte«, fuhr er dann fort, »keine oberflächlichen Anzeichen für Krankheit oder Vergiftung erkennen. Aber ich habe einige Organe« (diese zählte er auf) »entnommen, in versiegelte Behälter gelegt« (weitere technische Einzelheiten) »und schlage nun vor, sie zur fachlichen Untersuchung an Sir James Lubbock zu schicken. Seinen Bericht dürfte ich in ungefähr vierzehn Tagen haben – vielleicht auch früher.«

Der Untersuchungsrichter schloß sich diesem Vorschlag an und setzte die Befragung fort:

»Sie erwähnten Verletzungen an Armen und Fußgelenken, Doktor; welcher Art waren sie?«

»An den Fußgelenken erscheint die Haut stark abgescheuert und verletzt – als wenn die Füße mit Schnur oder Seil fest zusammengebunden gewesen wären und diese Fessel durch die Strümpfe geschnitten hätte. Auch die Arme zeigen oberhalb der Ellbogen Druckstellen von einem Seil. Diese Verletzungen wurden eindeutig vor dem Tod zugefügt.«

»Sie glauben, daß jemand den Verstorbenen mit Seilen gefesselt und dann auf noch unbekannte Weise zu Tode gebracht hat?«

»Meines Erachtens hat zweifellos jemand den Verstorbenen gefesselt – entweder er selbst oder ein anderer. Sie erinnern sich vielleicht an den Fall, wo ein junger Mann an irgendeiner unserer Universitäten unter Umständen starb, die vermuten ließen, daß er sich selbst an Händen und Füßen gefesselt hatte.«

»Da war die Todesursache Ersticken, glaube ich?«

»Soviel ich weiß, ja. Ich glaube aber nicht, daß dies hier der Fall ist. Ich habe nichts gefunden, was darauf schließen ließe.«

»Sie wollen vermutlich nicht unterstellen, der Verstorbene sei so weit gegangen, sich selbst zu begraben?«

»Nein; das will ich nicht.«

»Freut mich zu hören«, sagte der Untersuchungsrichter sarkastisch. »Könnten Sie uns einen Grund nennen, warum ein anderer, wenn ein Mann sich versehentlich oder absichtlich umgebracht hat, indem er sich fesselte –«

»*Nach*dem er sich fesselte; das Fesseln selbst ist normalerweise nicht tödlich.«

»Nachdem er sich fesselte – warum dann jemand andrer herkommt, ihm das Gesicht einschlägt und ihn heimlich begräbt?«

»Ich könnte viele denkbare Gründe nennen, aber ich glaube nicht, daß dies in meine Kompetenz fällt.«

»Sie sind sehr korrekt, Doktor.«

Dr. Baines verneigte sich.

»Könnte es sein, daß er Hungers gestorben ist, wenn er sich gefesselt hatte und die Fesseln dann nicht mehr losbekam?«

»Gewiß. Darüber wird Sir James Lubbocks Bericht uns Auskunft geben.«

»Haben *Sie* uns noch etwas zu sagen?«

»Nur dies: Als eventuellen Beitrag zur Identifizierung habe ich – soweit die Zerstörung der Kiefer dies zuließ – eine Bestandsaufnahme von seinen Zähnen gemacht: Anzahl, Zustand und zahnärztliche Behandlungen. Meine Aufzeichnungen darüber habe ich Polizeidirektor Blundell übergeben, damit er eine Umfrage machen kann.«

»Vielen Dank, Doktor. Das ist sicher sehr hilfreich.«

Der Untersuchungsrichter schwieg, blätterte seine Akten durch und wandte sich dann an den Polizeidirektor.

»Unter den gegebenen Umständen, Herr Polizeidirektor, halte ich es für angezeigt, das Verfahren bis zum Abschluß Ihrer Ermittlungen zu vertagen. Können wir sagen, bis in zwei

Wochen? Wenn Sie sich dann in der Lage sehen, in Verbindung mit diesem Verbrechen oder Unfall, oder was es auch immer war, gegen irgend jemanden Anklage zu erheben, können wir die Untersuchungsverhandlung, sofern Sie es wünschen, auch auf unbestimmte Zeit vertagen.«

»Das halte ich für das beste, Mr. Compline.«

»Sehr schön. Meine Herren, die Verhandlung wird auf heute in zwei Wochen vertagt.«

Die Geschworenen, ein wenig verwundert und enttäuscht darüber, daß niemand sie um ihre Meinung gefragt hatte, kamen im Gänsemarsch hinter dem langen Tisch hervor, an dem sie gesessen hatten – ein Tisch, der in freundlicheren Zeiten für Teekränzchen der Pfarrgemeinde herhalten mußte.

»Ein schöner Fall«, sagte Lord Peter begeistert zu Mr. Venables. »Geradezu hinreißend. Ich bin Ihnen ungemein dankbar, daß Sie mich darauf aufmerksam gemacht haben. Um keinen Preis hätte ich ihn mir entgehen lassen wollen. Der Doktor gefällt mir.«

»Wir halten ihn alle für einen sehr tüchtigen Mann.«

»Sie müssen mich ihm vorstellen; ich habe das Gefühl, daß wir gut miteinander auskommen werden. Der Untersuchungsrichter mag ihn nicht. Sicher irgendeine kleinliche persönliche Abneigung. Ah, da ist ja mein alter Freund Hezekiah! Wie geht's Mr. Lavender? Was macht die Tailor Paul?«

Es folgte eine allgemeine Begrüßung. Der Pfarrer erwischte einen hochaufgeschossenen, schmalen Mann, der gerade an ihnen vorbei wollte, am Ärmel.

»Kleinen Augenblick, Will. Ich möchte Sie Lord Peter Wimsey vorstellen. Lord Peter, das ist Will Thoday, dessen Glocke Sie bei Ihrem letzten Besuch geläutet haben.«

Sie gaben sich die Hand.

»Hat mir sehr leid getan, daß ich nicht mitmachen konnte«, sagte Thoday. »Aber ich war ziemlich schlimm dran, nicht wahr, Herr Pfarrer?«

»Das kann man wohl sagen. Sie sehen jetzt auch noch nicht aus, als wenn Sie über den Berg wären.«

»Ich bin ganz auf dem Damm, Sir, nur ein ärgerlicher kleiner Husten. Aber der vergeht schon, wenn's erst richtig Frühling wird.«

»Passen Sie jedenfalls gut auf sich auf. Wie geht's Mary?«

»Gut, Sir, danke. Sie hat ja auch zu der Untersuchung kommen wollen, aber ich hab ihr gesagt, da gehören Frauen nicht hin. Bin froh, daß sie zu Hause geblieben ist.«

»Ja, ja, was der Doktor da gesagt hat, war wirklich nicht schön. Geht's den Kindern gut? Freut mich. Sagen Sie Mary, daß meine Frau morgen oder übermorgen mal bei ihr reinschauen will. Doch, ja, ihr geht's gut, danke – natürlich geht diese häßliche Geschichte ihr nah. Ah, da kommt Dr. Baines! Doktor, Lord Peter Wimsey möchte sehr gern Ihre Bekanntschaft machen. Kommen Sie doch auf eine Tasse Tee mit ins Pfarrhaus. Wiedersehen, Will, schönen Tag noch!... Sein Aussehen gefällt mir gar nicht«, fuhr der Pfarrer fort, als sie sich dem Pfarrhaus zuwandten. »Was halten Sie von ihm, Doktor?«

»Er sieht heute ein bißchen blaß und abgespannt aus. Vorige Woche ging es ihm viel besser, fand ich, aber es hatte ihn ja schlimm erwischt, und seine Nerven sind nicht unbedingt die besten. Schlechte Nerven würde man bei einem Landarbeiter eigentlich nicht erwarten, nicht wahr, Lord Peter? Aber sie sind auch nur Menschen wie alle andern.«

»Und Thoday ist ein überdurchschnittlicher Mensch«, meinte der Pfarrer, als bedeute Überdurchschnittlichkeit ein Recht auf schlechte Nerven. »Bevor die Zeiten so schlecht wurden, hat er sein eigenes Land bestellt. Jetzt arbeitet er für Sir Henry – das heißt, bisher. Ich weiß ja wirklich nicht, wie es jetzt weitergehen soll, wo nur noch das arme Kind im Roten Haus wohnt. Ich denke, ihr Vormund wird das Haus vermieten oder einen Verwalter einsetzen. Sehr viel bringt es dieser Tage sowieso nicht ein, fürchte ich.«

In dieser Sekunde überholte sie ein Auto und hielt ein Stückchen vor ihnen an. Drinnen saßen Polizeidirektor Blundell und seine Leute, und der Pfarrer machte ihn und Wimsey

– nach wortreichen Entschuldigungen ob seiner Saumseligkeit – miteinander bekannt.

»Sehr erfreut, Sie kennenzulernen, Mylord. Ich habe schon von Ihnen gehört, durch meinen alten Freund Inspektor Sugg. Er ist ja jetzt pensioniert – wußten Sie das? – und hat ein hübsches kleines Häuschen hinter Leamholt. Er spricht oft von Ihnen. Sie hätten ihm manchmal übel mitgespielt, sagt er. Eine schlimme Geschichte ist das hier. Unter uns, Mylord, was wollten Sie eigentlich sagen, als der Untersuchungsrichter Sie unterbrach – irgendwas, daß dieser Driver kein Automechaniker gewesen sei?«

»Ich wollte sagen, daß er auf mich den Eindruck machte, als ob er in letzter Zeit mehr in den Steinbrüchen von Princetown gearbeitet hätte als anderswo.«

»Ach!« machte der Polizeidirektor nachdenklich. »Den Eindruck hat er auf Sie gemacht? Und warum?«

»Augen, Stimme, Haltung – alles ziemlich typisch, wie?«

»Aha«, meinte der Polizeidirektor. »Haben Sie schon mal von den Wilbraham-Smaragden gehört, Mylord?«

»Ja.«

»Sie wissen, daß Nobby Cranton wieder draußen ist? Es scheint, er hat sich in letzter Zeit auch nicht mehr bei der Polizei gemeldet. Hab zuletzt vor einem halben Jahr in London von ihm gehört. Da haben sie nach ihm gesucht. Vielleicht haben wir ihn jetzt gefunden. Auf jeden Fall würde ich mich nicht wundern, wenn wir auf kurz oder lang wieder mal was von diesen Smaragden hörten.«

»Dreimal hoch!« rief Lord Peter. »Wenn's auf Schatzsuche geht, bin ich immer dabei! Das ist natürlich vertraulich?«

»Ich bitte darum, Mylord. Sehen Sie, wenn einer es der Mühe wert findet, Cranton umzubringen und zu Brei zu schlagen und zu begraben *und* ihm die Hände abzuschneiden, an denen seine Fingerabdrücke angewachsen sind, dann muß in diesem Dorf einer sein, der etwas weiß. Und je weniger er vermutet, daß wir einen Verdacht haben, desto freimütiger wird er reden und handeln. Darum war ich auch so froh, Mylord, als Mr. Venables den Vorschlag machte, Sie herzurufen. Mit Ihnen reden die Leute offener als mit mir – nicht?«

»Stimmt vollkommen. Dumme Fragen stellen kann ich wie kein zweiter. Und für eine gute Sache kann ich eine Menge Bier schlucken.«

Der Polizeidirektor grinste, versicherte Wimsey, daß er jederzeit für ihn da sei, stieg in seinen Wagen und fuhr davon.

Die schwierigste Frage bei jeder Detektivarbeit ist die, wo man anfangen soll. Nach einigem Hin- und Herüberlegen stellte Lord Peter folgende Liste von Fragen auf:

A. *Identität des Toten*

1. Ist es Cranton? – Umfrage wegen Zähnen und Polizeibericht abwarten.
2. Zur Frage der französischen Münze und Unterwäsche: War Cranton in Frankreich? Wann? Wenn nicht Cranton, weiß man von jemand anderm, der im Dorf bekannt ist, daß er irgendwann nach dem Krieg in Frankreich war?
3. Das Abschneiden der Hände und die Zerstörung des Gesichts nach dem Tode bedeuten, daß der Mörder ein Interesse daran hatte, eine Identifizierung unmöglich zu machen. Wenn der Tote Cranton ist, wer kannte Cranton (a) vom Sehen, (b) persönlich?
   (Anmerkung: Deacon hat ihn gekannt, aber Deacon ist tot. Hat Mary Thoday ihn gekannt? Viele müssen ihn bei der Gerichtsverhandlung gesehen haben.)

B. *Die Wilbraham-Smaragde*

1. Folgerung aus obigem: Hatte Mary Thoday (verwitwete Deacon, geborene Russell) doch etwas mit dem Diebstahl zu tun?
2. Wer hatte die Smaragde wirklich – Deacon oder Cranton?
3. Wo sind die Smaragde jetzt? War Cranton (wenn es Cranton ist) nach Fenchurch St. Paul gekommen, um sie zu suchen?

4. Wenn ja, warum hat Cranton bis jetzt mit der Suche gewartet? Weil er kürzlich neue Informationen erhalten hat? Oder nur, weil er bis vor kurzem dauernd im Gefängnis war? (Polizeidirektor fragen.)
5. Was bedeutet »Drivers« Interesse an Batty Thomas und Tailor Paul? Können die Glocken und/oder ihre Inschriften irgendwelche Auskunft geben?

C. *Das Verbrechen*

1. Woran ist der Tote gestorben? (Gutachten abwarten.)
2. Wer hat ihn begraben (und vermutlich getötet)?
3. Verspricht ein Studium der Wetterberichte (Schnee, Regen, Fußspuren) einen Hinweis auf den Zeitpunkt der Beerdigung?
4. Wo hat der Mord stattgefunden? Auf dem Friedhof? In der Kirche? Irgendwo im Dorf?
5. Wenn das Werkzeug des Totengräbers benutzt wurde, wer hatte Zugang dazu? (»Driver« offenbar ja, aber wer noch?)

Eine schöne Menge Fragen, dachte Seine Lordschaft, und zum Teil nicht zu beantworten, solange zusätzliche Informationen ausstanden. Die Sache mit den Glockeninschriften konnte jedoch auf der Stelle geklärt werden. Er suchte den Pfarrer auf und fragte ihn, ob er ihm ohne allzugroße Umstände Woollcotts *Geschichte der Glocken von Fenchurch St. Paul* ausleihen könne, von der er einmal gesprochen habe. Der Pfarrer bejahte, und nachdem er sämtliche Bücherregale in seinem Arbeitszimmer abgesucht und Mrs. Venables' und Emilys Hilfe eingespannt hatte, wurde das Buch schließlich in einem kleinen Zimmerchen entdeckt, in dem sonst nur das Nähkränzchen tagte (»Und wie es *dahin* kommt, kann ich mir einfach nicht vorstellen!«). Aus diesem Werk nun filterte Wimsey die folgenden, für Archäologen sicherlich interessanten, im Hinblick auf Leichen und Smaragde jedoch wenig ergiebigen Fakten heraus:

Jack Godfrey, Bauer + Glockenmeister = wart

BATTY THOMAS (Nr. 7, Gewicht 31 Ztr., Ton D). In ihrer jetzigen Form die älteste Glocke des Geläutes, älter noch in ihrem ursprünglichen Guß. Erstguß 1338 durch Thomas Belleyetere aus Lynn. Neugegossen mit zusätzlichem Metall 1380 durch Abt Thomas von Fenchurch (1356–1392). (Dieser Abt erbaute auch den Turm und den größeren Teil des Kirchenschiffs, jedoch wurden die Fenster der Seitenschiffe um 1423 von Abt Martin in spätgotischem Stil vergrößert.)

Inschriften:

Schulter
NOLI + ESSE + INCREDULUS + SED + FIDELIS +

Flanke
O SANCTE THOMA

Schlagring
ABBAT THOMAS TAT MICH HIER HINEIN +
UND HIESS MICH KLINGEN LAUT UND REIN +
1380

Kein Hinweis auf andere Glocken in dieser Zeit, obwohl wahrscheinlich mindestens noch eine zweite vorhanden war. Wir wissen jedoch, daß in der Regierungszeit Elisabeths ein Geläute von fünf Glocken in D-Dur vorhanden war, von denen

Wally Pratt, junger Mann

JOHN (Nr. 3, Gewicht 8 Ztr., Ton A) die ursprüngliche Sopranglocke war. Sie trägt den Namen ihres Gießers, John Cole, eines wandernden Glockengießers aus dieser Zeit.

Inschrift:

Schlagring
JOHN COLE HAT MICH GEMACHT +
JOHN PRESBYTER HAT MICH BEZAHLT +
O SANKT JOHANNES STEH MIR BEI +
MDLVII.

JERICHO (Nr. 4, Gewicht $8\ ^{1}/_{2}$ Ztr., Ton G) war die Nr. 2 des alten Geläutes, und ihr Schöpfer muß eine über die Maßen hohe Meinung von ihr gehabt haben.

Inschrift:

Schulter
VON JERICHO BIS JOHN AGROAT +
HAT KEINE GLOCKE BESSEREN LAUT +
1559

Von der ursprünglichen Nr. 4 ist nichts bekannt. Die ursprüngliche Nr. 3 (Ton Fis) war eine schlechte Glocke, flach im Ton und minderwertig im Klang. In der Zeit Jakobs I. wurde sie weiter abgeflacht durch den Versuch, sie innen auszuschleifen, um ihren Ton nach F zu bringen, und die große Baßglocke kam hinzu, so daß ein Sechsergeläute in C-Dur entstand.

TAILOR PAUL (Nr. 8, Gewicht $41^{1}/_{2}$ Ztr., Ton C). Eine sehr edle Glocke von erlesener Klangreinheit. Sie wurde auf dem Glockenacker bei der Kirche gegossen. (Siehe Pfarrchronik).

Inschriften:

Schulter
MEIN NAME IST PAUL + ACHTET IHN WOHL

Schlagring
NEUN SCHLAG VON MIR BEKLAGEN
EINEN MANN +
IN CHRISTO HAT DER TOD EIN END +
IN ADAM SO BEGANN +
1614

Die Glocken überlebten die Wirren der Großen Revolution, und im zweiten Teil des Jahrhunderts, als der Brauch des Wechselläutens aufkam, wurden eine neue Sopranglocke und eine neue Nr. 2 angeschafft, um die Zahl auf acht zu bringen.

Ezra Wilderspin, Schmied

r. 1 GAUDE (Sopran, Gewicht 7 Ztr., Ton C). Als Geschenk der Familie Gaudy trägt sie ein »frommes« Motto.

Inschrift:

Schlagring
GAUDY + GAUDE + DOMINI + IN LAUDE
MDCLXVI

Die Nr. 2 aus dieser Zeit war unter dem Namen CAROLUS bekannt, denn sie war zu Ehren der Wiedereinsetzung des Königs gestiftet worden. Diese Glocke zersprang jedoch im 18. Jahrhundert infolge der abscheulichen Gepflogenheit, zum Gottesdienst hin und wieder die beiden kleinsten Glocken zu »klöppeln«, so daß die Zahl der Glocken wieder auf sechs sank, wovon die Nr. 5 (Ton F) schon immer unbefriedigend gewesen war. In der ersten Hälfte des 19. Jahrhunderts (dieser Zeit der Kirchenmüdigkeit) ließ man zu, daß der Holzwurm den Glockenstuhl befiel, und die Folge war, daß die Nr. 6 (die elisabethanische Nr. 4) herunterfiel und zerbrach. Bis in die achtziger Jahre wurde nichts dagegen unternommen, dann machte ein energischer Pfarrer der Hochkirche die Öffentlichkeit auf den schlechten Zustand der Glocken aufmerksam. Es wurden Spenden gesammelt, der Glockenstuhl in Ordnung gebracht und drei Glocken neu gegossen:

Lord Peter (William Thoday, Bauer)

SABAOTH (Nr. 2, Gewicht $7\ ^1/_2$ Ztr., Ton B) war ein Geschenk des Pfarrers.

Inschriften:

Schulter
SANCTUS + SANCTUS + SANCTUS +
DOMINUS + DEUS SABAOTH +

Schlagring
NEU GEGOSSEN VON
JOHN TAYLOR AUS LOUGHBOROUGH
1887

Alf Donnington, Wirt zur 'Roten Ku

DIMITY (Nr. 6, Gewicht 14 Ztr., Ton E) wurde zum Gedenken an Sir Richard Thorpe gestiftet, der im Jahre 1883 starb.

Inschriften:

Schulter
NEU GEGOSSEN VON
JOHN TAYLOR AUS LOUGHBOROUGH
1887

Schlagring
IN + PIAM + MEMORIAM +
RICARDI THORPE ARMIGERI +
NUNC + DIMITTIS + DOMINE + SERVUM + TUUM +
IN PACE

Joe Hinkins, Gärtner b. Pfarrer

JUBILEE (Nr. 5, Gewicht 9 1/2 Ztr., Ton F). Das Geld für diese Glocke wurde durch eine öffentliche Sammlung aus Anlaß des Jubiläums der Königin aufgebracht.

Inschriften:

Schulter
JUBILATE + DEO + OMNIS + TERRA

Flanke
NEU GEGOSSEN IM JUBELJAHRE 1896
DER KÖNIGIN VON JOHN TAYLOR
UND DEN KIRCHENVORSTÄNDEN
E. HINKINS UND B. DONNINGTON

("Zar kolokol") Wimsey zerbrach sich über diese Informationen eine Zeitlang den Kopf, aber ohne großen Erfolg. Die Jahresdaten,

Zarenglocke im Kreml 6,5 m hoch, 200 t, 1733 geg.

Die Friedensglocke von Rovereto (ist) die größte Glocke der Erde! (Europas?) und wiegt 582 Zentner! (29 t)

Gewichte, Inschriften – war darin irgend etwas versteckt, was zu einem vergrabenen Schatz führen konnte? Batty Thomas und Tailor Paul waren ausdrücklich erwähnt worden, aber so sehr er sich auch bemühte, für ihn hatten sie nicht Sprache noch Zunge. Nach einer Weile gab er sein Grübeln auf. Vielleicht war etwas an den Glocken selbst, was in Mr. Woollcotts Werk nicht erwähnt wurde. Vielleicht stand etwas auf den Hölzern des Glockenstuhls geschrieben. Er mußte irgendwann einmal hinaufgehen und nachsehen.

Es war Sonntagmorgen. Als er den Kopf von seinen Aufzeichnungen hob, hörte er die Glocken zum Frühgottesdienst läuten. Er eilte hinunter in die Diele, wo er seinen Gastgeber beim Aufziehen der Standuhr antraf.

»Ich ziehe sie immer auf, wenn am Sonntagmorgen die Glocken zu läuten beginnen«, erklärte Mr. Venables, »sonst vergesse ich es zu leicht. Ich fürchte, ich bin gar kein methodischer Mensch. Hoffentlich fühlen Sie sich nicht verpflichtet, in die Kirche zu kommen, nur weil Sie unser Gast sind! Ich lege immer Wert darauf, unsern Gästen zu sagen, daß sie völlig frei sind, zu tun und zu lassen, was sie wollen. Wie spät ist es auf *Ihrer* Uhr? Zehn Uhr siebenunddreißig – dann wollen wir die Zeiger auf zehn Uhr fünfundvierzig stellen. Sie geht nämlich im Laufe der Woche immer eine Viertelstunde nach, und wenn ich sie jedesmal beim Aufziehen etwas vorstelle, treffen wir genau die goldene Mitte. Man muß sich nur merken, daß sie sonntags, montags und dienstags vor-, mittwochs richtig und donnerstags, freitags und samstags nachgeht, dann hat man an ihr eine zuverlässige Ratgeberin.«

Wimsey sagte, das glaube er gern, und drehte sich zu Bunter um, der neben ihm stand und ihm mit der einen Hand seinen Hut und mit der anderen zwei ledergebundene Bücher auf einem kleinen Präsentierteller anreichte.

»Sie sehen, Herr Pfarrer, wir sind fest entschlossen, in die Kirche zu gehen; wir sind sogar vorbereitet gekommen. Gesangbuch A & M – das ist doch hoffentlich das richtige Werk?«

Die „Domina" zu Halberstadt 8,2 t
gegossen 1999 – 1. Geläut an Sylvester 1999

»Ich habe mir die Freiheit genommen, mich dessen im vorhinein zu vergewissern, Mylord.«

»Natürlich, Bunter, Sie vergewissern sich immer. Nun, Herr Pfarrer, was gibt's? Haben Sie etwas verloren?«

»Ich – äh – das ist aber komisch – ich hätte schwören können, daß ich es hierhergelegt habe. Agnes! Agnes, meine Liebe! Hast du das Aufgebot irgendwo gesehen?«

»Was ist, Theodore?«

»Das Aufgebot, Liebe. Von dem jungen Flavel. Ich weiß, daß ich es bei mir hatte. Ich schreibe es mir nämlich immer auf einen Zettel, Lord Peter; es ist so unpraktisch, das ganze Kirchenregister zur Kanzel zu schleppen. Aber was in aller Welt –?«

»Liegt es vielleicht auf der Uhr, Theodore?«

»Meine Liebe, was für ein –! Meine Güte, du hast ja recht! Wie kommt das denn dahin, frage ich mich? Ich muß es ganz in Gedanken dahin gelegt haben, als ich den Schlüssel nahm. Sehr merkwürdig. Aber dank meiner Frau ist dieses kleine Mißgeschick ja nun wieder behoben. Sie weiß immer, wo ich alles hingelegt habe. Ich glaube, sie weiß besser, was in meinem Kopf vorgeht, als ich selbst. Na ja, aber jetzt muß ich rasch in die Kirche. Ich gehe immer etwas früher, wegen der Chorbuben. Meine Frau wird Ihnen die Bank zeigen, die fürs Pfarrhaus reserviert ist.«

Die Bank erwies sich als ein guter Beobachtungspunkt. Sie stand ziemlich weit hinten auf der Nordseite des Mittelschiffs. Von hier aus hatte Mrs. Venables das Südportal im Blickfeld, durch das die Gemeinde hereinkommen würde, und konnte ein wachsames Auge auf die Schulkinder haben, die im nördlichen Seitenschiff saßen, sowie denen tadelnde Blicke zuwerfen, die sich umdrehten und gafften oder Gesichter schnitten. Lord Peter, der sich von den neugierigen Blikken der anderen Gläubigen nicht aus der Ruhe bringen ließ, beobachtete ebenfalls das Südportal. Er wartete vor allem auf ein bestimmtes Gesicht. Schon bald sah er es. William Thoday kam herein und mit ihm, begleitet von zwei kleinen Mädchen, eine magere, dezent gekleidete Frau. Er schätzte sie auf ungefähr Vierzig, obwohl sie, wie das bei Frauen auf dem Lande häufig der Fall ist, schon fast alle Vorderzähne verloren hatte und älter aussah. Aber ein Schatten des flotten, hübschen Stubenmädchens, das sie vor sechzehn Jahren gewesen sein mußte, war noch immer zu erkennen. Ihr Gesicht kam ihm ehrlich vor, aber es hatte einen verhärmten und fast angstvollen Ausdruck – das Gesicht einer Frau, die viel durchgemacht hatte und mit Bangen auf den nächsten Schlag wartete, den das Schicksal für sie bereit hielt. Wahrscheinlich, dachte Wimsey, macht sie sich Sorgen um ihren Mann. Er sah nicht gut aus; auch er machte den Eindruck, als ob er mit dem Rücken zur Wand stünde. Sein unruhiger Blick schweifte durch die Kirche und kehrte dann mit einer merkwürdigen Mischung aus Argwohn und beschützender Zuneigung zu seiner Frau zurück. Sie nahmen ihre Plätze fast genau gegenüber der Bank des Pfarrhaushalts ein, so daß Wimsey sie von seinem Eckplatz aus beobachten konnte, ohne daß es aufgefallen wäre. Er gewann jedoch den Eindruck, daß Thoday sein Interesse spürte und sich darüber ärgerte. Darum wandte er den Blick von ihm ab und schickte ihn statt dessen zu dem prachtvollen Engeldach hinauf, das im sanften Frühlingssonnenschein, der durch das satte Blau und Rot der Obergadenfenster fiel, schöner denn je wirkte.

In der Bank der Familie Thorpe saß einsam und allein ein Mann von mittlerem Alter und gerader Haltung, den Mrs. Venables ihm im Flüsterton als Hilary Thorpes Onkel aus London vorstellte. Mrs. Gates, die Haushälterin, und das übrige Personal des Roten Hauses saßen im südlichen Seitenschiff. In der Bank vor Wimsey saß ein untersetzter kleiner Herr im makellosen schwarzen Anzug; dieser war, wie Mrs. Venables ihn weiter aufklärte, Mr. Russell, der Bestattungsunternehmer des Dorfes und ein Vetter Mary Thodays. Mrs. West, die Postmeisterin, kam mit ihrer Tochter und begrüßte Wimsey, an den sie sich von seinem letzten Besuch erinnerte, mit einem Lächeln und einem Mittelding zwischen Kopfnikken und Knicks. Bald verstummte das Läuten, mit Ausnahme der Fünfminutenglocke, und die Glöckner kamen schuhklappernd an ihre Plätze. Miss Snoot, die Lehrerin, legte mit einem Vorspiel los, der Chor kam unter lautem Nagelschuhgetrappel aus der Sakristei, und der Pfarrer nahm seinen Platz ein.

Der Gottesdienst verlief ohne Zwischenfall, außer daß Mr. Venables wieder einmal das Aufgebot verlegte und es von einem der Chorsänger aus der Sakristei geholt werden mußte. In seiner Predigt ging er mit ein paar ernsten Worten auf den unglücklichen Fremden ein, der morgen beigesetzt werden sollte, woraufhin Mr. Russell mit wichtiger Miene beifällig nickte. Des Pfarrers Gang zur Kanzel wurde von einem vernehmlichen Knirschen untermalt, was Mrs. Venables veranlaßte, mit Entrüstung in der Stimme zu zischeln: »Das ist wieder der Koks – Gotobed ist immer so unachtsam damit.« Nach dem Schlußlied fand Wimsey sich neben Mrs. Venables am Portal wieder und kam sich ein wenig verloren vor, während Hände geschüttelt und die üblichen Begrüßungsfloskeln gewechselt wurden.

Eben kamen Mr. Russell und Mr. Gotobed angeregt miteinander redend aus der Kirche, und ersterer wurde Lord Peter vorgestellt.

»Wo soll er zu liegen kommen, Harry?« ging Russell von der Begrüßung sogleich wieder zum Geschäftlichen über.

»Drüben auf der Nordseite, gleich neben der alten Susan Edwards«, antwortete der Totengräber. »Gestern abend haben wir das Grab fertig gemacht, wie es sich gehört. Vielleicht möchte Seine Lordschaft mal mitkommen und es sich ansehen?«

Wimsey bekundete geziemendes Interesse, und so gingen sie zusammen um die Kirche herum auf die andere Seite.

»Wir geben ihm einen guten Rüstersarg«, sagte Mr. Russell mit sichtlicher Befriedigung, nachdem die schönen Proportionen des Grabes gebührend bewundert worden waren. »Von Rechts wegen gehört er ja auf Gemeindekosten beerdigt, und das heißt Kiefer, wie Sie wissen, aber der Pfarrer hat zu mir gesagt: ›Armer Kerl‹, sagt er, ›bringen wir ihn anständig unter die Erde, ich bezahl's‹, sagt er. Und ich hab die Bretter schön paßgenau gehobelt, damit alles dicht ist und kein Malheur passiert. Natürlich wäre Blei das richtige für ihn gewesen, aber so was wird bei mir nicht oft verlangt, da glaub ich nicht, daß ich es rechtzeitig bekommen hätte, und es ist ja wahr, je eher er unter die Erde kommt, desto besser. Außerdem ist Blei ein hartes Stück Arbeit für die Träger. Sechs Mann bekommt er – ich will mir nicht nachsagen lassen, daß ich keinen Respekt vor den Toten habe, egal wie sie hierherkommen, und das hab ich auch zum Pfarrer gesagt. ›Nein, Sir‹, sag ich, ›nicht mit dem alten Handkarren‹, sag ich, ›er kriegt seine sechs Träger genau wie einer von uns.‹ Und der Pfarrer war da ganz meiner Meinung. Ha, ich sag Ihnen, da kommt morgen ganz schön was hierher von ringsum, und die sollen nicht sagen können, daß wir nicht wissen, was sich gehört.«

»Ganz recht«, sagte Mr. Gotobed. »Ich hab gehört, da kommt 'ne ganze Reisegesellschaft aus St. Stephen mit Jack Brownlows großem Wagen. So 'nen Spaß haben die nicht alle Tage.«

»Der Pfarrer will auch einen Kranz spenden«, fuhr Mr. Russell fort. »und Miss Thorpe schickt noch einen. Und dann kommen jede Menge Blumen von den Schulkindern und ein Kranz von der Frauenvereinigung. Meine Frau ist gleich sammeln gegangen, nachdem wir wußten, daß wir die Beerdigung machen sollen.«

»Ja, die ist fix, da gibt's nichts«, äußerte der Totengräber bewundernd.

»O ja, und Mrs. Venables hat dann den Rest auf eine Guinee dazugegeben, damit's was Anständiges wird. Ich sehe gern viele Blumen bei einer Beerdigung. Das macht was her.«

»Gibt's ein Singbegräbnis?«

»Na ja, nicht direkt ein Singbegräbnis, aber ein Lied am Grab schon. Der Pfarrer hat gemeint: ›Wir sollten wohl nicht zuviel von Freunden und Auseinandergehn bringen‹, sagt er, ›das würde nicht ganz passen, wo wir nicht mal wissen, wer seine Freunde waren.‹ Da hab ich gesagt: ›Wie wär's mit *Gottes Wege sind voll Geheimnis?* Das ist schön feierlich und traurig‹, sag ich, ›und das kennen wir alle, und wenn etwas geheimnisvoll ist, dann die Geschichte mit dem Toten hier‹, sag ich . Und darauf haben wir uns dann geeinigt.«

»Ah, ja!« ließ sich plötzlich Mr. Lavenders Stimme vernehmen, »da hast du recht, Bob Russell. Wie ich noch'n Junge war, da hat es so was alles nicht gegeben. Da ist immer alles gerade und sauber zugegangen. Aber wie das dann mit der ganzen Bildung angefangen hat, da ist nur noch alles drunter und drüber gegangen, und immer Formulare ausfüllen und Krankenhauspapiere und Atteste und lauter so'n Zeug, damit man überhaupt seine Lord-George-Pension kriegt.«

»Kann ja sein, Hezekiah«, erwiderte der Totengräber, »aber für mich hat das alles angefangen mit diesem Jeff Deacon im Roten Haus, das hat die Fremden hier reingebracht. Gleich danach hat's Krieg gegeben, und seitdem ist alles nur noch Kraut und Rüben.«

»Also, der Krieg«, sagte Mr. Russell, »ich würde sagen, der wäre sowieso gekommen, mit und ohne Jeff Deacon. Aber im allgemeinen hast du schon recht. Dieser Jeff war ein schlechter Mensch, obwohl ja die arme Mary nicht mal jetzt ein Wort gegen ihn hören will.«

»So ist das mit den Frauen«, meinte Mr. Lavender verdrießlich. »Je schlimmer so'n Kerl ist, desto fester hängen sie an ihm. Für meinen Geschmack war er viel zu glatt, dieser Deacon. Ich trau diesen Stadtleuten aus London nicht, wenn Sie's mir nicht krummnehmen, Sir.«

»In keiner Weise«, sagte Wimsey.

»Hör mal, Hezekiah«, begehrte Mr. Russell auf, »damals hast du aber selber große Stücke auf Jeff Deacon gehalten. Er hat am schnellsten von allen, mit denen du zu tun gehabt hast, Kent Treble Bob gelernt, das hast du gesagt.«

»Das ist ja auch was anderes«, gab der alte Herr zurück. »Fix war er, das streit ich gar nicht ab, und ein gutes Seil hat er auch gezogen. Aber fix im Kopf heißt noch lange nicht gut im Herzen. Mancher schlechte Kerl ist so fix wie'n Affe. Hat nicht der Herr Jesus auch so was gesagt? Die Kinder dieser Welt sind klüger als die Kinder des Lichts. Gelobt hat er den ungetreuen Haushalter auch, aber rausgeschmissen hat er ihn trotzdem.«

»Na ja«, sagte der Totengräber, »Jeff Deacon ist jetzt sicher da, wo er hingehört, und der andere arme Kerl, wer's auch sein mag, wird auch am richtigen Platz sein. Da haben wir uns nicht einzumischen; wir müssen unsere Pflicht an dem Platz tun, an den wir gestellt werden. So steht es auch in der Bibel, und darum sag ich: Gebt ihm ein anständiges Begräbnis, denn wir wissen nicht, wann wir selber dran sind.«

»Das ist wahr, Harry, sehr wahr. Vielleicht kriegst demnächst du oder ich eins über den Schädel – ich kann bloß nicht begreifen, wer so was machen soll. Na, Potty, was willst du denn hier?«

»Nichts, nichts, Bob. Nur mal sehen, wo ihr den Toten hintut. Ha, richtig zu Matsch gehauen, was? Ganz zu Brei, hä? Patsch! Und patsch! Hätt ich gern gesehn, ja!«

»Hau ab«, sagte der Bestattungsunternehmer. »Pfui, du bist ja richtig widerlich, Potty. Red du nur so weiter, dann sag ich dem Herrn Pfarrer mal über dich Bescheid, und er läßt dich nicht mehr die Orgel treten, klar? Was meinst du denn überhaupt damit?«

»Nichts, Bob, nichts.«

»Ist auch besser so.«

Mr. Russell sah dem Schwachsinnigen sorgenvoll nach, wie er davonschlurfte, mit dem großen Kopf hin und her wackelnd, die Arme lose herunterbaumelnd.

»Potty wird richtig komisch«, meinte er. »Wenn er nur nicht gefährlich wird! Ich finde, er gehört eingesperrt.«

»Ach was«, erwiderte der Totengräber. »Potty ist ganz harmlos. Von diesen Anstalten halt ich nicht viel.«

In diesem Augenblick erschien Mrs. Venables, um ihren Gast in Beschlag zu nehmen.

»Die arme kleine Hilary Thorpe war nicht in der Kirche«, bemerkte sie. »So ein nettes Mädchen. Ich hätte sie Ihnen gern gezeigt. Aber das arme Ding ist natürlich arg mitgenommen, sagt Mrs. Gates. Und Sie wissen ja, wie die Leute im Dorf jeden anstarren, der Kummer hat. Da wollen sie alle was sagen und Beileid wünschen. Sie meinen's ja gut, aber es ist eine regelrechte Tortur. Ich nehme Sie demnächst mal mit zum Roten Haus. Aber jetzt kommen Sie – oder wollen Sie etwa nichts essen?«

Dritter Teil

Lord Peter wird aus der Führung genommen und geht auf Platz drei

Die Glocke, die vom Sopran in der Führung abgelöst wird, geht auf Platz drei und kommt in die Führung zurück, während die Glocken auf 4, 5 und 6, 7 nach diesem Wechsel die Plätze tauschen.

REGEL FÜR DAS LÄUTEN VON GRANDSIRE TRIPLES

Lord Peter sah die Träger mit dem Sarg die Straße heraufkommen.

»Da kommt mein Problem«, sagte er bei sich, »zu Grabe getragen auf den Schultern von sechs kräftigen Männern. Diesmal endgültig, denke ich, und allzuviel habe ich noch nicht darüber herausbekommen. Was sich nicht alles für Honoratioren hier versammeln – und wie wir es alle genießen! Außer dem guten alten Venables... ihm geht's wirklich zu Herzen. Diese ewige Läuterei schüttelt einem ja die Knochen im Leibe... Tailor Paul... Tailor Paul... zwei leibhaftige Tonnen drönende Bronze... ›Ich bin die Auferstehung und das Leben...‹ Nicht sehr erhebend. Die erste Auferstehung dieses Burschen war gespenstisch genug – hoffen wir, daß es bis zum Jüngsten Tag die letzte bleibt... Bringt doch endlich diese schreckliche Glocke zum Schweigen!... Tailor Paul... obwohl uns auch das noch blühen könnte, wenn Lubbock was findet, was sich nicht reimt... ›Und nachdem diese meine Haut zerschlagen ist...‹ Wie komisch dieser Thoday aussieht... würde mich nicht wundern, wenn da was faul wäre... Tailor Paul... ›Denn wir haben nichts in die Welt gebracht, darum offenbar ist, wir werden auch nichts hinausbringen...‹ Außer unsern Geheimnissen, alter Patriarch; die nehmen wir doch mit.« Der Schatten des Kirchenportals verschluckte Priester, Leiche und Träger, und Wimsey, der mit Mrs. Venables folgte, machte sich so seine Gedanken darüber, daß sie und er als einzige und unverhoffte Trauernde hinter diesem fremden Leichnam hergingen.

»Und über die Liturgie der anglikanischen Hochkirche«, dachte Wimsey weiter, »können die Leute ja sagen, was sie wollen, aber in der Auswahl dieser Psalmen steckt Genie. ›Daß ich versichert sei, wie lange ich zu leben habe‹ – was für ein schreckliches Gebet! Lieber Gott, laß mich solcher Dinge nie versichert sein! ›Denn ich bin ein Gast bei dir und ein Fremdling‹ – weiß der Himmel, das ist wahr!... ›Denn unsere Missetaten stellest du vor dich‹... sehr wahrscheinlich, und was habe ich, Peter Wimsey, damit zu schaffen, sie wieder auszugraben? Was das angeht, habe ich selbst nicht soviel Rühmenswertes an mir... Oh, aha!... ›Welt ohne Ende, Amen.‹ Jetzt die Lesung. Ich glaube, dafür setzt man sich hin – allzu sattelfest bin ich in solchen Dingen auch nicht... Ja... Das ist die Stelle, an der die Freunde und Verwandten gewöhnlich zu weinen anfangen – aber hier ist keiner, der heult – keine Freunde und keine – woher weiß ich das eigentlich? Gar nichts weiß ich. Wo ist der Mann oder die Frau, die das Gesicht erkannt hätte, wenn der Mörder sich nicht solche Mühe gegeben hätte, es unkenntlich zu machen?... Diese kleine Rothaarige muß Hilary Thorpe sein... nobel von ihr, sich hier blicken zu lassen... Interessanter Typ... wird in fünf Jahren ganz schönen Wirbel machen, das seh ich schon... ›Habe ich zu Ephesus mit wilden Tieren gefochten‹... Was hat denn das nun hiermit zu tun?... ›Und wird auferstehen ein geistlicher Leib‹ – wie hat der alte Donne gesagt? ›Gott weiß, in welchem Teil der Welt jedes Körnchen von jedes Menschen Staub ruht... Er flüstert, er zischelt, er winkt nach den Leibern seiner Heiligen‹... glauben das alle die Leute hier? Glaube ich es? Glaubt's überhaupt einer? Eigentlich bleiben wir alle ziemlich ruhig dabei. ›In einem Blitz, einem Trompetenstoß, ist dieser Mann, Scherz, Scherbe, Flicken, Splitter, Diamant – unsterblicher Diamant.‹ Haben die alten Knaben, die dieses wunderschöne Dach gebaut haben, geglaubt? Oder haben sie diese breiten Flügel und betenden Hände aus reiner Freude gemacht, weil sie das alles schön fanden? Jedenfalls haben sie's geschafft, es so *aussehen* zu lassen, als ob sie etwas geglaubt hätten, und damit sind sie uns allen über. Was denn jetzt? Ach so, wieder raus zum Grab, natürlich. Lied 373... der gute Mr. Russell kann doch nicht ganz ohne Phantasie sein, wenn er das vorgeschlagen hat, und dabei sieht er aus, als könnte er über seinen Dosenlachs zum Tee nicht hinausdenken... ›Mensch, der vom Weibe geboren...‹ Jetzt kann's nicht mehr weit sein; wir biegen in die Zielgerade... ›Du kennst, o Herr, unsrer Herzen Geheimnis‹... Ich hab's doch gewußt, ich hab's gewußt! Gleich fällt Will Thoday in Ohnmacht... Nein, er hat sich wieder gefangen. Mit diesem Herrn muß ich bald mal ein Wörtchen reden... ›Schmerzen des Todes, von dir abzufallen.‹ Himmel, das hat gesessen. Warum? Die Macht des Wortes wahrscheinlich – denn Schmerzen gibt's ja eigentlich schlimmere... ›Unser lieber Bruder, der von uns gegangen ist... lieber Bruder! Ach ja, wir sind ja alle so lieb, wenn wir tot sind, selbst wenn uns einer vorher so gehaßt hat, daß er uns einen Strick um... Meine Güte, ja! Der Strick, was ist damit?«

Das Problem mit dem Strick, erst hartnäckig übersehen, jetzt ging es ihm ebenso hartnäckig im Kopf herum – es nahm seine Gedanken so gefangen, daß er ganz vergaß, das Vaterunser mitzubeten; es reichte nicht einmal mehr zu einem bissigen Kommentar über die Mittel, deren die Vorsehung sich bedient hatte, um diesen unsern lieben Bruder aus dem Elend dieser sündigen Welt zu erlösen. Er konnte sich nur noch fragen, wieso er nicht eher darauf gekommen war, daß der Strick der Schlüssel aus diesem Irrgarten sein konnte. Denn daß der Tote gefesselt gewesen war, konnte allerlei bedeuten.

Woher stammte der Strick? Wie kam es, daß er zum Fesseln so praktisch zur Hand gewesen war, und wo hatte sich das alles abgespielt? Man konnte einen Menschen mit heißem Blut erschlagen, aber dann fesselte man ihn vorher nicht. Der Tod eines gefesselten Menschen bedeutete Vorbedacht – ein Kalb wird gebunden zur Schlachtbank geführt. Der Strick war vor dem Vergraben wieder entfernt worden; Ausdruck eines makabren Geizes?... Wimsey mußte sich schütteln. Hier brauchte man nicht die Phantasie zu bemühen; für die Entfernung des Stricks konnte es vielerlei Gründe geben. Er war nach dem Tod entfernt worden – abgenommen und wieder dahin zurückgelegt, woher er kam, damit sein Fehlen keinen Argwohn erregte. Er war aus demselben Grunde entfernt worden, aus dem das Gesicht so entstellt worden war – damit niemand, der den Toten fand, ihn identifizieren konnte. Oder der Tote war damit *an* etwas festgebunden gewesen – und dieser Grund war wohl der plausibelste. Denn der Leichnam mußte von irgendwoher gebracht worden sein – aber wie? Auto, Lastwagen, Handwagen, Pferdewagen, Schubkarren, Kutsche...? Es klang wie ein Auszählreim...

»Sie haben das alles *sehr* nett gemacht, Mr. Russell«, sagte Mrs. Venables.

»Ja, Madam?« antwortete Mr. Russell. »Freut mich, daß Sie das sagen, Madam. Wir haben nach besten Kräften getan, was wir konnten.«

»Ich glaube bestimmt«, sagte Mrs. Venables, »daß seine eigenen Angehörigen es sich nicht schöner hätten wünschen können, wenn sie hiergewesen wären.«

»Sicher nicht, Madam«, pflichtete Mr. Russell ihr sehr zufrieden bei, »und schade ist es, daß sie nicht dasein konnten, denn ein schönes Begräbnis ist für die Hinterbliebenen immer ein großer Trost. Natürlich sind unsere Beerdigungen nicht so prachtvoll wie vielleicht in London –« mit einem erwartungsvollen Blick zu Wimsey.

»Dafür aber viel netter«, plapperte dieser Mrs. Venables nach. »Hier hat noch alles so etwas Persönliches.«

»Sehr wahr«, pflichtete der Bestattungsunternehmer ihm sichtlich erleichtert bei. »Na ja, die Leute in London haben sicher jede Woche drei oder vier Beerdigungen, da kann man verstehen, daß sie nicht immer so mit dem Herzen dabei sind – geschweige daß sie die Familien kennen. So, jetzt will ich aber mal gehen. Hier ist jemand, der Sie sprechen möchte, Mylord.«

»Nein«, sagte Wimsey entschieden zu einem Herrn im abgetragenen Tweedanzug, der sich ihm rasch näherte. »Ich habe nichts für den *Morning Star*. Auch nicht für andere Zeitungen. Weg hier. Ich habe zu tun.«

»Jawohl«, sagte Mrs. Venables zu dem Reporter wie zu einem Kind, das sich auf dem Schulfest danebenbenommen hat, »gehen Sie nur zu, Seine Lordschaft ist beschäftigt. Wie aufdringlich diese Zeitungsleute sind! Die müssen Ihnen doch richtig lästig sein. Kommen Sie, ich möchte Sie Hilary Thorpe vorstellen. Hilary, mein Kind, wie geht es dir denn? Reizend von dir, daß du gekommen bist – es kann dir nicht leichtgefallen sein. Was macht dein Onkel? Dieser Herr ist Lord Peter Wimsey.«

»Freut mich sehr, Sie kennenzulernen, Lord Peter. Paps hat immer alle Ihre Fälle verfolgt – er hätte sich sehr gefreut, Ihre Bekanntschaft zu machen. Ich glaube, es würde ihn fürchterlich amüsieren, daß er nun selbst in so einen Fall verwickelt ist – wenn es nur nicht gerade Mutters Grab wäre. Ich bin froh, daß er das nicht mehr erlebt hat. Aber richtig geheimnisvoll, das Ganze, nicht? Und er war – na ja, für geheimnisvolle Geschichten hatte er was übrig.«

»So? Ich könnte mir vorstellen, daß er davon im Leben genug hatte.«

»Sie meinen die Sache mit dem Halsband? Ja, das war schlimm für ihn, armer Paps. Das ist natürlich alles noch vor meiner Geburt passiert, aber er hat oft davon erzählt. Er hat immer gesagt, seiner Meinung nach sei Deacon der schlechtere von beiden gewesen, und Großvater hätte ihn nie ins Haus nehmen dürfen. Komisch, aber ich glaube, der andere hat ihm irgendwie gefallen – dieser Londoner Dieb. Er hat ihn natürlich nur beim Prozeß gesehen, aber wie er sagt, muß das ein ulkiger Kerl gewesen sein, und seiner Meinung nach hat er die Wahrheit gesagt.«

»Das ist ja hochinteressant.« Lord Peter fuhr mit einemmal herum und fauchte den jungen Mann vom *Morning Star* an, der sich noch immer in der Nähe herumdrückte. »Hören Sie mal, mein Junge, wenn Sie nicht sofort die Kurve kratzen und verduften, muß ich mal ein Wörtchen mit Ihrem Chef reden. Ich sehe mir nicht an, wie Sie diese junge Dame hier auf Schritt und Tritt verfolgen und belästigen. Hauen Sie ab, und wenn Sie schön brav sind, erzähle ich Ihnen hinterher so viele Lügen, wie Sie hören wollen. Klar? Ab die Post!... Zum Henker mit der Presse!«

»Der Kerl ist eine regelrechte Klette«, sagte Miss Thorpe. »Meinen armen Onkel hat er heute früh fast wahnsinnig gemacht. Das da drüben ist mein Onkel – der da mit dem Pfarrer spricht. Er ist Regierungsbeamter und hat für die Presse allgemein nichts übrig. Gegen rätselhafte Kriminalfälle hat er auch etwas. Für ihn sind das alles böse Sachen.«

»Dann bin ich ihm sicher auch nicht sehr sympathisch.«

»Stimmt. Er findet Ihr Steckenpferd unpassend für einen Mann in Ihrer Stellung. Darum drückt er sich auch um Ihre Bekanntschaft. Ein komischer Vogel, mein Onkel, aber er ist nun mal ein Snob und eigentlich ein ganz anständiger Kerl. Nur daß er kein bißchen wie Paps ist. Mit Paps hätten Sie sich bestens verstanden. Ach, übrigens – Sie wissen, wo Vater und Mutter beerdigt sind? Das war doch sicher das erste, was Sie sich angesehen haben.«

»Ganz recht; aber ich möchte es mir ganz gern noch einmal ansehen. Wissen Sie, ich frage mich, wie sie nun genau die – die –«

»Wie sie die Leiche hingebracht haben? Hab ich mir gedacht, daß Sie sich das fragen. Ich hab schon selbst darüber nachgedacht. Mein Onkel findet es ungehörig, daß ich mich mit so etwas beschäftige. Aber es macht es einem wirklich leichter, wenn man darüber nachdenkt – ich meine, wenn es einen erst einmal interessiert, kommt es einem nicht mehr so wirklich vor. Das ist aber nicht richtig ausgedrückt.«

»Sie meinen, es betrifft einen nicht mehr so persönlich?«

»Ja, das meine ich. Wenn man versucht, sich vorzustellen, wie alles zugegangen ist, kommt es einem mit der Zeit so vor, als ob man sich alles nur ausgedacht hätte.«

»Hm!« machte Wimsey. »Wenn das in Ihrem Kopf so funktioniert, werden Sie eines Tages mal Schriftstellerin.«

»Meinen Sie? Wie lustig! Das will ich nämlich wirklich werden. Aber wie kommen Sie darauf?«

»Weil Sie diese schöpferische Phantasie haben, die so nach außen wirkt, daß man schließlich außerhalb seiner eigenen Erlebnisse steht und sie als etwas sieht, was man selbst geschaffen hat und was unabhängig von einem selbst existiert. Sie sind ein glücklicher Mensch.«

»Glauben Sie wirklich?« Hilarys Gesichtsausdruck war ganz Aufregung.

»Ja – aber dieses Glück werden Sie mehr am Ende Ihres Lebens genießen können als am Anfang, weil die andern Menschen die Funktionsweise Ihres Verstandes nicht begreifen. Zuerst wird man Sie für verträumt und romantisch halten, dann wird man erstaunt entdecken, daß Sie in Wirklichkeit hart und herzlos sind. Beides ist völlig falsch, aber das werden die andern nie wissen, und Sie selbst werden es zuerst auch nicht wissen, und das wird Ihnen noch manchen Kummer machen.«

»Aber genau das sagen die Mädchen in der Schule auch. Woher wissen Sie das?... Das sind natürlich lauter Schwachköpfe – zum größten Teil jedenfalls.«

»Das sind die meisten Menschen«, sagte Wimsey im Brustton der Überzeugung, »aber es ist nicht nett, es ihnen zu sagen. Ich vermute, Sie sagen es ihnen. Haben Sie ein Herz; sie können doch nichts dafür... Ja, das ist die Stelle. Tja, sehr gut einzusehen ist das Grab ja nicht. Diese Kate da drüben steht am nächsten – wer wohnt dort?«

»Will Thoday.«

»Ach, wirklich?... Und dann kommt nur noch die ›Weizengarbe‹, und dann ein Bauernhof. Wem gehört der?«

»Das ist Mr. Ashtons Hof. Er ist ein ziemlich wohlhabender Mann und im Kirchenvorstand. Als Kind habe ich ihn sehr gern gehabt; er hat mich immer auf den Ackergäulen reiten lassen.«

»Ich habe schon von ihm gehört. Er hat vor einiger Zeit mein Auto aus dem Graben gezogen – da fällt mir ein, ich sollte mal hingehen und mich bedanken.«

»Das heißt, Sie wollen ihn ausfragen.«

»*Wenn* Sie die Leute schon so gut durchschauen, sagen Sie es ihnen wenigstens nicht so hart ins Gesicht.«

»Mein Onkel nennt das meine unweibliche Taktlosigkeit. Er sagt, das kommt von der Schule und vom Hockeyspielen.«

»Vielleicht hat er recht. Aber wen stört's?«

»Mich nicht – aber, sehen sie, Onkel Edward hat doch jetzt die Verantwortung für mich, und er findet es falsch, daß ich nach Oxford gehen soll... Was gucken Sie da? Wie weit es von hier bis zum Südtor ist?«

»Ihr Scharfsinn ist beängstigend – jawohl, junge Frau, das habe ich mir angesehen. Man könnte die Leiche in einem Wagen herbringen und ohne große Schwierigkeiten bis hierher tragen. Was ist denn das dort an der nördlichen Friedhofsmauer? Ein Brunnen?«

»Ja; da holt Gotobed das Wasser, um den Kircheneingang und so weiter zu putzen. Er ist ziemlich tief, glaube ich. Früher war mal eine Pumpe dran, aber dann sind die Dorfbewohner gekommen und haben dort ihr Trinkwasser geholt, wenn der Dorfbrunnen versiegt war, und Mr. Venables hat das abstellen müssen, weil er sagt, es ist unhygienisch, Wasser von einem Friedhof zu trinken. Also hat er die Pumpe abbauen und auf eigene Kosten den Brunnen vertiefen und in Ordnung bringen lassen. Er ist ein unheimlich netter Kerl. Wenn Gotobed jetzt Wasser braucht, muß er's mit dem Eimer raufziehen, so gut es geht. Er schimpft nicht schlecht darüber.

Aber der Brunnen ist sowieso ein Ärgernis, weil er die Gräber auf dieser Seite so feucht macht. Im Winter kann man oft nicht einmal die Grube anständig ausheben. Das war aber noch schlimmer, bevor Mr. Venables den Friedhof hat entwässern lassen.«

»Mr. Venables scheint viel für die Gemeinde zu tun.«

»O ja. Paps hat zu solchen Sachen natürlich meist Geld gegeben, aber damit angefangen hat immer Mr. Venables, wenn es irgend etwas mit der Kirche zu tun hatte. Das heißt, wenn es um Entwässerung und so was geht, steht meist Mrs. Venables dahinter. Warum fragen Sie nach dem Brunnen?«

»Ich wollte wissen, ob er in Gebrauch ist oder nicht. Da er in Gebrauch ist, würde natürlich niemand auf die Idee kommen, etwas Großes darin zu verstecken.«

»Ach, Sie meinen die Leiche? Nein, das wäre nicht gegangen.«

»Immerhin«, meinte Wimsey... »Übrigens – nehmen Sie mir die Frage bitte nicht übel, aber angenommen, Ihr Vater wäre nicht gerade jetzt gestorben: Was für einen Grabstein hätte er höchstwahrscheinlich auf das Grab Ihrer Mutter stellen lassen? Haben Sie eine Ahnung?«

»Gar keinen. Er hat Grabsteine gehaßt und hätte überhaupt nichts davon wissen wollen. Ein scheußlicher Gedanke, daß er jetzt selbst einen bekommen soll.«

»Allerdings. Also war damit zu rechnen, daß er nur eine Steinplatte daraufgelegt hätte, oder so eine Randeinfassung aus Marmor, mit Kies in der Mitte.«

»So 'ne Art Stoßstange drumherum? O nein, das schon gar nicht. Und bestimmt keinen Kies. Der hat ihn immer so an diesen Zucker erinnert, den man in ›vornehmen‹ Restaurants zum Kaffee bekommt, wo alles auf Platzdeckchen serviert wird und die Weingläser getönt sind.«

»Aha! Aber hat der Mörder den Geschmack Ihres Vaters in puncto Zucker und Weingläser gekannt?«

»Entschuldigung – jetzt weiß ich nicht, worauf Sie hinauswollen.«

»Meine Schuld. Ich rede immer so durcheinander. Ich meine – wo es doch hier so viele gute Stellen zum Leichenverstecken gibt – Gräben und Kanäle und dergleichen – wieso bringt einer sie unter großem Risiko und mit viel Mühe hierher und legt sie irgendwohin, wo sie jederzeit von einem Steinmetz gefunden werden könnte, der die Erde für einen Grabstein oder eine Ladung Kies aushebt? Ich weiß, die Leiche lag gut einen halben Meter tief, aber ich denke, um einen Grabstein aufzustellen, muß man auch ganz schön tief graben. Mir kommt das Ganze ziemlich merkwürdig und überstürzt vor. Trotzdem leuchtet mir natürlich das Faszinierende an der Idee ein. Man sollte meinen, ein Grab wäre der letzte Ort, wo man nach einer verirrten Leiche suchen würde. Es war ja blankes Pech, daß dieses Grab so bald darauf wieder geöffnet wurde. Trotzdem – wenn man an die Arbeit denkt, die Leiche hierherzubringen und nachts heimlich herumzugraben –! Aber es sieht so aus, als wenn es so gemacht worden wäre, wegen der Abdrücke von dem Strick, die zeigen, daß der Mann zuerst irgendwo gefesselt worden sein muß. Das heißt, es muß alles geplant und vorher überlegt worden sein.«

»Dann kann der Mörder es aber frühestens Neujahr geplant haben, als Mutter starb. Ich meine, er konnte ja sonst nicht damit rechnen, hier ein frisches Grab vorzufinden.«

»Natürlich nicht; aber es kann sich ja irgendwann nachher abgespielt haben.«

»Bestimmt nicht *irgend*wann. Spätestens eine Woche, nachdem meine Mutter gestorben war.«

»Wieso?« fragte Wimsey schnell.

»Na hören Sie, der alte Gotobed hätte es mit Sicherheit gemerkt, wenn einer an seinem Grab herumgeschaufelt hätte, nachdem die Erde sich schon etwas gesetzt hatte. Meinen Sie nicht, das hätte recht bald geschehen müssen – wahrscheinlich sogar, solange noch die Kränze auf dem Grab lagen? Die haben eine Woche dagelegen, und dann sahen sie so tot und häßlich aus, daß ich zu Gotobed gesagt habe, er soll sie wegräumen.«

»Das ist eine Idee«, sagte Wimsey. »Daran hab ich noch gar nicht gedacht – weil ich mit dem Ausheben von Gräbern noch nicht viel zu tun hatte. Darüber muß ich mich mal mit Gotobed unterhalten. Sagen Sie – wissen Sie zufällig noch, wie lange der Schnee liegengeblieben ist, nachdem Ihre Mutter gestorben war?«

»Mal überlegen. Neujahr hat es zu schneien aufgehört, und da haben sie den Weg bis zum Südportal freigeschaufelt. Aber zu tauen hat es erst angefangen – Moment! Ich weiß es! Das war am Abend des zweiten Januar, obwohl es schon vorher etwas wärmer geworden ist und der Schnee sehr feucht war. Jetzt erinnere ich mich ziemlich genau. Das Grab haben sie am dritten ausgehoben, und da war alles so matschig. Und am Tag der Beerdigung hat es wie aus Eimern gegossen. Fürchterlich! Ich glaube, das vergesse ich nie.«

»Und dabei ist natürlich der ganze Schnee weggeregnet?«

»Ja.«

»Dann konnte also jeder leicht ans Grab gehen, ohne Fußabdrücke zu hinterlassen. Tja. Sie haben wohl selbst nicht gemerkt, ob die Kränze verrückt worden sind oder sonst etwas?«

»Nein. Ich bin eigentlich gar nicht oft hiergewesen. Paps war so krank, da mußte ich bei ihm bleiben – und überhaupt, für mich war meine Mutter gar nicht richtig *hier*, verstehen Sie, Lord Peter? Ich finde das ganze Theater mit Gräbern und allem so gräßlich, Sie nicht? Aber ich kann Ihnen sagen, wer etwas gemerkt hätte, und das ist Mrs. Gates, unsere Haushälterin. Die war jeden Tag hier. Ein richtiger Ghul. Sie hat auch immerzu mit mir darüber reden wollen, ich hab ihr nur nicht zugehört. Sonst ist sie ja ganz nett, aber im Grunde gehört sie in einen viktorianischen Roman, wo die Leute Schleier tragen und in ihre Teetassen weinen... Ach du meine Güte, jetzt schaut Onkel Edward schon zu mir her! Mit böse tadelndem Blick. Kommen Sie, ich stelle Sie ihm vor, nur um den alten Knacker zu ärgern... Onkel Edward! Das ist Lord Peter Wimsey. Er war so nett zu mir. Er sagt, ich hätte eine schöpferische Phantasie und sollte Schriftstellerin werden.«

»Oh, guten Tag!« Mr. Edward Thorpe, vierundvierzigjährig und sehr förmlich und korrekt, verzog ob des berühmten Namens nicht die höfliche Beamtenmiene. »Ich glaube, ich habe Ihren Bruder, den Herzog von Denver, schon einmal kennengelernt. Es geht ihm hoffentlich gut?... Aha... so so... Sehr freundlich von Ihnen, daß Sie sich für die ehrgeizigen Pläne meiner Nichte interessieren. Die jungen Mädchen von heute wollen hoch hinaus, nicht? Ich sage immer, die Schriftstellerei ist ein schöner Stecken, aber eine schlechte Krücke. Häßliche Geschichte, das hier. Es tut mir so leid, daß Hilary da hineingezogen wird, aber natürlich muß sie in ihrer Stellung – die Dorfbevölkerung erwartet von ihr, daß sie mitmacht bei ihren – äh – daß sie sich nicht absondert von ihren – hm – ihren – äh –«

»Vergnügungen?« half Wimsey nach. Ihm wurde mit einemmal schockartig klar, daß Onkel Edward gar nicht soviel älter sein konnte als er selbst. Dabei empfand er ihm gegenüber eine Art ehrerbietiger Scheu, fast wie vor einem zerbrechlichen antiken Gegenstand.

»Von allem, was ihnen am Herzen liegt«, sagte Mr. Thorpe. Ein wahrer Ritter! Bei aller tiefen Mißbilligung glaubte er seine Nichte doch gegen jede Kritik in Schutz nehmen zu müssen. »Aber ich nehme sie jetzt mit mir, damit sie ein wenig Ruhe und Frieden hat«, fuhr er fort. »Ihre Tante konnte leider nicht mit nach Fenchurch kommen – ihre Arthritis macht ihr so zu schaffen –, aber sie freut sich schon auf Hilary.«

Wimsey warf einen kurzen Blick in Hilarys verdrossenes Gesicht, in dem sich Rebellion ankündigte; er konnte sich genau den Typ Frau vorstellen, den Onkel Edward heiraten würde.

»Genauer gesagt, wir fahren schon morgen«, sagte Mr. Thorpe. »Bedaure, daß wir Sie nicht zum Dinner bitten können, aber unter den Umständen –«

»Ich bitte Sie«, sagte Wimsey.

»Das hieße dann also guten Tag und auf Wiedersehen«, fuhr Mr. Thorpe entschieden fort. »Es war schön, Ihre Bekanntschaft zu machen. Ich wünschte nur, es wäre unter erfreulicheren Umständen geschehen. Na ja – einen schönen Tag noch. Und grüßen Sie bitte Ihren Herrn Bruder, wenn Sie ihn sehen.«

»Abgeblitzt!« sagte Wimsey, nachdem er Onkel Edward die Hand gegeben und Hilary Thorpe ein verständnisinniges Lächeln zugeworfen hatte. »Warum nur? Verderbe ich die Moral der Jugend? Oder lege ich beim Ausbuddeln der Familiengeheimnisse zuviel Eifer an den Tag? Ist Onkel Edward ein falscher Vogel oder ein schlichter Esel? War er auf der Hochzeit seines Bruders? Muß Blundell mal fragen. Wo ist Blundell? Ob er heute abend Zeit hat?«

Er eilte, um den Polizeidirektor noch einzuholen, der pflichtgetreu dem Begräbnis beigewohnt hatte, und verabredete sich mit ihm nach dem Abendessen in Leamholt. Nach und nach verlief sich die Trauergemeinde. Mr. Gotobed und sein Sohn Dick zogen ihre amtlichen »Schwarzen« aus und ergriffen die Spaten, die bei dem zugedeckten Brunnen an der Mauer lehnten.

Während die Erde schwer auf den Sargdeckel polterte, trat Wimsey zu der kleinen Gruppe, die sich zusammengefunden hatte, um über die Begräbnisfeier zu diskutieren und die Kärtchen an den Kränzen zu lesen. Er bückte sich nichtsahnend, um einen besonders schönen, exotischen Blumengruß aus rosa und roten Treibhausblüten zu betrachten, und wunderte sich, wer für das unbekannte Opfer so tief in die Tasche gegriffen haben mochte, als er mit einem gelinden Schock auf der beigefügten Visitenkarte las: »Mit tiefer Anteilnahme, Lord Peter Wimsey. Lukas 12,6.« x)

»Sehr zutreffend«, sagte Seine Lordschaft, als er den Spruch nach kurzem Nachdenken identifizierte (denn er hatte eine exquisite Erziehung genossen). »Bunter, Sie sind der Größte.«

»Worüber ich wirklich gern Bescheid wüßte«, sagte Lord

x) Verkauft man nicht 5 Sperlinge um 2 Pfennige? Dennoch ist vor Gott deren nicht einer vergessen.

Peter, die Beine bequem an des Polizeidirektors Kamin ausgestreckt, »das ist die Beziehung zwischen Deacon und Cranton. Wie haben sie sich kennengelernt? Daran hängt so manches andere.«

»Allerdings«, bestätigte Mr. Blundell. »Die Sache ist nur, wir müssen uns dabei auf ihre eigenen Aussagen stützen, und wer von beiden der größere Lügner ist, weiß der Himmel allein, wenn auch Richter Bramhill die Frage schon zu entscheiden versucht hat. Fest steht lediglich, daß sie sich bereits in London gekannt haben. Cranton war einer von diesen glattzüngigen Edelganoven, die man gern in zweifelhaften Lokalen trifft – Sie kennen den Typ. Er war schon früher mit dem Gesetz in Konflikt geraten, spielte aber den geläuterten Charakter und hat ein ganz schönes Sümmchen an einem Buch verdient. Ich nehme zwar an, daß jemand anders es für ihn geschrieben hat, aber sein Name stand nun mal drauf und so weiter. Von der Sorte haben wir nach dem Krieg ja einige gehabt, aber dieser Cranton war wirklich nicht dumm – ein bißchen seiner Zeit voraus, könnte man sagen. 1914 war er fünfunddreißig; mit seiner Schulbildung war es nicht weit her, aber er war von Natur aus recht gewitzt, und hinzu kam, daß er immer auf sich allein angewiesen war – wenn Sie verstehen, was ich meine.«

»Durchaus. Er hat also die Universität des Lebens absolviert.«

»Sehr schön gesagt«, quittierte Mr. Blundell den Gemeinplatz als Geistesblitz. »Wirklich, sehr gut gesagt. Ja – das trifft genau auf ihn zu. Aber dieser Deacon, der war nun völlig anders. Eine echte Begabung und ein großer Leser vor dem Herrn. Der Gefängnispfarrer von Maidstone hat gemeint, er sei auf seine Art bemerkenswert gebildet gewesen, ein Mann mit einer poetischen Ader, was das auch immer heißen soll. Sir Charles Thorpe hatte ihn jedenfalls sehr ins Herz geschlossen. Er hat ihn vorzüglich behandelt und ihm sogar die Bibliothek anvertraut. Na ja, und so um 1912 herum haben sich die beiden nun in irgendeinem Tanzlokal kennengelernt, als Sir Charles sich gerade in London aufhielt. Nach Crantons Version hat irgendein Mädchen, das Deacon aufgegabelt hatte – Deacon war immer ein Schürzenjäger – ihn als den Autor dieses Buches vorgestellt, von dem ich vorhin gesprochen hat, und Deacon habe sich sehr an dem Buch interessiert gezeigt und ihn unentwegt über die Welt der Ganoven und ihre Tricks ausgefragt. Er sagt, Deacon habe ihm überhaupt keine Ruhe mehr gegeben und immer dunkle Andeutungen gemacht, wie daß er letzten Endes doch wieder von seinem früheren Leben eingeholt werde. Deacon schildert es anders. Nach seiner Aussage hat ihn nur die literarische Seite der Angelegenheit interessiert, wie er sich ausdrückte. Er habe gedacht – sagt er –, wenn ein Ganove ein Buch schreiben und damit Geld machen kann, warum nicht auch ein Butler? Nach seiner Schilderung hat Cranton *ihm* keine Ruhe gelassen und ihn nach seiner Arbeitsstelle ausgefragt und gemeint, wenn es da mal ein Ding zu drehen gäbe, sollten sie es gemeinsam drehen und halbpart machen; Deacon solle die Arbeit drinnen übernehmen und Cranton das Übrige besorgen – einen Hehler finden und die Sore an den Mann bringen. Na ja, nach meiner Meinung stimmt von beiden Versionen je die Hälfte. Jedenfalls ein sauberes Paar.«

Der Polizeidirektor legte eine Erzählpause ein und nahm einen kräftigen Schluck aus dem Bierkrug, dann fuhr er fort.

»Sie verstehen«, sagte er, »das war die Geschichte, die sie erzählt haben, *nachdem* wir sie beide wegen Diebstahls am Wickel hatten. Zuerst haben sie natürlich gelogen wie Ananias und Stein und Bein geschworen, sie hätten sich ihr Lebtag noch nie gesehen, aber nachdem sie dann sahen, was die Anklage gegen sie in der Hand hatte, haben sie anders gesungen. Da war aber noch etwas. Sowie Cranton begriffen hatte, daß es aus war, hat er diese Version aufgetischt und ist dabei geblieben. Er hat sich sogar vor Gericht schuldig bekannt und schien es nur noch darauf anzulegen, Deacon ordentlich hineinzureißen. Er sagte, Deacon habe ihn reingelegt, und nun wolle er sich dafür schadlos halten – aber ob das nun die

Wahrheit war oder ob er glaubte, er könne glimpflich davonkommen, wenn er sich als armes, unglückliches Opfer der Versuchung hinstellte, oder ob es reine Bosheit war, weiß ich nicht. Die Geschworenen haben sich jedenfalls ihren eigenen Reim darauf gemacht, und der Richter auch.

Nun ja. Im April 1914 nahte jedenfalls Mr. Henry Thorpes Hochzeit, und alle Welt wußte, daß Mrs. Wilbraham dort mit ihrem Smaragdhalsband auftreten würde. Kaum ein Dieb in London, der nicht bestens über Mrs. Wilbraham Bescheid wußte. Sie ist mit den Thorpes irgendwie verwandt, um viele Ecken herum, hat eine Menge Geld und ist so geizig wie tausend Schotten. Sie muß jetzt sechs- oder siebenundachtzig sein, und wie ich höre, wird sie langsam kindisch; aber damals war sie nur überspannt. Eine kauzige alte Dame, stramm wie ein Zinnsoldat, immer in schwarze Seide und Satin gekleidet – sehr altmodisch – und mit Juwelen, Armbändern, Broschen und Gott weiß was behängt. Das war einer ihrer Ticks, müssen sie wissen. Ein anderer war, daß sie nichts von Versicherungen und auch nichts von Safes hielt. Natürlich hatte sie in ihrem Londoner Haus einen Safe, in dem sie ihre Sachen aufbewahrte, aber wahrscheinlich hätte sie das auch nicht getan, wenn ihr Mann diesen Safe nicht noch zu Lebzeiten angeschafft hätte. Sie war noch zu geizig, um sich wenigstens eine Kassette zu kaufen, und wenn sie irgendwo zu Besuch war, vertraute sie lieber ihrer Schlauheit. Total verrückt muß sie gewesen sein«, sagte der Polizeidirektor sinnend, »aber auf der anderen Seite kann man sich nur wundern, wie viele solch verschrobene alte Damen auf der Welt frei herumlaufen. Natürlich hat sich niemand getraut, ihr was zu sagen, denn sie war ungemein reich und hatte ganz allein über ihr Eigentum zu verfügen. Die Thorpes waren so ungefähr ihre einzigen Verwandten auf der Welt, und darum wurde sie zu Mr. Henrys Hochzeit eingeladen, obwohl ich glaube, daß keiner sie riechen konnte. Wenn man sie nicht eingeladen hätte, wäre sie beleidigt gewesen, und – na ja, man soll reiche Verwandte nicht unbedingt vor den Kopf stoßen.«

Lord Peter füllte nachdenklich seinen Bierkrug und meinte: »Um keinen Preis!«

»Also, dann«, nahm der Polizeidirektor den Faden wieder auf. »Und nun kommt der Punkt, den Deacon und Cranton wiederum verschieden schildern. Laut Deacon hat er, kaum daß der Hochzeitstermin bekanntgegeben war, von Cranton einen Brief mit der Aufforderung erhalten, sich mit ihm in Leamholt zu treffen, um zu besprechen, wie sie an die Smaragde herankommen könnten. Laut Cranton hat Deacon *ihm* geschrieben. Beweisen konnte natürlich keiner seine Version, also konnte man sich's wieder aussuchen. Aber nachgewiesen wurde, daß sie sich tatsächlich in Leamholt getroffen haben und Cranton noch am selben Tag gekommen ist, um sich das Haus anzusehen.

Schön. Nun hatte Mrs. Wilbraham eine Zofe, und wenn nicht diese Zofe und Mary Thoday gewesen wären, hätte das Ganze sowieso nicht geklappt. Sie wissen, daß Mary Thoday damals noch Mary Deacon hieß. Sie war Stubenmädchen im Roten Haus und hatte Deacon gegen Ende 1913 geheiratet. Sir Charles war sehr nett zu dem jungen Paar. Er hat ihnen ein hübsches Zimmer für sich allein gegeben, abgesetzt vom übrigen Personal, über einer kleinen Treppe, die neben dem Anrichteraum nach oben führt, so daß sie praktisch eine kleine Privatwohnung für sich hatten. Natürlich befand sich das ganze Tafelgeschirr und Silber in diesem Anrichteraum, und zu Deacons Aufgaben gehörte es, ein Auge darauf zu haben.

Nun war Mrs. Wilbrahams Zofe – Elsie Bryant hieß sie – ein fixes und intelligentes Mädchen, immer gut aufgelegt und voller Späße, und eines Tages hatte sie herausgekriegt, was Mrs. Wilbraham mit ihrem Schmuck machte, wenn sie von zu Hause fort war. Die alte Dame wollte anscheinend ganz besonders schlau sein. Sie muß zu viele Detektivgeschichten gelesen haben, wenn Sie mich fragen, jedenfalls hatte sie sich's in den Kopf gesetzt, der beste Platz zur Aufbewahrung von Wertsachen sei nicht etwa ein Schmuckkästchen oder eine Kassette oder dergleichen, wonach ein Dieb als erstes suchen würde, sondern irgend etwas, wohin keiner schauen würde, und – um es kurz zu machen, das Versteck, das sie sich ausgedacht hatte, war – wenn Sie mir die Erwähnung gestatten – unter einem bestimmten Schlafzimmerutensil. Lachen Sie nur – bei Gericht haben auch alle gelacht, außer dem Richter, der in dem Augenblick gerade einen Hustenanfall hatte und sich ein Taschentuch vors Gesicht hielt, so daß niemand sehen konnte, wie er es aufnahm. Also, diese Elsie war jedenfalls eine neugierige Person, wie Mädchen nun einmal sind, und eines Tages – ganz kurz vor der Hochzeit war das – hat sie wohl mal durchs Schlüsselloch gelauert oder so was und die alte Dame dabei erwischt, wie sie gerade den Schmuck wegtat. Natürlich konnte sie so etwas nicht für sich behalten, und als sie mit ihrer Herrin nach Fenchurch kam – das war ein paar Tage vor der Hochzeit –, hat sie als erstes eine dicke Freundschaft mit Mary Deacon (wie sie damals hieß) angefangen, und zwar, wie ich glaube, zu dem einzigen Zweck, ihr das Geheimnis anzuvertrauen. Und Mary als brave Ehefrau hat es natürlich ihrem Mann weitererzählen müssen. Ich finde das ganz normal. Jedenfalls hat der Verteidiger diesen Punkt groß herausgestellt, und man kann mit Sicherheit annehmen, daß dieses Utensil Elsie und Mary vor dem Kittchen bewahrt hat. ›Meine Herren‹, hat er in seinem Plädoyer gesagt, ›ich sehe Sie alle über Mrs. Wilbrahams Schmuckdepot lächeln, und sicher malen Sie sich schon aus, wie Sie die Geschichte Ihren Frauen erzählen, wenn Sie nach Hause kommen. Und da dies so ist, werden Sie gewiß meine Mandantin, Mary Deacon, und ihre Freundin sehr gut verstehen können und ihr nachfühlen, wie sie – in aller Unschuld – das Geheimnis dem einen Mann anvertraut hat, von dem sie erwarten konnte, daß er es für sich behalten würde.‹ Er war ein gerissener Anwalt, dem die Geschworenen förmlich aus der Hand fraßen, nachdem er fertig war.

Von hier an müssen wir jetzt wieder raten. Es *ist* ein Telegramm von Leamholt aus an Cranton geschickt worden – daran kann es keinen Zweifel geben, denn wir haben seinen

Weg verfolgt. Er sagt, Deacon habe es ihm geschickt, aber Deacon sagt, wenn einer es geschickt hat, kann es nur Elsie Bryant gewesen sein. Sie und Deacon waren an diesem Nachmittag beide in Leamholt gewesen, aber wir konnten das Mädchen im Postamt nicht dazu bringen, einen von beiden zu identifizieren, und das Telegrammformular war in Blockbuchstaben ausgefüllt. Für mich weist das auf Deacon hin, denn dem Mädchen traue ich nicht zu, daß es an so etwas gedacht hätte; aber als wir uns von beiden eine Schriftprobe in Druckbuchstaben geben ließen, glichen beide natürlich der Schrift auf dem Formular nicht im entferntesten, das versteht sich. Wer von den beiden es auch gewesen war, entweder hat er sich sehr geschickt angestellt oder das Telegramm von jemand anderm aufgeben lassen.

Sie sagen, Sie haben schon erfahren, was sich in der betreffenden Nacht ereignet hat. Und nun wollen Sie wissen, wie Cranton und Deacon es uns geschildert haben. In diesem Punkt steht nun Cranton für meinen Geschmack etwas besser da als Deacon, wenn er nicht ganz und gar schlecht ist. Er hat uns eine Geschichte erzählt, die von Anfang bis Ende in sich geschlossen war. Alles sei von Anfang an Deacons Plan gewesen. Cranton habe mit einem Wagen kommen und unter Mrs. Wilbrahams Fenster zu der im Telegramm angegebenen Zeit warten sollen. Deacon habe dann das Smaragdhalsband hinunterwerfen wollen und Cranton sofort damit nach London fahren sollen, um es auseinandernehmen zu lassen und zu verkaufen, und den Erlös sollte er dann mit Deacon teilen, abzüglich fünfzig Pfund, die er ihm schon im voraus gegeben habe. Aber er sagt, aus dem Fenster sei nur die Schachtel geflogen gekommen, ohne das Halsband, und er wirft Deacon vor, er habe den Schmuck selbst an sich genommen und dann absichtlich das Haus geweckt, um alle Schuld auf ihn – Cranton – abzulenken. Und falls das wirklich Deacons Plan war, war es ein guter. Er hätte den Schmuck gehabt und die Ehre obendrein.

Das Dumme war nur, daß das alles ja erst herauskam,

nachdem Cranton schon eine Weile verhaftet war, so daß Deacon, als er festgenommen wurde und vor der Polizei seine erste Aussage machte, nicht wußte, gegen welche Version er angehen mußte. Die erste Schilderung, die er uns gab, war ganz logisch und einfach und hatte nur den Schönheitsfehler, daß sie nicht stimmen konnte. Er sagte, er sei in der Nacht aufgewacht und habe jemanden im Garten herumschleichen hören, und er habe sofort zu seiner Frau gesagt: ›Ich glaube, da hat es einer auf das Silber abgesehen.‹ Dann will er nach unten gegangen sein und die Hintertür geöffnet haben, gerade rechtzeitig, um jemanden auf der Terrasse unter Mrs. Wilbrahams Fenster stehen zu sehen. Er sei dann wieder ins Haus und die Treppe hinaufgerannt, gerade schnell genug, um einen Kerl zu erwischen, der soeben durch Mrs. Wilbrahams Fenster verschwinden wollte.«

»Hatte Mrs. Wilbraham die Tür nicht zugeschlossen?«

»Nein. Das hat sie nie getan – aus Prinzip. Angst vor Feuer oder so was. Er sagt, er hätte laut geschrien, um das Haus zu wecken, und dann sei die alte Dame aufgewacht und habe ihn am Fenster stehen sehen. Inzwischen sei der Dieb am Efeu hinuntergeklettert und entkommen. Daraufhin sei er hinuntergelaufen und habe den Kutscher aus der Hintertür kommen sehen. Die Sache mit der Hintertür war noch ein bißchen unklar, weil Deacon zuerst nichts davon gesagt hatte, wie er überhaupt in Mrs. Wilbrahams Zimmer gekommen war und so weiter. Seine erste Version gegenüber Sir Charles hatte gelautet, er sei direkt hinausgerannt, als er das Geräusch im Garten gehört habe, aber bis die Polizei ihn am Wickel hatte, war es ihm gelungen, die beiden Versionen miteinander in Einklang zu bringen. Er sagte, entweder sei er selbst zu aufgeregt gewesen, um sich deutlich auszudrücken, oder alle andern seien zu aufgeregt gewesen, um zu verstehen, was er sagte. Nun, jedenfalls war das soweit in Ordnung, bis dann die ganze Geschichte von seiner Bekanntschaft mit Cranton und dem Telegramm und so weiter herauskam. Als Cranton sah, daß nichts mehr zu holen war, hat er ausgepackt, und das hat

Deacon dann natürlich in eine schlimme Lage gebracht. Er konnte nicht alles abstreiten, darum gab er jetzt zu, Cranton zu kennen, sagte dann aber, Cranton sei derjenige gewesen, der ihn zu überreden versucht habe, die Smaragde zu stehlen, während er die Unbestechlichkeit in Person gewesen sei. Das Telegramm leugnete er ganz und gar ab und schob es Elsie in die Schuhe. Auch die fünfzig Pfund hat er abgestritten, und es ist wahr, daß man von denen nie eine Spur zu ihm gefunden hat.

Natürlich wurde er in ein scharfes Kreuzverhör genommen. Man wollte von ihm wissen, warum er erstens Sir Charles nicht vor Cranton gewarnt und zweitens am Anfang eine andere Geschichte erzählt habe. Er sagte, er habe geglaubt, Cranton habe den Gedanken an den Diebstahl aufgegeben, und er habe niemandem Angst einjagen wollen; als er dann aber die Schritte im Garten gehört habe, sei ihm klar geworden, was da los war. Hinterher habe er nicht sagen wollen, daß er Cranton gekannt habe, aus Angst, man könne ihn als Komplizen verdächtigen. Diese Geschichte klang aber reichlich dünn, und weder der Richter noch die Geschworenen haben auch nur ein Wort davon geglaubt. Lord Bramhill hat ihn nach dem Schuldspruch gehörig ins Gebet genommen und gesagt, wenn das nicht seine erste Tat gewesen wäre, würde er die schwerste Strafe über ihn verhängen, die er aussprechen könne. Er nannte es schweren Diebstahl von der übelsten Sorte, nämlich begangen von einem Dienstboten in einer Vertrauensstellung, dazu im Hause seines Herrn, verbunden mit dem Öffnen eines Fensters, wodurch das Ganze zum Einbruchdiebstahl werde, und dann habe er sich auch noch gewaltsam seiner Festnahme widersetzt und so weiter und so fort; am Ende hat er ihn zu acht Jahren Zuchthaus verurteilt und gesagt, er könne noch von Glück reden, so milde davonzukommen. Cranton war kein unbeschriebenes Blatt mehr und hätte eine viel höhere Strafe bekommen können, aber der Richter hat gemeint, er sei nicht gewillt, Cranton sehr viel schwerer zu bestrafen als Deacon. Er hat ihm dann zehn Jahre gegeben. So war das. Cranton ist nach Dartmoor gekommen und hat als alter Hase seine Zeit brav abgesessen, ohne unangenehm aufzufallen. Deacon kam als Ersttäter nach Maidstone, wo er sich von Anfang an als Mustergefangener aufführte – eine Sorte, auf die man immer ein Auge haben muß, weil sie regelmäßig etwas im Schilde führt. Nach fast vier Jahren – Anfang 1918 war's – hat dieser freundliche, gebildete und wohlerzogene Sträfling einen Wärter brutal angegriffen und ist aus dem Gefängnis ausgebrochen. Der Wärter ist gestorben, und man hat natürlich die ganze Umgebung nach Deacon abgekämmt, aber vergeblich. Ich sage, die Polizei hatte wegen des Krieges und einiger anderer Dinge einfach nicht die Leute, die sie gebraucht hätte. Jedenfalls haben sie ihn nicht gefunden, und er hat zwei Jahre lang den Ruhm genossen, einen der wenigen erfolgreichen Ausbrüche geschafft zu haben. Bis sie dann in einem dieser Löcher – es sollen Steinzeithöhlen sein, glaube ich – irgendwo in Nordkent seine Gebeine gefunden haben, und der Ruf unserer Gefängnisse war wieder gerettet. Er hatte noch seine Sträflingskleidung an, und sein Schädel war ganz kaputt. Er muß bei Nacht in dieses Loch gestürzt sein – wahrscheinlich keine zwei Tage nach dem Ausbruch. Und *seine* Geschichte ist damit zu Ende.«

»An seiner Schuld besteht wohl kein Zweifel?«

»Nicht der geringste. Er war ein Lügner von Anfang bis Ende, und ein schlechter Lügner dazu. Erstens hat man dem Efeu an dem Haus eindeutig angesehen, daß in der Nacht niemand daran heruntergeklettert war – und überhaupt war seine letzte Version so löchrig wie ein Sieb. Er war ein schlechter Mensch und ein Mörder, und das Land kann froh sein, daß es ihn los ist. Cranton nun, der hat sich eine Zeitlang nach seiner Entlassung ganz gut geführt. Dann hat er sich wieder Ärger eingehandelt – Diebesgut angekauft oder sich irgend etwas unter Vorspiegelung falscher Tatsachen erschwindelt –, und schon war er wieder hinter Schloß und Riegel. Vorigen Juni ist er entlassen worden, und bis Anfang

September hat man immer gewußt, wo er war. Dann ist er aber verschwunden, und sie suchen heute noch nach ihm. Zuletzt ist er in London gesehen worden – aber mich würd's nicht wundern, wenn wir ihn heute endgültig zum letztenmal gesehen hätten. Es ist und war immer meine Überzeugung, daß Deacon das Halsband hatte, aber was er damit gemacht hat, weiß ich natürlich nicht. Möchten Sie noch einen Schluck Bier, Mylord? Schaden wird's Ihnen bestimmt nicht.«

»Wo könnte Cranton denn Ihrer Meinung nach zwischen September und Januar gewesen sein?«

»Weiß der Himmel. Aber wenn er die Leiche ist, würde ich sagen, in Frankreich. Er hat jeden Ganoven in London gekannt, und wenn einer sich einen falschen Paß besorgen konnte, dann er.«

»Haben Sie ein Photo von Cranton?«

»Ja, Mylord, das habe ich. Eben angekommen. Möchten Sie mal einen Blick darauf werfen?«

»Unbedingt!«

Der Polizeidirektor holte ein amtliches polizeiliches Photo von einem Sekretär, der aktenbeladen in einer Zimmerecke stand. Wimsey betrachtete es genau.

»Wann wurde das Bild gemacht?«

»Vor ungefähr vier Jahren, Mylord, als er seine letzte Strafe antrat. Das ist das neueste, das wir haben.«

»Damals hatte er keinen Bart. Hatte er im September einen?«

»Nein, Mylord. Aber in vier Monaten hatte er reichlich Zeit, sich einen wachsen zu lassen.«

»Vielleicht ist er zu diesem Zweck nach Frankreich gefahren.«

»Durchaus denkbar, Mylord.«

»Tja – hm – ich bin nicht vollkommen sicher, aber ich glaube, das ist der Mann, den ich Neujahr gesehen habe.«

»Sehr interessant«, sagte der Polizeidirektor.

»Haben Sie das Photo schon irgendwem im Dorf gezeigt?«

Mr. Blundell lächelte gequält.

»Ich hab's heute nachmittag bei den Wilderspins versucht, und prompt sagt sie, er ist es, und Ezra sagt, es sieht ihm überhaupt nicht ähnlich – und beide finden große Bestätigung bei den Nachbarn. Ich kann nur einen Bart hineinmontieren lassen und es noch mal versuchen. Nur einer von hundert Menschen kann mit Sicherheit eine Ähnlichkeit zwischen einem bärtigen und einem glattrasierten Gesicht feststellen.«

»Hm, allzu wahr. Verstelle dein Gesicht durch einen falschen Bart... Und Fingerabdrücke von dem Toten waren natürlich nicht zu bekommen, da er keine Hände mehr hatte.«

»Eben, Mylord, und das spricht auf eine Art dafür, daß es Cranton war.«

»*Wenn* es Cranton war, ist er vermutlich hierhergekommen, um das Halsband zu suchen, und den Bart hat er sich wachsen lassen, um nicht von denen erkannt zu werden, die ihn vor Gericht gesehen hatten.«

»So wird es sein, Mylord.«

»Und er ist darum nicht früher gekommen, weil er sich erst diesen Bart wachsen lassen mußte. Damit wäre mein kluger Einfall, daß er in letzter Zeit eine Information bekommen haben könnte, also hinfällig. Was ich nur nicht verstehe, ist diese Sache mit Batty Thomas und Tailor Paul. Ich habe versucht, etwas aus den Glockeninschriften herauszulesen, aber das war vergebliche Mühe. Hört der Eisenglocken Klang, Eisenklang – hab allerdingst noch nie gehört, daß Glocken aus Eisen sind – Welche Welt von Trauer trägt ihr monotoner Sang! Wissen Sie zufällig, ob Mr. Edward Thorpe auf der Hochzeit seines Bruders war?«

»O ja, Mylord. Er war da und hat nach dem Diebstahl einen bösen Krach mit Mrs. Wilbraham angefangen. Den armen Sir Charles hat das sehr aufgeregt. Mr. Edward hat der alten Dame ins Gesicht gesagt, sie sei selber schuld, und kein Wort gegen Deacon hat er hören wollen. Für ihn hatten Elsie Bryant und Cranton das alles allein veranstaltet. Ich persönlich glaube, daß Mrs. Wilbraham nie so hart reagiert haben würde, wenn Mr. Edward ihr nicht solche Sachen an den Kopf geworfen hätte, aber sie war – *ist* – nun einmal eine eigenwillige alte Frau, und je mehr er schwor, es sei Elsie gewesen, desto mehr schwor sie, daß es Deacon war. Mr. Edward hatte nämlich Deacon seinem Vater empfohlen –«

»So?«

»Nun, ja. Mr. Edward hat damals in London gearbeitet – ein tüchtiger junger Mann, erst dreiundzwanzig Jahre alt – und als er hörte, daß Sir Charles einen Butler suchte, hat er Deacon zu ihm geschickt.«

»Woher kannte er Deacon?«

»Eigentlich wußte er von ihm nur, daß er seine Arbeit gut machte und intelligent aussah. Deacon war Kellner in einem Club, dem Mr. Edward angehörte, und anscheinend hat er mal erwähnt, daß er gern in einen privaten Haushalt möchte, und dadurch ist Mr. Edward auf ihn gekommen. Und da er den Burschen nun empfohlen hatte, mußte er sich natürlich auch hinter ihn stellen. Ich weiß nicht, ob Sie Mr. Edward Thorpe kennen, Mylord, aber wenn ja, dann wissen Sie sicher auch, daß alles, was ihm gehört, vollkommen ist. Mr. Edward hat noch nie im Leben etwas falsch gemacht, o nein, *er* nicht – und folglich konnte er natürlich auch im Falle Deacon keinen Fehler gemacht haben.«

»Ach so ist das«, sagte Wimsey. »Doch, ich habe ihn kurz kennengelernt. Ein reinrassiger Esel. Ist manchmal ganz praktisch, so was. Kann man sich schnell angewöhnen. Jeden Morgen fünf Minuten vor dem Spiegel geübt, und Sie haben bald diesen leeren Blick, der allen Schurken, Detektiven und Regierungsbeamten so nützlich sein kann. Aber wir wollen uns nicht bei Onkel Edward aufhalten. Wenden wir uns wieder der Leiche zu. Denn schließlich, Blundell, selbst wenn es Cranton ist und er gekommen war, um die Smaragde zu suchen – wer hat ihn umgebracht und warum?«

»Nun ja«, antwortete der Polizist, »nehmen wir mal an, er hat die Smaragde wirklich gefunden, und jemand hat ihm eins über den Schädel gehauen und sie an sich genommen.

Was wäre daran so verkehrt?«

»Nur daß er nichts über den Schädel bekommen hat.«

»Das sagt Dr. Baines; aber woher wissen wir, ob er recht hat?«

»Das wissen wir nicht – aber irgendwie ist der Mann jedenfalls getötet worden. Warum ihn nun aber töten, wenn man ihn schon gefesselt hat und die Smaragde mitnehmen kann, ohne ihn umzubringen?«

»Damit er kein Geschrei machen kann. Moment! Ich weiß schon, was Sie sagen wollen – Sie meinen, Cranton würde sich gehütet haben, Krach zu schlagen. Das ist aber verkehrt. Er hatte ja seine Strafe für den Diebstahl schon abgesessen – noch einmal konnte er dafür nicht bestraft werden, und er hätte nur zu uns zu kommen und uns zu sagen brauchen, wo der Schmuck ist, das wäre für ihn sogar sehr von Vorteil gewesen. Sie verstehen, wie ich das meine? Er hätte die Unschuld vom Lande spielen und sagen können: ›Seht ihr, ich hab euch doch gleich gesagt, daß Deacon das Zeug hatte, und sowie ich konnte, bin ich nach Fenchurch gegangen, um es zu suchen, und ich hab's gefunden – und natürlich wollte ich es als braver Junge sofort zur Polizei bringen, aber dann ist dieser Tom, Dick oder Harry gekommen und hat's mir weggenommen. Und nun bin ich hier und erzähle euch das alles, und wenn ihr diesen Tom, Dick oder Harry in die Finger kriegt und den Schmuck wiederbekommt, vergeßt nicht, daß ich es war, der euch die Arbeit abgenommen hat.‹ Jawohl, genauso hätte er's gemacht, und das einzige, was wir ihm hätten vorwerfen können, wäre gewesen, daß er sich nicht gemeldet hat, und wenn er uns auf die Spur der Smaragde gebracht hätte, wäre er dafür sehr milde davongekommen, darauf können Sie Gift nehmen. Nein! – jeder, der die Smaragde haben wollte, hätte dafür sorgen müssen, daß Cranton nicht mehr reden konnte. Bis dahin ist alles klar. Nur *wer* es getan hat, das ist die Frage.«

»Aber woher sollte diese Person wissen, daß Cranton wußte, wo das Halsband war? Und woher wußte Cranton es überhaupt? Es sei denn, er hatte sie doch und hat sie irgendwo in Fenchurch versteckt, statt sie nach London zu bringen. Mir scheint, nach dieser Argumentation ist eben doch Cranton das schwarze Schaf.«

»Das stimmt. Woher wußte er Bescheid? Er kann den Hinweis nicht von irgend jemandem hier bekommen haben, sonst hätte dieser Jemand sich das Zeug selbst geholt und nicht auf ihn gewartet. Zeit dafür hätte er weiß Gott genug gehabt. Aber warum hätte Cranton den Schmuck nicht mitnehmen sollen?«

»Großalarm. Wollte nicht damit geschnappt werden. Vielleicht hat er ihn beim Wegfahren hier irgendwo deponiert, um ihn später zu holen. Man weiß ja nie. Aber je länger ich mir dieses Photo ansehe, desto sicherer bin ich, daß der Mann, dem ich begegnet bin, Cranton war. Die Beschreibung paßt auch – Augenfarbe und so weiter. Und wenn die Leiche nicht Cranton ist, wo ist dann Cranton geblieben?«

»Da haben wir's«, sagte Mr. Blundell. »Wie ich es sehe, können wir hier nicht viel tun, bevor wir nicht die Unterlagen aus London haben. Höchstens was die Beseitigung der Leiche angeht. Da müßte sich schon eine Spur finden lassen. Und was Sie über Miss Thorpes Bemerkung gesagt haben – das mit den Kränzen meine ich –, da könnte was dran sein. Wollen Sie sich mal mit Mrs. Gates unterhalten, oder soll ich? Ich glaube, Sie nehmen sich lieber Mr. Ashton vor. Sie haben einen prima Vorwand, ihn zu besuchen, aber wenn ich offiziell hinginge, könnte sich jemand gewarnt fühlen. Ärgerlich, daß der Friedhof so weit vom Dorf liegt. Nicht einmal vom Pfarrhaus ist er richtig einzusehen, wegen des Gesträuchs.«

»Darüber hat sich mit Sicherheit auch der Mörder Gedanken gemacht. Hadern Sie nicht mit Ihrem Broterwerb, Herr Polizeidirektor. Was nicht knifflig ist, macht auch keinen Spaß.«

»Spaß?« meinte der Polizeidirektor. »Wenn ich Sie wäre, vielleicht. Also, wie steht's mit der Gates?«

»Zu Mrs. Gates gehen besser Sie. Wo Miss Thorpe doch

morgen wegfährt, kann ich nicht gut hingehen, ohne naseweis zu erscheinen. Und Mr. Thorpe liebt mich nicht sehr. Ich wette, er hat die Parole ausgegeben: Keine Informationen. Aber Sie können mit allen Schrecken des Gesetzes drohen.«

»Da gibt's nicht viel zu drohen. Eine richterliche Verfügung, und damit hat sich's. Aber ich will's versuchen. Und dann hätten wir noch –«

»Ja, ich weiß. Will Thoday.«

»Ach ja!... aber wenn Miss Thorpe recht hat, ist er aus dem Schneider. Er hat von Silvester bis zum 14. Januar im Bett gelegen. Das weiß ich mit Bestimmtheit. Aber einer im Haus kann vielleicht etwas bemerkt haben. Wird trotzdem ein hartes Stück Arbeit sein, etwas aus ihnen herauszubringen. Sie haben einmal einen Vorgeschmack von einer Gerichtsverhandlung bekommen und werden schon zu Tode erschrecken, wenn sie mich nur sehen.«

»Machen Sie sich deswegen keine Gedanken. Noch mehr Angst, als sie schon haben, können Sie denen gar nicht machen. Lesen Sie ihnen nur mal die Totenliturgie vor und schauen Sie, was sie dabei für Gesichter machen.«

»Oho!« machte der Polizeidirektor. »Die Religion ist nicht ganz mein Fach, außer sonntags. Aber gut – den Teil übernehme ich. Vielleicht, wenn ich das vermaledeite Halsband gar nicht erwähne... aber das Ding schwirrt mir so im Kopf herum, daß ich schon Glück haben muß, wenn mir nichts davon herausrutschen soll.«

Womit bewiesen wäre, daß Polizeibeamte, wie alle andern Menschen, auch nur Sklaven ihres Unterbewußtseins sind.

Vierter Teil

Lord Peter macht einen Seitensprung und zieht an Mr. Blundell vorbei

Der »Seitensprung« ist ein Schritt entgegen dem normalen Lauf beim einfachen Jagen... Man sieht die eine Glocke abwechselnd mit einem Seitensprung der andern ausweichen und an ihr vorbeiziehen.

Troyte

»Also, Madam«, sagte Polizeidirektor Blundell.

»Nun, Herr Polizist?« entgegnete Mrs. Gates.

Man sagt (mit welcher Berechtigung, weiß ich nicht), der einfache Polizeibeamte empfinde die Anredeform »Herr Polizist« als höflicher denn »mein guter Mann« oder einfach »Wachtmeister«, während manche Leute, vor allem solche aus der Disraelischen Schule, ein unverdientes »Herr Sergeant« nie fehl am Platz finden. Wenn aber eine feine Dame mit grauem Glacékleid und grauen Glacéaugen zu einem ausgewachsenen Polizeidirektor in Zivil »Herr Polizist« sagt, klingt dies nicht eben schmeichelnd und ist auch nicht so gemeint. Unter diesen Umständen, dachte Mr. Blundell, hätte ich ebensogut einen uniformierten Inspektor schicken können und fertig.

»Wir wären Ihnen sehr verbunden, Madam«, sprach Mr. Blundell jedoch unbeirrt, »wenn Sie uns in dieser kleinen Angelegenheit freundlicherweise helfen könnten.«

»Kleine Angelegenheit?« meinte Mrs. Gates. »Seit wann sind Mord und Grabschändung für Leamholt ›kleine Angelegenheiten‹? Nachdem Sie in den letzten zwanzig Jahren weiter nichts zu tun hatten als am Markttag hin und wieder ein paar betrunkene Arbeiter in Gewahrsam zu nehmen, scheinen Sie dieser neuen Aufgabe doch erstaunlich wenig Gewicht beizumessen. Meiner Ansicht nach sollten Sie hier Scotland Yard einschalten. Aber seit Sie neuerdings von der Aristokratie hofiert werden, halten Sie sich wohl für kompetent, mit Verbrechen jeder Art fertig zu werden, wie?«

»Für die Einschaltung von Scotland Yard bin ich nicht zuständig, Madam. Das ist Sache des Polizeipräsidenten.«

»So?« machte Mrs. Gates, nicht im mindesten beeindruckt. »Warum nimmt dann der Polizeipräsident die Sache nicht selbst in die Hand? Ich hätte lieber mit ihm persönlich zu tun.«

Der Polizeidirektor erklärte geduldig, daß Zeugeneinvernahmen eigentlich nicht Aufgabe eines Polizeipräsidenten seien.

»Und wieso soll ich bitte eine Zeugin sein? Ich weiß nichts über diesen schändlichen Vorgang.«

»Gewiß nicht, Madam. Aber wir brauchen eine kleine Information, die das Grab der seligen Lady Thorpe betrifft, und dachten, eine Dame mit Ihrer Beobachtungsgabe könne uns da vielleicht behilflich sein.«

»In welcher Weise?«

»Nach den uns vorliegenden Informationen, Madam, ist die Schandtat wahrscheinlich sehr kurz nach Lady Thorpes Beerdigung begangen worden. Wie ich höre, haben Sie das Grab nach dem traurigen Ereignis des öfteren besucht –«

»So? Und wer sagt das?«

»Wir sind in diesem Sinne unterrichtet worden, Madam.«

»Mag ja sein. Aber von wem?«

»Solche Fragen stellen gewöhnlich wir, Madam«, sagte Mr. Blundell, dem ein dumpfes Gefühl sagte, daß es hier nicht angebracht sei, Hilary zu erwähnen. »Ich darf also annehmen, daß diese Information richtig ist?«

»Warum sollte sie nicht richtig sein? Es wird doch auch in

diesen Zeiten noch erlaubt sein, den Toten Ehre zu erweisen, oder?«

»Sehr richtig bemerkt, Madam. So, und können Sie uns nun sagen, ob Ihnen bei einem Ihrer Besuche vielleicht irgendwelche Veränderungen aufgefallen sind – Kränze verrückt, Erde umgegraben oder dergleichen?«

»Nein«, sagte Mrs. Gates. »Oder meinen Sie etwa das schändliche Betragen dieser ordinären Mrs. Coppins? Als Nonkonformistin hätte ihr eigentlich schon der Anstand verbieten müssen, überhaupt den Friedhof zu betreten. Aber auch noch dieser Kranz – so etwas Geschmackloses! Bitte, sie hätte ja einen schicken können, nachdem sie von Sir Charles' Familie so viele Wohltaten empfangen hatte, aber daß sie so etwas Großes und Protziges anschleppen mußte, war nun wirklich nicht nötig. Rosa Treibhauslilien im Januar waren jedenfalls völlig fehl am Platz. Für eine Person ihres Standes hätte ein Chrysanthemenstrauß als letzter Gruß mehr als genügt, da hätte sie nicht noch mit aller Macht auf sich aufmerksam machen müssen.«

»Ganz recht, Madam«, sagte der Polizeidirektor.

»Daß ich mich hier in abhängiger Stellung befinde«, fuhr Mrs. Gates fort, »heißt noch lange nicht, daß ich mir ein mindestens ebenso großes und teures Gebinde wie das ihre nicht hätte leisten können. Aber obwohl Sir Charles und seine Gemahlin und später auch Sir Henry und die selige Lady Thorpe stets die Güte hatten, mich mehr als Freundin des Hauses und nicht als Bedienstete zu betrachten, weiß ich doch, was meiner Stellung angemessen ist, und ich hätte es mir im Traum nicht einfallen lassen, es mit meinem bescheidenen Gruß in irgendeiner Weise der Familie gleichtun zu wollen.«

»Gewiß nicht, Madam«, pflichtete der Polizeidirektor ihr aus vollem Herzen bei.

»Ich weiß nicht, was Sie mit ›gewiß nicht‹ meinen«, entgegnete Mrs. Gates. »Die Familie selbst hätte bestimmt nichts einzuwenden gehabt, denn ich darf sagen, daß sie mich immer wie eine ihresgleichen behandelt hat, und wo ich hier schon dreißig Jahre den Haushalt führe, ist das ja auch nicht so verwunderlich.«

»Es ist ganz natürlich, Madam. Ich habe auch nur gemeint, daß eine Dame wie Sie gewiß ein gutes Beispiel für Sitte und Anstand setzen würde, nichts weiter. Meine Frau«, log Mr. Blundell mit fester Stimme und treuherzigem Blick, »meine Frau sagt immer zu unsern Töchtern, sie können sich in puncto damenhaftem Benehmen kein besseres Beispiel nehmen als Mrs. Gates vom Roten Haus in Fenchurch. Natürlich –« (da Mrs. Gates ein wenig düpiert dreinblickte) – »würde meine Frau unsere Betty und Ann nie mit *Ihnen* vergleichen wollen, Madam, wo die eine nur bei der Post arbeitet und die andere im Büro von Mr. Compline, aber es kann jungen Mädchen eben nicht schaden, ein wenig nach oben zu blicken, Madam, und meine Frau sagt immer, wenn sie sich ein Beispiel an Königin Mary nehmen oder – weil sie ja nicht viel Gelegenheit haben, sich am Benehmen Ihrer allergnädigsten Majestät auszurichten – eben an Mrs. Gates vom Roten Haus, werden sie bestimmt einmal ihren Eltern Ehre machen.«

Hier mußte Mr. Blundell – ein überzeugter Disraelianer – husten. Er fand, er habe die Situation recht gut gemeistert, obwohl er im Nachhinein zugeben mußte, daß »Auftreten« ein besserer Ausdruck gewesen wäre als »Benehmen«.

Mrs. Gates' Gesicht entkrampfte sich ein wenig, und der Polizeidirektor sah, daß er von nun an keine Schwierigkeiten mehr mit ihr haben würde. Er stellte sich schon vor, wie er zu Hause von diesem Gespräch berichten würde. Auch Lord Peter würde seinen Spaß daran haben. Seine Lordschaft war überhaupt ein netter Kerl, der einen kleinen Scherz zu würdigen wußte.

»Also, der Kranz, Madam«, soufflierte er.

»Das will ich Ihnen ja gerade erzählen. Es hat mich mit Abscheu erfüllt – jawohl, mit *Abscheu*, Herr Polizist –, als ich sehen mußte, daß diese Mrs. Coppins die *Unverfrorenheit* besessen hatte, meinen Kranz wegzunehmen und den ihren an seine Stelle zu legen. Es waren natürlich viele Kränze gekommen bei Lady Thorpes Beerdigung, ein paar wunderschöne darunter, und ich wäre ganz und gar einverstanden gewesen, wenn mein bescheidener Gruß auf dem Dach des Leichenwagens zu liegen gekommen wäre, wie die von den Leuten aus dem Dorf. Aber Miss Thorpe hat davon überhaupt nichts wissen wollen. Miss Thorpe ist immer sehr taktvoll.«

»Eine reizende junge Dame«, sagte Mr. Blundell.

»Sie ist eben eine Thorpe, und die Thorpes haben immer auf die Gefühle andrer Menschen Rücksicht genommen. Das ist wahrer Adel. Bei Emporkömmlingen findet man das nicht.«

»Sehr wahr, Madam«, sagte der Polizeidirektor mit solchem Ernst, daß ein aufmerksamer Zuhörer es fast als eine persönliche Anspielung hätte verstehen können.

»Mein Kranz ist also direkt auf den Sarg gekommen«, fuhr Mrs. Gates fort, »zu den Kränzen der Familie. Da lagen Miss Thorpes Kranz und natürlich Sir Henrys, und Mr. Edward Thorpes und Mrs. Wilbrahams und meiner. Es war gar nicht leicht, sie alle auf dem Sarg unterzubringen, und ich war durchaus bereit, meinen woandershin zu tun, aber Miss Thorpe hat nicht nachgegeben. So ist dann also Mrs. Wilbrahams Kranz ans Kopfende gekommen, Sir Henrys und Miss Thorpes und Mr. Edwards *auf* den Sarg und meiner ans Fußende – was praktisch dasselbe war, als wenn er *auf* dem Sarg gelegen hätte. Die Kränze des Gesindes und des Frauenseminars lagen auf der einen Seite, und der Kranz des Pfarrers und der von Lord Kenilworth auf der andern. Und alles übrige kam dann natürlich auf das Dach des Leichenwagens.«

»Ganz wie es sich gehört, Madam.«

»Und infolgedessen«, sagte Mrs. Gates, »hat Mr. Gotobed nach dem Begräbnis, als das Grab mit Erde gefüllt war, besonders darauf geachtet, daß die Kränze der Familie (zu denen ich meinen zähle) einen angemessenen Platz auf dem Grab fanden. Ich habe Johnson, dem Chauffeur, befohlen, dabeizubleiben – es war nämlich ein regnerischer Tag, und es wäre rücksichtslos gewesen, das einem der Mädchen zuzumuten –, und Johnson hat mir versichert, daß es so gemacht wurde. Ich kenne Johnson als ordentlich und gewissenhaft bei seiner Arbeit und bin überzeugt, daß er ein grundehrlicher Mensch ist, wie es dieser Leute Art ist. Er hat mir genau beschrieben, wo jeder Kranz hingelegt wurde, und ich zweifle nicht, daß er getan hat, was seine Pflicht war. Außerdem habe ich anderntags noch mit Gotobed gesprochen, und er hat mir dasselbe gesagt.«

»Das glaub ich gern«, dachte Mr. Blundell; »hätte ich an seiner Stelle auch getan. Bei dieser alten Hexe würde ich einen Mitmenschen nicht wissentlich in Mißkredit bringen.« Aber er machte nur eine leichte Verbeugung und sagte nichts.

»Sie können sich also mein Erstaunen vorstellen«, fuhr die Dame fort, »als ich andern Morgens nach dem Frühgottesdienst hinging, um nachzusehen, ob alles in Ordnung war, und Mrs. Coppins' Kranz auf einmal nicht mehr an der Seite lag, wo er hingehört hätte, sondern *auf* dem Grab, als ob sie jemand von Bedeutung wäre, und meiner lag an einer Stelle, wo ihn keiner sehen konnte, halb verdeckt sogar, so daß nicht einmal meine Karte zu sehen war. Ich war empört, wie Sie sich vorstellen können. Nicht daß es mir das mindeste ausgemacht hätte, wo mein kleines Angebinde lag, denn das hat ja nichts zu sagen, und es kommt nur auf die Absicht an. Aber ich habe mich furchtbar aufgeregt über die Unverschämtheit dieser Person – und nur, weil ich es einmal nötig gefunden habe, sie wegen des Benehmens ihrer Kinder auf dem Postamt zur Rede zu stellen. Daß ich von ihr nichts als Frechheiten zu hören bekommen habe, brauche ich wohl nicht zu erwähnen.«

»Das war also am 5. Januar?«

»Es war am Morgen nach der Beerdigung. Das war also Sonntag, der fünfte, wie Sie sagen. Ich habe der Frau nichts vorgeworfen, was ich nicht beweisen konnte. Ich hatte noch einmal mit Johnson gesprochen und mich auch bei Gotobed genauestens erkundigt, und beide wußten genau, wo die Kränze am Abend vorher noch gelegen hatten.«

»Wäre es nicht möglich, daß Schulkinder dort Unfug getrieben haben, Madam?«

»Denen würde ich alles zutrauen«, sagte Mrs. Gates. »Die sind so ungezogen, daß ich mich schon oft bei Miss Snoot über sie beschwert habe, aber in diesem Falle war die Kränkung zu gezielt. Sie war ganz offensichtlich und eindeutig gegen mich gerichtet, und zwar von dieser ordinären Person. Wieso sich eine kleine Bauersfrau so aufspielt, weiß ich nicht. Als ich noch jung war, da kannten die Leute im Dorf ihren Platz und haben sich daran gehalten.«

»Gewiß«, antwortete Mr. Blundell, »und damals waren wir alle viel glücklicher. Sie haben dann außer diesem einen Mal keine Veränderungen mehr festgestellt?«

»Ich würde meinen, das genügt doch«, erwiderte Mrs. Gates. »Von da an habe ich scharf aufgepaßt, und wenn mir so etwas noch einmal vorgekommen wäre, hätte ich mich bei der Polizei beschwert.«

»Ach ja«, sagte der Polizeidirektor im Aufstehen. »Sie sehen, jetzt ist der Fall doch noch bei uns gelandet. Ich werde mal ein Wörtchen mit Mrs. Coppins reden, Madam, und Sie dürfen sicher sein, daß so etwas nicht noch einmal vorkommt. Puh! Was für ein alter Drache!« (dies zu sich selbst, während er den nicht sonderlich gepflegten Weg zwischen den knospenden Kastanien hinunterging). »Am besten gehe ich gleich zu Mrs. Coppins.«

Mrs. Coppins war leicht zu finden. Sie war eine kleine, listig aussehende Frau mit hellem Haar und einem Blick, der Temperament verhieß.

»Aha«, sagte sie. »Mrs. Gates hat also die Frechheit besessen, zu sagen, ich wär's gewesen. Als wenn ich ihren dürren Kranz auch nur mit der Mistgabel angerührt hätte! Bildet sich ein, sie wär 'ne Dame. Dabei würde eine richtige Dame nicht zweimal darüber nachdenken, wo ihr Kranz liegt und wo nicht. Und wie sie mit mir redet – wie wenn ich Dreck wäre!

Warum sollten wir denn für Lady Thorpe nicht den schönsten Kranz kaufen, den wir uns leisten konnten? Ha, *sie* war eine Dame, eine richtige, und sie und Sir Henry sind so nett zu uns gewesen, als es uns schlecht ging, damals in dem Jahr, als wir den Hof übernommen haben. Nicht daß wir echte Schwierigkeiten gehabt hätten – mein Mann ist immer sehr vorsichtig. Aber es war eben eine Frage des Geldes im richtigen Augenblick, Sie verstehen, und damals hätten wir es uns eben nicht leisten können, wenn nicht Sir Henry gewesen wäre. Natürlich ist alles längst zurückgezahlt – mit Zinsen. Sir Henry hat gesagt, er will keine Zinsen, aber so was macht mein Mann nicht mit! Ja – am 5. Januar muß das gewesen sein – und ich weiß genau, daß von den Kindern keins etwas damit zu tun hatte, denn ich hab sie gefragt. Nicht daß meine Kinder so was überhaupt täten, aber Sie kennen ja Kinder. Und es stimmt schon, daß ihr Kranz da gelegen hat, wo sie sagt, daß er am Abend nach dem Begräbnis war, denn ich hab mit eigenen Augen gesehen, wie Harry Gotobed und der Chauffeur ihn dahin gelegt haben, und die werden Ihnen dasselbe sagen.«

Das taten sie mit vielen Worten, und damit blieben als letzte Möglichkeit nur noch die Schulkinder. Hier nun benötigte Mr. Blundell die Hilfe Miss Snoots. Zum Glück konnte Miss Snoot ihm nicht nur versichern, daß keinen ihrer Schützlinge eine Schuld träfe (»denn ich habe sie eingehend befragt, Herr Polizeidirektor, und sie haben mir alle versichert, daß sie es nicht gewesen waren, und der einzige, bei dem ich meine Zweifel haben könnte, ist Tommy West, aber der hatte um die Zeit einen Arm gebrochen, weil er von einem Zaun gefallen war«); sie konnte zudem eine unerwartete und wertvolle Angabe hinsichtlich der Zeit machen, zu der sich die Untat ereignet haben mußte.

»Wir hatten an dem Abend eine Chorprobe, und als sie vorbei war – das muß gegen halb acht gewesen sein –, hatte es ein bißchen zu regnen aufgehört, und da hab ich mir gedacht, ich sollte noch einen Blick auf den Ruheplatz der lieben Lady

Thorpe werfen; ich bin also mit meiner Taschenlampe hingegangen, und ich kann mich genau erinnern, daß Mrs. Coppins' Kranz neben dem Grab gelehnt hat, an der Seite zur Kirche hin – ich hab nämlich noch gedacht, was für ein schöner Kranz und wie schade, daß er so vom Regen ruiniert wird.«

Der Polizeidirektor war recht zufrieden. Er mochte nicht glauben, daß Mrs. Coppins oder jemand anders an einem dunklen, nassen Samstagabend auf den Friedhof gegangen war, um Mrs. Gates' Kranz zu verlegen. Viel eher war anzunehmen, daß die Beseitigung der Leiche den Anlaß zu diesem Frevel gegeben hatte, und damit war die Tatzeit eingegrenzt auf Samstag abend halb acht bis Sonntag morgen halb neun. Er bedankte sich sehr bei Miss Snoot und stellte bei einem Blick auf die Uhr fest, daß er gerade noch Zeit hatte, mal eben bei Thodays hineinzuschauen. Mary würde er mit Sicherheit zu Hause antreffen, und vielleicht erwischte er auch noch Will, wenn er zum Essen nach Hause kam. Sein Weg führte ihn am Friedhof vorbei. Er fuhr langsam, und als er einen Blick über die Friedhofsmauer warf, sah er Lord Peter Wimsey in nachdenklicher Haltung und offenbar meditierend zwischen den Grabsteinen sitzen.

»Guten Morgen!« rief der Polizeidirektor gutgelaunt. »Morgen, Mylord!«

»Ahoi!« rief Seine Lordschaft zurück. »Können Sie mal kurz herkommen? Sie sind genau der Mann, den ich brauchen kann.«

Mr. Blundell hielt seinen Wagen am Tor an, stieg ächzend (denn er wurde etwas rundlich) aus und ging den Weg hinauf.

Wimsey saß auf einem großen flachen Grabstein und hielt in den Händen so ziemlich das letzte, was der Polizeidirektor erwartet hätte, nämlich eine dicke Rolle Angelschnur, an der Seine Lordschaft soeben auf die merkwürdig unbeholfen wirkende, aber ordentliche und methodische Weise der Fischer ein Vorfach mit drei kräftigen Lachshaken befestigte.

»Hallo!« sagte Mr. Blundell. »Sie sind aber ein Optimist. Hier ist trübes Fischen, Mylord.«

»Sehr trübe«, sagte Wimsey. »Pst! Was meinen Sie, wo ich war, während Sie Mrs. Gates interviewt haben? Da war ich in der Garage und habe unsern Freund Johnson zum Diebstahl angestiftet. Aus Sir Henrys Arbeitszimmer. Aber pst! Kein Wort!«

»Sind etliche Jahre her, seit er zuletzt zum Angeln war, der Ärmste«, sagte Mr. Blundell mitfühlend.

»Aber sein Zeug hat er gut in Ordnung gehalten«, meinte Wimsey, indem er einen komplizierten Knoten knüpfte und unter Zuhilfenahme der Zähne festzog. »Sind Sie beschäftigt, oder haben Sie Zeit, sich etwas anzusehen?«

»Ich wollte zu den Thodays, aber das hat keine Eile. Übrigens habe ich auch ein paar Neuigkeiten.«

Wimsey ließ sich die Geschichte von den Kränzen erzählen.

»Hört sich ganz gut an«, meinte er. Dann kramte er aus seiner Tasche eine Handvoll Bleisenker hervor und befestigte ein paar am Vorfach.

»Was wollen Sie eigentlich damit fangen?« erkundigte sich Mr. Blundell. »Einen Wal?«

»Aale«, erwiderte Seine Lordschaft. Er wog die Leine in den Händen und befestigte feierlich noch ein Stück Blei daran.

Mr. Blundell, der mit irgendwelchen Zauberkunststückchen zu rechnen schien, sah ihm schweigend auf die Finger.

»So, das tut's«, sagte Wimsey, »falls Aale nicht tiefer schwimmen, als je ein Lot getaucht ist. Kommen Sie. Ich habe mir vom Herrn Pfarrer die Kirchenschlüssel ausgeborgt. Er hatte sie natürlich verlegt, aber am Ende sind sie zwischen den Sachen des Nähkränzchens wiederaufgetaucht.«

Er führte Blundell zu der Truhe unterm Turm und klappte den Deckel hoch.

»Ich habe ein bißchen mit unserm guten Mr. Godfrey geplaudert. Sehr angenehmer Mensch. Er hat mir erzählt, daß vorigen Dezember sämtliche Glockenseile erneuert worden sind. Ein paar waren ein bißchen brüchig geworden, und damit es beim Neujahrsläuten keine Panne gab, haben sie gleich alle ersetzt. Das hier sind die alten, die sie für alle Fälle aufbewahren. Schön zusammengerollt und verstaut. Dieses Mordsding hier gehört zur Tailor Paul. Nehmen Sie's vorsichtig heraus – fünfundzwanzig Meter Seil machen einen schönen Salat, wenn man sie einfach so auf die Welt losläßt. Batty Thomas. Dimity. Jubilee. John. Jericho. Sabaoth. Aber wo ist die kleine Gaude? Wo mag sie sein, wo mag sie bleiben? Das Filzchen kurz, das Seil so lang, wo kann sie denn nur sein? Nein, sonst ist in dem Kasten nichts mehr – nur noch die Ledermanschetten und ein paar Lumpen und Ölkännchen. Kein Seil für Gaude. *Gaudeamus igitur, juvenes dum sumus.* Das Geheimnis des verschwundenen Glockenseils. *Et responsum est ab omnibus: Non est inventus, -a, -um.*«

Der Polizeidirektor kratzte sich am Kopf und sah sich ratlos in der Kirche um.

»Nicht im Ofen«, sagte Wimsey. »War natürlich mein erster Gedanke. Wenn das Begräbnis am Samstag war, haben die Öfen natürlich gebrannt, aber für die Nacht hat man sie dann runterbrennen lassen, und es wäre peinlich geworden, wenn unser guter Mr. Gotobed am Sonntag morgen mit seinem kleinen Schürhaken etwas da herausgekratzt hätte, was nicht hingehörte. Wie er sagt, macht er sogar sonntags morgens als allererstes dieses obere Dingsda auf und sieht nach, ob der Rauchabzug frei ist. Dann schlägt er von oben die Schlacke los, holt unten die Asche raus und macht ein schönes Feuerchen für den Sonntag. Ich *glaube* nicht, daß er das Seil dort hat verschwinden lassen. Ich will's wenigstens nicht hoffen. Meiner Meinung nach hat der Mörder das Seil für den Abtransport der Leiche benutzt und es erst am Grab wieder entfernt. Darum die Lachshaken.«

»Im Brunnen?« fragte Mr. Blundell, dem ein Licht aufging.

»Im Brunnen«, antwortete Wimsey. »Gehen wir ein bißchen angeln, oder haben Sie was anderes vor?«

»Ich bin dabei; wir können's ja mal versuchen.«

»In der Sakristei ist eine Leiter«, sagte Wimsey. »Fassen Sie mal mit an. Hier geht's lang – zur Sakristei hinaus und – da wären wir. Auf geht's, Freunde, der Spaß kann beginnen. O Verzeihung! Hab ganz vergessen, daß wir auf geweihtem Boden stehen. Also – hoch mit dem Deckel! Kleinen Moment. Wir wollen den Wassergöttern einen halben Ziegelstein opfern. Platsch! – gar nicht mal so tief. Wenn wir die Leiter über den Brunnen legen, können wir schön gerade ziehen.«

Er legte sich bäuchlings auf die Leiter, nahm die Rolle in die linke Hand und ließ die Schnur vorsichtig über den Holmen hinuntergleiten, während der Polizeidirektor ihm mit seiner Taschenlampe leuchtete.

Kalt und feucht stieg die Luft von der Wasseroberfläche empor. Tief unten spiegelte ein lichter Kreis den blassen Himmel, und der Strahl der Taschenlampe begleitete den stetigen Weg der Angelschnur nach unten. Ein leichtes Kräuseln auf dem Spiegel zeigte an, daß die Haken das Wasser berührten.

Pause. Dann hörte man Wimsey mit surrender Spindel die Schnur einholen.

»Das Wasser ist tiefer, als ich dachte. Wo ist das Blei? So, versuchen wir's noch einmal.«

Neue Pause. Dann:

»Da hat was angebissen, Chef! Wetten wir, daß es ein alter Schuh ist? Für das Seil ist es nicht schwer genug. Macht nichts. Aufgepaßt, man kommt. Trara, die Post ist da! Verzeihung, schon wieder vergessen! Hallo-allo-allo, was ist denn das? Kein Schuh, aber nicht weit gefehlt. Ein Hut! Na, Chef – haben Sie wohl den Kopfumfang der Leiche gemessen? Sie haben? Gut! Dann brauchen wir sie nicht wieder auszubuddeln, um zu sehen, ob ihr der Hut paßt. Käscher bereit? Hab ihn! Weicher Filz, verträgt Wind und Wetter nicht so gut. Massenware. Londoner Fabrikat. Beweisstück Nummer eins. Legen Sie's zum Trocknen weg. Und wieder abwärts... Hoch damit. Noch so etwas Verrücktes. Heiliger Strohsack, was ist denn das? Sieht aus wie eine Wurst. Ist es aber nicht, ist es nicht! Eine Filzhandhabe. Die hat mir grade noch zu meinem Glück gefehlt. Gehört zur kleinen Gaude. Vorsichtig damit umgehen, nicht stürzen und nicht knicken! Wo der Filz ist, daß muß auch der Rest sein... Hoppsassa!... Ich hab's... Irgendwo hängt es fest... Nein, nicht so stark ziehen, sonst reißt der Haken aus. Immer mit Gefühl. Festhalten... Verdammt!... Verzeihung – *ent*-dammt! Wollte sagen, wie ärgerlich, jetzt ist es weg... Aber – *jetzt* hab ich's... War das die Leiter, was da so geknackt hat, oder mein Brustbein? Eklig scharfe Kanten an so einer Leiter... So, da haben wir unsern Aal! Da kommt er – ein ganzes Knäuel. Zupacken... Hurra!«

»Das ist aber nicht alles«, sagte der Polizeidirektor, nachdem sie den glitschigen Seilsalat über den Brunnenrand gehievt hatten.

»Läßt sich denken«, sagte Wimsey, »aber das ist eines von den Stücken, die er zum Fesseln benutzt hat. Er hat die Fessel nachher einfach durchgeschnitten und die Knoten dringelassen.«

»Ja. Lassen Sie die Knoten lieber in Ruhe, Mylord. Sie könnten uns verraten, wer sie geknüpft hat.«

»Sorg für die Knoten, dann sorgt die Schlinge für sich selbst. Recht haben Sie. Und wieder geht's abwärts.«

Nach einiger Zeit hatten sie das ganze Seil – soweit sie es beurteilen konnten – in fünf Stücken vor sich liegen, einschließlich Filzhandhabe.

»Arme und Beine separat gefesselt. Dann den Körper an irgend etwas festgebunden und das Ende abgeschnitten. Und den Filz hat er abgemacht, weil er ihm beim Knoten in die Quere kam. Hm!« machte Mr. Blundell. »Keine fachmännische Arbeit, aber sie hat ihren Zweck erfüllt, würde ich sagen. Nun, Mylord, da haben Sie eine sehr interessante Entdeckung gemacht. Aber – ein kleiner Tiefschlag ist es auch. Das wirft doch wieder ein ganz anderes Licht auf das Verbrechen, nicht?«

»Ganz recht, Chef. Nun, man muß den Dingen ins Gesicht sehen, sagte die Dame, als sie hinging und das ihre liften ließ. Hallo! Was zum –«

Ein Gesicht, wie körperlos über der Friedhofsmauer

schwebend, tauchte schnell unter, als Wimsey sich umdrehte, um gleich wieder hochzukommen.

»Zum Kuckuck, was willst du denn hier, Potty?« rief der Polizeidirektor.

»Ach, nichts«, antwortete Potty. »Gar nichts will ich. Wen wollen Sie damit aufhängen, Mister? Das ist ein Strick ist das. Da im Turm hängen acht Stück davon«, fügte er vertraulich hinzu. »Der Herr Pfarrer läßt mich nicht mehr rauf, weil es keiner wissen soll. Aber Potty Peake weiß. Eins, zwei, drei, vier, fünf, sechs, sieben, acht – alle aufgehängt, am Hals. Der größte ist Paul – Tailor Paul – müßten aber richtig neun sein – neun Tailors. Ich kann nämlich zählen; o ja, Potty kann zählen. Hab sie oft gezählt, mit den Fingern. Acht. Und eins ist neun. Und eins ist zehn – aber wie der heißt, das sag ich nicht. Nein! Der wartet auf die neun Tailors – eins, zwei, drei, vier –«

»Mensch, hau ab!« rief der Polizeidirektor außer sich. »Und laß dich nicht noch einmal hier von mir erwischen.«

»Wer wird aufgehängt? Paß auf – du sagst es mir, und ich sag es dir. Jetzt kommt der neunte, und das ist der Strick, da wird er dran aufgehängt, stimmt's, Mister? Neun Stück, und acht sind schon da. Potty weiß. Potty kann es sagen. Aber *er* kann nicht. Nein! Hört vielleicht einer zu.« Sein Gesicht bekam wieder den gewohnten leeren Ausdruck, und er tippte an seine Mütze.

»Tag, Sir. Tag, Mister. Muß die Schweine füttern gehen, das ist Pottys Arbeit. Ja, stimmt. Schweine brauchen Futter. Morgen, Sir; Morgen, Mister.«

Er latschte über die Felder davon, auf eine Gruppe einzeln stehender Stallungen zu.

»Da haben wir's«, sagte Mr. Blundell verärgert. »Jetzt geht er hin und erzählt überall von dem Seil. Er hat's nämlich mit dem Aufhängen, schon immer, seit er als Kind seine Mutter im Kuhstall hat hängen sehen. Das war drüben in Little Dykesey, vor ungefähr dreißig Jahren. Na ja, da kann man nichts machen. Ich lasse die Sachen jetzt aufs Revier bringen und gehe später zu Will Thoday. Seine Mittagspause ist jetzt sicher vorbei.«

»Meine auch«, sagte Wimsey, als die Uhr Viertel nach eins schlug. »Ich werde mich bei Mrs. Venables entschuldigen müssen.«

»Sie sehen, Mrs. Thoday«, sagte Polizeidirektor Blundell, »wenn einer uns in dieser unschönen Angelegenheit helfen kann, dann Sie.«

Mary Thoday schüttelte den Kopf.

»Ich tät's bestimmt, wenn ich könnte, Mr. Blundell, aber wie soll ich denn können? Leicht gesagt, daß ich die ganze Nacht aufgewesen bin wegen Will. Bin ich. Eine ganze Woche bin ich fast nicht aus den Kleidern gekommen, so schlimm war er dran, und in der Nacht, nachdem sie die arme Lady Thorpe begraben haben, da war's am schlimmsten. Da hat er nämlich noch eine Lungenentzündung dazubekommen, und wir haben wirklich nicht gewußt, ob wir ihn durchkriegen. Die Nacht vergesse ich so schnell nicht, und auch nicht den Tag. Dazusitzen und die Tailor Paul zu hören und zu denken, daß sie womöglich noch für Will läuten wird, ehe die Nacht um ist.«

»Na, na!« sagte ihr Mann verlegen und sprenkelte etwas zuviel Essig auf seinen Dosenlachs. »Das ist ja jetzt alles vorbei. Wozu noch dieses Gerede?«

»Natürlich«, sagte der Polizeidirektor. »Aber Sie haben nun mal eine ziemlich haarige Zeit hinter sich, Will, oder etwa nicht? Mit Delirium und allem, wette ich. Mit Lungenentzündung kenne ich mich aus, denn daran ist 1922 meine alte Schwiegermutter gestorben. Harte Arbeit auch für den Pfleger, so eine Lungenentzündung.«

»Allerdings«, gab Mrs. Thoday ihm recht. »Ganz schlimm war's mit ihm in dieser Nacht. Da hat er immer aus dem Bett gewollt und in die Kirche. Er hat gedacht, sie läuten den Zyklus ohne ihn, dabei hab ich ihm dauernd gesagt, daß sie den doch schon zu Neujahr geläutet haben. Alle Hände voll hatte ich mit ihm zu tun, und keine Hilfe da, nachdem Jim an dem Morgen weggefahren war. Jim war mir 'ne große Hilfe, solange er da war, aber er mußte ja wieder auf sein Schiff zurück. Er war schon geblieben, solange er konnte, aber schließlich ist er nicht sein eigener Herr.«

»Gewiß nicht«, sagte Mr. Blundell. »Er ist Maat auf einem Handelsschiff, nicht? Wie geht's ihm so? Haben Sie in letzter Zeit von ihm gehört?«

»Letzte Woche haben wir eine Postkarte aus Hongkong bekommen«, sagte Mary, »aber da stand nicht viel drauf. Nur daß es ihm gut geht und schöne Grüße an die Kinder. Er hat auf dieser Fahrt überhaupt bisher nur Postkarten geschrieben. Schrecklich viel zu tun muß er haben, denn sonst schreibt er immer so fleißig Briefe.«

»Wahrscheinlich sind sie ein bißchen knapp an Leuten«, sagte Will. »Und in seinem Gewerbe sind jetzt ungemütliche Zeiten. Frachten sind rar und schwer zu bekommen. Alles diese Depression, vermute ich.«

»Ja, natürlich. Wann erwarten Sie ihn zurück?«

»Vorerst noch lange nicht«, antwortete Will. Der Polizeidirektor sah ihn scharf an, denn er glaubte in seinem Tonfall so etwas wie Genugtuung gehört zu haben. »Ich meine, solange das Geschäft läuft. Sehen Sie, sein Schiff macht keinen geregelten Dienst. Es fährt immer der Fracht nach, wie sie das nennen. Bummelt in der Weltgeschichte herum, von Hafen zu Hafen, wo es gerade was zu laden gibt.«

»Ach so, klar. Wie heißt sein Schiff noch gleich?«

»Das ist die *Hannah Brown*. Sie gehört Lampson & Blake in Hull. Jim macht sich ganz gut, wie ich höre, und sie halten große Stücke auf ihn. Wenn Captain Woods mal was zustößt, geben sie Jim das Schiff. Nicht wahr, Will?«

»Das sagt er«, antwortete Thoday ausweichend. »Aber heutzutage verläßt man sich besser auf gar nichts.«

Der Eifer der Frau und das genaue Gegenspiel davon bei ihrem Mann waren so auffallend, daß Mr. Blundell sich seinen Reim darauf machte.

Jim hat offenbar für Ärger zwischen den beiden gesorgt, war sein unausgesprochener Kommentar. Das erklärt manches. Aber mir hilft es nicht viel weiter. Ich wechsle besser das Thema.

»Sie haben also nicht zufällig gesehen, ob sich in dieser Nacht etwas bei der Kirche abgespielt hat?« fragte er. »Keine hin und her wandernden Lichter oder dergleichen?«

»Ich bin die ganze Nacht nicht von Wills Bett gewichen«, antwortete Mrs. Thoday mit einem zögernden Blick zu ihrem Mann. »Sehen Sie, er war doch so krank, und wenn ich auch nur eine Minute fortgegangen wäre, hätte er sofort die Decke abgeworfen und versucht, aufzustehen. Wenn ihm nicht gerade die Läuterei im Kopf herumspukte, dann diese alte Geschichte – Sie wissen schon.«

»Die Wilbraham-Affäre?«

»Ja. Er war ganz durcheinander und hat sich eingebildet, der – das – dieser gräßliche Prozeß ist wieder im Gange und er muß mir beistehen.«

»Jetzt *reicht's* aber!« rief Thoday plötzlich und stieß seinen Teller so heftig fort, daß Messer und Gabel klappernd vom Teller auf den Tisch sprangen. »Du sollst dich nicht immer so mit dieser alten Sache herumquälen. Das ist alles tot und begraben. Wenn ich mal nicht alle Sinne beieinander habe und die Geschichte dann wieder hochkommt, kann ich ja nichts dafür. Aber ich wäre weiß Gott der letzte, der dich daran erinnern würde, wenn ich was dafür könnte. Das müßtest du langsam wissen.«

»Ich mache dir ja keinen Vorwurf, Will.«

»Und ich will in meinem Haus nichts mehr davon hören. Was wollen Sie eigentlich, daß Sie herkommen und meine Frau damit aufregen, Mr. Blundell? Sie hat Ihnen gesagt, daß sie nichts über den Mann weiß, der da im Grab lag, und mehr ist nicht zu holen. Was ich gesagt oder getan habe, als ich krank war, ist ja nun wirklich nicht wichtig.«

»In der Tat nicht«, räumte der Polizeidirektor ein, »und ich bedaure, daß so eine Andeutung überhaupt gefallen ist, wirklich. So, dann will ich Sie jetzt nicht länger aufhalten. Sie können mir nicht helfen, und damit hat sich's. Ich will nicht sagen, daß dies keine Enttäuschung wäre, aber die Arbeit der Polizei besteht aus lauter Enttäuschungen; da muß man die Dinge nehmen, wie sie kommen. Jetzt bin ich aber weg, damit die Kleinen noch zu ihrem Tee kommen. Übrigens, was ist aus Ihrem Papagei geworden?«

»Wir haben ihn ins andere Zimmer gestellt«, sagte Will mit finsterer Miene. »Der schreit ja neuerdings herum, daß einem der Schädel platzt.«

»Das ist der Nachteil bei diesen Vögeln«, sagte Mr. Blundell. »Aber ein guter Sprecher ist er. Einen bessern hab ich noch nie gehört.«

Er wünschte ihnen einen schönen Abend und ging. Die beiden kleinen Thodays, die man während des Gesprächs über Mord und Totschlag und andere, für Kleinmädchenohren ungeeignete Dinge in den Holzschuppen verbannt hatte, kamen herbeigeeilt, um ihm das Tor zu öffnen.

»Guten Abend, Rosie«, sagte Mr. Blundell, der nie einen Namen vergaß, »guten Abend, Evvie. Seid ihr auch schön brav in der Schule?«

Doch da in diesem Augenblick Mrs. Thodays Stimme sie zum Tee hereinrief, bekam der Polizeidirektor auf seine Frage nur eine knappe Antwort.

Mr. Ashton war ein Bauer alter Schule. Er mochte an die fünfzig Jahre alt sein, vielleicht auch sechzig oder siebzig – es war schwer zu sagen. Er sprach abgehackt mit bellender Stimme und hielt sich so aufrecht, daß er, wenn er einen Stock verschluckt hätte, davon höchstens krummer hätte werden können. Nach einem prüfenden Blick auf seine Hände mit den knorrigen, knotigen Gelenken schloß Wimsey jedoch, daß seine gerade Haltung wohl weniger den aufrechten Charakter widerspiegelte als vielmehr die Folge einer chronischen Arthritis war. Seine Frau war beträchtlich jünger als er und das gerade Gegenteil von ihm: sie pummelig, er dürr; sie springlebendig, er gesetzt; sie fröhlich, er dagegen ernst; sie redselig, er ausgesprochen wortkarg. Beide hießen Seine Lordschaft aufs herzlichste willkommen und boten ihm ein Glas selbstgemachten Schlüsselblumenwein an.

»Den machen heute nicht mehr viele«, sagte Mrs. Ashton. »Aber er ist nach einem Rezept von meiner Mutter, und ich sage, solange es Schlüsselblumen gibt, mache ich meinen Wein daraus. Ich halte nicht viel von dem widerlichen Zeug, das man im Laden kriegt. Davon bekommt man nur Krämpfe und Blähungen.«

Mr. Ashton ließ ein zustimmendes Blaffen ertönen.

»Da muß ich Ihnen ganz und gar recht geben, Mrs. Ashton«, sagte Seine Lordschaft. »Dieser Wein ist ausgezeichnet.« Und das war er wirklich. »Schon wieder etwas, wofür ich Ihnen danken muß.« Und er brachte seine Dankbarkeit für die Rettung seines Wagens im letzten Januar zum Ausdruck.

»Gern geschehen«, sagte Mr. Ashton knapp.

»Aber sooft ich den Namen Ashton höre, ist es immer in Verbindung mit irgendeiner guten Tat«, fuhr Seine Lordschaft fort. »Sie waren doch auch der barmherzige Samariter, der den armen Will Thoday von Walbeach mit zurückgebracht hat, damals, als er krank wurde.«

»Tja«, antwortete Mr. Ashton. »Ein Glück, daß wir ihn getroffen haben. Tja! Schlimmes Wetter für einen kranken Mann. Gefährliche Sache, diese Grippe.«

»Schrecklich!« sagte seine Frau. »Der arme Mann – richtig getorkelt ist er, als er aus der Bank kam. Ich hab zu meinem Mann gesagt: ›Der arme Will sieht aber wirklich schlecht aus! Der kann bestimmt nicht mehr nach Hause fahren.‹ Und prompt, kaum sind wir eine gute Meile aus der Stadt heraus, da sehen wir seinen Wagen neben der Straße stehen, und er sitzt völlig hilflos drin. Ein reines Glück, daß er nicht in den Graben gefahren ist und sich erschlagen hat. Und das mit dem vielen Geld bei sich. Ach du meine Güte! Was das für ein Verlust gewesen wäre! Ganz hilflos und durcheinander war er und hat immerzu die Scheine gezählt und in die Gegend fallen lassen. ›Paß mal auf, Will‹, hab ich zu ihm gesagt, ›du steckst jetzt das Geld wieder schön in die Tasche und verhältst dich still, dann fahren wir dich nach Hause. Und um den Wagen brauchst du dich nicht zu sorgen‹, sag ich, ›denn wir halten unterwegs bei Turner an und sagen ihm, er soll ihn mitbringen, wenn er demnächst wieder nach Fenchurch kommt. Das macht er gern, und zurückfahren kann er ja mit dem Bus.‹ Er hat auf mich gehört, und dann haben wir ihn in unsern Wagen gepackt und nach Hause gebracht. Und eine schlimme Zeit hat er gehabt, meine Güte! Zwei Wochen hintereinander haben wir in der Kirche für ihn gebetet.«

»Tja«, sagte Mr. Ashton.

»Was der bei dem Wetter überhaupt da wollte, kann ich mir nicht denken«, fuhr Mrs. Ashton fort, »denn Markttag war nicht, und wir waren selbst ja auch nur da, weil mein Mann wegen der Giddings-Pacht mit dem Anwalt sprechen wollte, und wenn Will irgendwas hätte erledigt haben wollen, das hätten wir doch gern für ihn getan. Selbst wenn es was mit der Bank war, das hätte er uns ruhig zutrauen können, meine ich. Es ist ja nicht so, daß mein Mann nicht mit zweihundert Pfund umgehen könnte, oder mit zweitausend, wenn's sein muß. Aber Will Thoday hat seine Geschäfte schon immer schön für sich behalten.«

»Hör mal, Frau«, sagte Mr. Ashton. »Er hat vielleicht was für Sir Henry erledigt. Ist doch ganz recht, wenn einer nicht redet über Geschäfte, die genaugenommen nicht seine sind.«

»Und seit wann, Mr. Ashton«, verlangte seine Frau zu wissen, »hat Sir Henrys Familie ihr Geld bei der *London and East Anglia*? Reden wir mal gar nicht davon, daß Sir Henry viel zu rücksichtsvoll gewesen wäre, um einen kranken Mann im Schneesturm loszuschicken und Besorgungen für ihn machen zu lassen. Ich hab dir gleich gesagt, ich glaube nicht, daß die zweihundert Pfund was mit Sir Henry zu tun haben, und du wirst demnächst noch begreifen, daß ich recht hatte, wie immer. Oder hab ich das etwa nicht?«

»Ach!« sagte Mr. Ashton. »Du redest viel, Maria, da muß ja ab und zu was stimmen. Wär ja sonst schon sehr komisch. Tja! Aber Wills Geld geht dich überhaupt nichts an. Das ist seine Sache.«

»Stimmt auch wieder«, gab Mrs. Ashton liebenswürdig zu. »Ich lasse meine Zunge manchmal ein bißchen durchgehen, das ist schon wahr. Eure Lordschaft müssen mich entschuldigen.«

»Aber weswegen denn?« sagte Wimsey. »Das ist so eine stille Gegend hier, wenn man da nicht über seine Nachbarn redet, worüber denn sonst? Und die Thodays sind ja nun Ihre nächsten Nachbarn, oder? Das ist ihr Glück. Ich möchte wetten, als Will krank dalag, haben Sie doch sicher kräftig mitgeholfen, ihn gesund zu pflegen, nicht wahr, Mrs. Ashton?«

»Hätte gern mehr getan«, sagte Mrs. Ashton. »Aber meine Tochter war um die Zeit auch krank – das halbe Dorf hat ja auf der Nase gelegen, was das angeht. Ich bin natürlich ab und zu hingelaufen – gehört sich ja so –, und unser Mädchen hat Mary beim Kochen geholfen. Aber wenn man zum Teil die halbe Nacht aufbleiben muß –«

Das gab Wimsey die ersehnte Gelegenheit. Mit ein paar taktvollen Fragen lenkte er die Unterhaltung auf die Sache mit den Lichtern auf dem Friedhof.

»Na also!« rief Mrs. Ashton. »Ich hab mir immer gedacht, daß doch was an der Geschichte dran sein könnte, die Rosie Thoday unserer Polly erzählt hat. Aber Kinder haben ja so viel Phantasie, da weiß man nie.«

»Ach, was war denn das für eine Geschichte?«

»Dummes Zeug, dummes Zeug«, sagte Mr. Ashton. »Von Gespenstern und was weiß ich.«

»Das ist *natürlich* dummes Zeug«, hielt die Frau ihm entgegen, »aber du weiß ganz genau, Luke Ashton, daß die Kleine auch die Wahrheit gesagt haben könnte, Gespenster hin, Gespenster her. Sehen Sie, Eure Lordschaft, das war so. Meine Tochter Polly – sie ist jetzt sechzehn und geht nächsten Herbst in Stellung, denn die Leute können sagen, was sie wollen und sich noch so anstellen, ich bleib dabei, daß nichts über eine gute Stellung geht, um ein Mädchen zu einer guten Ehefrau zu machen, und das hab ich auch letzte Woche erst zu Mrs. Wallace gesagt. Davon, daß man den ganzen Tag hinter dem Ladentisch steht und Bänder und Badeanzüge verkauft (was man so Badeanzüge nennt, ohne Beine und ohne Rücken und vorn auch so gut wie nichts), lernt man nicht, eine schmackhafte Kartoffel zu kochen, mal gar nicht zu reden von den Plattfüßen und Krampfadern. Und dagegen«, fügte Mrs. Ashton triumphierend hinzu, »konnte sie nicht gut was sagen, wo sie es doch selbst so schlimm an den Beinen hat.«

Lord Peter drückte seine herzliche Anerkennung für Mrs. Ashtons Standpunkt aus und ließ durchblicken, daß sie eigentlich erzählen wollte, was Polly –

»Ach ja, natürlich. Mir geht wirklich immer das Mundwerk durch, das stimmt, aber Polly ist ein liebes Mädchen, das darf ich ruhig sagen, und Rosie Thoday ist immer so ein bißchen Pollys Hätschelkind gewesen, schon seit sie noch ein Baby war und Polly erst sieben. Na ja, also, das ist jetzt schon eine gute Weile her – wann war das eigentlich, Luke? Ende Januar vielleicht, oder so ungefähr – jedenfalls war's um sechs Uhr schon ziemlich dunkel, es kann also nicht viel später gewesen sein – also, sagen wir Ende Januar – da kommt Polly dazu, wie Rosie und Evvie bei sich vorm Haus unter der Hecke sitzen und heulen. ›Was ist denn los, Rosie?‹ fragt Polly, und Rosie sagt, nichts ist, denn jetzt ist ja Polly da, und ob sie mit ihnen zum Pfarrhaus gehen kann, weil ihr Daddy dem Herrn Pfarrer was zu bestellen hat. Natürlich hat Polly das gern getan, aber sie hat nicht gewußt, warum sie so geheult haben, und nach einer Weile – Sie wissen ja, wie schwer man Kinder dazu bringt, einem zu sagen, wovor sie Angst haben – nach einer Weile kommt's also raus, daß sie Angst haben, im Dunkeln allein am Friedhof vorbeizugehen. Na ja, und Polly, lieb wie sie ist, sagt ihnen, sie haben keinen Grund, sich zu fürchten, denn die Toten sind beim Heiland und haben gar nicht die Macht, aus ihren Gräbern zu kommen und einem was zu tun. Aber Rosie hat sich von alledem nicht beruhigen lassen, und am Ende hat Polly rausgekriegt, daß sie den Geist von Lady Thorpe gesehen haben will, wie er über dem Grab herumgeflogen ist. Und anscheinend war das in der Nacht nach dem Begräbnis, als sie das gesehen haben will.«

»O je«, sagte Wimsey. »Und was will sie denn nun genau gesehen haben?«

»Nur ein Licht, soweit Polly es aus ihr rausbringen konnte. Das war eine von den Nächten, als Will Thoday so schlimm dalag, und Rosie ist wahrscheinnlich aufgewesen und hat ihrer Mutter geholfen – sie ist nämlich ein gutes und anstelliges Kind, die Rosie – und wie sie aus dem Fenster guckt, sieht sie da, wo das Grab sein muß, ein Licht hochsteigen.«

»Hat sie das ihren Eltern gesagt?«

»Damals jedenfalls nicht. Sie hat es nicht sagen wollen, und ich kann mich noch gut erinnern, daß ich als Kind genauso war, nur war's bei mir irgend so was Komisches, das immer in der Waschküche gestöhnt hat, und ich hab gedacht, das ist ein Bär – aber eher wär ich gestorben, als daß ich es einem erzählt hätte. Und so war es auch mit Rosie, aber an dem Abend, da hat ihr Vater sie mit einer Nachricht zum Pfarrhaus geschickt, und sie hat alles versucht, um es nicht machen zu müssen, und zum Schluß ist er wütend geworden und hat gedroht, daß er ihr was draufgibt. Hat er natürlich nicht ernst gemeint, das glaub ich nicht«, sagte Mrs. Ashton, »denn er ist in der Regel eine Seele von Mann, aber da hatte er gerade die Krankheit hinter sich und war wohl noch ein bißchen grantig, wie Kranke nun mal sind. Und da hat sich Rosie ein Herz gefaßt und ihm erzählt, was sie gesehen hat. Aber das hat ihn dann nur noch wütender gemacht, und er hat gesagt, sie soll gefälligst gehen und basta, und daß sie ihm nur ja nie wieder was von Gespenstern und so erzählt! Wenn Mary dagewesen wäre, sie wär bestimmt selbst gegangen, aber sie war ja noch fort, um die Medizin von Dr. Baines zu holen, und der Bus kommt doch erst um halb acht hier an, aber Will wollte was ganz Bestimmtes im Pfarrhaus ausrichten lassen, ich weiß bloß nicht mehr, was es war. Da hat dann Polly zu Rosie gesagt, es kann gar nicht der Geist von Lady Thorpe gewesen sein, denn der hat die ewige Ruhe, und selbst wenn es Lady Thorpe gewesen wäre, die würde doch keiner Menschenseele was zuleide tun; und dann hat sie gesagt, daß Rosie sicher Harry Gotobeds Laterne gesehen hat. Aber die kann es nun eigentlich nicht gewesen sein, denn wie das Kind es erzählt hat, muß sie das Licht nach ein Uhr morgens gesehen haben. Ach du meine Güte! Wenn ich ja damals gewußt hätte, was ich jetzt weiß, hätte ich besser aufgepaßt, das kann ich Ihnen sagen.«

Polizeidirektor Blundell war nicht sonderlich erfreut, als ihm diese Unterhaltung zugetragen wurde.

»Thoday und seine Frau sollten sich vorsehen«, meinte er.

»Aber sie haben Ihnen die reine Wahrheit gesagt«, antwortete Wimsey.

»Ach!« sagte Mr. Blundell. »Ich halte nichts von Zeugen, die es mit der reinen Wahrheit so genau nehmen. Mal kommen sie damit durch, mal nicht, und wie stehen Sie dann da? Ich hab natürlich auch daran gedacht, mit Rosie zu sprechen, aber dann hat ihre Mutter sie schnell ins Haus gerufen – kein Wunder! Außerdem kann ich das irgendwie nicht leiden – Kinder nach ihren Eltern auszufragen. Ich kann mir nicht helfen, ich muß da immer an meine Betty und Ann denken.«

Und wenn dies nun auch nicht ganz die reine Wahrheit war, so steckte doch ein gut Teil Wahrheit darin, denn Mr. Blundell war ein herzensguter Mensch.

Fünfter Teil

Tailor Paul wird mit einem Einzel nach vorn gerufen

Heute hat man den Kanal schlimm vernachlässigt. Seit China Republik ist, hat unsere Familie jedes Jahr Berichte zur Hauptstadt geschickt, daß in unserer Nachbarschaft die Kanäle verschlammt und die Deiche brüchig geworden sind. Mein Gatte und Mai-das Vater haben gerade mit dem Präsidenten gesprochen. Sie wurden höflich empfangen, aber sie haben das Empfinden, daß nichts unternommen wird.

Nora Waln: SÜSSE FRUCHT, BITTRE FRUCHT CHINA

Lord Peter Wimsey saß im Schulzimmer des Pfarrhauses und brütete über einer Garnitur Unterwäsche. Das Schulzimmer war in Wirklichkeit seit schon fast zwanzig Jahren kein Schulzimmer mehr. Seinen Namen hatte es noch aus der Zeit, bevor des Pfarrers Töchter das Haus verließen und auf ein richtiges Internat gingen. Jetzt diente es pfarrgemeindlichen Zwecken, aber es haftete ihm noch ein Hauch von längst entschwundenen Gouvernanten an, Gouvernanten mit steifen Korsetts und hochgeschlossenen Kleidern mit Glockenärmeln, die ihr Haar à la Pompadour trugen. Auf einem Regal an der Wand standen noch die zerblätterten Lehrbücher, angefangen von *Little Arthur's England* über *Hall & Knight's Algebra* bis zu einem verblaßten Europa-Atlas. Dieser Raum stand Wimsey zur freien Verfügung, »außer«, wie Mrs. Venables ihm erklärte, »an den Abenden, wenn das Nähkränzchen zusammenkommt, da müssen wir Sie leider ausquartieren.«

Unterhemd und -hose lagen auf dem Tisch ausgebreitet, ganz als ob das Nähkränzchen beim Auseinandergehen allerlei Reste liegengelassen hätte. Die Sachen waren gewaschen worden, aber sie hatten noch leichte Verfärbungen gleich Schatten der Verderbnis an sich, und da und dort war das Gewebe durchgefault, denn solches ist das Los irdischer Dinge, wenn sich das Grab ihrer bemächtigt. Durchs offene Fenster wehte der Begräbnisgeruch der Jonquillen herein.

Wimsey pfiff leise vor sich hin, während er die säuberlich und mit sparsamer Sorgfalt geflickten Kleidungsstücke untersuchte. Daß Cranton, den man zuletzt im September in London gesehen hatte, eine so zerschlissene und doch sorgsam geflickte Garnitur französischer Unterwäsche besitzen sollte, gab ihm ein Rätsel auf. Sein Hemd und die äußeren Kleidungsstücke – jetzt ebenfalls gesäubert und zusammengefaltet – lagen in greifbarer Nähe auf einem Stuhl. Auch sie waren abgetragen, aber englisch. Wie kam Cranton dazu, französische Unterwäsche aus zweiter Hand zu tragen?

Wimsey wußte, daß es hoffnungslos war, den Weg dieser Sachen über den Hersteller zu verfolgen. Garnituren dieser Marke und Qualität wurden in Paris und sämtlichen Provinzen zu Hunderttausenden verkauft. Sie lagen meist als Sonderangebote auf einem Wühltisch vor den Weißwarengeschäften und wurden von sparsamen Hausfrauen im Vorübergehen mitgenommen. Ein Wäschezeichen war nicht darin; sicherlich hatte das Waschen die Hausfrau persönlich oder die *bonne à tout faire* – das Mädchen für alles – besorgt. Löcher da und dort waren sauber gestopft worden; unter den Armen waren Flicken von einem anderen Stoff eingenäht und die langen Ärmel an den Enden, wo sie ausgefranst gewesen waren, neu umsäumt worden; an der Hose waren Knöpfe erneuert. Warum auch nicht? Der Mensch muß sparen, wo er kann. Aber es waren eben keine Kleidungsstücke, die einer sich so, wie sie waren, kaufen würde, nicht einmal beim Trödler. Und es hätte schon eines sehr aktiven Mannes bedurft, sie in ganzen vier Monaten in einen derart altersschwachen Zustand zu versetzen.

Lord Peter fuhr sich mit den Fingern durch das Haar, bis

die glänzenden blonden Locken aufrecht standen. »Ach du meine Güte!« dachte Mrs. Venables, die durchs Fenster zu ihm hereinsah. Sie empfand für ihren Gast eine warme, mütterliche Zuneigung. »Möchten Sie ein Glas Milch oder einen Whisky-Soda, oder eine Tasse Bouillon?« erkundigte sie sich gastfreundlich. Wimsey lachte, lehnte aber dankend ab.

»Hoffentlich holen Sie sich nichts von diesen schrecklichen alten Sachen«, sagte Mrs. Venables. »Gesund können die ja nicht gerade sein.«

»Na, mehr als Gehirnentzündung kann ich mir davon nicht holen«, meinte Wimsey. »Ich meine –« als er Mrs. Venables besorgten Blick sah –, »ich weiß mit dieser Unterwäsche nichts Rechtes anzufangen. Vielleicht haben Sie eine Idee.« Mrs. Venables kam herein, und er erklärte ihr, worin das Problem bestand.

»Das weiß ich nun aber wirklich nicht«, sagte Mrs. Venables, nachdem sie flink die vor ihr ausgebreiteten Stücke begutachtet hatte. »Leider bin ich kein Sherlock Holmes. Ich würde aber meinen, der Mann muß eine gute, fleißige Frau gehabt haben; mehr kann ich nicht sagen.«

»Ja, aber das erklärt noch nicht, warum er sich diese Sachen in Frankreich besorgt haben soll. Alles andere ist obendrein englisch. Bis auf das Zehncentimestück natürlich, aber die findet man in diesem Lande recht häufig.«

Mrs. Venables, die im Garten gearbeitet hatte und ziemlich erhitzt war, setzte sich, um sich diese Frage durch den Kopf gehen zu lassen.

»Das einzige, was ich mir vorstellen kann«, sagte sie, »ist, daß er sich die englischen Sachen zur Tarnung zugelegt hat – Sie haben doch gesagt, daß er verkleidet hierhergekommen ist, nicht wahr? Da aber sein Unterzeug niemand zu sehen bekommen würde, hat er sich nicht die Mühe gemacht, es ebenfalls zu wechseln.«

»Das würde aber heißen, daß er aus Frankreich kam.«

»Vielleicht. Vielleicht ist er Franzose. Die tragen doch oft Bärte, nicht?«

»Ja; aber der Mann, den ich getroffen habe, war kein Franzose.«

»Sie wissen ja nicht, ob es der Mann ist, den Sie getroffen haben. Es kann ein völlig anderer sein.«

»Schon, er *kann*«, meinte Wimsey skeptisch.

»Er hatte nicht noch andere Sachen zum Anziehen bei sich?«

»Nein, gar nichts. Er war nur ein Arbeitsloser auf Wanderschaft. Das hat er zumindest gesagt. Alles, was er bei sich hatte, war ein alter englischer Regenmantel, den er wieder mitgenommen hat, und eine Zahnbürste. Die hat er dagelassen. Ob uns das etwas sagen kann? Können wir daraus schließen, daß er ermordet worden sein muß, weil er seine Zahnbürste sicher mitgenommen hätte, wenn er einfach gegangen wäre? Wenn er aber die Leiche ist, wo ist dann der Mantel geblieben? Bei der Leiche war nämlich kein Mantel.«

»Keine Ahnung«, antwortete Mrs. Venables. »Und dabei fällt mir ein – wenn Sie nach hinten in den Garten gehen, seien Sie vorsichtig. Die Krähen bauen gerade ihre Nester und machen solche Schweinerei. Ich an Ihrer Stelle würde einen Hut aufsetzen. Oder in der Laube steht immer ein alter Schirm herum. Hat er seinen Hut auch dagelassen?«

»In gewisser Weise ja«, sagte Wimsey. »Den haben wir gefunden, und zwar an einem etwas seltsamen Ort. Aber das hilft uns nicht viel weiter.«

»Ach, was ist das doch alles so schwierig!« rief Mrs. Venables. »An diesen Problemen zerbrechen Sie sich noch einmal buchstäblich den Kopf. Sie dürfen sich nicht überanstrengen. Und der Fleischer sagt, er hat heute sehr gute Kalbsleber, aber ich weiß nicht, ob Sie Leber mögen. Theodore ißt sehr gern Leber mit Speck gebraten, aber ich finde das immer ein bißchen mächtig. Und was ich noch sagen wollte, es ist ja wirklich reizend von Ihrem Diener, daß er uns das Silber und Messing so schön putzt, aber er sollte sich wirklich nicht die Arbeit machen. Ich bin's gewöhnt, Emily dabei zu helfen. Hoffentlich ist es ihm hier nur nicht zu langweilig. Ich höre, er macht sich ganz hervorragend in der Küche und kann wundervoll Revuesänger nachmachen. Doppelt so schön wie im Film, sagt die Köchin.«

»So, kann er?« meinte Wimsey. »Hatte keine Ahnung. Aber was ich über Bunter alles nicht weiß, würde ein Buch füllen.«

Mrs. Venables machte sich geschäftig davon, aber was sie gesagt hatte, beschäftigte Wimsey weiter. Er schob die Unterwäsche beiseite, stopfte sich eine Pfeife und spazierte den Garten hinunter, gefolgt von Mrs. Venables mit einem uralten, krähenfesten Schlapphut, der dem Pfarrer gehörte. Der Hut war ihm ein ganzes Stück zu klein, und daß er ihn dennoch unverzüglich und unter Dankesbeteuerungen aufsetzte, mag sein gutes Herz verraten, das man entgegen dem Dichterwort ja doch recht oft mit blauem Blut im Bunde sieht; für Bunter war es allerdings ein schwerer Schlag, als plötzlich sein Herr und Meister in diesem malerischen Kopfputz vor ihm stand und ihm befahl, den Wagen zu holen und ihn auf einer kleinen Autofahrt zu begleiten.

»Sehr wohl, Mylord«, sagte Bunter. »Ehemm! Es weht ein frischer Wind, Mylord.«

»Um so besser.«

»Gewiß, Mylord. Aber wenn ich mir die Bemerkung erlauben darf, die Tweedmütze oder der graue Filz würden den klimatischen Bedingungen vielleicht eher entsprechen.«

»Wie? Ach so! Sie haben wahrscheinlich recht, Bunter. Bitte bringen Sie diese ehrenwerte Kopfbedeckung wieder an seinen angestammten Platz, und wenn Sie Mrs. Venables sehen sollten, sagen Sie ihr einen schönen Gruß von mir, und der Hut habe mir unschätzbare Beschützerdienste geleistet. Und, Bunter, ich vertraue darauf, daß Sie Ihre Casanova-Talente am Zügel halten und die Schwelle der Freundschaft nicht mit den Scherben gebrochener Herzen bestreuen.«

»Sehr wohl, Mylord.«

Als Bunter mit dem grauen Filz zurückkam, stand der Wagen schon draußen, und Seine Lordschaft saß am Steuer.

»Wir wollen mal einen gewagten Versuch machen, Bunter, und fangen in Leamholt damit an.«

»Unbedingt, Mylord.«

Sie fuhren die Fenchurch-Straße hinauf, wandten sich nach links über den Kanal, meisterten ohne Zwischenfall die Froschbrücke und fuhren die zwölf bis dreizehn Meilen nach Leamholt. Das kleine Städtchen hatte Markttag, und der Daimler mußte sich sittsam den Weg durch Schaf- und Schweineherden und zwischen Gruppen von Bauern hindurch bahnen, die achtlos mitten auf der Straße standen und erst zur Seite wichen, wenn die Kotflügel ihre Schenkel streiften. Auf der einen Seite des Marktplatzes befand sich das Postamt.

»Gehen Sie mal da hinein, Bunter, und fragen Sie, ob hier in letzter Zeit ein Brief für Mr. Stephen Driver angekommen ist, postlagernd.«

Lord Peter wartete eine geraume Weile, wie man stets warten muß, wenn man auf ländlichen Postämtern etwas zu besorgen hat, derweil sich Schweine an seinen Stoßstangen rieben und Ochsen ihm warm ihren Atem in den Nacken bliesen. Bald kam Bunter wieder heraus und meldete Fehlanzeige, obwohl drei junge Damen und der Poststellenleiter persönlich sich alle Mühe gegeben hätten, das Gewünschte zu finden.

»Na ja, macht nichts«, sagte Wimsey. »Leamholt ist der Postort, da hab ich gedacht, wir versuchen's hier zuerst. Die anderen Möglichkeiten auf dieser Seite des Kanals sind Holport und Walbeach. Holport ist weit weg und ziemlich unwahrscheinlich, aber ich glaube, wir können es mal in Walbeach versuchen. Von hier führt eine direkte Straße hin – soweit man bei diesen Moorstraßen von ›direkt‹ sprechen kann... Ich glaube zwar, daß Gott ein noch dümmeres Tier als ein Schaf hätte erschaffen können, aber ich weiß, daß er es nicht getan hat... allenfalls Kühe. Ho! Hopp, hopp! Weg da, Jemima – braves Tier!«

Meile um Meile blieb die ebene Straße hinter ihnen zurück.

Hier eine Windmühle, da ein alleinstehendes Bauerngehöft, dort eine Pappelreihe entlang einem schilfbewachsenen Deich. Weizen, Kartoffeln, Rüben, Senf und wieder Weizen, Wiesen, Kartoffeln, Klee, Weizen, Rüben und Senf. Eine lange Dorfstraße mit einem grauen, uralten Kirchturm, eine Kapelle aus roten Ziegeln und inmitten einer kleinen Oase aus Ulmen und Kastanien das Pfarrhaus, dann wieder Deiche und Windmühlen, Weizen, Senf und Wiesen. Je weiter sie fuhren, desto flacher wurde das Land, sofern etwas noch flacher als flach sein kann; die Windmühlen wurden zahlreicher, und zur Rechten kam wieder der Silberstreifen des Wale in Sicht, breiter hier, nachdem der Dreißigfußkanal und der Harpers-Graben und der Simons-Bach ihm noch ihr Wasser anvertraut hatten. Da und dort machte er eine Windung oder verbreiterte sich, wohl in Erinnerung an vergangene Freiheit. Dann erschien vor der großen Wölbung des Horizonts eine kleine Ansammlung von Türmchen und Dächern und hohen Bäumen und dahinter die schlanken Masten eines Hafens. Und so kamen die Reisenden, Brücke um Brücke überquerend, nach Walbeach, das einst eine wichtige Hafenstadt gewesen war, jetzt aber weit im Binnenland lag, nachdem das Watt vom Schlick erobert und der Wale eingedämmt war; doch war die maritime Tradition des Städtchens noch immer unverkennbar seinen grauen Steinhäusern, hölzernen Lagerhallen und langen Reihen halbverfallener Hafenmauern aufgeprägt.

Hier wartete Lord Peter auf dem kleinen Platz vor dem Postamt in angenehmer Stille, wie man sie nur in Landstädtchen erlebt, wo bis auf den Markttag alle Tage Sabbatruhe herrscht. Bunter blieb eine ziemlich lange Weile fort, und als er endlich wiederkam, schritt er nicht mit der gewohnten Gemessenheit einher, und sein sonst eher farbloses Gesicht war um die Wangenknochen herum leicht gerötet.

»Was erreicht?« fragte Wimsey jovial.

Zu seiner Überraschung bestand Bunters Antwort nur aus einer hastigen Geste, die ihn zum Schweigen und zur Vorsicht mahnte. Wimsey wartete, bis sein Diener im Wagen Platz genommen hatte, dann formulierte er seine Frage neu:

»Was ist los?«

»Fahren Sie lieber schnell fort, Mylord«, sagte Bunter, »denn wenn auch meinem Manöver ein gewisser Erfolg beschieden war, könnte es doch sein, daß ich soeben den Postdienst Ihrer Majestät beraubt habe, indem ich mich unter Vorspiegelung falscher Tatsachen in den Besitz einer Sendung gebracht habe.«

Lange bevor sich dieser wunderschöne Satz bis zum abschließenden Punkt geschlängelt hatte, bog der Daimler schon in eine stille Straße hinter der Kirche ein.

»Was haben Sie nur angestellt, Bunter?«

»Nun, Mylord, ich habe, wie abgemacht, nach einem postlagernden Brief für Mr. Stephen Driver gefragt, der hier schon geraume Zeit liegen könne. Als das junge Mädchen fragte, wie lange, habe ich unserer Vereinbarung gemäß geantwortet, daß ich vor mehreren Wochen Walbeach hätte besuchen wollen, aber mir sei etwas dazwischengekommen, und nun hätte ich erfahren, daß ein wichtiger Brief für mich irrtümlich doch an diese Adresse hier geschickt worden sei.«

»Sehr gut«, sagte Wimsey. »Alles in bester Butter.«

»Das junge Mädchen, Mylord, hat dann so eine Art Safe oder Blechschrank geöffnet und darin gesucht, und nach Ablauf einer ansehnlichen Zeitspanne hat sie sich mit einem Brief in der Hand umgedreht und gefragt, welchen Namen ich bitte gesagt hätte.«

»So? Diese jungen Mädchen sind doch sehr dumm. Es wäre noch erstaunlicher gewesen, wenn sie *nicht* noch einmal nach dem Namen gefragt hätte.«

»Ganz recht, Mylord. Ich habe also wie zuvor gesagt, der Name sei Stephen oder Steve Driver, aber in diesem Moment habe ich von der Stelle aus, wo ich stand, gesehen, daß der Brief eine blaue Marke trug. Es war ja nur der Schaltertisch zwischen uns, und wie Sie wissen, Mylord, bin ich mit sehr guten Augen gesegnet.«

»Danken wir dem Himmel für alle Segnungen.«

»Ich hoffe sagen zu dürfen, daß ich dies stets tue, Mylord. Beim Anblick der blauen Briefmarke habe ich schnell (und eingedenk der Umstände dieses Falles) hinzugefügt, der erwartete Brief sei in Frankreich aufgegeben worden.«

»Sehr gut, wirklich«, sagte Wimsey mit beifälligem Nikken.

»Die junge Dame, Mylord, schien sich bei dieser Bemerkung zu wundern. Sie hat mit skeptischer Stimme gemeint, es sei zwar ein Brief aus Frankreich da, und er liege schon drei Wochen hier auf dem Postamt, aber er sei an jemand andern adressiert.«

»Hol's der Henker!« sagte Wimsey.

»Jawohl, Mylord, dies war auch mein erster Gedanke. Ich habe gesagt: ›Sind Sie ganz sicher, Miss, daß Sie die Handschrift richtig entziffert haben?‹ Ich freue mich sagen zu dürfen, Mylord, daß die junge Dame – da sie so jung und sicherlich unerfahren war – auf diese doch recht einfache List hereingefallen ist. Sie antwortete sofort: ›Aber ja, die Schrift ist so sauber wie gedruckt, und da steht: M. Paul Taylor.‹ An diesem Punkt –«

»Paul Taylor!« rief Wimsey in plötzlicher Erregung. »Das war doch der Name –«

»Ganz genau, Mylord. Ich wollte gerade sagen, daß es an diesem Punkt angezeigt war, sehr schnell zu handeln, und ich habe sofort gesagt: ›Paul Taylor? Nanu, so heißt mein Chauffeur!‹ Sie wollen mir gütigst verzeihen, Mylord, wenn in dieser Bemerkung eine gewisse Respektlosigkeit zum Ausdruck zu kommen scheint, denn da Sie in diesem Augenblick im Auto saßen, hätte man Sie durchaus für die erwähnte Person halten können, aber in der Erregung, in der ich mich momentan befand, Mylord, war ich nicht in der Lage, so schnell oder so klar zu denken, wie es zu wünschen gewesen wäre.«

»Bunter!« sagte Seine Lordschaft. »Ich warne Sie, ich kann gefährlich werden. Wollen Sie mir jetzt auf der Stelle sagen, ob Sie den Brief bekommen haben oder nicht?«

»Jawohl, Mylord, ich habe ihn. Natürlich habe ich gesagt, da nun ein Brief für meinen Chauffeur da sei, könne ich ihn ja gleich mitnehmen, und dann habe ich noch eine scherzhafte Bemerkung angefügt, etwa des Inhalts, daß mein Chauffeur eine Eroberung gemacht haben müsse, als wir im Ausland weilten, denn er sei ein großer Charmeur. Wir haben uns über das Thema recht lustig unterhalten, Mylord.«

»So, so, haben Sie?«

»Ja, Mylord. Zugleich habe ich gesagt, es sei über die Maßen ärgerlich, daß mein eigener Brief offenbar fehlgegangen sei, und ich habe die junge Dame um eine erneute Suche gebeten. Sie ist der Bitte nach einigem Zögern nachgekommen, und schließlich habe ich mich mit der Bemerkung verabschiedet, daß die Post in diesem Lande sehr unzuverlässig sei und ich deswegen jedenfalls an die *Times* schreiben wolle.«

»Hervorragend! Nun, illegal ist das Ganze natürlich sowieso, aber wir werden Blundell bitten, es für uns in Ordnung zu bringen – ich hatte ihm schon vorgeschlagen, dies selbst zu tun, aber es war ein solcher Schuß ins Dunkle, daß er wahrscheinlich nicht sehr begeistert davon war, und ich muß sagen, allzuviel Hoffnung hatte ich selbst nicht. Und überhaupt –« hier wurde Wimsey von einem plötzlichen Anfall von Ehrlichkeit gepackt – »war die Idee von *mir*, und da wollte ich auch selbst den Spaß haben. Nun fangen Sie nicht schon wieder an, sich zu entschuldigen. Sie waren absolute Spitze, und ich bin stolz wie Oskar. Wie bitte? Es ist vielleicht gar nicht der richtige Brief? Quatsch! Es *ist* der richtige. Es *hat* einfach der richtige zu sein, und wir fahren jetzt schnurstracks zur ›Katze und Fiedel‹, wo es einen ausgezeichneten Portwein gibt und auch der Rote nicht zu verachten ist, um unsere finstere und tollkühne Tat zu feiern.«

Gesagt, getan, und bald darauf saßen Wimsey und sein Gefolgsmann gemütlich in einem düsteren alten Zimmer mit Blick nach hinten hinaus auf den gedrungenen, viereckigen Kirchturm, über dem die Krähen dahinsegelten und die Möwen kreischten, bevor sie im Sturzflug zwischen die Grabsteine tauchten. Wimsey bestellte Lammbraten und eine Flasche von dem nicht zu verachtenden Roten und befand sich bald in einer angeregten Unterhaltung mit dem Kellner, der ihm bestätigte, daß hier alles sehr ruhig sei.

»Aber nicht so ruhig wie früher mal, Sir. Die Männer, die den Neuen Kanal graben, machen sich in der Stadt schon bemerkbar. O ja, Sir – der Kanal ist jetzt fast fertig, und sie sagen, er soll im Juni eröffnet werden. Der Kanal sei eine gute Sache, sagen sie, und werde die Entwässerung sehr verbessern. Sie hoffen, daß er den Fluß um mindestens drei Meter ausschlämmt, so daß die Flut wieder bis zur Mündung des Dreißigfußkanals hinaufgeht, wie es früher angeblich mal gewesen sein soll. Davon weiß ich natürlich nichts, Sir, denn das muß zur Zeit Oliver Cromwells gewesen sein, und ich bin erst zwanzig Jahre hier, aber das hat der Chefingenieur gesagt. Sie sind jetzt mit dem Kanal bis auf ein, zwei Meilen an die Stadt heran, und im Juni soll es eine große Eröffnungsfeier geben, mit einem Galafest und Cricket und allerlei Zeitvertreib für die Jugend, Sir. Und sie sagen, sie haben den Herzog von Denver gebeten, herzukommen und den Kanal zu eröffnen, aber wir wissen noch nicht, ob er kommt.«

»Er wird schon kommen«, meinte Wimsey. »Himmel, er *wird* kommen. Er hat nichts zu arbeiten, da kann ihm das doch nur guttun.«

»Meinen Sie, Sir?« fragte der Kellner skeptisch, denn er kannte den Grund für diese Gewißheit nicht, mochte aber auch dem Gast nicht widersprechen. »Doch, Sir, die Stadt würde es ihm schon hoch anrechnen, wenn er käme. Möchten Sie noch eine Kartoffel, Sir?«

»Ja, bitte«, sagte Wimsey. »Ich werde es mir angelegen sein lassen, dem alten Denver Dampf zu machen, damit er seine Pflicht tut. Wir kommen alle. Wird ein Mordsspaß! Denver wird allen Siegern einen Goldpokal stiften und ich allen Verlierern ein Silberkarnickel, und wenn wir Glück haben, fällt einer ins Wasser.«

»Das wäre eine große Freude«, sagte der Kellner todernst.

Erst als der Portwein (Tuke Holdsworth '08) auf dem Tisch stand, zog Wimsey den Brief aus seiner Tasche und feixte ihn an. Er war in einer fremdländischen Handschrift an *M. Paul Taylor, Poste Restante, Walbeach, Lincolnshire, Angleterre* adressiert.

»Meine Familie«, bemerkte Lord Peter, »wirft mir immer vor, ich sei unbeherrscht und zügellos. Wie wenig sie mich doch kennt. Statt diesen Brief sofort zu öffnen, hebe ich ihn für Polizeidirektor Blundell auf. Statt stehenden Fußes zu Polizeidirektor Blundell zu eilen, bleibe ich hier ganz ruhig in Walbeach sitzen und lasse mir Lammbraten schmecken. Es stimmt zwar, daß der gute Blundell heute gar nicht in Leamholt ist und mit einer eiligen Rückkehr nichts gewonnen wäre, aber trotzdem – da sieht man's jedenfalls. Der Umschlag trägt einen Stempel, der nur zur Hälfte zu entziffern ist, aber soviel ich sehe, ist es ein Ort, der auf ›y‹ endet und im Departement Marne oder Seine-et-Marne liegt – eine Gegend, die so manchem durch Dreck, Blut, Granattrichter und Schützengrabenfüße in lieber Erinnerung ist. Die Qualität des Umschlags ist sogar für französische Umschläge relativ schlecht, und die Schrift sieht aus, als ob sie von ungeübter Hand mit einer postamtlichen Feder und entsprechender Tinte aufs Papier gebracht worden wäre. Tinte und Feder bedeuten allerdings wenig, denn ich habe noch in keinem Teil Frankreichs je eine Feder oder Tinte gesehen, mit der ein normaler Mensch auch nur einigermaßen schreiben könnte. Aber die Handschrift sagt vieles aus, denn obwohl alle Franzosen miserabel schreiben, findet man dank des staatlichen Erziehungssystems in diesem Land selten jemanden, der sehr viel miserabler schreibt als alle andern. Das Datum ist verwischt, aber da wir die Ankunftszeit kennen, können wir die Absendezeit erraten. Läßt der Umschlag sonst noch irgendwelche Schlüsse zu?«

»Wenn es mir gestattet ist, dies zu sagen, Mylord, so ist es vielleicht ein wenig auffällig, daß Name und Adresse des Absenders nicht auf der Rückseite stehen.«

»Sehr gut beobachtet. Jawohl, Bunter, dafür gibt's die volle Punktzahl. Wie Sie unzweifelhaft schon des öfteren bemerkt haben, schreiben die Franzosen selten ihre Adresse an den Anfang des Briefes, wie wir Engländer es tun, obwohl sie ab und an so unnütze Hinweise wie ›Paris‹ oder ›Lyon‹ ans Ende setzen, aber ohne Straße und Hausnummer. Dagegen schreiben sie diese notwendigen Informationen häufig auf die Rückseite des Umschlags, wohl in der Hoffnung, daß dieser ins Feuer wandert und unwiederbringlich verlorengeht, bevor der Brief beantwortet oder auch nur gelesen wird.«

»Ich kann mitunter nicht umhin, Mylord, mich über diese Angewohnheit zu wundern.«

»Zu Unrecht, Bunter. Sie ist ganz vernünftig. Zunächst einmal ist es bei den Franzosen eine fixe Idee, daß die Mehrzahl aller Briefe bei der Post verlorengeht. Sie bringen staatlichen Stellen kein Vertrauen entgegen, und ich glaube, sie haben vollkommen recht. Sie hoffen jedoch, daß die Post, wenn sie einen Brief schon nicht an den Adressaten ausliefert, ihn mit der Zeit wenigstens dem Absender wieder zustellt. Eine vergebliche Hoffnung, aber auch hier haben sie wiederum völlig recht. Man sollte jeden Stein probieren und jede Straße umdrehen. Der Engländer in seiner Treuherzigkeit ist es völlig zufrieden, daß unter solchen Umständen die Post sein Siegel erbricht, in seiner Korrespondenz schnüffelt, seine Unterschrift und Adresse aus dem Text zusammenklaubt, einen neuen Umschlag spendiert und das Ganze dem Absender unter einem peinlichen Pseudonym wie ›Gurkenkern‹ oder ›Hundsnase‹ wieder zustellt, sehr zum Amüsement des Postboten. Der Franzose aber, von Natur aus etwas zimperlich, um nicht zu sagen heimlichtuerisch, hält es für besser, seine Privatsphäre zu schützen, indem er das Äußere seiner Sendung mit allen notwendigen Angaben für das ordnungsgemäße Funktionieren dieser Transaktion versieht. Ich will nicht sagen, daß er damit unrecht hat, aber ich fände es noch besser, wenn er den Absender gleich an beide Stellen schriebe. Die Tatsache nun, daß dieser Brief hier keine Absenderadresse trägt, bedeutet vielleicht, daß der Absender nicht eben publizitätssüchtig ist. Und das Teuflische ist, Bunter, daß wahrscheinlich auch drinnen keine Adresse zu finden sein wird. Egal. Dieser Portwein ist ausgezeichnet. Seien Sie so nett und leeren Sie die Flasche, Bunter, denn es wäre schade drum, ihn fortzuschütten, und wenn ich noch mehr davon trinke, bin ich nachher zu schläfrig zum Autofahren.«

Sie nahmen die direkte, dem Fluß folgende Straße von Walbeach zurück nach Fenchurch.

»Wenn dieses Land auf intelligente Weise und an einem Stück entwässert würde«, meinte Wimsey, »indem man alle Kanäle in die Flüsse münden ließe und nicht die Flüsse in die Kanäle, damit sie ordentlich ausgeschwemmt würden, könnte Walbeach noch immer eine Hafenstadt sein, und die Landschaft sähe weniger aus wie eine verunglückte Steppdecke. Aber siebenhundert Jahre Geiz, Schiebung und Trägheit und der ewige Streit zwischen der einen Gemeinde und der andern sowie die falsche Vorstellung, was für Holland gut sei, müsse auch für die Fenmoore gut sein, haben hier ein einziges Schlamassel entstehen lassen. Es erfüllt seinen Zweck, könnte aber sehr viel besser sein. Hier ist die Stelle, wo wir Cranton begegnet sind – falls es Cranton war. Übrigens, ich frage mich, ob dieser Mann an der Schleuse nichts von ihm gesehen hat. Halten wir dort mal an und versuchen ihn auszuhorchen. Ich treibe mich so gern an Schleusen herum.«

Er kurvte den Wagen über die Brücke und hielt unmittelbar neben dem Häuschen des Schleusenwärters an. Der Mann kam heraus, um zu sehen, was man von ihm wünschte, und wurde ohne Schwierigkeiten in eine zwanglose Unterhaltung verwickelt, zuerst übers Wetter und die Ernte, dann über den Kanal, das Hochwasser und den Fluß. Es dauerte nicht lange, und Wimsey stand auf dem schmalen Holzsteg, der die Schleuse überspannte, und sah nachdenklich ins grüne Wasser. Es herrschte gerade Niedrigwasser, und die Tore waren teilweise geöffnet, so daß sich das Wasser des Wale auf seinem Wege zum Meer in einem trägen Rinnsal durch sie ergoß.

»Sehr malerisch und hübsch«, sagte Wimsey. »Kommen hier auch manchmal Künstler und andere Leute her, um das zu malen?«

Der Schleusenwärter wußte nichts davon.

»Die Mauern hier könnten hier und da auch mal ein paar Steine und Mörtel vertragen«, sprach Wimsey weiter. »Und die Tore sehen mir ziemlich altersschwach aus.«

»Ha!« sagte der Schleusenwärter. »Das glaub ich Ihnen!« Er spuckte in den Fluß. »Die Schleuse hier, die hätte schon repariert werden müssen, also, vor mindestens zwanzig Jahren. Mindestens.«

»Warum geschieht denn nichts?«

»Ha!« machte der Schleusenwärter.

Ein paar Minuten lang schien er melancholischen Gedanken nachzuhängen, und Wimsey störte ihn nicht dabei. Als er dann sprach, machte jahrelanges Dulden seine Stimme schwer.

»Es weiß ja anscheinend keiner, wer für die Schleuse zuständig ist. Das Moorentwässerungsamt – tja, das sagt, so was gehört von der Wale-Flußaufsicht gemacht. Und *die* sagt, das Moorentwässerungsamt soll sich drum kümmern. Und jetzt haben sie sich geeinigt, die Wasserstraßenkommission Ost einzuschalten. Haben sie aber noch nicht gemacht.« Er spuckte noch einmal und verstummte.

»Aber«, fragte Wimsey, »wenn Sie hier nun mal viel Wasser kriegen, halten die Tore das aus?«

»Na ja, vielleicht halten sie's aus, oder nicht«, antwortete der Schleusenwärter. »Aber wir kriegen heutzutage nicht viel Wasser her. Ich hab gehört, unter Oliver Cromwell sei das anders gewesen, aber jetzt kriegen wir nicht mehr viel.«

Wimsey war sich der ständigen Einmischungen des Lord-Protektors in die Angelegenheiten der Fenmoorbevölkerung wohl bewußt, fand aber den Vorwurf in diesem Falle etwas ungerechtfertigt.

»Die Schleuse wurde von den Holländern gebaut, nicht?« meinte er.

»Ha!« pflichtete der Schleusenwärter ihm bei. »Ja, die haben das Ding gebaut. Um das Wasser wegzuhalten. Unter Oliver Cromwell ist das Land jeden Winter überschwemmt gewesen, heißt es. Da haben sie die Schleuse gebaut. Aber viel Wasser kommt heutzutage nicht hier rauf.«

»Das wird sich aber ändern, wenn erst der Neue Kanal fertig ist.«

»Ha! Das heißt es, ja. Aber ich weiß nicht. Die einen sagen, es ändert sich nichts. Und die andern sagen, das ganze Land um Walbeach herum wird absaufen. Ich weiß nur, daß sie'n Haufen Geld dafür ausgeben, und wo kommt das her? In meinen Augen war alles gut so, wie's war.«

»Wer ist denn für den Neuen Kanal zuständig? Das Moorentwässerungsamt?«

»Nein, die Wale-Flußaufsicht, die ist zuständig.«

»Aber denen muß doch auch der Gedanke gekommen sein, daß die Schleuse davon betroffen werden könnte. Hätten sie das nicht alles in einem Aufwasch machen können?«

Der Schleusenwärter sah Wimsey lange an, und Mitleid ob dessen offenkundiger Begriffsstutzigkeit zeigte sich in seinem Blick.

»Ich sag's Ihnen doch! Die wissen nicht, wer dafür zahlen soll, die Moorentwässerung oder die Flußaufsicht. Ha!« Und ein Unterton von Stolz mischte sich in seine Stimme. »Fünf Prozesse haben sie wegen der Schleuse schon geführt. Ha! Einer ist sogar bis zum Parlament gekommen. Hat 'ne Menge Geld gekostet, sagen sie.«

»Ich find's jedenfalls lächerlich«, sagte Wimsey. »Und dabei laufen so viele Arbeitslose herum. Kommen hier viele durch, die auf Arbeitssuche sind?«

»Manchmal ja, manchmal nicht.«

»Ich kann mich erinnern, hier auf dem Uferweg so einem begegnet zu sein – letztes Neujahr war das. Der sah mir ein bißchen nach einem üblen Kunden aus.«

»Ach, der! Ja. Der ist bei Ezra Wilderspin untergekommen, aber davon hat er bald genug gehabt. Keine Lust zum Arbeiten. Haben die fast alle nicht. Hier bei mir ist er reingekommen und hat um eine Tasse Tee gefragt, aber ich hab ihn rausgeschmissen. Der war nicht scharf auf Tee. Der nicht! Die Sorte kenne ich.«

»Er kam sicher von Walbeach?«

»Ich denke, ja. Hat er wenigstens gesagt. Angeblich hat er Arbeit am Neuen Kanal gesucht.«

»Oho! Zu mir hat er gesagt, er sei Automechaniker.«

»Ha!« Der Schleusenwärter spuckte noch einmal ins Wasser. »Die erzählen einem doch alles.«

»Mir sah er so aus, als ob er schon ziemlich viel mit den Händen gearbeitet hätte. Warum sollte es am Kanal keine Arbeit für solche Leute geben? Das denke ich die ganze Zeit.«

»Ja, Sir, so was sagt sich leicht. Aber es sind so viele arbeitslos, die was gelernt haben, da brauchen sie solche wie den gar nicht zu nehmen. So ist das nämlich.«

»Nun ja«, meinte Wimsey, »ich finde trotzdem, daß die Moorentwässerung und die Flußaufsicht und die Kommission gemeinsam doch ein paar dieser Leute von der Straße holen und Ihnen eine neue Schleuse geben könnten. Aber eigentlich geht mich das nichts an, und ich muß jetzt auch weiter.«

»Ha!« machte der Schleusenwärter. »Neue Schleuse! Ha!«

Er blieb weiter am Geländer stehen und spuckte gedankenverloren ins Wasser, bis Wimsey und Bunter wieder beim Wagen waren. Dann kam er ihnen nachgehumpelt.

»Was ich noch sagen will«, meinte er und lehnte sich so beflissen an die Wagentür, daß Wimsey in Befürchtung feuchter Geschosse rasch die Füße fortzog, »ich meine, warum gehen die damit nicht gleich nach Genf? Verstehen Sie? Warum gehen die nicht nach Genf damit? Dann kriegen wir die Schleuse vielleicht, dann kriegen wir sie zugleich mit der Abrüstung, verstehen Sie?«

»Haha!« machte Wimsey in der berechtigten Annahme, daß dies Ironie sein sollte. »Das ist gut! Muß ich meinen

Freunden erzählen. Gut, was? Warum gehen sie nicht nach Genf damit? Haha!«

»Richtig«, sagte der Schleusenwärter und wiederholte, damit die Pointe auch ja nicht verlorenging: »Warum gehen sie nicht nach Genf damit? Verstanden?«

»Köstlich!« sagte Wimsey. »Das vergeß ich nie. Hahaha!«

Er ließ behutsam die Kupplung kommen, und während sie sich entfernten, sah er im Zurückblicken, wie der Schleusenwärter sich noch im Nachhinein über den eigenen Witz krummlachte.

Lord Peters Bedenken wegen des Briefes wurden pflichtgemäß bestätigt. Er übergab ihn getreulich und ungeöffnet dem Polizeidirektor, sowie dieser von den Sitzungen des Friedensgerichts zurück war, an denen er den ganzen Tag teilgenommen hatte. Mr. Blundell zeigte sich erschrocken über Wimseys unorthodoxen Raubüberfall auf das Postamt, gleichwohl erfreut über seine anschließende Diskretion, und billigte ihm bereitwillig mildernde Umstände für Übereifer und Intelligenz zu. Gemeinsam öffneten sie den Umschlag. Der Brief, der keine Adresse trug, war auf dünnes Papier von der gleichen schlechten Qualität wie der Umschlag geschrieben und begann:

»*Mon cher mari* –«

»Hoppla!« sagte Mr. Blundell. »Was heißt denn das? Ich bin ja nicht gut in Französisch, aber heißt *mari* nicht ›Ehemann‹?«

»Doch. Der Brief beginnt mit ›Mein lieber Mann‹.«

»Ich hab nie gewußt, daß Cranton – ach was!« rief Mr. Blundell. »Was hat denn Cranton hiermit zu tun? Ich hab nie gehört, daß er eine Frau gehabt hätte, geschweige eine französische.«

»Wir wissen ja nicht, ob Cranton hiermit überhaupt etwas zu tun hat. Er ist nach St. Paul gekommen und hat nach einem Mr. Paul Taylor gefragt. Dieser Brief ist wahrscheinlich an ebendiesen Mr. Paul Taylor adressiert.«

»Aber die sagen doch, Paul Taylor sei eine Glocke.«

»Tailor Paul ist eine Glocke, aber Paul Taylor kann durchaus ein Mensch sein.«

»Wer ist es denn?«

»Weiß der Himmel. Irgend jemand, der eine Frau in Frankreich hat.«

»Und der andere, dieser Batty Dingsda – ist der auch ein Mensch?«

»Nein, Batty Thomas ist eine Glocke. Könnte aber ebensogut ein Mensch sein.«

»Sie können nicht beide Menschen sein«, sagte Mr. Blundell, »das wäre unlogisch. Und wo ist dieser Paul Taylor überhaupt?«

»Vielleicht war er die Leiche.«

»Aber wo ist dann Cranton? Schließlich«, fügte der Polizeidirektor hinzu, »können nicht beide die Leiche sein. Das wäre auch unlogisch.«

»Vielleicht hat Cranton bei Wilderspin den einen Namen angegeben und dem Briefschreiber den andern.«

»Und aus welchem Grund hätte er dann in Fenchurch St. Paul nach Paul Taylor gefragt?«

»Vielleicht hat er da doch die Glocke gemeint.«

»Passen Sie mal auf«, sagte Mr. Blundell, »mir erscheint das nicht logisch. Dieser Paul Taylor oder Tailor Paul kann nicht sowohl ein Mensch als eine Glocke sein. Wenigstens nicht beides gleichzeitig. Das kommt mir so verrückt vor wie der Name Batty Thomas.«

»Wie kommen Sie jetzt auf Batty Thomas? Batty ist eine Glocke. Tailor Paul ist eine Glocke. Paul Taylor ist ein Mensch, weil er Briefe bekommt. Man schickt keine Briefe an eine Glocke. Wer das tut, ist ein Batty Thomas... jetzt reicht's aber!«

»Also, ich versteh's nicht«, sagte Mr. Blundell. »Stephen Driver ist auch ein Mensch, ja? Sie werden nicht sagen wollen, er sei eine Glocke, oder? Jetzt möchte ich nur wissen: Wer von allen vieren ist Cranton? Wenn er zwischen jetzt und vorigem September – ich meine, zwischen jetzt und Januar – nein, zwischen September und Januar – ich meine – ach, hol's doch der Henker! Jedenfalls, wenn er da in Frankreich war und sich eine Frau an den Hals gehängt hat... Quatsch! Lesen wir endlich den vermaledeiten Brief, Mylord. Wenn Sie so gut wären, ihn zu übersetzen – mein Französisch ist ein bißchen eingerostet.«

»Mein lieber Mann« (übersetzte Wimsey),

»Du hast mir gesagt, ich soll Dir nicht schreiben, wenn es nicht ganz dringend ist, aber jetzt bist Du schon drei Monate fort, und ich habe noch nichts von Dir gehört. Ich mache mir große Sorgen, daß Dich vielleicht doch die Militärbehörden geschnappt haben. Du hast gesagt, daß sie Dich jetzt nicht mehr erschießen können, weil der Krieg schon so lange aus ist, aber man weiß ja, wie streng die Engländer sind. Schreib mir doch bitte ganz kurz, nur damit ich weiß, daß Du in Sicherheit bist. Es wird langsam schwer, die Arbeit hier allein zu machen, und wir hatten Ärger mit der Frühlingsaussaat. Die rote Kuh ist auch tot. Die Hühner muß ich selbst zum Markt bringen, weil Jean zuviel dafür verlangt, und die Preise sind doch so niedrig. Der kleine Pierre hilft mir, so gut er kann, aber er ist ja erst neun. Die kleine Marie hat den Keuchhusten, und das Baby auch. Bitte entschuldige, wenn es nicht richtig von mir war, Dir zu schreiben, aber ich mache mir solche Sorgen. Pierre und Marie schicken ihrem Papa viele Küsse.

Deine Dich liebende Frau

Suzanne«

Polizeidirektor Blundell hatte entgeistert zugehört; jetzt riß er Wimsey den Brief aus der Hand, als traue er seinen Übersetzungskünsten nicht oder wolle aus dem Brief durch bloßes Anstarren mit aller Macht einen andern Sinn herauslesen.

»Kleiner Pierre – neun Jahre alt – Küsse für ihren Papa – und die rote Kuh ist tot – ts, ts!« Er rechnete rasch mit Hilfe der Finger nach. »Vor neun Jahren war Cranton im Gefängnis.«

»Stiefvater vielleicht?« mutmaßte Wimsey.

Mr. Blundell beachtete ihn nicht. »Frühlingsaussaat – seit wann ist Cranton unter die Landwirte gegangen? Und was soll das mit den Militärbehörden? Und dem Krieg? Cranton war nie im Krieg. Da sehe ich nicht Hand noch Fuß. Verstehen Sie, Mylord – das kann nicht Cranton sein. Es ist verrückt, einfach verrückt. Es kann nicht Cranton sein.«

»So sieht's allmählich aus«, sagte Wimsey. »Aber ich bin immer noch überzeugt, daß es Cranton war, dem ich am Neujahrstag begegnet bin.«

»Ich rufe am besten mal in London an«, sagte Mr. Blundell. »Und dann werde ich die Sache dem Polizeipräsidenten vortragen müssen. Was es auch sei, wir müssen ihr nachgehen. Driver ist verschwunden, und wir haben eine Leiche gefunden, die aussieht wie seine, da müssen wir etwas unternehmen. Aber Frankreich – hm, tja! Wie wir diese Suzanne dort finden sollen, weiß ich auch noch nicht, und einen Haufen Geld wird das kosten.«

Sechster Teil

Monsieur Rozier jagt die Eins

> *Die restliche Glocke ... beschränkt sich auf einfaches Jagen, warum man von ihr sagt, sie sei »im Jagen mit der Eins.«*
>
> Troyte: ON CHANGE-RINGING

Es gibt schwierigere kriminalistische Aufgaben, als in ein paar französischen Departments nach einem Dorf zu suchen, das auf »y« endet und in dem eine Bäuerin mit dem Vornamen Suzanne und den Kindern Pierre, neun Jahre, Marie und einem Baby unbekannten Geschlechts wohnt, deren Gatte Engländer ist. Nun enden zwar alle Ortschaften im Department Marne auf »y«, und Suzanne, Pierre und Marie sind durchaus geläufige Namen, aber ein ausländischer Ehemann ist schon seltener. Ein Ehemann mit Namen Paul Taylor wäre gewiß mit Leichtigkeit zu finden gewesen, aber sowohl Polizeidirektor Blundell als auch Lord Peter waren ziemlich sicher, daß »Paul Taylor« sich als ein Alias entpuppen würde.

Es war um die Maimitte, als von der französischen Polizei eine Meldung eintraf, die ermutigender aussah als alles, was bisher gekommen war. Sie kam über die Sûreté und war aufgegeben worden von einem Commissaire Rozier aus Château-Thierry im Department Marne.

Die Meldung war so überaus vielversprechend, daß sogar der Polizeipräsident, ein vorsichtiger Herr mit ausgeprägtem

Hang zur Sparsamkeit, der Meinung war, man müsse ihr auf der Stelle nachgehen.

»Aber ich weiß nicht, wen ich schicken soll«, brummelte er. »Mächtig teure Geschichte, sowieso. Und dann die Sprache. Sprechen Sie Französisch, Blundell?«

Der Polizeidirektor grinste verlegen. »Nun, Sir, Sprechen wäre zuviel gesagt. Ich kann mir in einem *estaminet* was zu essen bestellen und ein bißchen mit dem Garsong schimpfen. Aber Zeugen vernehmen – das ist was anderes.«

»Ich selbst kann nicht hin«, sagte der Polizeipräsident entschieden und hastig, wie um einem Vorschlag zuvorzukommen, den niemand auszusprechen gewagt hätte. »Steht völlig außer Frage.« Er trommelte mit den Fingern auf seinem Schreibtisch herum und starrte mit leerem Blick über den Kopf des Polizeidirektors hinweg nach den Krähen, die draußen am Ende des Gartens über den Ulmen kreisten. »Sie haben Ihr Möglichstes getan, Blundell, aber ich glaube, wir übergeben die Geschichte jetzt Scotland Yard, mit allem Drum und Dran. Vielleicht hätten wir das schon früher machen sollen.«

Mr. Blundell setzte eine leidgeprüfte Miene auf, und Lord Peter Wimsey, der mit ihm gekommen war – angeblich, um nötigenfalls Commissaire Roziers Brief noch einmal zu übersetzen, in Wahrheit aber, weil er fest entschlossen war, sich nichts entgehen zu lassen – hustete höflich.

»Wenn Sie die Ermittlungen mir anvertrauen wollten, Sir«, meinte er leise, »ich wäre im Handumdrehen drüben – auf eigene Kosten natürlich«, fügte er mit gewinnendem Lächeln hinzu.

»Ich fürchte, das wäre etwas irregulär«, antwortete der Polizeipräsident im Ton eines Mannes, dem man nur noch ein wenig zureden muß.

»Ich bin viel zuverlässiger, als ich aussehe, wirklich«, sagte Seine Lordschaft. »Und mein Französisch ist meine größte Stärke. Könnten Sie mich nicht als Sonderkonstabler oder so was Ähnliches vereidigen? Mit Armbinde und Schlagstock?

Oder gehören Zeugenvernehmungen nicht zu den Pflichten eines Sonderkonstablers?«

»Nein«, sagte der Polizeipräsident. »Aber«, fuhr er fort, »aber – ich glaube, ich könnte es irgendwie hinbiegen. Und ich nehme an« – er sah Wimsey durchdringend an – »ich nehme an, Sie werden sowieso hinfahren.«

»Nichts kann mich hindern, eine Privatreise mitten ins Kampfgebiet zu machen«, sagte Wimsey, »und sollte ich dort zufällig einem meiner Freunde von Scotland Yard über den Weg laufen, würde ich mich ihm natürlich anschließen. Aber ich finde wirklich, wir sollten in diesen schweren Zeiten ein bißchen ans Steuersäckel denken, meinen Sie nicht, Sir?«

Der Polizeipräsident mußte überlegen. Eigentlich hatte er keine rechte Lust, Scotland Yard einzuschalten. Er hatte das dumme Gefühl, daß ein Yard-Beamter hier nur lästig wäre. Also gab er nach. Zwei Tage später wurde Wimsey von *Monsieur le commissaire* Rozier aufs herzlichste empfangen. Daß ein englischer Lord, der *des relations intimes* mit dem Pariser Sûreté unterhält und fließend Französisch spricht, beim *commissaire de police* eines Landstädtchens gut ankommt, ist ja nur zu verständlich. Monsieur Rozier tischte eine Flasche ausgezeichneten Wein auf, bat seinen Gast, sich wie zu Hause zu fühlen und brachte seine Geschichte an den Mann.

»Es wundert mich nicht im allermindesten, Mylord, daß ich eine Anfrage nach dem Mann von Suzanne Legros erhalten habe. Daß da einiges sehr, sehr schleierhaft ist, liegt ja nur auf der Hand. Seit zehn Jahren sage ich mir: ›Aristide Rozier, der Tag wird kommen, da sich deine Zweifel an dem sogenannten Jean Legros bestätigen werden.‹ Ich nehme an, dieser Tag ist da, und ich gratuliere mir zu meinem Weitblick.«

»Offenbar«, sagte Wimsey, »besitzt *Monsier le commissaire* einen sehr scharfen Verstand.«

»Um Ihnen die Angelegenheit ausführlich darzulegen, muß ich mit dem Sommer 1918 anfangen. Mylord haben in der britischen Armee gedient? Ah, dann werden Mylord sich an den Rückzug über die Marne im Juli erinnern. *Quelle histoire sanglante!* Damals wurden die zurückweichenden Armeen in wilder Flucht über die Marne gejagt und zogen völlig ungeordnet durch das Dörfchen C–y, das am linken Flußufer liegt. Sie müssen wissen, Mylord, daß dem Dörfchen selbst jeder schwere Beschuß erspart geblieben ist, denn es lag hinter den Frontstellungen. In diesem Dorf nun lebte der alte Pierre Legros mit seiner Enkelin Suzanne. Der Alte war schon achtzig Jahre alt und hat sich geweigert, seinen Hof zu verlassen. Seine Enkelin, sie war damals siebenundzwanzig, war ein sehr tüchtiges und fleißiges Mädchen und hat während der ganzen Kriegsjahre das Anwesen ganz allein in Ordnung gehalten. Ihr Vater, ihr Bruder und ihr Verlobter waren alle umgekommen.

Etwa zehn Tage nach dem Rückzug wurde gemeldet, daß Suzanne Legros und ihr Großvater Besuch auf dem Hof hätten. Die Nachbarn hatten zu reden angefangen, verstehen Sie, und der Curé, der hochwürdige Abbé Latouche, der jetzt längst im Paradies weilt, hat es für seine Pflicht gehalten, die hiesigen Behörden zu verständigen. Ich selbst, das ist klar, war damals nicht hier; ich war beim Militär; aber mein Vorgänger, Monsieur Dubois, hat Schritte zur Aufhellung der Angelegenheit unternommen. Er stellte fest, daß auf dem Hof ein kranker, verwundeter Mann gepflegt wurde. Er hatte einen schweren Schlag auf den Kopf bekommen und andere Verwundungen davongetragen. Suzanne Legros und ihr Großvater erzählten bei ihrer Vernehmung eine einzigartige Geschichte.

Suzanne sagte, sie sei am zweiten Abend, nachdem der Rückzug durchs Dorf gekommen war, zu einem abseits stehenden Stall gegangen und habe dort diesen Mann gefunden. Er sei krank und fiebrig und bis auf die Unterwäsche ausgezogen gewesen und habe einen behelfsmäßigen Verband um den Kopf gehabt. Dreckverschmiert und voller Blut soll er gewesen sein, und seine Kleider seien so voller Lehm und Pflanzen gewesen, als ob er in den Fluß gefallen wäre. Sie hat ihn mit Hilfe des Alten irgendwie nach Hause geschafft, seine

Wunden ausgewaschen und ihn gepflegt, so gut sie konnte. Der Hof liegt ein paar Kilometer außerhalb des Dorfes selbst, und sie hatte niemanden, den sie nach Hilfe schicken konnte. Sie sagt, zuerst habe der Mann auf französisch herumphantasiert, von den Kriegsereignissen und so, aber dann sei er in eine tiefe Bewußtlosigkeit gesunken, aus der sie ihn nicht habe aufwecken können. Als der Curé und der Commissaire ihn sahen, lag er reglos da, schwer atmend und bewußtlos.

Sie zeigte die Kleidung, in der sie ihn gefunden hatte – Unterhemd, Unterhose, Socken, sehr verdrecktes und zerrissenes Armeehemd. Keine Uniform, keine Stiefel, keine Erkennungsmarke, keine Papiere. Es war klar, daß er am Rückzug teilgenommen hatte und wahrscheinlich über den Fluß hatte schwimmen müssen, um von der Front wegzukommen – das könnte erklären, warum er Uniform, Stiefel und Gepäck abgelegt hatte. Er schien etwa fünfunddreißig bis vierzig Jahre alt zu sein, und als er zum erstenmal von Amtspersonen in Augenschein genommen wurde, hatte er einen dunklen Bartwuchs von etwa einer Woche.«

»Dann war er also vorher glattrasiert?«

»So scheint es, Mylord. Man hat einen Arzt aus der Stadt zu ihm geschickt, und der konnte nur sagen, daß der Mann infolge der Schädelwunde wahrscheinlich eine schwere Gehirnverletzung davongetragen habe. Er hat ein paar Anweisungen für die Behandlung gegeben, aber er war ja selbst erst ein junger Medizinstudent mit wenig Erfahrung, der von der Armee aus gesundheitlichen Gründen zurückgestellt wurde. Inzwischen ist er gestorben.

Zuerst hat man nun geglaubt, wenn der Mann erst wieder zu sich komme, werde man schon erfahren, wer er sei. Als er aber nach drei weiteren Wochen aus dem Koma erwachte, fand er sein Bewußtsein nur langsam wieder und hatte allem Anschein nach das Gedächtnis verloren, für eine Weile sogar die Sprache. Die Sprache kam nach und nach wieder, obwohl er sich anfangs nur undeutlich und mit langen Pausen ausdrücken konnte. Wahrscheinlich waren die Sprechzentren im

Gehirn verletzt. Als er wieder soweit war, daß er verstehen und sich verständlich machen konnte, wurde er natürlich eingehend verhört. Er antwortete aber nur, daß sein Kopf vollkommen leer sei. Er erinnerte sich an nichts aus seiner Vergangenheit – an rein gar nichts. Er kannte weder seinen Namen noch den Ort, woher er kam; vom Krieg hatte er überhaupt keine Erinnerung mehr. Für ihn begann das Leben erst auf dem Bauernhof in C–y.«

Monsieur Rozier machte eine eindrucksvolle Kunstpause, während Wimsey sein Erstaunen ausdrückte.

»Nun, Mylord, Sie werden verstehen, daß der Fall sofort den Militärbehörden gemeldet werden mußte. Eine ganze Reihe von Offizieren hat ihn sich angesehen, aber keiner kannte ihn. Sein Bild und seine Körpermaße wurden in Umlauf gebracht, aber ohne Erfolg. Zuerst hat man geglaubt, er sei vielleicht Engländer – womöglich sogar Deutscher, was ja nun wirklich nicht angegangen wäre, wie Sie sicher verstehen. Dann hieß es aber, er habe ja, als Suzanne ihn fand, zunächst auf französisch phantasiert, und auch die bei ihm gefundenen Kleidungsstücke waren unzweifelhaft französisch. Nichtsdestotrotz wurde seine Beschreibung an die englische Armee weitergegeben, wiederum ohne Ergebnis, und nachdem der Waffenstillstand unterschrieben war, wurden auch Anfragen nach Deutschland gerichtet. Dort wußte man aber nichts von ihm. Natürlich haben diese Erkundigungen einige Zeit in Anspruch genommen, denn in Deutschland war Revolution, wie Sie wissen, und alles war sehr in Unordnung. In der Zwischenzeit mußte der Mann irgendwo leben. Er wurde ins Krankenhaus gebracht – in mehrere Krankenhäuser – und dort von Psychologen untersucht, aber sie wußten nichts mit ihm anzufangen. Man hat versucht – Sie verstehen, Mylord –, ihm Fallen zu stellen. So hat man ihm plötzlich irgendwelche Kommandos auf englisch, französisch und deutsch zugebrüllt, um dadurch eventuell eine Reaktion bei ihm auszulösen. Aber alles führte zu nichts. Er schien den Krieg total vergessen zu haben.«

»So ein Glückspilz«, sagte Wimsey mit Gefühl.

»*Je suis de votre avis.* Trotzdem wäre eine Reaktion irgendwelcher Art doch sehr zu begrüßen gewesen. Die Zeit verging, und keine Besserung trat ein. Man hat ihn wieder zu uns geschickt. Nun, wie Sie wissen, Mylord, kann man einen Menschen nicht repatriieren, der keine Nationalität hat. Kein Land nimmt ihn auf. Niemand wollte diesen unglücklichen Mann haben, außer Suzanne und ihr *bon-papa.* Die brauchten einen, der auf dem Hof arbeitete, und dieser Bursche hatte, obwohl sein Gedächtnis futsch war, seine körperlichen Kräfte wiedererlangt und schien sich für die Arbeit gut zu eignen. Außerdem hatte das Mädchen sich in ihn verguckt. Sie wissen ja, wie das mit den Frauen geht. Wenn sie einen gesundgepflegt haben, ist man für sie so etwas wie ein Kind. Der alte Pierre Legros hat um die Erlaubnis nachgesucht, den Mann als seinen Sohn zu adoptieren. Es gab Schwierigkeiten – *que voulez-vous*? Aber, *enfin*, da irgend etwas mit dem Mann geschehen mußte und er sich ruhig und anständig verhielt und keinen Ärger machte, wurde die Erlaubnis gegeben. Er wurde unter dem Namen Jean Legros adoptiert und bekam Papiere. Die Nachbarn gewöhnten sich allmählich an ihn. Nur ein Mann – einer, der ein Auge auf Suzanne geworfen hatte und sie gern geheiratet hätte – war sein Feind und hat ihn immer *sale Boche* genannt – aber Jean hat ihn eines Tages im *estaminet* niedergeschlagen, und seitdem wurde das Wort *Boche* nicht mehr gehört. Dann sprach sich nach ein paar Jahren herum, daß Suzanne ihn heiraten wollte. Der alte Curé hat sich dagegen gestemmt – er sagte, man wisse doch nicht, ob der Mann nicht schon verheiratet sei. Aber dann starb der alte Curé. Der neue wußte nicht viel über die Geschichte. Außerdem hatte Suzanne bereits gewisse Tatsachen geschaffen. Menschlich, Mylord, allzu menschlich. Die Behörden haben schließlich ihre Hände in Unschuld gewaschen; es war besser, die Situation zu legalisieren. Also hat Suzanne diesen Jean geheiratet, und ihr ältester Sohn ist jetzt neun Jahre alt. Seit dieser Zeit hat es nicht den mindesten Ärger gegeben – nur erinnerte Jean sich noch immer nicht an seine Vergangenheit.«

»In Ihrem Brief schreiben Sie«, sagte Wimsey, »daß Jean zur Zeit verschwunden ist.«

»Seit fünf Monaten, Mylord. Es heißt, er sei nach Belgien gereist, um Schweine zu kaufen, oder Kühe oder was weiß ich. Aber er hat nicht geschrieben, und seine Frau macht sich Sorgen um ihn. Sie glauben Informationen über ihn zu haben?«

»Nun ja«, meinte Wimsey, »wir haben eine Leiche. Und wir haben einen Namen. Aber wenn es sich mit diesem Jean Legros so verhalten hat, wie Sie sagen, dann ist der Name nicht seiner, wohl aber vielleicht die Leiche. Denn der Mann, dessen Namen wir haben, war 1918 und in den folgenden Jahren noch im Gefängnis.«

»Aha! Dann interessieren Sie sich also nicht weiter für Jean Legros?«

»Im Gegenteil. Sehr sogar. Wir haben ja immer noch die Leiche.«

»*A la bonne heure*«, sagte Monsieur Rozier vergnügt. »Eine Leiche ist immer etwas. Haben Sie ein Photo? Die Maße? Irgendwelche Erkennungsmerkmale?«

»Ein Photo wäre bestimmt nicht von großem Nutzen, weil die Leiche, die wir gefunden haben, schon vier Monate alt und das Gesicht sehr entstellt war. Außerdem waren die Hände an den Gelenken abgeschnitten. Aber wir haben die Maße und zwei ärztliche Gutachten. Das letzte haben wir vor kurzem von einem Londoner Experten erhalten, und danach scheint es, als ob die Kopfhaut Spuren von einer alten Narbe zeigte, zusätzlich zu den frisch beigebrachten Verletzungen.«

»Aha, das wäre vielleicht eine Bestätigung. Er wurde also durch Schläge auf den Kopf getötet, Ihr Unbekannter?«

»Nein«, sagte Wimsey. »Alle Kopfverletzungen wurden nach dem Tode zugefügt. Das Expertengutachten bestätigt in diesem Punkt die Meinung des Polizeiarztes.«

»Woran ist er denn gestorben?«

»Das ist uns allen ein Rätsel. Keine Spur von einer tödlichen Wunde, Gift, Erwürgen oder Krankheit. Das Herz war gesund; die Eingeweide zeigen, daß er nicht verhungert ist – im Gegenteil, er war gut genährt und hatte ein paar Stunden vor seinem Tod noch gegessen.«

»*Tiens*! Vielleicht ein Schlaganfall?«

»Wäre möglich. Das Gehirn, müssen Sie wissen, war schon ziemlich in Verwesung übergegangen. Da ist es sehr schwierig, etwas mit Sicherheit zu sagen, obwohl es gewisse Anzeichen für eine Blutung in der Hirnrinde gibt. Aber sehen Sie, ein schwerer Schlaganfall kann einen Menschen zwar töten, aber meist ist er nicht so entgegenkommend, ihn auch gleich zu beerdigen.«

»Genau. Da haben Sie vollkommen recht. Also, fahren wir mal zum Hof von Jean Legros.«

Das Gehöft war klein und schien sich in keinem allzu blühenden Zustand zu befinden. Kaputte Zäune, halbverfallene Stallungen und schlecht gejätete Felder verrieten knappe Mittel und Mangel an notwendigen Arbeitskräften. Die Herrin des Hauses empfing sie. Sie war eine untersetzte, muskulöse Frau von etwa vierzig Jahren und hatte ihr neunmonatiges Baby auf dem Arm. Beim Anblick des Kommissars und des ihn begleitenden Polizisten trat unverkennbar ein Ausdruck des Schrekkens in ihre Augen, der sofort wieder dieser maultierhaften Sturheit Platz machte, die niemand besser auf Kommando zur Schau stellen kann als ein französischer Bauer.

»*Monsieur le commissaire* Rozier?«

»Höchstpersönlich, Madame. Dieser Herr hier ist Mylord Vainsé, der aus England gekommen ist, um gewisse Erkundigungen einzuziehen. Darf man eintreten?«

Man durfte, obschon bei dem Wort »England« der Schrekken wieder in ihrem Gesicht erschien, was den beiden Männern nicht entging.

»Ihr Gatte, Madame Legros«, kam der Kommissar ohne Umschweife zur Sache, »ist nicht daheim. Wie lange ist er schon fort?«

»Seit Dezember, *Monsieur le commissaire*.«

»Wo ist er?«

»In Belgien.«

»Wo in Belgien?«

»In Dixmude, glaube ich, Monsieur.«

»Sie glauben? Sie wissen es nicht? Haben Sie keine Post von ihm bekommen?«

»Nein, Monsieur.«

»Das ist aber komisch. Was hat ihn nach Dixmude geführt?«

»Monsieur, er hatte auf einmal die Idee, daß in Dixmude vielleicht seine Familie lebte. Sie wissen ja sicher, daß er sein Gedächtnis verloren hatte. *Eh, bien*! Eines Tages im Dezember hat er zu mir gesagt: ›Suzanne, leg mal eine Platte aufs Grammophon.‹ Ich habe die Platte von einer *grande diseuse* aufgelegt, wo *Le Carillon*, das Gedicht von Verhaeren, zu Musik gemacht ist. *C'est un morceau très impressionant.* Und an der Stelle, die so rührend ist, wo die Glockenspiele aufgezählt werden, eins nach dem andern, da hat mein Mann plötzlich gerufen: ›Dixmude! Gibt es in Belgien eine Stadt, die Dixmude heißt?‹ ›Aber natürlich‹, hab ich geantwortet. Und er: ›Der Name sagt mir etwas, Suzanne! Ich bin überzeugt, daß in Dixmude meine liebe Mutter wohnt. Ich habe keine Ruhe, bis ich nach Belgien gefahren bin und mich nach meiner lieben Mutter erkundigt habe.‹ *Monsieur le commissaire*, er hat sich überhaupt nichts sagen lassen. Er ist fortgegangen und hat unsere paar Ersparnisse mitgenommen, und seitdem habe ich nichts mehr von ihm gehört.«

»*Histoire très touchante*«, sagte der Kommissar trocken. »Sie dürfen meines Mitgefühls sicher sein, Madame. Aber ich verstehe nicht, wieso Ihr Gatte Belgier sein soll. Bei der dritten Marneschlacht waren keine belgischen Truppen beteiligt.«

»Trotzdem, Monsieur. Sein Vater könnte ja eine Belgierin geheiratet haben. Vielleicht hat er belgische Verwandte.«

»*C'est vrai.* Er hat Ihnen keine Adresse hinterlassen?«

»Nein, Monsieur. Er hat gesagt, er will bei seiner Ankunft gleich schreiben.«

»Aha! Und wie ist er gefahren? Mit dem Zug?«

»Ja, Monsieur.«

»Und Sie haben sich nirgendwo erkundigt? Zum Beispiel beim Bürgermeister von Dixmude?«

»Monsieur, Sie müssen verstehen, daß ich ganz durcheinander war. Ich hätte nicht gewußt, wo ich mit solchen Erkundigungen anfangen sollte.«

»Auch nicht bei uns, der Polizei, die für so etwas da ist? Sie haben sich nicht an uns gewandt?«

»*Monsieur le commissaire*, ich wußte nicht – ich konnte mir nicht vorstellen – ich hab mir jeden Tag gesagt: ›Morgen wird er schreiben‹, und so hab ich gewartet, *et enfin* –«

»*Et enfin* – es ist Ihnen also nicht eingefallen, sich zu erkundigen. *C'est bien remarquable.* Wie sind Sie dann auf die Idee gekommen, daß Ihr Mann in England sei?«

»In England, Monsieur?«

»In England, Madame. Sie haben ihm unter dem Namen Paul Taylor geschrieben, oder etwa nicht? In einen Ort namens Valbiche in der Grafschaft Laincolne?« Der Kommissar übertraf sich förmlich selbst in der Aussprache der barbarischen Namen. »Nach Valbiche in Laincolne haben Sie ihm unter dem Namen Paul Taylorrr geschrieben – *voyons, Madame, voyons*, und jetzt erzählen Sie mir, Sie hätten angenommen, daß er die ganze Zeit in Belgien gewesen sei? Sie werden doch Ihre eigene Handschrift nicht verleugnen, hoffe ich? Oder die Namen Ihrer Kinder? Oder den Tod der roten Kuh? Sie glauben doch nicht, daß Sie die Kuh wieder zum Leben erwecken können?«

»Monsieur –«

»Kommen Sie, Madame. Die ganzen Jahre haben Sie die Polizei angelogen, nicht wahr? Sie wußten genau, daß Ihr Mann kein Belgier war, sondern Engländer. Daß sein richtiger Name Paul Taylor ist. Daß er sein Gedächtnis gar nicht verloren hatte. So, so! Sie glauben also, Sie können solche

Scherze mit der Polizei machen! Ich versichere Ihnen, Madame, Sie werden noch sehen, wie ernst die Sache ist. Sie haben Urkunden gefälscht, das ist ein Verbrechen!«

»Monsieur, monsieur –«

»Ist das Ihr Brief?«

»Monsieur, da Sie ihn gefunden haben, kann ich es nicht abstreiten. Aber –«

»Gut, Sie bekennen sich also zu dem Brief. So, und was soll das nun heißen, daß er hoffentlich nicht den Militärbehörden in die Finger gefallen sei?«

»Ich weiß es nicht, Monsieur. Mein Mann – Monsieur, ich flehe Sie an, sagen Sie mir, wo ist mein Mann?«

Kommissar Rozier schwieg und warf einen Blick zu Wimsey, der sagte:

»Madame, wir haben Grund zu der Befürchtung, daß Ihr Gatte tot ist.«

»*Ah, mon dieu! Je le savais bien.* Wenn er noch lebte, hätte er mir geschrieben.«

»Wenn Sie uns jetzt helfen, indem Sie die Wahrheit über Ihren Mann sagen, können wir ihn vielleicht identifizieren.«

Die Frau stand da und sah vom einen zum andern. Schließlich wandte sie sich an Wimsey.

»Sie stellen mir auch keine Falle, Mylord? Sie wissen genau, daß mein Mann tot ist?«

»Los, los«, sagte der Kommissar, »das tut nichts zur Sache. Sie müssen die Wahrheit sagen, sonst wird es für Sie nur noch schlimmer.«

Wimsey nahm aus der Aktentasche, die er bei sich hatte, die Unterwäsche, die man bei der Leiche gefunden hatte.

»Madame«, sagte er, »wir wissen nicht, ob der Mann, der das getragen hat, Ihr Gatte war, aber bei meiner Ehre, der Mann, der die Sachen anhatte, ist tot, denn wir haben sie seinem Leichnam ausgezogen.«

Suzanne Legros wandte die Sachen hin und her; ihre verarbeiteten Hände fuhren langsam über jede Naht und jeden Flicken. Und plötzlich, als hätte der Anblick irgend etwas in ihr zerbrochen, sank sie auf einen Stuhl, ließ den Kopf auf das geflickte Unterhemd fallen und brach in lautes Weinen aus.

»Sie erkennen diese Wäsche?« fragte der Kommissar nach einer Weile in sanfterem Ton.

»Ja, das sind seine Sachen. Ich hab sie selbst geflickt. Jetzt weiß ich, daß er tot ist.«

»In diesem Falle«, sagte Wimsey, »können Sie ihm nicht mehr schaden, wenn Sie reden.«

Nachdem Suzanne Legros wieder etwas zu sich gekommen war, machte sie ihre Aussage, und der Kommissar rief den Gendarm herein, der ein Stenogramm davon aufnahm.

»Es stimmt, daß mein Mann kein Franzose oder Belgier war. Er war Engländer. Aber es stimmt auch, daß er auf dem Rückzug 1918 verwundet wurde. Eines Abends ist er auf unsern Hof gekommen. Er hatte viel Blut verloren und war ganz erschöpft. Seine Nerven waren auch sehr mitgenommen, aber das Gedächtnis hatte er nicht verloren. Er hat mich angefleht, ihm zu helfen und ihn zu verstecken, weil er nicht weiterkämpfen wollte. Ich habe ihn gepflegt, bis er wieder gesund war, und dann haben wir uns ausgedacht, was wir sagen sollten.«

»Das war schändlich, Madame. Einen Deserteur aufzunehmen!«

»Ich gebe es zu, Monsier, aber bedenken Sie meine Lage. Mein Vater war tot, meine beiden Brüder waren tot, und ich hatte keinen, der mir bei der Arbeit helfen konnte. Jean-Marie Picard, der mich heiraten sollte, war auch tot. Es gab nur noch so wenige Männer in Frankreich, und der Krieg hatte schon so lange gedauert. Und außerdem hatte ich Jean liebgewonnen, Monsieur. Und seine Nerven waren wirklich sehr angegriffen. Er konnte nichts mehr von Krieg hören.«

»Er hätte sich bei seiner Einheit melden und Genesungsurlaub beantragen sollen«, sagte Wimsey.

»Aber dann«, meinte Suzanne nur, »hätten sie ihn nach England zurückgeschickt und uns getrennt. Außerdem sind die Engländer so furchtbar streng. Sie hätten ihn vielleicht für einen Feigling gehalten und erschossen.«

»Offenbar hat er Ihnen das zumindest eingeredet«, sagte Monsieur Rozier.

»Ja, Monsieur. Er hat es geglaubt, und ich auch. Und da haben wir uns ausgedacht, daß er so tun soll, als wenn er das Gedächtnis verloren hätte, und weil seine französische Aussprache nicht sehr gut war, haben wir verabredet, daß wir so tun wollen, als wenn er durch die Verletzung auch die Sprache verloren hätte. Und seine Uniform und Papiere habe ich im großen Kochkessel verbrannt.«

»Wer hat die Geschichte erfunden – Sie oder er?«

»Er, Monsieur. Er war sehr klug. Er hat an alles gedacht.«

»Auch an den Namen?«

»Auch an den Namen.«

»Und wie lautete sein richtiger Name?«

Sie zögerte. »Seine Papiere waren verbrannt, und er hat mir nie etwas über sich erzählt.«

»Sie kennen seinen Namen nicht? Hieß er nicht Taylor?«

»Nein, Monsieur. Den Namen hat er nur angenommen, als er nach England fuhr.«

»Aha. Und wozu ist er nach England gefahren?«

»Monsieur, wir sind sehr arm, und Jean hat gesagt, daß er in England etwas besitzt, was er für viel Geld verkaufen kann, wenn er nur herankommt, ohne erkannt zu werden. Denn sehen Sie, wenn er sich zu erkennen gegeben hätte, wäre er als Deserteur erschossen worden.«

»Aber nach dem Krieg hat es doch eine Generalamnestie für Deserteure gegeben.«

»In England nicht, Monsieur.«

»Hat *er* Ihnen das gesagt?« fragte Wimsey.

»Ja, Mylord. Und darum war es wichtig, daß ihn keiner erkannte, wenn er sein Eigentum abholen ging. Und es gab noch irgendwelche Schwierigkeiten, die er mir nicht genau erklärt hat, irgend etwas mit dem Verkauf der Sachen – ich weiß nicht, worum es ging –, und dazu brauche er die Hilfe eines Freundes. Also hat er an diesen Freund geschrieben und bald darauf Antwort bekommen.«

»Haben Sie diesen Brief?«

»Nein, Monsieur. Er hat ihn verbrannt, ohne ihn mir zu zeigen. Dieser Freund wollte etwas von ihm haben – ich habe das nicht ganz verstanden, aber es war so eine Art Garantie, glaube ich. Jean hat sich eine paar Stunden lang in sein Zimmer eingeschlossen, um den Brief zu beantworten, aber die Antwort hat er mir auch nicht gezeigt. Dann hat der Freund zurückgeschrieben, daß er ihm helfen kann, aber Jeans Name dürfe nicht in Erscheinung treten – weder sein richtiger noch der Name Legros, verstehen Sie? Daraufhin hat er sich den Namen Paul Taylor ausgedacht, und laut gelacht hat er, als er auf die Idee gekommen ist, sich so zu nennen. Der Freund hat ihm dann Papiere auf diesen Namen geschickt: Paul Taylor, britischer Staatsangehöriger. Die habe ich gesehen. Es war ein Paß mit einem Photo; es hat meinem Mann nicht sehr ähnlich gesehen, aber er hat gesagt, darauf würde keiner so genau achten. Der Bart war so wie seiner.«

»Hatte Ihr Gatte einen Bart, als Sie ihn kennenlernten?«

»Nein, da war er glattrasiert wie alle Engländer. Aber den Bart hat er sich natürlich wachsen lassen, während er krank war. Der hat ihn sehr verändert, denn er hatte ein kleines Kinn, und mit dem Bart sah es größer aus. Gepäck hat Jean keines mitgenommen; er hat gesagt, er würde sich Kleider in England kaufen, denn dann sähe er wieder aus wie ein Engländer.«

»Und Sie wissen nicht, welcher Art dieser Besitz in England sein soll?«

»Gar nichts weiß ich darüber, Monsieur.«

»Waren es Ländereien? Aktien? Wertsachen?«

»Ich weiß nichts, Monsieur. Ich habe Jean oft gefragt, aber er hat es mir nicht sagen wollen.«

»Und Sie wollen uns glauben machen, daß Sie den richtigen Namen Ihres Mannes nicht kennen?«

Wieder das Zögern. Dann: »Nein, Monsieur, ich kenne ihn nicht. Es stimmt, ich habe ihn in seinen Papieren gesehen, aber die habe ich ja verbrannt, und jetzt kann ich mich nicht mehr erinnern. Aber ich glaube, er fing mit C an, und wenn ich ihn noch einmal sähe, würde ich ihn vielleicht wiedererkennen.«

»War es Cranton?« fragte Wimsey.

»Nein, ich glaube nicht, aber ich kann nicht sagen, was es war. Sowie er überhaupt wieder sprechen konnte, hat er mich gebeten, ihm seine Papiere zu geben, und da habe ich ihn nach seinem Namen gefragt, weil ich ihn nicht aussprechen konnte – er war ja englisch und sehr schwierig –, und er hat gesagt, er wolle mir seinen Namen nicht sagen, aber ich könne ihn nennen, wie ich wolle. Da habe ich ihn Jean genannt, weil das der Name meines Verlobten war, der gefallen ist.«

»Aha«, sagte Wimsey. Er suchte in seiner Brieftasche und legte ihr das amtliche Photo von Cranton vor. »Ist das Ihr Mann, wie Sie ihn zuerst kennengelernt haben?«

»Nein, Mylord, das ist nicht mein Mann. Er sieht ihm kein bißchen ähnlich.« Ihre Miene verfinsterte sich. »Sie haben mich getäuscht! Er ist gar nicht tot, und jetzt habe ich ihn verraten!«

»Er ist tot«, sagte Wimsey. »Und dieser Mann hier lebt.«

»Und nun«, sagte Wimsey, »sind wir einer Lösung nicht näher als vorher.«

»*Attendez*, Mylord. Sie hat noch nicht alles gesagt, was sie weiß. Sie traut uns nicht und verheimlicht uns den Namen. Warten Sie nur ab, wir werden ein Mittel finden, sie zum Sprechen zu bringen. Sie glaubt, daß ihr Mann vielleicht doch noch lebt. Aber wir werden sie überzeugen. Wir werden diesen Mann aufspüren lassen. Die Spur ist zwar ein paar Monate alt, aber es wird nicht allzu schwierig sein. Daß er von hier aus mit dem Zug nach Belgien aufgebrochen ist, wissen wir dank unserer Erkundigungen schon. Als er nach England übergesetzt ist, war es zweifellos von Oostende aus – es sei denn, *voyons*, Mylord, über was für Mittel konnte dieser Mann verfügen?«

»Wie soll ich das wissen? Aber wir glauben, daß der geheimnisvolle Besitz etwas mit einem Smaragdhalsband zu tun hat, das viele tausend Pfund wert ist.«

»*Ah, voilà!* Dafür lohnt es sich, Geld auszugeben. Aber dieser Mann, sagen Sie, ist nicht der Mann, den Sie vermutet haben? Wenn dieser andere Mann der Dieb war, wie kommt dann unser Mann ins Spiel?«

»Das ist es ja. Aber passen Sie mal auf. An dem Diebstahl waren zwei Mann beteiligt. Der eine war ein Londoner *cambrioleur*, der andere ein Domestike. Wir wissen nicht, wer von den beiden die Juwelen hatte; das ist eine lange Geschichte. Aber Sie haben gehört, daß dieser Jean Legros an einen Freund in England geschrieben hat, und dieser Freund könnte Cranton gewesen sein, der Einbrecher. Nun kann Legros nicht der Domestike gewesen sein, der als erster den Schmuck gestohlen hat, denn dieser Mann ist tot. Aber bevor er starb, könnte er Legros anvertraut haben, wo die Smaragde versteckt sind, sowie den Namen Crantons. Legros schreibt dann an Cranton und schlägt ihm vor, die Smaragde gemeinsam zu suchen. Cranton ist mißtrauisch und verlangt von Legros einen Beweis dafür, daß er wirklich etwas weiß. Legros schickt einen Brief, der Cranton zufriedenstellt, und Cranton wiederum besorgt Legros die notwendigen Papiere. Dann fährt Legros nach England und trifft Cranton. Gemeinsam ziehen sie los und entdecken die Juwelen. Daraufhin tötet Cranton seinen Komplizen, um alles für sich allein zu haben. Wie klingt das, Monsieur? Denn Cranton ist ebenfalls verschwunden.«

»Es wäre sehr gut möglich, Mylord. In diesem Falle wären sowohl die Juwelen als auch der Mörder in England – oder wo dieser Cranton sich aufhalten mag. Sie nehmen also an, daß dieser andere Tote, der Domestike, das Versteck des Halsbands jemandem anvertraut hat – wem?«

»Vielleicht einem Mithäftling, der nur kurz im Gefängnis war.«

»Und warum hätte er das tun sollen?«

»Damit dieser Mithäftling ihm die Mittel zur Flucht beschafft. Beweis dafür ist, daß der Domestike tatsächlich aus dem Gefängnis ausgebrochen ist, und hinterher hat man seine Leiche gefunden, in einem tiefen Loch, viele Meilen vom Gefängnis entfernt.«

»Aha – die Affäre beginnt Konturen anzunehmen. Und der Domestike – wieso hat man ihn tot aufgefunden, he?«

»Man nimmt an, daß er im Dunkeln in dieses Loch gestürzt ist. Aber allmählich fange ich an zu glauben, daß Legros ihn umgebracht hat.«

»Mylord, unsere Gedanken schwingen im Akkord. Denn, *voyez-vous*, diese Geschichte mit Desertion und Militärbehörden ist nicht wasserdicht. Hinter diesem Namenswechsel und der Angst vor der britischen Polizei steckt mehr als eine Fahnenflucht. Aber wenn der Mann ein alter Knastbruder war und obendrein einen Mord begangen hatte, versteht sich alles von selbst. Zweimal wechselt er seinen Namen, damit man seine Spur nicht einmal bis nach Frankreich verfolgen kann, denn er, Legros, hatte sich unter seinem richtigen englischen Namen nach seiner Entlassung aus dem Gefängnis zur Armee gemeldet, und die Unterlagen Ihrer Armee könnten ihn ans Messer liefern. Nur, wenn er in der Armee war, ist es merkwürdig, daß er die Zeit gefunden haben soll, den Gefängnisausbruch seines Kameraden zu planen und einen Mord zu begehen. Nein, da ist noch immer einiges ungereimt, aber in groben Zügen ist der Fall schon klar und wird noch klarer werden, wenn wir weiter daran arbeiten. In der Zwischenzeit werde ich hier und in Belgien Ermittlungen anstellen. Ich glaube, Mylord, wir dürfen uns nicht auf die normalen Passagierrouten oder selbst auf die Häfen beschränken. Ein Motorboot könnte ohne weiteres die Fahrt an die Küste von Laincolne machen. Ihre Polizei wird auf Ihrer Seite ebenfalls Ermittlungen anstellen. Und wenn wir Legros' Schritte von seiner Haustür bis zu seinem Grab in England erst kennen, dann wird Madame Suzanne auch etwas offener reden. Und nun, Mylord, bitte ich Sie, uns die Ehre zu geben und heute abend unser Mahl mit uns zu teilen. Meine Frau ist eine ausgezeichnete Köchin, sofern Sie sich zu einer *cuisine bourgeoise*, serviert mit einem trinkbaren *vin de Bourgogne*, herablassen mögen. Monsieur Delavigne von der Sûreté hat mich darüber aufgeklärt, daß Sie den Ruf eines Gourmets genießen, und darum spreche ich die Einladung mit leichtem Herzklopfen aus, aber es würde Madame Rozier und mir eine unerhörte Freude machen, wenn Sie ihr die Ehre erwiesen, Ihre Bekanntschaft machen zu dürfen.«

»Monsieur«, sagte Lord Peter, »ich bin Ihnen beiden unendlich zu Dank verpflichtet.«

Siebter Teil

Das gewöhnliche Jagen

Zuerst Lucus Mortis; dann Terra Tenebrosa; als nächstes Tartarus; danach Terra Oblivionis; dann Erebos; dann Barathrum; dann Gehenna; und schließlich Stagnum Ignis.

Sheridan LeFanu: WYLDER'S HAND

»Nun«, sagte Polizeidirektor Blundell, »wenn das so ist, müssen wir Cranton finden. Aber mir kommt es schon komisch vor. Nach allem, was ich höre, würde ich Cranton nie als den Mann für so etwas angesehen haben. Er hat noch nie in dem Verdacht gestanden, jemanden umgebracht zu haben, und sieht mir auch nicht aus wie ein Mörder. Wie Sie wissen, Mylord, ist es eine ausgesprochene Seltenheit, daß ein raffinierter Dieb seiner Art so völlig sein Metier verläßt und gewalttätig wird. Ich meine, für gewöhnlich steckt das nicht in ihnen drin, wenn Sie mich verstehen. Gewiß, er ist vor Gericht auf Deacon losgegangen, aber das war eigentlich nur – ein Balgerei, so könnte man es nennen, und ich glaube nicht einmal, daß er böse Absichten hatte. Nehmen wir mal an, der andere hat Cranton umgebracht? Er könnte die Kleider mit ihm gewechselt haben, um die Identifizierung zu erschweren.«

»Könnte er. Aber was ist mit der alten Narbe auf dem Kopf? Sie legt doch nahe, daß der Tote dieser sogenannte Jean Legros war. Es sei denn, Cranton hatte auch so eine.«

»Bis letzten September hatte er keine«, sagte der Polizeidirektor bedächtig. »Nein, ich glaube, Sie haben recht, so geht die Geschichte nicht auf. Auch die Körpermaße weichen ein wenig ab – obwohl sich das natürlich schwer sagen läßt, wenn man einen Lebenden mit einer vier Monate alten Leiche vergleicht. Und dem Toten waren so viele Zähne ausgeschlagen und zerbrochen, daß sie uns auch nicht weitergebracht haben. Nein, wir müssen Cranton finden. Wenn er lebt, hält er sich sehr gut versteckt. Das sieht so aus, als ob er etwas ziemlich Schlimmes angestellt hätte – das kann ich Ihnen sagen.«

Die Unterredung fand auf dem Friedhof statt, wo Mr. Blundell eine strapaziöse Suche nach nicht näher bezeichneten Spuren angestellt hatte. Der Polizeidirektor köpfte gedankenverloren eine Brennessel und fuhrt fort:

»Dann kommt als nächstes Will Thoday. Ich werde nicht schlau aus ihm. Möchte wetten, daß er etwas weiß – aber was *kann* er überhaupt wissen? Fest steht, wie nur irgend etwas feststehen kann, daß er krank im Bett lag, als sich das alles ereignete. Dabei bleibt er auch und sagt, er weiß nichts. Was fängt man mit einem Menschen an, der sagt, er weiß nichts? Eben nichts. Und seine Frau hätte einen ausgewachsenen Mann bestimmt nicht fesseln und begraben können. Sie gehört nicht zu der stämmigen Sorte. Und die Kinder habe ich mir vorgeknöpft. Es ging mir gegen den Strich, aber ich hab's trotzdem getan. Und sie sagen, *beide* Eltern seien die ganze Nacht im Haus gewesen. Es gibt nur noch einen Menschen, der etwas wissen könnte, und das ist *James* Thoday. Sehen Sie, Mylord, da ist doch etwas komisch. James Thoday verläßt am 4. Januar frühmorgens Fenchurch St. Paul, um auf sein Schiff zurückzukehren. Man hat ihn wegfahren sehen – der Stationsvorsteher erinnert sich genau. Aber er ist an dem Tag nicht in Hull eingetroffen. Ich hab mich bei Lampson & Blake erkundigt, und die sagen, sie hätten ein Telegramm von ihm bekommen, daß er nicht rechtzeitig zurückkommen könne, sondern am Sonntag abend eintreffen werde – was er dann auch ist. Hat etwas erzählt von ›plötzlich krank geworden‹ – und sie sagen, er habe bei seiner Ankunft wirklich krank ausgesehen. Ich habe sie gebeten, sich so schnell wie möglich mit ihm in Verbindung zu setzen.«

»Wo wurde das Telegramm aufgegeben?«

»In London. Von einem Postamt in der Nähe der Liverpool Street. Etwa um die Zeit, als der Zug, den James Thoday in Dykesey genommen hat, dort angekommen sein muß. Sieht so aus, als ob er unterwegs krank geworden sei.«

»Er könnte die Grippe von seinem Bruder gefangen haben.«

»Vielleicht. Trotzdem war er am nächsten Tag wieder gesund genug, um in See zu stechen, und das sieht doch komisch aus, finden Sie nicht? Er hätte dazwischen Zeit genug gehabt, nach London zu fahren und wieder hierher zurückzukommen. Natürlich wäre er dann nicht bis Dykesey gefahren, sondern unterwegs irgendwo ausgestiegen, und hätte den restlichen Weg mit einem Auto oder Motorrad oder was weiß ich zurückgelegt.«

Wimsey stieß einen Pfiff aus. »Sie meinen, er war zusammen mit Will irgendwie in die Sache verwickelt? Ja, ich verstehe. Will steckt mit Legros unter einer Decke, um die Smaragde an sich zu bringen – das meinen Sie? Und dann bekommt er die Grippe und kann das Ding nicht selbst drehen, also arrangiert er mit Bruder Jim, daß er es für ihn macht. Jim trifft Legros, tötet und vergräbt ihn und verduftet mit den Smaragden nach Hongkong. Nun, das würde eines erklären, und zwar, warum diese infernalischen Steine noch nicht auf dem europäischen Markt aufgetaucht sind. Drüben im Fernen Osten würde er sie leicht losschlagen können. Aber nun passen Sie mal auf, Chef – wie hat Will Thoday zunächst überhaupt Kontakt mit Jean Legros bekommen? Das war kein Problem, solange wir Cranton im Verdacht hatten, denn er hätte ohne weiteres von einem seiner Freunde in der Stadt die Papiere und so weiter für Legros besorgen können. Aber Sie können mir sicher auch nicht sagen, wie Thoday sich falsche Papiere beschaffen und Legros alles Notwendige für die Überfahrt hätte schicken sollen. Woher hätte ein Mann wie er überhaupt gewußt, wie man so etwas anfängt?«

Mr. Blundell schüttelte den Kopf.

»Aber diese zweihundert Pfund«, sagte er.

»Stimmt. Das war aber, nachdem Legros schon aufgebrochen war.«

»Und nachdem Legros tot war, ist das Geld wieder bei der Bank eingezahlt worden.«

»So?«

»Ja. Ich habe ein Wörtchen mit Thoday geredet. Er hat keine Schwierigkeiten gemacht. Er sagt, er habe daran gedacht, ein Stück Land zu kaufen und wieder auf eigene Rechnung zu arbeiten, aber nach seiner Krankheit habe er die Idee fallengelassen, weil er sich in nächster Zeit nicht die Kraft dafür zutraute. Er hat mir erlaubt, sein Bankkonto zu prüfen. Alles in Ordnung – keine verdächtigen Abhebungen, bis auf diese zweihundert Pfund am 31. Dezember, und die wurden im Januar wieder eingezahlt, sowie er wieder auf den Beinen war. Und das mit dem Land stimmt auch. Er hat daran gedacht, es zu kaufen. Trotzdem, zweihundert Pfund in lauter Einpfundnoten –«

Der Polizeidirektor unterbrach sich und verschwand mit einem plötzlichen Hechtsprung hinter einem Grabstein. Ein Quieksen, ein Füßescharren, und Mr. Blundell tauchte leicht gerötet wieder auf. Seine großen Hände hielten Potty Peakes Rockkragen fest im Griff.

»Jetzt verschwinde aber endlich hier«, sagte der Polizeidirektor und schüttelte seinen Gefangenen grob, aber nicht unfreundlich durch. »Du lädst dir noch mal viel Ärger auf, mein Junge, wenn du dich so auf dem Friedhof rumtreibst und die Leute belauschst. Kapiert?«

»Örrgh!« machte Potty. »Dafür müssen Sie einen nicht gleich erwürgen. Immer den armen Potty erwürgen! Wenn ihr wüßtet, was Potty weiß –!«

»Was weißt du denn?«

Pottys Augen funkelten listig.

»Ich hab ihn gesehen – Nummer Neun – ich hab ihn gesehen, wie er mit Will in der Kirche geredet hat. Aber die Tailors waren ihm zuviel. Der mit dem Strick – der hat ihn gekriegt, und euch kriegt er auch. Potty weiß. Potty ist nicht umsonst immer in der Kirche und drumherum, sein Leben lang.«

»Wer hat in der Kirche mit Will gesprochen?«

»Was denn, der da!« Potty deutete mit dem Kopf auf die Grabstätte der Thorpes. »Den sie da gefunden haben. Der mit dem schwarzen Bart. Acht hängen im Turm, und einer ist im Grab. Macht neun. Ihr meint, Potty kann nicht zählen, aber Potty kann. Aber den, der sie aufhängt, den kriegt ihr nicht – o nein!«

»Paß mal auf«, sagte Wimsey, »du bist doch ein schlauer Bursche, Potty. Wann hast du Will Thoday mit dem schwarzbärtigen Mann reden sehen? Zeig mal, ob du so weit zählen kannst.«

Potty Peake grinste ihn an. »Potty kann gut zählen«, sagte er sehr selbstzufrieden. »O ja!« Und damit begann er betulich an den Fingern abzuzählen. »Aha! – es war am Montag abend, da war's. Da hat es zum Abendessen kalten Schweinebraten und Bohnen gegeben – gut! – Schweinebraten und Bohnen! Haaa –! Der Herr Pfarrer hat gepredigt, von Dankbarkeit, hat er. Seid dankbar für Weihnachten, hat er gesagt. Da hat's gebratenes Hühnchen gegeben, an Weihnachten, und am Sonntag gekochtes Schweinefleisch und Grüngemüse, und seid dankbar, hat der Pfarrer gesagt. Und Potty ist nachts noch mal rausgeschlichen, um dankbar zu sein. Da muß man in die Kirche gehen, um richtig dankbar zu sein, nicht wahr, Sir? Und die Kirchentür war auf. Da ist Potty leise reingeschlichen, nicht? Und in der Sakristei war Licht. Potty hat Angst gehabt. Da hängen so Sachen in der Sakristei. Uh! Und dann hat Potty sich hinter dem ollen Batty Thomas versteckt, und dann ist Will Thoday gekommen, und Potty hat gehört, wie sie in der Sakristei geredet haben. ›Geld‹, hat Will gesagt. Geld ist was ganz Schlechtes. Und dann hat Will Thoday losgebrüllt – und hat einen Strick aus der Truhe geholt und – ah! Potty hat Angst gekriegt! Potty hat gedacht, er will ihn aufhängen. Potty will nicht sehen, wenn einer aufgehängt wird. Da ist Potty weggelaufen. Und dann hat Potty durchs Fenster geguckt in die Sakristei, und da ist der Mann mit dem schwarzen Bart auf dem Boden gewesen, und Will steht davor mit dem Strick. O je, o je! Potty mag Stricke nicht. Potty träumt immer von Stricken. Eins, zwei, drei, vier, fünf, sechs, sieben, acht – und der eine ist neun. Potty hat ihn da hängen sehen. Oh –!«

»Ich glaube, du hast das alles nur geträumt«, sagte der Polizeidirektor. »Niemand ist aufgehängt worden, soviel ich weiß.«

»Hab ihn hängen sehen«, sagte Potty trotzig. »War schrecklich. Aber hör du nur nicht drauf. War nur so'n Traum vom armen Potty.« Seine Miene veränderte sich. »Laß mich gehen, Mister. Muß meine Schweine füttern.«

»Um Gottes willen«, sagte Polizeidirektor Blundell. »Und was sollen wir nun *damit* anfangen, was meinen Sie?«

Wimsey schüttelte den Kopf.

»Ich glaube schon, daß er was gesehen hat – woher sollte er sonst wissen, daß der Strick aus der Truhe fehlt? Aber das mit dem Aufhängen – nein! Das Hängen ist eine fixe Idee bei ihm – ein Erhängungskomplex, oder wie man das nennt. Der Mann ist nicht aufgehängt worden. Was meinen Sie, welchen Montagabend Potty gemeint haben könnte?«

»Der 6. Januar kann's nicht gewesen sein, oder?« sagte der Polizeidirektor. »Die Leiche wurde am 4. Januar vergraben, soweit wir feststellen konnten. Und der 30. Dezember kann es auch nicht gewesen sein, weil Legros hier erst am 1. Januar aufgekreuzt ist – falls es Legros war, den Sie gesehen haben. Und außerdem kann ich nicht mit Sicherheit sagen, ob er Sonntag oder Montag gemeint hat – mit seinem gekochten Schweinefleisch.«

»Das kann ich«, sagte Wimsey. »Am Sonntag hat er gekochtes Schweinefleisch und Grüngemüse bekommen, und der Pfarrer hat ihm gesagt, er soll dankbar sein, was er dann auch war. Am Montag hat er Schweinefleisch mit Bohnen bekommen – wahrscheinlich aus der Dose, wie ich die moderne Landfrau einschätze –, und da war er wieder dankbar. Daraufhin ist er in die Kirche gegangen, um am richtigen Ort dankbar zu sein. Das muß irgendwann abends gewesen sein, und in der Sakristei hat Licht gebrannt.«

»Das ist richtig. Potty wohnt bei einer alten Tante – eine gute Haut, nur nicht sehr intelligent. Abends schleicht Potty sich immer weg. Diese Schwachsinnigen sind oft teuflisch raffiniert. Aber an welchem Abend war's?«

»An dem Tag, nachdem der Pfarrer über Dankbarkeit gepredigt hat«, sagte Wimsey. »Das sieht nach dem 30. Dezember aus. Warum nicht? Sie wissen doch nicht, ob Legros nicht doch vor dem 1. Januar hier angekommen ist. Am 1. Januar ist Cranton gekommen.«

»Ich dachte, wir hätten Cranton gestrichen und Will Thoday an seine Stelle gesetzt«, begehrte Blundell auf.

»Wer war's denn dann, den ich an der Straße hinter der Brücke getroffen habe?«

»Das muß Legros gewesen sein.«

»Könnte – aber ich glaube immer noch, daß es Cranton war, oder sein Zwillingsbruder. Wenn ich aber am 1. Januar Legros getroffen hätte, könnte Will Thoday ihn nicht am 30. Dezember aufgehängt haben. Außerdem wurde er gar nicht aufgehängt. Und«, fügte Wimsey triumphierend hinzu, »wir wissen doch nicht einmal, *wie* er überhaupt gestorben ist.«

Der Polizeidirektor stöhnte auf.

»Ich sage, wir werden Cranton finden müssen, so oder so. Und was den 30. Dezember betrifft, woher wollen Sie das überhaupt so genau wissen?«

»Ich werde den Pfarrer mal fragen, an welchem Tag er über Dankbarkeit gepredigt hat. Oder Mrs. Venables. Die wird es eher wissen.«

»Und ich sollte Will Thoday noch einmal aufsuchen. Nicht

daß ich Potty ein einzigs Wort glaube. Und wie steht es mit Jim Thoday? Welche Rolle spielt er jetzt in dem Sück?«

»Weiß ich nicht. Aber von einem bin ich überzeugt, Chef. Der die Knoten in Gaudes Seil gemacht hat, das war kein Seemann. Darauf leiste ich jeden Eid.«

»Ach ja!« seufzte der Polizeidirektor.

Wimsey ging zum Haus zurück und fand den Pfarrer in seinem Studierzimmer emsig damit beschäftigt, einen Satz Treble Bob Major niederzuschreiben.

»Einen Moment noch, mein lieber Junge«, sagte er, indem er seinem Gast die Tabakdose zuschob, »einen Moment noch, ich muß nur eben diesen kleinen Satz beenden, um Wally Pratt zu zeigen, wie das geht. Er hat nämlich wieder mal ›geschmissen‹, wie der alte Hezekiah es nennt. Also, was hat denn der dumme Kerl hier angestellt? Die neunte Führung müßte den Queens-Wechsel bringen – mal sehen, mal sehen – 51732486, 15734286 – das sind ganz richtig die ersten Dreier und Vierer – 13547826 – ah, da steckt der Haken! Die Acht hätte hier heimgerufen werden müssen. Was ist denn da passiert? – Ach, natürlich! Was bin ich doch für ein strohköpfiger Tölpel! Er hat den Scherschritt vergessen. Sie kann ja erst danach heimgerufen werden.« Er zog mit roter Tinte einen Strich über das Blatt und begann wie besessen Zahlen zu kritzeln. »So! 51372468, 15374286 – und *jetzt* kommt sie heim wie ein Vögelchen! – 13572468. So ist es besser. Jetzt müßten sie bei der zweiten Wiederholung in die Runde kommen. Mal nachprüfen. Zwei nach fünf, drei nach zwei – ja, ja – das ergibt 15263748, mit Tittums am Ende des zweiten Durchgangs, und einmal wiederholt, dann kommen sie in die Runde. Ich schreibe nur noch schnell die Führungsenden hin, damit er es daran nachprüfen kann. Zwei auf drei, drei auf fünf, vier auf zwei, fünf auf sieben, sechs auf vier, sieben auf acht, acht auf sechs zur einfachen Führung. Dann der Scherschritt. Einfach, Scherschritt, Scherschritt, dreimal einfach und ein Scherschritt. Es ist mir unbegreiflich, wie die rote

Tinte es schafft, sich immer so auf einem breitzumachen. Da! Jetzt hab ich einen dicken Klecks am Ärmel! Ruf sie in die Mitte, ein und aus und heim. Zweimal wiederholen. Ein hübscher kleiner Satz.« Er schob ein paar zahlenbedeckte Blätter beiseite und übertrug großzügig rote Tinte von den Fingern auf die Hosenbeine. »So, und nun, wie kommen Sie weiter? Was gibt es? Kann ich Ihnen helfen?«

»Ja, Herr Pfarrer. Sie können mir sagen, an welchem Sonntag in diesem Winter Sie über Dankbarkeit gepredigt haben.«

»Dankbarkeit? Nun ja, das ist so etwas wie ein Lieblingsthema von mir. Sehen Sie, ich finde, die Leute neigen viel zu sehr zum Murren – das finde ich wirklich –, und dabei könnte es ihnen allen eigentlich sehr viel schlechter gehen. Sogar den Bauern. Wie ich ihnen beim letzten Erntefest erst gesagt habe – ach ja, Sie haben mich doch nach meiner Predigt über Dankbarkeit gefragt! Eben, darüber predige ich immer beim Erntefest – so lange ist es nicht her?... Dann muß ich mal nachdenken. Mein Gedächtnis wird leider so unzuverlässig...« Er stürzte zur Tür. »Agnes, Liebe! Agnes! Hast du einen Augenblick Zeit für uns?... Meine Frau erinnert sich ganz bestimmt... Liebe, es tut mir so leid, wenn ich dich störe, aber kannst du dich noch erinnern, wann ich zuletzt über Dankbarkeit gepredigt habe? Ich habe das Thema angeschnitten in meiner Predigt über den Zehnt, das weiß ich noch – könntest du mal nachdenken? Nicht daß wir mit dem Zehnt hier im Dorf irgendwelche Schwierigkeiten hätten. Unsere Bauern sind sehr vernünftig. Ein Mann aus St. Peter ist mal gekommen, um mit mir darüber zu sprechen, aber ich habe ihn darauf hingewiesen, daß die Anpassung von 1918 zugunsten der Bauern erfolgt ist, und wenn sie Grund zu haben glaubten, sich über das Gesetz von 1925 beklagen zu müssen, sollten sie sich für eine neue Anpassung einsetzen. Aber Gesetz ist Gesetz, hab ich gesagt. O ja, in der Frage des Zehnten bin ich hart, das muß ich sagen. Hart!«

»Ja, Theodore«, sagte Mrs. Venables mit leicht säuerlichem Lächeln, »aber wenn du den Leuten nicht so oft das

Geld vorstrecktest, damit sie den Zehnt bezahlen können, wären sie vielleicht nicht so vernünftig.«

»Das ist was anderes«, sagte der Pfarrer eilig, »etwas völlig anderes. Es ist eine Frage des Prinzips, und ein kleiner persönlicher Kredit hat damit nichts zu tun. Auch die besten Frauen begreifen nicht immer die Bedeutung eines rechtlichen Prinzips, nicht wahr, Lord Peter? In meiner Predigt ging es ums Prinzip. Das nächste war: ›Gebt dem Kaiser...‹ Ob nun allerdings der Zehnt als Gottes oder des Kaisers anzusehen ist... Und manchmal, das muß ich zugeben, finde ich es ein wenig unglücklich, daß die Kirche so auf des Kaisers Seite zu stehen scheint und daß eine Entstaatlichung und Säkularisierung –«

»Ein cäsarischer Akt sozusagen, meinen Sie?« half Wimsey nach.

»Äh – o ja! Sehr gut«, sagte der Pfarrer. »Meine Liebe, das ist sehr gut, findest du nicht? Ich muß das einmal dem Bischof vortragen – oder nein, vielleicht nicht. Er ist da ein bißchen engstirnig und verbohrt. Aber es ist wahr – wenn man doch nur diese beiden Dinge trennen könnte, das Vergängliche und das Geistige – aber die Frage, die ich mir immer stelle, lautet, was wird aus den Kirchen – den Gebäuden – unserer eigenen schönen Kirche hier – was würde in einem solchen Falle aus ihr werden?«

»Mein Lieber«, sagte Mrs. Venables, »Lord Peter hat dich nach deiner Predigt über Dankbarkeit gefragt. Hast du darüber nicht am Sonntag nach Weihnachten gepredigt? Dankbarkeit für die Weihnachtsbotschaft? Du erinnerst dich doch sicher. Der Text war der Epistel für diesen Tag entnommen: ›Also ist nun hie kein Knecht mehr, sondern eitel Kinder.‹ Es ging darum, wie glücklich wir sein müßten, Gottes Kinder zu sein, und daß wir uns angewöhnen sollten, ›Danke, Vater‹ zu sagen für alle angenehmen Dinge im Leben, und so gutartig zu sein, wie wir uns unsere eigenen Kinder wünschen. Ich weiß das noch so genau, weil Jackie und Fred Holliday in der Kirche Streit bekommen haben wegen der Gebetbücher, die wir ihnen gegeben haben, so daß ich sie rausschicken mußte.«

»Ganz richtig, meine Liebe. Du weißt doch immer alles. So war es, Lord Peter. Am Sonntag nach Weihnachten. Jetzt erinnere ich mich ganz deutlich. Die alte Mrs. Giddings hat mich hinterher noch am Kirchenportal angehalten, um sich zu beklagen, daß in ihrem Weihnachts-Plumpudding nicht genug Rosinen waren.«

»Mrs. Giddings ist ein undankbarer alter Besen«, konstatierte seine Frau.

»Dann *war* ja am Tag darauf der 30. Dezember«, sagte Wimsey. »Danke, Herr Pfarrer, das war sehr hilfreich. Können Sie sich zufällig erinnern, ob Will Thoday am Montag abend aus irgendeinem Grunde zu Ihnen gekommen ist?«

Der Pfarrer sah hilfslos zu seiner Frau, die prompt antwortete:

»Aber natürlich, Theodore. Er hat dich etwas wegen des Neujahrsläutens fragen wollen. Weißt du nicht mehr, wie du gesagt hast, wie komisch und krank er aussah? Na klar, da muß er diese Grippe schon in sich gehabt haben, der Arme. Er ist spät gekommen – gegen neun Uhr –, und du hast noch gesagt, du kannst nicht verstehen, warum er nicht bis morgens gewartet hat.«

»Richtig, richtig«, sagte der Pfarrer. »Jawohl, Thoday ist am Montag abend zu mir gekommen. Sie wollen doch hoffentlich nicht – halt! Ich darf keine neugierigen Fragen stellen, nicht wahr?«

»Vor allem nicht, wenn ich keine Antwort darauf weiß«, meinte Wimsey, indem er lächelnd den Kopf schüttelte. »Nun zu Potty Peake. Wie schwachsinnig ist er eigentlich? Kann man sich ein wenig auf das verlassen, was er erzählt?«

»Nun ja«, sagte Mrs. Venables, »manchmal kann man, manchmal nicht. Er bringt Dinge durcheinander, wissen Sie? Ehrlich ist er, soweit er etwas versteht, aber er phantasiert eben auch viel und erzählt das dann so, als ob es wahr wäre. Wenn er irgend etwas von Stricken oder Aufhängen sagt, können Sie ihm gar nichts glauben – das ist seine kleine Besonderheit. Ansonsten – wenn es zum Beispiel um Schweine geht, oder um die Orgel in der Kirche – kann man sich ganz und gar auf ihn verlassen.«

»Aha«, sagte Wimsey. »Nun, er hat ziemlich viel von Stricken und Erhängen gesprochen.«

»Dann glauben Sie besser kein Wort«, antwortete Mrs. Venables entschieden. »Meine Güte, da kommt ja der Polizeidirektor angefahren! Wahrscheinlich will er zu Ihnen.«

Wimsey fing Mr. Blundell im Garten ab und steuerte ihn vom Haus weg.

»Ich habe mit Thoday gesprochen«, sagte der Polizeidirektor. »Natürlich streitet er alles rundweg ab. Er sagt, Potty hat das nur geträumt.«

»Aber wie ist das mit dem Seil?«

»Eben! Aber Potty hatte sich ja hinter der Friedhofsmauer versteckt gehalten, als Sie und ich das Seil im Brunnen fanden, und wieviel er mitgehört hat, weiß ich nicht. Jedenfalls leugnet Thoday, und solange ich ihm nicht direkt den Mord zur Last lege, muß ich ihn beim Wort nehmen. Sie kennen ja diese vermaledeiten Vorschriften. Keine Zeugeneinschüchterung. So steht es da. Und was immer Thoday getan oder nicht getan hat, er kann die Leiche nicht vergraben haben, und damit hat sich's. Oder meinen Sie, daß irgendeine Jury ihn aufgrund der Aussage eines Dorftrottels wie Potty Peake schuldig sprechen würde? Nie. Unsere Aufgabe ist klar. Wir müssen Cranton finden.«

An diesem Nachmittag erhielt Lord Peter einen Brief.

»Lieber Lord Peter,
mir ist eben etwas Komisches eingefallen, worüber Sie Bescheid wissen sollten, obwohl ich mir nicht denken kann, daß es etwas mit dem Mord zu tun haben könnte. Aber in Kriminalromanen will der Detektiv immer über alles Komische Bescheid wissen, darum schicke ich Ihnen den Zettel. Onkel Edward sähe es sicher nicht gern, daß ich Ihnen schreibe, weil er sagt, Sie bestärken mich in meiner Ab-

sicht, Schriftstellerin zu werden und mich in die Arbeit der Polizei einzumischen – er ist eben ein dummer Spießer! Darum nehme ich an, daß Miss Garstairs – das ist unsere Direktorin – mir nicht erlauben würde, Ihnen zu schreiben, aber ich stecke den Brief einfach in einen anderen an Penelope Dwight und hoffe, daß sie ihn an Sie weiterschickt.

Ich habe den Zettel am Ostersamstag in der Glockenstube gefunden und hatte vor, ihn Mrs. Venables zu zeigen, weil er so komisch ist, aber als dann Paps gestorben ist, habe ich ihn ganz vergessen. Ich war der Meinung, es sei irgendein Unfug von Potty Peake, aber Jack Godfrey meint, das ist nicht Pottys Schrift, aber verrückt genug ist es, daß es von ihm sein könnte, nicht? Jedenfalls denke ich mir, daß Sie sich vielleicht dafür interessieren. Ich kann mir auch nicht vorstellen, wie Potty an das ausländische Papier gekommen sein soll. Sie vielleicht?

Ich hoffe, Sie kommen mit den Ermittlungen gut voran. Sind Sie noch in Fenchurch St. Paul? Ich schreibe gerade ein Gedicht über das Gießen der Tailor Paul. Miss Bowler findet es bisher ganz gut, und ich glaube, es wird in der Schulzeitung veröffentlicht. Jedenfalls wird das Onkel Edward ganz schön ärgern. Er kann ja nicht verhindern, daß ich in der Schulzeitung gedruckt werde. Bitte schreiben Sie mir, wenn Sie Zeit haben, ob Sie mit dem Zettel irgend etwas anfangen konnten.

Mit besten Grüßen
Ihre
Hilary Thorpe.«

»Eine Kollegin, wie Sherlock Holmes sagen würde, ganz nach meinem Herzen«, sagte Wimsey, als er den beiliegenden dünnen Zettel auseinanderfaltete. »Mein Gott! ›Die Elfen tanzten Reigen‹ – zweifellos ein verlorengegangenes Werk von Sir James Barrie. Die literarische Sensation des Jahres! ›Es wiegte im leichten Wind dazu sich der schlotschwarze Elefant.‹ Das hat weder Hand noch Fuß. Hm! Es hat schon etwas Verrücktes an sich, was nach Potty riechen könnte, aber bisher kommt nichts von Erhängen darin vor, also ist es wohl doch nicht von ihm – er hätte König Charles' Kopf bestimmt nicht so lange aus dem Spiel lassen können. Ausländisches Papier – Moment mal, das Papier kommt mir doch irgendwie bekannt vor! Mein Gott, ja! Der Brief von Suzanne Legros! Wenn dieser Zettel nicht der Zwillingsbruder von dem Brief ist, will ich Holländer sein. Mal überlegen. Angenommen, diesen Zettel hat Jean Legros an Cranton geschickt, oder an Will Thoday oder wen auch sonst? Das sollte Blundell sich mal ansehen. Bunter, fahren Sie den Wagen vor. Was halten Sie übrigens davon?«

»Davon, Mylord? Ich würde sagen, es ist von einer Person verfaßt, die über nicht unerhebliche literarische Qualitäten verfügt, die Werke Sheridan LeFanus kennt und, wenn mir der Ausdruck gestattet ist, Mylord, nicht alle Tassen im Schrank hat.«

»Finden Sie? Kommt Ihnen das nicht vor wie eine chiffrierte Botschaft, oder etwas in dieser Art?«

»Auf diesen Gedanken bin ich nicht gekommen, Mylord. Der Stil ist gewiß verkrampft, aber verkrampft auf eine, nun, ich würde sage konsequente Weise, die mehr auf – äh – literarische als auf mechanische Bemühungen schließen läßt.«

»Richtig, Bunter, richtig. Etwas so Einfaches, Primitives wie jedes dritte Wort und so weiter ist es nicht. Es ist auch nicht mit einem Raster zu lesen, denn mit der eventuellen Ausnahme des Wortes ›schlotschwarz‹ ist nichts darin, was irgendwie aus der Art schlägt. Das mit dem Mond ist ja ganz nett. Ein bißchen gezwungen, aber bildhaft. Wabernde Stille – etwas seltsam, aber man kann sich's vorstellen. ›Der Odem der verlorenen Seele aus dem Fegefeuer umfing mich. Endlich naht' von fern der Morgen in rötender Helle.‹ Wer das geschrieben hat, muß jedenfalls ein Ohr für Rhythmus gehabt haben. LeFanu, meinen Sie? Kann nicht weit daneben liegen, Bunter. Mich erinnert es an eine dieser Traumszenen.«

»Daran hatte ich auch gedacht, Mylord.«

»An der Stelle, die ich meine, sollte ja das Opfer wieder nach oben geschickt werden. Wurde es doch auch, nicht wahr, Bunter?«

»Aus dem Grab, Mylord? Ich glaube, ja. Wie der Unbekannte, mit dem wir uns hier beschäftigen.«

»Sie sagen es – Sie sagen es. ›Satanas Pfuhl brüllt wieder, und Erebus öffnet sich‹, schreibt unser Korrespondent. Meint er damit vielleicht etwas Bestimmtes, Bunter?«

»Könnte ich nicht sagen, Mylord.«

»Das Wort ›Erebus‹ kommt ja auch bei LeFanu vor, nur wird es da mit O geschrieben – Erebos. Wenn der Verfasser sich seine Eingebung dort geholt hat, muß er mit beiden Schreibweisen vertraut gewesen sein. Alles sehr merkwürdig, mein lieber Bunter. Wir fahren jetzt nach Leamholt und vergleichen mal die beiden Schreiben.«

Ein kräftiger Wind wehte über die Fenmoore, und riesige weiße Wolken segelten geschwind unter dem weiten blauen Himmelsgewölbe dahin. Als sie vor der Polizeistation von Leamholt anhielten, kam ihnen der Polizeidirektor entgegen, der eben selbst in seinen Wagen steigen wollte.

»Kommen Sie zu mir, Mylord?«

»Ja. Und Sie wollten zu mir?«

»Ganz recht.«

Wimsey lachte.

»Es tut sich ja etwas. Was haben Sie denn Schönes?«

»Wir haben Cranton.«

»Nein!«

»Doch, Mylord. Man hat ihn irgendwo in London aufgespürt. Hab's heute früh erfahren. Anscheinend ist er krank oder so was. Jedenfalls haben wir ihn. Ich fahre hin, um ihn mir vorzuknöpfen. Möchten Sie mit?«

»Und ob! Soll ich Sie hinfahren? Dann spart der Staat das Fahrgeld. Und es geht schneller und bequemer.«

»Recht herzlichen Dank, Mylord.«

»Bunter, telegraphieren Sie dem Herrn Pfarrer, daß wir nach London gefahren sind. Hüpfen Sie rein, Chef. Jetzt werden Sie mal sehen, wie schnell und sicher moderne Verkehrsmittel sind, wenn ihnen keine Geschwindigkeitsbegrenzung auferlegt wird. Ah, Moment noch. Solange Bunter das Telegramm aufgibt, werfen Sie mal einen Blick hierauf. Das hab ich heute früh bekommen.«

Er reichte ihm Hilary Thorpes Brief und die Anlage.

»Schlotschwarze Elefanten?« meinte Mr. Blundell. »Um Himmels willen, was soll denn das?«

»Weiß ich nicht. Ich hoffe, Ihr Freund Cranton kann uns das sagen.«

»Aber das ist doch völlig bekloppt.«

»Ich glaube nicht, daß ein Bekloppter sich in solche Höhen aufschwingen könnte. Nein, ich weiß schon, was Sie meinen – bemühen Sie sich nicht, es zu erklären. Aber das Papier, Chef, das Papier!«

»Was ist damit? Ach so, jetzt verstehe ich. Sie meinen, es kommt aus derselben Ecke wie Suzanne Legros' Brief? Würde mich nicht wundern, wenn Sie recht hätten. Kommen Sie rein, wir schauen es uns mal an. Himmel aber auch, Mylord, Sie haben recht! Könnte vom selben Block abgerissen sein. Also, ich werde... In der Glockenstube gefunden, sagen Sie? Was könnte das denn nach Ihrer Meinung bedeuten?«

»Ich glaube, das ist der Brief, den Legros seinem Freund in England geschickt hat – die ›Garantie‹, die er aufgesetzt hat und für die er sich stundenlang in seinem Zimmer einschließen mußte. Und ich glaube, es ist der Schlüssel zum Versteck der Smaragde. Eine Chiffre oder so etwas.«

»Eine Chiffre? Aber eine komische. Werden Sie schlau daraus?«

»Noch nicht. Aber ich find's heraus! Oder ich finde einen, der das entziffern kann. Noch hoffe ich, daß Cranton es uns übersetzt. Aber ich wette, er wird's nicht tun«, fügte Seine Lordschaft sinnend hinzu. »Und selbst wenn wir den Text herauskriegen, fürchte ich, daß er uns nicht viel nützen wird.«

»Warum nicht?«

»Weil Sie Gift darauf nehmen können, daß derjenige, der Legros getötet hat – ob Cranton oder Will Thoday oder ganz jemand anders, von dem wir noch gar nichts wissen –, die Smaragde längst geholt hat.«

»Das darf man wohl annehmen. Aber auf jeden Fall, Mylord, wenn wir die Chiffre herauskriegen und das Versteck finden und das Zeug ist weg, haben wir immerhin den Beweis, daß wir auf der richtigen Fährte sind.«

»Das schon. Aber«, fuhr Wimsey fort, als der Polizeidirektor und Bunter in den Wagen stiegen und mit einer Geschwindigkeit aus Leamholt getragen wurden, die dem Polizisten den Atem verschlug, »wenn die Smaragde fort sind und Cranton sagt, er hat sie nicht genommen, und wir können nicht beweisen, daß er sie doch genommen hat, und wir können auch nicht feststellen, wer Legros in Wirklichkeit war oder wer ihn getötet hat – wie stehen wir dann da?«

»Genau wie am Anfang«, sagte Mr. Blundell.

»So ist es«, sagte Wimsey. »Es ist wie im Spiegelland. Man muß aus Leibeskräften rennen, nur um am selben Ort zu bleiben.«

Der Polizeidirektor sah sich um. Flach wie ein Schachbrett und ebenso gescheckt von den Deichen und Hecken jagte das Fenmoor an ihnen vorbei.

»Wie im Spiegelland, genau«, pflichtete er Wimsey bei. »Wie das Bild in diesem Buch. Nur das Am-Ort-Bleiben, Mylord – ich muß sagen, da hört die Ähnlichkeit auf – zumindest mit Ihnen am Steuer.«

Achter Teil

Lord Peter folgt seiner Leitglocke in die Führung

Noch einmal möchte ich dem jungen Kondukteur ans Herz legen, wie vorteilhaft es für ihn ist, Sätze oder ganze Zyklen niederzuschreiben ... wodurch er einen großartigen Einblick in das Arbeiten der Glocken gewinnt.

Troyte: ON CHANGE-RINGING

»Na klar«, räumte Mr. Cranton ein, indem er von seinem Kissen zerknirscht in Lord Peters Gesicht emporgrinste, »wenn Ihre Lordschaft mich erkennt, hab ich natürlich ausgespielt. Muß reinen Tisch machen, sagte der Lappen zum Krümel. Ja, es stimmt, ich war Neujahr in Fenchurch St. Paul. Wunderschöner Ort, um so ein richtig glückliches neues Jahr anzufangen. Und es stimmt auch, daß ich mich seit letztem Dezember nicht mehr gemeldet habe. Und wenn Sie mich fragen, finde ich es ganz schön schlampig von euch Plattfußindianern, daß ihr mich nicht früher gefunden habt. Möchte wissen, wofür unsereiner Steuern zahlt.«

Er schwieg und drehte sich unruhig herum.

»Verschwenden Sie Ihren Atem nicht mit Frechheiten«, sagte Chefinspektor Parker von der Fahndungsabteilung nicht unfreundlich. »Wann haben Sie denn angefangen, sich diesen Gesichtsrasen wachsen zu lassen? Im September? Hab ich mir doch gedacht. Und wozu? Doch sicher nicht der Schönheit wegen, oder?«

»Bestimmt nicht«, sagte Mr. Cranton. »Ich kann Ihnen sagen, mir hat das Herz geblutet, mich so entstellen zu müssen. Aber ich hab mir gedacht: ›Die erkennen Nobby Cranton nie, wenn er seine edlen Züge hinter schwarzem Haar versteckt.‹ Also hab ich das Opfer gebracht. Jetzt ist es nicht mehr so schlimm, und ich hab mich sogar daran gewöhnt, aber solange das Zeug noch wuchs, sah es scheußlich aus. Hat mich richtig an die schönen Zeiten erinnert, als ich noch auf Königs Kosten lebte. Ach ja, und sehen Sie sich mal diese Hände an! Die haben es nie verwunden. Ich frage Sie, wie kann ein feiner Herr noch seinen Beruf ausüben, nach all den Jahren grober Knechtsarbeit? Ich sage, da wird einem das Brot aus dem Mund genommen.«

»Sie hatten also irgendein Ding laufen, das letzten September anfing«, sagte Parker geduldig. »Schießen Sie los, was war's? Hatte es vielleicht mit den Wilbraham-Smaragden zu tun?«

»Gut, ehrlich gesagt, ja«, antwortete Nobby Cranton. »Sehen Sie, ich sage Ihnen die reine Wahrheit. Es hat mich nicht gestört – noch *nie* –, für etwas eingelocht zu werden, was ich wirklich ausgefressen hatte. Aber es tut weh, wenn einem nicht geglaubt wird. Und als ich sagte, daß ich die Smaragde nie gehabt habe, da war das ehrlich gemeint. Ich hab sie nie gehabt, und das wissen Sie auch selbst. Wenn ich sie gehabt hätte, würde ich jetzt nicht in so einem Loch hausen, darauf können Sie Ihre schönen Dienststiefel wetten. Dann würde ich jetzt nur noch den Rahm von der Milch schlürfen wie die großen Herren. O Gott!« fuhr Mr. Cranton fort. »Die Dinger hätte ich auseinandergenommen und verhökert, bevor Sie sich nur umgedreht hätten. Und von wegen wiederfinden – die hätten Sie nie wiedergefunden, so hätte ich das gemacht.«

»Sie sind also nach Fenchurch St. Paul gegangen, um den Schmuck zu suchen?« mutmaßte Wimsey.

»Ganz recht, so ist es. Und warum? Weil ich wußte, daß er noch dort sein mußte. Dieses Schwein – Sie wissen, wen ich meine –«

»Deacon?«

»Genau, Deacon.« Etwas, das Angst oder auch nur Zorn sein mochte, huschte über das Gesicht des Kranken. »Er ist ja nie von da weggegangen. Er kann die Steine nicht fortgeschafft haben, bevor Sie ihn beim Wickel hatten. Und Sie haben ja auch seine Korrespondenz überwacht, oder nicht? Wenn er sie eingepackt und weggeschickt hätte, wären Sie ihm draufgekommen, nicht wahr? Nein. Er hat sie dort gehabt – irgendwo – ich weiß nicht, wo – aber er hat sie gehabt. Und da wollte ich sie eben finden, klar? Ich wollte sie holen und zu Ihnen kommen und sie Ihnen zeigen, damit Sie zurücknehmen müssen, daß Sie gesagt haben, ich hätte sie. Ganz schön dumme Gesichter hätten Sie gemacht, wenn Sie praktisch hätten zugeben müssen, daß ich die Wahrheit gesagt hatte.«

»Ach, wirklich?« meinte Parker. »So war das gedacht? Sie wollten die Steine finden und sie als braver kleiner Junge zur Polizei bringen?«

»So ist es.«

»Sie hatten nicht etwa vor, etwas anderes damit anzustellen?«

»Um Gottes willen, nein«, antwortete Mr. Cranton.

»Sie sind auch im September nicht zu uns gekommen, um zu fragen, ob wir Ihnen nicht suchen helfen wollen?«

»Das nicht«, gab Mr. Cranton zu. »Ich wollte mir keine Horde dummer Polypen ans Bein hängen. Es war ja mein Spielchen, verstehen Sie? Alles meiner eigenen Hände Werk, wie die Pflastermaler sagen.«

»Entzückend«, sagte Parker. »Und woher glaubten Sie zu wissen, wo Sie suchen mußten?«

»Nun«, begann Cranton vorsichtig, »etwas, was Deacon zu mir gesagt hatte, hat mich auf die Idee gebracht. Aber das war auch gelogen. So einen Lügner wie diesen Kerl hab ich noch nie gesehen. Was der sich zusammengelogen hat, damit hätten Sie ganze Balkendecken zu Spiralen biegen können. Geschieht mir recht, was lasse ich mich auch mit Sklavenseelen ein. Nichts als Bosheit und Heimtücke findet man bei dieser Sorte. Ehrgefühl ist für die ein Fremdwort.«

»Anzunehmen«, sagte der Chefinspektor. »Und wer ist Paul Taylor?«

»Da haben Sie's!« rief Mr. Cranton triumphierend. »Deacon hat zu mir gesagt –«

»Wann?«

»Im – na ja – im Kittchen, wenn Sie gestatten, daß ich so einen ordinären Ort hier erwähne. ›Willst du wissen, wo die Klunker sind?‹ hat er gesagt. ›Frag mal Paul Taylor oder Batty Thomas‹, und dabei hat er übers ganze Gesicht gefeixt. ›Wer sind die?‹ frag ich. ›Die findest du in Fenchurch St. Paul‹, sagt er und grinst noch breiter. ›Aber so schnell wirst du sicher nicht mehr nach Fenchurch kommen‹, hat er gemeint. Und da hab ich ihm eine gescheuert – entschuldigen Sie den Ausdruck –, aber dann ist der blöde Wärter dazwischengegangen.«

»Wirklich?« fragte Parker ungläubig.

»Hand aufs Herz, und ich will tot umfallen«, sagte Mr. Cranton. »Aber wie ich nach Fenchurch gekommen bin, sehen Sie, da hab ich erfahren müssen, daß es diese Leute gar nicht gibt – nur irgend so'n Quatsch mit Glocken oder so. Da hab ich mir dann die Sache aus dem Kopf geschlagen.«

»Und sind am Samstag abend still und heimlich verduftet. Warum?«

»Also, um ehrlich zu sein«, erwiderte Mr. Cranton, »da war so eine Person in diesem Ort, die mir nicht recht gefallen wollte. Ich hatte so eine Ahnung, daß mein Gesicht bei ihr gewisse Erinnerungen wecken könnte, trotz der neuen Dekoration. Und da ich nicht unbedingt Streit suchte – so was tut ein Gentleman nicht –, hab ich mich diskret zurückgezogen.«

»Und wer war diese lästige Person?«

»Nun, diese Frau – Deacons Frau. Wir hatten ja sozusagen Schulter an Schulter gestanden, unter unerfreulichen Umständen, und da hatte ich nicht den Wunsch, die Bekanntschaft zu erneuern. Hätte nie damit gerechnet, *sie* in dem

Dorf anzutreffen, und ich finde das, ehrlich gesagt, auch etwas geschmacklos von ihr.«

»Sie ist wiedergekommen, nachdem sie einen Mann namens Thoday geheiratet hatte«, sagte Wimsey.

»Wieder geheiratet hat sie?« Cranton kniff die Augen zusammen. »Aha, verstehe. Das hab ich nicht gewußt. Also, du kriegst die Motten!«

»Warum so überrascht?«

»Warum? – Na ja – da war wohl einer nicht besonders wählerisch, sonst nichts.«

»Hören Sie mal«, sagte Parker, »Sie können ja jetzt ohne weiteres die Wahrheit sagen. Hat diese Frau irgend etwas mit dem Diebstahl der Smaragde zu tun gehabt?«

»Woher soll ich das wissen? Aber wenn ich ehrlich sein soll, ich glaub's nicht. Meiner Meinung nach war sie einfach dumm. Deacons Werkzeug. Ich bin überzeugt, der Bursche hat sie dazu angestellt, die Sache auszubaldowern, aber ich glaube nicht, daß sie gescheit genug war, um zu kapieren, was sie tat. Ganz ehrlich, ich glaub's nicht, denn ich kann mir nicht vorstellen, daß dieser Deacon sich verraten hätte. Aber was weiß ich?«

»Sie glauben nicht, daß sie weiß, wo der Schmuck ist?«

Cranton dachte kurz nach. Dann lachte er.

»Ich könnte fast schwören, daß sie keine Ahnung hat.«

»Warum?«

Er zögerte.

»Wenn sie was wüßte und ehrlich wäre, hätte sie's der Polizei gesagt, nicht? Wenn sie was wüßte und nicht ehrlich wäre, hätte sie mir oder meinen Kumpeln was gesagt. Nein, aus der kriegen Sie nichts raus.«

»Hm. Und Sie glauben also, sie hat Sie erkannt?«

»Ich hatte das dumme Gefühl, daß sie anfing, mein Gesicht bekannt zu finden. Wohlgemerkt, es war nur so ein dummes Gefühl von mir. Ich könnte mich getäuscht haben. Aber ich hab gedacht, das könnte Krach geben, und Krach hab ich schon immer unfein gefunden. Darum bin ich weggegangen.

Bei Nacht. Ich hatte eine Arbeitsstelle beim Schmied – ein prima Bursche, aber ein Prolet. Mit ihm wollte ich auch keinen Streit bekommen. Da bin ich also still und leise heimgekehrt, um mir die Sache noch einmal durch den Kopf gehen zu lassen, und dann hat mich dieses Gelenkrheuma erwischt und ist mir aufs Herz geschlagen, wie Sie sehen.«

»Ich sehe. Wie haben Sie sich dieses Gelenkrheuma zugezogen?«

»Meinen Sie nicht, daß sich so was jeder zuzieht, wenn er in einen von diesen verfluchten Gräben fällt? So was von einem Land hab ich noch nie gesehen, mein Lebtag nicht. Das Landleben war sowieso noch nie mein Fall – vor allem mitten im elenden Winter, wenn's auch noch taut. Um ein Haar hätte man mich tot aus dem Graben gefischt, und das ist ja nun wirklich kein passendes Ende für einen Gentleman.«

»Sie sind der Sache mit Batty Thomas und Tailor Paul also nicht weiter nachgegangen?« fragte Parker, lässig den Wortschwall unterbrechend, mit dem sich Cranton bereitwillig über jedes Nebenthema erging. »Ich spreche von den Glocken. Sie waren zum Beispiel nicht in der Glockenstube, um nachzusehen, ob dort die Smaragde versteckt waren?«

»Nein, natürlich nicht. Außerdem«, fuhr Mr. Cranton viel zu hastig fort, »war diese elende Bude dauernd abgeschlossen.«

»Sie haben's also doch versucht?«

»Na ja, um ehrlich zu sein, ich hab mal die Hand auf die Klinke gelegt, wie man so sagt.«

»Sie sind nie in der Glockenstube gewesen?«

»*Ich* doch nicht.«

»Wie erklären Sie dann das hier?« fragte Parker, indem er plötzlich den geheimnisvollen Zettel zum Vorschein brachte und dem Kranken unter die Nase hielt.

Mr. Cranton wurde leichenblaß.

»Das?« keuchte er. »Das? – Das hab ich nie –« Er rang nach Luft. »Mein Herz – bitte, geben Sie mir was von dem Zeug in diesem Glas –«

»Gib's ihm«, sagte Wimsey. »Er ist wirklich schlimm dran.«

Parker reichte ihm mit grimmiger Miene die Medizin. Nach einer Weile wich die bläuliche Blässe einer etwas gesünderen Farbe, und der Atem ging wieder ruhiger.

»Jetzt ist es besser«, sagte Cranton. »Sie haben mir aber einen Schrecken eingejagt. Was haben Sie gefragt? Das da? Das hab ich mein Lebtag noch nie gesehen.«

»Sie lügen«, sagte der Chefinspektor lakonisch. »Sie haben es gesehen. Jean Legros hat es Ihnen geschickt, nicht wahr?«

»Wer ist denn das? Hab den Namen nie gehört.«

»Schon wieder gelogen. Wieviel Geld haben Sie ihm geschickt, damit er nach England kommen konnte?«

»Ich sag Ihnen doch, ich hab noch nie von ihm gehört«, wiederholte Cranton mürrisch. »Um Himmels willen, können Sie mich denn nicht in Ruhe lassen? Ich sag Ihnen doch, ich bin krank.«

Er sah wirklich krank aus. Parker fluchte leise.

»Hören Sie mal, Nobby, warum sagen Sie nicht einfach die Wahrheit? Dann brauchten wir Sie nicht länger zu belästigen. Ich weiß, daß Sie krank sind. Spucken Sie's aus, dann haben Sie's hinter sich.«

»Ich weiß nichts davon. Ich sag Ihnen doch – ich bin nach Fenchurch gegangen und wieder hergekommen. Diesen Zettel hab ich nie gesehen, und von einem Jean Dingsda hab ich nie gehört. Reicht Ihnen das?«

»Nein.«

»Haben Sie mir irgend etwas zur Last zu legen?«

Parker zögerte. »Noch nicht«, sagte er.

»Dann haben Sie mir meine Antwort zu glauben«, sagte Cranton mit schwacher Stimme, aber ganz wie einer, der sich seiner Sache sicher ist.

»Das weiß ich«, sagte Parker, »aber – Himmel Herrgott, Mann! Wollen Sie unbedingt, daß ich Ihnen was anhänge? Wollen Sie vielleicht lieber mit uns zu Scotland Yard kommen?«

»Worauf wollen Sie hinaus? Was können Sie mir denn anhängen? Sie können mich nicht noch einmal für den Diebstahl der Smaragde durch die Mangel drehen. Ich hab sie nicht. Hab sie nie gesehen –«

»Nein; aber den Mord an Jean Legros können wir Ihnen anhängen.«

»Nein – nein – nein!« rief Cranton. »Das ist eine Lüge! Ich hab ihn nicht umgebracht. Ich hab noch nie einen umgebracht. Noch nie –«

»Er ist in Ohnmacht gefallen«, sagte Wimsey.

»Er ist tot«, sagte Polizeidirektor Blundell, der jetzt zum erstenmal den Mund aufmachte.

»Das wollen wir bei Gott nicht hoffen«, sagte Parker. »Nein – alles in Ordnung, aber komisch sieht er schon aus. Ruft mal lieber das Mädchen her. Polly!«

Eine Frau kam herein. Sie warf den drei Männern einen vorwurfsvollen Blick zu und eilte sofort zu Cranton.

»Sie haben ihn umgebracht«, grollte sie, »das ist Mord! Herzukommen und einen Menschen zu bedrohen, der so krank ist. Macht, daß ihr rauskommt, ihr Henker! Er hat keiner Fliege was zuleide getan.«

»Ich schicke einen Arzt«, sagte Parker. »Und ich werde wiederkommen. Und wenn ich komme, sehen Sie zu, daß ich ihn hier antreffe. Verstanden? Wir brauchen ihn nämlich noch woanders, sobald er transportfähig ist. Er hat sich seit vorigem September nicht mehr gemeldet.«

Die Frau hob verächtlich die Schultern und beugte sich über den Kranken, als die Männer hinausgingen.

»So, Mr. Blundell«, sagte Parker, »das ist im Augenblick leider alles, war wir für Sie tun können. Der Mann simuliert nicht – er ist wirklich krank. Aber er verschweigt uns etwas. Trotzdem, irgendwie glaube ich nicht, daß es der Mord ist. Der paßt nicht zu Cranton. Aber den Zettel hat er sofort erkannt.«

»O ja«, sagte Wimsey. »Seine Reaktion sprach Bände. Er hat vor irgend etwas Angst, Charles. Vor was nur?«

»Er hat Angst, daß ihm der Mord in die Schuhe geschoben wird.«

»Also«, sagte Blundell, »für mich hat er ihn auch begangen. Er gibt zu, daß er dort war und in der Nacht geflüchtet ist, als der Tote vergraben wurde. Wenn er's nicht war, wer dann? Den Schlüssel zur Krypta hätte er sich beim Totengräber besorgen können, das wissen wir.«

»Das schon«, sagte Wimsey, »aber er war ortsunkundig. Woher hätte er wissen sollen, wo der Totengräber sein Werkzeug aufbewahrte? Oder wo er das Glockenseil fand? Den Brunnen könnte er natürlich tagsüber gesehen haben, aber es wäre schon merkwürdig, wenn der den ganzen Plan so auf Abruf parat gehabt hätte. Und wie kommt Legros in die Geschichte hinein? Wenn Deacon im Gefängnis zu Cranton gesagt hat, wo er die Smaragde findet, welchen Sinn hätte es dann gehabt, Legros nach England zu holen? Den konnte er doch gar nicht brauchen. Und wenn er Legros aus irgendeinem Grunde doch gebraucht und ihn dann umgebracht hat, um ihn loszuwerden, wo sind dann die Smaragde? Wenn er sie verkauft hätte, müßten wir's inzwischen wissen. Falls er sie noch hat, sollten wir schleunigst danach suchen.«

»Wir machen eine Hausdurchsuchung«, sagte Parker skeptisch, »aber irgendwie glaube ich nicht, daß er sie hat. Wegen der Smaragde hatte er keine Angst. Eine rätselhafte Geschichte. Aber wir werden ihm die Bude auf den Kopf stellen, und wenn er sie hat, finden wir sie.«

»Und wenn Sie sie finden«, sagte Blundell, »können Sie den Kerl gleich wegen Mordes verhaften. Wer die Smaragde hat, ist auch der Mörder. Das weiß ich sicher.«

»Wo dein Schatz ist, da soll auch dein Herz sein«, sagte Wimsey. »Und das Herz dieses Verbrechens schlägt in St. Paul. Das ist meine Prophezeiung, Charles. Willst du mit mir wetten?«

»Nein«, sagte der Chefinspektor. »Du hast mir zu oft recht, Peter, und ich habe kein Geld zum Fenster hinauszuwerfen.«

Wimsey fuhr nach Fenchurch St. Paul zurück und schloß sich mit der Chiffre ein. Er hatte schon öfter Kryptogramme entschlüsselt und war überzeugt, hier ein leicht lösbares vor sich zu haben. Denn ob der Verfasser nun Cranton oder Jean Legros oder Will Thoday oder sonst einer war, der mit der Wilbraham-Affäre zu tun hatte, er war gewiß kein Experte in der Kunst des Verschlüsselns. Aber das Ding verriet doch eine gewisse Schläue. Wimsey hatte noch nie eine Geheimschrift gesehen, die so unschuldig aussah. Dagegen waren Sherlock Holmes' Kleine Tanzende Männchen geradezu plump.

Er versuchte es mit ein paar einfachen Methoden, indem er zum Beispiel jeden dritten oder vierten Buchstaben nahm oder Buchstaben nach bestimmten Zahlenkombinationen ausließ, aber ohne Erfolg. Er versuchte jedem Buchstaben eine Zahl zu geben und die Zahlen zu addieren, Wort für Wort und Satz für Satz. Das warf gewiß genügend mathematische Probleme auf, um einen Doktoranden der Mathematik zu ergötzen, nur ein Sinn kam nicht dabei heraus. Er nahm sich noch einmal sämtliche Glockeninschriften vor und addierte auch sie hinzu, mit und ohne Jahreszahlen, fand aber nichts, was Hand und Fuß gehabt hätte. Er fragte sich, ob in dem Buch wirklich alles stand, was auf den Glocken zu lesen war. Also ließ er seine Blätter durcheinander auf dem Tisch liegen, ging zum Pfarrer und borgte sich die Schlüssel zur Glockenstube aus. Nach kurzer Verzögerung, die dadurch verursacht war, daß man die Schlüssel mit denen des Weinkellers verwechselt und mit hinuntergenommen hatte, konnte er sie endlich in Empfang nehmen und begab sich damit zur Kirche.

Über den Fund des Kryptogramms wunderte er sich immer noch. Die Schlüssel klimperten in seiner Hand gegeneinander – die beiden großen Schlüssel für das West- und das Südportal, die für sich allein an einer Stahlkette hingen, und dann auf einem Ring zusammen die Schlüssel von Krypta und Sakristei, Glockenturm, Läutestube und der für das Gegengewicht der Falltür zur Glockenstube. Woher hatte Cranton gewußt, wo er die Schlüssel fand? Natürlich konnte er sie aus dem Haus des Kirchendieners entwendet haben – wenn er wußte, wo. Aber wenn »Stephen Driver« sich nach den Kirchenschlüsseln erkundigt hätte, wäre das bestimmt jemandem aufgefallen. Der Kirchendiener hatte die Schlüssel zum Westportal und zur Krypta. Hatte er auch die übrigen? Wimsey machte kurzerhand kehrt und stellte diese Frage durchs Studierzimmerfenster dem Pfarrer, der dort soeben einen Kampf mit den Finanzen des Pfarrgemeindeblättchens ausfocht.

Mr. Venables rieb sich die Stirn.

»Nein«, sagte er endlich. »Gotobed hat den Schlüssel zum Westportal und den zur Krypta, wie Sie sagen, und er hat auch den zum Glockenturm und den zur Läutestube, weil er immer zum Frühgottesdienst die Einzelglocke läutet und manchmal für Hezekiah einspringt, wenn der krank ist. Und Hezekiah hat den zum Südportal und auch den zum Glockenturm und zur Läutestube. Wissen Sie, Hezekiah war vor Gotobed hier Kirchendiener und Totengräber und hängt sehr an seinem Vorrecht, die Sterbeglocke zu läuten, obwohl er für andere Arbeit schon zu alt ist, und so hat er dafür eben die nötigen Schlüssel. Aber keiner von beiden hat den Schlüssel für das Gegengewicht. Den brauchen sie beide nicht. Die einzigen, die den haben, sind Jack Godfrey und ich. Ich habe natürlich einen kompletten Satz, so daß ich mit jedem Schlüssel aushelfen kann, wenn einer mal verlorengeht oder verlegt wurde.«

»Jack Godfrey – hat er auch den Schlüssel zur Krypta?«

»Nein, nein – den braucht er doch nicht.«

Das wird ja immer eigenartiger, dachte Wimsey. Wenn der Mann, der den Zettel in der Glockenstube verloren hatte, derselbe war, der auch die Leiche vergraben hatte, mußte er entweder *sämtliche* Schlüssel des Pfarrers oder aber Zugang zu *zwei* Schlüsselbunden gehabt haben, und zwar zu dem von Jack Godfrey (weil er den Schlüssel für das Gegengewicht hatte) und dem von Gotobed (weil daran der Schlüssel zur Krypta war). Und wenn dieser Mann Cranton gewesen war, woher *wußte* er das? Natürlich hätte der Verbrecher einen eigenen Spaten mitbringen können (obwohl dadurch alles nur noch komplizierter geworden wäre). In diesem Falle hätte er entweder des Pfarrers oder Jack Godfreys Schlüsselbund haben müssen. Wimsey ging hinters Haus und traf dort Emily und Hinkins an. Sie waren beide völlig sicher, daß sie den Mann, der sich Stephen Driver nannte, nie in der Nähe des Pfarrhauses gesehen hatten, geschweige im Studierzimmer des Pfarrers, welches der rechte Aufbewahrungsort für die Schlüssel war – wenn sie einmal dort waren, wo sie hingehörten.

»Aber da waren sie gar nicht, Mylord«, sagte Emily, »denn Sie erinnern sich doch bestimmt noch, daß die Schlüssel am Silvesterabend weg waren, und erst nach fast einer Woche haben wir sie in der Sakristei wiedergefunden – bis auf den vom Kirchenportal, und der hat im Schloß gesteckt, wo ihn der Herr Pfarrer nach der Chorprobe hatte steckenlassen.«

»Nach der Chorprobe? Am Samstag?«

»Ganz recht«, sagte Hinkins. »Aber weißt du nicht mehr, Emily, wie der Herr Pfarrer gesagt hat, er kann ihn nicht steckengelassen haben, weil er ihn schon vermißt hat und ihn am Samstag gar nicht hatte und auf Harry Gotobed warten mußte?«

»Na, ich weiß nicht«, sagte Emily. »Jedenfalls hat er gesteckt. Harry Gotobed sagt, er hat ihn dort gefunden, als er gegangen ist, um zum Frühgottesdienst zu läuten.«

Verwirrter denn je ging Wimsey zum Studierzimmerfenster zurück. Mr. Venables, einen Trägerlohn auf die Spitze seiner Feder gespießt, konnte sich zuerst nicht recht erinnern, meinte dann aber nach einer Weile, er glaube, Emily habe recht.

»Ich muß die Schlüssel in der Woche davor in der Sakristei gelassen haben«, sagte er, »und wer dann nach der Chorprobe zuletzt die Kirche verlassen hat, muß den Schlüssel gefunden und benutzt haben – aber wer das gewesen sein kann, weiß ich nicht, es sei denn, es war Gotobed. Es muß eigentlich

Gotobed gewesen sein, weil er sicher noch dageblieben ist, um die Öfen zu versorgen. Ist aber komisch, daß er den Schlüssel im Schloß gelassen haben soll. Ach du meine Güte! Sie denken doch nicht etwa, es könnte der Mörder gewesen sein?«

»Doch, das denke ich«, sagte Wimsey.

»Na so was!« rief der Pfarrer. »Aber wenn ich doch die Schlüssel in der Sakristei gelassen habe, wie ist er hineingekommen und hat sie gefunden? Ohne den Kirchenschlüssel hätte er nicht reingekonnt. Höchstens wenn er bei der Chorprobe dabei war. Es wird doch niemand vom Chor –«

Der Pfarrer machte ein so verstörtes Gesicht, daß Wimsey sich beeilte, ihn zu trösten.

»Die Tür wird während der Probe unverschlossen gewesen sein. Da könnte er sich eingeschlichen haben.«

»Ach ja – natürlich! Wie dumm ich doch bin! So hat es sich zweifelsohne abgespielt. Sie haben mir einen schweren Stein vom Herzen genommen.«

Aber damit hatte Wimsey noch immer nicht den Stein von seiner eigenen Seele fortgewälzt. Auf dem Weg zur Kirche überlegte er hin und her. Wenn die Schlüssel am Silvesterabend fortgekommen waren, konnte Cranton sie nicht mitgenommen haben. Cranton war erst am Neujahrstag hier angekommen. Will Thoday war unnötigerweise am 30. Dezember ins Pfarrhaus gekommen und hätte die Schlüssel mitnehmen können, aber er war mit Bestimmtheit nicht am 4. Januar in der Kirche gewesen, um sie zurückzubringen. Es blieb noch immer die Möglichkeit, daß Will Thoday die Schlüssel genommen und der geheimnisvolle James Thoday sie zurückgebracht hatte – aber was hatte in diesem Falle Cranton mit der Geschichte zu tun? Und Wimsey hatte das sichere Gefühl, daß Cranton etwas über den in der Glockenstube gefundenen Zettel wußte.

Mit diesen Überlegungen trat Wimsey in die Kirche, schloß die Tür zum Glockenturm auf und stieg die Wendeltreppe hinauf. Als er durch die Läutestube kam, nahm er mit einem

Lächeln zur Kenntnis, daß an der Wand eine neue Tafel mit der folgenden Aufschrift erschienen war: »Am Neujahrsmorgen 19– wurde hier ein Zyklus mit 15.840 Wechseln Kent Treble Bob Major in 9 Stunden und 15 Minuten geläutet. Die Glöckner waren: Sopran – Ezra Wilderspin; 2 – Peter D. B. Wimsey; 3 – Walter Pratt; 4 – Henry Gotobed; 5 – Joseph Hinkins; 6 – Alfred Donnington; 7 – John P. Godfrey; Baß – Hezekiah Lavender; Aushilfe – Theodore Venables, Pfarrer. Unsere Münder sollen verkünden Dein Lob.« Er stieg in die leere Uhrkammer hinauf, machte das Gegengewicht los und kletterte weiter bis unter die Glocken. Dort verhielt er eine Weile und blickte empor in ihre schwarzen Münder, bis seine Augen sich an das Halbdunkel gewöhnt hatten. Bald begann ihn die dumpfe Stille zu bedrücken. Ein leichtes Schwindelgefühl erfaßte ihn. Er hatte den Eindruck, daß sie langsam in sich zusammenfielen und ihn unter sich begraben wollten. Wie gebannt sprach er ihre Namen vor sich hin: Gaude, Sabaoth, John, Jericho, Jubilee, Dimity, Batty Thomas und Tailor Paul. Ein leise flüsterndes Echo schien sich von den Wänden zu lösen und langsam im Gebälk zu verebben. Plötzlich rief er mit lauter Stimme: »Tailor Paul!« – und er mußte dabei eine Frequenz aus der Obertonreihe erwischt haben, denn von oben antwortete ihm ein schwacher bronzener Ton, fern und drohend.

»Jetzt hör aber auf!« Wimsey riß sich mit einem Ruck zusammen. »So geht das nicht. Du kannst nicht herkommen wie Potty Peake und mit den Glocken reden. Such die Leiter und mach dich an die Arbeit.«

Er knipste seine Taschenlampe an und richtete sie in die dunklen Ecken der Glockenstube. Der Lichtstrahl zeigte ihm die Leiter, aber er zeigte ihm auch noch etwas anderes. An der düstersten und staubigsten Stelle des Fußbodens war ein Fleck, der nicht so staubig schien. Wimsey sprang, die Drohung der Glocken vergessend, neugierig hin. Ja, es war kein Irrtum. Hier war ein Teil des Fußbodens vor ziemlich kurzer Zeit geschrubbt worden, denn der Staub, der an anderen Stellen jahrhundertedick lag, bildete hier nur einen dünnen Film.

Er kniete sich hin, um sich die Stelle näher anzusehen, und neue Gedanken und Überlegungen jagten ihm durchs Gehirn wie Fledermäuse. Wozu sollte sich einer die Mühe machen, den Fußboden einer Glockenstube zu putzen, wenn nicht, um verräterische Flecken zu beseitigen? Im Geiste sah er Cranton und Legros in die Glockenstube hinaufsteigen, das Kryptogramm zur Orientierung in den Händen. Er sah den grünen Schimmer der Juwelen, wie sie im Schein einer Laterne aus ihrem alten Versteck gezogen wurden. Dann ein plötzlicher Sprung, ein brutaler Schlag; Blut strömte auf den Boden, das Kryptogramm flatterte unbeachtet in eine Ecke. Und der Mörder, zitternd und ängstlich um sich blickend, während er die Smaragde aus den toten Fingern nahm, hob den Leichnam hoch und stieg schwankend damit die ächzenden Leitern hinunter. Nun den Spaten des Totengräbers aus der Krypta geholt, Eimer und Schrubber aus der Sakristei oder wo sie sonst aufbewahrt wurden, Wasser aus dem Brunnen –

Er hielt inne. Der Brunnen? Der Brunnen erinnerte ihn an den Strick, und was hatte der nun damit zu tun? War er nur zum leichteren Abtransport der Leiche benutzt worden? Aber die Experten waren doch so sicher gewesen, daß der Leichnam *vor* seinem Tod gefesselt gewesen war. Außerdem – der Schlag und das Blut. Man konnte sich ja noch so schöne Schreckensbilder ausmalen, aber der Schlag war erst geführt worden, als der Mann schon viel zu lange tot gewesen war, um zu bluten. Und wenn dort keine Blutlache gewesen war, wozu den Fußboden schrubben?

Er setzte sich in die Hocke und schaute noch einmal zu den Glocken empor. Wenn ihre Zungen reden könnten, würden sie ihm sagen können, was sich hier abgespielt hatte, aber sie hatten weder Sprache noch Stimme. Enttäuscht nahm er wieder die Taschenlampe und suchte weiter. Und plötzlich brach er in gellendes, bitteres Lachen aus. Das ganze Rätsel löste sich auf banale Weise. Da lag eine leere Bierflasche, in eine dunkle Ecke hinter einem Stoß wurmzerfressener Balken gerollt, der dort an der Wand aufgestapelt war. Ende der schönen Träume. Irgendein heimlicher Zecher auf heiligem Boden – oder wahrscheinlich ein Arbeiter, der ganz legal etwas am Glockenstuhl repariert hatte – mußte sein Bier verschüttet und es säuberlich aufgewischt haben, während die Flasche davonrollte und vergessen in der Ecke liegen blieb. Das war zweifellos alles. Nur ein Rest von Argwohn ließ Wimsey dennoch einen Finger in den Flaschenhals stecken und sie vorsichtig hochheben. Sehr verstaubt war sie nicht. Daraus schloß er, daß sie noch nicht sehr lange hier liegen konnte. Irgend jemandes Fingerabdrücke würden darauf zu finden sein – vielleicht.

Er suchte den übrigen Fußboden aufs sorgfältigste ab, fand aber nur ein paar halbverwischte Fußspuren im Staub. Sie konnten von Jack Godfrey oder Hezekiah Lavender stammen, oder von irgendwem sonst. Dann nahm er die Leiter und machte sich an eine eingehende Untersuchung der Glokken und des Glockenstuhls. Er fand nichts. Kein Geheimzeichen. Kein Versteck für den Schatz. Und nichts, was mit Elfen und schwarzen Elefanten, Zauberern und Erebus zusammenhängen konnte. Nach ein paar staubigen, ermüdenden Stunden stieg er wieder hinunter und nahm als einzige Jagdtrophäe die Bierflasche mit.

Kurioserweise war es der Pfarrer, der das Kryptogramm enträtselte. Abends, als die Uhr in der Diele elf schlug, kam er ins Schulzimmer, in der einen Hand ein Glas heißen Grog, in der andern einen altmodischen Fußwärmer.

»Ich will doch hoffen, daß Sie sich nicht zu Tode arbeiten«, sagte er entschuldigend. »Ich habe mir die Freiheit genommen, Ihnen etwas zum Aufwärmen von innen zu bringen. Diese Frühsommernächte sind doch recht kühl. Und meine Frau meint, Sie möchten hier vielleicht ihre Füße hineinstekken. Unter dieser Tür zieht's immer durch. Erlauben Sie – das Ding ist ein wenig mottenzerfressen, fürchte ich, aber seinen Zweck erfüllt es noch. So, und nun lassen Sie sich von mir nicht länger stören. Ach du meine Güte! Was ist denn das? Komponieren Sie einen Zyklus? Ach nein – das sind ja Buchstaben, keine Zahlen. Meine Augen sind nicht mehr, was sie mal waren. Aber ich schnüffle hier so naseweise in Ihren Sachen herum...«

»Ganz und gar nicht, Herr Pfarrer. Sie haben recht, das sieht tatsächlich aus wie eine Glockenkomposition. Es ist noch immer diese elende Chiffre. Nachdem ich festgestellt hatte, daß die Zahl der Buchstaben ein Vielfaches von Acht bildete, habe ich sie in acht Kolonnen untereinandergeschrieben, in der vagen Hoffnung, daß dabei etwas herauskommt. Aber jetzt, wo Sie es sagen, könnte ich mir vorstellen, daß sich aus einer Glockenkomposition leicht ein Kryptogramm anfertigen läßt.«

»Wie wollen Sie denn das anstellen?«

»Nun, indem man den Lauf einer Glocke nimmt, die Buchstaben seiner Botschaft an die richtigen Stellen setzt und die Plätze der anderen Glocken wahllos mit Buchstaben ausfüllt.

1	2	3	4	5	6						
2	1	3	5	4	6	.	.	.	K	.	.
2	3	1	4	5	6	.	.	.	.	O	.
3	2	4	1	5	6	.	.	.	.	M	.
3	4	2	5	1	6	.	.	.	M	.	.
4	3	5	2	1	6	.	.	E	.	.	.
4	5	3	1	2	6	.	T	.	.	.	.
5	4	1	3	2	6	U	.	.	.	.	.
5	1	4	2	3	6	N	.	.	.	.	.
1	5	2	4	3	6	.	D	.	.	.	.
1	2	5	3	4	6	.	.	B	.	.	.
2	1	5	4	3	6	.	.	E	.	.	.
2	5	1	3	4	6	.	T	.	.	.	.
5	2	3	1	4	6	E	.	.	.	.	.
5	3	2	4	1	6	T	.	.	.	.	.

usw.

Nehmen Sie zum Beispiel einen einfachen Satz Grandsire Doubles*), und nehmen wir an, Sie wollen die schlichte, fromme Botschaft ›Kommet und betet‹ darin verschlüsseln. Sie wählen eine Glocke aus, die Ihre Botschaft trägt – sagen wir die Nummer fünf. Dann schreiben Sie den Anfang des Satzes hin, und überall, wo die Fünf auftaucht, setzen Sie einen Buchstaben Ihrer Botschaft hin. Sehen Sie.«

Er kritzelte rasch die beiden Kolonnen nebeneinander.

»Dann füllen Sie einfach die andern Stellen mit lauter sinnlosen Buchstaben auf – etwa X F Z K W G / K E Z D O Z / L M S Q M X / B G K M A W / und so weiter. Das Ganze schreiben Sie dann in einem Absatz hin und trennen die Buchstaben so voneinander, daß sie wie Wörter aussehen.«

»Wieso denn das?« fragte der Pfarrer.

»Nur um es schwieriger zu machen. Sie schreiben zum Beispiel: XFZK WGKEZ DOZ LMSQMXB. GK MAW! – und so weiter, bis zum Ende. Ganz egal, was Sie machen. Derjenige, der die Botschaft erhält und den Schlüssel kennt, braucht die Buchstaben nur wieder in sechs Kolonnen anzuordnen und mit dem Bleistift dem Lauf der Nummer Fünf zu folgen, schon hat er die Botschaft.«

»Mein Gott!« rief Mr. Venables. »Das stimmt ja! Wie ungeheuer raffiniert! Und ich glaube, mit noch ein bißchen mehr Raffinesse kann man die Chiffre sogar so zusammensetzen, daß sie irgendeine nichtssagende und irreführende Information enthält. Meinen Sie nicht, man könnte die leeren Stellen so mit Buchstaben auffüllen, daß Wörter, sogar ganze Sätze herauskommen, die völlig unverdächtig aussehen?«

»Natürlich geht das. Es könnte dann ungefähr so aussehen wie das hier.« Wimsey schnippte mit dem Finger gegen Jean Legros' Botschaft.

»Haben Sie – ? Aber entschuldigen Sie, jetzt mische ich mich schon wieder unberechtigterweise in Ihre Arbeit ein.

*) »Doubles« nennt man eine Folge von Wechseln, die mit fünf Glocken geläutet werden, wobei die Sechs hinter jedem Wechsel ertönt.

Trotzdem – haben Sie diese Methode schon einmal an dem Kryptogramm ausprobiert?«

»Nein, eben nicht«, räumte Wimsey ein. »Es ist mir ja eben erst eingefallen. Außerdem, wozu sollte es gut sein, eine solche Botschaft an Cranton zu schicken, der vom Wechselläuten wahrscheinlich nichts versteht? Und so etwas könnte auch nur ein Glöckner hinschreiben, und wir haben keinen Grund anzunehmen, daß Jean Legros ein Glöckner war. Allerdings«, fügte er nachdenklich hinzu, »haben wir auch keinen Grund, anzunehmen, daß er keiner war.«

»Also, dann«, sagte der Pfarrer, »warum nicht mal versuchen? Sie haben mir gesagt, glaube ich, daß dieser Zettel in der Glockenstube gefunden wurde. Könnte nicht derjenige, der ihn erhalten hat, zwar nichts vom Läuten verstehen und nicht gewußt haben, wie er den Text interpretieren sollte, wohl aber eine Verbindung mit den Glocken vermutet und geglaubt haben, daß der Schlüssel in der Glockenstube zu finden sei? Es ist sicher etwas naiv von mir, aber ich würde das für möglich halten.«

Wimsey ließ die Hand auf den Tisch klatschen.

»Herr Pfarrer, das ist *die* Idee! Als Cranton nach Fenchurch St. Paul kam, hat er nach Paul Taylor gefragt, weil Deacon ihm gesagt hatte, daß Tailor Paul oder Batty Thomas wüßten, wo die Smaragde zu finden seien. Los, probieren wir's! Jetzt fragen wir Tailor Paul mal selbst.«

Er suchte den Zettel heraus, auf den er das Kryptogramm bereits in Achterkolonnen übertragen hatte.

»Wir wissen nicht, welche Kompositionsmethode der Bursche gewählt hat und welcher Glocke wir folgen müssen. Aber wir nehmen mal an, daß es sich entweder um Tailor Paul oder um Batty Thomas handelt. Wenn die Methode Grandsire Triples ist, kann es nicht Tailor Paul sein, denn die Baßglocke kommt da die ganze Zeit hinten, und wir müßten die Botschaft durchgehend in der letzten Kolonne finden. Und Grandsire Major wird es wohl auch nicht sein, weil Sie das hier nie läuten. Versuchen wir's mal bei Batty Thomas.

Was gibt die siebte Glocke her? FNWLNZETZNHR. Sieht nicht sehr ermutigend aus. Probieren wir's der Form halber noch mit den andern Glocken. Nein, nein, nein. Oder könnte der Mann mit einem Kreuz- oder Scherschritt angefangen haben?«

»Unmöglich.«

»Na, das weiß man nie. Er schreibt ja keinen Zyklus, sondern ein Kryptogramm und könnte mit Absicht etwas völlig Unübliches eingebaut haben.«

Sein Bleistift glitt wieder über die Buchstaben.

»Nein. Ich kann nichts damit anfangen. Verlassen wir die Grandsire-Methode. Und Stedman können wir wahrscheinlich auch vergessen, denn da wären die Buchstaben, die die Botschaft tragen, zu dicht beieinander. Versuchen wir's mit Kent Treble Bob, und dann nehmen wir zuerst die Tailor Paul, denn der Baß ist dort meist in der Observation. Er beginnt auf Platz 7 – E; dann auf Platz 8 – R; wieder zurück auf 7 – S; 6 – I; dann nach 5 – T. ›ERSIT‹ – Nun, das läßt sich immerhin aussprechen. Wieder zurück auf die 6 – Z; vor nach 5 – E; weiter nach 4 – T. ›ERSITZET‹. Hallo, Herr Pfarrer! Wir haben hier schon zwei Wörter. ›Er sitzet.‹ Vielleicht ist ›Er‹ das Halsband, oder der Schmuck. Machen wir mal weiter.«

Der Pfarrer, dessen Brille auf der langen Nase aufgeregt hin und her rutschte, starrte gebannt auf das Papier, während der Bleistift rasch über die Buchstaben hinunterfuhr.

»›Er sitzet zwischen‹ – wenn das nicht aus einem Psalm ist! Da – was hab ich gesagt? ›Er sitzet zwischen Cherubim.‹, Psalm 99. Da heißt es zwar, ›Er sitzet *auf* Cherubim‹, aber das macht ja nichts. Tja, aber was kann das nun bedeuten? Als nächstes kommt ein D; richtig – ›darum bebet die Welt.‹

Aber nach dem D kommt kein A – da muß irgendwo ein Fehler stecken.

Also, statt eines A kommt hier ein E. Kein A in der ganzen Zeile. Moment, da kommt was – D E S S E – nein, das heißt anders. D E S   S E I E N. Herr Pfarrer, das kann kein Zufall sein. Moment noch, wir haben's gleich, und dann können Sie sagen, was Sie wollen… Oho! Was ist denn hier am Schluß passiert? Ach, hol's der Henker! Glatt vergessen. Das muß das Ende der Führung sein. Jawohl.« Er rechnete rasch nach. »So ist es, und hier müssen wir die Doppel auf 4 und 3 machen. So, jetzt hätten wir's. Die Botschaft ist komplett; und was sie bedeutet, ist mehr, als ich Ihnen sagen kann.«

Der Pfarrer putzte seine Brille und machte große Augen.

»Das sind Verse aus drei verschiedenen Psalmen«, sagte er. »Nicht ganz richtig zitiert. ›Er sitzet zwischen Cherubim.‹ Das ist Psalm 99 Vers 1. Dann ›Des seien fröhlich die Eilande.‹ Das ist Psalm 97 Vers 1. Beide Psalmen beginnen mit ›*Dominus regnavit*‹ – ›Der Herr ist König.‹ Und dann kommt plötzlich ›wie die Bäche im Süden‹. Das muß Psalm 126 Vers 4 sein – ›Wie du die Bäche wiederbringest im Mittagslande‹. Das ist ein Fall von *obscurum per obscuriora* – die Lösung ist noch geheimnisvoller als das Rätsel selbst.«

»O ja«, sagte Wimsey. »Vielleicht haben die Zahlen etwas damit zu tun. Wir haben 99.1, 97.1 und 126.4. Ob man sie als eine Zahl lesen muß: 9919711264? Oder lassen, wie sie sind? Oder durch irgend etwas teilen? Der Möglichkeiten ist kein Ende. Oder müssen sie vielleicht addiert werden? Oder nach einem System, das wir noch nicht kennen, wieder in Buchstaben umgewandelt? Das System kann nicht einfach sein, wie 1 = A. Ich weigere mich, an eine Botschaft zu glauben, die IIAIGAABFD lautet. Damit werde ich mich noch ein Weilchen länger vergnügen müssen. Aber Sie waren einfach großartig, Herr Pfarrer. Sie sollten das Dechiffrieren verschlüsselter Nachrichten zu Ihrem Beruf machen.«

»Es war doch reiner Zufall«, antwortete Mr. Venables schlicht, »und ausschließlich bedingt durch meine schlechten Augen. Das ist ein merkwürdig Ding. Es hat mir die Idee zu einer Predigt gegeben, über das Böse, das endgültig besiegt ist. Aber ich hätte nie an die Möglichkeit gedacht, daß einer aus dem Wechselläuten eine Geheimschrift machen könnte. Genial, einfach genial.«

»Es hätte noch viel raffinierter angestellt werden können«, sagte Wimsey. »Ich könnte mir vielerlei Verbesserungsmöglichkeiten vorstellen. Nehmen wir mal an – aber ich will jetzt keine Zeit mit Annahmen verschwenden. Die Frage ist, was zum Henker fängt man mit 99.1, 97.1 und 126.4 an?«

Er stützte den Kopf auf beide Hände, und nachdem der Pfarrer ihm dabei eine Weile zugesehen hatte, schlich er auf Zehenspitzen hinaus und ging zu Bett.

D I E E L F E N	E L E I S E M U	E R B A N N G E
T A N Z T E N R	S I K D E R O D	L Ö S T N O C H
E I G E N E S W	E M D E R V E R	Z Ü R N T D E R
I E G T E I M L	L O R E N E N S	Z A U B E R E R
E I C H T E N W	E E L E N A U S	I N D E S W U T
I N D D A Z U S	D E M F E G E F	B E B E N D I R
I C H D E R S C	E U E R U M F I	R T E R U M H E
H L O T S C H W	N G M I C H E N	R U N D H A D E
A R Z E E L E F	D L I C H N A H	R T M I T S E I
A N T W I E S E	T V O N F E R N	N E M L O S D E
H R I C H D A E	D E R M O R G E	R M O N D A B E
R S C H R A K I	N I N R Ö T E N	R B Ö S E R M Ä
C H H Ö R E T E	D E R H E L L E	C H T E R A C H
H O H E S T I M	A L L E B Ö S E	E F Ü R C H T E
M E N F L Ü S T	N G E I S T E R	N D D R E H T B
E R N U N D V E	W I C H E N V O	A N G E S I C H
R S U C H E T E	N H I N N E N O	H E R U M S A T
S C H N E L L E	D E R V E R B L	A N A S P F U H
R Z U E I L E N	I C H E N V O R	L B R Ü L L T W
D A V E R N A H	D E S M O R G E	I E D E R U N D
M I C H A U S D	N S E R S T E M	E R E B U S Ö F
E R W A B E R N	S C H I M M E R	F N E T S I C H
D E N S T I L L	B A L D W A R D	

Neunter Teil

Emily schneidet Bunter von hinten

Man lasse die Glocke, die der Sopran von hinten schneidet, auf Platz drei gehen und wieder umkehren.
REGELN FÜR DAS WECHSELLÄUTEN MIT VIER GLOCKEN

»Am liebsten«, keuchte Emily zwischen Schluchzern, »würde ich kündigen.«

»Mein Gott, Emily!« rief Mrs. Venables, die eben mit einem Eimer Hühnerfutter durch die Küche kam und stehenblieb. »Um alles in der Welt, was ist denn mir dir los?«

»Das sag ich Ihnen«, rief Emily, »an Ihnen und dem Herrn Pfarrer hab ich ja nichts auszusetzen, denn Sie sind immer nett, aber daß ich Mr. Bunter in dem Ton mit mir reden lassen muß, wo ich nicht mal sein Dienstmädchen bin und auch nicht sein möchte und es gar nicht zu meinen Pflichten gehört, und woher sollte ich das überhaupt wissen? Ich würde mir ja eher die rechte Hand abhacken als Seiner Lordschaft ungefällig sein, aber das hätte man mir sagen müssen, und meine Schuld ist es nicht, und das hab ich auch zu Mr. Bunter gesagt.«

Mrs. Venables wurde ein wenig blaß. Mit Lord Peter gab es ja keine Schwierigkeiten, aber Bunter fand sie unheimlich. Doch sie war von zähem Wesen und hatte von Kindesbeinen an gelernt, daß ein Dienstbote ein Dienstbote sei, und sich vor einem Dienstboten zu fürchten (dem eigenen oder einem fremden), sei der erste Schritt in den Avernus hausfraulichen Unvermögens. Also wandte sie sich an Bunter, der bleich und respektvoll im Hintergrund stand.

»Nun, Bunter?« fragte sie mit fester Stimme. »Was ist denn hier los?«

»Ich bitte sehr um Vergebung, Madam«, sagte Bunter beherrscht. »Ich fürchte, ich habe mich ein wenig vergessen. Aber nun stehe ich schon fünfzehn Jahre im Dienste Seiner Lordschaft (die Kriegszeit, in der ich unter ihm gedient habe, mitgerechnet), und so etwas ist mir noch nie widerfahren. In meiner übergroßen Bestürzung habe ich sehr erregt gesprochen, Madam, und bitte Sie, es mir nachzusehen. Ich hätte mich besser beherrschen sollen. Bitte seien Sie versichert, daß es nicht wieder vorkommen wird.«

Mrs. Venables stellte den Eimer Hühnerfutter ab.

»Aber worum geht es überhaupt?«

Emily schluckte, und Bunter wies mit dramatisch ausgestrecktem Finger auf eine Bierflasche, die auf dem Küchentisch stand.

»Diese Flasche, Madam, wurde mir gestern von Seiner Lordschaft anvertraut. Ich habe sie in meinem Zimmer in einen Schrank gestellt und beabsichtigte sie heute morgen zu photographieren, bevor ich sie zu Scotland Yard schickte. Gestern abend hat nun, wie es scheint, diese junge Dame in meiner Abwesenheit mein Zimmer betreten, den Schrank geöffnet und die Flasche daraus entfernt. Und nicht genug damit, sie zu entfernen, sie hat auch noch den Staub davon abgewischt.«

»Wenn's recht ist, Madam«, sagte Emily, »wie hätte ich wissen sollen, daß einer das Ding brauchte? So was Häßliches, Altes! Ich hab nur in dem Zimmer abgestaubt, Madam, und da seh ich die alte Flasche auf dem Schrankregal und sag zu mir: ›Guck sich mal einer diese staubige alte Flasche an, wie kommt die nur dahin? Muß aus Versehen da stehengeblieben sein.‹ Also nehm ich sie runter, und wie die Köchin sie sieht, sagt sie: ›Menschenskind, was hast du denn da, Emily? Die kommt mir gerade recht‹, sagt sie, ›um den Spiritus reinzutun.‹ Und da hab ich den Staub davon runtergewischt –«

»Und alle Fingerabdrücke sind futsch«, beschloß Bunter den Satz mit hohler Stimme, »und ich weiß noch nicht, wie ich es Seiner Lordschaft beibringen soll.«

»Ach du meine Güte!« stöhnte Mrs. Venables hilflos. Dann wandte sie sich erlöst der einen Frage zu, die vom hausfraulichen Standpunkt der Klärung bedurfte: »Wie kommt es, daß du so spät erst abgestaubt hast?«

»Bitte, Madam, ich weiß auch nicht, wie das gekommen ist. Irgendwie ist mir gestern die Zeit davongelaufen, und ich hab mir dann gesagt: ›Besser spät als nie‹, und das kann ich Ihnen sagen, wenn ich nur gewußt hätte –«

Sie heulte laut, und Bunter war gerührt.

»Es tut mir leid, daß ich mich mit solcher Schärfe ausgedrückt habe«, sagte er, »und ich war sicher mitschuldig, weil ich den Schlüssel nicht von der Schranktür abgezogen habe. Aber Sie werden meine Empfindungen verstehen, Madam, wenn ich mir vorstelle, wie Seine Lordschaft ahnungslos erwacht und nicht weiß, welchen Schlag der neue Morgen für ihn bereit hält. Es drückt mir das Herz ab, wenn Sie gestatten, daß ich dieses Organ in einem solchen Zusammenhang erwähne. Dort steht sein Morgentee, Madam, und wartet nur darauf, von meiner Hand mit siedendem Wasser übergossen zu werden, und mir kommt sie vor wie die Hand eines Mörders, die alle Wohlgerüche Arabiens nicht wohlriechend machen könnten – insoweit solches meiner Stellung angemessen wäre. Er hat schon zweimal geläutet, Madam«, fügte Bunter mit verzweifelter Stimme hinzu, »und der Verzug wird ihm bereits sagen, daß sich eine Katastrophe vernichtenden Ausmaßes ereignet haben muß –«

»Bunter!«

»Mylord!« rief Bunter mit flehender Stimme.

»Zum Kuckuck, was ist mit meinem Tee los? Hol's der – ! O Verzeihung, Mrs. Venables. Entschuldigen Sie meine Ausdrucksweise und den Bademantel. Ich wußte nicht, daß Sie hier waren.«

»Oh, Lord Peter!« rief Mrs. Venables. »Es ist so etwas Schreckliches passiert. Ihr Diener hat sich furchtbar aufgeregt, denn dieses dumme Kind – sie hat es natürlich nur gut gemeint, und das Ganze ist ein tragisches Versehen – aber wir haben alle Fingerabdrücke von Ihrer Flasche abgewaschen!«

»Wahahaaa!« heulte Emily. »Huuuh! Wahahaaa! Ich war es! Ich hab sie abgestaubt. Ich wußte doch nicht – Huhuuuh!«

»Bunter«, sagte Seine Lordschaft, »wie geht noch dieses Gedicht von dem getroffenen Adler, der hingestreckt auf grüner Au, sich nie mehr dingsda in des Himmels Blau? Das spiegelt genau meine Empfindungen wider. Bringen Sie mir den Tee nach oben und werfen Sie die Flasche in den Mülleimer. Was geschehen ist, kann man nicht ungeschehn machen. Die Fingerabdrücke waren wahrscheinlich sowieso nichts wert. William Morris hat mal ein Gedicht geschrieben von dem *Mann, der nie mehr lachte*. Wenn Triumphes Schrei, wenn Jubels Sang nie mehr von meinen Lippen tönen, so wissest du, warum. Meine Freunde werden es zu schätzen wissen. Lassen Sie sich das eine Warnung sein, nie Ihr Glück in der Flasche zu suchen. Emily, wenn Sie weiter so heulen, erkennt Ihr Liebster Sie am Sonntag nicht mehr. Machen Sie sich keine Gedanken mehr wegen der Flasche, Mrs. Venables – es war eine entsetzlich häßliche Flasche, deren Anblick ich schon beleidigend fand. Ein schöner Morgen für Frühaufsteher. Erlauben Sie mir, Ihnen den Eimer zu tragen. Ich bitte Sie, denken Sie keine Sekunde mehr an die Flasche, und Emily auch. Sie ist doch so ein besonders nettes Mädchen, nicht? Wie heißt sie eigentlich mit Nachnamen?«

»Holliday«, sagte Mrs. Venables. »Sie ist eine Nichte von Mr. Russell, dem Bestattungsunternehmer, und um ein paar Ecken herum verwandt mit Mary Thoday, aber das sind natürlich alle hier in diesem Dorf – ich meine, da ist jeder mit jedem irgendwie verwandt. Das kommt davon, daß der Ort so klein ist, obwohl es ja jetzt nicht mehr so schlimm ist, seit sie alle ein Motorrad haben und der Bus zweimal die Woche fährt, und jetzt gibt es wohl auch nicht mehr so viele unglückliche Kreaturen wie Potty Peake. Die Russels sind alle sehr nette und feine Leute.«

»Ganz recht«, sagte Lord Peter Wimsey und machte sich so seine Gedanken, während er das Hühnerfutter in die Rinne löffelte.

Er verbrachte die frühen Vormittagsstunden mit einem neuerlichen fruchtlosen Studium des Kryptogramms, und sowie er annehmen konnte, daß die Wirtshäuser aufhaben würden, begab er sich auf einen Krug Bier in die »Rote Kuh«.

»Bitterbier, Mylord?« erkundigte sich Mr. Donnington, die Hand am Zapfhahn.

Wimsey sagte, nein, heute nicht. Er möchte zur Abwechslung eine Flasche Bass-Ale trinken.

Mr. Donnington holte das Gewünschte und bemerkte, daß Seine Lordschaft das Bier sehr gepflegt finden würden.

»Auf die Pflege kommt's an«, sagte Wimsey. »Und viel hängt vom Abfüllen ab. Wer füllt für Sie ab?«

»Griggs in Walbeach«, sagte Mr. Donnington. »Sehr gediegene Leute; ich kann mich nicht über sie beklagen. Probieren Sie nur mal einen Schluck – obwohl man's ja schon an der Farbe sieht, wenn Sie verstehen, was ich meine. Klar wie eine Glocke – aber dabei muß man sich natürlich auf seinen Kellermeister verlassen können. Ich hatte mal einen, dem konnte man nicht klarmachen, daß man Bass-Ale im Korb nicht auf den Kopf stellen darf wie Stout. Stout verträgt es, auf den Kopf gestellt zu werden, obwohl ich selbst es nie tun würde und auch keinem empfehle, aber Bass *darf* einfach nicht auf den Kopf gestellt oder geschüttelt werden, wenn man dem Bier gerecht werden will.«

»Wie wahr, wie wahr«, sagte Wimsey. »Dieses Bier ist jedenfalls einwandfrei. Auf Ihre Gesundheit. Möchten Sie nicht eins mittrinken?«

»Vielen Dank, Mylord, da sag ich nicht nein. Zum Wohl. Ja«, fand Mr. Donnington, indem er sein Glas gegens Licht hielt. »Das ist ein Bass, wie es sein muß. So muß es aussehen.«

Wimsey fragte, ob er auch Flaschenbier außer Haus verkaufe.

»Außer Haus?« meinte Mr. Donnington. »Nein, eigentlich nicht. Aber ich glaube, Tom Tebbutt in der ›Weizengarbe‹ verkauft ab und zu welches. Er läßt auch bei Griggs abfüllen.«

»Aha«, sagte Wimsey.

»Ja, es gibt schon ein paar Kunden für Flaschenbier. Die meisten haben's aber lieber vom Faß. Ein paar Bauern da und dort lassen sich ihr Bier in Flaschen bringen. Früher, da haben sie ja alle selbst gebraut, ha! – ein paar von den großen Kupferkesseln stehen heute noch auf den Höfen rum, und einige räuchern ja auch noch ihren Schinken selbst – wie Mr. Ashton zum Beispiel, der ist nämlich überhaupt gegen alles Neumodische. Aber mit den ganzen Supermärkten heute und den Lieferwagen, und wo die jungen Mädchen alle in Seidenstrümpfen ins Kino wollen und es so viele Sachen in Dosen gibt, da finden Sie nicht mehr oft einen echten Selbstgeräucherten. Und sehen Sie sich nur mal die Preise für Schweinefutter an. Ich sag immer, die Bauern gehören besser geschützt. Ich bin selbst immer ein Anhänger des freien Handels gewesen, aber die Zeiten haben sich geändert. Ich weiß nicht, ob Sie über solche Dinge manchmal nachdenken, Mylord. Sie haben mit so was nie zu tun. Oder – Moment, das hätt ich fast vergessen. Sie sitzen womöglich im Oberhaus. Harry Gotobed behauptet es steif und fest, aber ich hab gesagt, er irrt sich – nun ja, Sie können es uns selbst am besten sagen.«

Wimsey erklärte, daß er keinen Anspruch auf einen Sitz im Oberhaus habe. Mr. Donnington bemerkte mit Befriedigung, daß der Totengräber ihm in diesem Falle eine halbe Krone schulde, und während er sich dies auf der Rückseite eines Umschlags notierte, machte Wimsey sich davon und begab sich in die »Weizengarbe«.

Hier erhielt er nach vielen taktvollen Fragen eine Liste derjenigen Haushalte, die regelmäßig Flaschenbier geliefert bekamen. Meist handelte es sich um Bauern auf abgelegenen Höfen, aber dann erwähnte Mrs. Tebbutt im Nachhinein noch einen Namen, bei dem Wimsey sofort die Ohren spitzte.

»Will Thoday hat auch welches gekriegt, als Jim bei ihnen war – ein Dutzend Literflaschen werden's wohl gewesen sein. Netter Kerl, dieser Jim Thoday – wenn er seine Geschichten aus fernen Ländern erzählt, kommt man aus dem Lachen nicht mehr heraus. Er hat ja auch diesen Papagei für Mary mitgebracht, obwohl ich ja immer sage, ein rechtes Vorbild für die Kinder ist dieser Vogel nicht. Wenn der loslegt – ich kann Ihnen sagen! Was er neulich zum Herrn Pfarrer gesagt hat! Ich hab nicht gewußt, wohin ich gucken soll. Aber ich glaube, der Herr Pfarrer hat nicht die Hälfte davon verstanden. Er ist ja ein richtig feiner Mensch, unser Mr. Venables, nicht wie der alte Pfarrer. Nett war der ja auch, aber ganz anders, und für einen Gottesmann soll er ganz schön geflucht haben, manchmal. Ach ja, er war ja auch ein armer Kerl. Hatte seine Schwächen, wie man so sagt. ›Richtet euch nach meinen Worten, nicht nach meinen Taten‹ – das hat er immer in seiner Predigt gesagt. Ganz furchtbar rot im Gesicht war er, und dann ist er plötzlich gestorben, am Schlaganfall.«

Wimsey versuchte vergebens, das Gespräch wieder auf Jim Thoday zu bringen. Mrs. Tebbutts Gedanken waren zu sehr beim alten Pfarrer, und es dauerte eine halbe Stunde, bis er die »Weizengarbe« wieder verlassen konnte. Während er seine Schritte zurück zum Pfarrhaus lenkte, kam er mit einemmal am Gartentor der Thodays vorbei und sah bei einem Blick zum Haus Mary Thoday beim Wäscheaufhängen. Kurzerhand entschloß er sich zu einem Frontalangriff.

»Ich hoffe, Sie werden es mir verzeihen, Mrs. Thoday«, sagte er, nachdem er sich bemerkbar gemacht hatte und hereingebeten worden war, »wenn ich noch einmal auf eine etwas schmerzliche Geschichte zu sprechen komme. Ich meine, vorbei ist vorbei, und man gräbt nicht gern wieder alte Sachen aus, nicht? Aber wenn es um Leichen in anderer Leute Gräber geht, wird man manchmal wieder an so was erinnert, nicht?«

»O ja, Mylord. Und wenn ich Ihnen irgendwie helfen kann, will ich es gern tun. Aber wie ich schon zu Mr. Blundell gesagt habe, ich weiß gar nichts darüber und kann mir überhaupt nicht vorstellen, wie der Tote hierhergekommen ist. Am Samstag abend hat er mich danach gefragt, und ich kann Ihnen sagen, ich hab mir seitdem den Kopf zerbrochen, aber ich kann mich nicht erinnern, daß ich irgendwas gesehen hätte.«

»Können Sie sich an einen Mann erinnern, der sich Stephen Driver nannte?«

»Ja, Mylord. Das war doch der, der bei Ezra Wilderspin war. Ich hab ihn vielleicht ein- oder zweimal gesehen. Bei der gerichtlichen Untersuchung haben sie gemeint, er ist vielleicht der Tote.«

»Er ist es aber nicht«, sagte Wimsey.

»Nein, Mylord?«

»Nein. Diesen Driver haben wir nämlich gefunden, und zwar quicklebendig. Hatten Sie Driver schon einmal gesehen, bevor er hierherkam?«

»Ich glaube nicht, Mylord. Nein, nicht daß ich wüßte.«

»Hat er Sie an niemanden erinnert?«

»Nein, Mylord.«

Sie schien ganz offen und ehrlich zu antworten, und Wimsey konnte weder in ihrem Gesicht noch in ihrer Stimme irgendwelche Anzeichen von Angst feststellen.

»Merkwürdig«, sagte Wimsey. »Er sagt nämlich, er ist von St. Paul weggelaufen, weil er glaubte, Sie hätten ihn erkannt.«

»So? Das ist aber wirklich komisch, Mylord.«

»Haben Sie irgendwann einmal seine Stimme gehört?«

»Ich glaube nicht, Mylord.«

»Nehmen wir mal an, er hätte keinen Bart gehabt – würde er Sie dann an jemand erinnern?«

Mary schüttelte den Kopf. Wie die meisten Menschen konnte sie sich so etwas nur schwer vorstellen.

»Erkennen Sie dann vielleicht das hier?«

Er zeigte ihr ein Photo von Cranton, aufgenommen in der Zeit der Wilbraham-Affäre.

»Das?« Mrs. Thoday wurde blaß. »O ja, Mylord, an den erinnere ich mich. Das war Cranton, der die Halskette gestohlen hat und ins Gefängnis gekommen ist, zur gleichen Zeit wie – wie mein erster Mann, Mylord. Darüber wissen Sie ja sicher alles . Das ist sein gemeines Gesicht. O ja! Mir wird schon ganz schlecht, wenn ich es nur wieder sehen muß.«

Sie setzte sich auf eine Bank und starrte auf das Photo.

»Das ist doch nicht – das kann doch nicht Driver sein?«

»Das ist Driver«, sagte Wimsey. »Sie haben nichts davon gewußt?«

»Nicht einen Augenblick, Mylord. Wenn ich so was auch nur geahnt hätte, Mylord, hätte ich ihn angesprochen, verlassen Sie sich darauf! Ich hätte schon aus ihm rausgekriegt, wo er die Smaragde hingetan hat. Sehen Sie, Mylord, das war es nämlich, was meinem Mann das Genick gebrochen hat – daß dieser Kerl gesagt hat, mein Mann hätte die Halskette für sich behalten. Armer Jeffrey – gewiß, ja, er ist der Versuchung erlegen – alles meine Schuld, Mylord, weil ich so gedankenlos dahergeredet habe –, und er hat die Juwelen genommen, leider. Aber hinterher hat er sie nicht mehr gehabt. Dieser Cranton, der hat sie gehabt, die ganze Zeit. Glauben Sie ja nicht, es war nicht hart für mich, Mylord, diese ganzen Jahre, und zu wissen, daß man verdächtigt wird! Die Geschworenen haben mir geglaubt, und der Richter auch, aber Sie finden heute noch welche, die meinen, ich hätte die Finger im Spiel gehabt und wüßte, wo der Schmuck ist. Aber ich hab's nie gewußt, Mylord, nie. Wenn ich gewußt hätte, wo er ist, ich wäre auf Händen und Knien nach London zu Mrs. Wilbraham gekrochen und hätte ihn ihr zurückgegeben. Ich weiß, was der arme Sir Henry unter dem Verlust gelitten hat. Die Polizei hat alles abgesucht, und ich hab selbst gesucht, immer wieder –«

»Sie haben sich also auch nicht auf Deacons Wort verlassen?« fragte Wimsey sanft.

Sie zögerte, und Schmerz verdunkelte ihren Blick.

»Mylord, ich habe ihm geglaubt. Und doch, trotzdem – nun ja, es war für mich ein solcher Schock, daß er so etwas überhaupt hatte tun können, eine Dame im Haus seiner Herrschaft bestehlen, da hab ich nicht recht gewußt, ob er das andere nicht auch getan haben könnte. Ich hab wirklich nicht gewußt, was ich glauben sollte, verstehen Sie, Mylord? Aber *jetzt* bin ich ganz sicher, daß mein Mann die Wahrheit gesagt hat. Er hat sich von diesem schlechten Menschen, diesem Cranton, verführen lassen, das steht nun mal fest, aber daß er uns alle hinterher getäuscht haben soll, das glaube ich nicht. Wirklich, Mylord, ich glaub's nicht – ich persönlich bin da ganz sicher.«

»Und was glauben Sie, wozu Cranton hierhergekommen ist?«

»Zeigt das denn nicht, Mylord, daß er es doch selbst war, der die Smaragde hier versteckt hat? Er hat wahrscheinlich Angst bekommen und sie noch in derselben Nacht hier irgendwo versteckt, bevor er verschwand.«

»Er sagt, Deacon habe ihm in der Untersuchungshaft verraten, daß die Smaragde hier seien, und er solle Tailor Paul und Batty Thomas bitten, sie für ihn zu suchen.«

Mary schüttelte den Kopf. »Das verstehe ich nicht, Mylord. Aber wenn mein Mann so etwas zu Cranton gesagt hätte, würde er doch nicht den Mund gehalten haben. Er hätte es bestimmt dem Richter erzählt, wo er doch so wütend auf Jeff war.«

»Meinen Sie? Ich bin da nicht so sicher. Angenommen, Deacon hat Cranton gesagt, wo die Smaragde sind, meinen Sie nicht, daß Cranton gewartet haben würde, weil er hoffte, sie zu finden, wenn er aus dem Gefängnis käme? Und könnte er nicht letzten Januar hierhergekommen sein, um sie zu suchen? Und als er dann glaubte, Sie hätten ihn erkannt, hat er Angst bekommen und ist geflüchtet.«

»Gewiß Mylord, so kann es gewesen sein. Aber wer ist dann dieser arme Tote?«

»Die Polizei meint, er könnte ein Komplize Crantons gewesen sein, der ihm bei der Suche nach den Smaragden geholfen hat und zum Dank umgebracht wurde. Wissen Sie vielleicht, ob Deacon sich mit anderen Häftlingen oder Wärtern in Maidstone angefreundet hat?«

»Das wüßte ich wirklich nicht, Mylord. Er hat natürlich dann und wann schreiben dürfen, aber so etwas hätte er doch nicht geschrieben, weil seine Briefe ja sicher gelesen wurden.«

»Klar. Ich frage mich nur, ob Sie irgendwann einmal eine Nachricht von ihm erhalten haben – durch einen entlassenen Mitgefangenen oder so?«

»Nein, Mylord, nie.«

»Haben Sie jemals diese Schrift gesehen?«

»Diese Schrift? Was, natürlich –«

»Halt's Maul, du Idiot! Halt's Maul, du blödes Stück! Komm, Joey! Raus aus den Federn!«

»Großer Gott!« rief Wimsey erschrocken. Als er um den Türrahmen in das dahinterliegende Zimmer spähte, sah er sich Auge in Auge mit einem grauen afrikanischen Papagei, der ihn wissend anschaute. Beim Anblick des Fremden verstummte der Vogel, legte den Kopf schief und trippelte auf seiner Stange hin und her.

»Hol dich der Geier«, sagte Seine Lordschaft liebenswürdig. »Du hast mir einen Schrecken eingejagt.«

»Orrrrh!« machte der Vogel mit einem langen, selbstzufriedenen Lachen.

»Ist das der Papagei, den Ihnen Ihr Schwager geschenkt hat? Ich habe von Mrs. Tebbutt von ihm gehört.«

»Ja, Mylord, das ist er. Er kann wundervoll sprechen, aber er flucht eben auch fürchterlich, das ist schon wahr.«

»Ein Papagei muß fluchen, sonst taugt er nichts«, sagte Wimsey. »Das wäre geradezu unnatürlich. Also – wo waren wir – ? Ach ja, die Schrift. Sie wollten eben sagen –«

»Ich wollte sagen, natürlich hab ich sie nie gesehen, Mylord.«

Wimsey hätte schwören mögen, daß sie genau das Gegenteil hatte sagen wollen. Sie sah ihn – nein, nicht an, sie sah durch ihn hindurch und an ihm vorbei wie jemand, der eine unvorstellbare Katastrophe nahen sieht.

»Komisches Zeug, nicht?« fuhr sie mit tonloser Stimme fort. »Scheint überhaupt nichts zu bedeuten. Wie kommen Sie darauf, daß ich etwas darüber wissen könnte?«

»Wir hatten den Verdacht, es könnte jemand geschrieben haben, den Ihr Mann in Maidstone kennengelernt hat. Haben Sie je von einem Jean Legros gehört?«

»Nein, Mylord. Das ist ein französischer Name, nicht wahr? Ich habe nie einen Franzosen gekannt, nur ein paar Belgier, die im Krieg hier herübergekommen sind.«

»Und einen Paul Taylor haben Sie auch nie gekannt?«

»Nein, nie.«

Der Papagei lachte herzhaft.

»Halt's Maul, Joey!«

»Halt's Maul, du Idiot! Joey, Joey, Joey! Rutsch mir den Buckel! Orrrh!«

»Aha«, sagte Wimsey. »War nur eine Frage.«

»Wo kommt das eigentlich her?«

»Was? Ach, der Zettel? Er ist in der Kirche gefunden worden, und wir hatten das Gefühl, er könnte Cranton gehören. Er streitet's aber ab.«

»In der *Kirche*?«

Als ob er sein Stichwort bekommen hätte, legte der Papagei erregt wieder los:

»Muß in die Kirche. Muß in die Kirche. Die Glocken. Sag Mary nichts. Muß in die Kirche. Orrh! Joey! Joey! Komm, Joey! Muß in die Kirche.«

Mrs. Thoday stürzte ins Nebenzimmer und warf unter Joeys Protestgekrächze das Tuch über den Käfig.

»So treibt er's die ganze Zeit«, sagte sie. »Geht einem richtig auf die Nerven. Das hat er in der Nacht aufgeschnappt, als es Will so schlecht ging. Da haben sie doch den Zyklus geläutet, und er hat sich immerzu darüber aufgeregt, daß er nicht dabeisein konnte. Will bekommt immer die Wut auf Joey, wenn er anfängt, ihn nachzuäffen. Halt jetzt den Schnabel, Joey, sei lieb.«

Wimsey streckte die Hand nach dem Kryptogramm aus, und sie gab es ihm zurück – zögernd, fand er, als ob sie mit den Gedanken woanders wäre.

»Nun, ich sollte Sie nicht länger aufhalten, Mrs. Thoday. Ich wollte nur diesen kleinen Punkt wegen Mr. Cranton klären. Ich nehme an, Sie haben am Ende doch recht, und er ist nur hergekommen, um auf eigene Faust herumzuschnüffeln. Na ja, Sie werden wahrscheinlich nicht mehr von ihm belästigt werden. Er ist krank, und ins Gefängnis zurück muß er sowieso, um seine restliche Zeit abzusitzen. Entschuldigen Sie, daß ich hier so einfach hereingeplatzt bin und Sie mit Dingen behelligt habe, die man am besten vergißt.«

Doch auf dem ganzen Weg zum Pfarrhaus verfolgten ihn Mary Thodays Augen und das heisere Krächzen des Papageis:

»Die Glocken! Die Glocken! Muß in die Kirche! Sag Mary nichts!«

Polizeidirektor Blundell schnalzte darob etliche Male mit der Zunge.

»Ein Jammer, das mit der Flasche«, sagte er. »Ich glaube zwar auch nicht, daß sie uns irgendwas gesagt hätte, aber man weiß nie. Emily Holliday? So so. Natürlich, sie ist eine Kusine von Mary Thoday. Hatte ich ganz vergessen. Mit dieser Frau weiß ich nichts anzufangen – Mary, meine ich. Ich werde einfach nicht schlau aus ihr, und aus ihrem Mann ebensowenig. Wir stehen mit diesen Leuten in Hull in Verbindung; sie wollen dafür sorgen, daß James Thoday so bald wie möglich nach England zurückgebracht wird. Wir haben ihnen gesagt, er wird wahrscheinlich als Zeuge benötigt. Ist am besten so – er kann sich dieser Vorladung nicht widersetzen; oder wenn er es tut, wissen wir, daß etwas faul ist, und können uns an seine Fersen heften. Das ist eine merkwürdige Geschichte von Anfang bis Ende. Was halten Sie davon, wenn wir diese Chiffre mal dem Direktor von Maidstone schicken? Wenn dieser Legros oder Taylor, oder wer auch immer sonst je dort eingesessen hat, kann er vielleicht seine Handschrift identifizieren.«

»Wäre möglich«, sagte Wimsey nachdenklich. »Doch, das tun wir. Und ich hoffe, wir hören bald wieder von Monsieur Rozier. Die Franzosen kennen unsere Hemmungen beim Umgang mit Zeugen nicht.«

»Beneidenswert, Mylord«, antwortete Mr. Blundell mit Inbrunst.

Zehnter Teil

Lord Peter geht fehl

Und er that die Cherubim inwendig ins Haus. Und die Cherubim breiteten ihre Flügel aus.

1. KÖNIGE 6.27

Und darauf köstliche Steine.

1. KÖNIGE 7.11

»Ich will doch hoffen«, sagte der Pfarrer am darauffolgenden Sonntagmorgen, »daß bei den Thodays alles in Ordnung ist. Weder Will noch Mary waren im Frühgottesdienst. Ich kann mich nicht erinnern, daß die beiden je gefehlt haben, außer als er krank war.«

»Sie sind auch sonst immer da«, sagte Mrs. Venables. »Vielleicht hat Will sich wieder erkältet. Dieser Wind ist sehr tückisch. Nehmen Sie doch noch ein Würstchen, Lord Peter. Wie kommen Sie eigentlich mit dem Kryptogramm weiter?«

»Nur nicht dran rühren. Ich sitze hoffnungslos fest.«

»Lassen Sie nicht gleich den Kopf hängen«, tröstete Mr. Venables. »Auch wenn Sie dann und wann mal eine Runde aussetzen müssen, Sie finden bald wieder hinein ins Jagen.«

»Es würde mich ja auch nicht weiter stören«, sagte Wimsey. »Aber so völlig in der Luft zu hängen, das geht mir auf die Nerven.«

»Hinter jedem Rätsel steckt etwas«, versuchte der Pfarrer ein Scherzchen anzubringen, »nämlich eine Lösung.«

»Ach ja«, seufzte Mrs. Venables, um düster fortzufahren:

»Ich sage immer, ein Rad greift ins andere.«

»Und wo ein Rad ist, da ist auch meist ein Strick«, ergänzte Seine Lordschaft.

»Leider, leider«, sagte der Pfarrer, und es trat eine schwermütige Pause ein.

Die Sorge um die Thodays legte sich, als beide gemeinsam zum Hauptgottesdienst erschienen, aber Wimsey fand, er habe noch nie zwei Menschen gesehen, die so krank und unglücklich aussahen. So sehr waren seine Gedanken mit ihnen beschäftigt, daß er ganz vergaß, was um ihn vorging. Er setzte sich beim *Venite* hin, verblätterte die Psalmen, ließ am Ende des zweiten Vaterunser ein lautes »Denn Dein ist das Reich« solo ertönen und riß sich erst wieder zusammen, als Mr. Venables vom Altar kam, um zu predigen. Wie gewöhnlich hatte Mr. Gotobed den Altarraum nicht ordentlich ausgefegt, und ein häßliches Knirschen begleitete den Weg des Pfarrers zur Kanzel. Nach der Anrufung Gottes und der Heiligen endlich ließ Wimsey sich mit einem Seufzer der Erleichterung in eine Ecke der Kirchenbank sinken, verschränkte die Arme über der Brust und heftete seinen Blick fest an die Decke.

»Der du deinen einzigen Sohn mit Triumph in den Himmel hast erhoben. Diese Worte aus der heutigen Kollekte – was bedeuten sie für uns? Welches Bild machen wir uns von der Herrlichkeit und Pracht des Himmels? Vorigen Donnerstag haben wir gebetet, daß auch wir mit Herz und Sinn dorthin auffahren und ewig da wohnen mögen, und wir hoffen, nach dem Tode aufgenommen zu werden – nicht nur mit Herz und Sinn, sondern mit Seele und Leib – in das gesegnete Land, wo Cherubim und Seraphim ohn' Unterlaß ihre Loblieder singen. Es ist eine wunderschöne Schilderung, die uns die Bibel gibt – das kristallene Meer und der Herr, der auf Cherubim sitzet, und die Engel mit ihren Harfen und goldenen Kronen, wie auch die alten Handwerker sie sich vorgestellt haben, als sie dieses schöne Dach hier bauten, auf das wir so stolz sind – aber glauben wir denn auch wirklich, du und ich?«

Es war hoffnungslos. Wimseys Gedanken waren schon wieder weit fort. »Er fuhr auf dem Cherub und flog daher. Er sitzet auf Cherubim.« Er mußte plötzlich an den kleinen Architekten denken, der nach Duke's Denver gekommen war, um dort das Kirchendach zu begutachten. »Sehen Sie her, Euer Gnaden, hier ist die Fäule ins Holz gekommen; da sind Löcher hinter den Cherobienen, da könnten Sie glatt die Hand hineinstecken.« *Er sitzet zwischen Cherubim.* Ja natürlich! Narr, der er war – steigt zwischen den Glocken herum, um nach Cherubim zu suchen, und dabei schwebten sie hier über seinem Kopf und sahen auf ihn herab mit ihren goldenen, lichtblinden Augen! Die Cherubim? Hauptschiff und Seitenschiffe waren voll davon, wie Herbstblätter in Vallombrosa. Hauptschiff und Seitenschiffe – »des seien fröhlich die Eilande« – ob damit die Seitenschiffe gemeint waren? Und dann »wie die Bäche im Süden« – das *südliche* Seitenschiff demnach? Vor Aufregung wäre er fast aus der Kirchenbank gesprungen. Wenn das stimmte, mußte er nur noch herausfinden, um welches Cherubimpaar es sich handelte, aber das konnte nicht schwer sein. Die Smaragde würden natürlich längst weg sein, aber wenn er nur schon das leere Versteck fände, wäre bewiesen, daß sich das Kryptogramm auf die Halskette bezog und die ganze geheimnisvolle Tragödie, die auf Fenchurch St. Paul lastete, ebenfalls mit den Smaragden zusammenhing. Wenn sie dann auch noch die Handschrift des Kryptogramms bis ins Zuchthaus von Maidstone und zu Jean Legros zurückverfolgen konnten, wußten sie, wer Jean Legros war, und mit etwas Glück konnten sie dann auch die Verbindung zwischen ihm und Cranton herstellen. Und dann konnte Cranton von Glück sagen, wenn er um eine Mordanklage herumkam.

Beim Mittagessen über Rindfleisch mit Eierteig sprach Wimsey den Pfarrer an.

»Wie lange ist es eigentlich her, Sir, daß Sie die Galerien aus den Seitenschiffen entfernt haben?«

»Mal überlegen«, sagte der Pfarrer. »Das war vor ungefähr

zehn Jahren, glaube ich. Ja, richtig. Vor zehn Jahren. Das waren häßliche, klotzige Dinger. Sie verliefen genau vor den Seitenfenstern und verdeckten das ganze Maßwerk und hielten das Licht ab, und dann waren sie auch noch an den Säulen befestigt. Es war sogar so, daß man wegen dieser riesigen Kirchenbänke, die wie Badewannen aussahen, und dieser Galerien gar nichts mehr von den Säulenschäften sah.«

»Und auch sonst nichts«, fügte seine Frau hinzu. »Ich hab immer gesagt, unter diesen Galerien kann man Blindekuh spielen.«

»Wenn Sie wissen wollen, wie das aussah«, fuhr der Pfarrer fort, »müssen Sie mal in die Upwell-Kirche bei Wisbech gehen. Dort finden Sie die gleiche Galerie im nördlichen Seitenschiff (nur daß unsere noch größer und häßlicher waren), und die haben auch ein Engeldach, wenn auch nicht so schön wie das unsere, weil ihre Engel nur am Dach hängen und nicht auch an den Stichbalken. Dort können Sie die Engel im nördlichen Seitenschiff überhaupt nur sehen, wenn Sie auf die Galerie steigen.«

»Ich nehme an, es hat erheblichen Widerstand gegeben, als Sie die Galerien haben abreißen lassen?«

»Ein wenig, ja. Es sind immer ein paar Leute da, die gegen jede Veränderung sind. Aber es war doch so widersinnig, wo die Kirche sowieso schon zu groß für die kleine Gemeinde war, da brauchte man die ganzen Sitzplätze gar nicht. Für die Schulkinder war reichlich Platz im Seitenschiff.«

»Saß außer den Schulkindern noch jemand auf der Galerie?«

»O ja. Das Personal des Roten Hauses und einige von den ältesten Dorfbewohnern, die dort schon seit Urzeiten ihren Stammplatz hatten. Wir haben sogar warten müssen, bis eine von diesen armen Seelen starb, bevor wir den Umbau machen konnten. Die arme alte Mrs. Wilderspin, Ezras Großmutter. Sie war siebenundneunzig und kam regelmäßig jeden Sonntag in die Kirche, und es hätte ihr das Herz gebrochen, wenn sie von ihrem Platz vertrieben worden wäre.«

»Auf welcher Seite saßen die Dienstboten des Roten Hauses?«

»Am westlichen Ende des Südschiffs. Mir hat das nie gefallen, weil man nicht sehen konnte, was sie da trieben, und manchmal war ihr Betragen nicht so gottesfürchtig, wie es zu wünschen gewesen wäre. Ich halte das Haus Gottes nicht für den rechten Ort zum Flirten, und was da oft für ein Gekichere und Geschubse war, das war wirklich ungehörig.«

»Wenn diese Mrs. Gates ihre Pflicht getan und beim Personal gesessen hätte, wäre alles in Ordnung gewesen«, sagte Mrs. Venables, »aber sie war ja eine viel zu feine Dame. Mußte immer ihren Platz für sich haben, gleich neben dem Südportal, für den Fall, daß ihr schlecht geworden wäre und sie hätte rausgehen müssen.«

»Mrs. Gates ist keine sehr robuste Frau, meine Liebe.«

»Lächerlich!« sagte Mrs. Venables. »Sie ißt zuviel und bekommt davon Blähungen, sonst gar nichts.«

»Vielleicht hast du recht, Liebe.«

»Ich kann diese Person nicht ausstehen«, sagte Mrs. Venables. »Die Thorpes sollten am besten das Haus verkaufen, aber wahrscheinlich können sie das wegen Sir Henrys Testament nicht. Ich weiß nicht, wie sie es instandhalten sollen, und das Geld würde Hilary mehr helfen als dieses baufällige Gemäuer. Die arme kleine Hilary! Wenn diese schreckliche alte Wilbraham mit ihrem Halsband nicht gewesen wäre – es besteht wohl keine Hoffnung mehr, den Schmuck zu finden, Lord Peter? Nach all den Jahren?«

»Ich fürchte, wir kommen zu spät zur Hochzeit. Aber ich bin ziemlich sicher, daß die Juwelen im Januar noch hier waren.«

»Hier, in der Gemeinde? Wo denn?«

»Ich glaube, in der Kirche«, sagte Wimsey. »Das war eine ergreifende Predigt von Ihnen heute morgen, Herr Pfarrer. Sehr anregend. Mich hat sie inspiriert, das Rätsel des Krytogramms zu lösen.«

»Nein!« rief der Pfarrer. »Wie denn das?«

Wimsey erklärte es ihm.

»Du große Güte! Das ist ja unglaublich! Wir müssen die Stelle sofort untersuchen!«

»Nicht sofort, Theodore.«

»Nein, natürlich nicht, meine Liebe. Ich habe auch nicht heute gemeint. Das ginge wohl nicht an, am Sonntag Leitern in die Kirche zu schleppen. Wir nehmen das vierte Gebot hier noch sehr ernst. Außerdem habe ich heute nachmittag eine Kinderandacht und drei Taufen und den Dankgottesdienst für Mrs. Edwards. Aber, Lord Peter, wie stellen Sie sich denn vor, daß die Smaragde unters Dach gekommen sind?«

»Nun, darüber habe ich eben nachgedacht. Ist nicht Deacon an einem Sonntag nach der Kirche verhaftet worden? Ich nehme an, er hat etwas geahnt und seine Beute während des Gottesdienstes irgendwo da oben versteckt.«

»Natürlich, er hat an dem Morgen dort gesessen. Jetzt verstehe ich auch Ihre vielen Fragen nach der Galerie. Was für ein böser Mensch muß er gewesen sein! Dann hat er tatsächlich – wie nennt man das, wenn ein Ganove den andern hintergeht?«

»Aufs Kreuz legen«, schlug Wimsey vor.

»Ja! Das ist genau der richtige Ausdruck, den habe ich gesucht. Er hat seinen Komplizen aufs Kreuz gelegt. Der arme Mann! Ich meine den Komplizen. Zehn Jahre im Gefängnis für einen Diebstahl, dessen Früchte er nicht einmal genossen hat. Man kann nicht umhin, ihn ein wenig zu bemitleiden. Aber wer hat denn das Kryptogramm aufgestellt, Lord Peter?«

»Meines Erachtens muß das Deacon gewesen sein – wegen der Glockenkomposition.«

»Ah, ja. Und dann hat er es diesem andern, dem Legros, gegeben. Warum?«

»Wahrscheinlich, damit Legros ihm half, aus Maidstone auszubrechen.«

»Und Legros hat die ganzen Jahre gewartet, ehe er davon Gebrauch machte?«

»Legros hatte offenbar gute Gründe, sich nicht in England blicken zu lassen. Am Ende muß er das Kryptogramm an jemand anderen weitergegeben haben – vielleicht an Cranton. Möglicherweise konnte er es auch selbst nicht entschlüsseln. Auf alle Fälle brauchte er Crantons Hilfe, um aus Frankreich herüberzukommen.«

»Aha. Dann haben sie die Smaragde gefunden, und Cranton hat Legros umgebracht. Wie traurig, sich das vorzustellen – solche Greuel wegen ein paar Steinen!«

»Mich macht es viel trauriger, wenn ich an die arme Hilary Thorpe und ihren Vater denke«, sagte Mrs. Venables. »Sie wollen also sagen, daß in der ganzen Zeit, während sie das Geld so nötig gebraucht hätten, die Smaragde in der Kirche waren, zum Greifen nah?«

»Ich glaube, ja.«

»Und wo sind sie jetzt? Hat dieser Cranton sie? Warum hat sie inzwischen niemand gefunden? Ich weiß nicht, was die Polizei den lieben langen Tag tut.«

Der Sonntag kam ihnen ungewöhnlich lang vor. Und am Montagmorgen passierte vielerlei auf einmal.

Als erstes kam Polizeidirektor Blundell in großer Erregung an.

»Wir haben Antwort aus Maidstone«, verkündete er, »und nun raten Sie mal, wessen Schrift das ist!«

»Darüber habe ich auch schon nachgedacht«, sagte Wimsey. »Ich glaube, es ist Deacons.«

»Genau!« sagte Mr. Blundell enttäuscht. »Sie haben recht, Mylord; es ist so.«

»Es muß das Originalkryptogramm sein«, sagte Wimsey. »Als wir feststellten, daß es etwas mit dem Wechselläuten zu tun hatte, ist mir klargeworden, daß Deacon der Verfasser sein mußte. Gleich zwei glockenkundige Häftlinge in Maidstone, das wäre mir ein wenig zuviel des Zufalls. Und dann, als ich Mrs. Thoday das Blatt zeigte, war ich sicher, daß sie die Schrift erkannte. Das konnte bedeuten, daß Legros ihr geschrieben hatte, aber wahrscheinlicher hat sie die Schrift ihres ersten Mannes wiedererkannt.«

»Nun denn, und wie kommt es, daß er die Chiffre auf dieses ausländische Papier geschrieben hat?«

»An ausländisches Papier ist nicht schwer heranzukommen«, sagte Wimsey. »Hatte Lady Thorpe je ein französisches Dienstmädchen? Ich meine die *alte* Lady Thorpe.«

»Sir Charles hatte eine französische Köchin«, antwortete der Polizeidirektor.

»Zur Zeit des Diebstahls?«

»Ja. Sie hat das Haus bei Kriegsausbruch verlassen, soviel ich weiß. Sie wollte zu ihrer Familie zurück, und man hat sie mit einem der letzten Schiffe nach Hause geschickt.«

»Dann wäre das geklärt. Deacon hat sein Kryptogramm aufgesetzt, bevor er die Juwelen tatsächlich versteckte. Er kann es nicht mit ins Gefängnis genommen haben. Also muß er es jemandem gegeben haben –«

»Mary«, sagte der Polizeidirektor mit bitterer Genugtuung.

»Vielleicht. Und sie müßte es dann Legros geschickt haben. Das ist noch alles ziemlich im dunkeln.«

»Gar nicht so dunkel, Mylord.« Mr. Blundells Gesicht wurde immer grimmiger. »Ich fand es, mit Verlaub, etwas gewagt, den Zettel Mary Thoday zu zeigen. Sie ist getürmt.«

»Getürmt?«

»Heute früh, mit dem ersten Zug nach London. Und Will Thoday mit ihr. Ein sauberes Pärchen.«

»Großer Gott!«

»Das dürfen Sie ruhig sagen, Mylord. Natürlich werden wir sie kriegen, nur keine Bange. Verduftet sind sie, und die Smaragde mit ihnen.«

»Ich gebe zu«, sagte Wimsey, »das hatte ich nicht erwartet.«

»Nein?« meinte Mr. Blundell. »Nun, ich auch nicht, sonst hätte ich sie besser im Auge behalten. Übrigens wissen wir jetzt auch, wer dieser Legros war.«

»Sie sind heute die reinste Informationsbörse, Chef.«

»Ha! Also – wir haben Nachricht von Ihrem Freund Monsieur Rozier. Er hat das Haus der Frau durchsuchen lassen, und was meinen Sie, was die gefunden haben? Legros' Erkennungsmarke – nichts weniger. Möchten Sie noch einmal raten, Mylord?«

»Ich könnte, aber ich mag nicht mehr. Lassen Sie hören. Wie heißt der Kerl?«

»Arthur Cobbleigh.«

»Und wer ist Arthur Cobbleigh, wenn er daheim ist?«

»Darauf wären Sie nicht gekommen, wie?«

»Nein – ich hätte ganz was anderes geraten. Weiter, Chef. Raus mit der Sprache.«

»Nun gut. Arthur Cobbleigh – anscheinend nur irgendwer. Aber Sie dürfen mal raten, woher er kommt.«

»Ich hab das Raten aufgegeben.«

»Aus einem Dörfchen in der Nähe von Dartford – ein paar Meter von dem Wald, wo man Deacons Leiche gefunden hat.«

»Oho! Jetzt kommen wir der Sache näher.«

»Ich habe mich sofort ans Telefon gehängt, sowie dieser Brief da war. Cobbleigh muß 1914 etwa fünfundzwanzig Jahre alt gewesen sein. Kein guter Leumund. Ungelernter Arbeiter. Ein paarmal wegen kleiner Gaunereien und Tätlichkeiten mit der Polizei aneinandergeraten. Ist dann im ersten Kriegsjahr zur Armee gegangen, und alle waren froh, daß sie ihn los waren. Zuletzt gesehen an seinem letzten Urlaubstag 1918, und das war genau zwei Tage nach Deacons Flucht aus dem Gefängnis. Da ist er von zu Hause fortgegangen, um zu seiner Einheit zurückzukehren. Nie wieder aufgetaucht. Letzte Nachricht: ›Seit Marne-Rückzug vermißt, vermutlich gefallen.‹ Das heißt, so lautet die offizielle Version. Tatsächlich zuletzt gesehen – da drüben!«

Der Polizeidirektor wies mit dem Daumen in die allgemeine Richtung des Friedhofs.

Wimsey stöhnte.

»Das reimt sich nicht, Chef. Es reimt sich nicht! Wenn dieser Cobbleigh im ersten Kriegsjahr zur Armee gegangen ist, wie soll er dann mit Deacon unter einer Decke gesteckt haben, der seit 1914 in Maidstone einsaß? Dazu hatte er doch gar keine Zeit. Menschenskind! Man holt in ein paar Stunden Urlaub keinen Sträfling aus dem Bau. Wenn Cobbleigh ein Wärter oder Mithäftling gewesen wäre oder sonst irgendwie mit dem Gefängnis zu tun gehabt hätte, könnte ich's verstehen. Hatte er einen Angehörigen im Kittchen oder so etwas? Da muß doch etwas mehr dran sein.«

»Muß es? Passen Sie mal auf, Mylord, wie finden Sie das? Ich habe mir das auf der Fahrt hierher überlegt und sehe die Sache so: Deacon ist während eines Arbeitseinsatzes getürmt, nicht? Als sie ihn fanden, hatte er noch die Sträflingskleidung an. Zeigt das nicht, daß seine Flucht *nicht* von langer Hand geplant war? Man hätte ihn sehr schnell gefunden, wenn er nicht in dieses Loch gestürzt wäre. Jetzt hören Sie mal zu und sagen mir, ob das nicht wasserdicht ist. Ich sehe das Ganze deutlich vor Augen. Da ist dieser Cobbleigh – ein Tunichtgut, nach allem, was man hört. Er kommt von zu Hause und geht durch den Wald nach Dartford oder sonstwohin, von wo er einen Zug nehmen will, um zu seiner Einheit in Frankreich zurückzukehren. Irgendwo im Moor trifft er auf einen Kerl, der da herumlungert. Er greift ihn sich und sieht, daß es der Ausbrecher ist, nach dem alle Welt sucht. Der Ausbrecher sagt zu ihm: ›Laß mich laufen, und ich mache dich reich.‹ Klar? Dagegen hat Cobbleigh nichts einzuwenden. Er sagt: ›Laß hören. Worum geht's?‹ – ›Um die Wilbraham-Smaragde‹, sagt der Ausbrecher. ›Oho‹, sagt Cobbleigh, ›erzähl mal weiter. Woher soll ich wissen, daß du mir keinen Bären aufbindest? Sag mir, wo die Klunker sind, dann sehen wir weiter.‹ – ›Denkste‹, sagt Deacon. ›Erst hilfst du mir gefälligst, dann sag ich's dir.‹ Darauf Cobbleigh: ›Allein kommst du nicht weit. Ich brauche dich nur zu verpfeifen, und dann?‹ Und Deacon: ›Dafür kriegst du nicht viel. Halt dich lieber an mich, von mir kriegst du Hunderttausende.‹ Sie reden weiter, und Deacon, der Tölpel, verplappert sich, daß er das Versteck auf einem Zettel beschrieben und diesen bei sich hat. ›So, hast du?‹ meint Cobbleigh. ›Dann nimm erst mal das‹, und haut ihm eins über den Schädel. Dann durchsucht er ihn und findet den Zettel, sieht aber zu seinem Ärger, daß er nichts damit anfangen kann. Und dann sieht er, daß er Deacon umgebracht hat. ›Zum Teufel!‹ sagt er. ›Jetzt hab ich den Mist. Ich will ihn lieber beseitigen und mich verziehen.‹ Also wirft er Deacon in das Loch und verduftet nach Frankreich. Wie ist das?«

»Spannend wie ein Krimi«, sagte Wimsey. »Aber wieso soll Deacon einen Zettel bei sich haben, auf dem das Versteck beschrieben ist? Und wie kommt er an das ausländische Papier?«

»Weiß ich nicht. Nun gut, nehmen wir an, es war so, wie Sie vorhin gesagt haben. Er hat den Zettel seiner Frau gegeben. Jetzt gibt er, dumm wie er ist, Cobbleigh die Adresse seiner Frau, und dann geht alles so weiter, wie ich gesagt habe. Cobbleigh kehrt nach Frankreich zurück, desertiert und läßt sich von Suzanne einfangen. Er verschweigt, wer er ist, denn er weiß nicht, ob man Deacons Leiche gefunden hat, und fürchtet, wegen Mordes verhaftet zu werden, wenn er nach England zurückkommt. Den Zettel hat er aber behalten – nein, das ist verkehrt. Er schreibt an Mrs. Deacon und bekommt von ihr den Zettel.«

»Warum sollte sie ihn hergeben?«

»Das ist ein Haken. Halt, nein, ich weiß! Diesmal hab ich's. Er schreibt ihr, daß er den Schlüssel dazu hat. Das stimmt sogar. Deacon hat zu ihm gesagt: ›Meine Frau hat die Chiffre, aber sie kann den Mund nicht halten, und darum hab ich ihr den Schlüssel nicht gegeben. Den gebe ich dir, damit du siehst, daß ich weiß, wovon ich rede.‹ Daraufhin bringt Cobbleigh ihn um, und als er glaubt, daß Gras über die Sache gewachsen ist, schreibt er an Mary, und sie schickt ihm das Kryptogramm.«

»Das Original?«

»Natürlich. Ja.«

»Meinen Sie nicht, sie würde das behalten und ihm eine Kopie geschickt haben?«

»Nein. Sie schickt ihm das Original, damit er sieht, daß es Deacons Handschrift ist.«

»Er muß nicht unbedingt Deacons Handschrift kennen.«

»Woher soll sie das wissen? Cobbleigh entschlüsselt die Chiffre, und sie helfen ihm, herüberzukommen.«

»Aber das haben wir doch schon alles durchgesprochen und sind zu dem Schluß gekommen, daß die Thodays es nicht gewesen sein können.«

»Also gut. Die Thodays bringen Cranton ins Spiel. Cobbleigh kommt irgendwie unter dem Namen Paul Taylor herüber, kommt nach Fenchurch, und sie holen die Smaragde. Dann tötet Thoday ihn und nimmt die Smaragde an sich. Inzwischen kommt Cranton, um zu sehen, was sich tut, und muß feststellen, daß man ihm zuvorgekommen ist. Er verschwindet, und die Thodays laufen mit Unschuldsmienen hier herum, bis sie merken, daß wir ihnen ein bißchen dicht aufs Fell rücken. Daraufhin hauen *sie* ab.«

»Wer hat ihn also umgebracht?«

»Kann jeder von ihnen gewesen sein, meine ich.«

»Und wer hat ihn begraben?«

»Jedenfalls nicht Will.«

»Und *wie* haben sie's gemacht? Und warum haben sie Cobbleigh zuerst gefesselt? Warum ihm nicht gleich eins auf den Schädel geben? Warum hat Thoday zweihundert Pfund von der Bank abgehoben und wieder eingezahlt? Wann ist das Ganze passiert? Wer war der Mann, den Potty Peake am Abend des 30. Dezember in der Kirche gesehen hat? Und vor allem: Warum wurde die Chiffre ausgerechnet in der Glokkenstube gefunden?«

»Ich kann nicht gut sämtliche Fragen auf einmal beantworten, nicht? So war es jedenfalls, das dürfen Sie mir abnehmen. Und jetzt werde ich Cranton unter Anklage stellen und mir die sauberen Thodays greifen, und wenn ich nicht bei einem von ihnen die Smaragde finde, fresse ich meinen Hut.«

»Oh!« machte Wimsey. »Da fällt mir ein, bevor Sie kamen, wollten wir uns gerade die Stelle ansehen gehen, wo Deacon die Klunkerchen versteckt hatte. Der Herr Pfarrer hat das Kryptogramm gelöst –«

»Er?«

»Er. Und jetzt wollen wir uns den Spaß machen – wie die Leute, die ein Schloß an der Stalltür anbringen, nachdem das Roß geklaut ist – und unters Dach steigen, um zwischen den Cherubim zu suchen. Der Pfarrer ist schon in der Kirche und scharrt ungeduldig mit den Hufen. Gehen wir?«

»Klar – ich hab nur nicht viel Zeit.«

»Ich glaube nicht, daß es lange dauert.«

Der Pfarrer hatte die Leiter des Kirchendieners herbeigeschafft und war schon oben unterm Dach des Südschiffs, wo er spinnwebenbehangen und ziellos zwischen dem alten Eichengebälk herumsuchte.

»Hier ungefähr hat die Dienerschaft immer gesessen«, sagte er, als Wimsey mit dem Polizeidirektor hereinkam. »Aber jetzt, wo ich darüber nachdenke, fällt mir ein, daß wir voriges Jahr die Maler hatten, und wenn da etwas zu finden gewesen wäre, hätten sie's gefunden.«

»Vielleicht haben sie«, sagte Wimsey, und Mr. Blundell stöhnte gequält auf.

»Das hoffe ich aber nicht. Ich glaub's auch eigentlich nicht. Das waren lauter grundehrliche Menschen«, sagte Mr. Venables, während er die Leiter herunterkam. »Besser versuchen Sie mal Ihr Glück. Ich bin nicht gut in solchen Dingen.«

»Schöne alte Arbeit ist das hier«, meinte Seine Lordschaft. »Alles gut verdübelt. Zu Hause in Duke's Denver haben wir auch so ein altes Dachgebälk, und als ich klein war, hab ich mir dort in einer Ecke unterm Dach ein Versteck angelegt. Da hab ich Knöpfe und Spielgeld drin aufbewahrt und mir eingebildet, es sei ein Piratenschatz. War allerdings eine Heidenarbeit, das Zeug da wieder rauszukriegen. Moment mal – Blundell! Erinnern Sie sich an den Drahthaken, den wir in den Taschen des Toten gefunden haben?«

»Ja, Mylord. Wir wissen bis heute noch nicht, wozu er gut sein sollte.«

»*Ich* hätte es wissen müssen«, sagte Wimsey. »So ein Ding hatte ich doch selbst für meinen Piratenschatz.« Seine langen Finger glitten über die Balken und wackelten behutsam an den dicken Holzdübeln, die sie zusammenhielten. »Er muß von seinem Platz aus drangekommen sein. Aha! Was hab ich Ihnen gesagt? Da ist er! Vorsichtig wackeln und ziehen, und raus kommt er. Sehen Sie!«

Er wackelte an einem der Dübel und zog ihn heraus. Ursprünglich hatte dieser Dübel durch den ganzen Balken gereicht und mußte etwa unterarmlang gewesen sein, konisch zulaufend von etwa drei Zentimeter Durchmesser am einen Ende bis anderthalb Zentimeter am andern. Aber irgendwann hatte jemand ihn etwa eine Handbreit vom dicken Ende entfernt abgesägt.

»Da haben wir's«, sagte Wimsey. »Wahrscheinlich hat dort früher mal ein Schuljunge sein Schatzversteck gehabt. Er muß am andern Ende dagegen gedrückt und festgestellt haben, daß er locker war. Wahrscheinlich hat er ihn ganz rausgezogen. Jedenfalls hab ich es bei uns zu Hause unterm Dach so gemacht. Dann hat er ihn mit nach Hause genommen und in der Mitte ein Stück herausgesägt, etwa zwei Handbreit. Als er das nächstemal in die Kirche gekommen ist, hatte er einen kurzen Stock bei sich, mit dem er das dünne Ende wieder an seinen Platz geschoben hat, damit niemand das Loch von der anderen Seite sah. Dann hat er seine Murmeln oder sonstigen Schätze hineingetan und das Loch an der dicken Seite hiermit zugestöpselt. Und somit hatte er ein wunderschönes kleines Versteck, in das bestimmt nie jemand hineinschauen würde. Meinte er. Denn dann – vielleicht Jahre später – kommt Freund Deacon hierher. Eines Tages sitzt er hier oben und langweilt sich vielleicht ein bißchen bei der Predigt (Verzeihung, Hochwürden!). Er spielt an dem Dübel herum, und auf einmal kommt dieser heraus – aber nur ein fingerlanges Stück. Hoppla! denkt er, was ist denn das? Da könnte man gut mal etwas verstecken, wenn Not am Mann ist. Und als er später schnell die Steine loswerden muß, fällt ihm dieses Versteck wieder ein. Ganz einfach. Sitzt still und andächtig hier und lauscht der Lesung. Fährt dabei heimlich mit der Hand hier herunter, holt den Zapfen raus, nimmt die Smaragde aus der Tasche, schiebt sie ins Loch und setzt den Stopfen wieder drauf. Alles erledigt, bevor der Pfarrer sein ›Soweit die Worte‹ sagt. Hinaus in den Sonnenschein und schnurstracks in die Arme unseres Polizeidirektors und seiner Mannen. ›Wo sind die Smaragde?‹ fragen sie. ›Bitte, durchsuchen Sie mich‹, antwortet er, und das tun sie bis heute.«

»Unglaublich!« rief der Pfarrer. Mr. Blundell entfuhr ein ungehöriger Ausdruck, woraufhin er sich erinnerte, wo er war, und laut hustete.

»Und jetzt wissen wir auch, wozu der Haken gut war«, sagte Wimsey. »Als Legros oder Cobbleigh oder wie Sie ihn immer nennen wollen, die Beute holen kam –«

»Moment mal«, erhob der Polizeidirektor Einspruch. »In dieser Chiffre stand nichts von einem Loch, oder? Da stand nur etwas von Cherubim. Woher soll er gewußt haben, daß er einen Haken brauchte, um das Halsband zwischen den Cherubim herauszuholen?«

»Vielleicht hat er zuerst die Örtlichkeiten erkundet. Aber natürlich, das wissen wir doch. Das muß an dem Tag gewesen sein, als Potty Peake ihn und Thoday in der Kirche gesehen hat. Da hat er die Stelle gefunden, und später ist er wiedergekommen. Allerdings kann ich Ihnen nicht sagen, warum er fünf Tage gewartet hat. Vielleicht ist irgendwas schiefgegangen. Jedenfalls ist er wiedergekommen, bewaffnet mit diesem Haken, und hat das Halsband rausgeholt. Und gerade als er wieder die Leiter runterkommt, packt ihn sein Komplize von hinten, fesselt ihn und – und – dann beseitigt er ihn auf eine Weise, für die wir noch keine Erklärung haben.«

Der Polizeidirektor kratzte sich am Kopf.

»Man sollte meinen, er hätte sich einen geeigneteren Ort dafür aussuchen können, finden Sie nicht, Mylord? Ihn hier in der Kirche umzubringen, und dann die ganze Arbeit mit dem Vergraben und was weiß ich. Warum hat er Cobbleigh nicht, solange alles gut lief, auf dem Heimweg irgendwo in einen Kanal geworfen?«

»Weiß der Himmel«, sagte Wimsey. »Jedenfalls, hier ist das Versteck und mit ihm die Erklärung für den Haken.« Er stieß seinen Füllfederhalter in das Loch. »Ganz schön tief – aber nein, beim Zeus! Es ist gar nicht tief, kaum länger als der Stöpsel! Wir werden uns doch nicht geirrt haben? Wo ist meine Taschenlampe? Verd...! (Verzeihung, Hochwürden.) Ist das überhaupt Holz? Oder –? He, Blundell, besorgen Sie mir mal einen Hammer und eine kurze, kräftige Stange oder so was – nicht zu dick! Wir werden dieses Loch ausräumen.«

»Laufen Sie rüber zum Pfarrhaus und fragen Sie Hinkins«, riet der Pfarrer hilfreich.

Ein paar Minuten später kam Mr. Blundell schwer atmend mit einer kurzen Eisenstange und einem schweren Schraubenschlüssel wieder. Wimsey hatte die Leiter verrückt und inspizierte das dünne Ende auf der Ostseite des Balkens. Er setzte die Eisenstange auf den Dübel und schlug mit dem Schraubenschlüssel herzhaft dagegen. Eine kircheneigene Fledermaus, vom Lärm aufgeschreckt, flatterte kreischend aus ihrem Versteck; das dünne Dübelende schoß im eleganten Bogen auf der anderen Seite aus dem Loch heraus, und mit ihm noch etwas – etwas, das sich im Flug aus dem braunen Papier löste, in das es eingewickelt gewesen war, und wie ein grün-goldener Wasserfall dem Pfarrer vor die Füße prasselte.

»Allmächtiger!« rief Mr. Venables.

»Die Smaragde!« schrie Mr. Blundell. »Die Smaragde, bei Gott! Und Deacons fünfzig Pfund dazu.«

»Und wir haben uns geirrt, Blundell«, sagt Lord Peter. »Wir haben uns von Anfang an geirrt. Keiner hat sie gefunden. Keiner hat jemand andern dafür umgebracht. Keiner hat das Kryptogramm entschlüsselt. Wir sind getreu nach Stedman aus der Jagd und fehlgegangen!«

»Aber wir haben den Schmuck«, sagte der Polizeidirektor.

III

Ein kurzer Satz
Stedman Triples
(Fünf Teile)

840

Bei Beendigung der Durchgänge

5	6	1	2	3	4
3	4	1	5	6	2
6	2	1	3	4	5
4	5	1	6	2	3
2	3	1	4	5	6

Sopran in Observation.

Ruf sie in die letzte ganze Runde, schnell heraus, langsam hinein, zur zweiten halben Runde und langsam heraus. 4mal wiederholen.

(Troyte)

Erster Teil

Das Schnelle Werken

Die Arbeit einer jeden Glocke wird in drei Phasen unterteilt, namentlich in das Schnelle Werken, das Springen und das Langsame Werken.

Troyte: ON CHANGE-RINGING

Lord Peter Wimsey verlebte einen rastlosen Tag und eine ebensolche Nacht und war anderntags beim Frühstück recht schweigsam.

Bei allererster Gelegenheit holte er seinen Wagen heraus und fuhr nach Leamholt.

»Mr. Blundell«, sagte er, »ich glaube, ich war der reinrassigste und dümmste Esel, der je im Fell eines Spürhundes gebrüllt hat. Inzwischen habe ich aber das ganze Rätsel gelöst, bis auf eine Kleinigkeit. Sie wahrscheinlich auch.«

»Lassen Sie mal hören«, sagte Mr. Blundell. »Mir geht's wie Ihnen, Mylord. Ich habe das Raten aufgegeben. Was ist denn das für eine Kleinigkeit, die Sie nicht gelöst haben?«

»Nun, der Mord«, antwortete Seine Lordschaft mit verlegenem Hüsteln. »Ich kann mir einfach nicht vorstellen, wer ihn begangen haben soll und wie. Aber das ist, wie gesagt, nur eine Kleinigkeit. Ich weiß jetzt, wer der Tote war, warum er gefesselt war, wo er gestorben ist, wer wem das Kryptogramm geschickt hat, warum Will Thoday zweihundert Pfund von seiner Bank abgehoben und wieder eingezahlt hat, wohin und warum die Thodays verschwunden sind und wann sie wiederkommen werden, warum Jim Thoday seinen Zug verpaßt hat, warum Cranton hier war, was er hier getan hat und warum er uns darüber etwas vorlügt, und schließlich, wie die Bierflasche in die Glockenstube kam.«

»Ist das alles?« fragte Mr. Blundell.

»Nein, noch etwas. Warum Jean Legros seine Vergangenheit verschwiegen hat, was Arthur Cobbleigh im Wald bei Dartford gemacht hat, wovon der Papagei spricht und warum die Thodays am Sonntag nicht im Frühgottesdienst waren, was Tailor Paul damit zu tun hatte und warum das Gesicht des Toten eingeschlagen war.«

»Ausgezeichnet«, sagte Mr. Blundell. »Sie sind eine wandelnde Bibliothek, nicht wahr, Mylord? Könnten Sie nicht noch einen Schritt weitergehen und uns sagen, wem wir die Handschellen anlegen dürfen?«

»Bedaure. Das kann ich nicht. Hol's der Kuckuck, darf ich denn einem Freund nicht auch noch eine Kleinigkeit übriglassen?«

»Nun«, meinte Mr. Blundell, »ich darf mich ja nicht beklagen. Erzählen Sie uns das Übrige, und wir werden diese letzte Kleinigkeit vielleicht allein besorgen können.«

Lord Peter schwieg ein paar Sekunden.

»Wissen Sie, Chef«, sagte er schließlich, »die Geschichte klingt ziemlich an den Haaren herbeigezogen; ich glaube, ich möchte sie lieber erst mal selbst ein bißchen nachprüfen, bevor ich damit herausrücke. Könnten Sie vorher noch etwas tun? Tun müssen Sie's sowieso, aber ich möchte nicht gern etwas sagen, bevor es getan ist. Danach erzähle ich Ihnen, was Sie wollen.«

»Und?«

»Können Sie ein Photo von Arthur Cobbleigh besorgen und nach Frankreich zu Suzanne Legros schicken, damit sie es identifiziert?«

»Wird natürlich gemacht. Routinesache.«

»Wenn sie ihn identifiziert, schön und gut. Wenn sie aber

störrisch ist und sich weigert, geben Sie ihr nur diesen Umschlag, wie er ist, und beobachten Sie sie, wenn sie ihn öffnet.«

»Nun, ich weiß nicht, ob ich das unbedingt persönlich machen muß, Mylord, aber ich will dafür sorgen, daß Monsieur Rozier es tut.«

»Das geht auch. Und werden Sie ihr auch das Kryptogramm zeigen?«

»Warum nicht? Sonst noch etwas?«

»Ja«, sagte Wimsey langsam. »Die Thodays. Bei den beiden ist mir nicht ganz wohl. Sie sind ihnen natürlich auf den Fersen?«

»Was glauben denn Sie?«

»Genau das. Also, wenn Sie die Thodays haben, sagen Sie mir Bescheid, bevor Sie energisch durchgreifen, ja? Ich wäre bei der Vernehmung gern dabei.«

»Dagegen habe ich nichts einzuwenden, Mylord. Und diesmal werden sie mir irgend etwas Brauchbares erzählen, Vorschriften hin oder her, und wenn ich mir selbst das Genick breche.«

»Da werden Sie gar keine Schwierigkeiten haben«, meinte Wimsey. »Das heißt, vorausgesetzt, Sie erwischen sie innerhalb der nächsten vierzehn Tage. Danach wird's schwieriger.«

»Wieso innerhalb von vierzehn Tagen?«

»Na hören Sie mal!« wies Wimsey ihn zurecht. »Liegt denn das nicht auf der Hand? Ich zeige Mrs. Thoday das Kryptogramm, und am Sonntagmorgen geht weder sie noch er zur Kommunion. Am Montag fahren sie mit dem ersten Zug nach London. Mein lieber Watson, es starrt Ihnen ins Gesicht. Die einzige echte Gefahr ist – «

»Nun?«

»Der Erzbischof von Canterbury. Ein stolzer Kirchenfürst, Blundell. Ein gestrenger Herr. Aber irgendwie glaube ich, daß sie an ihn gar nicht denken. Ich glaube, den können Sie riskieren.«

»So? Und wie wär's mit Signor Mussolini und dem Kaiser von Japan?«

»Unbedeutend, unbedeutend«, antwortete Seine Lordschaft mit einer wegwerfenden Handbewegung. »Desgleichen der Bischof von Rom. Aber machen Sie zu, Blundell, machen Sie zu.«

»Das habe ich vor«, sagte Mr. Blundell entschlossen. »Außer Landes kommen sie nicht, das steht fest.«

»Ganz recht, ganz recht. Natürlich werden sie morgen in vierzehn Tagen wieder hier sein, aber dann ist es zu spät. Wann erwarten Sie Jim Thoday zurück? Ende des Monats? Geben Sie acht, daß er Ihnen ja nicht entwischt. Ich habe so ein Gefühl, als ob er's versuchen könnte.«

»Sie meinen, er ist unser Mann?«

»Ich weiß es nicht, sag ich doch. Ich möchte nicht, daß er's ist. Cranton wäre mir lieber.«

»Der arme Cranton«, sagte der Polizeidirektor verdrießlich. »Ich hätte lieber, er wär's nicht. Ich kann's nicht sehen, wenn ein erstklassiger Juwelendieb so aus der Art schlägt, sozusagen. Mich stört das. Außerdem ist der Mann krank. Aber wir kümmern uns natürlich darum. Die Sache mit Cobbleigh werde ich gleich erledigen.«

»Recht so!« sagte Wimsey. »Und ich glaube, ich telefoniere doch besser mal mit dem Erzbischof. Man weiß ja nie.«

»Übergeschnappt«, sagte der Polizeidirektor bei sich. »Oder er nimmt mich auf den Arm. Eins von beiden.«

Lord Peter sprach mit dem Erzbischof und schien mit dem Ergebnis zufrieden zu sein. Er schrieb auch an Hilary Thorpe und berichtete ihr vom Auffinden der Smaragde. »Sie sehen«, schrieb er, »Ihre Sherlock-Holmserei hat sich sehr gelohnt. Wie mag sich Ihr Onkel Edward freuen!« Hilary teilte ihm in ihrer Antwort mit, daß die alte Mrs. Wilbraham den Schmuck genommen und den dafür bezahlten Betrag zurückgegeben habe, alles ohne Kommentar oder Entschuldigung. Lord Peter schlich im Pfarrhaus umher wie ein unglückseliges

Gespenst. Der Polizeidirektor war auf der Suche nach den Thodays in die Hauptstadt gefahren. Am Donnerstag kam wieder Bewegung in das Geschehen.

Telegramm von Commissaire Rozier an Polizeidirektor Blundell:

Suzanne Legros kennt Cobbleigh nicht, identifiziert Photo im Umschlag als ihren Mann. Identifikation bestätigt durch hiesigen Bürgermeister. Was weiter tun?

Telegramm von Polizeidirektor Blundell an Lord Peter Wimsey:

Suzanne Legros verleugnet Cobbleigh, identifiziert versiegeltes Photo. Wer ist das? Kann Thodays in London nicht finden.

Telegramm von Polizeidirektor Blundell an Commissaire Rozier:

Bitte Papiere sofort zurücksenden. Mme. Legros bis auf weiteres festhalten.

Telegramm von Lord Peter Wimsey an Polizeidirektor Blundell:

Inzwischen wissen Sie wohl Bescheid. Prüfen Sie alle Kirchenregister.

Telegramm von Polizeidirektor Blundell an Lord Peter Wimsey:

Vikar St. Andrews Bloomsbury um Trauung William Thoday Mary Deacon mit Sondergenehmigung ersucht. War es Deacon?

Telegramm von Lord Peter Wimsey an Polizeidirektor Blundell:

Natürlich, ihr Tröpfe. Sofort Cranton wegen Mordes verhaften.

Telegramm von Polizeidirektor Blundell an Lord Peter Wimsey:

Tröpfe akzeptiert, aber warum Cranton verhaften? Haben Thodays gefunden und zur Vernehmung festgenommen.

Telegramm von Lord Peter Wimsey an Polizeidirektor Blundell:

Zuerst Cranton verhaften. Treffe Sie in London.

Nachdem Lord Peter dieses Telegramm aufgegeben hatte, ließ er Bunter seine Siebensachen packen und bat um eine Unterredung unter vier Augen mit Mr. Venables. Beide wirkten nach diesem Gespräch bedrückt und sorgenvoll.

»Ich mache mich also lieber davon«, sagte Wimsey. »Hätte ich mich da doch nie eingemischt! An manche Sachen rührt man besser nicht, oder? Immer sind meine Sympathien auf der falschen Seite, und das will mir nicht gefallen. Ich weiß, man soll nicht Böses tun, daß Gutes werde. Aber Gutes tun, daß Böses werde, das ist es, was mich so fuchst.«

»Mein lieber Junge«, sagte der Pfarrer, »es steht uns nicht an, allzuviel über das Morgen nachzudenken. Besser der Wahrheit folgen und es Gott überlassen, was daraus wird. Er sieht voraus, was wir nicht voraussehen können, denn er weiß alles.«

»Und braucht nie über sein Wissen hinauszudenken, wie Sherlock Holmes sagen würde. Nun, Herr Pfarrer, ich glaube, Sie haben recht. Wahrscheinlich will ich wieder mal zu schlau sein. So geht's mir immer. Jedenfalls bedaure ich die Scherereien, die ich gemacht habe. Und nun möchte ich lieber fort. Ich kranke an dieser modernen Gefühlsduselei, die andere nicht leiden sehen kann. Vielen Dank für alles. Leben Sie wohl.«

Bevor er Fenchurch St. Paul verließ, ging er noch einmal kurz auf den Friedhof. Das Grab des Unbekannten war noch immer wie eine kahle schwarze Narbe mitten im Rasen, aber Sir Henrys und Lady Thorpes Grab war mit grünem Gras überwachsen. Unweit saß der alte Hezekiah Lavender auf der Platte eines uralten Grabmals und reinigte sorgfältig die Inschrift. Wimsey ging hin und gab dem Alten die Hand.

»Ich putz den alten Samuel schön für den Sommer auf«, sagte Hezekiah. »Ha! Jetzt hab ich ihn schon um gute zehn Jahre übertroffen, den alten Samuel. Hab schon zum Herrn Pfarrer gesagt: ›Legen Sie mich neben ihn‹, hab ich gesagt. ›damit jeder sieht, daß ich ihn übertroffen hab.‹ Und der Herr Pfarrer hat's versprochen. Ja, das ist alles geregelt. Aber so schöne Gedichte schreiben sie einem heute nicht mehr.«

Er fuhr mit gichtigen Fingern über die Inschrift, die lautete:

Hier ruht der Leib von Samuel Knoll.
Hat 50 Jahr' geläutet die Tailor Paul.
Durch des Lebens Wechselfälle
Hat er gehalten seine Stelle,
Bis daß der Tod, der alles anders macht,
Ihn heimgerufen aus der Jagd.
Sein Rad ist gebrochen, das Seil verschlissen,
Der Klöppel stumm, die Bronze gerissen.
Doch wenn er aufgerufen wird vom Grund,
Wird seine Glocke tönen voll und rund.

\+ MDCXCVIII +

Im Alter von 76 Jahren

»Scheint eine ausgesprochen gesunde Beschäftigung zu sein, die Tailor Paul zu läuten«, meinte Wimsey. »Ihre Diener pflegen ein reifes Alter zu erreichen, wie?«

»Ha!« sagte Hezekiah. »Das kann man wohl sagen, junger Mann, das kann man wohl sagen. Aber treu muß man ihr sein und darf sie nicht enttäuschen. Die verstehen alles ganz genau, die Glocken. Einen bösen Menschen leiden sie nicht. Da warten sie nur darauf, ihn zu erschlagen. Aber die alte Tailor Paul kann nicht behaupten, daß sie mit mir schlecht gefahren ist oder ich mit ihr. Machen Sie Rechtschaffenheit zu Ihrer Leitglocke, Mylord, und folgen Sie ihr immer, dann zeigt sie Ihnen den Weg durch alle Wechsel, bis der Tod ›Halt‹ ruft. Haben Sie keine Angst vor den Glocken, solange Sie sich von Rechtschaffenheit leiten lassen!«

»Gewiß«, meinte Wimsey ein wenig verlegen.

Er verließ den alten Hezekiah und ging noch einmal in die Kirche, leise, als fürchtete er, dort etwas aus dem Schlaf zu wecken. Abt Thomas lag still in seinem Grabmal; die Cherubim waren mit offenen Augen und Mündern vertieft in ihre immerwährende Kontemplation; hoch droben spürte er die geduldige Wachsamkeit der Glocken.

Zweiter Teil

Nobby geht langsam hinein und kommt schnell heraus

Die Not war groß. Zwei Engel begruben ihn ... in Vallombrosa bei der Nacht; ich sah es, zwischen Lotus und Schierling stehend.

J. Sheridan LeFanu: WYLDER'S HAND

Mr. Cranton lag auf Kosten Seiner Majestät des Königs im Krankenbett und sah besser aus als bei ihrem letzten Besuch. Er zeigte sich gar nicht überrascht, daß man ihm, zwölf Jahre nach dem vermeintlichen Hinscheiden des besagten Herrn, Deacons Tod anlasten wollte.

»Also schön!« sagte Mr. Cranton. »Ich hab schon damit gerechnet, daß Sie draufkommen, nur gehofft hab ich, daß Sie's nicht tun. Ich hab's jedenfalls nicht getan und möchte aussagen. Nehmen Sie Platz. Diese Gemächer hier sind für einen Gentleman nicht ganz das Wahre, aber was Besseres hat die Heimat wohl nicht zu bieten. Ich hab gehört, in Sing-Sing ist es schöner. O England, mit all deinen Fehlern lieb ich dich! Wo soll ich anfangen?«

»Am besten von vorn«, schlug Wimsey vor. »Erzählen Sie bis zum Ende und dann halt. Darf er eine Zigarette rauchen, Charles?«

»Also, Mylord und – nein«, sagte Mr. Cranton, »ich sage nicht ›meine Herren‹. Geht mir irgendwie gegen den Strich, zu Polizeibeamten ›meine Herren‹ zu sagen. Also dann, Mylord und Anhang, ich brauche Ihnen nicht erst zu sagen, daß ich zutiefst gekränkt bin. Hab ich Ihnen nicht gesagt, daß ich die Klunker nie im Besitz hatte? Und sehen Sie, ich hatte recht. Nun möchten Sie wissen, wie ich erfahren habe, daß Deacon noch an Deck ist? Nun, er hat mir einen Brief geschrieben, so war das. Irgendwann im letzten Juli muß das gewesen sein. Er war an unsern alten Treff adressiert, von wo er weitergeleitet wurde – fragen Sie nicht, von wem.«

»Gammy Pluck«, bemerkte Mr. Parker gleichmütig.

»Ich nenne keine Namen«, sagte Mr. Cranton. »Das ist Ehrensache unter Ehrenmännern. Und als ehrenhafter Ehrenmann habe ich den Brief natürlich sofort verbrannt, aber das war eine wilde Geschichte, und ich weiß gar nicht, wie ich ihr gerecht werden soll. Wie es aussieht, hat Deacon sich nach seinem Abschied aus Maidstone – dem ein unerfreulicher Zwischenfall mit einem Wärter vorausgegangen war – ein, zwei Tage auf höchst widrige Weise in Kent herumdrücken müssen. Er schrieb, die Dummheit der Polizei übersteige jede Vorstellungskraft. Zweimal sind sie direkt über ihn weggestiegen, schreibt er. Einmal haben sie sogar auf ihn getreten. Er schreibt, er hat noch nie so eindrucksvoll erfahren, warum man Polizeibeamte mitunter Plattfüße nennt. Es hat ihm fast einen Finger gebrochen, so hat der Plattfuß draufgestanden. Ich dagegen«, fügte Mr. Cranton hinzu, »habe eher kleine Füße. Klein und wohlgeformt. Einen Herrn erkennt man immer an seinen Füßen.«

»Weiter, Nobby«, sagte Mr. Parker.

»Jedenfalls, am dritten Abend, wie er da so herumliegt, irgendwo im Wald, da hört er einen kommen, der kein Plattfuß ist. Aber sternhagelvoll war er, schreibt Deacon. Also springt er hinter einem Baum hervor und verpaßt dem Kerl eins. Er hat ihn angeblich nicht umlegen wollen, nur für eine Weile flachlegen, aber er muß wohl etwas härter zugeschlagen haben, als er eigentlich wollte. Wohlgemerkt, das ist Deacons Version, aber Deacon war schon immer ein gemeiner Kerl, und einen hatte er ja schon auf dem Gewissen, und zweimal kann man einen nicht aufhängen. Jedenfalls hat er gesehen, daß er dem Burschen den schäbigen Rest gegeben hatte, und das war's dann.

Worauf er's abgesehen hatte, das waren natürlich Klamotten, und wie er sich seine Beute besieht, muß er entdecken, daß er 'nen Tommy in voller Uniform mit Marschgepäck erwischt hat. So überraschend war das ja nicht, bei Licht besehen. 1918 liefen davon so einige herum, aber für Deacon war es schon ein harter Schlag. Natürlich wußte er selber, daß Krieg war – darüber hatten sie im Knast alles erfahren –, aber irgendwie hatte er das sozusagen nicht ganz mitgekriegt. Dieser Soldat hatte jedenfalls Papiere und so'n Zeug bei sich und eine Taschenlampe, und soweit Deacon feststellen konnte, als er sich die Sachen an einem stillen Fleckchen rasch mal besah, hatte er gerade seinen Urlaub um und war auf dem Weg zurück zur Front. Nun, denkt Deacon, jedes Drecksloch ist besser als der Knast in Maidstone, also nichts wie los. Er tauscht mit dem Tommy sämtliche Klamotten bis auf die Haut, nimmt seine Papiere und so weiter an sich und schmeißt ihn runter in dieses Loch. Deacon stammt nämlich aus Kent, müssen Sie wissen, und kannte sich dort aus. Natürlich hatte er vom Soldatenspielen keine Ahnung – aber Not ist der beste Lehrmeister und so weiter. Er hat gedacht, das beste ist, er begibt sich nach London und versucht dort 'nen alten Kumpel zu finden, der sich seiner annimmt. Also ist er losgezogen und hat dann nach einer Weile einen Lastwagen erwischt, der ihn zu irgendeinem Bahnhof brachte. Er hat den Namen erwähnt, aber ich hab ihn wieder vergessen. Irgendein kleines Städtchen, in dem er noch nie gewesen war. Jedenfalls hat er einen Zug nach London gefunden und ist eingestiegen. So weit, so gut; aber irgendwo unterwegs ist dann ein ganzer Schwung Soldaten eingestiegen, ziemlich angesäuselt und bester Laune, und ihrem Gerede hat Deacon dann entnommen, was ihm bevorstand. Ihm ist mit einemmal klar geworden, daß er hier ganz wie ein Soldat gekleidet herumlief, aber vom Krieg keine Ahnung hatte, von Drill und so, und er hat gewußt, sowie er den Mund aufmacht, fällt er auf.«

»Klar«, sagte Wimsey. »Da könnte er sich gleich anziehen wie ein Freimaurer. Damit würde er auch nicht weit kommen.«

»So ist es. Deacon schreibt, das war, als ob er unter Leuten gewesen wäre, die eine Fremdsprache sprachen. Schlimmer noch; denn von Fremdsprachen verstand Deacon ein bißchen was. Er war doch so'n Gebildeter. Aber von diesem Soldatenkram verstand er nur Bahnhof. Also hat er nichts anderes tun können als sich schlafend stellen. Er schreibt, er hat sich einfach in seiner Ecke zusammengekringelt und geschnarcht, und wenn ihn einer angesprochen hat, hat er ihn angefaucht. Hat ganz gut geklappt, schreibt er. Allerdings war da ein so'n hartnäckiger Zeitgenosse mit einer Flasche Scotch dabei. Der hat Deacon immer wieder zu trinken aufgedrängt, und er hat ein paar Schlucke genommen, dann noch ein paar, und bevor sie in London einfuhren, war er ziemlich besäuselt. Sehen Sie, er hatte ja ein paar Tage lang praktisch nichts zu essen gehabt, außer einem Stückchen Brot, das er aus irgendeiner Kate gemopst hatte.«

Der Polizeibeamte, der das alles mitstenographierte, ließ unbeeindruckt seine Feder über das Papier kratzen. Mr. Cranton trank einen Schluck Wasser und fuhr fort.

»Deacon schreibt, er weiß nicht genau, wie es ihm danach ergangen ist. Er hat den Bahnhof verlassen und still irgendwo verschwinden wollen, aber das war anscheinend nicht so leicht. Die verdunkelten Straßen haben ihn durcheinandergebracht, und dieser hartnäckige Kerl mit der Whiskyflasche schien einen Narren an ihm gefressen zu haben. Er hat die ganze Zeit geredet, was für Deacon allerdings ein Glück war. Er erzählt, daß er noch mehr getrunken hat, und dann irgendwas mit einer Feldflasche, und dann ist er über was gestolpert, und die Kerle haben ihn ausgelacht. Und danach muß er dann richtig eingeschlafen sein. Als nächstes erinnert er sich, daß er wieder im Zug saß, zwischen lauter Tommys, und soweit er feststellen konnte, war es ein Zug an die Front.«

»Das ist ja eine erstaunliche Geschichte«, fand Mr. Parker.

»Aber ein klarer Fall«, meinte Wimsey. »Irgendeine freundliche Seele muß seine Papiere kontrolliert und festgestellt haben, daß er auf dem Weg zu seiner Einheit war, und daraufhin hat er ihn in den nächsten Zug nach Dover verfrachtet, stelle ich mir vor.«

»Ganz richtig«, stimmte Mr. Cranton ihm zu. »In die Mühle geraten, wie man so sagt. Nun ja, was sollte er anderes tun als wieder auf Tauchstation gehen? Es waren genug andere da, die hundemüde und ziemlich beduselt zu sein schienen, so daß er in keiner Weise auffiel. Er beobachtete, was die andern taten, zeigte im richtigen Moment seine Papiere und so weiter. Zum Glück gehörte wohl von den andern niemand ausgerechnet zu seiner Einheit. So ist er rübergekommen. Aber wohlgemerkt«, fügte Mr. Cranton hinzu, »ich kann Ihnen nicht alle Einzelheiten schildern. Ich war selbst nicht im Krieg, weil ich anderweitig beschäftigt war. Die Lücken müssen Sie schon selbst füllen. Er schreibt, er war auf der Überfahrt scheußlich seekrank, und danach hat er in einer Art Viehwagen weitergeschlafen, bis sie ihn schließlich im Dunkeln irgendwo rausgesetzt haben. Nach einer Weile hat er jemand fragen hören, ob einer da sei, der zu seiner Einheit gehörte. Er wußte gerade genug, um ›Jawohl, Sir‹ zu sagen und strammzustehen – und als nächstes fand er sich in einer kleinen Gruppe Soldaten wieder, geführt von einem Offizier, auf irgendeiner Straße voller Schlaglöcher. O Gott, er hat gemeint, sie sind stundenlang marschiert und müssen an die hundert Meilen zurückgelegt haben, aber ich würde sagen, das war übertrieben. Und er sagt, vor ihnen ist ein Lärm gewesen wie in der Hölle, und die Erde hat gezittert, und plötzlich ist ihm aufgegangen, worauf er sich da eingelassen hatte.«

»Ein richtiges Heldenepos«, fand Wimsey.

»Ich kann ihm nur nicht ganz gerecht werden«, sagte Mr.

Cranton, »weil Deacon die ganze Zeit keine Ahnung hatte, was er eigentlich tat, und ich nicht genug davon verstehe, um es mir selbst ausmalen zu können. Aber soweit ich es mitbekommen habe, ist er in einen schweren Beschuß geraten. Die Hölle war los, schreibt er, und ich könnte mir vorstellen, daß er allmählich mit freundlichen Gefühlen an Maidstone und sogar an die elende Zelle gedacht hat. Offenbar ist er nie bis in die Frontgräben gekommen, weil sie dort rausbombardiert wurden, und er ist dann in den Rückzug hineingeraten. Er hat seine Gruppe verloren, und irgendwas hat ihn am Kopf getroffen und flachgelegt. Als nächstes wußte er wieder, daß er in einem Granattrichter lag, zusammen mit einem, der schon eine Weile tot war. Ich weiß es nicht genau. Ich bin nicht ganz schlau daraus geworden. Nach einer Weile ist er da rausgekrochen. Alles war ruhig, und es wurde dunkel. Demnach muß er einen ganzen Tag oder so verschlafen haben. Er hatte auch gar keine Orientierung mehr, schreibt er. Er ist herumgeirrt und immer wieder in Löcher und über Drähte gefallen, und am Schluß ist er in irgendeinen Schuppen getaumelt, mit Heu und lauter Sachen drin. Aber viel weiß er davon auch nicht mehr, weil er doch einen ekelhaften Schlag auf den Kopf gekriegt hatte und jetzt auch noch Fieber bekam. Und dann hat ihn ein Mädchen gefunden.«

»Das wissen wir«, sagte der Polizeidirektor.

»Kann ich mir denken. Sie scheinen ja viel zu wissen. Also, das hat Deacon jedenfalls ganz schön schlau angefangen. Er hat das Mädchen eingeseift, und dann haben sie sich eine Geschichte für ihn ausgedacht. Er schreibt, es war ganz leicht, so zu tun, als wenn er das Gedächtnis verloren hätte. Der größte Fehler dieser Militärärzte war, daß sie versucht haben, ihn mit militärischen Kommandos zu fangen. Er war nie beim Kommiß gewesen, da brauchte er nicht einmal den Dummen zu spielen. Am schwersten war's, so zu tun, als ob er kein Englisch könnte. Damit hätten sie ihn ein- oder zweimal fast erwischt. Aber er konnte ja Französisch, und da hat er sich nach besten Kräften in dieser Sprache verständig gezeigt.

Seine französische Aussprache war ganz gut, aber er hat vorsichtshalber so getan, als ob er die Sprache verloren hätte, damit jedes Stottern und Stocken darauf geschoben wurde, und in der Zwischenzeit hat er mit dem Mädchen zusammen geübt, bis er perfekt war. Ich muß sagen, dieser Deacon hatte Köpfchen.«

»Diesen Teil können wir uns ganz gut selbst ausmalen«, sagte Parker. »Aber nun erzählen Sie uns mal von den Smaragden.«

»Ach ja. Darauf ist er gekommen, als ihm irgendwann mal eine alte englische Zeitung in die Finger kam, in der was von einem Toten stand, den man in einer Steinzeithöhle gefunden hatte. *Seine* Leiche, wie alle Welt annahm. Die Zeitung war natürlich schon von 1920, aber er hat sie erst 1924 gesehen – ich weiß nicht, wo. Sie ist einfach aufgetaucht, wie so Sachen eben manchmal auftauchen. Irgendwer muß irgendwann mal etwas darin eingewickelt haben, und ich glaube, ihm ist sie in einer Kneipe in die Finger gefallen. Er hat sich zunächst nicht drum gekümmert, denn der Hof gedieh ganz gut – er hatte das Mädchen nämlich inzwischen geheiratet –, und er war ganz glücklich. Aber dann kamen mal schlechte Zeiten, und er hat immer wieder an die Steinchen denken müssen, die da irgendwo herumlagen und keinem was nützten. Er wußte nur nicht, wie er drankommen sollte, und jedesmal, wenn er an den erschlagenen Wärter und den andern dachte, den er in das Loch geworfen hatte, wurde ihm ganz anders. Jedenfalls ist ihm nach einer Weile meine Wenigkeit eingefallen, und er hat sich ausgerechnet, daß ich wohl inzwischen wieder draußen war. Daraufhin hat er mir geschrieben. Nun, wie Sie wissen, war ich gar nicht draußen. Ich war aufgrund eines bedauerlichen Mißverständnisses wieder drinnen und hab den Brief also vorerst nicht gekriegt, weil meine Kumpel fanden, daß man so einen Brief nicht dahin weiterschicken sollte, wo ich gerade war. Kapiert? Aber wie ich wieder rauskam, da hat dann der Brief auf mich gewartet.«

»Es wundert mich, daß er ausgerechnet Sie ins Vertrauen

gezogen hat«, sagte Parker. »Sie hatten doch in dieser Angelegenheit einen – sagen wir, etwas unfeinen Disput gehabt.«

»O ja!« sagte Mr. Cranton. »Den hatten wir, und dazu habe ich in meinem Antwortbrief auch einiges anzumerken gehabt. Aber, sehen Sie, er hatte sonst niemanden, an den er sich wenden konnte. Und schließlich, wenn's um die Wurst geht, dreht niemand ein Ding so perfekt und elegant wie Nobby Cranton. Ich gebe Ihnen mein Wort, daß ich ihm fast geantwortet hätte, er soll sich zu des Teufels Großmutter scheren, aber schließlich hab ich mir gesagt: ›Nein! Was vorbei ist, ist vorbei.‹ Also hab ich dem Ekel versprochen, ihm zu helfen. Ich hab ihm geschrieben, ich könnte ihm Geld und Papiere besorgen, damit er rüberkommen kann. Allerdings hab ich ihm auch geschrieben, er müsse mir vorher schon Genaueres über die Sache sagen, damit ich sicher sein könne, daß er mich nicht wieder reinlegte, das Stinktier.«

»Das Natürlichste von der Welt«, meinte Parker.

»O ja, und das hat er auch getan, diese wurmstichige Kröte! Ich hab ihm geschrieben, er muß mir sagen, wo das Zeug ist. Und ob Sie's glauben oder nicht, der Kerl hat mir nicht getraut! Hat gemeint, wenn er mir das sagt, kann ich ja hingehen und es mir allein holen, bevor er hier ist!«

»Unfaßbar!« rief Parker. »So etwas hätten *Sie* doch nie im Leben getan!«

»Ich nicht«, antwortete Nobby. »Wofür halten Sie mich? Er kniff ein Auge zu. »Nun, wir haben also hin- und hergeschrieben, bis wir sozusagen ein Patt erzielt hatten. Zuletzt hat er mir geschrieben, daß er mir – wie soll man es nennen? – so eine Art Geheimschrift schicken will, und wenn ich aus der herauskriegte, wo die Klunkerchen steckten, sollten sie mir gegönnt sein. Na ja, er hat das Ding also geschickt, und das hatte für mich weder Hand noch Fuß, das hab ich ihm auch zurückgeschrieben. Darauf er: Gut, wenn ich ihm nicht traue, kann ich ja nach Fenchurch St. Paul gehen und dort nach einem Mr. Paul Taylor fragen, der neben Batty Thomas wohnt, und der wird mir den Schlüssel geben, aber besser soll ich das ihm überlassen, denn er weiß mit ihnen umzugehen. Na also, ich hab nicht recht gewußt, aber ich hab mir gedacht, wenn die beiden Typen auch noch mit von der Partie sind, wollen sie am Ende einen Anteil haben und werden mich nicht gerade lieben, und da war mir Deacon sicherer, denn er hatte mehr zu verlieren als ich. Nennen Sie mich meinetwegen einen Lumpen, aber ich hab ihm das Geld und erstklassige Papiere rübergeschickt. Natürlich hat er nicht als Deacon kommen können, und als Legros mochte er nicht kommen, weil es da vielleicht irgendwelche Scherereien gegeben hätte, und da hat er vorgeschlagen, die Papiere auf Paul Taylor auszustellen. Ich persönlich fand das ein bißchen dämlich, aber er hat's anscheinend für einen guten Witz gehalten. Jetzt weiß ich natürlich, warum. Also wurden die Papiere auf Paul Taylor ausgestellt, mit einem wunderschönen Photo drin – echt saubere Arbeit war das. Hätte jeder sein können. Genaugenommen war's eine Montage. Sah sehr überzeugend aus und hatte Ähnlichkeit mit abertausend Leuten. Ha! O ja! Und dann hab ich ihm noch Kleidung nach Oostende entgegengeschickt, weil er gemeint hat, seine eigenen Sachen wären zu französisch. Am 29. Dezember ist er rübergekommen. Ich nehme an, das haben Sie schon rausgekriegt.«

»Ja«, sagte Blundell, »das haben wir. Allzu weit hat uns das aber nicht gebracht.«

»Bis dahin ging das Ganze also klar. Er hat sich von Dover aus gemeldet. Aus einer öffentlichen Zelle angerufen, aber ich will Ihnen mal verzeihen, daß Sie das nicht rausgekriegt haben. Er hat gesagt, er fährt gleich durch und kommt am Tag darauf oder am übernächsten mit den Steinchen nach London, jedenfalls so bald er kann. Zumindest wollte er sich melden. Ich hab mir überlegt, ob ich nicht selbst nach Fenchurch fahren soll – Sie wissen ja, getraut hab ich ihm nie –, aber allzu scharf darauf war ich nun auch wieder nicht, trotz meines Gesichtsschmucks. Den hatte ich mir auf Verdacht wachsen lassen, klar? Und ich wollte auch nicht, daß Ihre Leute mir allzuviel nachliefen. Außerdem hatte ich noch das eine oder andere Eisen im Feuer. Sie sehen, ich mache reinen Tisch.«

»Ist auch besser«, sagte Parker finster.

»Ich hab also weder am 30. noch am 31. Dezember eine Nachricht erhalten und gedacht, ich bin wieder mal angeschmiert worden. Nur daß ich mir nicht vorstellen konnte, was er zu gewinnen hatte, wenn er mich reinlegte. Er brauchte mich, um das Zeug an den Mann zu bringen – hab ich zumindest gedacht. Erst dann ist mir eingefallen, daß er vielleicht in Maidstone oder drüben jemand anders kennengelernt haben könnte.«

»Wozu hätte er Sie in diesem Falle überhaupt einschalten sollen?«

»Das hab ich mich auch gefragt. Aber ich war inzwischen so nervös geworden, daß ich gedacht habe, ich mach mich mal besser auf die Socken und sehe mir an Ort und Stelle an, was sich da tut. Ich wollte keine Spur hinterlassen, darum bin ich nach Walbeach gefahren – fragen Sie nicht, wie – das tut nichts zur Sache.«

»Wahrscheinlich mit Hilfe von Sparky Bones oder Fly Catcher«, warf Parker nachdenklich ein.

»Stellen Sie keine Fragen, dann bekommen Sie keine Lügen zur Antwort. Mein Kumpel hat mich ein paar Meilen weit draußen abgesetzt, und ich bin den Rest gelaufen. Hab mich als Arbeitssuchender ausgegeben, der am Neuen Kanal sein Glück machen will. Gottlob stellten die dort gerade keinen ein, also brauchte ich mich da nicht aufzuhalten.«

»So haben wir uns das schon gedacht.«

»Aha. Hab doch geahnt, daß Sie da herumschnüffeln würden. Auf dem Weg nach Fenchurch bin ich ein Stückchen mitgenommen worden und den Rest zu Fuß gelatscht. Widerliche Landschaft, wie ich schon mal gesagt habe. Ich weiß was Schöneres, als dort Fußmärsche zu machen, das kann ich Ihnen sagen.«

»Bei dieser Gelegenheit sind wir beide einander über den Weg gelaufen, glaube ich«, sagte Wimsey.

»O ja, und wenn ich gewußt hätte, mit wem ich die Ehre hatte, wäre ich nach Hause abgedampft«, sagte Mr. Cranton artig. »Aber da ich es nicht wußte, bin ich weitergegangen und – aber hören Sie mal, das wissen Sie doch sicher alles.«

»Sie haben eine Stelle bei Ezra Wilderspin angenommen und sich nach Paul Taylor erkundigt.«

»Ja – und ein schöner Reinfall war das!« rief Nobby indigniert. »Von wegen Mr. Paul Taylor und Mr. Batty Thomas! Glocken sind das, wenn's gefällig ist! Und nicht Haut noch Haar von *meinem* Paul Taylor. Keiner hatte ihn gesehen oder von ihm gehört. Ich sage Ihnen, das hat mir zu denken gegeben. Ich wußte ja nicht, ob er schon dagewesen und wieder abgehauen war, oder ob man ihn unterwegs geschnappt hatte, oder ob er um die nächste Ecke lauerte oder was sonst. Und dieser Wilderspin – der hatte den Bogen raus, wie man einen fleißigen Menschen mit der Nase am Schleifstein hält, hol ihn der Henker! ›Driver, komm mal her! Steve, tu mal das!‹ Ich hatte keine Minute für mich. Trotzdem hab ich da angefangen, mir so meine Gedanken über die Geheimschrift zu machen. Mir ist die Idee gekommen, daß sie vielleicht was mit den Glocken zu tun haben könnte. Aber konnte ich denn irgendwie in diese verflixte Glockenstube kommen? Nein. Nicht offen, meine ich. Also hab ich beschlossen, es nachts zu versuchen und zu sehen, ob ich aus den Dingern da oben schlau wurde. Ich hab mir also ein paar Dietriche gemacht – dafür war die Schmiede ganz praktisch – und mich am Samstag abend still und leise zu Ezras Hintertür rausgeschlichen.

Und nun hören Sie zu. Was ich Ihnen jetzt erzähle, ist so wahr wie das Evangelium. Ich bin kurz nach Mitternacht zu dieser Kirche gegangen, und wie ich die Tür anfasse, merke ich, daß sie auf ist. Was hab ich gedacht? Nun, ich hab gedacht, Deacon ist da drinnen bei der Arbeit. Wer hätte es sonst sein sollen, um diese nächtliche Stunde? Ich war schon einmal in der Kirche gewesen und hatte mich vergewissert, wo die Tür zum Glockenturm war, also bin ich da ganz leise hingegangen, und da war diese Tür auch auf. ›Schon recht‹, hab ich bei mir gedacht, ›Deacon ist da, und jetzt werde ich ihm Taylor Paul und Batty Thomas geben dafür, daß er sich nicht bei mir gemeldet hat.‹ Ich bin zuerst in so eine Kammer mit lauter Seilen gekommen – ziemlich unangenehm sahen die aus, fand ich. Und dann stand da eine Leiter, und darüber waren wieder Seile. Und dann noch eine Leiter und eine Falltür.«

»War die Falltür offen?«

»Ja, und ich bin rauf. Und gefallen hat mir das überhaupt nicht dort. Wissen Sie, als ich nämlich ins nächste Stockwerk kam – huh! Das war ein komisches Gefühl! Kein Laut zu hören, aber man hatte das Gefühl, als ob lauter Leute um einen rumständen. Und dunkel! Es war eine pechschwarze Nacht und goß wie aus Eimern, aber so was von Finsternis wie in dieser Glockenstube hab ich noch nie erlebt. Und dabei das Gefühl, als wenn einen Hunderte von Augen beobachteten. Da kann einem vielleicht kribbelig werden! Meine Güte!

Nach einer Weile, wie es immer noch so still ist, reiß ich mich dann zusammen und knipse meine Taschenlampe an. Sagen Sie, waren Sie schon mal da oben? Haben Sie mal diese Glocken gesehen? Ich bin ja im allgemeinen nicht sehr phantasiebegabt, wie man das nennt, aber diese Glocken haben mir 'ne ganz schöne Gänsehaut gemacht.«

»Ich weiß«, sagte Wimsey. »Die sehen aus, als wollten sie sich jeden Augenblick auf einen stürzen.«

»Jawohl, *Sie* wissen es!« pflichtete Nobby ihm eifrig bei. »Also, nun war ich da, wo ich hinwollte, aber ich wußte nicht, wo ich anfangen sollte. Von Glocken oder wie man an sie rankommt hatte ich keine Ahnung. Und ich konnte mir nicht denken, was mit Deacon los war. Also hab ich erst mal mit der Taschenlampe um mich geleuchtet und – Igittigitt – da war er!«

»Tot?«

»Mausetot. An so eine Art Pfosten gebunden, und einen Ausdruck im Gesicht – Menschenskind! So ein Gesicht möchte ich nicht noch einmal sehen. Ganz, als ob er in ein und demselben Moment verrückt geworden und gestorben wäre, wenn Sie verstehen, was ich meine.«

»Es besteht doch wohl kein Zweifel, daß er tot war?«

»Tot?« Mr. Cranton lachte. »Was Töteres hab ich noch nie gesehen.«

»Schon starr?«

»Nein, starr war er nicht. Aber kalt, mein Gott! Ich hab ihn nur mal angerührt. Da ist er in seinen Fesseln weggekippt, und der Kopf ist nach vorn gefallen – na ja, irgendwie sah mir das Ganze aus, als wenn er gekriegt hätte, was er verdient hatte, nur noch ein bißchen mehr. Denn das muß man ehrlicherweise zugeben, wenn sie einen aufhängen, das geht schnell und sauber, aber er sah so aus, als wenn's bei ihm eine ganze Weile gedauert hätte.«

»Sie meinen, der Strick war um seinen Hals?« fragte Parker ein wenig ungeduldig.

»Nein. Aufgehängt war er nicht. Ich weiß nicht, woran er gestorben ist. Ich wollte gerade mal nachsehen, da höre ich, wie einer in den Turm raufkommt. Da hat's mich nicht länger gehalten, verlassen Sie sich drauf. Es war noch eine Leiter da, und die bin ich rauf, so hoch es ging, bis ich an so eine Art Luke kam, die aufs Dach führte, nahm ich an. Ich hab mich in diese Luke gedrückt und gehofft, daß der Kerl es sich nicht einfallen läßt, mir nachzusteigen. Ich war nicht scharf darauf, da oben erwischt zu werden, denn die Leiche meines alten Kumpels Deacon hätte wohl einiger Erklärung bedurft. Natürlich hätte ich die Wahrheit sagen und darauf hinweisen können, daß der Kerl schon kalt war, als ich zu ihm raufkam, aber die Dietriche in meiner Tasche hätten dieses Alibi sozusagen ein bißchen erschüttert. Also hab ich still dagesessen. Der Kerl ist gleich an die Stelle gegangen, wo die Leiche war, und hat da irgendwas herumgefummelt, und ein paarmal hat er mit ächzender Stimme so was wie ›O Gott!‹ gesagt. Dann hat's einen häßlichen Plumps gegeben, und ich hab mir gedacht, er hat die Leiche jetzt auf den Boden runter. Dann nach einer Weile hab ich ihn ziehen und zerren gehört, und dann sind seine Schritte über den Boden gegangen, ganz langsam und schwerfällig, und ein dauerndes Poltern dabei, als wenn er den armen Deacon hinter sich herschleifte. Ich hab ihn natürlich von da oben nicht gesehen, denn von meiner Ecke aus konnte ich nur die Leiter und die gegenüberliegende Wand sehen, und er war ganz auf der andern Seite von dem Raum. Dann hab ich noch mehr Füßescharren gehört, und so ein Bumsen und Schleifen, und hab mir gedacht, daß er jetzt die Leiche die andere Leiter hinunterschafft. Und beneidet hab ich ihn um diese Arbeit auch nicht.

Ich hab da oben gewartet und gewartet, bis ich nichts mehr von ihm hörte, und dann hab ich angefangen zu überlegen, was ich machen sollte. Zuerst hab ich mal die Tür zum Dach probiert. Sie war von innen verriegelt, und ich hab sie aufgemacht und bin rausgegangen. Es hat geschüttet und war pechfinster, aber ich bin nach draußen gekrochen bis an den Rand von dem Turm und hab nach unten gesehen. Wie hoch ist dieser vermaledeite Turm eigentlich? Vierzig Meter? Also, mir kam es vor wie vierhundert. Ich bin kein Fassadenkletterer und auch kein Bergsteiger. Und wie ich so nach unten schaue, sehe ich am andern Ende der Kirche ein Licht hin- und hergehen – so an die zwei Kilometer unter mir auf dem Friedhof. Ich sag Ihnen, mit beiden Händen hab ich mich an dieser Brüstung festgehalten, und ein Gefühl hatte ich im Magen, als wenn ich mitsamt dem Turm jeden Moment da runterkippen würde. Ich war froh, daß ich nicht noch mehr sehen konnte.

Na ja, und dann hab ich mir gedacht, verzieh dich besser gleich, Nobby, solange da unten die Dreckarbeit besorgt wird. Also bin ich vorsichtig wieder runter, hab die Tür hinter mir verriegelt und bin die Leiter runtergestiegen. Das war nicht so einfach bei dieser Finsternis, und nach einer Weile hab ich die Taschenlampe angeknipst. Hätte ich das nur gelassen! Da war ich, und die Glocken genau unter mir – o mein Gott, dieser Anblick! Mir ist ganz kalt geworden, und der Schweiß ist mir ausgebrochen, und dann ist mir die Taschenlampe aus der Hand gerutscht und runtergefallen und hat eine von den Glocken getroffen. Den Ton, den sie da gemacht hat, vergesse ich nie. Er war nicht laut, aber irgendwie unheimlich süß und drohend, und gar nicht mehr aufgehört hat er, und dann sind noch eine ganze Menge andre Töne rausgekommen, hoch oben und klar und ganz nah – direkt an meinen Ohren. Sie werden denken, ich bin übergeschnappt, aber ich sag Ihnen, diese Glocke war lebendig. Ich hab die Augen zugemacht und mich an der Leiter festgehalten und mir einen andern Beruf gewünscht – und das allein zeigt Ihnen, wie mir zumute war.«

»Sie haben eine zu rege Phantasie, Nobby«, sagte Parker.

»Warte nur ab, Charles«, sagte Lord Peter. »Warte, bis du mal in einer Glockenstube im Dunkeln auf einer Leiter sitzt. Glocken sind falsch wie Katzen und Spiegel – unheimlich sind sie, und man denkt besser nicht zuviel an sie. Erzählen Sie weiter, Cranton.«

»Weiter? Ich konnte erst mal nicht weiter«, gestand Nobby ganz ehrlich. »Keinen Schritt. Es ist mir vorgekommen wie Stunden, und dabei waren es bestimmt nicht mehr als fünf Minuten. Endlich bin ich runtergekrochen – im Dunkeln natürlich, denn meine Taschenlampe hatte ich ja verloren. Unten hab ich danach gesucht und sie auch gefunden, aber natürlich war die Birne kaputt, und Streichhölzer hatte ich keine bei mir. Ich mußte also die Falltür mit den Fingern suchen und hab die ganze Zeit gezittert, daß ich kopfüber runterfalle. Aber dann hab ich sie schließlich doch gefunden, und ab dann ging's leichter, obwohl ich auf der Wendeltreppe noch ein paar häßliche Minuten hinter mich gebracht habe. Die Stufen sind so ausgetreten und die Wände so dicht beieinander – ich bin herumgerutscht und gestolpert und kriegte keine Luft. Der Mann hatte alle Türen offengelassen, daher wußte ich, daß er noch mal wiederkommen würde, und gefreut hat mich das auch nicht gerade. Sowie ich unten in der Kirche war, hab ich die Beine in die Hand genommen und bin zur Tür. Unterwegs bin ich noch über was gestolpert, was einen Heidenlärm gemacht hat. So was Ähnliches wie ein eiserner Kochtopf.«

»Die Messingkanne am Fuß des Taufbeckens«, erklärte Wimsey.

»Die sollte man da nicht hinstellen«, sagte Cranton böse. »Und wie ich zur Tür rauskam, mußte ich ganz schön leise schleichen, weil dieser widerliche Kies so geknirscht hat. Schließlich war ich dann draußen und bin gerannt – mein Gott, bin ich gerannt! Ich hatte nichts mehr bei den Wilderspins, nur ein Hemd, das sie mir geliehen hatten, und 'ne Zahnbürste, die ich mir im Dorf gekauft hatte, und deswegen wollte ich nicht noch mal zurück. Ich bin gelaufen und gelaufen, und von oben hat's geklatscht – und dann dieses ekelhafte Land! Gräben und Brücken überall. Einmal ist ein Wagen vorbeigekommen, und wie ich versucht habe, den Scheinwerfern auszuweichen, hab ich den Halt verloren und bin die Böschung runtergerollt in einen Graben voll Wasser. Ob das kalt war? Ein Eisbad! Schließlich hab ich eine Scheune in der Nähe eines Bahnhofs gefunden, und da hab ich bis zum Morgen gebibbert, bis ein Zug kam, und in den bin ich eingestiegen. Ich weiß nicht mehr, wie der Ort hieß, aber es müssen so ungefähr fünfzehn bis zwanzig Kilometer von Fenchurch gewesen sein. Bis ich nach London kam, hatte ich Fieber, kann ich Ihnen sagen; und dieses Gelenkrheuma. Was das aus mir gemacht hat, sehen Sie ja. Um ein Haar wäre ich draufgegangen, und ich wünschte, ich wär's. Ich werde nie mehr was unternehmen können. Aber das ist die Wahrheit und die ganze Wahrheit, Mylord und Anhang. Außer noch, daß ich die Geheimschrift nicht mehr finden konnte, als ich dazu kam, mal nachzusehen. Ich hab gedacht, ich muß sie auf der Straße verloren haben, aber wenn Sie sie in der Glockenstube gefunden haben, muß sie mir aus der Tasche gefallen sein, als ich die Taschenlampe rausholte. Ich hab Deacon nicht umgebracht, aber ich wußte, daß es elend schwierig sein würde, meine Unschuld zu beweisen – darum habe ich Ihnen bei Ihrem ersten Besuch was anderes erzählt.«

»Na schön«, sagte Chefinspektor Parker, »dann wird Ihnen das hoffentlich eine Lehre sein, sich künftig nicht mehr in Glockenstuben herumzutreiben.«

»Das können Sie singen«, antwortete Nobby heftig. »Jedesmal, wenn ich jetzt nur von weitem eine Kirche sehe, krieg ich 'ne Gänsehaut. Ich bin fertig mit der Religion, und wenn ich jemals wieder eine Kirche betrete, können Sie mich gleich packen und in die Klapsmühle stecken.«

Dritter Teil

Will Thoday geht schnell hinein und kommt langsam heraus

Denn da ich's wollte verschweigen, verschmachteten meine Gebeine durch mein täglich Heulen.

PSALM 32.3

Wimsey glaubte noch nie solch nackte Verzweiflung gesehen zu haben wie in William Thodays Gesicht. Es war das Gesicht eines Mannes, der zum äußersten getrieben worden war, eingefallen und grau und spitz um die Nase wie ein Totengesicht. In Marys Miene standen Angst und Qual, aber auch etwas Kämpferisches, Wachsames. Sie wehrte sich noch, doch Will war eindeutig geschlagen.

»Also, Sie beide«, sagte Polizeidirektor Blundell, »dann lassen Sie mal hören, was Sie uns zu berichten haben.«

»Wir haben nichts getan, wofür wir uns schämen müßten«, sagte Mary.

»Überlaß das mir, Mary«, sagte Will. Er wandte sich müde dem Polizeidirektor zu. »Nun gut«, sagte er, »das mit Deacon dürften Sie ja inzwischen rausgekriegt haben. Sie wissen, daß er uns und den unsern ein Unrecht angetan hat, das nicht wiedergutzumachen ist. Wir, Mary und ich, haben unser möglichstes getan, um alles wieder halbwegs in Ordnung zu bringen, aber dann sind Sie dazwischengekommen. Wahrscheinlich hätten wir wissen müssen, daß wir's doch nicht geheimhalten konnten, aber was hätten wir denn sonst machen sollen? Es gibt im Dorf schon Gerede genug über die arme Mary, und da haben wir gedacht, am besten schleichen wir uns heimlich weg, um eine ehrliche Frau aus ihr zu machen, ohne daß wir erst die Klatschmäuler im Dorf um Erlaubnis fragen müssen, die nur zu glücklich wären, wenn sie was gegen uns vorzubringen hätten. Und warum auch nicht? Es war ja nicht unsere Schuld. Welches Recht haben Sie überhaupt, uns davon abzuhalten?«

»Sehen Sie mal her, Will«, sagte Mr. Blundell, »ich weiß ja, es ist hart für Sie, das streitet keiner ab, aber Gesetz ist Gesetz. Deacon war ein schlechter Mensch, das wissen wir alle, aber Tatsache bleibt, daß jemand ihn umgebracht hat, und unsere Aufgabe ist es, rauszufinden, wer.«

»Dazu habe ich nichts zu sagen«, antwortete Will Thoday langsam. »Aber es wäre grausam, wenn Mary und ich – «

»Einen Augenblick«, sagte Wimsey. »Ich glaube, Sie sind sich über die Situation nicht ganz im klaren, Thoday. Mr. Blundell will Ihrer Heirat nicht im Wege stehen, aber wie er sagt, jemand hat Deacon ermordet, und es ist und bleibt eine häßliche Tatsache, daß Sie derjenige mit dem besten Motiv sind. Und das heißt für den Fall, daß Sie angeklagt werden – nun, es könnte sein, daß man diese Dame als Zeugin hören will.«

»Und wenn schon?« fragte Thoday.

»Nichts weiter«, sagte Wimsey. »Nur, das Gesetz läßt nicht zu, daß eine Ehefrau gegen ihren Mann aussagt.« Er wartete, bis Will das ganz begriffen hatte. »Zigarette, Thoday? Und dann denken Sie mal darüber nach.«

»Ich verstehe«, sagte Thoday verbittert. »Ich verstehe. Das heißt also – was dieser Teufel uns angetan hat, nimmt und nimmt kein Ende. Er hat die arme Mary einmal ruiniert und vor Gericht gebracht, und er hat ihr ihren guten Namen geraubt und aus unsern Töchterchen Bastarde gemacht, und jetzt kann er noch einmal herkommen und sich am Altar zwischen uns stellen, und Mary zwingt er in den Zeugenstand, damit Sie mir die Schlinge um den Hals legen können. Wenn es je ein Mensch verdient hat, umgebracht zu werden, dann er, und ich kann nur hoffen, daß er dafür in der Hölle brennt.«

»Das ist anzunehmen«, sagte Wimsey, »aber Sie sehen, worauf es ankommt. Wenn Sie uns jetzt nicht die Wahrheit sagen – «

»Ich sage nur das eine«, brach es in einem Verzweiflungsanfall aus Thoday heraus, »meine Frau – und sie *ist* meine Frau, in Gottes Augen und meinen – sie hat nie etwas darüber gewußt. Kein Wort. Und sie weiß auch jetzt nichts, nur den Namen des Mannes, der in diesem Grab verfaulte. Und das ist die Wahrheit, so wahr mir Gott helfe.«

»Schön«, meinte Mr. Blundell, »Sie werden das beweisen müssen.«

»Das stimmt nicht ganz, Blundell«, sagte Wimsey, »aber ich würde sagen, es *ist* zu beweisen. Mrs. Thoday – «

Die Frau sah ihn schnell und dankbar an.

»Wann haben Sie zum erstenmal erfahren, daß Ihr erster Mann noch bis Anfang dieses Jahres gelebt hat und Sie infolgedessen nicht gültig mit Will Thoday verheiratet waren?«

»Erst als Sie zu mir kamen, Mylord, vorige Woche.«

»Als ich Ihnen den Zettel mit Deacons Handschrift gezeigt habe?«

»Ja, Mylord.«

»Aber wie ist das – ?« begann der Polizeidirektor, doch Wimsey übertönte ihn einfach und sprach weiter:

»Da ist Ihnen aufgegangen, daß der Mann, der in Lady Thorpes Grab gelegen hatte, Deacon sein mußte?«

»Es hat mich plötzlich wie ein Schlag getroffen, daß er es sein muß, Mylord. Auf einmal hab ich viele Dinge klar gesehen, die ich bis dahin nicht verstanden hatte.«

»Aha. Sie hatten bis zu diesem Augenblick nie einen Zweifel, daß Deacon 1918 gestorben war?«

»Keinen Augenblick, Mylord. Sonst hätte ich Will nie geheiratet.«

»Sie gehen regelmäßig zur Kommunion?«

»Ja, Mylord.«

»Aber vorigen Sonntag nicht.«

»Stimmt, Mylord. Ich konnte nicht, wo ich doch wußte, daß Will und ich nicht richtig verheiratet waren. Ich hab gedacht, das ist nicht recht.«

»Gewiß«, meinte Wimsey. »Ich bitte um Entschuldigung, Blundell, ich habe Sie unterbrochen«, wandte er sich höflich an den Polizeidirektor.

»Das ist schon in Ordnung«, antwortete Mr. Blundell. »Sie haben aber gesagt, Sie kennen die Handschrift nicht, als Seine Lordschaft sie Ihnen gezeigt hat?«

»Ja, leider. Das war gelogen – aber ich mußte mich so schnell entscheiden – und ich hatte Angst – «

»Kann ich mir denken. Sie hatten Angst, Will in Schwierigkeiten zu bringen, wie? Nun passen Sie mal auf, Mary, woher wußten Sie eigentlich, daß dieser Zettel nicht schon Anno Tobak geschrieben wurde? Wieso sind Sie sofort auf den Gedanken gekommen, daß Deacon der Tote in Lady Thorpes Grab war? Beantworten Sie mir das mal, ja?«

»Ich weiß es nicht«, sagte sie schwach. »Es ist ganz plötzlich so über mich gekommen.«

»Jawohl, das ist es«, donnerte der Polizeidirektor. »Und warum? Weil Will Ihnen schon davon erzählt hatte und Sie jetzt wußten, daß Sie ausgespielt hatten. Weil Sie diesen Zettel schon einmal gesehen hatten – «

»Nein, nein!«

»Und ich sage, doch! Wenn Sie nicht irgendwas gewußt hätten, wozu hätten Sie dann die Handschrift verleugnen sollen? Sie wußten auch, *wann* das geschrieben worden war – also los, haben Sie's gewußt?«

»Das ist gelogen!« sagte Thoday.

»Ich weiß wirklich nicht, ob Sie da richtig liegen, Blundell«, sagte Wimsey sanft, »denn wenn Mrs. Thoday die ganze Zeit darüber Bescheid gewußt hätte, warum hätte sie dann am Sonntag morgen nicht in die Kirche gehen sollen?

Ich meine, wenn sie die ganzen Monate so getan hätte als ob, warum dann nicht noch einmal, verstehen Sie?«

»Nun ja«, erwiderte der Polizeidirektor, »aber was ist mit Will? Er ist die ganze Zeit in die Kirche gegangen, oder? Sie werden doch nicht sagen wollen, er hätte auch nichts gewußt.«

»Hat er's gewußt, Mrs. Thoday?« erkundigte Wimsey sich freundlich.

Mary Thoday zögerte.

»Dazu kann ich Ihnen nichts sagen«, meinte sie schließlich.

»Sie können nicht, zum Donnerwetter?« polterte Mr. Blundell. »Hören Sie mal, wenn Sie mir jetzt sagen – «

»Es hat keinen Zweck, Mary«, sagte Will. »Gib ihm keine Antwort mehr. Sag überhaupt nichts mehr. Die drehen dir nur die Worte im Mund herum. Wir haben nichts zu sagen, und wenn ich es jetzt ausbaden muß, muß ich es eben ausbaden.«

»Ganz so ist das nicht«, meinte Wimsey. »Sehen Sie, wenn Sie uns jetzt sagen, was Sie wissen, und wir überzeugt sind, daß Ihre Frau nichts weiß – dann steht Ihrer sofortigen Trauung nichts mehr im Wege. Das stimmt doch, Blundell?«

»Ich darf keine Versprechungen machen, Mylord«, sagte der Polizeidirektor unnachgiebig.

»Natürlich nicht, aber man wird doch auf eine offenkundige Tatsache hinweisen dürfen. Sehen Sie«, fuhr Wimsey fort, »irgend jemand *muß* etwas gewußt haben, sonst wäre Ihre Frau nicht sofort auf den Gedanken gekommen, daß der Tote Deacon war. Wenn sie nicht schon einen Verdacht gegen Sie gehabt hat – wenn *Sie* also völlig unwissend und unschuldig waren –, dann muß sie selbst Bescheid gewußt haben. So herum ginge es natürlich auch. Doch, ich sehe es ganz deutlich – wenn *sie* Bescheid bewußt und es *Ihnen* gesagt hat, dann waren *Sie* derjenige mit dem empfindlichen Gewissen. *Sie* hätten dann zu *ihr* gesagt, daß Sie nicht mit einer sündigen Frau am Altar knien können – «

»Hören Sie auf!« sagte Thoday. »Wenn Sie noch ein Wort

sagen, dann – O mein Gott! So war es nicht, Mylord. Sie hat nie etwas gewußt. *Ich* hab's gewußt. Soviel will ich Ihnen sagen, aber mehr nicht. Nur das. Bei meiner Seligkeit, sie hat nie ein Wort davon gewußt.«

»Bei Ihrer Seligkeit?« meinte Wimsey. »Na, na! Aber *Sie* haben es gewußt, und mehr haben Sie uns nicht zu sagen?«

»Nun hören Sie mal zu«, sagte der Polizeidirektor, »ein bißchen weiter müssen Sie schon gehen, mein Junge. *Wann* haben Sie es erfahren?«

»Als die Leiche gefunden wurde«, antwortete Thoday. »Da hab ich's gewußt.« Er sprach langsam, als müsse sich jedes Wort mit Gewalt aus ihm befreien. Dann fuhr er etwas schneller fort: »Da habe ich gewußt, wer er war.«

»Warum haben Sie uns nichts davon gesagt?« wollte Blundell wissen.

»Was denn, damit alle Welt wußte, daß Mary und ich nicht gültig verheiratet waren? So dumm möchte ich auch mal sein.«

»Aha«, meinte Wimsey. »Aber warum haben Sie dann nicht gleich geheiratet?«

Thoday rutschte unruhig auf seinem Stuhl herum.

»Nun, sehen Sie, Mylord – ich hatte gehofft, Mary würde es nie erfahren. Es war so furchtbar hart für sie, nicht? Und die Kinder. Das hätten wir nie wiedergutmachen können. Also hab ich mich entschlossen, erst gar nichts zu sagen und die Sünde – wenn es eine Sünde war – auf mich zu nehmen. Ich wollte ihr nicht noch mehr Kummer machen. Verstehen Sie das denn nicht? Na ja, und – wie sie's dann rausbekommen hat, indem sie diesen Zettel sah – « Er unterbrach sich und begann noch einmal von vorn: »Sehen Sie, seit dem Tag, an dem sie die Leiche gefunden haben, bin ich ganz durcheinander und nervös gewesen, und ich glaube, ich hab mich ziemlich komisch benommen, und das hat sie gemerkt – und wie sie mich dann gefragt hat, ob der Tote vielleicht Deacon war, tja, dann hab ich es ihr so gesagt, wie es war, und so ist dann alles gekommen.«

»Und woher wußten Sie, wer der Tote war?«

Langes Schweigen.

»Er war nämlich fürchterlich entstellt«, fuhr Wimsey fort.

»Sie haben gesagt, Sie glauben – er ist – er ist im Gefängnis gewesen«, stammelte Thoday, »und da hab ich mir gesagt – «

»Einen ganz kleinen Moment«, unterbrach ihn der Polizeidirektor. »Wann haben Sie Seine Lordschaft das je sagen hören? Weder bei der ersten gerichtlichen Untersuchung noch bei der zweiten ist so etwas je gesagt worden, weil wir besonders darauf geachtet haben, nichts dergleichen zu sagen. Also?«

»Ich hab was darüber von Emily aus dem Pfarrhaus gehört«, sagte Thoday bedächtig. »Sie hat zufällig etwas mitgehört, was Seine Lordschaft zu Mr. Bunter gesagt hat.«

»Ach, hat sie das?« brauste Mr. Blundell auf. »Ich möchte wissen, wieviel sie noch zufällig mitgehört hat. Nun zu dieser Bierflasche. Wer hat ihr gesagt, sie soll die Fingerabdrücke davon abwischen – nun?«

»Das hat sie nicht böse gemeint«, sagte Will. »Das war nur Neugier. Sie wissen ja, wie die Mädchen sind. Anderntags ist sie hergekommen und hat Mary alles erzählt. Ganz erledigt war sie.«

»Was Sie nicht sagen!« bemerkte der Polizeidirektor ungläubig. »Das ist also *Ihre* Version. Na schön. Nun zurück zu Deacon. Sie haben also gehört, daß Emily gehört haben will, wie Seine Lordschaft mit Bunter darüber gesprochen hat, daß der Tote im Gefängnis gewesen sei. War es so? Und was haben Sie da gedacht?«

»Ich hab mir gedacht, das muß Deacon sein. Ich hab gesagt, da ist doch dieser Satan wieder aus seinem Grab aufgestanden, um uns noch einmal Scherereien zu machen, das hab ich gesagt. Wohlgemerkt, ich hab's nicht genau gewußt, aber das hab ich mir gesagt.«

»Und was glaubten Sie, weswegen er gekommen war?«

»Woher sollte ich das wissen? Ich hab eben gedacht, er ist wiedergekommen, sonst nichts.«

»Sie haben gedacht, er ist wegen der Smaragde gekommen, nicht?« sagte der Polizeidirektor.

Wills gehetzter Blick verriet jetzt zum erstenmal echte Überraschung und Interesse. »Die Smaragde? Hinter *denen* war er her? Sie meinen, er hatte sie doch? Also, wir haben immer gemeint, der andere – dieser Cranton – hatte sie.«

»Sie wußten nicht, daß sie in der Kirche versteckt waren?«

»In der *Kirche*?«

»Wir haben sie am Montag dort gefunden«, erklärte Seine Lordschaft freundlich. »Unterm Dach versteckt.«

»Unterm Kirchendach? Also *das* hat er... Die Smaragde gefunden? Gott sei Dank! Jetzt kann wenigstens keiner mehr behaupten, Mary hätte was damit zu tun gehabt.«

»Richtig«, sagte Wimsey. »Aber ich hatte den Eindruck, Sie wollten gerade etwas anderes sagen. ›Also das hat er – ?‹ Was? ›Das hat er gesucht, als ich ihn in der Kirche getroffen habe.‹ Wollten Sie das sagen?«

»Nein, Mylord. Ich wollte sagen – ich hatte nur gerade sagen wollen, das hat er also damit gemacht.« Er schien von neuem in Wut zu geraten. »Dieser Dreckfink! Dann hat er seinen Komplizen also tatsächlich reingelegt.«

»Ja«, pflichtete Seine Lordschaft ihm bei. »Ich fürchte, es gibt über den verstorbenen Mr. Deacon nicht viel Gutes zu sagen. Bedaure, Mrs. Thoday, aber er war wirklich ein ziemlich übler Patron. Und Sie sind nicht die einzige, die darunter zu leiden hat. Er hat in Frankreich eine andere Frau geheiratet, die er jetzt mit drei kleinen Kindern zurückläßt.«

»Die arme Seele«, sagte Mary.

»Dieser elende Halunke!« rief Will. »Wenn ich das gewußt hätte, ich – «

»Ja?«

»Ach, nichts«, knurrte der Bauer. »Wie kommt er überhaupt nach Frankreich? Wie hat er – ?«

»Das ist eine lange Geschichte«, sagte Wimsey, »und hat mit unserm Fall hier wenig zu tun. Gehen wir jetzt noch einmal Ihre Aussage durch. Sie haben gehört, daß die Leiche eines Mannes, der ein Sträfling gewesen sein könnte, auf dem Friedhof gefunden wurde, und obwohl sein Gesicht völlig unkenntlich war, hatten Sie – sagen wir, die Eingebung? –, daß es Geoffrey Deacon war, den Sie schon seit 1918 für tot hielten. Sie haben nichts davon gesagt, bis Ihre Frau kurz darauf einen Zettel mit Deacons Handschrift zu sehen bekam, der irgendwann geschrieben worden sein konnte, worauf sie dieselbe – sagen wir noch einmal Eingebung? – hatte. Ohne auf eine weitere Bestätigung zu warten, sind Sie beide Hals über Kopf abgereist, um wieder zu heiraten, und das ist die einzige Erklärung, die Sie uns geben können. Richtig so?«

»Mehr kann ich nicht sagen, Mylord.«

»Und eine arg dünne Geschichte dazu«, bemerkte Mr. Blundell grob. »Jetzt spitzen Sie mal schön die Ohren, Will Thoday. Sie kennen Ihre Lage so gut wie ich. Sie wissen, daß Sie keine Fragen beantworten müssen, wenn Sie nicht wollen. Aber wir haben noch die gerichtliche Untersuchung über den Leichenbefund; die können wir jederzeit wiedereröffnen, und dann können Sie Ihre Geschichte dem Untersuchungsrichter erzählen. Oder Sie können wegen Mordes angeklagt werden und sie den Geschworenen und dem Strafrichter erzählen. Oder Sie können jetzt gleich reinen Tisch machen. Sie haben die Wahl, verstanden?«

»Ich habe nicht mehr zu sagen, Mr. Blundell.«

»Hier stehe ich, ich kann nicht anders«, zitierte Wimsey nachdenklich. »Sehr schade, denn der öffentliche Ankläger könnte sich daraus eine ganz andere Geschichte zusammenreimen. Er könnte zum Beispiel glauben, Sie hätten gewußt, daß Deacon noch am Leben war, weil Sie ihn am Abend des 30. Dezember in der Kirche angetroffen haben.«

Er wartete, um die Wirkung zu beobachten, und fuhr dann fort:

»Wissen Sie, da hätten wir nämlich noch Potty Peake. Ich glaube nicht, daß er zu schusselig ist, um auszusagen, was er in dieser Nacht in seinem Versteck hinter Abt Thomas' Grabmal alles gehört und gesehen hat. Von einem Mann mit schwarzem Bart und Stimmen in der Sakristei und Will Thoday, der ein Seil aus der Truhe geholt hat. Was hat Sie übrigens in die Kirche geführt? Sie haben vielleicht ein Licht gesehen. Und sind hingegangen und haben die Tür offen gefunden, ja? Und in der Sakristei haben Sie einen Mann getroffen, der sich auf verdächtige Weise zu schaffen machte. Da haben Sie ihn angesprochen, und als er antwortete, haben Sie gewußt, wer er war. Ein Glück, daß der Kerl Sie nicht erschossen hat, aber wahrscheinlich haben Sie ihn überrascht. Jedenfalls haben Sie gedroht, ihn der Polizei zu übergeben, worauf er gemeint hat, damit brächten Sie aber Ihre Frau und Kinder in eine unangenehme Lage. Also haben Sie sich in aller Freundschaft ein wenig unterhalten – haben Sie etwas gesagt? –, und zum Schluß haben Sie sich auf einen Kompromiß geeinigt. Sie haben gesagt, Sie würden den Mund halten und ihn um zweihundert Pfund reicher aus dem Land schaffen, aber das Geld hatten Sie natürlich nicht bei sich, und in der Zwischenzeit mußten Sie ihn an einem sicheren Ort unterbringen. Dann haben Sie ein Seil geholt und ihn gefesselt. Ich weiß nicht, wie Sie dafür gesorgt haben, daß er stillhielt, während Sie das Seil holen gingen. Haben Sie ihm eine linke Gerade ans Kinn geknallt oder was? ... Sie möchten mir nicht helfen? ... Nun gut, macht auch nichts. Sie haben ihn gefesselt und in der Sakristei gelassen, während Sie hingingen, um Mr. Venables' Schlüsselbund zu mopsen. Es grenzt, nebenbei bemerkt, an ein Wunder, daß Sie ihn überhaupt an seinem Platz gefunden haben. Dort ist er nämlich selten. Dann haben Sie ihn in die Glockenstube gebracht, weil sie so praktisch in erreichbarer Nähe und durch mehrere Schlösser gesichert war, und so war es viel einfacher, als wenn Sie ihn erst durchs Dorf hätten abführen müssen. Dann haben Sie ihm was zu essen gebracht – vielleicht kann Mrs. Thoday da ein wenig Licht hineinbringen. Haben Sie vielleicht um diese Zeit eine große Literflasche Bier vermißt, Mrs. Thoday? Von denen, die Sie für Jim gekauft hatten? Jim kommt übrigens nach Hause, und wir werden ein Wörtchen mit ihm reden müssen.«

Der Polizeidirektor, der Marys Gesicht beobachtete, sah einen momentanen Schrecken darüberhuschen, aber er sagte nichts. Wimsey fuhr unbarmherzig fort.

»Am Tag darauf sind Sie nach Walbeach gefahren, um das Geld zu holen. Aber Sie fühlten sich nicht wohl, und auf dem Heimweg sind Sie völlig zusammengebrochen und konnten nicht zurückgehen und Deacon freilassen. Das war sehr unangenehm für Sie, nicht wahr? Ihrer Frau wollten Sie sich nicht anvertrauen. Aber da war natürlich noch Jim.«

Thoday hob den Kopf.

»Ich sage zu dem Ganzen überhaupt nichts. Mylord, weder so noch so. Nur das eine: Ich habe zu Jim nie ein Wort über Deacon gesagt, nicht ein Wort. Und auch er nicht zu mir. Das ist die Wahrheit.«

»Meinetwegen«, sagte Wimsey. »Mag sein, wie es will, jedenfalls hat jemand zwischen dem 30. Dezember und 4. Januar Deacon getötet. Und in der Nacht des 4. Januar hat jemand die Leiche vergraben. Jemand, der ihn kannte und dafür gesorgt hat, daß man Gesicht und Hände nicht mehr erkennen konnte. Und nun möchten wir alle wissen, in welchem Moment Deacon aufgehört hat, Deacon zu sein, und von da an nur noch eine Leiche war. Denn das ist der springende Punkt, verstehen Sie? Wir wissen, daß Sie ihn nicht selbst vergraben haben können, denn um die Zeit waren Sie krank; aber mit dem Umbringen, das ist was anderes. Sehen Sie, Thoday, verhungert ist er nämlich nicht. Er ist mit vollem Bauch gestorben. *Sie* können ihm nach dem Morgen des 31. Dezember nichts mehr zu essen gebracht haben. Wenn Sie ihn also nicht getötet haben, wer hat ihm in der Zwischenzeit zu essen gebracht? Und wer hat ihn, nachdem er ihm zuerst zu essen gegeben und dann den Garaus gemacht hatte, in der Nacht des 4. Januar die Leiter zur Glockenstube hinuntergerollt, während im Turmdach ein Zeuge saß – ein Zeuge, der ihn gesehen und erkannt hatte? Ein Zeuge, der – «

»Hören Sie auf, Mylord«, sagte der Polizeidirektor. »Die Frau ist ohnmächtig geworden.«

Vierter Teil

Das langsame Werken

Wer hat das Meer mit Thüren verschlossen ... da ich ihm den Lauf brach mit meinem Damm?

HIOB 38. 8,10

»Der sagt nichts«, sagte Polizeidirektor Blundell.

»Ich weiß«, antwortete Wimsey. »Haben Sie ihn verhaftet?«

»Nein, Mylord. Ich habe ihn nach Hause geschickt und ihm gesagt, er soll noch einmal darüber nachdenken. Natürlich könnten wir ihn jederzeit wegen Mitwisserschaft in beiden Fällen belangen. Ich meine, er hat einen bekannten Mörder gedeckt – das dürfte einigermaßen feststehen; und er deckt den, der Deacon umgebracht hat, falls er es nicht selbst war. Aber ich glaube eigentlich, daß wir besser an ihn herankommen, wenn wir erst James vernommen haben. Und wir wissen, daß James gegen Monatsende nach England zurückkommt. Seine Reederei verhält sich sehr vernünftig. Sie hat ihn angewiesen, zurückzukommen, ohne ihm zu sagen, warum. Man hat dafür gesorgt, daß er ersetzt wird, und er selbst soll sich auf dem nächsten heimkehrenden Schiff melden.«

»Sehr gut. Das Ganze ist mir eigentlich widerlich. Wenn einer es verdient hatte, einen elenden Tod zu sterben, dann dieser niederträchtige Deacon. Wenn ihn der Arm des Gesetzes erwischt hätte, wäre er von Gesetzes wegen aufgehängt worden, und alle braven Bürger hätten laut Beifall geklatscht. Und nun sollen wir einen durch und durch anständigen Kerl aufhängen, nur weil er dem Gesetz vorgegriffen und uns die Dreckarbeit abgenommen hat.«

»Das *ist* nun einmal Gesetz, Mylord«, antwortete Mr. Blundell, »und es steht mir nicht an, darüber zu streiten. Es wird überhaupt nicht so leicht sein, Will Thoday an den Galgen zu bringen – höchstens wegen Anstiftung. Deacon wurde mit vollem Magen umgebracht. Wenn Will ihn am 30. oder 31. Dezember kaltgemacht hat, warum hat er dann die zweihundert Pfund abgehoben? Wenn Deacon tot war, brauchte er das Geld nicht. Wenn aber Deacon nicht vor dem 4. Januar umgebracht wurde, wer hat ihn in der Zwischenzeit durchgefüttert? Wenn James ihn getötet hat, wozu hat er ihm vorher noch zu essen gegeben? So oder so reimt sich das Ganze nicht.«

»Wenn Deacon nun von jemandem zu essen bekommen hat«, meinte Wimsey, »und dabei Worte gefallen sind, die den Betreffenden rasend gemacht haben, so daß er ihn in der Wut erschlagen hat, ohne es überhaupt zu wollen?«

»Möglich, aber *wie* hat er es dann angestellt? Deacon wurde weder erstochen noch erschossen, noch erschlagen.«

»Na, ich *weiß* nicht«, sagte Wimsey. »Zum Teufel mit dem Kerl! Er macht nichts als Ärger, tot oder lebendig, und wer ihn um die Ecke gebracht hat, ist ein öffentlicher Wohltäter. Ich wünschte mir fast, ich hätte ihm selbst den Garaus gemacht. Hab ich vielleicht auch. Oder der Pfarrer. Oder vielleicht Hezekiah Lavender.«

»Ich glaube nicht, daß es einer von Ihnen war«, sagte Mr. Blundell bierernst. »Aber es kann natürlich irgend jemand anders gewesen sein. Dieser Potty zum Beispiel. Der treibt sich nachts immer bei der Kirche herum. Nur hätte er dazu in die Glockenstube gemußt, und ich weiß nicht, wie er dort hinaufgekommen sein soll. Aber warten wir auf James. Ich habe das Gefühl, daß James uns einiges zu erzählen hat.«

»Meinen Sie? Austern haben Bärte, aber sie wackeln nicht damit.«

»Was Austern betrifft«, sagte der Polizeidirektor, »da gibt es Mittel und Wege, sie zu öffnen – und man *muß* sie nicht einmal ganz schlucken. Fahren Sie nicht zurück nach Fenchurch?«

»Im Moment nicht. Ich glaube nicht, daß ich dort vorerst viel tun kann. Aber mein Bruder Denver und ich werden nach Walbeach kommen, um den Neuen Kanal zu eröffnen. Dort werden wir Sie doch sicher auch sehen?«

Das einzige Interessante, was sich im Laufe der nächsten Woche ereignete, war der plötzliche Tod Mrs. Wilbrahams. Sie starb bei Nacht und allein – allem Anschein nach an Altersschwäche – die Hand um die Smaragde gekrallt. Sie hinterließ ein vor fünfzehn Jahren aufgesetztes Testament, in dem sie ihr gesamtes, nicht unbeträchtliches Vermögen ihrem Vetter Henry Thorpe vermachte, »weil er der einzige ehrliche Mensch ist, den ich kenne.« Daß sie ihren einzigen ehrlichen Verwandten in der Zwischenzeit guten Gewissens alle Nöte und Sorgen der Entbehrung hatte erdulden lassen, entsprach wohl in etwa dem, was man von so einer undurchschaubaren und geheimnisvollen Natur erwartete. Ein Nachtrag, datiert auf den Tag nach Sir Henrys Tod, überschrieb den Nachlaß auf Hilary, und ein zweiter Nachtrag, wenige Tage vor ihrem eigenen Tod verfaßt, verfügte erstens, daß die Smaragde, die den ganzen Ärger verursacht hatten, »Lord Peter Wimsey übereignet werden, der ein vernünftiger Mensch zu sein und aus uneigennützigen Motiven gehandelt zu haben scheint«, und zweitens bestimmte er ihn zugleich als Hilarys Treuhänder. Lord Peter schnitt ob dieses Vermächtnisses eine Grimasse. Er bot das Halsband Hilary an, aber sie mochte es nicht einmal anrühren; für sie hatten die Steine eine ungute Bedeutung. Sie war überhaupt nur mit Mühe zu überreden, wenigstens das übrige Wilbraham-Vermögen anzunehmen. Sie haßte die Erblasserin aus tiefstem Herzen und hatte sich überdies in den Kopf gesetzt, sich ihren Lebensunterhalt selbst zu verdienen. »Jetzt wird Onkel Edward sich noch schlimmer aufführen«, sagte sie. »Er wird wollen, daß ich einen entsetzlich reichen Mann heirate, und wenn ich einen armen heiraten will, wird er sagen, er ist hinter dem Geld her. Und im übrigen will ich sowieso nicht heiraten.«

»Dann lassen Sie's«, sagte Wimsey. »Werden Sie eine reiche alte Jungfer.«

»Damit ich so werde wie Tante Wilbraham? Nein danke!«

»Natürlich nicht! Werden Sie eine *nette* reiche alte Jungfer.«

»Gibt's so was?«

»Nun, sehen Sie mich an. Ich meine, ich bin ein netter reicher alter Junggeselle. Halbwegs nett jedenfalls. Und reich zu sein macht Spaß. Finde ich jedenfalls. Sie brauchen nämlich nicht alles für Jachten und große Empfänge auszugeben. Sie können etwas bauen oder etwas finanzieren oder etwas in die Hand nehmen. Wenn Sie das Geld nicht nehmen, kriegt's irgendein Widerling – Onkel Edward womöglich, oder wer sonst Mrs. Wilbrahams nächster Verwandter ist, und der fängt dann auf jeden Fall etwas Dummes damit an.«

»Onkel Edward bestimmt«, sagte Hilary nachdenklich.

»Also, Sie können es sich ja noch ein paar Jahre überlegen«, sagte Wimsey. »Wenn Sie volljährig sind, können Sie's immer noch in die Themse schmeißen. Aber was ich mit den Smaragden anfangen soll, weiß ich wirklich nicht.«

»Diese gräßlichen Dinger«, meinte Hilary. »Meinen Großvater haben sie unter die Erde gebracht, und meinen Vater praktisch auch, und dann Deacon, und es dauert nicht lange, da bringen sie den nächsten um. Ich würde sie nicht mit einer langen Zange anfassen.«

»Ich will Ihnen mal was sagen. Ich bewahre den Schmuck für Sie auf, bis Sie einundzwanzig sind, und dann tun wir beide uns zu einem Wilbraham-Nachlaß-Beseitigungs-Komitee zusammen und stellen irgend etwas furchtbar Aufregendes mit dem ganzen Krempel an.«

Hilary war einverstanden; aber Wimsey wurde ein Gefühl der Bedrückung nicht los. Soweit er sah, hatte sein Eingreifen niemandem genützt und nur für weiteren Kummer gesorgt. Es war ein tausendfacher Jammer, daß Deacons Leiche wieder ans Tageslicht gekommen war. Niemand hatte eine Verwendung dafür.

Der Neue Kanal wurde Ende des Monats mit einem großen Fest eröffnet. Das Wetter war wie bestellt, der Herzog von Denver hielt eine Rede, die an Unverbindlichkeit nicht zu überbieten war, und die Regatta war ein voller Erfolg. Drei Mann fielen ins Wasser, vier Männer und eine alte Frau wurden wegen Trunkenheit und Erregung öffentlichen Ärgernisses eingebuchtet, ein Auto trat einem Händlerkarren zu nah, und der junge Gotobed bekam den ersten Preis für das am prächtigsten herausgeputzte Motorrad.

Der Wale machte sich inmitten dieser ganzen Aufregung still und bescheiden an seine Aufgabe, sein neues Bett zum Meer hin auszuschwemmen. Wimsey beugte sich an der Einmündung des Flusses in den Kanal über die Einfassungsmauer und sah dem Salzwasser zu, das mit der steigenden Flut vom Meer heraufkam, lehmig und trübe von der Einweihung seines frischgegrabenen Bettes. Links von ihm wand sich das alte Flußbett wasserlos dahin, ein breites Band glänzenden Schlicks.

»Das funktioniert«, sagte eine Stimme neben ihm. Wimsey drehte sich um und sah, daß es einer der Ingenieure war.

»Wieviel tiefer haben Sie ihn gemacht?«

»Nur ein paar Spatenstiche. Den Rest besorgt das Wasser selbst. Mit dem Fluß hier war ja soweit alles in Ordnung, bis auf die verschlammte Mündung und diesen großen Bogen hier unten. Wir haben seinen Lauf jetzt um drei Meilen gekürzt und ihn hinter den Schlickbänken direkt ins Wash geleitet. Jetzt rechnen wir damit, daß er sich selbst sein Bett ein paar Meter tiefer gräbt – drei oder vier, vielleicht sogar mehr. Für die Stadt hier wird dadurch alles anders. Ein Skandal, wie man die Dinge bisher hat schleifen lassen. Dabei ging die Flut kaum höher als bis zur Van-Leyden-Schleuse. Jetzt läuft sie wahrscheinlich hinauf bis zum Great Leam. Das ganze Geheimnis bei diesen Fenmoor-Flüssen ist, daß man so viel Wasser wie möglich wieder seinem natürlichen Lauf zuführen muß. Das war der Fehler der alten Holländer, daß sie es auf viele Kanäle verteilt und überall herumstehen gelassen haben. Je geringer das Gefälle des Landes, desto mehr Wasser braucht man, damit es die Mündung sauberhält. Sollte man eigentlich für selbstverständlich halten, nicht? Aber die Leute haben ein paar hundert Jahre gebraucht, um es zu begreifen.«

»Ach ja«, meinte Wimsey. »Dieses ganze Mehr an Wasser geht jetzt sicher den Dreißigfußkanal hinauf?«

»Richtig. Es ist jetzt praktisch ein gerader Weg von der Alten-Damm-Schleuse bis zur Mündung des Neuen Kanals. Fünfunddreißig Meilen. Und das wird viel von dem Hochwasser bei Leamholt und Lympsey abführen. Im Augenblick hat der Great Leam noch mehr zu tun, als gut für ihn ist – man hat immer Hemmungen gehabt, dem Dreißigfußkanal im Winter einen gehörigen Teil des Flutwassers anzuvertrauen, denn sehen Sie, wenn es bis hierher gekommen wäre, hätte es das alte Flußbett verlassen und die Stadt überschwemmt. Aber der Neue Kanal wird es ohne weiteres abführen, und das wird den Great Leam entlasten und den Überschwemmungen um Frogglesham, Mere Wash und Lympsey Fen ein Ende machen.«

»Aha!« sagte Wimsey. »Ich hoffe doch, daß der Damm des Dreißigfußkanals dem Druck gewachsen ist?«

»Aber natürlich«, meinte der Ingenieur belustigt. »Dafür war er von Anfang an gedacht. Einmal hat er's sogar schon beweisen müssen. Erst in den letzten hundert Jahren ist der Wale ja so arg verschlammt. Im Wash hat es dadurch starke Verschiebungen gegeben – hauptsächlich natürlich bedingt durch die Gezeiten und die Nene-Kanal-Mündung, und das hat diese Verstopfung bewirkt, verstehen Sie? Aber früher hat der Dreißigfußkanal einwandfrei gearbeitet.«

»Vermutlich zu Zeiten des Lord-Protektors«, meinte Wimsey. »Und nachdem Sie nun die Wale-Mündung gesäubert haben, wandert die Verstopfung sicher woandershin?«

»Sehr wahrscheinlich«, antwortete der Ingenieur unbeirrt fröhlich. »Diese Schlickbänke sind ständig in Bewegung. Aber ich würde sagen, mit der Zeit kriegen wir noch das ganze Wash klar – es sei denn, die greifen tatsächlich den Gedanken auf, es trockenzulegen. Das wäre eine Lebensaufgabe.«

»Durchaus«, meinte Wimsey.

»Aber soweit sieht das hier ganz gut aus«, fuhr der Ingenieur fort. »Hoffentlich hält nur unser Damm da drüben den Druck aus. Sie würden staunen, wie diese so ruhig aussehenden Flüsse arbeiten. Jedenfalls ist diese Ufereinfassung hier in Ordnung – darauf leiste ich jeden Eid. Beobachten Sie mal die Gezeitenmarken. Wir haben das alte Niedrigwasser und das alte Hochwasser markiert – wenn Sie in den nächsten Monaten nicht das eine um ein, zwei Meter gesenkt und das andere um ebensoviel erhöht sehen, will ich Holländer sein. Entschuldigen Sie mich einen Augenblick – ich muß nur mal schnell sehen, daß die da drüben den Damm ordentlich machen.«

Er eilte davon, um die Arbeiter bei der Vervollständigung des Dammes über das alte Flußbett zu beaufsichtigen.

»Und was ist mit meinen alten Schleusentoren?«

»Oh!« machte Wimsey und sah sich um. »Sie sind's, ja?«

»Ha!« Der Schleusenwärter spuckte kräftig ins steigende Wasser. »Ja, ich bin's. Ganz richtig geraten. Sehn Sie sich mal an, was die da für ein Geld ausgegeben haben. Tausende. Aber für meine alten Schleusentore, ich denke, für die kann ich mit dem Hut rundgehen.«

»Noch keine Antwort aus Genf?«

»Hä?« machte der Schleusenwärter. »Oh! Aha! Das meinen Sie, was ich gesagt hab? Ja, das war gut, nicht? Warum gehen sie nicht gleich damit zum Völkerbund? Ha, und wieso eigentlich nicht? Sehn Sie sich mal das Wasser an, das da raufkommt. Und wo geht es hin? Irgendwo muß es ja hin, nicht?«

»Zweifellos«, sagte Wimsey. »Soweit ich verstanden habe, soll es den Dreißigfußkanal hinauf.«

»Aha!« meinte der Schleusenwärter. »Immer dazwischenfummeln, das müssen sie.«

»Wenigstens fummeln sie bei Ihren Schleusentoren nicht dazwischen.«

»Nein, das ist es ja. Wenn man einmal irgendwo dazwischenfummelt, muß man es andauernd tun. Eins gibt das andere. Laßt die Flüsse in Ruhe, sag ich immer. Grabt nicht immer an ihnen rum, daß sie anders laufen sollen. Wenn man es an einer Stelle macht, muß man es gleich an der nächsten machen.«

»Dann ständen aber die Fenmoore noch immer unter Wasser«, wandte Wimsey ein.

»Na ja, wenn man es so sieht, das stimmt schon«, räumte der Schleusenwärter ein. »Das ist allerdings wahr. So wär's. Aber trotzdem, dann würden sie jetzt nicht uns hier ersäufen. Der hat ja gut reden, von wegen die Flut rauslassen aus der Alten-Damm-Schleuse. Wo soll denn das alles hin? Es kommt rauf, und irgendwo muß es hin, und dann kommt es wieder runter, und irgendwo muß es hin, stimmt's nicht?«

»Soviel ich weiß, überschwemmt es zur Zeit das Mere Wash und Frogglesham und die ganzen Orte.«

»Na und, ist doch denen ihr Wasser, oder?« meinte der Schleusenwärter. »Die haben kein Recht, es uns zu schikken.«

»Schon«, sagte Wimsey, der den Geist erkannte, mit dem in den letzten paar Jahrhunderten eine effektive Moorentwässerung verhindert worden war, »aber wie Sie selbst sagen, irgendwo muß es hin.«

»Es ist denen ihr Wasser«, gab der Mann störrisch zurück. »Sollen sie's doch behalten. Wir können es nicht brauchen.«

»Es scheint, daß Walbeach es haben will.«

»Ach, die!« Der Schleusenwärter spuckte ausgiebig. »Die

wissen doch nicht, was sie wollen. Die wollen immer irgendeinen Unsinn. Und zu allem Überfluß ist auch immer ein Trottel da, der es ihnen gibt. Alles, was ich brauche, sind neue Schleusentore, aber es sieht nicht so aus, als ob ich sie kriegte. Ich hab schon ich weiß nicht wie oft danach gefragt. Den jungen Mann da hab ich gefragt. ›Mister‹, hab ich zu ihm gesagt, ›wie wär's denn mal mit neuen Toren für meine Schleuse?‹ – ›Die stehen nicht in unserem Vertrag‹, sagt er. ›Nein‹, sag ich, ›und das halbe Dorf ersäufen, das steht auch nicht in Ihrem Vertrag, denk ich.‹ Aber er hat's nicht begriffen.«

»Na, Kopf hoch«, sagte Wimsey. »Trinken Sie was.«

Wimseys Interesse an dem Problem war jedoch immerhin so groß, daß er den Ingenieur darauf ansprach, als er ihn wieder traf.

»Ach, das wird schon gutgehen«, meinte dieser. »Eigentlich haben wir sogar empfohlen, die Schleuse zu reparieren und zu verstärken, aber der Haken, sehen Sie, liegt in dem Durcheinander von Zuständigkeiten. Tatsache ist, wenn man mit so einer Arbeit erst anfängt, weiß man nie, wo sie mal aufhört. Das ist alles Stückwerk. Wenn Sie hier ein Loch zustopfen, reißen Sie anderswo wieder eins auf. Aber ich glaube, dieses Problem braucht Sie nicht zu kümmern. Was mal gemacht werden *muß*, das ist die Alte-Damm-Schleuse – aber die untersteht wieder einer anderen Behörde. Immerhin haben sie sich entschlossen, mal nach der Ufereinfassung zu sehen und ein paar neue Steine dafür zu opfern. Wenn sie das nicht machen, gibt's Ärger, und dann sollen sie nicht sagen, wir hätten sie nicht gewarnt.«

Wenn man an einer Stelle gräbt, dachte Wimsey, muß man gleich noch an andern Stellen graben. Hätten wir doch niemals Deacon ausgegraben! Denn wenn man die Flut einmal hereinläßt, muß sie irgendwohin.

Als James Thoday auf Geheiß seiner Reederei nach England zurückkam, wurde ihm mitgeteilt, daß die Polizei ihn als Zeugen benötige. Er war ein kräftig gebauter Mann, etwas älter als William, mit blaßblauen Augen und zurückhaltendem Wesen. Er wiederholte seine anfängliche Geschichte ohne Emphase und ohne ins einzelne zu gehen. Er sei, nachdem er Fenchurch verlassen habe, im Zug krank geworden. Er habe die Beschwerden einer Magen-Darmgrippe zugeschrieben. In London angekommen, habe er sich außerstande gefühlt, weiterzureisen, und dies habe er nach Hull telegraphiert. Den Tag habe er zum Teil in einer Kneipe nahe der Liverpool Street beim Feuer sitzend zugebracht; dort könnten sie sich vielleicht an ihn erinnern. Ein Bett für die Nacht hätten sie ihm nicht geben können, und als er sich abends etwas besser gefühlt habe, sei er losgezogen und habe in einem Nebensträßchen ein Zimmer gefunden. An die Adresse könne er sich nicht mehr erinnern, aber es sei ein freundliches, sauberes Haus gewesen. Am Morgen sei er zwar immer noch schwach und wacklig auf den Beinen gewesen, habe aber seine Reise fortsetzen können. Natürlich habe er englische Zeitungen gesehen, in denen die Entdeckung der Leiche auf dem Friedhof erwähnt wurde, aber er habe nichts weiter darüber gewußt, nur was er von seinem Bruder und seiner Schwägerin darüber erfahren habe, und das sei herzlich wenig gewesen. Er habe zu keiner Zeit eine Ahnung gehabt, wer der Tote sein könnte. Ob es ihn überrasche, zu hören, es sei Geoffrey Deacon gewesen? Ja, das überrasche ihn allerdings. Es sei sogar ein furchtbarer Schock für ihn. Für seine Angehörigen sei das sicher eine schlimme Geschichte.

Er machte in der Tat ein sehr überraschtes Gesicht. Aber ein leichtes Zucken um die Mundwinkel verriet Polizeidirektor Blundell, daß der Schock weniger durch den Namen des Toten ausgelöst worden war als vielmehr dadurch, daß die Polizei ihn kannte.

Eingedenk der großen Fürsorglichkeit, mit der das Gesetz die Interessen des Zeugen wahrt, dankte Mr. Blundell ihm und setzte seine Ermittlungen fort. Die Kneipe wurde ausfindig gemacht, und dort bestätigte man, daß ein kranker Seemann den ganzen Tag am Feuer gesessen und einen Grog nach dem andern getrunken habe; die freundliche, saubere Frau aber, die ihr Zimmer an Mr. Thoday vermietet haben sollte, war nicht so leicht zu finden.

Inzwischen mahlten die langsamen Mühlen der Londoner Polizei und ermittelten aus Hunderten von Berichten den Namen eines Garagenbesitzers, der am Abend des 4. Januar ein Motorrad an einen Herrn verliehen hatte, auf den James Thodays Steckbrief paßte. Das Motorrad war am Sonntag von einem Boten zurückgebracht worden, der das hinterlegte Pfand abzüglich Leih- und Versicherungsgebühren zurückgefordert und bekommen habe. Nein, es sei kein richtiger Dienstmann gewesen; ein junger Bursche noch, und anscheinend einer von den zahlreichen Arbeitslosen.

Chefinspektor Parker, der die Ermittlungen in London leitete, stöhnte gequält, als er das hörte. Daß dieser namenlose Gelegenheitsbote sich melden würde, wäre gewiß zuviel erwartet. Zehn zu eins, daß er das zurückerhaltene Pfand in die eigene Tasche gesteckt hatte und nicht eben scharf darauf war, diesen Umstand der Menschheit mitzuteilen.

Aber Parker irrte sich. Dem Mann, der das Motorrad ausgeliehen hatte, war offenbar der fatale Fehler unterlaufen, an einen ehrlichen Boten zu geraten. Nach mehreren Umfragen und Zeitungsannoncen meldete sich ein junger Londoner bei New Scotland Yard. Er nannte sich Frank Jenkins und erklärte, er habe eben erst die Annonce gesehen. Er sei auf Arbeitssuche im Land herumgereist und gerade noch rechtzeitig nach London zurückgekommen, um am Anschlagbrett der Arbeitsvermittlung den Polizeiaufruf zu lesen.

An die Geschichte mit dem Motorrad erinnerte er sich gut. Damals sei ihm das recht merkwürdig vorgekommen. Er habe sich am Frühmorgen des 5. Januar in der Nähe einer Garage in Bloomsbury herumgetrieben und gewartet, ob er nicht irgend etwas zu tun fände, und da sei auf einmal dieser Mann mit dem Motorrad gekommen. Der Mann sei kurz und stämmig gebaut gewesen, mit blauen Augen, und gesprochen habe er, als ob er der Chef von irgend etwas wäre – schnell und gebieterisch wie einer, der es gewöhnt sei, Befehle zu erteilen. Doch, er könne durchaus ein Offizier der Handelsmarine gewesen sein, das sei sehr gut vorstellbar. Wenn er sich's recht überlegte, habe der Mann auch ein bißchen ausgesehen wie ein Seemann. Er habe einen sehr nassen und schmutzigen Motorradmantel angehabt und eine Mütze auf dem Kopf, die er tief ins Gesicht gezogen hatte. Der Mann habe gesagt: »Hör mal, Jungchen, suchst du Arbeit?« Auf sein Ja hin habe er gefragt: »Kannst du Motorrad fahren?« Er, Frank Jenkins, habe geantwortet: »Nur her damit, Chef«, woraufhin er den Auftrag bekommen habe, das Motorrad zu einer bestimmten Garage zurückzubringen, das Pfand zu kassieren und zur Rugby Tavern an der Ecke Great James Street und Chapel Street zu bringen, wo der Fremde ihn für seine Mühen entlohnen werde. Er habe den Auftrag ausgeführt und nicht länger als eine Stunde dafür gebraucht (da er mit dem Bus zurückgefahren sei), aber als er bei der Rugby Tavern angekommen sei, habe er den Fremden nicht gesehen, und wahrscheinlich sei er dort auch nie gewesen. Eine Frau sagte, sie habe ihn in Richtung Guildford Street gehen sehen. Jenkins habe den halben Morgen gewartet, aber von dem Mann mit dem Motorrad nichts mehr gesehen. Er habe darum das Geld beim Wirt der Rugby Tavern hinterlegt, mit der Mitteilung, er habe nicht länger warten können und sich für seine Bemühungen eine halbe Krone genommen – diese Summe habe er für eine angemessene Entlohnung gehalten. Der Wirt werde ihnen sagen können, ob das Geld jemals zurückverlangt worden sei.

Der Wirt erinnerte sich auf Befragen dunkel an die Begebenheit. Niemand, auf den die Beschreibung des Fremden paßte, habe je nach dem Geld gefragt, das nach langem Suchen auch richtig zum Vorschein kam, eingewickelt in einen schmutzigen Umschlag, in dem sich außerdem die Rechnung des Garagenbesitzers fand, ausgestellt auf einen Joseph Smith mit fiktiver Adresse.

Der nächste Schritt war eine Gegenüberstellung James

Thodays mit Frank Jenkins. Der Bote erkannte seinen Auftraggeber auf Anhieb; James Thoday jedoch beharrte höflich darauf, daß eine Verwechslung vorliegen müsse. Was nun? dachte Mr. Parker.

Er stellte diese Frage Lord Peter, der meinte:

»Ich glaube, jetzt wird es Zeit für ein bißchen Schmutzarbeit, Charles. Sperr mal James und William Thoday allein miteinander in ein Zimmer, mit einem Mikrophon oder wie ihr diese häßlichen Dinger nennt. Das ist sicher nicht schön, aber wahrscheinlich bringt es was.«

So trafen sich die beiden Brüder unter solchen Umständen zum erstenmal seit dem Morgen des 4. Januar wieder, als James aus Fenchurch abgereist war. Ort der Handlung: ein Wartezimmer bei Scotland Yard.

»Nun, William?« sagte James.

»Nun, James?« sagte William.

Schweigen. Dann James:

»Wieviel wissen sie?«

»Ungefähr alles, soweit ich es sagen kann.«

Neue Pause. Dann sprach James wieder mit gepreßter Stimme:

»Na schön. Dann schieben wir das Ganze am besten auf mich. Ich bin ledig, und du mußt an Mary und die Kinder denken. Aber um Himmels willen, Junge, hättest du dir den Kerl denn nicht vom Hals schaffen können, ohne ihn gleich umzubringen?«

»Das«, sagte William, »wollte ich *dich* gerade fragen.«

»Willst du sagen, du hast ihn gar nicht kaltgemacht?«

»Natürlich nicht. Das wäre doch blöd von mir gewesen. Ich hab dem Miststück zweihundert Pfund angeboten, damit er dahin verschwand, wo er hergekommen war. Wenn ich nicht krank geworden wäre, hätte ich ihn schon abgeschoben, verlaß dich drauf, und dann hab ich gedacht, du hast das erledigt. Mein Gott! Als er aus diesem Grab aufgetaucht ist wie am Jüngsten Tag, da hab ich nur noch gewünscht, du hättest mich gleich mit umgebracht.«

»Aber ich hab nie Hand an ihn gelegt, Will. Erst als er schon tot war. Ich hab ihn da oben gefunden, den Teufel, mit so einem schrecklichen Ausdruck im Gesicht, und ich hab's dir keinen Augenblick verdenken können, was du gemacht hast. Ich schwöre dir, Will, ich hab's dir nicht übelgenommen – nur daß du so dumm gewesen bist, so was zu machen. Dann hab ich ihm seine widerliche Visage eingeschlagen, damit niemand erkennt, wer er ist. Aber anscheinend haben sie's doch rausgekriegt. So ein elendes Pech aber auch, daß sie das Grab so schnell wieder aufmachen mußten! Vielleicht wär's besser gewesen, wenn ich ihn fortgeschleppt und in den Kanal geworfen hätte, aber das ist ein ziemlich weites Stück zu laufen, und ich hab gedacht, so ist es sicher genug.«

»Aber hör doch mal, James – wenn du ihn nicht umgebracht hast, wer war's dann?«

In diesem Augenblick gingen Polizeidirektor Blundell, Chefinspektor Parker und Lord Peter Wimsey zu den beiden hinein.

Fünfter Teil

Das Springen

... und er raunte mir etwas von Leichenschändung, von einem entstellten Körper.

Edgar Allan Poe: BERENICE

Die einzige Schwierigkeit war nun, daß die beiden Zeugen, nachdem sie zuvor die Aussage verweigert hatten, jetzt gar nicht schnell genug reden konnten und beide zugleich sprachen. Chefinspektor Parker sah sich genötigt, um Ruhe zu bitten.

»Gut«, sagte er. »Sie haben also beide einander verdächtigt und einer den andern gedeckt. Soweit haben wir das begriffen. Und nachdem das nun geklärt ist, wollen wir uns mal die Geschichte anhören. Zuerst William.« Es folgte dann die übliche Belehrung.

»Also, Sir«, legte William munter los, »ich weiß ja nicht, ob ich Ihnen überhaupt viel zu erzählen habe, denn Seine Lordschaft scheint ja schon alles rausgekriegt zu haben, so gut, daß man nur staunen kann. Wie er mir gesagt hat, was ich in dieser Nacht alles getan habe – ich mag gar nicht erzählen, wie mir da zumute war, aber eines möchte ich ganz deutlich sagen, und zwar, daß meine arme Frau nicht das mindeste gewußt hat, von Anfang bis Ende. Das war ja die ganze Zeit meine größte Sorge – wie ich sie da raushalten konnte.

Ich fange ganz von vorn an, mit dem Abend des 30. Dezember. Ich komme gerade nach Hause, ziemlich spät, denn ich hatte mich noch um eine Kuh zu kümmern, die krank geworden war, im Stall von Sir Henry – na ja, und wie ich da an der Kirche vorbeikomme, da meine ich, ich seh jemand zur Tür schleichen und hineingehen. Es war natürlich eine sehr dunkle Nacht, aber wenn Sie sich erinnern, Sir, es hatte zu schneien angefangen, und vor dem Weiß hab ich dann eben die Bewegung gesehen. Also denk ich, da treibt wohl dieser Potty wieder seinen Unfug – ich will ihn mal lieber nach Hause schicken. Ich geh also auf die Kirche zu, und auf dem ganzen Weg bis zum Portal seh ich die Fußstapfen, und dort hören sie mit einemmal auf. Ich rufe ›Hallo!‹ und seh mich ein bißchen um. Das ist aber komisch, sag ich zu mir, wohin ist der Kerl denn verschwunden? Ich geh um die Kirche herum, und da seh ich, wie sich drinnen ein Licht bewegt und auf die Sakristei zugeht. Na, denk ich, das ist vielleicht der Herr Pfarrer. Und dann denke ich, vielleicht ist er's aber doch nicht. Ich geh zur Tür zurück, und da steckt kein Schlüssel drin, und dabei würde einer dringesteckt haben, wenn's der Herr Pfarrer gewesen wäre. Also drücke ich gegen die Tür, und sie geht auf. Ich hinein. Und dann höre ich, wie sich da jemand zu schaffen macht, vorn im Altarraum. Ich gehe leise weiter, denn ich hab noch die Gummistiefel an, die ich auf dem Feld angehabt hatte, und wie ich hinter die Altarschranke komme, seh ich ein Licht und höre den Kerl in der Sakristei, wie er da mit der Leiter herumhantiert, die Harry Gotobed immer benutzt, wenn er nach den Lampen schaut oder so, und die dort immer an der Wand liegt. Er steht mit dem Rücken zu mir, und auf dem Tisch steht eine abgedunkelte Laterne, und daneben liegt noch was, das da nicht hingehört, nämlich ein Revolver. Ich schnappe mir den Revolver und sage laut und scharf: ›Was machen Sie hier?‹ Und der Kerl fährt mit einem unheimlichen Tempo herum und will zum Tisch springen. ›Finger weg!‹ sag ich. ›Den Revolver hab ich, und ich weiß auch damit umzugehen. Was haben Sie hier zu suchen?‹ Na ja, und da fängt er an, mir ein Märchen zu erzählen, daß er arbeitslos und auf Wanderschaft ist und ein Plätzchen zum Schlafen sucht, und ich sage: ›Das zieht bei mir nicht. Was soll der Revolver? Hände hoch!‹ sag ich. ›Wollen mal sehen, was Sie sonst noch bei sich haben.‹ Darauf hab ich seine Taschen durchwühlt und etwas gefunden, das sah für mich aus wie ein Satz Dietriche. ›So, mein Freund‹, sag ich, ›das reicht. Damit bist du geliefert.‹ Und da sieht er mich an und fängt an zu lachen wie ein Teufel und sagt: ›Überleg dir das gut, Will Thoday.‹ Und ich sage: ›Woher kennst du meinen Namen?‹ Und damit seh ich ihn noch einmal an und sage: ›Mein Gott, das ist ja Jeff Deacon!‹ Und er: ›Ja, und du bist der Mann, der meine Frau geheiratet hat.‹ Und er hat wieder gelacht, und da hab ich plötzlich begriffen, was er damit gemeint hat.«

»Woher wußte er das denn?« fragte Wimsey. »Von Cranton hatte er es nicht.«

»War das der andere Halunke? Nein, er hat mir gesagt, er ist gekommen, um Mary zu holen, aber dann hat er von irgendwem in Leamholt gehört, daß sie wieder verheiratet ist, und da hat er beschlossen, erst mal herumzuspionieren. Ich hab mir nicht vorstellen können, warum er überhaupt gekommen war, und er hat es mir auch nicht sagen wollen. Jetzt weiß ich, daß es die Smaragde waren. Er hat so was Ähnliches gesagt wie, wenn ich den Mund halte, soll es nicht mein Schaden sein, aber ich hab ihm gesagt, daß ich nichts mit ihm zu tun haben will. Ich hab ihn gefragt, wo er gewesen ist, aber er hat nur gelacht und gesagt, das geht mich nichts an. Ich hab ihn gefragt, was er in Fenchurch will, und er hat gesagt, Geld will er. Ich hab das nur so verstanden, daß er gekommen ist, um Mary zu erpressen. Nun, und da hab ich rot gesehen, und ich war schon drauf und dran, ihn der Polizei zu übergeben und alles auf uns zu nehmen, was uns dann bevorstand, aber wenn ich an Mary und die Kinder dachte – na ja, das durfte ich mir gar nicht vorstellen. Natürlich war das falsch, aber dann ist mir all das Gerede eingefallen, das es schon gegeben hatte – und das wollte ich ihr ersparen. Er wußte genau, wie ich dastand, dieser Teufel, und hat nur dagestanden und mich angegrinst.

Und da hab ich dann am Ende einen Teufelspakt mit ihm geschlossen. Ich hab ihm gesagt, ich verstecke ihn und gebe ihm Geld, damit er wieder aus dem Land kann, und dann hab ich mir überlegt, was ich mit ihm machen soll. Seine Dietriche hatte ich ja, aber getraut hab ich ihm deswegen noch lange nicht, und ich hatte Angst, mit ihm aus der Kirche zu gehen, wo wir einem hätten begegnen können. Da bin ich dann auf die Idee gekommen, ihn in die Glockenstube zu sperren. Ich hab ihm gesagt, was ich vorhatte, und er war einverstanden. Ich hab mir gedacht, die Schlüssel vom Pfarrer krieg ich schon, und da hab ich ihn solange nur in diesen Schrank gesperrt, wo die Meßgewänder drin hängen. Dann hab ich gedacht, vielleicht kann er da doch ausbrechen, solange ich fort bin, und darum bin ich hingegangen und hab mir ein Seil aus der Truhe geholt und ihn damit gefesselt. Sehen Sie, dieses Märchen von ihm, daß er nur in der Sakristei schlafen wollte, das hab ich ihm nicht geglaubt. Die Kirche ausrauben will er, hab ich gedacht. Und außerdem, wenn ich wegging und ihn daließ, was hätte ihn daran gehindert, rauszugehen und sich irgendwo zu verstecken und mir eins über den Schädel zu geben, wenn ich wiederkam? Ich hatte ja nicht mal einen Schlüssel fürs Kirchenportal, da hätte er sogar abhauen können.«

»Wäre doch nur gut für Sie gewesen, wenn er sich davongemacht hätte«, meinte Mr. Blundell.

»Schon – solange ihn nicht jemand anders erwischte. Jedenfalls, ich hab die Schlüssel bekommen. Dem Pfarrer hab ich irgendeine Geschichte erzählt – muß ziemlich schlecht gewesen sein –, und der alte Herr hat sich ein bißchen gewundert, glaube ich. Er hat immer wieder gesagt, wie komisch ich aussähe, und wollte mir unbedingt einen Tropfen von seinem Portwein anbieten. Während er den holen ging, hab ich die Schlüssel von dem Nagel bei der Tür genommen. Ich weiß, was Sie sagen wollen – wenn er sie nun wieder mal verlegt gehabt hätte, wie gewöhnlich? Nun, dann hätte ich dasselbe bei Jack Godfrey versuchen oder meine Pläne ändern müssen. Aber sie waren da, und ich hab mir über irgendwelche Wenns keine Gedanken gemacht. Ich bin wieder zur Kirche gegangen, hab Deacons Beine losgebunden und ihn vor mir her die Treppen und Leitern zur Glockenstube hinaufgehen lassen, wie man ein Schwein zum Markt führt. Es war nicht schwer – sehen Sie, ich hatte ja den Revolver.«

»Und dann haben Sie ihn in der Glockenstube an einen Balken gebunden?«

»Ja, Sir. Hätten Sie das nicht getan? Stellen Sie sich nur mal vor, Sie schleppen Verpflegung und sonstiges Zeug da im Dunkeln die Leiter hinauf, und oben läuft ein Mörder frei herum, der Ihnen gleich eins über den Schädel geben kann, sowie Sie den Kopf durch die Falltür stecken. Ich hab ihn schön festgebunden, was allerdings nicht ganz leicht war, denn das Seil war so dick. ›Hier bleibst du‹, hab ich zu ihm gesagt, ›und morgen früh bring ich dir was zu essen, und bevor du einen Tag älter bist, schaff ich dich aus dem Land.‹ Er hat geflucht wie drei Teufel, aber ich hab nicht auf ihn gehört. Ich hatte genug zu tun, die Finger von ihm zu lassen, und manchmal denke ich sogar, es ist ein Wunder, daß ich ihn nicht an Ort und Stelle umgebracht habe.«

»Aber hatten Sie denn irgendwelche Pläne, um ihn fortzuschaffen?«

»Ja, die hatte ich. Ich war den Tag davor in Walbeach gewesen, mit Jim, und wir hatten uns kurz mit einem Freund von ihm unterhalten – so ein komischer alter Skipper auf einem holländischen Frachtschiff, das da lag und irgendwelche Fracht aufnahm – ich hab gar nicht ganz mitgekriegt, was das war –, aber ich hatte das Gefühl, der Alte war nicht sehr wählerisch.«

»Da hast du recht, Will«, warf Jim grinsend ein.

»Das Gefühl hatte ich auch. Es war vielleicht kein besonders guter Plan, aber mehr hätte ich in der Zeit nicht bewerkstelligen können. Um ehrlich zu sein, sehr klar hab ich gar nicht denken können. Ich war ganz durcheinander, und mein Kopf hat gehämmert wie eine Dreschmaschine. Das wird wohl schon die Grippe gewesen sein. Ich weiß nicht, wie ich zu Hause diesen Abend überstanden habe, wenn ich Mary und die Kinder ansah und dabei wußte, was ich eben wußte. Zum Glück wußte sie ja, daß ich mir Sorgen um eine Kuh machte, und hat alles darauf geschoben – hab ich zumindest gedacht. In der Nacht hab ich mich immerzu von einer Seite auf die andere geworfen, und das einzige, was mich getröstet hat, war der Schnee, der die Fußspuren schön zudeckte, die wir um die Kirche herum gemacht hatten.

Am nächsten Morgen war ich dann elend krank, aber ich hab nicht aufhören können, daran zu denken. Lange vor Tagesanbruch bin ich mit etwas Brot und Käse und Bier in der alten Werkzeugtasche fortgeschlichen. Jim hat mich gehört und gerufen, was denn los ist. Ich hab ihm gesagt, ich muß zu dieser Kuh – zu der bin ich dann auch gegangen, nur bin ich unterwegs noch zur Kirche.

Deacon war wohlauf, nur sehr schlecht gelaunt und halbtot vor Kälte, darum hab ich ihm meinen alten Mantel dagelassen – ich wollte ja nicht, daß er erfror. Und ich hab ihn nur an den Füßen und Ellbogen gefesselt und seine Hände frei gelassen, damit er essen, sich aber nicht losbinden konnte. Dann bin ich weiter zu der Kuh gegangen, und der ging es schon viel besser. Nach dem Frühstück bin ich in den alten Wagen gestiegen und nach Walbeach gefahren, aber die ganze Zeit hab ich mich immer elender gefühlt. Ich hab den Skipper gefunden, der gerade auslaufen wollte. Ich hab ein Wörtchen mit ihm geredet, und er war einverstanden und hat bis zehn Uhr abends warten und meinen Passagier mitnehmen wollen, ohne Fragen zu stellen. Zweihundertfünfzig Pfund wollte er haben, und ich war bereit, sie zu zahlen. Ich hatte das Geld bei mir und hab ihm fünfzig an Ort und Stelle gegeben, und den Rest hab ich ihm versprochen, wenn ich Deacon brächte. Dann bin ich ins Auto gestiegen und zurückgefahren, und was dann passiert ist, wissen Sie ja.«

»Das ist soweit vollkommen klar«, sagte Parker. »Ich brauche Ihnen nicht zu sagen, daß Sie ein schweres Vergehen geplant haben – einem verurteilten Mörder zu helfen, der Gerechtigkeit zu entkommen. Als Polizist bin ich schockiert. Als Mensch kann ich Ihnen nur mein ganzes Mitgefühl aussprechen. Und jetzt Sie«, wandte er sich an Jim. »Ich nehme an, jetzt beginnt Ihr Teil.«

»Ganz recht, Sir. Also, wie Sie wissen, ist der arme Will in einem schrecklich elenden Zustand nach Hause gekommen, und wir haben ein, zwei Tage lang gedacht, es geht mit ihm zu Ende. Er war vollkommen durchgedreht und hat immerzu geschrien, er muß in die Kirche, aber das haben wir nur mit dem Glockenläuten in Verbindung gebracht. Die ganze Zeit hat er sich fest in der Gewalt gehabt und nicht ein Wort über Deacon verlauten lassen, aber einmal, als Mary aus dem Zimmer gegangen war, hat er meine Hand umklammert und gesagt: ›Laß es sie nicht wissen, Jim. Schaff ihn weg.‹ – ›Wen soll ich wegschaffen?‹ hab ich gefragt. Und er: ›In der Glokkenstube. Furchtbar kalt, und nichts zu essen.‹ Und dann hat er sich im Bett aufgesetzt und ganz klar und deutlich gesagt: ›Mein Mantel – gib mir meinen Mantel – ich muß die Schlüssel und das Geld haben.‹ Ich hab gesagt: ›Ist ja gut, Will, ich sorg dafür.‹ Natürlich hab ich gedacht, er phantasiert – und nach einer Weile hatte er's anscheinend vergessen und ist eingedöst. Aber komisch hab ich es schon gefunden, darum hab ich mal in seinem Mantel nachgesehen, und tatsächlich, da war der Schlüsselbund vom Pfarrer und ein ganzer Packen Geld.

Also, langsam fing ich an zu glauben, daß da etwas faul war. Ich hab die Schlüssel genommen und mir gedacht, bevor ich sie zurückbringe, sehe ich mich doch mal schnell in der Kirche um. Ich bin hingegangen – «

»An welchem Tag war das?«

»Ich glaube, das war der 2. Januar. Ich bin in den Turm gestiegen – ganz hinauf bis in die Glockenstube, und – tja, da war er!«

»Inzwischen muß er ja ganz schön sauer gewesen sein.«

»Sauer? Tot war er, und eiskalt.«

»Verhungert?«

»O nein. Er hatte ein großes Stück Käse neben sich liegen, und fast einen halben Laib Brot und zwei Flaschen Bier, die eine leer, die andere voll. Und erfroren war er auch nicht, falls Sie das jetzt glauben. Ich hab schon Leute gesehen, die an Unterkühlung gestorben sind, aber die waren friedlich gestorben – zusammengerollt wie junge Kätzchen, meist jedenfalls, als wenn sie im Schlaf hinübergegangen wären. Nein. Er war aufrecht stehend gestorben, und was es auch immer war, er hat es kommen sehen. Er muß an den Stricken gerissen haben wie ein Tiger – solange daran gearbeitet, bis er aufrecht stehen konnte –, denn sie hatten sich durch seinen Rock und die Socken geschnitten. Und sein Gesicht! Mein Gott, Sir, so was hab ich noch nie gesehen. Die Augen starr und weit aufgerissen, und ein Blick darin, als wenn er geradewegs in die Hölle geguckt hätte. Mich hat's geschüttelt.

Ich hab ihn mir näher angesehen – und da seh ich Wills alten Mantel auf dem Boden liegen, wahrscheinlich abgeworfen bei seiner Zappelei, und das sah auch nicht so aus, als wenn er vor Kälte gestorben wäre. Ich hab nicht gewußt, was ich davon halten sollte, denn ich hab ihn ja nicht erkannt. Ich hab in seiner Brusttasche nachgesehen und ein paar Papiere gefunden. Einige lauteten auf den Namen Taylor, ein paar andere auf einen französischen Namen, den ich vergessen habe. Ich bin nicht daraus schlau geworden. Und dann hab ich mir seine Hände angesehen.«

»Aha«, sagte Wimsey. »Jetzt kommen wir dahin.«

»Jawohl, Mylord. Sie müssen wissen, daß ich Deacon gekannt habe. Nicht sehr gut, aber gekannt hab ich ihn. Er hatte eine große Narbe an einer Hand, da war er mal hingefallen, mit einem gläsernen Krug auf einem Tablett. Ich hatte die Narbe gesehen und hab sie nie vergessen. Und als ich die nun sah, Mylord, und wußte, wer er war – tja! Ich hab nicht lange gezweifelt, was da wohl passiert war. Verzeih mir, Will – ich hab gedacht, du hast ihn um die Ecke gebracht, und Gott ist mein Zeuge, ich hab's dir nicht verdenken können. Nicht daß ich was für Mörder übrig hätte, und ich hab auch gedacht, daß zwischen dir und mir nie mehr alles so sein kann wie früher – aber übelgenommen hab ich dir's nicht. Ich hab nur gewünscht, es wär in einem fairen Kampf passiert.«

»Wenn es passiert wäre, Jim, dann nur in einem fairen Kampf. Ich hätte ihn umbringen können, aber ich hätte es nie getan, wenn er gefesselt war. Das hättest du aber wissen müssen.«

»Hätte ich wohl. Aber wie's für mich damals ausgesehen hat, war gar nichts anderes möglich. Ich mußte schnell überlegen, was ich tun sollte. In einer Ecke hab ich ein paar alte Dielen und Kanthölzer gefunden, die hab ich vor ihm aufgeschichtet, damit einer, der da raufkam, ihn nicht gleich sah – höchstens wenn er etwas suchte. Und dann bin ich weggegangen und hab nachgedacht. Die Schlüssel hab ich behalten. Ich wußte ja, daß ich sie noch brauchte, und der Pfarrer ist so zerstreut, der würde sicher denken, er hat sie verlegt.

Den ganzen Tag hab ich nachgedacht – und dann ist mir eingefallen, daß am Samstag Lady Thorpe beerdigt werden sollte. Da hab ich gedacht, wenn ich ihn zu ihr ins Grab lege, wird er so schnell nicht gefunden, höchstens per Zufall. Ich mußte ja am Samstag morgen fort, und ich hab gedacht, ich kann die Sache so hindrehen, daß ich ein Alibi habe.

Am Freitag wär's mal beinahe schiefgegangen. Jack Godfrey hatte mir erzählt, sie wollten ein Trauerläuten für Lady Thorpe machen, und mich hat's fast umgehauen, weil ich gedacht habe, wenn er raufgeht, um die Ledermanschetten auf die Klöppel zu tun, sieht er ihn. Aber ich hatte unwahrscheinliches Glück. Er ist erst nach Einbruch der Dunkelheit raufgegangen, und ich nehme an, er hat nicht mal einen Blick in diese dunkle Ecke geworfen, sonst hätte er ja gesehen, daß die Bretter bewegt worden waren.«

»Was Sie am Samstag getan haben, wissen wir«, sagte Parker. »Den Teil können Sie überspringen.«

»Gut, Sir. Ich hatte eine fürchterliche Fahrt mit diesem Motorrad. Die Acetylenlampe hat nicht besonders gut funktioniert, und geregnet hat's wie in den Tropen. Immerhin, ich bin angekommen – viel später als gewollt – und hab mich an die Arbeit gemacht. Ich hab ihn abgeschnitten –«

»Auch das brauchen Sie uns nicht zu erzählen. In der Glokkenstube hat die ganze Zeit ein Zeuge oben auf der Leiter gesessen.«

»Ein Zeuge?«

»Ja – und Glück für Sie, mein Lieber, daß es sich um einen hochachtbaren Vertreter der edlen Einbrecherzunft handelte, mit dem Herzen eines Karnickels und einer gesunden Abneigung gegen Blutvergießen – sonst hätte er Sie erpreßt, bis Sie schwarz geworden wären. Aber ich muß zu Nobbys Ehre sagen«, fügte Parker nachdenklich hinzu, »daß er Erpressung wohl als unter seiner Würde betrachtet. Sie haben die Leiche zum Friedhof geschafft?«

»Und heilfroh war ich, als ich unten war. Ihn diese Leitern hinunterzurollen – mir ist ganz anders geworden dabei. Und die Glocken! Die ganze Zeit hab ich mir eingebildet, ich höre sie reden. Für Glocken hab ich noch nie was übrig gehabt. Die haben was an sich – manchmal soll man meinen, sie sind lebendig und können sprechen. Früher als Junge hab ich mal eine Geschichte in einer Zeitschrift gelesen, von einer Glocke, die hinter einem Mörder hergerufen hat. Sie halten mich vielleicht für einen Spinner, daß ich so was sage, aber auf mich hat das Eindruck gemacht, und ich werd's nie vergessen.«

»*Die Rosamonde* – die Geschichte kenne ich«, sagte Wimsey freundlich. »›Hilf, Jehan, hilf, Jehan!‹ hat sie gerufen. Mich hat's auch das Gruseln gelehrt.«

»Ja, das ist die Geschichte, Mylord. Jedenfalls, wie gesagt, ich hab die Leiche runtergebracht. Dann hab ich das Grab geöffnet und wollte ihn gerade hineinlegen –«

»Sie haben vermutlich den Spaten des Totengräbers benutzt, ja?«

»Ja, Sir. Der Schlüssel zur Krypta war am Schlüsselbund

des Pfarrers. Wie gesagt, ich wollte ihn gerade hineinlegen, da ist mir eingefallen, das Grab *könnte* ja vielleicht doch mal geöffnet werden, und dann würde man den Toten erkennen. Da hab ich ihm also mit dem Spaten ein paar kräftige Schläge aufs Gesicht – «

Er schüttelte sich.

»Das war keine schöne Arbeit, Sir. Und dann die Hände. Ich hatte sie erkannt, dann würden andere sie wohl auch erkennen. Also hab ich mein Taschenmesser rausgeholt und – na ja!«

»›Mit der Schere schnipp und schnapp, schneidet er die Flossen ab‹«, deklamierte Wimsey frivol.

»Ganz recht, Mylord. Ich hab sie mitsamt seinen Papieren zusammengepackt und in die Tasche gesteckt. Die Stricke und seinen Hut hab ich in den alten Brunnen geworfen. Dann hab ich das Grab wieder zugeschaufelt, die Kränze wieder hingelegt, so ordentlich es ging, und das Werkzeug saubergemacht. Und ich kann Ihnen sagen, gern hab ich es nicht wieder in die Kirche zurückgebracht. Alle diese goldenen Engel mit ihren offenen Augen im Dunkeln – und der alte Abt Thomas in seinem Grabmal. Als hinter der Altarschranke mal ein Stück Koks unter meinem Fuß geknirscht hat, da ist mir das Herz bis in den Mund gesprungen.«

»Harry Gotobed sollte wirklich etwas ordentlicher mit dem Koks umgehen«, fand Wimsey. »Gesagt bekommt er's oft genug.«

»Und dieses Päckchen mit dem verflixten Zeug, ich kann Ihnen sagen, das hat in meiner Tasche geglüht. Ich bin zu den Öfen gegangen und hab reingesehen, aber die waren alle für die Nacht schon so weit runtergebrannt, da war gar keine Glut mehr zu sehen. Da noch etwas hineinzuwerfen, hab ich mich nicht getraut. Dann hab ich noch mal raufgehen und die Glockenstube säubern müssen. Es war Bier auf den Boden verschüttet worden. Zum Glück hatte Harry Gotobed einen Eimer Wasser im Kohlenkeller stehenlassen, da brauchte ich wenigstens keins aus dem Brunnen raufzuholen – obwohl ich mich ja hinterher gefragt habe, ob er nicht anderntags gemerkt hat, daß der Eimer leer war. Ich hab alles so sauber aufgewischt, wie's ging, und die Bretter wieder an ihren Platz geräumt und die Bierflaschen mitgenommen – «

»Zwei«, sagte Wimsey. »Es waren aber drei.«

»So? Ich hab nur die zwei gesehen. Dann hab ich alles wieder abgeschlossen und überlegt, was ich mit den Schlüsseln machen soll. Schließlich hab ich gedacht, ich lasse sie am besten in der Sakristei liegen, so als ob der Pfarrer sie da vergessen hätte – außer dem vom Portal, den hab ich im Schloß steckenlassen. Was Besseres ist mit nicht eingefallen.«

»Und das Päckchen?«

»Ach ja, das! Die Papiere und das viele Geld, das dabei war, hab ich behalten, aber die – das andere – hab ich in den Dreißigfußkanal geworfen, zwölf Meilen hinter Fenchurch, und die Flaschen auch. Die Papiere und das Geld hab ich dann verbrannt, als ich wieder in London war. Im Wartesaal vom Kings-Cross-Bahnhof hat mal ausnahmsweise ein gutes Feuer gebrannt, und es war kaum jemand da. Ich hab nicht gedacht, daß dort jemand danach sucht. Was ich mit Wills Mantel machen sollte, hab ich nicht so recht gewußt, aber schließlich hab ich ihn mit der Post zurückgeschickt und einen Zettel dazugelegt, auf dem nur stand: ›Vielen Dank fürs Leihen. Ich hab das beseitigt, was du im Turm gelassen hast.‹ Offener konnte ich ja nicht schreiben, denn Mary hätte das Paket öffnen und den Brief lesen können.«

»Und aus demselben Grunde konnte ich dir auch nicht viel schreiben«, sagte Will. »Sieh mal, ich hab gedacht, du hast Deacon irgendwie weggeschafft. Daß er tot war, ist mir nie in den Sinn gekommen. Und Mary liest meist meine Briefe, bevor sie weggehen, und manchmal schreibt sie selbst noch was dazu. Ich hab also nur geschrieben: ›Vielen Dank für alles, was du für mich getan hast‹ – da konnte sie dann meinen, das bezog sich darauf, wie du mir geholfen hast, als ich krank war. Daß du die zweihundert Pfund nicht angerührt hattest, hab ich gesehen, aber ich hab angenommen, du hast das irgendwie anders geregelt, und da hab ich sie einfach wieder bei der Bank eingezahlt, wo ich sie geholt hatte. Komisch ist mir nur vorgekommen, daß deine Briefe plötzlich so kurz waren, aber jetzt verstehe ich das natürlich.«

»Ich hab einfach nicht mehr dasselbe fühlen können, Will«, sagte Jim. »Ich hab's dir nicht übelgenommen, das nicht – aber dieser Strick, der hat mir auf der Seele gelegen. Wann hast du rausgekriegt, was passiert war?«

»Na ja, als sie die Leiche gefunden haben. Und – jetzt mußt du *mir* verzeihen, Jim – aber ich hab natürlich gedacht, du hast es selbst getan und – na also! Ich hab auch nicht mehr dasselbe fühlen können. Ich hab nur die ganze Zeit gehofft, daß er vielleicht eines natürlichen Todes gestorben ist.«

»Das ist er nicht«, sagte Parker bedächtig.

»Aber wer *hat* ihn denn umgebracht?« fragte Jim.

»Sie nicht, dessen bin ich immerhin sicher«, antwortete der Detektiv. »Sonst hätten Sie sofort die Vermutung aufgegriffen, daß er an Unterkühlung gestorben sei. Und irgendwie bin ich geneigt, anzunehmen, daß es auch Ihr Bruder nicht war – obwohl Sie natürlich beide Deacons Untaten gedeckt haben, und aus der anderen Sache sind Sie auch noch nicht raus, bilden Sie sich das nur ja nicht ein! Der Anklagevertreter wird Ihnen noch gehörig einheizen, beiden. Aber ich persönlich neige dazu, Ihnen zu glauben.«

»Danke, Sir.«

»Wie steht's nun mit Mrs. Thoday? Aber die Wahrheit, bitte.«

»Ja, Sir. Sie war irgendwie unruhig – doch, das war sie auf jeden Fall, wie sie mich so komisch erlebt hat, besonders nachdem die Leiche gefunden worden war. Aber erst als sie Deacons Handschrift auf diesem Zettel gesehen hat, da ist ihr auf einmal alles klargeworden. Sie hat mich gefragt, und ich hab ihr die halbe Wahrheit gesagt. Ich hab gesagt, ich hab rausgefunden, daß der Tote Deacon war und jemand – aber nicht ich – ihn umgebracht haben muß. Und sie hat sich gedacht, daß Jim damit zu tun hatte. Ich hab gesagt, vielleicht, aber wir müssen jetzt zusammenhalten und dürfen Jim nicht in Schwierigkeiten bringen. Und sie war einverstanden, aber sie hat gesagt, wir müßten noch mal heiraten, weil wir in Sünde lebten. Sie ist eine gute Frau, und ich hab's ihr nicht ausreden können, also hab ich da nachgegeben, und wir haben alles vorbereitet, um es ganz still in London zu machen – aber dann sind Sie uns auf die Spur gekommen, Sir.«

»Ja«, sagte Mr. Blundell, »und dafür dürfen Sie Seiner Lordschaft danken. Er hat es anscheinend von Anfang an gewußt, und ich muß sagen, es hat ihm sehr leid getan, daß er Ihnen dazwischenfahren mußte. Er war der Meinung, wer Deacon umgebracht hat, verdient den Hochzeitsmarsch aus Lohengrin und Blumen auf dem Weg.«

»Gibt's eigentlich jetzt noch einen Grund, warum sie nicht endlich heiraten dürfen, Blundell?«

»Nicht daß ich wüßte«, knurrte Mr. Blundell. »Vorausgesetzt, die beiden haben die Wahrheit gesagt. Es könnte da noch einige Verfahrensfragen – Sie beide sind noch nicht aus dem Schneider, aber was das Heiraten betrifft, darin kann ich keinen großen Schaden sehen. Ihre Aussage haben wir, und ich wüßte nicht, was Mary noch groß dazu beitragen könnte.«

»Vielen, vielen Dank, Sir«, sagte Will wieder.

»Aber in der Frage, *wer* nun Deacon getötet hat«, fuhr der Polizeidirektor fort, »scheinen wir noch nicht viel weiter zu sein. Höchstens wenn es Potty oder am Ende doch Cranton war. Ich kann mich nicht erinnern, je schon einmal so was Verdrehtes gehört zu haben wie diese Geschichte. Wie diese drei da immerzu im Glockenturm herumgespukt sind, aber immer schön einer nach dem andern – da steckt noch irgendwas dahinter, was wir nicht wissen. Und Sie beide«, wandte er sich barsch an die beiden Brüder, »Sie behalten das alles jetzt schön für sich. Der Zeitpunkt kommt bestimmt, wo Sie darüber reden müssen, aber wenn Sie es jetzt herumerzählen und uns daran hindern, den wirklichen Mörder zu fassen, sind Sie dran. Verstanden?«

Er knabberte mit großen gelben Zähnen an seinem Walroßschnurrbart herum und grübelte vor sich hin.

»Ich denke, ich fahre besser mal nach Hause und nehme Potty in den Schwitzkasten«, knurrte er mißmutig. »Aber *wenn* er's war, *wie* soll er's gemacht haben? Das geht über meinen Horizont.«

IV

Ein voller Zyklus
Kent Treble Bob Major
(Drei Teile)

5.376

Bei Beendigung der Durchgänge

6	5	4	3	2
3	4	5	6	2
2	3	6	4	5
3	5	6	4	2
4	2	3	5	6

die 8 in Observation.

Ruf sie nach vorn, in die Mitte mit einem Doppel, fehl mit einem Doppel und heim; fehl mit einem Doppel und heim mit einem Doppel; in die Mitte mit einem Doppel, fehl und heim mit einem Doppel; vor, Mitte mit einem Doppel, fehl und heim mit einem Doppel; vor, Mitte mit einem Doppel und fehl mit einem Doppel. Zweimal wiederholen.

(J. Wilde)

Erster Teil

Die Wasser werden herausgerufen

Von dem reinen Vieh und von dem unreinen, von den Vögeln und von allem Gewürm auf Erden gingen sie zu ihm in den Kasten bei Paaren.

1. BUCH MOSE, 7.8,9

Das Gedächtnis der öffentlichen Meinung ist kurz. Auf die Affäre mit der Leiche auf einem ländlichen Friedhof folgten im Laufe der Wochen so viele Leichen in brennenden Garagen, Jagden auf geflohene Mörder, Tragödien in Westendwohnungen, Selbstmorde in einsamen Wäldern, nackte Leichen in Höhlen und mitternächtliche Schüsse in vornehmen Rasthäusern, daß außer Polizeidirektor Blundell und ein paar Einwohnern von Fenchurch St. Paul niemand mehr einen Gedanken darauf verschwendete. Selbst der Fund der Smaragde und die Identität des Toten waren erfolgreich aus den Zeitungen herausgehalten worden, und das Geheimnis der Wiederverheiratung der Thodays blieb fest verschlossen in den verschwiegenen Busen der Polizei, Lord Peter Wimseys und Pfarrer Venables', von denen niemand die geringste Neigung verspürte, solches an die Öffentlichkeit zu bringen.

Potty Peake war vernommen worden, doch ohne viel Erfolg. Daten bedeuteten ihm ohnehin nichts, und was er sonst von sich gab, war zwar voll dunkler Andeutungen und Prophezeiungen, verließ aber immer wieder die Grenzen der Logik und kehrte unweigerlich zu den unheimlich baumelnden Glockenseilen zurück. Seine Tante gab ihm ein Alibi, soweit ihr Gedächtnis und ihre Beobachtungsgabe etwas wert waren, und viel war das nicht. Zudem verspürte Mr. Blundell keine große Lust, Potty Peake vor Gericht zu bringen. Es stand hundert zu eins, daß man ihm Schuldunfähigkeit bescheinigen und ihn in eine Anstalt sperren würde. »Und weißt du, Frau«, sagte Mr. Blundell zur Mrs. Blundell, »ich kann mir sowieso nicht vorstellen, daß Potty so was tun würde, der arme Kerl.« Worin Mrs. Blundell ihm recht gab.

Was die Thodays betraf, war die Lage höchst unbefriedigend. Wenn man einen von ihnen allein vor Gericht stellte, blieben am andern immer noch genug Zweifel, um einen Freispruch aus Mangel an Beweisen zu garantieren, und wenn man sie gemeinsam anklagte, konnten ihre beiden Aussagen auf die Geschworenen ebenso wirken wie schon auf die Polizei. Dann würden sie mangels Beweises freigesprochen werden und in den Augen ihrer Nachbarn verdächtig bleiben, was ebenso unbefriedigend wäre. Oder sie würden beide aufgehängt – »und unter uns, Sir«, sagte Mr. Blundell zum Polizeipräsidenten, »ich würde nie mehr ruhig schlafen können, wenn es dazu käme.« Auch dem Polizeipräsidenten war nicht wohl in seiner Haut. »Sehen Sie, Blundell«, sagte er, »unser größtes Problem ist, daß wir nicht einmal Beweise für einen Mord haben. Wenn wir wenigstens wüßten, woran der Kerl eigentlich gestorben ist –«

Somit begann eine Periode allgemeiner Untätigkeit. Jim Thoday kehrte auf sein Schiff zurück; Will Thoday fuhr, nachdem seine Trauung ordnungsgemäß vollzogen war, nach Hause und nahm seine Arbeit wieder auf. Mit der Zeit verlernte der Papagei seinen neuerworbenen Wortschatz und machte immer seltener und unregelmäßiger davon Gebrauch. Der Pfarrer waltete seines Amtes bei Hochzeiten und Taufen, die Tailor Paul läutete dem einen oder andern den letzten Gruß ins Grab oder dröhnte feierlich in das Jagen der übrigen Glocken hinein. Und der Wale, angeschwollen von einem verregneten Sommer und Herbst, nahm freudig die Gelegenheit wahr und grub sich tiefer und tiefer in sein neues Bett hinein, im ganzen drei Meter, so daß bei Flut das Wasser brackig bis zum Great Leam hinauflief und die Alte-Damm-Schleuse weit geöffnet wurde, um den oberen Fenmooren einen Ablauf zu geben.

Und das war nötig, denn den ganzen August und September hindurch stand überall das Land unter Wasser, und das Getreide keimte auf dem Halm, die durchnäßten Mieten faulten und stanken zum Himmel, und der Pfarrer von Fenchurch St. Paul mußte beim Erntefest seine Lieblingspredigt über die Dankbarkeit ein wenig abwandeln, denn was noch an gesunden Weizenhalmen von den Feldern geholt wurde, reichte kaum, um es auf den Altar zu legen, und an die üblichen großen Gebinde vor den Seitenschiffenstern und um die Öfen war gar nicht zu denken. Die Ernte wurde so spät eingebracht, und die Luft war derart feucht und kalt, daß zum Abendgottesdienst sogar die Öfen angezündet werden mußten, und ein Kürbis, den man versehentlich in der größten Hitze hatte liegen lassen, war am Ende einseitig geröstet, als man die gesegneten Früchte der Erde schließlich dem Krankenhaus stiften wollte.

Wimsey hatte beschlossen, nie mehr nach Fenchurch St. Paul zurückzukehren. Seine Erinnerungen daran waren zwiespältig, und er hatte das Gefühl, der eine oder andere in diesem Dorf würde sein Gesicht auch so bald nicht mehr sehen wollen. Doch als Hilary Thorpe ihm schrieb, er solle doch kommen und ihr über die Weihnachtsferien Gesellschaft leisten, fühlte er sich mehr oder weniger dazu verpflichtet. Er befand sich, was Hilary betraf, in einer eigenartigen Position. Mr. Edward Thorpe, der nach dem väterlichen Testament ihr Treuhänder und als nächster Verwandter ihr Vormund war, hatte Rechte über sie, die kein Gericht je antasten würde; andererseits war Wimsey als Treuhänder für das viel größere Wilbraham-Vermögen ihm gegenüber in einem großen Vorteil. Er konnte, wenn er wollte, Mr. Thorpe das Leben schwer machen. Hilary besaß schriftliche Willenserklärungen ihres Vaters hinsichtlich ihrer Ausbildung, und Onkel Edward konnte nun nicht sagen, es sei kein Geld dafür da. Wimsey dagegen hatte den Daumen auf dem Geld und konnte einfach die Mittel sperren, wenn sie nicht im Sinne des Vaters verwendet wurden. Sollte Onkel Edward sich also starrköpfig zeigen, so gab es bestimmt ein langes gerichtliches Tauziehen, aber Wimsey rechnete nicht damit, daß Mr. Thorpes Halsstarrigkeit so weit gehen würde. Es lag in Wimseys Macht, Hilary von einer Bürde in einen Gewinn für Onkel Edward zu verwandeln, und es stand zu erwarten, daß er seine Prinzipien über Bord werfen und die Moneten einstreichen würde. Er schien sich schon jetzt vor der aufgehenden Sonne zu verneigen, denn immerhin hatte er es Hilary bereits gestattet, das Weihnachtsfest im Roten Haus zu verbringen statt bei ihm in London. Es war übrigens nicht Mr. Thorpes Schuld, daß das Rote Haus noch leerstand; er hatte sich sehr bemüht, es zu vermieten, aber so viele Leute gab es auch wieder nicht, die den dringenden Wunsch hatten, ein großes, nicht besonders gut erhaltenes Haus zur Miete zu bewohnen, das am Ende der Welt stand, umgeben von vernachlässigtem und schwer hypothekenbelastetem Grund und Boden. Hilary setzte also ihren Willen durch, und so sehr Wimsey sich gewünscht hätte, die Angelegenheit in London regeln zu können, gefiel ihm doch die Festigkeit, mit der das Mädchen am Familienbesitz hing. Auch diesbezüglich war Wimsey in einer starken Position. Er konnte, wenn er wollte, den Besitz in Ordnung bringen lassen und die Hypotheken bezahlen, was sicher sehr im Sinne Mr. Thorpes gewesen wäre, der laut Testament nicht zum Verkauf befugt war. Letzter und entscheidender Faktor aber war, daß Wimsey, wenn er Weihnachten nicht in Fenchurch verbrachte, keine brauchbare Entschuldigung hatte, es nicht bei der Familie seines Bruders in Denver verbringen zu müssen, und Weihnachten in Denver war für ihn von allen Übeln dieser Welt das größte.

Also ließ er sich denn nur für ein, zwei Tage in Denver blikken, wo er seine Schwägerin und ihre Gäste nicht mehr, aber auch nicht weniger als sonst irritierte, und trat am Heiligenabend von dort die Reise nach Fenchurch St. Paul an.

»Mir scheint«, sagte Wimsey, »man hält sich in dieser Gegend ein ganz besonders widerliches Wetter.« Er stieß mit der Hand von unten ans Wagenverdeck und löste einen kleinen Wasserfall aus. »Letztes Mal hat's geschneit, und jetzt gießt es wie aus Kannen. Das hat etwas Schicksalhaftes, Bunter.«

»Jawohl, Mylord«, antwortete der leidgewohnte Diener. Er war seinem Herrn und Gebieter sehr zugetan, fand aber seine entschiedene Abneigung gegen geschlossene Autos manchmal etwas unvernünftig. »Eine sehr unfreundliche Jahreszeit, Mylord.«

»Schon, schon, aber weiter müssen wir, weiter. Ein fröhlich' Herz geht allzeit seinen Weg. Sie schauen mir nicht sehr fröhlich drein, Bunter, aber Sie waren ja schon immer so eine Sphinx. Ich hab Sie noch nie die Beherrschung verlieren sehen, außer damals wegen dieser widerlichen Flasche.«

»Sehr wohl, Mylord. Das hat nämlich meinen Stolz sehr verletzt, wenn ich so sagen darf. Ein denkwürdiger Umstand übrigens, Mylord.«

»Reiner Zufall, glaube ich, obwohl es damals wirklich verdächtig aussah. Wo sind wir denn jetzt ungefähr? Ah, ja, Lympsey, natürlich; hier überqueren wir den Great Leam bei der Alten-Damm-Schleuse. Gleich müssen wir dort sein. Beim Zeus! Hier läuft aber jetzt ganz schön was durch!«

Er hielt gleich hinter der Brücke an, stieg aus und stellte sich in den strömenden Regen, um sich die Schleuse anzusehen. Ihre fünf großen Tore standen weit offen, die eisernen Zahnstangen an der Brücke waren bis zum Anschlag hochgewunden. Dunkel und drohend schoß das Flutwasser durch die Schleuse, strudelnd und wirbelnd und braunen Tang und abgebrochene Weidenzweige oder da und dort etwas Treibholz aus dem überschwemmten Oberen Fenmoor mit sich reißend. Und noch während Wimsey dastand und zusah, änderte sich allmählich das Bild. Zornige kleine Wellen und

Wirbel kräuselten den machtvoll dahinfließenden Strom wie Vorboten eines unterdrückten Aufruhrs und Kampfes. Ein Mann kam aus dem Schleusenwärterhaus bei der Brücke, nahm seinen Posten an der Schleuse ein und starrte in den Fluß. Wimsey grüßte zu ihm hinüber.

»Kommt jetzt die Flut rauf?«

»Ja, Sir. Jetzt müssen wir gut aufpassen, sonst kriegen wir das ganze Wasser über den Damm rüber. Aber sehr hoch steigt es nicht, wenn's nicht eine besonders starke Springflut ist. Jetzt nimmt sie gerade richtig Anlauf, da müssen wir hier mal ein bißchen was tun.« Damit drehte er sich um und begann die Schleusentore hinunterzukurbeln.

»Sehen Sie, wie das funktioniert, Bunter? Wenn sie diese Schleuse zumachen, muß alles Wasser aus dem Oberland durch den Alten Leam fließen, der auch so schon genug zu tun hat. Wenn sie aber offen bleibt und die Flut stark genug ist, um das Kanalwasser wieder zurückzudrängen, steht oberhalb der Schleuse alles unter Wasser.«

»So ist es, Sir«, sagte der Schleusenwärter grinsend. »Und wenn das Kanalwasser die Flut zurückdrückt, stehen nachher *Sie* unter Wasser. Kommt ganz drauf an.«

»Dann will ich hoffen, daß Sie hier alles schön zu unsern Gunsten manipulieren«, antwortete Wimsey gutgelaunt. Das Wasser schoß jetzt langsamer durch die immer tiefer sinkenden Schleusentore, die Strudel wurden zahmer, Treibholz und Tang wirbelten träge gegen die Brückenpfeiler. »Wenn Sie das Wasser nur noch hier festhalten könnten, bis wir in Fenchurch sind, das wäre sehr nett.«

»Oh, wir halten hier schon die Stellung, keine Bange«, beruhigte ihn der Mann. »Mit *unserer* Schleuse ist ja alles in Ordnung.«

Er betonte das »unsere« so sehr, daß Wimsey sofort die Ohren spitzte.

»Wie steht's denn mit der Van-Leyden-Schleuse?«

Der Mann schüttelte den Kopf.

»Weiß ich nicht, Sir, aber ich hab gehört, der alte Joe Massey da unten macht ein ganz schönes Theater wegen seiner alten Tore. Gestern ist ein Herr dagewesen, um sie sich anzusehen – von der Flußaufsicht oder dem Entwässerungsamt oder so, denke ich. Aber jetzt um die Hochwasserzeit, da kann man für die Dinger sowieso nicht viel tun. Vielleicht halten sie, vielleicht nicht. Kommt ganz drauf an.«

»Na, das ist ja lustig«, sagte Wimsey. »Kommen Sie, Bunter. Haben Sie Ihr Testament gemacht? Wir fahren lieber gleich, solange man hier noch durchkommt.«

Der Weg führte diesmal am Südufer des Dreißigfußkanals entlang, auf der nach Fenchurch zu gelegenen Seite. Kanäle und Gräben waren überall randvoll, und stellenweise stand das Wasser auf den durchweichten Feldern, als ob nicht mehr viel fehlte, und sie würden sich zurückverwandeln in die Moore und Sümpfe von einst. Es herrschte kaum Verkehr auf der langen, geraden Straße. Einmal begegnete ihnen ein klappriges Auto, lehmbespritzt und Wasser aus allen Schlaglöchern aufwirbelnd; dann überholten sie ein langsames, mit Mangold beladenes landwirtschaftliches Gefährt, dessen Fahrer sich einen durchnäßten Sack als Regenschutz übergeworfen hatte und taub und blind gegenüber allem anderen Verkehr war; dann wieder schlich ein einsamer Arbeiter, vom Rheumatismus gebeugt, nach Hause und träumte vom Feuer im Kamin und einem Bierchen in der nächsten Kneipe. Die Luft war so regenschwer, daß sie erst beim Überqueren der Froschbrücke die süßen, dumpfen Töne vernahmen, die ihnen anzeigten, daß die Glöckner ihr Weihnachtsläuten übten; mit schmerzlicher, fast unerträglicher Melancholie drang der Gesang durch den strömenden Regen, als riefen die Glocken einer versunkenen Stadt aus den Tiefen des Meeres herauf.

Sie bogen um die Ecke unterhalb des großen grauen Turms und fuhren an der Mauer des Pfarrgartens vorbei. Als sie sich der Zufahrt näherten, scholl ihnen ein wohlbekanntes Hupkonzert entgegen, und Wimsey nahm den Fuß vom Gas, als der Wagen des Pfarrers vorsichtig seine Nase auf die Straße schob. Mr. Venables erkannte sofort den Daimler, hielt seinen Morris mitten auf der Straße an und stellte den Motor ab. Seine Hand winkte ihnen vergnügt durch die Seitenvorhänge zu.

»Da sind Sie ja, da sind Sie ja wieder!« rief er freudig, als Wimsey ausstieg, um ihn zu begrüßen. »Wie schön, daß ich Sie gerade noch hier antreffe. Sie haben mich sicher herauskommen hören. Ich hupe immer, bevor ich mich auf die Straße wage; die Ausfahrt ist so unübersichtlich. Wie geht es Ihnen denn, mein lieber Freund, wie geht es Ihnen? Unterwegs zum Roten Haus, ja? Man freut sich dort schon sehr auf Ihren Besuch. Aber Sie werden hoffentlich recht oft zu uns reinschauen, solange Sie hier sind! Meine Frau und ich werden heute abend noch mit Ihnen essen. Sie wird sich so sehr freuen, Sie wiederzusehen. Ich hab noch zu ihr gesagt, ob ich ihm wohl unterwegs begegne? Ein fürchterliches Wetter, nicht wahr? Ich muß jetzt ganz schnell weg und so ein armes kleines Neugeborenes taufen, gleich hinter der Froschbrücke. Es wird wahrscheinlich nicht überleben, und die Mutter ist auch so furchtbar krank. Ich kann mich darum nicht länger aufhalten, denn wahrscheinlich muß ich das letzte Stück laufen, weil alles so aufgeweicht ist, und das ist fast eine Meile; ich bin ja auch nicht mehr so gut zu Fuß wie früher. Doch, doch, sonst geht es mir gut, bis auf eine kleine Erkältung. Nein, nein, gar nichts – ich bin nur ein bißchen naß geworden, als ich neulich für den armen Watson in St. Stephen eine Beerdigung geleitet habe – er hat die Gürtelrose, der Arme; so schmerzhaft und unangenehm, wenn auch nicht gefährlich, wie ich zum Glück sagen kann. Sind Sie durch St. Ives und Chatteris gekommen? Ach, Sie kommen direkt aus Denver. Ihrer Familie geht es hoffentlich gut? Ich höre, am Bedford-Kanal steht alles unter Wasser. Da werden sie dann Schlittschuh laufen können, wenn es hinterher friert. Aber im Augenblick sieht es nicht danach aus, wie? Es heißt ja immer, ein grüner Winter macht den Totengräber fett, aber ich glaube, den alten Leuten setzt diese bittere Kälte noch mehr zu. So, jetzt muß ich aber unbedingt weiter. Wie bitte? Ich habe Sie nicht verstanden. Die Glocken sind so laut. Darum hab ich auch so kräftig auf die Hupe gedrückt. Manchmal hört man überhaupt nichts mehr, wenn geläutet wird. Ja, wir läuten heute abend ein paar Stedmans. Sie läuten keine Stedmans, oder? Sie müssen unbedingt einmal herkommen und es versuchen. Wirklich faszinierend. Wally Pratt macht große Fortschritte. Sogar Hezekiah sagt, er ist nicht mehr gar so schlecht. Will Thoday läutet heute abend auch mit. Ich hab über das nachgedacht, was Sie mir gesagt haben, aber ich habe keinen Grund gesehen, ihn davon auszuschließen. Er hat unrecht gehandelt, gewiß, aber ich bin überzeugt, daß er keine *schwere* Sünde begangen hat, und es würde doch viel Gerede im Dorf geben, wenn er aus der Glöcknermannschaft austräte. Klatsch ist so etwas Böses, finden Sie nicht? Ach du meine Güte! Jetzt vernachlässige ich aber vor lauter Wiedersehensfreude meine Pflichten. Das arme Kind! Ich *muß* fort. Ach Gott! Hoffentlich macht mir der Motor keinen Ärger, er ist ja kaum warmgelaufen. Nein, bitte bemühen Sie sich nicht. Wie furchtbar lieb von Ihnen. Ich sollte mich schämen, Sie so in Anspruch zu nehmen – ah! Mit der Kurbel springt er immer gleich an. Also dann, *au revoir*, *au revoir!* Wir sehen uns ja heute abend.«

Er tuckerte fröhlich los, und sein Gesicht leuchtete durch die verwaschenen Vorhänge zu ihnen zurück, während er in seinem Bemühen, in die eine Richtung zu fahren und in die andere zu schauen, den Wagen in gefährlichen Schlangenlinien auf der Straße dahinlenkte. Wimsey und Bunter fuhren weiter zum Roten Haus.

Zweiter Teil

Die Wasser werden heimgerufen

Deine Fluten rauschen daher, daß hie eine Tiefe und da eine Tiefe brausen; alle deine Wasserwogen und Wellen gehen über mich.

PSALM 42.8

Weihnachten war vorüber. Onkel Edward hatte verdrießlich und widerwillig nachgegeben, und Hilary Thorpes Karriere war beschlossene Sache. Wimsey hatte sich dafür in anderen Dingen von der noblen Seite gezeigt. Am Heiligenabend war er mit dem Pfarrer und dem Chor bei strömendem Regen losgezogen, um den »Guten König Wenzeslaus« zu singen und hinterher zu kaltem Braten und Weintörtchen ins Pfarrhaus einzukehren. Am Stedman-Läuten hatte er sich nicht beteiligt, sondern Mrs. Venables geholfen, nasse Stechpalmen und Efeu am Taufbecken zu befestigen. Am ersten Weihnachtstag war er zweimal in die Kirche gegangen und hatte zwei Mütter und ihre Kinder aus abgelegenen Häusern zwei Meilen hinterm Dreißigfußkanal zur Taufe geholt.

Am zweiten Weihnachtstag hörte es auf zu regnen, und es folgte »eine Windsbraut, die man nennet Euroclydon«, wie der Pfarrer sich ausdrückte. Wimsey nutzte die Gelegenheit, daß die Straßen trocken waren und der Himmel blau, und fuhr nach Walbeach, um seine Freunde zu besuchen; bei ihnen blieb er über Nacht und hörte sich ihre Loblieder auf den

Neuen Kanal an, der für den Hafen und die Stadt wirklich ein großer Gewinn sei.

Anderntags kehrte er nach dem Mittagessen nach Fenchurch St. Paul zurück. Sein Wagen schnurrte munter auf der Straße dahin, gefolgt von einem übermütigen Euroclydon. Als er über die Brücke bei der Van-Leyden-Schleuse bog, sah er, wie schnell und zornig der Fluß durchs Wehr lief, denn Kanalwasser und Flut arbeiteten gegen den Wind. Unten bei der Schleuse machte sich eine Gruppe von Männern an ein paar mit Sandsäcken vollbeladenen Kähnen zu schaffen, die fest vor den Schleusentoren vertäut waren. Einer der Arbeiter rief etwas, als der Wagen über die Brücke fuhr, und ein anderer, der ihn winken und gestikulieren sah, kam ihm armeschwenkend über die Straße entgegengelaufen. Lord Peter hielt an und wartete, bis der Mann bei ihm war. Es war Will Thoday.

»Mylord!« rief er. »Mylord! Gott sei Dank, daß Sie da sind! Fahren Sie schnell nach St. Paul und sagen Sie dort Bescheid, daß die Schleusentore nicht halten. Wir haben mit Sandsäcken und Bohlen getan, was wir konnten, aber mehr geht nicht, und eben ist von der Alten-Damm-Schleuse die Nachricht gekommen, daß bei Lympsey der Great Leam über die Ufer getreten ist, und jetzt müssen sie die Schleuse aufmachen, sonst ertrinken sie selbst. Diese Flut hat sie noch gehalten, aber bei dem Wind geht sie mit der nächsten Springflut drauf. Dann steht das ganze Land unter Wasser. Wir haben keine Zeit zu verlieren, Mylord.«

»Gut«, sagte Wimsey. »Kann ich Ihnen mehr Leute schikken?«

»Hier könnte ein ganzes Regiment nichts mehr ausrichten, Mylord. Die alten Tore halten das nicht mehr, und in sechs Stunden steht ganz Fenchurch unter Wasser.«

Wimsey sah auf die Uhr. »Ich werd's ausrichten«, sagte er, und der Wagen machte einen Satz.

Der Pfarrer saß in seinem Studierzimmer, als Wimsey mit der Neuigkeit hereinplatzte.

»Gütiger Himmel!« rief Mr. Venables. »Das habe ich gefürchtet. Ich habe die Behörden wieder und wieder gewarnt, daß die alten Schleusentore nichts mehr aushalten, aber keiner hat auf mich gehört. Jetzt hat es aber keinen Sinn, zu jammern. Zu spät ist zu spät. Wir müssen schnell handeln. Wenn sie die Alte-Damm-Schleuse öffnen und die Van-Leyden-Schleuse das Wasser nicht hält, können Sie sich ja vorstellen, was passiert. Das ganze Wasser aus dem Oberen Fenmoor geht zurück in den Wale und überschwemmt hier alles, mindestens drei Meter hoch. Meine arme Gemeinde – alle die Höfe und Häuser da draußen! Aber wir dürfen nicht den Kopf verlieren. Wir haben ja vorgesorgt. Noch vorletzten Sonntag habe ich in der Kirche davor gewarnt, was passieren kann, und ins Pfarrblatt vom Dezember habe ich es auch noch mal gesetzt. Und der Prediger der Nonkonformisten hat sehr schön mit uns zusammengearbeitet, o ja. Als erstes werden wir jetzt Sturm läuten. Was das heißt, wissen Gott sei Dank alle! Das haben sie im Krieg gelernt. Ich hätte nie gedacht, daß ich Gott noch einmal für den Krieg danken würde, aber Seine Wege sind voll Geheimnis. Klingeln Sie bitte nach Emily. Die Kirche ist sicher, was immer geschieht, es sei denn, die Flut steigt über vier Meter, und das ist kaum anzunehmen. Aus der Tiefe, o Herr, aus der Tiefe. Ah, Emily, lauf zu Hinkins und sag ihm, daß die Van-Leyden-Schleuse bricht. Er soll noch einen von den andern holen und mit Gaude und Tailor Paul sofort Sturm läuten. Hier sind die Schlüssel zur Kirche und zum Glockenturm. Aber immer die Ruhe bewahren und nicht den Kopf verlieren. Ich glaube nicht, daß unser Haus in Gefahr ist, aber man kann nie vorsichtig genug sein. Such dir jemanden, der dir bei dieser Truhe hilft – ich habe alle Kirchenregister in Sicherheit gebracht – und sieh zu, daß auch das Meßgeschirr in den Turm gebracht wird. So, wo ist mein Hut? Wir müssen nach St. Peter und St. Stephen telefonieren und sicherstellen, daß sie auch dort auf alles vorbereitet sind. Und dann müssen wir sehen, was wir mit den Leuten an der Alten-Damm-Schleuse machen können. Wir haben keine Sekunde zu verlieren. Steht Ihr Wagen draußen?«

Während sie durchs Dorf fuhren, hing der Pfarrer waghalsig zum Fenster hinaus und warnte lauthals jeden, den sie trafen. Vom Postamt aus riefen sie die übrigen Fenchurch-Gemeinden an, dann sprachen sie mit dem Wärter der Alten-Damm-Schleuse. Was er zu sagen hatte, war nicht ermutigend.

»Tut mir außerordentlich leid, Sir, aber wir können nichts machen. Wenn wir hier nicht das Wasser durchlassen, schwimmen uns fast vier Meilen Ufer weg. Wir haben schon sechs Trupps an der Arbeit, aber viel können die auch nicht tun gegen die abertausend Tonnen Wasser, die hier runterlaufen. Und es soll noch mehr kommen, heißt es.«

Der Pfarrer machte eine Geste der Verzweiflung, dann wandte er sich an die Postmeisterin.

»Sie gehen jetzt am besten in die Kirche, Mrs. West. Sie wissen ja, was zu tun ist. Dokumente und Wertsachen in den Turm, persönliche Habe ins Mittelschiff. Tiere auf den Friedhof. Katzen, Kaninchen und Meerschweinchen *inKörben*, bitte – wir können sie nicht frei herumlaufen lassen. Aha, da läuten die Sturmglocken. Gut! Die Gehöfte draußen machen mir mehr Sorgen als das Dorf. So, Lord Peter, und nun müssen wir in die Kirche und dort so gut wie möglich für Ordnung sorgen.«

Das Dorf bot schon ein einziges Bild des Chaos. Möbel wurden auf Handkarren geladen, quietschende Schweine die Straßen entlanggetrieben, veränstigt gackernde Hühner in Kisten gesperrt. An der Schultür stand Miss Snoot und spähte aufgeregt nach draußen.

»Wann sollen wir gehen, Mr. Venables?«

»Noch nicht, noch nicht – lassen Sie zuerst die Leute ihre schweren Sachen hinbringen. Ich schicke Ihnen Bescheid, wenn es soweit ist, und dann nehmen Sie die Kinder alle zusammen und führen sie schön geordnet zur Kirche. Sie können sich auf mich verlassen. Aber halten Sie die Kinder bei guter Laune – reden Sie ihnen gut zu, und lassen Sie auf keinen

Fall welche nach Hause gehen. Hier sind sie weitaus sicherer. Ah, Miss Thorpe! Miss Thorpe! Ich sehe, Sie haben es auch schon erfahren.«

»Ja, Mr. Venables. Können wir etwas tun?«

»Liebes Kind, Sie sind genau die richtige! Könnten Sie und Mrs. Gates dafür sorgen, daß die Schulkinder fröhlich und guter Dinge bleiben und nachher, wenn nötig, Tee bekommen? Die Teekannen sind noch im Gemeindesaal. Einen Augenblick, ich muß Mr. Hensman etwas sagen. Wie steht's mit dem Proviant, Mr. Hensman?«

»Gut eingedeckt, Sir«, antwortete der Krämer. »Wir bereiten alles zum Umzug vor, wie Sie gesagt haben.«

»Schön«, sagte der Pfarrer. »Sie wissen, wohin? Die Speisen werden in der Jungfrauenkapelle ausgegeben. Haben Sie den Schlüssel zum Gemeindesaal, für die Bohlen und Böcke?«

»Ja, Sir.«

»Gut, gut. Bringen Sie eine Kurbel über dem Brunnen an, fürs Trinkwasser, und vergessen Sie nicht, es abzukochen. Oder benutzen Sie die Pumpe im Pfarrhaus, wenn sie uns erhalten bleibt. Und nun, Lord Peter, zurück zur Kirche.«

In der Kirche hatte Mrs. Venables bereits die Dinge in die Hand genommen. Unterstützt von Emily und einigen Frauen aus der Gemeinde, sperrte sie einzelne Bezirke mit Seilen ab – soundsoviele Bänke für die Schulkinder, so viele andere in der Nähe der Öfen für die Alten und Kranken, den Bereich unterm Turm fürs Mobiliar, ein großes Transparent an der Chorschranke mit der Aufschrift ERFRISCHUNGEN. Mr. Gotobed und Sohn schleppten keuchend Koks herbei und versorgten die Öfen. Auf dem Friedhof steckten Jack Godfrey und ein paar weitere Bauern Viehpferche ab und errichteten Schutzdächer zwischen den Grabsteinen. Gleich hinter der Mauer, die den heiligen Boden vom Glockenacker trennte, gruben ein paar beherzte Männer eine Anzahl Löcher für sanitäre Zwecke.

»Alle Achtung, Sir«, sagte Wimsey beeindruckt, »man sollte meinen, Sie hätten Ihr Lebtag nichts anderes getan.«

»Ich habe in den letzten Wochen viele Gebete und Gedanken auf diese Situation gewandt«, sagte Mr. Venables. »Aber der eigentliche Kopf des Ganzen ist meine Frau. Sie versteht großartig zu organisieren. Hinkins! Ganz hinauf in die Glokkenstube mit dem Meßgeschirr – da ist es aus dem Weg. Alf! Alf Donnington! Wie steht's mit dem Bier?«

»Kommt schon, Sir.«

»Ausgezeichnet – in die Jungfrauenkapelle damit. Sie bringen einen Teil auch in Flaschen, hoffe ich? Bis die Fässer sich beruhigt haben, sind zwei Tage um.«

»Ganz recht, Sir. Tebbutt und ich sorgen schon dafür.«

Der Pfarrer nickte und drängte sich an Mr. Hensmans Mannen vorbei, die soeben schwer bepackt mit Proviantkisten zur Tür hereingetorkelt kamen. Er ging nach vorn ans Tor, wo Konstabler Priest seelenruhig den Verkehr regelte.

»Wir haben die Wagen alle an die Mauer gestellt, Sir.«

»So ist es richtig. Und wir brauchen ein paar Leute mit Autos, die zu den Gehöften draußen fahren und die Frauen und die Kranken holen. Veranlassen Sie das?«

»Wird gemacht, Sir.«

»Lord Peter, könnten Sie als geflügelter Bote zwischen uns und der Van-Leyden-Schleuse Verbindung halten, damit wir immer auf dem laufenden sind, was sich dort tut?«

»Zu Befehl«, sagte Wimsey. »Ich will übrigens hoffen, daß Bunter – wo ist denn Bunter?«

»Hier, Mylord. Ich wollte gerade vorschlagen, daß ich mich in der Feldküche nützlich machen könnte, wenn ich nicht anderweitig benötigt werde.«

»Aber gewiß, Bunter, tun Sie das«, sagte der Pfarrer.

»Wie ich höre, Mylord, besteht für das Pfarrhaus keine unmittelbare Gefahr, und da wollte ich gerade vorschlagen, daß wir dort mit freundlicher Hilfe des Metzgers einen Vorrat an heißer Suppe im Waschkessel kochen und mit dem Gießkarren herüberbringen – selbstverständlich, nachdem dieses Utensil entsprechend gereinigt wurde. Und wenn es hier irgendwo so etwas wie einen Kerosinkocher gäbe – «

»Um Gottes willen – seien Sie vorsichtig mit Kerosin. Wir wollen nicht dem Wasser entkommen, um im Feuer zu sterben.«

»Gewiß nicht, Sir.«

»Kerosin können Sie von Wilderspin bekommen. Wir sollten noch ein paar Mann zum Läuten hinaufschicken. Sie können die Glocken nach Belieben läuten und sich immer wieder abwechseln. Ah, da kommen Blundell und der Herr Polizeipräsident – wie schön, daß sie sich selbst herbemühen. Wir rechnen hier mit einigen Ungelegenheiten, Sir.«

»Richtig, richtig. Ich sehe, Sie meistern die Situation geradezu bewundernswert. Es wird wohl leider viel wertvoller Besitz kaputtgehen. Sollen wir Ihnen Polizei schicken?«

»Wir sollten die Straßen zwischen den drei Fenchurch-Gemeinden überwachen«, riet Mr. Blundell. »St. Peter ist in großer Sorge – sie fürchten dort um die Brücken. Wir organisieren schon einen Fährverkehr. St. Peter liegt noch etwas tiefer als Sie hier, und ich fürchte, man ist dort nicht so ausgezeichnet vorbereitet, Sir.«

»Wir können ihnen Obdach geben«, sagte der Pfarrer. »Die Kirche faßt notfalls tausend Leute, aber sie müssen an Lebensmitteln mitbringen, was sie haben. Und Matratzen, natürlich. Meine Frau organisiert das alles. Die Männer schlafen auf der Cantoris-Seite, Frauen und Kinder auf der Decani-Seite. Den Kranken und Alten können wir im Pfarrhaus mehr Komfort bieten, wenn alles gutgeht. St. Stephen dürfte einigermaßen sicher sein, aber falls nicht, müssen wir für sie eben auch tun, was wir können. Und – ach Gott, ja! Wir verlassen uns darauf, daß Sie uns per Boot mit Lebensmitteln versorgen, sobald es möglich ist, Herr Polizeidirektor. Die Straßen zwischen Leamholt und dem Dreißigfußkanal werden wohl frei bleiben, und von dort müssen sie dann eben auf dem Wasserweg weitertransportiert werden.«

»Ich richte eine Versorgungskette ein«, sagte Mr. Blundell.

»Wenn der Bahndamm weggeschwemmt wird, müssen sie auch für St. Stephen sorgen. Guten Tag, Mrs. Giddings, einen schönen guten Tag! Ein richtiges Abenteuer werden wir hier erleben, nicht? Wie schön, daß wir Sie noch rechtzeitig herbekommen haben. Ah, Mrs. Leach! Da sind Sie also auch. Was macht das Baby? Es amüsiert sich, denke ich. Sie finden meine Frau in der Kirche. Jack! Jackie Holliday! Du mußt das Kätzchen in einen Korb tun. Lauf zu Joe Hinkins und sag ihm, er soll dir einen geben. Ah, Mary! Ich höre, Ihr Mann leistet sehr gute Arbeit unten an der Schleuse. Wir müssen achtgeben, daß er nicht zu Schaden kommt. Ja, meine Liebe, was gibt's? Ich komme schon.«

Wimsey half drei Stunden lang bei der Flüchtlingsaktion – leistete Abhol- und Transportdienste, ermahnte und ermunterte, half das Vieh unterbringen und machte sich nützlich, wo er konnte. Nach einer Weile erinnerte er sich an seinen Botenauftrag, bugsierte seinen Wagen aus der Menschenmenge und fuhr am Dreißigfußkanal entlang in Richtung Osten. Es wurde allmählich dunkel, und die Straße war vollgestopft mit Handwagen und Vieh, die alle dem sicheren Kirchhügel zustrebten. Schweine und Rinder erschwerten ihm das Vorwärtskommen.

»Da ging alles zu Noah in den Kasten bei Paaren«, deklamierte Wimsey, während er durch die Dämmerung dahinschnurrte, »von allem Fleisch, da ein lebendiger Geist innen war.«

An der Schleuse sah die Lage brenzlig aus. Man hatte beiderseits der Schleusentore Kähne festgemacht und versucht, die Wehre mit Balken und Sandsäcken zu verstärken, aber sie bogen sich bedenklich, und alles Material, das man zur Verstärkung ins Wasser hinabließ, wurde ebenso schnell von der mächtigen Strömung wieder fortgerissen. Der Fluß schoß schäumend übers Wehr hinweg, und von Osten nahten Wind und Flut im heftigen Widerstreit.

»Jetzt kann sie nicht mehr lange halten, Mylord«, sagte ein Mann, der soeben schwer keuchend die Uferböschung heraufkam und das Wasser von sich schüttelte wie ein nasser Hund. »Und wenn sie geht, gnade uns Gott!«

Der Schleusenwärter rang die Hände.

»Ich hab's denen gesagt, Mylord! Und was wird jetzt aus uns?«

»Wie lange noch?« fragte Wimsey.

»Eine Stunde, Mylord. Höchstens.«

»Dann sollten Sie jetzt wohl alle das Feld räumen. Haben Sie genug Autos hier?«

»Ja, Mylord, danke.«

Will Thoday kam zu ihm. Sein Gesicht war blaß und unruhig.

»Meine Frau und die Kinder – sind sie in Sicherheit?«

»Wie in Abrahams Schoß, Will. Der Pfarrer wirkt die reinsten Wunder. Sie fahren am besten gleich mit mir zurück.«

»Danke, Mylord, aber ich bleibe hier, bis die andern auch gehen. Sagen Sie ihnen, sie sollen keine Zeit verlieren.«

Wimsey wendete den Wagen und fuhr wieder zurück. In der kurzen Zeit seiner Abwesenheit war das Unternehmen fast abgeschlossen. Männer, Frauen, Kinder und Haushaltsgüter befanden sich in der Kirche. Es war schon fast sieben, und die Abenddämmerung war herniedergesunken. Die Lampen waren angezündet. In der Jungfrauenkapelle wurden Suppe und Tee ausgegeben, Kleinkinder schrien, und vom Friedhof her ertönte das vereinsamte Muhen von Kühen und das verängstigte Blöken der Schafe. Speckseiten wurden hineingetragen, und unterhalb der Kirchenmauer wurden dreißig Wagenladungen Heu und Stroh aufgefahren. Am einzigen freien Platz inmitten des Durcheinanders, hinter der Schranke zum Allerheiligsten, stand der Pfarrer. Und über dem allen dröhnten und lärmten die Glocken und riefen die Kunde übers ganze Land. Gaude, Sabaoth, John, Jericho, Jubilee, Dimity, Batty Thomas und Tailor Paul – erwachet! Eilet! Rettet euch! Die tiefen Wasser sind über uns gekommen! Ihr Tosen brüllet Katarakten gleich!

Wimsey drängte sich zum Altar vor und überbrachte dem Pfarrer die Botschaft. Dieser nickte. »Holen Sie die Männer schnell da weg«, sagte er. »Sagen Sie ihnen, sie sollen sofort kommen. Tapfere Burschen! Ich weiß, wie ungern sie aufgeben, aber sie dürfen sich nicht sinnlos opfern. Wenn Sie durchs Dorf kommen, können Sie Miss Snoot sagen, sie soll die Schulkinder bringen.« Und als Wimsey sich zum Gehen wandte, rief er ihm noch besorgt nach: »Und sie sollen die andern beiden Teekannen nicht vergessen!«

Die Männer stiegen bereits in die Autos, als Lord Peter wieder bei der Schleuse eintraf. Die Flut kam mit solcher Wut den Kanal heraufgeschossen, daß sie die Kähne wie Rammböcke gegen die Wehre schleuderte. Jemand rief: »Nichts wie weg hier, Jungs! Rennt um euer Leben!« Und gleich darauf erfolgte ein ohrenbetäubendes Krachen. Der Querbalken, der den Fußsteg über dem Wehr trug, bäumte und bog sich auf den schwankenden Pfeilern und zersplitterte. Der Fluß stürzte sich wütend darüber hinweg, um der ankommenden Flut entgegenzueilen. Plötzlich ein Schrei. Eine dunkle Gestalt versuchte über die wild schaukelnden Kähne zu springen, strauchelte und verschwand. Eine andere Gestalt sprang hinterdrein, und alles rannte ans Ufer. Wimsey warf seinen Mantel ab und sprang zum Wasser hinunter. Jemand packte ihn und hielt ihn fest.

»Hat keinen Sinn, Mylord. Sie sind weg! Mein Gott, habt ihr das gesehen?«

Jemand leuchtete den Fluß mit einem Scheinwerfer ab. »Zwischen Kahn und Wehr geraten – zerquetscht wie Eierschalen. Wer ist es? Johnnie Cross? Und wer ist ihm nach? Will Thoday? Das ist schlimm, wo er doch Familie hat. Zurück, Mylord! Wir wollen nicht noch mehr Leben opfern. Bringt euch in Sicherheit, Jungs, ihr könnt ihnen nicht mehr helfen. Jesus! Die Schleusentore brechen! Fahrt wie die Teufel, Jungs! Jetzt ist alles aus!«

Wimsey fühlte sich von starken Händen gepackt und in sein Auto gestoßen. Jemand stieg neben ihm ein. Es war der Schleusenwärter, der immer noch jammerte: »Ich hab's denen gesagt, ich hab's gesagt!« Donnernd barst das Wehr des

Dreißigfußkanals, Holzbalken und Kähne wurden wie Strohhalme durcheinandergewirbelt, und eine Fontäne schoß über den Damm und überflutete die Straße. Dann gab die Schleuse, die das Wasser aus dem alten Wale zurückhielt, nach, und das Motorengebrüll der davonjagenden Autos ging unter im Tosen der zusammenprallenden Wassermassen.

Das Ufer des Dreißigfußkanals hielt, aber die Dämme des Wale hielten dem Druck des von oben und unten sich heranwälzenden Wassers an keiner Stelle stand. Noch ehe die Autos St. Paul erreicht hatten, stieg die Flut und verfolgte sie. Wimseys Wagen, der als letzter gestartet war, fuhr bis zu den Achsen im Wasser. Sie flohen durch die Dunkelheit, und hinter und links neben ihnen breitete sich der silberne Spiegel des Wassers immer weiter und weiter aus.

In der Kirche stand der Pfarrer, das Einwohnerverzeichnis seiner Gemeinde in der Hand, und zählte die Häupter seiner Lieben. Er war in Meßgewand und Stola gekleidet, und sein sorgenzerfurchtes Gesicht strahlte jetzt die Würde und Ruhe des Hirten aus.

»Eliza Giddings.«

»Hier, Herr Pfarrer.«

»Jack Godfrey mit Frau und Familie.«

»Alle hier, Sir.«

»Harry Gotobed mit Familie.«

»Alle hier, Sir.«

»Joseph Hinkins... Louisa Hitchcock... Obadiah Holliday... Miss Evelyn Holliday...«

Die Mannschaft von der Schleuse versammelte sich betreten bei der Tür. Wimsey ging nach vorn bis an die Stufen des Altarraums, wo der Pfarrer stand, und flüsterte ihm etwas ins Ohr.

»John Cross und Will Thoday? Das ist ja schrecklich. Gott gebe ihnen die ewige Ruhe, den armen, tapferen Jungen.

Könnten Sie es bitte meiner Frau sagen, damit sie die traurige Nachricht den Angehörigen bringt? Will hat versucht, Johnnie zu retten? Ja, das hätte ich jederzeit von ihm erwartet. Ein guter, lieber Mensch, trotz allem.«

Wimsey nahm Mrs. Venables beiseite. Die Stimme des Pfarrers, ein wenig zitternd jetzt, rief weiter die Namen auf:

»Jeremiah Johnson und Familie... Arthur und Mary Judd... Luke Judson...«

Hinten in der Kirche ertönte ein langer, klagender Schrei:

»Will! Will! Er hat nicht mehr leben wollen! O meine armen Kinder – was sollen wir nur tun?«

Wimsey blieb nicht, um nicht noch mehr davon zu hören. Er ging durch die Kirche zurück zum Glockenturm und stieg in die Läutestube hinauf. Noch immer sangen die Glocken ihr aufgeregtes Lied. Er ging an den schwitzenden Glöcknern vorbei und stieg weiter – durch die Uhrkammer hinauf, die mit Haushaltsutensilien vollgestopft war, und immer höher bis zur Glockenstube selbst. Als er den Kopf durch die Luke steckte, schlug ihm die bronzene Wut der Glocken um die Ohren wie tausend Hämmer. Der ganze Turm war vollgesogen und trunken von ihrem Lärmen. Er wankte und wiegte sich mit den schwingenden Glocken, taumelnd wie ein Betrunkener. Halb betäubt und bis ins Mark erschüttert setzte Wimsey den Fuß auf die letzte Leiter.

Auf halbem Wege hielt er inne und klammerte sich verzweifelt mit den Händen fest. Der Lärm durchbohrte und schüttelte ihn. Durch das eherne Dröhnen und Scheppern drang ein hoher, schriller, anhaltender Ton, der ihm wie ein Schwert ins Gehirn stieß. Alles Blut seines Körpers schien ihm in den Kopf zu schießen, daß er anschwoll, als wollte er bersten. Er ließ die Leiter los und versuchte sich die Finger in die Ohren zu stopfen, aber ein Schwindelgefühl überkam ihn, daß er wankte und fast hinuntergefallen wäre. Das war kein Lärm mehr – es war brutaler Schmerz, eine bohrende, hämmernde, sägende, wahnsinnig machende, unerträgliche Qual. Er fühlte, wie er schrie – hören konnte er seinen eigenen

Schrei nicht. Seine Trommelfelle waren dem Platzen nah, seine Sinne begannen zu schwinden. Es war unendlich schlimmer als im Trommelfeuer schwerer Artillerie. Dieses hatte einen gefühllos und taub gemacht, aber der unerträgliche, schrille Klang hier drinnen war die reine Tollheit, eine Ausgeburt der Hölle. Er konnte sich nicht vorwärts noch rückwärts bewegen, obwohl sein schwindender Verstand ihn beschwor: »Ich muß fort – ich muß hier raus.« Die Glockenstube wankte und drehte sich um ihn herum, während die Glocken auf Armabstand vor- und rückwärts schwangen – die Münder oben, die Münder unten, die ehernen Zungen lärmend und tosend, und über allem dieser schrille, hohe, süße, unbarmherzige Ton, der bohrte und stach.

Er konnte nicht hinuntersteigen, denn in seinem Kopf drehte sich alles, und bei dem bloßen Gedanken krampfte sich ihm der Magen zusammen. In letzter Verzweiflung krallte er die Finger um die Leitersprossen und zwang seine schlotternden Glieder aufwärts. Fuß um Fuß, Sprosse um Sprosse kämpfte er sich nach oben. Jetzt stieß sein Kopf an die Falltür. Er hob eine bleierne Hand und schob den Riegel zurück. Taumelnd, mit einem Gefühl, als ob seine Knochen zu Wasser geworden wären, blutend aus Nase und Ohren und mehr fallend als gehend schleppte er sich hinaus auf das windige Dach. Er warf die Tür hinter sich zu, und das dämonische Heulen sank zurück in seinen Pfuhl, um wieder emporzusteigen, in Wohlklang verwandelt, aus den Schallöchern der Glockenstube.

Minutenlang lag er zitternd auf dem Bleidach, während ihm langsam die Sinne wiederkehrten. Nach einer Weile wischte er sich das Blut vom Gesicht und stemmte sich ächzend auf die Knie, die Hände um das Gitterwerk der Brüstung geklammert. Eine unsagbare Stille umgab ihn. Der Mond war aufgegangen, und zwischen dem durchbrochenen Mauerwerk hindurch starrte das finstere Gesicht des Fenmoors zu ihm herauf wie ein Bild in schwankendem Rahmen, wie das Meer durch das Bullauge eines schlingernden Schiffes gesehen, so sehr wankte der Turm unter dem unablässigen Schwingen der Glocken.

Die ganze Welt lag mittlerweile unter einer unendlichen Wasserdecke. Wimsey zog sich vollends hoch und blickte von einem Horizont zum andern. Im Südwesten erhob sich der Kirchturm von St. Stephen noch über einem dunklen Flecken Land, wie der gebrochene Mast eines sinkenden Schiffes. Aus allen Häusern des Dorfes fiel Licht; es schien dem Sturm noch zu trotzen. Im Westen zog sich der schmale Streifen der Eisenbahnlinie nach Little Dykesey hin, noch nicht erobert, aber schon gefährlich belagert. Direkt im Süden erhob sich mitten aus dem Meer die Kirche von St. Peter, Turm und Dach vor dem spiegelnden Silber schwarz sich abhebend. Gleich unterm Turm lag leer und verlassen St. Paul und harrte seines Schicksals. Nach Osten hin markierte ein feiner Strich den Lauf des Pottersgrabens, und vor Wimseys Augen schien der Damm zu wanken und nachzugeben und unter der Flut zu verschwinden. Der Wale war völlig in dem Wasserteppich aufgegangen, doch weit dahinter zeigte ein stumpfer Streifen an, wo das Land sich zum Meer hin erhob und alles Wasser auf die Fenchurch-Gemeinden zurückwarf. Landeinwärts und westwärts breitete das Wasser, gespeist von der geborstenen Van-Leyden-Schleuse, sich unbarmherzig immer weiter aus und stand schon so hoch wie der Damm des Dreißigfußkanals. Der goldene Hahn auf der Wetterfahne starrte trotzig seewärts, der Gefahr entgegen, den Kopf in den unablässigen Wind gereckt, der vom Wash herüberwehte. Irgendwo in dieser Wasserwüste trieben die leblosen, geschundenen Körper Will Thodays und seines Kameraden inmitten der Trümmer von Hof und Feld. Das Fenmoor hatte sich zurückgeholt, was sein war.

Eine nach der andern klangen die Glocken aus. Gaude, Sabaoth, John, Jericho, Jubilee, Dimity und Batty Thomas senkten ihre brüllenden Münder und verstummten, und inmitten ihres plötzlichen Schweigens schlug die Tailor Paul ihre neun trauervollen Schläge für die zwei in der Nacht dahingegangenen Seelen. Feierlich drangen Orgelklänge von unten herauf.

Wimsey stieg vom Turm hinunter. In die Läutestube, wo der alte Hezekiah bei seiner Glocke Wache hielt, drangen Licht und Laute aus der überfüllten Kirche. Die Stimme des Pfarrers wehte melodisch und dünn empor, vorbei an den Flügeln der schwebenden Cherubim:

»Erhelle unsre Finsternis...«

Dritter Teil

Die Glocken werden abgeschwungen

Der eherne Unhold hatte ihn erschlagen.
Julian Sermet: THE ROSAMONDE

Vierzehn Tage und Nächte lang lief der Wale rückwärts in seinem Bett, und die Flut stand über dem Land. Sie bedeckte ganz Fenchurch St. Stephen und stand einen Fuß hoch über dem Bahndamm, so daß die Züge nur schnaufend und langsam durchkamen, links und rechts hohe Wände von Wasser emporspritzend. Am schwersten litt St. Peter, wo die Häuser bis zu den Simsen der oberen Fenster und die kleineren Hütten bis zu den Traufen unter Wasser standen. In St. Paul reichte das Wasser fast zweieinhalb Meter hoch und bedeckte alles bis auf den kleinen Hügel, auf dem die Kirche und das Pfarrhaus standen.

Des Pfarrers Organisation klappte ausgezeichnet. Die Vorräte reichten gut für drei Tage, dann brachte ein improvisierter Boots- und Fährdienst regelmäßig frischen Proviant aus den umliegenden Städten. Rund um die Kirche entstand so eine Art Inselleben, das mit der Zeit einen eigenen Rhythmus entwickelte. Jeder neue Morgen wurde mit einem kurzen, fröhlichen Glockenläuten begrüßt, das die Melker hinaus zu den Rinderpferchen auf dem Friedhof schickte. Warmes

Wasser zum Waschen wurde in fahrbaren Tonnen vom großen Waschkessel im Pfarrhaus herübergebracht. Das Bettzeug wurde ausgeschüttelt und zusammengerollt und für den Tag unter den Bänken verstaut; die Zeltbahn zwischen dem Schlaflager der Männer auf der einen und dem der Frauen auf der andern Seite wurde zurückgeschoben, und es folgte eine kleine Andacht mit Gesang und Gebeten, begleitet von kulinarischen Geräuschen und Düften aus der Jungfrauenkapelle. Das unter Bunters Leitung zubereitete Frühstück wurde von Mitgliedern der Frauenvereinigung zwischen den Bänken verteilt, und nachdem gegessen war, wurden die täglichen Pflichten in Angriff genommen. Im südlichen Seitenschiff wurde Schule gehalten; Sport und Spiele fanden unter Lord Peter Wimseys Leitung im Pfarrgarten statt; die Bauern kümmerten sich um ihr Vieh; Geflügelhalter füllten den Gemeinschaftskorb mit Eiern; Näharbeiten wurden unter Mrs. Venables' Aufsicht im Pfarrhaus vorgenommen. Es standen zwei tragbare Rundfunkempfänger zur Verfügung, einer im Pfarrhaus, einer in der Kirche; diese strahlten unablässig Informationen und Unterhaltung aus, denn die Batterien wurden mit Hilfe einer genialen Vorrichtung an Wimseys Daimler, fachkundig gehandhabt von den beiden Wilderspins, immer wieder aufgeladen. Drei Abende in der Woche waren Konzerten und Vorträgen gewidmet, arrangiert von Mrs. Venables und Miss Snoot, durchgeführt von den vereinigten Chören von St. Paul und St. Stephen und assistiert von Hilary Thorpe und Mr. Bunter (Komödiant). An den Sonntagen wurde der Tagesablauf variiert durch eine Frühandacht, gefolgt von einem interkonfessionellen Gottesdienst, den die beiden anglikanischen Priester und die beiden nonkonformistischen Prediger gemeinsam zelebrierten. Eine in diesem Vierzehntageszeitraum fällige Hochzeit wurde zu einem Galafest, und ein ebenfalls in dieser Zeit fälliges Baby wurde auf die Namen »Paul« (nach der Kirche) und »Christopher« (weil der heilige Christopherus etwas mit Flüssen und Fähren zu tun hatte) getauft, nachdem sich der Pfarrer strikt dem

Wunsch der Eltern widersetzt hatte, dem Kind den Beinamen »Van-Leyden-Flut« zu geben.

Als Wimsey am vierzehnten Tag über den Friedhof ging, um ein Stückchen die Dorfstraße hinunterzuschwimmen sah er, daß der Wasserstand zwei Fingerbreit gefallen war, und ging, eine Handvoll Lorbeer aus einem Vorgarten als Ersatz für den Olivenzweig schwenkend, in die Kirche zurück. An diesem Tag läuteten sie einen munteren Zyklus Kent Treble Bob Major, und über die trennenden Fluten hinweg hörten sie die Glocken von St. Stephen fröhlich antworten.

»Dieser Geruch«, bemerkte Bunter, als er am zwanzigsten Tag über die unansehnliche Schlickwüste blickte, die einstmals Fenchurch St. Paul geheißen hatte, »ist ausgesprochen unangenehm, Mylord, und ich würde fast dazu neigen, ihn als ungesund zu bezeichnen.«

»Unsinn, Bunter«, erwiderte sein Gebieter. »In Southend würden Sie's Ozon nennen und für jede Nasevoll ein Pfund bezahlen.«

Die Frauen des Dorfes machten bei dem Gedanken an das Säubern und Trocknen, dessen ihre Häuser bedurften, saure Gesichter, und die Männer begutachteten kopfschüttelnd die Schäden an Scheuer und Stall.

Die Leichen von Will Thoday und John Cross wurden in den Straßen von St. Stephen geborgen, wohin die Flut sie getrieben hatte, und in aller Feierlichkeit mit einem Trauerläuten im Schatten des Kirchturms von St. Paul begraben. Erst nachdem sie in der Erde lagen, eröffnete Lord Peter sich dem Pfarrer und Polizeidirektor Blundell.

»Der arme Will«, sagte er. »Er ist einen ehrenvollen Tod gestorben, und seine Sünden mit ihm. Er hat nichts Böses gewollt, aber vielleicht hat er sich am Ende doch denken können, wie Geoffrey Deacon gestorben ist, und sich dafür verantwortlich gefühlt. Jetzt brauchen wir jedenfalls nicht mehr nach dem Mörder zu suchen.«

»Wie meinen Sie das, Mylord?«

»Weil«, sagte Wimsey mit unsicherem Lächeln, »die Mörder Geoffrey Deacons schon hängen, und zwar ein gutes Stück höher als Haman.«

»*Die* Mörder?« fragte der Polizeidirektor rasch. »Ist es mehr als einer? Wer sind sie?«

»Gaude, Sabaoth, John, Jericho, Jubilee, Dimity, Batty Thomas und Tailor Paul.«

Verblüffte Stille, dann fuhr Wimsey fort:

»Eigentlich hätte ich es mir denken müssen. Ich glaube, von der St. Paul's-Kathedrale wird behauptet, daß es der sichere Tod sei, während eines Läutens die Glockenstube zu betreten. Jedenfalls weiß ich, wenn ich mich an dem Abend, an dem Sie haben Sturm läuten lassen, noch zehn Minuten länger im Turm aufgehalten hätte, wäre ich auch getorben. Ich weiß nicht genau, woran – Herzschlag, Gehirnschlag, Schock – das können Sie sich aussuchen. Der Ton einer Trompete soll die Mauern von Jericho zum Einsturz gebracht haben, und der Ton einer Geige kann Glas zerspringen lassen. Ich weiß, daß kein Mensch den Lärm von Glocken länger als fünfzehn Minuten aushält – und Deacon war neun endlose Stunden lang zwischen dem alten und dem neuen Jahr dort oben eingesperrt und festgebunden.«

»Mein Gott!« sagte der Polizeidirektor. »Dann hatten Sie ja sogar recht, Mylord, als Sie sagten, vielleicht haben der Pfarrer oder Sie oder Hezekiah ihn umgebracht.«

»Ich hatte recht«, sagte Wimsey. »Wir waren es.« Er dachte eine kleine Weile nach und sprach dann weiter: »Der Lärm muß damals noch schlimmer gewesen sein als neulich – bedenken Sie, wie da die Schallöcher zugeschneit waren und den ganzen Schall im Turm festgehalten haben. Geoffrey Deacon war ein schlechter Mensch, aber wenn ich mir sein hilfloses Entsetzen, seinen einsamen, qualvollen Todeskampf vorstelle – «

Er brach den Satz ab und nahm den Kopf zwischen die Hände, als suche er instinktiv das Brausen der Glockenstimmen von seinen Ohren fernzuhalten.

In die Stille hinein sprach der Pfarrer sanft:

»Es haben sich schon immer Legenden um Batty Thomas gerankt. Sie hat in der Vergangenheit schon zwei Menschen erschlagen, und Hezekiah wird Ihnen sicher sagen, daß die Glocken kein Böses in ihrer Nähe dulden. Vielleicht spricht Gott durch diese Münder aus sprachlosem Metall. Er ist ein gerechter Richter, streng und geduldig, und täglich wird Er aufs neue herausgefordert.«

»Nun ja«, meinte der Polizeidirektor, sichtlich bemüht, das Gespräch wieder in normalere Bahnen zu lenken, »es scheint also, daß wir in dieser Angelegenheit nichts mehr zu unternehmen brauchen. Der Mann ist tot, und der ihn da hinaufgebracht hat, ist auch tot, der arme Kerl, und damit ist der Fall abgeschlossen. Das mit den Glocken verstehe ich wohl nicht ganz, Mylord, aber ich will es Ihnen glauben. Hat wahrscheinlich was mit den Schwingungsfrequenzen zu tun oder so was Ähnliches. Ihre Lösung scheint mir jedenfalls die plausibelste zu sein, und ich werde sie dem Polizeipräsidenten vortragen. Das wär's also.«

Er erhob sich.

»Ich wünsche den Herrschaften einen guten Morgen«, sagte er und ging hinaus.

So rufen die Glocken von Fenchurch St. Paul: Gaudy, gaude, Domini in laude. Sanctus, sanctus, sanctus Dominus Deus Sabaoth. John Cole hat mich gemacht, John Presbyter hat mich bezahlt, o Sankt Johannes steh mir bei. Von Jericho bis John Agroat hat keine Glocke besseren Laut. Jubilate Deo. Nunc Dimittis, Domine. Abbat Thomas tat mich hier hinein und hieß mich klingen laut und rein. Mein Name ist Paul, achtet ihn wohl.

Gaude, Sabaoth, John, Jericho, Jubilee, Dimity, Batty Thomas und Tailor Paul.

Neun Schlag von mir beklagen einen Mann.

Nachwort (!)

Der Roman, so hat Goethe gesagt, soll das wahre Leben sein, nur folgerecht, was dem Leben abgeht. Hätte es damals schon die angelsächsische Detektivgeschichte gegeben (ihre Anfänge waren soeben im Werden), so hätte er die folgerechteste aller Roman-Formen kennen lernen, konsequent nicht nur im Hinblick auf Ursache und Wirkung. Denn das Leben, in das wir verstrickt sind, verdeckt uns den Zusammenhang der Geschehnisse, den der Autor des Romans sichtbar macht, zwischen zwei Buchdeckeln eine ganze Welt, übersehbar, was dem Leben abgeht: nicht nur das Schicksal eines Helden, sondern eine Zeit, eine Landschaft und eine Gesellschaft, wie sie gewesen sind oder hätten gewesen sein können.

Nun ist es höchst zweifelhaft, ob das England der Dorothy L. Sayers so, wie sie es in ihren Romanen darstellt, jemals existiert hat – eine gelegentlich gestörte heile Welt, in der jeder seinen Platz hat und die Untat nicht ungestraft bleibt, dem aristokratischen Detektiv nie der natürliche Respekt und dem gemeinen Mann nicht die Biederkeit abgeht. Und dennoch haben ihre Bücher eine Folgerichtigkeit, die den Leser auf die Wirklichkeit des Lebens verweist, so, daß sie ihm anschaulich wird, und überdies so, daß er Vergnügen und Befriedigung empfindet. Von ihnen gilt, was die noch junge Dorothy L. Sayers vom Leser der Unterhaltungsliteratur insgesamt gedacht hat: *Diese Rätsel, nur veranstaltet, um gelöst zu werden, diese Schrecken, die er doch als bloße Erfindungen einer schöpferischen Intelligenz kennt, trösten ihn, indem sie ihn sachte überzeugen, daß das Leben ein Rätsel sei, welches der Tod lösen wird, und dessen Schrecken vorübergehen wie eine Geschichte, die erzählt wird.* Diese Sätze gewinnen ihre ganze

Anwendbarkeit erst, wenn man sich erinnert, daß hier das englische Wort für Rätsel, *mystery*, zugleich der Terminus für »Detektivgeschichte« ist: in keiner aber wird das Lebens- und Todesrätsel mit gleicher Folgerichtigkeit vorgeführt wie in *The Nine Tailors* und zugleich so, wie es nur der Romanautor von Rang vermag: indem nämlich der Fortgang der Handlung, das Rätsel, als das sie sich darstellt und das sie löst, mit Notwendigkeit aus ihrem Anlaß hervorgeht. Der Anlaß aber, *die Kunst des Wechsel- oder Variationsläutens, ist eine englische Besonderheit und, wie alle englischen Besonderheiten, der übrigen Welt unbegreiflich.*

Aber die unbegreifliche Kunst macht, so werden wir sehen, die Welt begreiflicher, und das ist nötig. Denn der Satz, den der ehrwürdige Rector Venables gleich anfangs zu seinem im Schneesturm gestrandeten Gast Lord Peter Wimsey spricht, *wir sind hier lauter ehrliche Menschen*, erweist sich als immer fragwürdiger, der Friede des Marschdorfes als trügerisch. Ein lang verjährter Juwelendiebstahl im Gutshaus wirft seine Schatten auf die freundliche Gegenwart. Verdacht geht um, ein redliches Paar glaubt redlich verheiratet zu sein und lebt in Bigamie; die Gutsfrau stirbt zu früh, ihr Mann stirbt ihr nach und läßt eine halbwüchsige Tochter mittellos zurück; im noch frischen Grab findet sich die verstümmelte Leiche eines Unbekannten, das Gesicht zur Unkenntlichkeit zerschlagen, die Hände abgehackt; der Dorfdepp, dessen Mutter sich einst erhängt hat, weiß etwas – aber was weiß er? Noch ehe das Rätsel gelöst wird (ein zweifaches Rätsel: wer ist der Tote? wer ist der Mörder?), brechen die Schleusen, und das Dorf wird überflutet, bis auf die Kirche, in deren Turm die acht Glocken hängen. Also doch keine heile Welt, und wenn sie auch übersehbar ist, so ist das Leben und Sterben in ihr keineswegs verständlich, weder für das erfahrene Auge des Chief Inspector Parker, noch für das scharfe des Lord Peter, nicht einmal für das fromme des Rev. Venables.

Zu all dem läuten die Glocken, wie es schon das Titelblatt verspricht: *Variationen über ein altes Thema, in zwei kurzen*

Sätzen und zwei vollen Zyklen. Sie läuten Sturm vor der Wasserflut und als Fliegeralarm, sie läuten zu einer Hochzeit und zur Taufe, sie läuten beim Heimgang des alten Jahres und läuten das neue ein, sie läuten beim Tod jedes Christenmenschen ihre neun Schläge, die dem Buch den Namen geben. *Nine tailors – or teller strokes*, Zählerschläge, deren erste erkennen lassen, ob Mann oder Frau gestorben sei, deren folgende das Sterbealter angeben, ein Schlag für jedes Lebensjahr. Die Schläge hallen über das weite flache Land, vom Meerwind fortgetragen und verweht. Was sie sagen, steht in Kürze auf der *Tailor Paul* geheißenen Glocke, die eine besondere Rolle in der Geschichte spielt:

Neun Schlag von mir beklagen einen Mann +
In Christo hat der Tod ein End +
In Adam so begann +

Von vornherein also hat diese der Unterhaltung dienende Detektivgeschichte einen theologischen Grundton. Er wird nicht zudringlich vorgetragen, aber er ist da, und diejenigen irren, die da meinen, erst die alte Dorothy L. Sayers sei ›fromm geworden‹, indem sie nicht mehr Lord Peter, sondern das Leben Christi beschrieb und die Göttliche Komödie übersetzte. In Wahrheit geht es auch in ihren bedeutenden Romanen um ›letzte Fragen‹, ja man kann sagen, daß die Gattung der Detektivgeschichte diese letzten Fragen geradezu unabweislich mache und daß das merkwürdige Interesse, welches die Leser an ihr zu nehmen pflegen, damit durchaus zusammenhänge. Sie kommt nämlich so wie unser Leben nicht ohne den Tod aus, wenn man absieht von *Gaudy Night*, wo die Möglichkeit des moralischen Todes an seine Stelle tritt. Und sie besteht darauf, daß dieser Tod ein Rätsel sei, eine stupende und eigentlich nicht denkbare Irregularität im Weltverlauf. Damit handelt sie von einem höchst menschlichen Gefühl, und die Worte, die der Rev. Venables zu Lord Peter sagt, dem die unerfreuliche Wahrheit aufzudämmern beginnt, sind keineswegs salbungsvoll: *»Mein lieber Junge«*, *sagte der Pfarrer, »es steht uns nicht an, allzuviel über das Morgen nachzudenken. Besser der Wahrheit folgen und es Gott überlassen, was daraus wird. Er sieht voraus, was wir nicht voraussehen können, denn er weiß alles.« »Und braucht nie über sein Wissen hinauszudenken, wie Sherlock Holmes sagen würde. Nun, Herr Pfarrer, ich denke, Sie haben recht. Wahrscheinlich will ich wieder mal zu schlau sein…«*

Aber eben dies sein zu müssen, ist die Aufgabe des Detektivs, der der Todesursache stellvertretend für den Leser auf den Grund geht. Wie dieser und wie alle Menschen weiß auch er nicht alles und ist genötigt, aus den ihm zukommenden und von ihm aufgesuchten Daten die Wahrheit ausfindig zu machen. Der Verlauf dieser Wahrheitsfindung ist der Verlauf des Romans. Bis zum Schlusse bleibt es dabei (und das gehört zum Grundmuster der klassischen *mystery story*), daß ein scheinbar gelöstes Rätsel ein neues hinaufführt. Aber es bleibt auch dabei, daß der Leser der Lösung so fern oder so nah ist, wie die in der Erzählung darum Bemühten; was sie zum jeweiligen Zeitpunkt wissen oder nicht wissen, weiß auch er, ihre Fortschritte sind die seinen, ihre Rückschritte auch. Das Bewußtsein der Rätselhaftigkeit wird beständig unterhalten, zum Teil durch Tatsachen, deren Zusammenhang unerfindlich, zum Teil durch Hinweise, deren Sinn verschlossen bleibt. *Die Elfen tanzten Reigen, es wiegte im leichten Wind dazu sich der schlotschwarze Elefant.* Die Einzelheit scheint sinnlos, wie das im Glockenstuhl gefundene Stück poetischer Prosa auf fremdländischem Papier. Aber sowohl Lord Peter wie auch seine weniger begabten Kollegen von der englischen und französischen Polizei haben die eine Grundüberzeugung gemein und halten mit Zähigkeit an ihr fest: daß die Unerfindlichkeit der Zusammenhänge nicht gleichbedeutend sei mit Sinnlosigkeit. Die Fragen sind da, um Antwort zu finden: *»Wer hat ihn also umgebracht?… Und wer hat ihn begraben?… Und wie haben sie's gemacht? Und warum haben sie Cobbleigh zuerst gefesselt? Warum ihm* *nicht gleich eins auf den Schädel geben? Warum hat Thoday zweihundert Pfund von der Bank abgehoben und wieder eingezahlt? Wann ist das Ganze passiert? Wer war der Mann, den Potty Peake am Abend des 30. Dezember in der Kirche gesehen hat? Und vor allem: warum wurde die Chiffre ausgerechnet in der Glockenstube gefunden?«*

So viele Fragen, so wenig Antworten; so viele Antworten, aber keine Lösung. In früheren Zeiten, noch vor der von Miss Sayers vollzogenen Vereinigung der Detektivgeschichte mit den Traditionen des englischen Romans, wäre die Lösung durch bloße scharfsinnige Deduktion zustande gekommen, wie bei E. A. Poe oder Conan Doyle. Dort herrschte die absolute Logik, und die Aufklärung des Mordes war ein gleichsam aufgeklärtes Unterfangen, von der unbegrenzten Zuversicht eines wissenschaftlichen Schlußvermögens durchdrungen; abwägende Umsicht und der rechte Gebrauch einer aufmerksamen Vernunft waren jedem Hindernis gewachsen. In *The Nine Tailors* ist das anders, und zwar weil der Vernunft Bedingungen gesetzt sind durch die Geschichte. Sie werden begreiflich mit Hilfe der Glocken, die nicht erst seit heute läuten und überdies nicht allein zu frommen Zwecken, sondern auch auf eine spielerisch-kunstvolle Weise. Die Kunst des *change ringing* hat ihre eigenen Gesetze, Fremden unbekannt, dem Eingeweihten ein Quell erbaulichen Vergnügens, aber keineswegs gefahrlos. *Die Seilschlaufe, die es vor und während des Läutens einer Glocke in der Hand zu halten gilt, gibt dem Lernenden stets neue Rätsel auf; sie schlägt ihm ins Gesicht oder schlingt sich um seinen Hals (in welchem Falle er sich gar daran erhängen kann).* Die Warnung des Glocken-Lehrbuchs ist nicht ohne historischen Grund, wie Jack Godfrey dem rothaarigen Backfisch Hilary Thorpe erklärt. Er läutet die älteste der Glocken, Batty Thomas, 1380 umgegossen und von Abt Thomas gestiftet: *Und wie Cromwell seine Leute geschickt hat, daß sie die ganzen Bilder kaputtschlagen und so, da soll mal ein Soldat hier in die Glockenstube gekommen sein... Und wie der Soldat sich vorbeugt und die Glocken angucken will, da kommt Batty Thomas runtergesaust und schlägt ihn tot. Das ist Geschichte, sag ich, und der Pfarrer sagt, daß Batty Thomas damals die Kirche gerettet hat, denn die Soldaten haben es mit der Angst gekriegt und sind abgehauen, weil sie gedacht haben, das ist ein Gottesurteil, obwohl ich finde, es war nur Schlamperei... Und dann war da noch der arme Kerl, der das Läuten lernen wollte – damals unter dem alten Pfarrer war das noch –, und wie er versucht hat, Batty Thomas aufzuschwingen, hat er sich am Seil aufgehängt... Aber Sie sehen, Miss Hilary, Batty Thomas hat schon zwei Männer erschlagen...* Es werden, wie der Leser weiß, nicht die letzten sein; und es paßt zu der ›theologischen‹ Neigung des Romans, daß es schließlich keinen Mörder gibt oder aber, daß alle, die mit der edlen Kunst des Wechselläutens befaßt vom alten zum neuen Jahr hinüber läuteten, mitschuldig sind am Tode eines armseligen Kriminellen. *Ich weiß, man soll nicht Böses tun, daß Gutes werde. Aber Gutes tun, daß Böses werde, das ist es, was mich so fuchst.*

Die Frage nach der Schuld erweist sich als tiefer, als ein Polizeibericht sie zu fassen vermag, und Wimsey wird nicht nur in diesem Roman leiden an den Konsequenzen, die seine Suche nach der Wahrheit auslöst. Kurzsichtige Kritik hat gerügt, daß dieser detektivische Außenseiter (Außenseiter wie fast alle berühmten Detektive der *mystery story*) die unwahrscheinlichsten Eigenschaften in sich vereine: aristokratische Herkunft, Kunst- und Büchersinn, den besten und beredtsten aller Diener, umfassendes Wissen, untadelige Erziehung, Zugang zu den verschlossensten Türen, auch denen des Vatikan, Erfolg bei Frauen und ernste philosophische Neigungen, ein unbegrenztes Vermögen und natürlich eine Meisterschaft in der wichtigsten englischen Sportart, dem Cricket. Solche Kritik geht von der irrigen und von den Lesern niemals geteilten Annahme aus, daß die Realität der Detektivgeschichte identisch sei mit der Realität des großen Romans, der ›nur‹ darauf aus ist, die Wirklichkeit einer Zeit und einer Gesellschaft zu begreifen. Aber das ist nicht die Absicht; vielmehr ist sie ein Spiel nach festen Regeln, eine Veranstaltung zur Wahrheitsfindung, eine besondere Kunst wie das Glockenläuten. Das Schreiben von *mystery stories*, so hat Dorothy L. Sayers gesagt, sei ein Handwerk, und sie selbst sei darin Meister. *Es gibt genau die merkwürdige Befriedigung, welche die Ausübung einer raffinierten Handwerklichkeit dem Handwerker schenkt. Es ist fast so befriedigend wie die Arbeit mit den Händen. Es ist eher wie das Legen eines Mosaiks – stückweise – scheinbar sinnlos und ohne Zusammenhang an seine Stelle gelegt, bis man plötzlich das Ding als ein zusammenhängendes Bild erkennt.* Die Elemente, die der Realität entnommen werden, werden nicht um dieser selbst, sondern um des Mosaiks willen verwendet. Der Detektiv ist die Figur, welche den noch unerkannten Zusammenhang vermittelt. Deshalb ist er anders als die andern, er ist aus auf Wahrheit und die Herstellung von Recht und so viel eher mit dem Helden des Märchens verwandt als mit den Zentralgestalten neuerer Erzählkunst.

Freilich hat die englische Literatur eine bemerkenswerte Tradition, wenn es gilt, die Elemente realistischen Erzählens mit den scheinbar entgegengesetzten des Märchens zu vereinigen. Dickens etwa verbindet das greifbare Abbild bestimmbarer Umstände mit der Unbeirrbarkeit des Märchenhelden, der allen Rätseln und Widrigkeiten der Welt die Stirn bietet, bis die erfreuliche Lösung seine Beharrlichkeit lohnt. Ein solcher Held ist gerade nicht ›aus dem Leben gegriffen‹, keiner wie wir selbst oder unser Nachbar, vielmehr so, wie wir selbst und unser Nachbar sein wollten oder sollten. Es ist eine besondere Leistung der Autorin, daß ihr Held dennoch menschlich bleibt; menschlich in Liebesdingen – von denen dieser Roman nicht spricht – und menschlich in den Skrupeln, welche die Verfolgung wie die Folgen der Wahrheit in ihm erregen, menschlich im Umgang mit Menschen. Seine Souveränität ist nicht unbegrenzt, aber wenn seine Möglichkeiten nicht die alltäglichen überstiegen, so brauchte es ihn nicht zu geben. Er ist erreichbar genug, daß sich der Leser mit ihm identifizieren kann, und er ist unerreichbar genug, daß er es auch möchte. Das wird erleichtert durch die Tatsache, daß der Schauplatz und die ihn bevölkern die Evidenz erkennbarer Wirklichkeit haben. Sie scheinen ›aus dem Leben gegriffen‹; und die Geläufigkeit einer solchen platten Wendung deutet auf ein andres keineswegs märchenhaftes Leserbedürfnis: zu erfahren, wie die Welt an bestimmten Orten und zu bestimmten Zeiten aussehe und welche Art Leute sich in ihr bewege. Bei Dickens und Thackeray wird das London der ersten Hälfte des vergangenen Jahrhunderts reproduzierbar, bei Trollope die Provinz. In *The Nine Tailors* wird es die vom Meer bestimmte Landschaft der Fens, in der das Elternhaus der Autorin gewesen war, welche übrigens die Herstellung einer Verbindung zwischen ihrem Werk und ihrem Leben keineswegs schätzte. *Hier eine Windmühle, da ein alleinstehendes Bauerngehöft, dort eine Pappelreihe entlang einem schilfbewachsenen Deich. Weizen, Kartoffeln, Rüben, Senf und wieder Weizen, Wiesen, Kartoffeln, Klee, Weizen, Rüben und Senf. Eine lange Dorfstraße mit einem grauen, uralten Kirchturm, eine Kapelle aus roten Ziegeln und inmitten einer kleinen Oase aus Ulmen und Kastanien das Pfarrhaus, dann wieder Deiche und Windmühlen, Weizen, Senf und Wiesen. Je weiter sie fuhren, desto flacher wurde das Land, sofern etwas noch flacher als flach sein kann…* In dieser Weite steht die Kirche von Fenchurch St. Paul, ein Wunder mittelalterlicher Baukunst, das nicht nur Peters Staunen erweckt… *unter dem spitz zulaufenden Dach verharrte sein Blick in staunendem Entzücken. Da schwebten in unvorstellbarer Höhe, mit schimmerndem Haar und vergoldeten Flügeln, die sanft das dämmrige Licht widerspiegelten, Engel über Engel, Cherubim und Seraphim in himmlischen Chören, an allen Längs- und Querbalken, die erhobenen Gesichter einander zugewandt.* Noch ahnt der Leser nicht, daß der gewaltige Kirchenraum in engem Zusammenhang mit Diebstahl und Tod stehen wird und daß sich hinter den himmlischen Figuren sehr Irdisches versteckt; er bemerkt auch nicht sogleich, wieviel an produktiver Kenntnis und Tradition den anschaulichen Zeilen zugrunde liegt. Ihre für die Handlung bedeutende Realität ist gegründet auf Vertrautheit mit Architektur, lebhafter Vorstellungskraft und überdies mannigfacher biblischer wie poetischer Überlieferung – wer will, kann darin Propheten und Psalmisten, Milton und Keats aufsuchen, Dorothy L. Sayers wird ihm in *The Mind of the Maker* dabei behilflich sein.

Sie verfügt überdies über eine andere Gabe, die man am besten mit dem der deutschen Sprache verlorengegangenen Wort ›Erfahrungsseelenkunde‹ bezeichnet, das menschlicher ist als das Wort Psychologie, mit dem es ersetzt wurde. Wenn Mrs. Venables um die Gesundheit des Pfarrers besorgt ist; wenn die Haushälterin im Herrenhaus gegenüber Superintendent Blundell ihre Zugehörigkeit zu den besseren Ständen hervorkehrt (*sie haben mich immer als eine von ihnen angesehen...*); wenn eben dieser Superintendent seine Unsicherheit im Französischen kaschiert; wenn Hilary Thorpe die ganze ungelenke Anmut einer gescheiten Halbwüchsigen an den Tag legt und ihr Onkel die ganze phantasielose Borniertheit des Beamten: dann entsteht ein Bild der Alltagswelt, die durch den Einbruch des mörderischen Rätsels gestört wird. Es ist die Alltagswelt eines Dorfes in East Anglia, dessen Bewohner reden, wie die Leute reden, und reagieren, wie die Leute reagieren. Der greise und bibelfeste Hezekiah Lavender verhält sich gegenüber dem unglückseligen Walter Pratt so, wie es das Alter zu tun pflegt, das von der Untauglichkeit der Jugend überzeugt ist; der Dorfgendarm spricht und agiert wie der Prophet, der nichts gilt im Vaterlande, überall agieren muß; der Schleusenwärter sieht nicht hinaus über seine Schleuse, William und James Thoday machen sich unglücklich durch blinde bäuerliche Familienloyalität – man könnte eine Musterkarte dörflicher Verhaltensweisen und Hierarchien aufstellen und dabei auf die Frage zurückkommen, ob dies England der Dorothy L. Sayers jemals so existiert hat.

Wohl kaum in der Reinkultur, die erst durch die Folgerichtigkeit und Übersehbarkeit des Romans möglich wird. Wohl aber in der menschlichen Bestimmtheit der einzelnen Figuren, die ein Ganzes entstehen lassen, das eben mehr ist als die Summe der Teile, in denen das Ganze sich darstellt. Nur als Ganzes erscheint es idealisiert, in seiner Einzelheit ist es geschichtlich, human und wirklich. *Wenn die Imagination folgerecht (consistent) ist,* so hat die Autorin einmal in einem Vortrag gesagt, *wird das Werk Wirkungen zeitigen,* ALS OB *es wahr wäre.* Aus dem Mosaik seiner Wirklichkeiten tritt der Märchenheld hervor.

So sitzt Lord Peter mit Gastwirt, Pfarrer, Küster und Bauer, übt das Glockenschlagen mit der Handglocke und weiß, wie man mit Menschen redet, was Junker und Gentry, wenn sie geraten waren, von jeher besser als andere konnten. Natürlich hat er *change ringing* schon als Kind gelernt und vermag es als das zu begreifen, als das es in diesem Buch erscheint: eine dem gewöhnlichen Zeitgenossen nicht durchschaubare Ordnung, die für den Eingeweihten sinnvoll und befriedigend ist. *Für den gewöhnlichen Sterblichen indessen ist das Wechselläuten nur Lärm und eine Belästigung obendrein, erträglich höchstens bei großer Entfernung oder im milden Glanz sentimentaler Erinnerung.* Der Geübte hingegen findet ... *Befriedigung in der mathematischen Vollendung und mechanischen Vollkommenheit, ... für die Mitspielenden war alles ernst und wichtig wie ein Cricketturnier gegen Australien.* Der letzte Vergleich nimmt dem Ernst wieder den ganzen Ernst, indem er Spiel mit (Cricket-)Spiel gleichsetzt. Genauso ist die Kunst des *change ringing* auch eine Metapher für jenes Mosaik, das die Detektivgeschichte herstellt und das der Detektiv an der Stelle des Lesers sichtbar macht. Der Kunstgriff besteht darin, daß die Metapher zugleich Realität hat, ohne welche die Handlung nicht vorangehen könnte. Es ist eines der untrüglichsten Kennzeichen des guten Romans, daß sein Detail notwendig ist für den Fortgang des Ganzen.

So ist die Lösung des Rätsels mit der Kunst des Wechselläutens verknüpft und der scheinbare Mord eine materielle Folge dieser Kunst. Wie alle Realität ist sie nicht eindeutig; sie hat eine unschuldige und eine schuldhafte, eine ästhetische, eine brutale und eine theologische Seite. Die Chiffre, deren Enträtselung die Wahrheit näher zu rücken verspricht, ist mit Hilfe der Glocken-Notation chiffriert. Dechiffriert verschiebt sie nur das Problem, indem an die Stelle des mathematisch formulierten Rätsels ein literarisch-biblisch formuliertes tritt. *Der Pfarrer putzte seine Brille und machte große Augen. »Das sind Verse aus drei verschiedenen Psalmen«, sagte er... »›Er sitzet zwischen Cherubim‹. Das ist Psalm 99 Vers 1. Dann ›Des seien fröhlich die Eilande‹. Das ist Psalm 97 Vers 1. Beide Psalmen beginnen mit ›Dominus regnavit‹ – ›Der Herr ist König‹. Und dann kommt plötzlich ›wie die Bäche im Süden‹. Das muß Psalm 126 Vers 4 sein – ›Wie du die Bäche wiederbringst im Mittagslande‹. Das ist ein Fall von obscurum per obscuriora – die Lösung ist noch geheimnisvoller als das Rätsel selbst.«*

Schließlich, als auch die Entzifferung verstanden ist, führt sie zur Auffindung des Smaragdschmuckes, mit dessen Diebstahl die Kette der Ereignisse einst begonnen hatte. Das ist mehr als nur eine befriedigende Auflösung und auch mehr als die Wiederherstellung des früheren Zustandes. Denn wie früher kann nichts mehr sein, nachdem Zeit vergangen ist, und daß Zeit vergeht, wird in der Erzählkunst begreiflich gemacht, indem Schauplätze oder Dinge die gleichen bleiben; was sich wandelt, sind die Verhältnisse der Menschen. Der Verlust des Halsbands führt das Unglück nicht nur seiner Diebe herauf, sondern auch des Hauses Thorpe. Seine Auffindung ermöglicht den Märchenschluß. Die arme Waise Hilary Thorpe wird ein reiches Mädchen und gewinnt zwar keinen Prinzen, aber immerhin den Lord Peter Wimsey als verständigen Vormund für ihr Eigentum, und so wird sich auch ihr höchster Wunsch erfüllen, der im 20. Jahrhundert nicht mehr eine Krone ist, sondern (in seinem Wert nur allzuoft verkannt) die Möglichkeit zu studieren. Ihr wird Recht, nachdem den Ihrigen Unrecht widerfahren war; und vielleicht erfüllt sich auch noch der zweite Wunsch, den sie mit ihrer Erzeugerin Sayers gemein hat, der Wunsch, eines Tages Romane zu schreiben. *»Wenn man versucht, sich vorzustellen, wie alles zugegangen ist, kommt es einem mit der Zeit so vor, als ob man sich alles nur ausgedacht hätte.« »Hm!« machte Wimsey. »Wenn das in Ihrem Kopf so funktioniert, werden Sie eines Tages mal Schriftstellerin.« »Meinen Sie? Wie lustig! Das will ich nämlich wirklich werden. Aber wie kommen Sie darauf?« »Weil Sie diese schöpferische Phantasie haben, die so nach außen wirkt, daß man schließlich außerhalb seiner eigenen Erlebnisse steht und sie als etwas sieht, was man selbst geschaffen hat und was unabhängig von einem selbst existiert. Sie sind ein glücklicher Mensch.«*

Genauso existiert dieser Roman und das mit ihm erdachte Leben, aber konsequent, was dem Leben abgeht. Seine Konsequenz ist die der Erzählkunst überhaupt, vermehrt oder gesteigert durch die Konsequenz, die der *detective story* eigen ist. Den Unterschied zwischen beiden kann man mit dem Unterschied zwischen dem gewöhnlichen Glockenspiel und dem *change ringing* vergleichen. *Der englische Campanologe... sieht im Läuten von Melodien ein kindisches Spiel, das man getrost den Ausländern überläßt; zum rechten Gebrauch der Glocken gehört für ihn das Austüfteln mathematischer Permutationen und Kombinationen. Wenn er von der Musik seiner Glocken spricht, meint er nicht etwa Musik im Sinne der Musiker – noch weniger das, was der gewöhnliche Sterbliche unter Musik versteht... Der erfahrene Glöckner... erkennt zwischen den verschiedenen Variationsmethoden tatsächlich musikalische Unterschiede...* Der gute Roman ist wie die Musik der Musiker; auch sie hat ihre Baugesetze, ihre Abfolgen und ihre Tempi und stellt ein geschlossenes Ganzes dar. Die Kriminalgeschichte will mehr; sie potenziert die Folgerichtigkeit dadurch, daß sie aus der Handlung eine ›Aufgabe‹ macht, deren Lösung an die Kombinationsgabe des Autors, des Detektivs und des Lesers strenge Forderungen stellt;

sie unterwirft die Bedingungen des Erzählens zusätzlich denen einer besonderen Gattung. Der erfahrene Leser erkennt, ob ihnen genügt wird. Zweifellos war es der Ehrgeiz der Autorin, mit diesem Werk sowohl die Ansprüche des Romans wie der *mystery story* zu erfüllen. Sie wollte also jene Kunstwelt darstellen, die, von der Erfahrung genährt, sich von ihr ablöst und zur eigenen Welt wird – so wie es Wimsey zu Hilary Thorpe gesagt hat. Diese Sätze des auch literarisch bewanderten Detektivs haben eine merkwürdige Nähe zu Sätzen von Fontane, welche Dorothy L. Sayers zwar nicht gekannt hat, aber gebilligt hätte. *Das wird der beste Roman sein, dessen Gestalten sich in die Gestalten des wirklichen Lebens einreihen, so daß wir in der Erinnerung an eine bestimmte Lebensepoche nicht mehr genau wissen, ob es gelebte oder gelesene Figuren waren, ähnlich wie manche Träume sich unserer mit der gleichen Gewalt bemächtigen wie die Wirklichkeit.*

Der Ehrgeiz, solchen Gestalten das Leben zu schenken, trifft nun auf den anderen, den Regeln der Detektivgeschichte zu entsprechen. Auch sie will Leben, aber sie begnügt sich nicht damit, es im Fortgang der Handlung immer übersehbarer werden zu lassen und zu einem Ende zu führen, mag dieses nun glücklich sein oder tragisch oder offen bleiben. Sie begnügt sich also nicht mit der so einsichtigen wie konsequenten und kunstvollen Reproduktion von Erfahrung, sondern sie unterwirft sich der Annahme, *daß alle menschliche Erfahrung als ein Problem ausgedrückt werden kann, das eine voraussagbare, endgültige und allein mögliche Lösung hat... Das, so merken wir, ist die Vorstellung vom Leben, die wir vom Künstler vorgeführt haben wollen. Es ist bedeutsam, daß Leser die Detektivgeschichte so oft als eine Ausflucht vor den Problemen des Daseins begrüßen. Sie ›lenkt von ihren Sorgen ab‹. Natürlich tut sie das. Denn sie überredet sie leise, daß Liebe und Haß, Arbeitslosigkeit, Wirtschaft und internationale Politik Probleme seien, die in der gleichen Weise behandelt und gelöst werden können wie der ›Mord in der Bi-*

bliothek‹. Die schöne Endgültigkeit, mit der der Vorhang am Schluß der Unternehmung fällt, verbirgt vor dem Leser, daß kein Teil des Problems ›gelöst‹ worden ist, außer demjenigen, das als Problem präsentiert worden war.

Mit diesen Sätzen hat Dorothy L. Sayers, den Interessen der Literaturwissenschaft um Jahrzehnte vorauseilend, gleich mehrere Eigentümlichkeiten des von ihr kultivierten Genres bestimmt. Die erste ist der Spielcharakter, über den zwischen Autor und Leser durchaus Einverständnis herrscht. Die Prämisse, daß alle menschliche Erfahrung als ein mit Notwendigkeit lösbares Problem begreiflich sei, widerstreitet eben dieser Erfahrung. Indem man sich dennoch darauf einläßt, läßt man sich auf die Regeln eines Spiels ein, die bestimmte Verläufe gestatten oder gar hervorrufen, andere, durchaus denkbare und mögliche aber ausschließen. Das bedeutet, daß der Leser, auf der Grundlage jenes Einverständnisses, sich im Gegensatz zum ›gewöhnlichen‹ Roman des fiktiven Charakters der ganzen Veranstaltung durchaus bewußt bleibt. Das ist kein Nachteil; denn es wird eine reizvolle Spannung hergestellt zwischen den erkennbaren Elementen menschlicher Realität, aus denen die Handlung sich nährt, und jenem Fiktionscharakter, der das Ganze als ein Spiel erscheinen läßt und dem Ernst der Vorkommnisse und Akteure, sogar dem des Todes, die Möglichkeit vorenthält, jemals ganz ernst zu werden. Insofern ist die Realität der Kriminalgeschichte, mag sie noch so ›realistisch‹ geboren werden, niemals eine vollkommen wirkliche. Sie nimmt nicht Anstoß an der alten Einsicht, daß die Dichter, insofern sie erfinden, auch lügen. Die Autorin hat auch darüber nachgedacht, indem sie, eine aristotelische Wendung gebrauchend, feststellte, *das Rezept für die Detektivgeschichte besteht in der Kunst, Lügen aufzubauen. Von Anfang zum Ende des Buches hat man allein zum Ziel und Gegenstand, den Leser an der Nase herumzuführen und ihn zu verleiten, daß er eine Lüge glaubt. Daß er glaubt, der wahre Mörder sei unschuldig, daß er glaubt, eine harmlose Person sei schuldig; daß er glaubt, der Detektiv habe recht, wo er irrt, und irre, wo er recht hat; daß er glaubt, das falsche Alibi sei begründet, die Anwesenden abwesend, die Toten lebendig und die Lebenden tot; daß er, kurz gesagt, alles und jedes glaubt außer der Wahrheit.*

Der Leser spielt mit bei diesem offenbaren Schwindel, nicht nur, weil er die Zuversicht haben darf, daß er ihn schließlich durchschaut, und weil es ihm Vergnügen macht, seinen Scharfsinn daran zu erproben; er spielt auch mit, weil er mit den Regeln dieses Spiels einverstanden ist. Sie ermöglichen ihm jene *Ausflucht vor den Problemen des Daseins* und den Eintritt in eine Scheinwelt, die ihm für die Dauer der Lektüre die wirkliche Welt ersetzt, und zwar auf eine angenehme Weise, indem sie eine folgerechte und überdies gerechte Welt an deren Stelle setzt, an der er sich ohne Gefahr erproben kann. Das ist das Unterhaltende und (keineswegs verwerflich) Ablenkende an der Gattung, das macht sie zum aufgeklärten und aufklärbaren Märchen. *Jeder Dummkopf kann lügen, und jeder Dummkopf kann ihm glauben; aber die richtige Methode besteht darin, daß die Wahrheit in einer Weise gesagt wird, daß der intelligente Leser verführt wird, für sich selbst zu lügen.* Auch in *The Nine Tailors* wird dem Leser die Wahrheit an die Hand gegeben, indem er auf den Irrwegen des Irrtums zu seiner eigenen Unterhaltung herumgeführt wird. Freilich hat die künstliche Präsentation von Problemen, die wohl in der *mystery story,* nicht aber im ›Leben‹ aufgehen, nur solange befriedigende Wirkung, als das Buch noch nicht zugeschlagen ist. Aber dennoch bleibt die Lektüre nicht folgenlos, und sie verstört schon gar nicht, wie so gern behauptet wird, den Wirklichkeitssinn des Lesers. Dafür sorgt die Autorin, indem sie ihm im Verlauf des Lesens das Vorläufige der Befriedigung, das Problematische am Problem niemals ganz aus dem Bewußtsein schwinden läßt. Sie hat dazu verschiedene Mittel, deren eines ihr Humor ist. Das andere ist die temperierte Idealität der dargestellten, eng umschriebenen Gesellschaft; es wäre falsch, die fromme Einfalt und den, wenn Not am Mann ist, praktischen Sinn des Rev. Venables für die Glorifikation seines Standes zu halten, so wenig wie Wimsey's Vielseitigkeit ganz beim Wort zu nehmen ist oder Bunter's Perfektion ohne Ironie unterhaltend bliebe. Sie alle bilden wünschbare menschliche Verhältnisse ab, aber doch so, daß sie nie ganz getrennt scheinen von historischen und bestimmbaren, und nie außer der Reichweite des Todes. Sie sind nicht unwirklich, aber wie der Leser und wie der Liebhaber des Glockenläutens sind sie angetreten nach den Regeln der Kunst, so daß Miss Sayers' *englische Methode des Läutens mit Rad und Seil erst jeder einzelnen Glocke ihren vollsten und edelsten Klang verleiht. Seine Passion – und eine solche ist es – findet ihre Befriedigung in der mathematischen Vollendung und mechanischen Vollkommenheit, und wenn seine Glocke sich in eleganten, rhythmischen Bögen von der ersten an die letzte Stelle und wieder nach vorn begibt, erfaßt ihn eine heilige Begeisterung, wie sie nur aus der fehlerfreien Durchführung eines äußerst schwierigen Rituals erwächst.*

Walther Killy

Kleine Campanologie für Uneingeweihte

»Die Kunst des Wechsel- oder Variationsläutens«, schreibt Dorothy L. Sayers an einer Stelle dieses Buches, »ist eine englische Besonderheit und, wie alle englischen Besonderheiten, der übrigen Welt unbegreiflich.« Sehen wir einmal davon ab, daß auch höchstens zwei von tausend Engländern die Wissenschaft der Campanologie verstehen (mein Gewährsmann für diese Behauptung ist allerdings Waliser), so sind doch einige Grundkenntnisse unerläßlich für alle, die *Der Glocken Schlag* ganz verstehen und genießen möchten. Denn nicht nur spielen die Glocken und die speziell englische Art, sie zu läuten, eine wichtige Rolle bei der Aufklärung des Kriminalfalles, vielmehr sind auch die Kapitelüberschriften und Motti doppelsinnig der Sprache der Glöckner entlehnt. Der Leser sollte sich darum mit einigen Grundbegriffen vertraut machen.

Ein GELÄUTE (*ring of bells*) – nicht zu verwechseln mit einem Glockenspiel – besteht aus mehreren fein aufeinander abgestimmten Glocken, die man vor dem eigentlichen Läuten AUFSCHWINGT *(to ring up)*, das heißt, man läßt sie immer höher schwingen, bis sie auf dem Kopf stehen. Der Glöckner kann nun mit geringem Kraftaufwand seine Glocke immer wieder aus dieser Gleichgewichtslage holen und eine volle Drehung vollführen lassen, wobei er nur aufpassen muß, daß er die Glocke nicht ÜBERSCHLÄGT (*to overthrow*) – das gäbe erheblichen Sachschaden, und wehe dem Glöckner selbst, wenn er das Seil nicht schnell genug losließe!

Beim WECHSELLÄUTEN *(change-ringing)* kommt es darauf an, die Glocken jedesmal in einer anderen Reihenfolge erklingen zu lassen, ohne daß sich eine Folge wiederholt. Bei einem Dreiergeläute gibt es zum Beispiel folgende Variationsmöglichkeiten:

1	2	3
2	1	3
2	3	1
3	2	1
3	1	2
1	3	2
1	2	3

Man beachte, daß hier keine Glocke mehr als einen Schritt vor- oder rückwärts geht. Diese Art nennt man Jagen *(hunting)*.

Die Zahl der möglichen Variationen oder Wechsel richtet sich nach der Zahl der Glocken. Sie beträgt bei

3 Glocken: 1 · 2 · 3 = 6 Wechsel
5 Glocken: 1 · 2 · 3 · 4 · 5 = 120 Wechsel
8 Glocken: 1 · 2 · 3 · 4 · 5 · 6 · 7 · 8 = 40320 Wechsel

Die einzelnen Methoden des Wechselläutens heißen je nach der Zahl der dabei eingesetzten Glocken: Singles (4 Glocken), Doubles (5), Minor (6), Triples (7), Major (8), Caters (9), Royal (10), Cinques (11), Maximus (12).

Ein Läuten mit über 5000 Wechseln ist ein Zyklus *(peal)*, mit weniger als 5000 Wechseln ein Satz *(touch)*. Ein Durchgang *(course)* ist der Abschnitt, in dem jeweils eine Glocke die Leitglocke ist, nach der sich die andern richten.

Es läßt sich denken, daß man die vielen Wechsel eines Satzes oder Zyklus nur fehlerfrei durchläuten kann, wenn man einem System folgt, und immer wieder haben mathematisch begabte Campanologen sich darangemacht, solche Systeme zu erarbeiten. Sie tragen klingende Namen wie *Treble Bob, Grandsire* und *Stedman*. In diesen Systemen wird genau vorgeschrieben, wann welche Glocke in Führung *(lead)* geht, in die Jagd *(hunt)* gerufen wird, eine andere Glocke schneidet oder überholt, einen Seitensprung macht, hineingeht oder HERAUSKOMMT, RECHT-, FEHL- oder HEIMgeschickt wird. In Lehrbüchern kann man nachlesen, was ein SCHERSCHRITT *(bob)* oder KREUZSCHRITT *(single)* ist bzw. was man unter LANGSAMEM WERKEN *(slow work)* und SCHNELLEM WERKEN *(quick work)* zu verstehen hat. Der Leser möge hier allerdings nicht nach dem Sinn dieser Bezeichnungen fragen; das Studium der Campanologie erfordert Jahre.

Wenn man eine Glockenkomposition, hier zum Beispiel nach dem System *Kent Treble Bob Major*, niederschriebe, sähe das so aus (man verfolge am besten den Lauf *einer* Glokke, zum Beispiel der 8):

1	2	3	4	5	6	7	8	
2	1	3	4	6	5	8	7	
1	2	4	3	5	6	7	8	
2	1	4	3	6	5	8	7	
2	4	1	6	3	8	5	7	
4	2	6	1	8	3	7	5	
4	2	1	6	3	8	5	7	
2	4	6	1	8	3	7	5	
2	6	4	8	1	7	3	5	
6	2	8	4	7	1	5	3	
6	2	4	8	1	7	3	5	
2	6	8	4	7	1	5	3	
2	8	6	7	4	5	1	3	
8	2	7	6	5	4	3	1	usw.

Die Läufe der einzelnen Glocken sind genau festgelegt. Dieser Umstand gewinnt an einer Stelle des Buches Bedeutung, und der Leser, der es nicht weiß, könnte sich leicht in einer absurden Theateraufführung wähnen.

Übrigens: Mindestens einmal in neuerer Zeit hat eine achtköpfige Glöcknermannschaft einen Zyklus *Bob Major* mit sämtlichen 40320 Wechseln pausenlos und fehlerfrei durchgeläutet. Sie brauchte dafür 17 Stunden, 58 Minuten und 30 Sekunden. Über solche Rekorde führt die *Campanological*

Society of Great Britain getreulich Buch, und Schiedsrichter wachen darüber, daß alles mit rechten Dingen zugeht. O sportliches England!

Otto Bayer

Erde gleißt auf Erden
in Gold und in Pracht,
Erde wird Erde
bevor es gedacht.

Erde türmt auf Erden
Schloß, Burg, Stein –
Erde spricht zu Erde:
Alles wird mein.

Grabinschrift auf dem
Friedhof von Melrose-Abbey,
in Schottland
(s. Fontane: Jenseit des Tweed)